Theodor von Bernhardi

Aus dem Leben Theodor von Bernhardis

Theodor von Bernhardi

Aus dem Leben Theodor von Bernhardis

ISBN/EAN: 9783742871428

Manufactured in Europe, USA, Canada, Australia, Japa

Cover: Foto ©Raphael Reischuk / pixelio.de

Manufactured and distributed by brebook publishing software
(www.brebook.com)

Theodor von Bernhardi

Aus dem Leben Theodor von Bernhardis

Inhalts-Verzeichniß.

Vorwort.

Nachdem Bernhardi 1866 aus dem italienischen Feldzuge zurück= gekehrt, und seine Wahl in den constituirenden Reichstag vornehmlich in Folge des Verhaltens der liberalen Partei in Schlesien gescheitert war, wurde er im Frühjahre 1867 abermals nach Florenz geschickt, der Form nach als militärischer Vertreter Preußens, in Wirklichkeit, um zuverlässige Nachrichten über die politische Lage Italiens zu schaffen, die sich aus den Berichten des preußischen Gesandten Grafen Usedom nicht mit der dem auswärtigen Amte wünschens= werthen Klarheit ergab.

Hier zuverlässigen Einblick in die Verhältnisse zu gewinnen, war aber um so nothwendiger, als Frankreichs Politik allem Anscheine nach darnach trachtete eine Coalition gegen Preußen zu Stande zu bringen, in der neben Oesterreich Italien eine wichtige Rolle spielen sollte, die zu verhindern Preußens bringendstes Interesse war. Die Unternehmungen der französischen Diplomatie zu beobachten schien aber grade Florenz ein besonders geeigneter Punkt. Man durfte voraussetzen, daß Preußen von dem Bundesverhältnisse im Jahre 1866 her noch zahlreiche Sympathien am Hofe, unter den italienischen Staatsmännern und im Lande besitze, daß es daher möglich sein werde ein zutreffendes Urtheil über die Pläne und Absichten der italienischen Regierung zu erlangen und aus ihrem Verhalten auf die etwaigen Erfolge der französischen Coalitions=Politik zu schließen.

So lagen denn auch die Dinge in der That.

Die große Masse des italienischen Volkes hegte lebhafte Sym= pathien für Preußen und einen ausgesprochenen Haß gegen Frankreich. Alle national gesinnten Elemente fanden sich in dieser Gesinnung zusammen, getragen von der Ueberzeugung, daß nur im Anschlusse an das ebenfalls national aufstrebende Preußen, die politische Unab= hängigkeit, besonders von dem beherrschenden Einflusse Frankreichs, die nationale Einheit und die liberale Entwickelung Italiens, seine Befreiung aus den Banden der römischen Hierarchie zu erreichen sei. Der überwältigenden Masse der Nation, die von diesen Ansichten beherrscht wurde, stand nur eine kleine französisch gesinnte Partei gegenüber, die hauptsächlich in Piemont ihre Stütze hatte, aber dadurch bedeutend war, daß sie die Regierungsmacht in Händen hielt. Sie fand ihre natürlichen Bundesgenossen in allen clerical gesinnten Kreisen. Der König seinerseits war zwar dem Kaiser Napoleon und Frankreich feindlich gesinnt, war jedoch anderseits durch seine persönlichen Beziehungen und durch das dringende Verlangen eine Aussöhnung mit Rom zu erreichen an die Piemontesen gebunden, vermochte sich in Folge dessen nicht von den gewohnten Beziehungen zu dem lateinischen Nachbarlande loszureißen und gerieth durch diese Verhältnisse in einen latenten Gegensatz zu den nationalen Bestrebungen seines Volkes, von deren Erfolge die zukünftige Bedeutung Italiens offenbar abhängig war.

Auf die eigenthümliche Lage, in die die italienische Regierung zwischen diesen entgegengesetzten und verschiedenartigen Strömungen gerieth, werfen die Tagebuch-Aufzeichnungen dieser Periode ein helles Licht und lassen gleichzeitig die verschiedenartigen Wandlungen der in inneren Widersprüchen befangenen und daher wenig erfolgreichen Napoleonischen Politik deutlich erkennen, die Bernhardi mit dem ihm eigenen politischen Scharfblicke bald durchschaute.

Von besonderem Interesse ist ferner der Einblick in das Verhalten Englands, den diese Aufzeichnungen gewähren. Wir erkennen, daß es 1866 in erster Linie dieser Staat war, der sich bestrebte die italienische Kriegsführung in engen Grenzen zu halten, ihr die Möglichkeit entscheidender Erfolge abzuschneiden und auf diese Weise der deutschen Politik einen Hemmschuh anzulegen; daß es der englischen Regierung gelang, sowohl die leitenden italienischen Staatsmänner als auch in geschickter Weise den italienischen Oberfeldherrn in diesem Sinne zu beeinflussen; wir erfahren, daß auch 1867 in der Luxemburger Frage England auf Seiten unserer Gegner thätig war.

Bernhardi verurtheilt in scharfer Weise die Politik der englischen Torys, die damals das Staatsruder führten, als eine von Vorurtheilen und Deutschenhaß befangene, kleinliche und engherzige; er bezeichnet sie als eine solche, die selbst den wohlverstandenen Interessen Englands nicht entspreche, er glaubt mit prophetischem Auge einen langsamen Verfall der englischen Dinge vorauszusehen, und wir dürfen sein auf persönlicher Kenntniß des Landes wie auf tiefer historischer und staatsökonomischer Einsicht beruhendes Urtheil um so mehr als ein objectives und vorurtheilfreies betrachten, als er selbst die Ueberzeugung hegte, daß ein Zusammengehen Deutschlands mit England und Italien als die für unser Vaterland und Europa an und für sich günstigste und daher stets zu erstrebende politische Combination zu betrachten sei.

Liefert somit der vorliegende Band wichtige Beiträge zur Geschichte der europäischen Politik, so stellt er andrerseits eine in ihrer Bedeutung fast einzig dastehende Quelle für die Geschichte der inneren Entwickelung Italiens während dieser Uebergangs-Epoche dar, indem er uns eine eingehende Kenntniß vermittelt von der Verschiedenartigkeit der staatlichen und volksthümlichen Elemente, aus denen das heutige Italien zusammengewachsen ist, der Parteiverhältnisse, die sich hieraus ergaben, der ungeheueren finanziellen Schwierigkeiten, mit denen das junge Königreich zu kämpfen hatte, der sittlichen Zustände der Nation und vor Allem der regierenden Klassen, endlich der weitverzweigten Beziehungen der italienischen Revolutionärs zu den Revolutionsparteien fast aller europäischen Länder.

Dieser letzte Umstand besonders bildet ein charakteristisches Merkmal der italienischen Zustände, das deren Gestaltung und Entwickelung überhaupt erst verständlich macht.

Wir erkennen den oft bedeutenden Einfluß, den die italienische Revolutionspartei nicht nur auf die Politik des Landes selbst, sondern auf die innere Entwickelung zahlreicher anderer Staaten übte, und andrerseits die Rückwirkung der internationalen Umsturzbewegungen auf die italienischen Zustände.

Indem wir aber in den inneren Zusammenhang dieser internationalen Minirarbeit eingeweiht werden und die Gefahren ermessen lernen, die sich aus ihr für eine gedeihliche sociale und politische Entwickelung ergeben können — zeigt sich uns zugleich die Achillesferse dieser ganzen Bewegung: die Unklarheit der Ideen besonders bei den irregeleiteten Massen, die inneren Gegensätze, die Verschiedenartigkeit der Motive und Absichten bei den einzelnen Gruppen, die in Augenblicken des Handelns trennend und lähmend hervortreten würden, die Ueberschätzung der revolutionären Machtmittel, die Phrasenhaftigkeit und innere Unwahrheit des ganzen Treibens, das nur durch Schwachmüthigkeit seiner Gegner zu momentanen Erfolgen gelangen könnte.

So bietet der vorliegende Band eine Fülle lehrreichen Stoffes für das Verständniß der Zeitgeschichte, der um so mehr das Interesse fesselt, als die Darstellung überall den Einfluß der scharf gezeichneten

Persönlichkeiten auf das Werden der Dinge erkennen läßt, und von einem staatsmännischen Geiste durchweht ist, der wohl geeignet erscheint als Maßstab dafür zu dienen, wie überhaupt politische Dinge beurtheilt werden sollten.

Bernhardi erkennt wie sein Freund und Gesinnungs-Genosse Treitschke das eigentliche Wesen der Politik in der Macht. „Alle politischen Fragen" schreibt er „sind in letzter Instanz immer Fragen der Macht." Nur was man auf die eine oder die andere Art zu erzwingen die Macht zu haben glaubt, soll man in der Politik unternehmen. Die Macht den nothwendigen staatlichen Zielen entsprechend zu steigern, stellt sich daher überall als Hauptaufgabe des Staats dar.

Mit dieser Lehre kennzeichnet er sich als Realpolitiker, der immer bestrebt ist mit den thatsächlichen Verhältnissen zu rechnen und sich weder durch vorgefaßte Meinungen noch durch den Schein der Dinge und die Macht der Phrase beherrschen zu lassen. Dabei verfällt er jedoch nirgends einer opportunistischen Gesinnung, die ohne feste und weitgesteckte Gesichtspunkte das politische Handeln von den wechselnden Strömungen des Augenblicks abhängig macht und weise zu handeln meint, wenn sie überall den Verhältnissen vermittelnd und ausgleichend Rechnung zu tragen sucht und nach Augenblicks-Erfolgen strebt. Er spricht es im Gegentheil aus, daß man im öffentlichen Leben „niemals bleibende Interessen einer augenblicklichen Convenienz aufopfern darf". Diese bleibenden Interessen aber sind ihm vor Allem ethischer Natur. Die lebendige Entwickelung aller geistigen und sittlichen Kräfte der Nationen ist ihm überall die höchste und letzte Aufgabe des Staats und damit der Politik; er erkennt, daß eine solche nur in einem mächtigen freien Staatswesen möglich ist, dessen äußere politische Entwickelung den inneren Kraftelementen entspricht und ihnen Raum gewährt zur vielseitigsten Ausgestaltung ihres Wesens; er erkennt, daß ohne Kampf und Krieg, ohne den festen Willen es im äußersten Falle auf einen solchen ankommen zu lassen, diese nothwendige äußere Entwickelung nicht zu erreichen ist, und ist daher überall der Vertreter thatkräftigen, klare Entscheidungen suchenden, politischen Handelns.

Hier sind in der That die Grundgedanken gegeben, ohne die eine großzügige und dauernd erfolgreiche Politik überhaupt nicht zu denken ist. Möchten sie — wie sie in den glücklichsten Perioden der geschichtlichen Entwickelung unseres Vaterlandes maßgebend waren — auch in Zukunft die Richtschnur der deutschen Politik sein.

1867 und 1868 in Italien.

12. Mai. Abreise um 10,35. Zwei Magdeburger Kaufleute sind unsere Gefährten; sie theilen uns die neuesten Zeitungen mit, die sie bei sich haben; Telegramm: eine friedliche Convention ist gestern unterzeichnet; wir verlassen Luxemburg, das für neutral erklärt wird! Eine Nachricht, die mich auf das Alleräußerste verstimmt!

14. Mai. Bern. Im Berner Hof eingekehrt. Bern ist nicht wieder zu erkennen, so verwandelt, seitdem ich es am Schluß meiner Studentenjahre zuerst und zugleich zuletzt gesehen habe. Die Stadt liegt auf einer Art von Halbinsel, die durch die scharfen Windungen der Aar gebildet wird; sie bildet ein Dreieck, dessen zwei Seiten die Aar bespült; die dritte war sonst durch Festungswerke geschlossen; die sind jetzt verschwunden; an ihrer Stelle ist ein neuer verhältnißmäßig glänzender Stadttheil entstanden. Die Häuser, die ihn bilden, beweisen, mit den älteren Baulichkeiten verglichen, daß auch die Schweiz im Laufe des letzten halben Jahrhunderts mächtig reicher geworden ist.

Den preußischen Gesandten, General-Lieutenant von Röder II — ehemaligen Erzieher des Prinzen Alexander — aufgesucht. Er lebt eigentlich auf einem Landhaus, das er bei Vevey besitzt. Dort weilt seine Familie. In dieser wichtigen Zeit aber muß er natürlich für seine Person hier sein und lebt in einem großen Gasthof, ebenfalls in dem neuen Stadttheil.

Als wir allein waren, sprachen wir ernsthaft von Krieg und Frieden. Röder sagt mir, es scheine noch nicht Alles ganz im Reinen; Holland wolle nicht darein willigen, daß Luxemburg für unveräußerlich sowohl als neutral erklärt werde; es wolle sich die freie Dis-

1*

position über das Land vorbehalten. (NB. um Luxemburg doch bei Gelegenheit an Frankreich abtreten zu können.)

Napoleon habe niemals die Schweiz zu einem Bündniß zu bewegen gesucht und ebenso wenig die Jurabahn von Genf nach Basel verlangt. Die Nachrichten, die Moltke darüber hatte, seien anonym eingesendete, ihrem Inhalt nach falsche gewesen. Napoleon kenne die Schweiz viel zu gut, um dergleichen zu versuchen. — Die Schweiz wolle nur Eins in ihrer auswärtigen Politik: sie wolle unter allen Bedingungen neutral bleiben. Wer ihre Neutralität antaste oder verletze, der habe sie zum Feinde und werfe sie seinem Gegner in die Arme. Das weiß Napoleon und darum habe er ihr nie dergleichen zugemuthet. Aber auch wir müssen uns das gesagt sein lassen, und z. B. die Eisenbahn, die auf einer kleinen Strecke das Gebiet von Schaffhausen durchschneidet, niemals zum Transport süddeutscher Truppen an den Rhein benutzen. Das leide die Schweiz nicht — und die Schweiz sei ein Gegner, mit dem man rechnen müsse. Sie könne hunderttausend Mann aufbringen und habe viele gediente Offiziere; auch wissen die Leute in ihrem eignen Lande sehr gut Bescheid 2c.

Zur Zeit ist das Mißtrauen besonders gegen Frankreich rege, und die Schweiz war, für den Fall, daß der Krieg wirklich ausbrach, geneigt, gleich eine recht große Demonstration zu machen — sofort 100000 Mann aufzubieten, um damit in unzweideutiger Weise zu bekunden, daß man den sehr ernsten Willen habe die Neutralität zu wahren.

Röder hat den hiesigen französischen Gesandten, Marquis de Banneville, beglückwünscht in Beziehung auf die glückliche Beilegung der luxemburgischen Angelegenheit; Banneville hat das aber sehr kühl aufgenommen und äußert sich in Beziehung auf die Convention überhaupt so kühl und zurückhaltend, als wolle er ein entschiedenes Mißfallen an den Tag legen. Auch weiß man hier sehr genau, daß in Frankreich mit großer Anstrengung nach einem gewaltigen Maaßstab gerüstet wird, und daß diese Rüstungen bis diesen Augenblick noch keineswegs eingestellt worden sind. Noch auf dem letzten

Pferdemarkt in Freiburg sind alle Pferde, die überhaupt da waren, für Frankreich aufgekauft worden.

15. Mai. Den italienischen Geschäftsträger bi Martino aufgesucht, in seinem etwas ärmlichen Bureau.

Er ist ein sehr junger Mann, Sohn des letzten neapolitanischen Ministers, sehr höflich und zuvorkommend. Telegraphirt sofort nach Florenz, um zu erfahren, ob Cerrutti dort ist, in Turin oder unterwegs; ergeht sich dabei in einem überschwenglichen Lobe des trefflichen Cerrutti.

Dann fragt er nach mancherlei Einzelheiten des vorjährigen Feldzuges, spricht in französischer Sprache mit patriotischem regret von den Ereignissen; daß sie nicht ehrenvoller für die italienischen Waffen ausgefallen seien, und sprach am Ende in sehr naiver Weise aus, weshalb La Marmora nicht über die Alpen, nicht nach Deutschland — überhaupt nicht in die Bahnen einer großartig angelegten Kriegführung wollte: „il ne voulait rien risquer; il disait, le Vénitien, nous l'aurons dans tous les cas!" —

NB. Das ist wirklich in La Marmora's beschränktem Geiste; nichts risquiren wollen im Kriege, das ist die wahre Höhe!

Um 2 Uhr Diner bei Röder in seinem Zimmer.

17. Mai. Früh auf zur Weiterreise.

19. Mai. Florenz. Zur Canzlei. Rabolinski da und bald auch Otto Dönhoff; der zeigt sich sehr unzufrieden damit, daß der Krieg vermieden worden ist, und da ich frage, belehrt er mich: La Marmora, obgleich commandirender General hier in Florenz, sei so gut wie verschollen; man sehe ihn nirgends in der Gesellschaft. Mit Usedom ist er ganz entzweit; er grüßt Niemanden von der preußischen Gesandtschaft und wird von Niemandem gegrüßt.

Usedom hat hier den vergangenen Winter gelegentlich General Klapka gesehen; der hat ihm unter Anderem gesagt, die Versöhnung Oesterreichs mit Ungarn werde nicht lange vorhalten. Die Ungarn werden sehr bald mit der Forderung hervortreten, eine eigene, von der österreichischen gesonderte Armee zu haben — und diese Forderung wird den Bruch herbeiführen.

Besuch bei Cerrutti — via de' Servi — verabredeter Weise. Er empfängt mich auf das Freundschaftlichste, sagt mir, daß er wahrscheinlich als Gesandter nach Washington geht, will aber ganz entschieden nicht mit der Sprache heraus, in Beziehung auf das jetzige Ministerium und die gegenwärtigen Zustände.

Sehr entschieden tritt dagegen hervor, daß der National-Partei, zu der er gehört, sehr viel an dem guten Verhältniß mit Preußen gelegen ist, das in ihren Augen den höchsten Werth hat. Er fragte mit großem Eifer, ob man in Berlin noch immer gut gesinnt sei für Italien? Ob man dort auf das Bündniß noch denselben Werth lege? Ob an dem Verhältniß nichts verdorben sei? — (NB. Durch das Ministerium Rattazzi natürlich, das aber nicht genannt wird.)

Dann fragt Cerrutti mit derselben Spannung auch, wie das Verhältniß zwischen Usedom und Bismarck sei? Ob Usedom gut mit Bismarck stehe? Er schien deshalb nicht ohne Sorge. Lobt Usedom mit einer gewissen Ueberschwenglichkeit; der habe das Bündniß zwischen Italien und Preußen herbeigeführt; er ganz allein und Niemand sonst; er habe es eingeleitet zu einer Zeit, wo der Gedanke daran in Berlin allen Menschen befremdlich, beinahe abenteuerlich vorkam.

Cerrutti bedauert lebhaft, daß der Friede von Nikolsburg zu früh geschlossen worden; ich erzähle ihm, in welcher Weise Govone darauf Einfluß geübt hat; er meint: „Si l'Italie avait tenu ferme," so hätte Napoleon doch nicht Krieg geführt. Bedauert, daß das Verhältniß zwischen La Marmora und der preußischen Gesandtschaft so ganz und gar verdorben ist; es wäre nicht zu dem Grad von Spannung gekommen, wenn sich nicht Damen hineingemischt hätten.

25. Mai. Usedom kommt, begrüßt mich sehr freundschaftlich. Gegenseitige Mittheilungen, die dann später auf der Villa Capponi fortgesetzt werden.

Es sind mit den Ansichten unseres Gesandten und seiner Gemahlin beachtenswerthe Veränderungen vorgegangen. Beide sind große Verehrer Bismarck's geworden und erklären ihn für einen großen Staatsmann.

Usedom spricht viel von La Marmora, dessen schlechte Führung des Feldzuges nicht bloß in seiner Unfähigkeit ihren Grund habe; es habe sich vielmehr ergeben, daß er alle seine Schritte von Frankreich abhängig machte, und nach den Weisungen verfuhr, die er von Paris aus erhielt. — (NB. Es frägt sich, ob nicht vielmehr der Einfluß Englands für ihn maßgebend war, wie mir Türr versicherte, und wie sich auch im vergangenen Jahr in einigen Indiscretionen Elliot's verrieth.)

Usedom giebt zu, daß die ganze Lage hier sich seit dem vergangenen Jahr ungemein verschlechtert hat und eine sehr schlimme, eine geradezu gefährliche geworden ist; daß Ricasoli ohne parlamentarischen, ja ohne irgend einen nachweisbaren staatsmännischen Grund, durch eine Hof-Intrigue beseitigt worden ist, die Napoleon in Gang gesetzt hat; er giebt zu, daß das gegenwärtige Ministerium — Rattazzi — durch Napoleon und die Consorteria, d. h. die persönliche Umgebung des Königs eingesetzt, ein sehr gewagtes Experiment ist, das leicht eine Katastrophe herbeiführen könnte — meint aber, Rattazzi sei dennoch lange nicht der schlimmste aller unter diesen Umständen möglichen Minister. Menabrea wäre viel schlimmer gewesen. Der ist nicht Premier-Minister geworden, weil er mehr zu Oesterreich neigt als zu Frankreich.

Rattazzi ist glücklicher Weise kleinmüthig und eingeschüchtert. — Die Consorteria und die piemontesische Coterie würden auf ein Bündniß mit Frankreich und einen Krieg mit Preußen eingehen. Sie bereiten sich jetzt schon gewissermaßen darauf vor, indem sie sagen — La Marmora an der Spitze der Piemontesen — Preußen habe sie beleidigt, indem es einen Zweifel an ihrer loyauté ausgesprochen, sie des Verraths beschuldigt habe. Preußen verdanke seine Siege den Italienern, denn nur dadurch, daß die Italiener eine österreichische Armee in der Lombardei beschäftigten und festhielten, habe es in Böhmen siegen können. Dann aber habe sich Preußen undankbar erwiesen. — Rattazzi aber werde Alles aufbieten, um sich solcher Combinationen, eines solchen Bündnisses und Krieges zu erwehren. Der finanzielle Ruin des Landes, das Schreckbild des Banquerotts hält ihn zurück; er schreckt zurück nicht nur vor jedem kühnen Unter-

nehmen, sondern vor dem Gedanken an jede positive Thätigkeit überhaupt; Italien muß seiner Meinung nach überhaupt gar nichts thun,
und er wird suchen, sich aller auswärtigen Politik durchaus fern zu
halten.

Was den König vollständig zu Grunde gerichtet hat in den
Augen seines Landes, das sind seine klerikalen Tendenzen, die ziem-
lich unerwartet hervortreten; das Verlangen, sich um jeden Preis mit
Rom zu versöhnen, das bei ihm persönlich sehr groß ist.

Jetzt unterhandelt der König mit Rom; die Piemontesen lassen
dabei in Rom durchschimmern, daß man wohl geneigt sein könnte,
Neapel aufzugeben. Neapel sei eine Last und kein Gewinn ꝛc. —
Natürlich hört man das in Rom sehr gern. Denn nur mit einem
einigen Italien, das Rom von allen Seiten umklammert, kann Rom
sich nie versöhnen, meint Usedom. Zwei italienische Reiche, deren
Eines man gelegentlich gegen das Andere in die Wagschale legen
kann: das wäre etwas Anderes.

Sehr seltsam ist es nun, daß der König, wenn von den Schwierigkeiten der Lage die Rede ist, davon, daß ein Finanzgesetz im Parlament nicht durchgehen wird, nicht selten von einem Staatsstreich spricht,
den er nöthigenfalls machen werde. Als ob ein coup d'état an sich
ein bestimmtes Etwas sei, dessen Inhalt ein für alle Male derselbe
wäre und sich von selbst verstehe! Man frage sich vergebens, was
sich denn der König eigentlich denke, und worin denn dieser Staatsstreich bestehen solle? Es sei ja hier gar kein Conflict zwischen
Krone und Parlament; es handle sich gar nicht um mehr oder weniger
Rechte des einen Factors oder des anderen, sondern um Sein oder
Nichtsein — um die Möglichkeit des Fortbestehens dieses Staates
und nicht um Verfassungsfragen.

Das Project der definitiven Organisation der Armee wird im
Parlament von der National-Partei sehr entschieden angegriffen
werden; man will die Armee im Frieden auf 100,000 Mann redu-
ciren — ja Einige sprechen davon, sie auf 60,000 Mann zu redu-
ciren, was natürlich eine Uebertreibung ist. Der Grund, den man
dafür anführt, ist natürlich die Lage der Finanzen und die Nothwendigkeit zu sparen. Der wirkliche Grund aber ist ein anderer.

Die National = Partei traut den Piemontesen und ihrer Hinneigung zu Frankreich nicht; sie will Italien vollständig entwaffnen, damit gar keine Armee da ist, die den Zwecken Frankreichs dienstbar gemacht und in einem Krieg gegen Preußen verwandt werden könne.

Uebrigens wird die National=Partei immer sehr vorsichtig und gemäßigt in ihrer Opposition gegen die Regierung auftreten, stets den König persönlich und die Dynastie zu schonen suchen. Denn diese Dynastie ist ihr heilig als das Mittel, die Einheit Italiens zu erhalten, als die Bürgschaft für die Einheit. Aber nicht so die Actionspartei — nicht so die Anhänger der alten Regierungen 2c.

Die Unzufriedenheit ist allgemein und groß, und unter dem Druck der traurigen Finanzlage und dem Einfluß der Unzufriedenheit regt sich überall auch der Particularismus wieder.

Ich: Das ist so sehr der Fall und die Hoffnungen, namentlich der Bourbons von Neapel, sind darüber in solcher Weise neu erwacht, daß diese Fürsten bereits daraufhin Versuche gemacht haben, sich unserer Regierung zu nähern.

Usedom weiß das; er ist nach Neapel gegangen, um an Ort und Stelle zu sehen, was man etwa, falls es nöthig werden sollte, unserem „dicken Freunde" — wenn er feindlich gegen uns auftreten sollte — „auf den Hals hetzen könnte!"

NB. Das geht offenbar viel zu weit. — Kein Gesandter will schlicht und einfach sein Amt verwalten und seine Instructionen befolgen, ohne darüber hinaus zu gehen; jeder will vielmehr selbständige Politik treiben, Einfluß auf die Politik des eigenen Landes üben, ja, sie womöglich beherrschen; das kann verderblich werden, besonders wenn dabei eine einseitig verkehrte Ansicht zu Grunde liegt — und das ist hier der Fall.

Für mich ist es oberster Grundsatz im öffentlichen wie im Privatleben, daß man niemals bleibende Interessen einer augenblicklichen Convenienz aufopfern darf. Unser bleibendes Interesse aber fordert die Einheit Italiens. Nur in der Einheit kann Italien je selbständig sein, wie wir wünschen müssen; zersplittert verfällt es unwiederbringlich dem Einfluß Oesterreichs oder Frankreichs, niemals

dem unsrigen! — weil wir nirgends unmittelbare Berührungs-
punkte mit Italien haben.

Es wäre der größte Fehler, den wir begehen könnten, wenn
wir uns durch augenblickliche Rücksichten bestimmen ließen, die Zer-
splitterung Italiens zu fördern).

Usedom kommt mehrfach auf La Marmora zurück, der bei Custozza
eine halbe Stunde vor dem Angriff von Seiten der Oesterreicher
dem Prinzen Humbert sagte, er solle seine Leute abkochen lassen, vom
Feinde sei nichts zu sehen — dann den Kopf verlor, sowie das
Gefecht begonnen war, und um ½12 Uhr das Schlachtfeld verließ,
um nach Goito zu gehen.

Usedom: Nachdem er mit Cucchiari gesprochen und sich überzeugt
hatte, daß dessen zersplitterte Divisionen an dem Tage nicht mehr
zusammen gebracht werden konnten, legte sich La Marmora in
Goito zu Bett und schlief von 2—5 Uhr; die Schlacht blieb
inzwischen sich selbst überlassen.

26. Mai. Einen langen Brief an Keudell angefangen. Deutsche
Zeitungen. Verschwörung in Hannover entdeckt. „Es geht
nicht ohne Strenge", meint Usedom, „man kommt nicht darum
herum."

28. Mai. Canzlei. Sage zu Usedom, daß wohl jenes mémoire
vom 17. Juni v. J. der eigentliche Grund der Feindschaft La Marmora's
ist.*) Erfahre die Geschichte dieses mémoire, das bei weitem mehr
bekannt geworden ist, als ich glaubte. — Cerrutti hat gleich damals
eine Abschrift davon dem Prinzen von Savoyen-Carignan vorgelegt,
der als Regent hier in Florenz zurückgeblieben war. Der Prinz
zeigte sich sehr frappirt, ließ mehrere Abschriften nehmen und theilte
sie den bedeutendsten Generälen der Armee mit, unter denen namentlich
Cialdini sich sehr geräuschvoll mit den dort entwickelten Ideen einverstanden erklärte.

29. Mai. Nach 1 Uhr verabredeter Maßen zu Sir James

---

*) Usedom hatte am 17. Juni 1866 Bernhardi den Entwurf zu einer Note
vorgelesen, die er Ricasoli übergeben wollte, und in welcher ausgesprochen war,
was Preußen von Italiens Kriegführung erwarte.

Lacaïta, der auf der Durchreise von Neapel nach England hier ist. Gespräch über die hiesigen Zustände.

Ich: Eine revolutionäre Bewegung, die nicht unmöglich ist, ist um so schlimmer, da sie schwerlich gegen den König persönlich oder auch nur gegen die Dynastie gerichtet bleibt. Sie gefährdet den ganzen Zustand. Da der Particularismus neu erwacht und die Dynastie das einzige Band der Einheit ist, könnte Italien darüber wieder auseinanderfallen.

Sir James: Die Consorteria und die Piemontesen neigen zu Frankreich und sind von Frankreich abhängig. Sie hätten in der letzten Zeit gern Italien in ein Bündniß mit Frankreich zu ziehen gesucht; um das möglich zu machen und eine parlamentarische Majorität dafür zu gewinnen, suchten sie einen Compromiß mit den Rothen, mit der äußersten Linken. Sie spiegelten den Leuten vor, daß vermöge eines solchen Bündnisses wohl ein Stück von Welsch-Tyrol zu gewinnen sein werde — und die Möglichkeit, sich gegen Triest hin auszudehnen, lauter Dinge, zu denen Preußen niemals die Hand bieten werde. Die Rothen gingen aber nicht auf die Sache ein. Einige scharfe Erklärungen gegen ein Bündniß mit Frankreich 2c., welche Mitglieder der äußersten Linken neuerdings ohne parlamentarische Veranlassung — anscheinend ganz ohne Veranlassung — im Parlament abgegeben haben, waren die öffentliche Antwort auf diese geheimen Insinuationen.

Großen Schaden hat der Regierung dann auch Scialoja's Project gethan, die Kirchengüter der Compagnie Langrand-Dumonceau zu verkaufen.

Ich: Daß Langrand-Dumonceau der Banquier der belgischen Jesuiten ist, das wissen wir. Daß die angebliche Compagnie niemals existirt hat, das versteht sich von selbst; daß es aber Niemand anders war, als der Klerus selbst, der unter dieser Firma seine Güter für etwa ein Viertel des wahren Werthes wieder aufkaufen wollte, das ist leicht zu durchschauen.

Sir James: So ist es. Was aber die Leute besonders empörte, war der Umstand, daß dem Hause Langrand-Dumonceau contractlich eine Provision zugesichert war, die nicht weniger als sechzig Millionen

Franken betragen hätte, und man wußte, daß diese Millionen bestimmt waren, das Finanz-Werkzeug des päpstlichen Stuhls — oder
des Cardinals Antonelli — zu retten, nämlich die Bank zu Rom,
die eigentlich längst banquerot ist.

Der König unterhandelt auch jetzt wieder, mit Umgehung seiner
Minister, mit Rom, und sucht eine Aussöhnung mit dem heiligen
Stuhl. Sein Haupt-Agent dabei ist ein gewisser Castellani, ein
Abgeordneter, ein bekannter Klerikaler, der aber neuerdings seinen
Sitz im Parlament seltsamer Weise auf der äußersten Linken gewählt
hat. Der „go-between", der hin- und herreist zwischen Rom und
dem Hoflager des Königs, ist ein gewisser Albéri, ehemals Vertrauensmann des Großherzogs von Toscana, in dessen Familien-
angelegenheiten und Geheimnisse eingeweiht und mit der Führung
seiner Privatgeschäfte betraut, dann bis ganz vor Kurzem diplomatischer Agent des Großherzogs in Rom.

Castellani ist der eigentliche Autor des Gesetz-Entwurfs, den
Scialoja vorgelegt hat; er ist es, der Langrand-Dumonceau mit
der italienischen Regierung in Verbindung gebracht hat; er ist es
zumal, der die 60 Millionen Provision ausbedungen hat.

Nun läßt die päpstliche Regierung dem König durch die Agenten
insinuiren: Der Papst habe den König bisher fern von Rom halten
müssen, weil er das atheistische Parlament und die Freimaurer nicht
in die heilige Stadt einlassen könne oder dürfe. Aber der Papst
sei bereit, den König zum Vicario della Santissima Chiesa,
auch im Kirchenstaat zu ernennen, wie frühere Päpste einst Karl den
Großen dazu ernannt hätten; er sei bereit darein zu willigen,
daß der König nach Rom komme und dort gekrönt werde, wenn
er nämlich zwei Bedingungen erfülle: wenn er die atheistische
Verfassung abschaffe und ein absolutistisches Regiment einführe
und wenn er den Fortbestand sämmtlicher geistlicher Institutionen
— d. h. sämmtlicher Bischofssitze und Seminarien und aller noch
bestehenden Klöster — verbürge.

Der König ist bereits so weit gegangen, die bedeutendsten Generale der Armee darauf sondiren zu
lassen, inwiefern er für einen Staatsstreich auf sie

zählen könne. Nur einer soll sich willig und bereit erklärt haben, die Hand dazu zu bieten. Dieser eine ist Menabrea. Die anderen haben alle mehr oder weniger ablehnend geantwortet oder ausweichend — Cialdini ganz entschieden und mißbilligend, warnend und ablehnend.

NB. Das Gerede von einem Staatsstreich ist also doch nicht so ganz ohne Inhalt, wie Usedom glaubt.

Ich: Ein solcher Staatsstreich wäre aber geradezu Wahnsinn, schwachbegründet, wie alle Verhältnisse hier sind. Der kleinste Versuch in diesem Sinn und der König ist verloren! Die Actions-Partei wird ohnehin nicht ruhig bleiben; daß sie einen Angriff auf Rom vorbereitet, kann jeder sehen. Sowie Frankreich irgendwie anderweitig engagirt ist, läßt die Partei Garibaldi und seine Freischaaren auf Rom los, das ist gewiß!

Sir James: Sowie Frankreich irgendwie engagirt ist, geht die Actions-Partei nach Rom, und sowie Frankreich irgend in ernste Schwierigkeiten verwickelt ist, läßt sie Garibaldi und seine Freischaren auch auf Nizza los, und wenn das offizielle Italien auch zur Zeit der Verbündete Frankreichs wäre; darauf könne ich mich unbedingt verlassen.

Uebrigens wenn der König einen Staatsstreich versuche, werde alles zusammenbrechen und auseinander fallen. In Neapel besonders bedürfe es nur eines sehr geringen Anstoßes von Außen, um eine Katastrophe herbeizuführen. Die Einheit Italiens wird da überhaupt nur als Steuerdruck und als Herrschaft der Fremden, der verhaßten Piemontesen, empfunden. Durch einen kleinen Anstoß von Außen, wenn z. B. 800 Mann fremde Truppen landeten und irgend eine Fahne, gleichviel welche, aufpflanzten, könnte die ganze Bevölkerung sehr leicht in Bewegung gesetzt werden, „um die Piemontesen aus dem Lande zu jagen", ganz einerlei, was sonst noch dabei geschrieen wird, ob „evviva il Borbone!" oder „evviva la republica!" oder was sonst.

Auf die Canzlei. Bei Usedom finde ich einen Dr. Meyer aus Petersburg, Redacteur der dortigen deutschen Zeitung. Der behauptet, daß Rußland in vollständige Ohnmacht verfunken sei, und Niemandem weder helfen noch schaden könne. Es könne nur noch imponiren, insofern nämlich irgend jemand so „kindlich" sei zu glauben, daß Rußland irgend etwas vermöge.

31. Mai. Sir John Acton bei mir, ein paar Stunden. Erzählt mir von Rom, wo er den Winter über in den Archiven gearbeitet hat.

In Rom fürchtete man den Winter über einen Angriff von Seiten der italienischen Actionspartei; dann wurde man eine Zeit lang ruhiger; in der letzten Zeit aber ist die Unruhe wieder sehr groß geworden; man fürchtet einen Angriff und den gänzlichen Zusammenbruch alles Bestehenden, da Niemand an die Möglichkeit eines Widerstandes glaubt.

1. Juni. Sir John Acton besucht. Der König hat sich so unvorsichtig und leichtsinnig — auch schriftlich — compromittirt, der päpstlichen Regierung gegenüber, daß er jetzt eigentlich schon ganz in der Gewalt Roms ist. Er ist verloren, wenn Cardinal Antonelli die Schriftstücke bekannt macht, die er von ihm in Händen hat.

Das ist schlimm; Rom versteht eine solche Situation auszubeuten und läßt den, der einmal so eingefangen ist, gewiß nicht wohlfeilen Kaufs wieder los. Sir John, Neffe eines Cardinals, kann das wohl wissen.

Zu Sir James Lacaïta. Frage, ob von Seiten der Piemontesen in den Unterhandlungen mit Rom angedeutet worden ist, wie Usedom glaubt, daß man geneigt sei, Neapel allenfalls aufzugeben?

Nein, das ist nicht geschehen! Aber auch Sir James weiß, daß der König sich in diesen Unterhandlungen compromittirt hat und ganz in der Gewalt des päpstlichen Hofes ist.

Schilderung der Consorteria, in der drei Abstufungen wahrzunehmen:

1. die vertraute persönliche Umgebung des Königs;

2. die alte piemontesische Hofadels-Coterie, vielfach mit der persönlichen Umgebung in Beziehungen;

3. ein weiter Kreis von Individuen, die nicht sowohl zu diesen Coterieen gehören, als darin aufgenommen sein möchten, Stellenjäger aus allen Provinzen. Die Consorteria und die Piemontesen wollen Herren in Italien bleiben, bedürfen dazu der Stütze Frankreichs und müssen sich ihrerseits, um diese Stütze zu haben, abhängig von Frankreich machen. In der Natur der Sache liegt, daß diese Zustände immer schlechter werden müssen. Gesetzt, der König nehme es dies Mal genau mit der Beschränkung der Civilliste um 4 Millionen, die er versprochen hat, ohne damit einen großen Eindruck hervorzubringen, um so gewisser würde er in ganz kurzer Zeit wieder tief in Schulden stecken und Geld brauchen. Seine Finanz-Räthe müssen ihn immer abhängiger von der Consorteria machen, und je mehr die Consorteria im Lande verhaßt ist, desto mehr muß sie von Frankreich abhängig werden. —

Alle streben einer Katastrophe zu, die noch lange hintangehalten werden kann, weil das Volk indolent ist und wenig Initiative hat, die aber auch durch irgend ein äußeres Ereigniß überraschend herbeigeführt werden könnte.

4. Juni. Einen ausführlichen Bericht an Moltke geschrieben über den Entwurf zur definitiven Organisation der italienischen Armee, der dem Parlament vorgelegt worden ist. Er würde eine wesentliche Verbesserung herbeiführen und namentlich der Infanterie eine größere Solidität sichern.

7. Juni. Usedom wiederholt öfter, die hiesigen Finanz-Männer mögen sich drehen und wenden wie sie wollen, der Versuch, die Kirchengüter in andere Hände zu bringen, wird immer mißlingen; es wird schließlich immer der Klerus selbst sein, der in einer oder anderer Form seine Güter wiederkauft und zwar, weil Niemand sonst in Italien das Geld dazu hat; nur der Klerus, „der in seinem Gold erstickt", verfügt über die nöthigen Capitalien.

Warum ist dem so? Auch das ist mir nach einigem Nachdenken klar: weil die Staatsschuld von sieben Milliarden, die in wenigen Jahren herangewachsen ist, alles bewegliche Capital absorbirt hat, das im Lande war.

Besuch beim badischen Gesandten, Baron Schweiter. Die Möglichkeit eines Staatsbanquerots besprochen.

Ich: Italien ist in dieser Beziehung in einer anderen und viel ungünstigeren Lage als Oesterreich. Die österreichischen Fonds sind bis auf einen eigentlich geringen Bruchtheil im Auslande untergebracht; macht Oesterreich banquerot, so trifft eben deshalb der Schaden hauptsächlich das Ausland. Anders hier in Italien, dessen ganze Schuld eine inländische ist. Hier würde der Staatsbanquerot den Ruin unzähliger Familien nach sich ziehen und den gesammten Nationalhaushalt in ganz unberechenbarer Weise unheilbar zerrütten. Schweiter bestätigt, daß die Hauptmasse der österreichischen Staatsschuld im Auslande untergebracht ist. Der ganze süddeutsche Adel ist ruinirt, wenn Oesterreich Banquerot macht, denn er hat große Summen in österreichischen Fonds angelegt mit blindem Vertrauen, indem in diesen Kreisen beständig wiederholt wurde, Oesterreich habe schon ganz andere Stürme bestanden u. s. w.

8. Juni. Zeitungen. Attentat auf den Kaiser Alexander II. — meno male! — Die Altrussen, Fürst Gortschakow wie ein anderer, tragen sich immerdar mit der Idee einer französisch-russischen Allianz, die Europa beherrschen soll; es kann gar nicht schaden, wenn ihnen dieser Traum verleidet wird.

Briefe von C.*) „Die Dinge im Orient nehmen mit jedem Tage eine drohendere Haltung und ernstere Wendung an. Weder die Türken noch die Diplomaten werden im Stande sein, sich dem Strom der

---

*) Die christliche Bevölkerung Kreta's, vom türkischen Joche schwer bedrückt, erhob sich im Jahre 1866, da Vorstellungen und Bittschriften bei der Pforte keinen Erfolg hatten, einmüthig und beschloß am 2. September 1866 die Loslösung Kreta's von der Türkei und seine Vereinigung mit Griechenland. Der Aufstand führte zu einem fast dreijährigen Kriege auf der Insel, in welchem Griechenland die Aufständischen mit Geld, Waffen u. s. w. unterstützte. Da außerdem zahlreiche Freiwillige aus Griechenland sich den Aufständischen anschlossen, entstand eine Spannung zwischen Griechenland und der Türkei, die Ende 1868 zum Abbruch der diplomatischen Beziehungen zwischen beiden Staaten führte. Zur Vermeidung ernsterer Verwickelungen im Orient trat auf Vorschlag des Grafen Bismarck 1869 in Paris eine Conferenz zusammen, die die Streitigkeiten beilegte. Kreta verblieb der Türkei, die sich zu humaner Regierung verpflichtete. Griechenland mußte auf die weitere Unterstützung der Aufständischen verzichten.

Christenbewegung, der bei jeder Kampfesnachricht aus Kreta heftiger getrieben wird, entgegen zu stemmen, ihn aufzuhalten, damit er nicht das ganze Reich der Moslems überzieht."

„Die Gesandtschaften in Athen berichten „Faseleien" an ihre Regierungen. Diese Herren können eben nur berichten, was ihnen absichtlich falsch mitgetheilt wird. Die Leiter der Bewegung sind in ihrer Politik eben so schlau, als es die fremden Minister in Athen zu sein glauben. Jeder der Minister glaubt sichere Quellen zu haben, und alle sind sie das willkürliche Spiel griechischer Schlauheit. Keinem der Herren Diplomaten traut man, alle sind sie von einer beständigen Spionage umgeben, so daß alle Personen, die mit ihnen mehr als die Convenience gebietet, verkehren, sofort gekennzeichnet werden. Das bezieht sich jedoch vorzugsweise auf die Gesandten von England und Frankreich. Diesen beiden Herren gegenüber hat sich alles verschworen, die verwirrtesten widersprechendsten Notizen zu geben, so daß London und Paris nie den wahren Sachverhalt der großen Griechenbewegung erfahren. Dieses Verfahren den Gesandten gegenüber wird vom Central-Comité beobachtet um die betreffenden Regierungen so lange in Schranken zu halten bis es dem Koronios und Zimbrakalis gelungen sein wird, die Türken unter Omer Pascha, der nun bereits drei Mal ganz gründlich unterlag, in die Städte Kanea — Rethymno — Candia zurückzudrängen. Dies geschehen, würden zwei Drittel der kampfgeübten Insurgenten nach Epirus und Thessalien übergehen, um den ohnedies in diesen Provinzen organisirten Aufruhr zur offenen Campagne gegen die Türken werden zu lassen."

„Von den Gesandten ist nur der russische au courant der Dinge. Herr v. Wagner tappt auch im Finstern, und seine Abneigung gegen die Griechen macht es ihm ziemlich schwer, an die Möglichkeit zu glauben, daß die Griechen überhaupt etwas vermöchten. Er kann jedoch nicht anders als zugeben, daß die Gewalt der Umstände den Türken über den Kopf gewachsen sei, und daß sie möglicher Weise doch unterliegen könnten, wenn die Diplomatie nicht zu ihren Gunsten im rechten Augenblick einschreite. Der rechte Augenblick scheint ihm jedoch erst dann gekommen zu sein, wenn die Erhebung von Epirus

Bernhardi VIII. 2

Ernst werden sollte. Die Erzählung meiner Erlebnisse in Epirus überzeugte Herrn v. Wagner, daß es Ernst werden dürfte, und daß eine diplomatische Action zu spät kommen werde, wenn Koronios mit einigen Tausend Freiwilligen aus Candia nach Epirus gelangt; denn das Volk in Epirus-Thessalien-Macedonien erhebt sich wie Ein Mann beim Eintreffen des Koronios am Aspropotamos. Was in Bulgarien und überhaupt in Rumelien geschehen dürfte, liegt außer aller Berechnung! Die Propaganda reicht aber bis über den Balkan."

„In Candia liegen die Sachen gegenwärtig so, daß der Serdar Omer Pascha vollständig gelähmt, Lager bezogen hat, um ab= zuwarten, was man in Stambul beschließen wird. Der Serdar hat erklärt, daß er weitere Angriffe auf die Stellung der Insurgenten nicht unternehmen könne. Mittlerweile organisiren und verstärken sich die Insurgenten täglich, sodaß der oben angedeutete Fall bis Mitte Juni eingetreten sein kann. Die Verbindung mit Candia wird trotz 36 Kriegsfahrzeugen, die die Türken an den Küsten der Insel haben und eine Blockade da niente unterhalten, regelmäßig aufrecht gehalten; jedoch die Notizen von den Insurgenten gehen direct in die Hände des Central-Comités, das eine wunderbare Controlle über Alles und Alle hat. Ihm gehorcht Alles, selbst die Minister des Königs! Die gebildetsten und die rohesten Elemente gehorchen dieser unsichtbaren Macht. Ihr entgeht nichts — sie sieht durch alle Schichten der Bevölkerung, weil sie in allen Klassen vertreten, weil sie mit allen Klassen ein organisches Ganze bildet."

14. Juni. Usedom bei mir; der erzählt die Geschichte eines gewissen Rautenberg aus Westpreußen.

Dieser Rautenberg, Katholik, hat in Königsberg Medicin studirt, wie es scheint, mit geringem Erfolg, denn er ist darauf nach Münster gegangen, um bei der dortigen Akademie zu promoviren, und von dort nach Holland. Dort ist er päpstlichen Werbern in die Hände gefallen; die haben ihn, wie er selber sagt, „verrückt gemacht" und ihm außerdem goldene Berge versprochen; kurz, er hat sich für die päpstlichen Zuaven anwerben lassen. Er beschreibt, wie die Bischöfe in Belgien-Frankreich an der Spitze der Werber stehen;

ihre Paläste sind die Werbebureaus; sie geben das nöthige Geld her und expediren die angeworbenen Rekruten von Etappe zu Etappe, d. h. von Bischofssitz zu Bischofssitz bis nach Marseille — von da nach Rom.

In Rom gingen dem Rautenberg sehr bald die Augen auf und sogar über. Er beschreibt die Zuaven als eine zuchtlose Räuberbande; sie besteht zumeist aus Belgiern und katholischen Holländern; der Letzteren seien fast eben so viele als der Ersteren; die Franzosen aber sind die grands seigneurs, die gebietenden Herren in der Schaar; Rautenberg als einziger Preuße war sehr übel angesehen; er konnte es nach einigen Monaten nicht mehr aushalten und wendete sich an den preußischen einstweiligen Geschäftsträger Schlözer; der sollte ihn retten. Der wies ihn aber ab mit der Bemerkung, er könne doch nicht wohl den Soldaten des Papstes zur Desertion behülflich sein. Dann aber hat Rautenberg glücklich einen reisenden Deutschen bewogen, ihm seinen Paß abzutreten. Damit ist er desertirt und glücklich bis hierher gekommen. Usedom hat ihm 100 Franken zur weiteren Reise gegeben.

Englands Politik im Kriege 1866 und in der Luxemburger Frage. Der Tod Kaiser Maximilian's. Das Gesetz über den Verkauf der Kirchengüter.

15. Juni. Usedom erzählt mir: es ist nun durch Massari förmlich constatirt, daß es der englische Gesandte Elliot war, der während des vorjährigen Feldzugs La Marmora aufgehalten und gelähmt hat, indem er ihn beherrschte.

Elliot's Instructionen waren, erstens und vor allen Dingen den Krieg Italiens gegen Oesterreich womöglich ganz zu verhindern; dann, den Krieg, wenn er ja nicht zu verhindern sei, im Venetianischen zu localisiren, die Italiener nicht nach Deutschland vorgehen zu lassen; endlich, keine Expedition nach Dalmatien

2*

zu dulden, nicht zu gestatten, daß eine Bewegnug in Ungarn ver=
anlaßt werde. So war Elliot gezwungen, Frankreich zu unterstützen.

Lorb Stanley habe eine brohende Note an Bismarck gerichtet,
um Preußen zum Nachgeben zu bestimmen; er hat barin auseinander=
gesetzt, welchen ungeheuren Schaben eine französische Flotte im balti=
schen Meere dem preußischen Handel thun würde. Ganz im Geiste
Englands, ben Frieden nicht burch bie an Frankreich gerichtete ernste
Mahnung zu erhalten, baß man eine französische Flotte im baltischen
Meere nicht bulben werde, sondern Frankreichs ungerechtfertigte An=
sprüche in jeder Weise zu unterstützen.

Bei allebem tabelt Usebom, baß man in ber Luxemburger Frage
nachgegeben hat; wenn man baburch noch wenigstens bie Freunb=
schaft unb das Bünbniß Englands gewonnen hätte! Aber bas
sei nicht ber Fall; „they hate us all the same!" — Der stupide
Haß der Engländer, beffen Gegenstanb Preußen ist, ist freilich un=
heilbar; eben weil biese wunberliche Dummheit gar keinen Grunb
hat, ja bem gesunben Menschenverstanb geradezu Hohn spricht.

19. Juni. Usebom kommt auf einen Augenblick, sagt mir,
baß Bismarck unzufrieden ist mit der Aufnahme, bie
Preußen in Paris gefunden hat.*) Ich glaube, er ist unzu=
frieden mit sich selbst unb bereut, baß er ben Krieg vermieben.

20. Juni. Otto Dönhoff bei mir. Er erzählt: der ungari=
sche Premier, Anbrassy, ben O. Dönhoff von früher her kennt, ist
überzeugt, baß der „Schwerpunkt" der österreichischen Monarchie nach
Pest verlegt wird. Der Hof unb die Central=Regierung kommen
jährlich auf vier Monate nach Pest — kurz, Ungarn schwimmt für
ben Augenblick in einer enthusiastischen Zufriedenheit. Daß biese
Herrlichkeit nicht von Dauer sein kann, baß man nach einigen Jahren
wieder auf bem alten Punkt stehen wird, bas sieht jeber Unbe=
fangene vorher —: für ben Augenblick aber ist nicht baran zu benken,
baß man auch nur einen einzigen Ungar gegen Oesterreich in bas
Felb bringen könnte.

---

*) König Wilhelm traf am 6. Juni 1867 in Begleitung bes Grafen Bismarck
zum Besuche ber Weltausstellung in Paris ein unb verweilte bort mehrere Tage

Unter den Gründen, die Bismarck bestimmt haben, dem Krieg auszuweichen, mögen auch wohl persönliche sein; ich glaube zu errathen, daß das Verlangen, das Ministerium des Innern zu übernehmen und da als Reformator aufzutreten, keinen Antheil daran hat.

Herr Schmitz, Banquier der preußischen Gesandtschaft, kommt zu mir. Der lebt seit vielen Jahren hier; beschreibt, wie zur Zeit der Großherzoglichen Regierung die Abgaben gering waren, die Verwaltung einfach, redlich und geregelt. Unter der jetzigen Regierung ist Alles verdorben worden, wozu vorzugsweise zwei Umstände beigetragen haben. Erstens, daß die sogenannten „Märtyrer der Freiheit", Alle, die sich böse Händel zugezogen hatten, angestellt und versorgt werden mußten. Diese Märtyrer waren aber nun zum Theil ausgemachte Lumpe, zum Theil wenigstens unfähige und unwissende Leute, die nun plötzlich, ohne das mindeste Sachverständniß, an die Stelle erfahrener Beamter in die höchsten Stellen kamen. Das zweite Unheil war, daß die spitzbübischen neapolitanischen Beamten im ganzen Lande vertheilt wurden. Man hoffte, sie theils unschädlich zu machen, theils zu bessern, indem man sie in eine andere Umgebung versetzte. Sie haben im Gegentheil Alles angesteckt und verdorben; die Corruption ist allgemein geworden.

21. Juni. Cerrutti, zum Gesandten in Washington ernannt, macht mir einen langen Besuch, und tritt in etwas aus der Reserve heraus, die er beobachtet, und auch wohl beobachten muß, da er im activen Staatsdienst geblieben ist; er gesteht, daß er Italien ungern jetzt, dans un moment de crise, verläßt, und ganz beiläufig, fast verstohlen, ließ er dabei den Wink fallen, daß Preußen wohl einige Ursache haben könnte, den Gang der gegenwärtigen italienischen Regierung genau zu beobachten.

Cerrutti äußert: der Prinz Plonplon treibe mit aller Macht zum Kriege; es sei in Frankreich ein Wort gang und gäbe geworden, das Beachtung verdiene, da dergleichen Worte dort mehr zu bedeuten hätten als anderswo; man sage: „La guerre avec Plonplon, ou la paix sans Plonplon!" —

23. Juni. Oberst Pombo, der spanische Militär=Attaché, bei mir. Feldzug des vergangenen Jahres besprochen; er schildert die Demoralisation der italienischen Armee unmittelbar nach der Schlacht bei Custozza als sehr groß. Gesteht, daß Stimmung und Lage hier seit dem vergangenen Jahre sich in der bedenklichsten Weise verschlechtert haben: „l'esprit de l'armée est détestable!" Unmittelbar nach dem Frieden ist Alles über die Armee hergefallen (tout est tombé sur l'armée!) und hat da Einschränkungen und Ersparungen verlangt; eine Menge Officiere sind disponibel geworden; Sold, Rationen — Alles ist beschnitten und beschränkt worden; die Armee ist unzufrieden. Später kommen Usedom und Schweitzer. Sie sagen: Außer dem allgemeinen schwer empfundenen Finanzdruck ist in den Provinzen, wo man nicht an den Militärdienst gewöhnt war, auch die Conscription ein Grund der Unzufriedenheit; es giebt namentlich in Umbrien und den Marken viele Refractaires — ja, die Zeitungen haben hin und wieder von Gefechten zwischen Gensdarmen und Refractaires zu berichten. Schweitzer wollte wissen, daß die sämmtlichen Arbeiter in den Marmorbrüchen zu Carrara Refractaires seien, und daß man deren in Umbrien, in dem einen Bezirk von Città di Castello, nicht weniger als 5000 zähle.

24. Juni. Die diplomatische Carriere des Grafen Robert Goltz ist nun fürs Erste aus und geschlossen — Bismarck wünschte ihn lange los zu sein, das weiß ich; aber der König, der überhaupt nicht gern hart und streng verfährt, hat sich gewiß nur sehr schwer entschlossen, den Bruder eines ehemaligen Adjutanten rücksichtslos zu beseitigen. Es muß irgend etwas Besonderes vorgefallen sein, das Veranlassung dazu gegeben hat. — Wahrscheinlich hat R. Goltz einen ganz anderen günstigen Empfang unseres Königs in Paris in Aussicht gestellt und dadurch die Reise dorthin veranlaßt.

In die Gesandtschaft. Usedom sagt mir: das gegenwärtige Ministerium ist nicht dasjenige, das Frankreich haben wollte; Napoleon III. wollte eigentlich ein Ministerium Minghetti=Menabrea an das Ruder bringen. Als Menabrea von seiner Sendung nach Wien zurückkehrte, wo er unter Anderen die Heirath des Prinzen Humbert

mit der jüngst verstorbenen Erzherzogin Mathilde eingeleitet hatte,
so viel an ihm war — trat er sehr entschieden auf, bei Weitem mehr
als österreichischer Gesandter denn als italienischer Minister, ging
sehr geraden Weges und mit großer Energie auf die Tripel=Allianz
Oesterreich=Italien=Frankreich gegen Preußen los und zeigte sich so
klerikal, daß selbst Minghetti bange wurde, und das Ministerium nicht
zu Stande kam.

Ein eigenthümlicher Zwischenfall ergab sich im vergangenen
Herbst, als Bismarck krank auf seinen Gütern war und Savigny
die Geschäfte führte — der rührte da plötzlich ein ganz neues Element
in die Unterhandlungen hinein.

Er bemühte sich im Verein mit Robert Goltz in Paris und dem,
wie man sagt, etwas verrückten Harry Arnim in Rom, wirklich es
dahin zu bringen, daß Preußen dem Papst wenigstens sein jetziges
Territorium garantire. Das sei mit Rücksicht auf die katholischen
Unterthanen Preußens geboten; die erwarteten das. Das haben
wir schon mehrfach besprochen. Heute kommen einige nähere Umstände
zur Sprache.

Der Plan ging von Napoleon III. aus, der Robert Goltz in
sein Cabinet gelockt und ganz für den Gedanken gewonnen hatte.
Napoleon schlug ein Bündniß zwischen Frankreich und Preußen vor,
vermöge dessen beide vereint dem Papstthum seine gegenwärtigen Be=
sitzungen garantirten; er legte den Entwurf dazu in schönster Redaction
fertig vor und fügte hinzu, Preußen solle sich dann für die dem
Papste geleisteten Dienste dadurch belohnt sehen, daß die päpstliche
Nuntiatur in Deutschland, die bisher in München residirt hat, nach
Berlin verlegt werde; damit sei dann Preußen als Ober=
haupt, ja als Inbegriff Deutschlands anerkannt.

Dieser sublime Gedanke hat den guten Goltz geblendet, er ging
vollständig in die Falle und empfahl die Annahme des Traktats auf
das Allerbringendste in Berlin. Von Seiten Frankreichs war es
geradezu auf ein Ueberrumpeln abgesehen — natürlich. Es galt,
es dahin zu bringen, daß der Vertrag unterzeichnet und ratificirt
wurde, so lange der Convertit Savigny die Geschäfte in Händen

hatte! — Man drang darauf, daß er durch den Telegraphen unterzeichnet werde, so eilig war die Sache!

Von Savigny bekam Usedom den Auftrag hier dahin zu wirken,
daß Italien sich in alle Forderungen des Papstes fügen sollte, und
dann alle Augenblicke Monitorien: ob er es noch nicht dahin gebracht
habe? — Arnim aber und Savigny schickten ihre Couriere über
Bologna um Florenz herum — so daß Usedom gar nicht erfuhr,
was da verhandelt wurde!

Glücklicherweise ergriff Bismarck noch zu rechter Zeit die Zügel
wieder und erklärte einfach, daß weder von einem solchen Bündniß
mit Frankreich, noch von einer Garantie für den Papst noch von
einer Nuntiatur in Berlin die Rede sein könne.

Nun aber soll Usedom die Italiener der Wahrheit gemäß zu
überzeugen suchen, daß Preußen nie im Sinne gehabt hat, zu Italiens
Schaden einen Vertrag mit Frankreich und dem Papstthum zu
schließen. Das ist an sich sehr schwierig, da Arglist, Intrigue, Betrug
und Lüge in den Vorstellungen der Italiener immer das sind, was
sich von sich selbst versteht.

„Und wie soll ich das anfangen“, klagt Usedom; wenn nun
vollends noch alle Augenblicke in den für officiös gehaltenen preußischen
Tagesblättern, in der „Norddeutschen Allgemeinen“ und besonders
in der sogenannten „gelben Correspondenz“, in der lithographirten
Zeitungs-Correspondenz, die von Berlin aus versandt wird, immer
und immer wieder Artikel vorkommen, die Rom und der weltlichen
Macht des Papstthums in ganz unverständiger Weise günstig sind.
Eben wieder bringt die „gelbe Correspondenz“ einen Artikel darüber,
wie wünschenswerth es wäre, in Berlin eine päpstliche Nuntiatur
zu haben.

Daß dergleichen Artikel sich auch in die Regierungsblätter ein-
schleichen, das wundert mich ganz und gar nicht bei der staunens-
werthen Unvernunft unserer Conservativen, die nie begreifen können
oder wollen, daß der Ultramontanismus seinem eigensten Wesen nach
Preußens unversöhnlicher Feind ist und gar nichts anderes sein kann,
die immerdar von einer Solidarität der conservativen Interessen
träumen und unter conservativen Interessen alle Elemente der

Vergangenheit begreifen, die einander Jahrhunderte lang bekämpft haben, diejenigen, in denen die Keime eines neuen Lebens lagen, so gut wie diejenigen, die dem neuen Leben verneinend gegenüber traten. Sie glauben, das alles müsse sich vereinen gegen jede weitere Entwickelung der Zeit und verfallen immer wieder in die absurde Vorstellung: wenn sich die protestantische Welt nur ehrlich mit ihm verbinde, werde der Jesuitismus auch seinerseits redlich sein. Sehe ich doch, daß die Kreuzzeitung in diesen Tagen fanatisch zu Gunsten des österreichischen Concordats in die Schranken tritt!

Usedom sprach auch von La Marmora, der im vergangenen Jahre „das doppelte Spiel spielte" und von Frankreich, besonders England bestimmt, bemüht war, den Krieg zu localisiren im Vene-tianischen und nicht über das Venetianische hinausgehen zu lassen. Da der Handelstractat mit Italien von Seiten Preußens einmal zurückgewiesen war, da der Gasteiner Vertrag geschlossen war, in einem Augenblick wo man es nicht erwartete, glaubte La Marmora mit dem echten Mißtrauen eines Italieners behaftet, Preußen wolle Italien betrügen, wolle Italien nur benutzen, um Druck auf Oesterreich zu üben, werde sich dann ohne Krieg mit Oesterreich vertragen und Italien fallen lassen.

25. Juni. Der Sitzung des Unterhauses beigewohnt, die heute interessant war. Gegenstand der Debatte war das Militär-Budget. Die Opposition wollte die General-Commandos streichen; ihr eigentlicher Grund, den sie natürlich nicht sagte, war, daß sie in den Personen der commandirenden Generale, La Marmora, Durando und Della Rocca, die Leute sieht, die das militärische Unheil des vergangenen Jahres verschuldet haben, und sie beseitigen wollte.

Der Hauptredner der Opposition war Crispi, der als Rhetor sehr gut und in bester Weise auf den Effect berechnet sprach, aber eigentlich nichts vorbrachte, als eine Reihe nichtssagender Gemeinplätze und sehr seichter Sophismen. Merkwürdig war mir nur, daß er anführte, er theile die politischen Bedenken gegen die Commandos nicht, man habe die Besorgniß ausgesprochen, die General-Commandos, die Autorität eines Generals, der eine große Anzahl Truppen unter seinen Befehlen habe, könne mißbraucht werden um einen

Staatsstreich auszuführen (NB. Diese Besorgniß ist also ausgesprochen worden) — er habe aber die Ueberzeugung, daß die italienische Armee sich nicht zu einem Staatsstreich brauchen lasse. Und dann! wer einen Staatsstreich ausführen wolle, der suche die Werkzeuge dazu niemals unter den Leuten, die bereits den höchsten Rang erreicht haben, sondern stets in den untern Graden, unter den Leuten, die steigen wollen. Das beweise auch der 2. December.

Endlich kam es zu einer namentlichen Abstimmung und die General-Commandos wurden mit 207 Stimmen gegen 86 aufgehoben.

Gespräch mit dem Grafen Dubsky, dem Sekretär der österreichischen Gesandtschaft. Ich sagte, wenn der Erzherzog am Tage nach der Schlacht von Custozza über den Mincio vorgegangen wäre, hätte er bei den Italienern eine gewaltige Verwirrung veranlaßt, da, wenn auch nicht die Armee, doch das Hauptquartier den Kopf verloren hatte. Dubsky übereilte sich und antwortete: die österreichische Armee habe von Paris aus von Anfang an die Weisung gehabt, es sei ihr die Verpflichtung auferlegt gewesen, unter keiner Bedingung über den Mincio vorzugehen. Dann wollte er seine Uebereilung dadurch verbessern, daß er hinzufügte, noch am Tage unmittelbar nach der Schlacht sei aus Paris die dringende Bitte eingetroffen, nicht über den Mincio zu gehen.

26. Juni. Gesandtschaft. Usedom ließ mir einen Brief vor von Harbegg, der von baden'scher Seite den Zoll-Conferenzen — Erneuerung und Umgestaltung des Zollvereins — beigewohnt hat. Der rühmt die coulante Art, wie Bismarck die Geschäfte betrieben habe. — Bismarck hat aber auch den Leuten ganz unverhohlen gesagt, daß Preußen die Süddeutschen aus vielerlei Gründen nicht in das Norddeutsche Parlament aufnehmen, mit anderen Worten, da nicht haben — wolle. Uebrigens, fährt Harbegg fort, sei man in Bayern nach wie vor sehr particularistisch (NB. Kann ich mir denken!) und der junge König schwärme für Souveränität.

29. Juni. Englands Politik fällt aus der Schwäche in die Nichtswürdigkeit. Lord Stanley hat im Parlament erklärt, die Garantie der Neutralität Luxemburgs sei collectiv; so wie eine der garantirenden Mächte sich von der Garantie lossage, höre die Verpflichtung auch für die übrigen auf. — Also, wenn Frankreich den Vertrag bricht und sich Luxemburgs bemächtigt — dann hört Englands Garantie auf.

Die hiesigen Zeitungen, die notorisch von Frankreich bezahlt und dirigirt werden, „L'Italie" und „Il Diritto", sind schon seit längerer Zeit sehr feindlich gegen Preußen; nehmen Partei für den König von Hannover und lassen sehr deutlich erkennen, daß Nord-Schleswig und dessen Rückgabe an Dänemark der Vorwand sein wird, den Frankreich wählt, um Händel mit Preußen anzufangen. Das ist sehr klug! da stellt sich England mit seinen albernen dänischen Sympathien sofort auf die Seite Frankreichs; Oesterreich kann nicht wohl anders als auf die Erfüllung des Prager Friedens bringen und wird mindestens in feindseliger Haltung neutral bleiben, selbst wenn die Ungarn nicht zu einem Krieg gegen Preußen zu bewegen sein sollten. In Paris aber hofft man ohne Zweifel mehr als das; man wird den Kaiser Franz Joseph ohne Zweifel in der wohlwollendsten Weise dort empfangen. Usedom meint, daß es nicht unmöglich sei, in der Schleswig-Holsteinschen Angelegenheit, da die Nationalitäten-Frage darin ihre Rolle spielt, selbst die liberale Partei hier zu blenden und zu fangen und die dreifache Allianz — Frankreich, Italien, Oesterreich — gegen Preußen zu Stande zu bringen. Merkwürdig ist jedenfalls, daß die „Italie" schon jetzt darauf bringt, daß Italien seiner Zeit an dem Kampfe für die „Civilisation" gegen Preußen Antheil nehmen müsse.

Mag es nun gelingen oder nicht, jedenfalls zieht sich ein schweres Gewitter zusammen; Bismarck hat Unrecht gethan, daß er den Franzosen Zeit gelassen hat, dieses Wetter zusammen zu brauen. —

Besuch bei der Marquise Lajatico; sie verhehlte nicht ihre Unzufriedenheit mit dem gegenwärtigen Gang der Dinge hier in Italien. Sie erklärte mir, warum das Ministerium die General-Commandos

so leichten Kaufs hat fallen lassen: Rattazzi benutzte die Ge=
legenheit, um sich persönlich an Cialdini zu rächen. —
Cialdini hat nämlich den Marquis Pepoli darauf aufmerksam gemacht,
daß er in „Bicheville"*) verspottet ist, und ihn veranlaßt, Rattazzi zu
fordern. Nun rächt sich Rattazzi. „Voilà du patriotisme! Voilà
la chose publique!" sagte die Marquise Lajatico.

1. Juli. Bei einem Diner bei Usedom Baron Kübeck, den
österreichischen Gesandten, getroffen. Merkwürdig war, daß er die
Nachricht, die sich telegraphisch hier verbreitet hat, daß der Kaiser
Maximilian von Mexico erschossen worden ist, mit entschiedener
Ueberzeugung für wahr hält. Die österreichische Gesandtschaft
in Washington hat die Thatsache gemeldet und Kübeck meint, sie
würde sich wohl besonnen haben, so etwas zu melden, wenn sie
nicht guten Grund gehabt hätte, die Nachricht für wahr zu halten.

2. Juli. Zur Gesandtschaft. Schweitzer da, sagt: die Nach=
richt, daß der Kaiser Max von Mexico erschossen
worden ist, ist jetzt officiell. Die österreichische Regierung hat
sie amtlich der hiesigen mitgetheilt. Welche Schmach für Frankreich!
— Ein Herr Moreno da, der mit Colonisationsprojecten in Ost=
asien sich an uns wendet. Mit ihm auch die hiesigen Angelegenheiten
besprochen. Er ist in einem merkwürdigen Grade orientirt; er weiß
sehr gut, daß La Marmora im vergangenen Jahre ein schwankendes
und doppeltes Spiel spielte und von Frankreich, besonders aber von
England aus inspirirt wurde; daß England namentlich selbst zu
einem „mezzo poco decente" gegriffen hatte, und es nicht ver=
schmähte, durch eine Dame, durch Mrs. Cabogan, Einfluß zu üben;
daß Garibaldi auf Englands Geheiß durch La Marmora ver=
hindert worden ist, nach Dalmatien zu gehen, daß man ihn nach
Tyrol sendete, damit er sich dort „den Kopf an den Felsen einstoßen
sollte". — Moreno fügt noch hinzu, La Marmora habe alle seine An=
stalten, Mittel und Pläne der Dame Cabogan mitgetheilt; da seien
sie denn nach England gemeldet worden, und von dort aus nach

---

*) „Bicheville", ein von Madame Rattazzi geschriebenes Buch in Romanform,
das die Florentiner Gesellschaft verspottete und bloßstellte.

Oesterreich. — Auch wolle Italien von La Marmora nichts mehr wissen; „si vuole che sia f.... come si dice!"

Merkwürdig, daß eine so genaue Kenntniß des wirklichen Verlaufs so tief herab in allen Schichten der Gesellschaft verbreitet sein kann. Aber wie will die Regierung sich halten, da das der Fall ist!

4. Juli. Man kann nicht sagen, daß die Italiener sich Illusionen machen über ihre Zustände. Ricci, Departements-Chef im Kriegsministerium, sprach mit großer Unbefangenheit von allen Mängeln, an denen Italien krankt. Die Thorheit der liberalen italienischen Abgeordneten, die auch hier eine zweijährige Dienstzeit einführen möchten, veranlaßt ihn von dem Mangel an militärischem Geist in Italien zu sprechen und von der Unmöglichkeit unser Canton-System anzunehmen, weil dadurch die Einheit Italiens auf das Aeußerste gefährdet wäre. Der Zustand der Finanzen führt ihn auf die in Italien weit verbreitete Unredlichkeit und Corruption, die sich in der Armee sehr fühlbar mache.

5. Juli. Besuch bei Minghetti. Der sagt, er habe als Minister den Vorschlag gemacht, in Beziehung auf die Kirche einfach die französische Gesetzgebung anzunehmen, die Geistlichkeit in einen clergé salarié zu verwandeln. Dann hätte man in Rom, indem man sich auf das Beispiel Frankreichs berief, geltend machen können, daß Rom die Sache in Frankreich gut geheißen habe, sie also auch ohne Zweifel in Italien gut geheißen werde. Dann hätte man ein Concordat abschließen, die Kirchengüter mit der Zustimmung Roms veräußern können u. s. w.

Dazu hätte meines Erachtens die italienische Regierung vor allen Dingen von Rom anerkannt sein müssen, um überhaupt unterhandeln zu können. Und dann! Als ob Rom nicht sagen könnte: in Frankreich war die Beraubung der Kirche bereits zur Zeit der Republik eine vollendete Thatsache geworden, die nicht mehr rückgängig zu machen war, und wir haben nur die neue Versorgung der Kirche gut geheißen die Napoleon I. anordnete. In Italien dagegen handelt es sich um einen Raub, der erst ausgeführt werden soll, und Ihr verlangt, daß wir dazu im Voraus unsere Zustimmung geben sollen, damit ihr ihn desto besser ausführen könnt. Das können wir nicht. Minghetti fügte

dann hinzu, Cavour habe andere Ansichten gehabt und geäußert: ein
clergé salarié werde auf die Länge immer ein vorzugsweise turbulenter und revolutionärer.

Uebrigens meint Minghetti, der Entwurf der Commission zu
dem Kirchengütergesetz werde mit einigen Aenderungen im Parlament
angenommen werden. Doch giebt er zu, daß er unausführbar ist
Die Commission hat sich vor allem angelegen sein lassen, dafür zu
sorgen, daß die Regierung wirklich Besitz ergreift von den Kirchengütern, daß sie wirklich verkauft werden und aus den Händen des
Klerus in andere Hände übergehen. Der ganze Vorschlag ist jedoch
aus finanziellen Gründen unausführbar.

11. Juli. Zeitungen. L'Italie; die Infanterie der französischen Armee wird unter sehr nichtigen Vorwänden
um 2 Compagnien per Regiment vermehrt — dazu die
Bemühungen, Franz Joseph nach Paris zu bringen, die wahrscheinlich
gelingen werden —: ich habe nie an einem nahen Krieg mit Frankreich gezweifelt; jetzt bin ich vollends überzeugt, daß er sehr nahe
bevorsteht.

13. Juli. Cartwright auf der Durchreise bei mir. Es ergab
sich sehr bald, daß er kein großer Bewunderer Stanley's und seiner
Politik ist. Es wurde erwähnt, daß Minghetti, angeblich krank,
auf das Land gegangen ist. Seine Krankheit würde aber für eine
grippe de commande erklärt, die er vorwendet, um an den Debatten über das Kirchengesetz nicht Antheil zu nehmen.

14. Juli. Den größten Theil des Tages mit Cartwright; spricht
viel von Rom; bestätigt mir Wort für Wort alles, was ich
durch Lacaïta über die Unterhandlungen erfahren habe,
die der König durch Castellani und Albére in Rom angezettelt hat. Ferner: der Papst ist gegen den Rath mehrerer
Cardinäle und, wie es scheint, selbst Antonelli's, gar sehr mit dem
Gedanken an ein Concil (ökumenisches versteht sich) beschäftigt; so zwar, daß ihm Niemand die Idee ausreden kann;
er sieht darin die Rettung des Papstthums. — Er hat das gewichtige
Wort im Beisein der versammelten Bischöfe gesprochen, und es wird
nicht ohne Wirkung verhallen; der Gedanke ist in Umlauf gesetzt, und

früher oder später wird es zu einem neuen ökumenischen Concil
kommen. Der Papst verspricht sich natürlich eine Wiederholung des
Tridentiner Concils. (NB. Dazu scheint mir in unserer, so vielseitig
bewegten Zeit durchaus keine Aussicht, mir scheint alles möglich; nur
das nicht.) — Aber, meint Cartwright, welcher Geist sich in dem
Concil regen, zu welchen Ergebnissen es führen werde, das sei vollkommen unberechenbar: es sei damit wie mit der Berufung der états
généraux 1789; — er erinnerte an Goethe's Zauberlehrling. —
Die Haltung mehrerer Bischöfe war schon in diesem Jahre eigenthümlich selbständig.

Uebrigens hat die Versammlung dem Papste sehr große Geld-
summen eingetragen; kein einziger Bischof ist erschienen ohne ein
Geschenk mitzubringen; manche brachten deren sehr bedeutende. Die
allerschwersten wurden von den fünf katholischen Bischöfen aus
den Vereinigten Staaten von Nordamerika dargebracht, nämlich
250,000 Dollars.

Die Actions-Partei, deren Organisation in Rom neuerdings
geändert worden ist, sodaß Cartwright nicht weiß, von wem und in
welcher Form sie jetzt dirigirt wird, bereitet sich darauf vor, das
päpstliche Regiment zu stürzen — das versteht sich. Sie behauptet,
über 3000, gegen 4000 Mann in Rom selbst angeworben
und in Bereitschaft zu haben, auch Waffen für 4000 Mann
in Rom selbst versteckt; aber Cartwright glaubt das nicht unbedingt,
und besonders in ersterer Beziehung könnte wohl „hallucination"
im Spiele sein. — (NB. Ich glaube, wie viele oder wie wenige von
den Leuten im entscheidenden Augenblick zum Vorschein kommen, das
wird großentheils „von den Umständen" abhängen, d. h. davon, ob ein
leichter Erfolg, mit geringer Gefahr verbunden, in Aussicht steht
oder nicht).

Die Widerstandsmittel der päpstlichen Regierung sind gering.
Besonders die päpstlichen Zuaven schildert Cartwright ganz wie sie
uns auch sonst geschildert sind. Das ganze Corps ist haltungslos,
im höchsten Grade unzufrieden und durchaus unzuverlässig.

Was die hiesigen Verhältnisse anbetrifft, setzt mich die liberale
Partei nicht wenig in Erstaunen. In ihrem Eifer gegen Papst und

Kirche hat sie einen Gesetz-Entwurf verfertigt, der den wirklichen Verkauf der Kirchengüter sichern soll, ohne zu bemerken, daß er vollkommen unausführbar ist. Rattazzi, in hülfloser Lage zwischen die Consorteria und eine argwöhnische, der Regierung eigentlich feindliche Majorität eingeklemmt, hat erklärt, er nehme zum Voraus jede Umgestaltung des von der Regierung vorgelegten Kirchengüter-Gesetzes an. Am vergangenen Donnerstag (11. Juli) hat er nun erklärt, er nehme den von der Commission des Hauses ausgearbeiteten Entwurf — den unausführbaren — im Princip an. „Im Princip annehmen" ist die jetzige Mode und Redensart, vermöge deren man sich scheinbar verpflichtet, ohne sich wirklich zu binden. — Und in demselben Athem hat er dem Hause denn auch gesagt, in welcher Weise er die Linke und das Land zu betrügen gedenkt.

Rattazzi hat nämlich hinzugefügt: was aber die Ausführung des Gesetzes anbetrifft, müsse die Regierung sich das Recht vorbehalten, wegen des Verkaufs der Güter mit einer Compagnie zu unterhandeln. Da wären wir denn glücklich wieder bei dem Project Langrand-Dumonceau angelangt, das die Kammer mit so großer Indignation abgewiesen hat.

Man darf dabei nicht übersehen, daß einerseits die Kirche, oder Rom sich erboten hat, dem Staat mit Geld beizustehen, wenn um diesen Preis ein absolutistischer Staatsstreich zu haben ist; daß andererseits das Project, die Kirchengüter einer angeblichen Compagnie, d. h. dem Klerus selbst, für den vierten Theil des Werthes wieder zu verkaufen — ursprünglich von Castellani herrührt, in Verbindung steht mit allen sonstigen Unterhandlungen, die Castellani in Rom betreibt, und daß Rattazzi ohne Zweifel um diese Unterhandlungen weiß. Die Idee, vom Klerus eine Steuer von 600 Millionen zu erheben und ihm seine Güter zu lassen, geht allerdings ursprünglich von Minghetti aus, der sie in einer Broschüre ausgesprochen hatte.

Versteht nun die liberale Partei, was so deutlich ausgesprochen ist? Merkt sie, daß Rattazzi sie betrügen will, und bereits angekündigt hat, auf welche Weise?

Fast sollte man es glauben, wenigstens hat eine leidenschaftlich anti-klerikale Rede des Abgeordneten Mancini unmittelbar darauf einen wahren Beifallssturm in der Deputirten-Kammer erregt und selbst auf den Tribünen so geräuschvolle Beifalls-Bezeugungen hervorgerufen, daß die ganze Sitzung in Unordnung gerieth und aufgehoben werden mußte.

Auf der andern Seite aber coquettirt Rattazzi seit einiger Zeit mit der Linken der Kammer; er hat sich in derselben Rede, in der er seine trügerischen Absichten kundgab — und um diese einigermaßen den Blicken zu entziehen — auch sehr energisch gegen die „Freiheit der Kirche" ausgesprochen, wie Rom und die Klerikalen sie verstehen.

15. Juli. Die Actionspartei bereitet sich zu einem Angriff auf Rom vor, den sie ursprünglich unternehmen wollte, sobald Frankreich in einen Krieg mit Preußen verwickelt wäre. Da sich aber nun, wenigstens dem Anschein nach, die nahe Kriegsgefahr verzogen hat, will die Partei doch ihre Pläne nicht aufgeben; sie will nun ihren Handstreich ausführen, ohne Rücksicht auf die allgemeine politische Lage zu nehmen oder besondere günstige Conjuncturen abzuwarten, und wird das, wie Cartwright zu wissen glaubt sehr bald thun.

16. Juli. Cartwright bei mir. Daß die englische Regierung Mrs. Cabogan benutzt hat, um auf La Marmora Einfluß zu üben, darüber ist auch er nicht im Zweifel. Stellt die Frage auf, warum Rattazzi seit einiger Zeit in so auffallender Weise mit der liberalen Partei coquettirt, und beantwortet die Frage sofort selbst:

Man könnte glauben, Rattazzi suche in der liberalen Partei eine Stütze, um sich zu emancipiren, um sich dem Druck zu entziehen, den die Consorteria und die französische Gesandtschaft auf ihn üben um Italien dem Bündniß mit Frankreich, der Verwickelung in einen Krieg gegen Preußen zu entziehen. (NB. Usedom scheint geneigt, es zu glauben.)

Aber Cartwright hält das nicht für wahrscheinlich; die Art, wie Rattazzi Minister geworden ist, die Bedingungen, die er sich dabei hat vorschreiben lassen, erlauben nicht, bei einer solchen Vermuthung zu verweilen. Bei seiner Ernennung hat ihm nämlich Victor Emanuel vorgeschrieben, alle Finanzmaßregeln mit Castellani zu verabreden, d. h. sie von den Unterhandlungen mit Rom abhängig zu machen und deren Ergebniß überhaupt anzunehmen. —

Auf der Diplomaten-Tribüne mit dem ehemaligen neapolitanischen Finanzminister. Di Martino gesteht unumwunden, daß er ursprünglich keineswegs für die Einheit Italiens gewesen ist, und zwar, weil das Königreich Neapel zu sehr von dem übrigen Italien verschieden sei — zu sehr zurück, wenn man wolle, um mit den anderen Theilen der Halbinsel zusammen ein homogenes Ganzes bilden zu können. „Le Roi Ferdinand qu'on a toujours mal jugé, qui était un homme très supérieur, en avait su faire une espèce de Chine" — (NB. d. h. es war ihm gelungen, sein Reich gegen alle Einflüsse europäischer Bildung abzusperren). — In Folge dessen könne Neapel nicht auf dieselbe Art regiert werden wie das übrige Italien. Aber die Einheit Italiens sei nun einmal zu Stande gekommen und er — Di Martino — acceptire sie nun als vollendete Thatsache.

Man sage ihm nach, daß er ein Klerikaler sei; das sei er keineswegs; er verlange nur, daß man erwägen solle, was möglich und ausführbar ist. Er sage den Liberalen nur, wenn sie die Macht des Klerus und den Klerus selbst zu vernichten wüßten, — er sei es zufrieden; wenn sie aber nicht die Mittel hätten, die Kirche zu vernichten, müsse man eben suchen, sich mit ihr zu vertragen und abzufinden. Den Klerus beleidigen, ihn sich zum Feinde machen, ihn aber doch fortbestehen und seinen ungeschmälerten Einfluß üben lassen, — das sei eine verderbliche Thorheit. Um so mehr, da der Einfluß des Klerus im Neapolitanischen ein ganz anderer als im übrigen Italien, ein ganz gewaltiger sei; es gebe dort unter dem Landvolk wenige Familien, die nicht ein oder zwei ihrer Mitglieder in der Priesterschaft hätten. Das Gesetz, den Verkauf der Kirchengüter betreffend, sei dort ganz unausführbar; die Güter können gegen den Willen der Geistlichkeit gar nicht verkauft werden; solange die Kirche nicht in den Verkauf gewilligt hat, werden sich keine Käufer finden.

Das einzig Thunliche, allein Ausführbare sei, sich mit der Kirche abzufinden, sich von ihr selbst eine tüchtige Summe zahlen zu lassen, die den Finanzen des Staats aufhelfen kann, und ihr dafür ihre Güter zu lassen.

Di Martino erzählt mir nun, wie dieses Project entstanden ist, — dieses Project, das eigentlich das der Regierung ist und in immer neuen Verkleidungen in allen von ihr vorgelegten Entwürfen stets wiederkehrt.

Der erste, der auf diesen Gedanken verfiel, und von dem der Plan herrührt, sei ein französischer Abbé Namens Troulé, der in Rom lebt.

(NB. Etwa als Aumônier der französischen Gesandtschaft? — Die Sache gewinnt das Ansehen, als sei der ganze Plan durch Frankreich an die Hand gegeben!) — Dieser Abbé Troulé kam hierher, und theilte seinen Plan den Herren Di Martino, Minghetti und Marquis Pepoli selbst mit. Alle waren damit einverstanden, und Minghetti beging im vergangenen Jahre die Unvorsichtigkeit, den Plan sofort in einer Brochüre — (NB. derselben, die er auch mir mit= getheilt hat) — öffentlich bekannt zu machen.

Bald aber wurde den Herren klar, daß es einerseits für den Staat nicht schicklich sei, sich von der Kirche ein Almosen zuwerfen zu lassen, und dann, daß die Ausführung nicht ohne die Zu= stimmung der Kirche, ohne einen förmlichen Vertrag mit dem Papst möglich sei. Sie suchten sich mit Rom zu verständigen.

Di Martino sandte einen Geistlichen nach Rom, der unmittelbar mit dem Papst unterhandelte und ihm Namens seiner Committenten folgendes Dilemma stellte: entweder der Papst erkennt das Königreich Italien und die bestehenden Zustände förmlich an, und die Kirche zahlt dem Staat 600 Millionen, behält dafür ihre Güter und erhält voll= ständige Freiheit und Selbständigkeit, Autonomie und Unabhängigkeit vom Staat; oder wenn Rom ablehnt, läßt der Staat eben den bereits im Parlament votirten Gesetzen, Aufhebung aller geistlichen Orden und Corporationen, Säcularisation der Kirchengüter u. s. w. freien Lauf. —

Da der Papst den Herren vorwarf, sie handelten wie der Straßen= räuber, der die Börse oder das Leben fordert, antwortete Di Martino's Bote, sie handelten im Gegentheil wie einer, der dem von einem Straßenräuber angefallenen Reisenden zu Hülfe eilt und ihn zu retten sucht. Die Unterhandlungen führten aber zu keinem Schluß, weil die

3*

Herren sich nachträglich darauf besannen, daß sie Söhne des neun=
zehnten Jahrhunderts seien und demgemäß die vollständige Freiheit
und Autonomie aller Religionen und Culte in ihr Programm auf=
nehmen müßten. Darauf geht natürlich Rom nicht ein. Die katholische
Kirche ist nicht frei nach römischen Begriffen, wenn sie nicht vor allen
Dingen das Recht hat, alle anderen Religionen zu verfolgen und zu
unterdrücken.

Ich hatte noch ein bedeutendes Gespräch mit Cartwright. Er
versicherte mir, der Plan des Abbé Troulé — eine Persönlichkeit, die
er sehr genau kennt — sei nicht von Frankreich an die Hand gegeben:
„it looks like it, but it is not the case." — Im Gegentheil;
Troulé wendete sich mit seinem Plan allerdings zuerst an Sartiges,
den französischen Gesandten in Rom, aber dieser wollte nichts davon
hören, erklärte wiederholt: „C'est un imbécile — c'est un poète!"
und wies ihn sehr schnöde ab. Darauf wendete sich dann Troulé an
Minghetti und die andern Italiener.

20. Juli. Abends bei Aminoff, dem Sekretär der Schwedischen
Gesandtschaft, auf der Villa Delci, nicht weit von La Pietra. Terrasse
mit wunderschöner Aussicht auf Florenz und das Land; herrlicher
Mondschein, wohlthuende, mild erfrischende Nachtluft. —

Aminoff legt mir seltsamer Weise die Frage vor, ob Preußen
wohl den Dänen Nordschleswig zurückgeben werde? — Ich halte das
nicht für möglich. — Aminoff fürchtet, es werde über diese Frage
zum Kriege kommen, und Schweden werde in den Krieg ver=
wickelt werden.

Ich: Mir scheint, Schweden könne diesen Wirren fern bleiben.

Aminoff: Schweden ist seit dem Krimkrieg Frankreich
gegenüber durch Verträge gebunden, und wenn etwa der
schwedischen Regierung von Rußland das Dilemma gestellt werden
sollte: entweder für uns oder gegen uns! — dann werde sich
Schweden ohne Zweifel den Franzosen anschließen.

NB. Er setzte Rußland mit Preußen verbündet voraus.

Ich: Es ist kaum anzunehmen, daß Rußland ein solches Dilemma
stellen werde. — Im Jahre 1864 hätte Schweden garnicht an dem
Kriege gegen Preußen Antheil genommen, wenn nicht König Friedrich

von Dänemark vor dem Ausbruch des Kampfes gestorben wäre. Das glaube ich wohl, denn ich weiß, was bei dem berühmten Diner in Helsingör zwischen den beiden Königen von Schweden und Dänemark vorgegangen ist.

Aminoff (lächelt): Das Champagner-Bündniß! — so nenne man es in Schweden! — dort sei die Idee sehr unpopulär gewesen (NB. die Union der skandinavischen Reiche nämlich).

22. Juli. Unerwarteter Besuch: Odo Russell, Chargé d'affaires Englands in Rom. — Es ergab sich, daß er von der auswärtigen Politik Englands, wie Lord Stanley sie fortsetzt, keineswegs sehr erbaut ist. Auch er sieht darin, daß man die conföderirten Staaten hat unterdrücken lassen, den größten Fehler, den ein englischer Staatsmann überhaupt begehen konnte; daß der Haß gegen Preußen, in dem man sich in England gefällt, eine arge Thorheit ist; daß England, Preußen und Italien eigentlich das Bündniß bilden müßten, das Europa in Ruhe zu halten bestimmt wäre.

Er sieht auch, daß England sich in der Luxemburger Angelegenheit abermals in der verkehrtesten Weise benommen hat, und da ich ihm sage: der Friede wäre sehr leicht und ohne alle Weitläufigkeiten zu erhalten gewesen, wenn England, anstatt auf Preußen Druck zu üben und es zum Nachgeben bringen zu wollen, in ernster Weise gegen Frankreich geäußert hätte, daß man sich auf jeden Fall den Seekrieg und die Bloquirung der deutschen Seehäfen verbitte, stimmt er unbedingt bei.

Ich: Die Art, wie die Luxemburger Frage gelöst worden ist, ist in Preußen nichts weniger als populär; man empfindet es dort peinlich, daß Preußen, auch nur so weit als geschehen ist, einer ganz unberechtigten Forderung nachgegeben hat. Es gehörte Bismarck's ganze Popularität dazu und die Herrschaft über die Geister, die er gewonnen hat, das thun zu können; — kein anderer Minister hätte das wagen dürfen.

O. Russell: hat allen Preußen, die ihm begegnet sind, angemerkt, that it is not popular.

Nun konnte er nicht umhin, mir auch seinerseits über Rom Rede zu stehn.

Der Papst fühlt sich sehr gehoben durch das glänzende Ergebniß des Jubelfestes in Rom; durch die Huldigungen, die ihm bei dieser Gelegenheit der Klerus der katholischen Kirche aller Länder darge-bracht hat, dadurch, daß so viele hundert Bischöfe, so viele tausend Priester sich um den heiligen Stuhl versammelt hatten. Zu gleicher Zeit aber empfindet er und seine Umgebung es drückend, niederschlagend, daß kein einziger der katholischen Souveräne sich während der heiligen Zeit in Rom eingefunden hat. Und das nachdem Antonelli geheim-nißvoll hatte verlauten lassen, selbst der König von Preußen werde nach Rom wallfahrten, als Oberhaupt eines paritäti-schen Staats und Souverain von sieben Millionen Katholiken!

Besonders ist man in Folge dessen auf Oesterreich sehr übel zu sprechen. Man hatte den Kaiser, die Kaiserin und die Erzherzogin Sophie in Rom erwartet, und anstatt dessen ist nicht der jüngste Erzherzog in Rom erschienen!

In seinem Unmuth, erzürnt darüber, hat Cardinal Antonelli gegen O. Russell ausgesprochen, alles Unglück Oesterreichs rühre da-her, daß die regierende Dynastie nicht fest zu der (römischen) Kirche stehe; — daß die Regierung den Protestanten Benedek an die Spitze der gesammten Verwaltung stellte, daß sie sogar die Querelen des Reichstags über das Concordat ruhig anhört, ja darauf eingeht. — „C'est pour cela que la main de Dieu s'appésantit sur la maison d'Habsbourg — voyez Maximilien!"

(Das sagt Antonelli dem Vertreter einer protestantischen Macht, der natürlich selber auch ein Protestant ist!)

In dieser schwankenden Doppelstimmung, gehoben durch die geist-lichen Huldigungen, niedergedrückt durch das unbestimmte Gefühl, daß die weltlichen Mächte ihn verlassen, daß er allein steht, hat der Papst den Gedanken an ein ökumenisches Concil gefaßt und ausgesprochen. Von der weltlichen Macht verlassen, hofft er im Concil, in der ver-einigten geistlichen Macht, eine Stütze zu finden. Aber O. Russell ist, wie alle verständigen Menschen, der Ansicht, daß die Ergebnisse des Concils, der Geist, der sich da regen wird, wenn es einmal bei-sammen ist, vollkommen unberechenbar sind. Es kann eben so gut gegen den Papst ausschlagen. —

Man erwartet und befürchtet in Rom einen nahe bevorstehenden Angriff von Seiten der italienischen Actionspartei. — Die päpst= liche Regierung aber wünscht ihn — obgleich sie sehr gut weiß, daß sie nicht die Mittel hat, ihm zu widerstehen; sie wünscht ihn, weil sie glaubt, daß ein solcher Angriff sofort wieder ein fran= zösisches Occupations=Corps nach Rom zurückführen muß, unter dessen Schutz man sich dann sicher glauben könnte.

Auch erklärt der französische Gesandte, Herr v. Sartiges, bei jeder Veranlassung und auch wohl ganz ohne Veranlassung, gegen Jeden, der es hören will, sehr bestimmt, und besonders so geräusch= voll als möglich, bei dem geringsten Versuch von auswärts her auf Rom werde das französische Occupations=Heer wieder erscheinen. — Der französische General Dumont, der die päpstlichen Truppen ohne irgend eine Berechtigung inspicirt und haranguirt hat, ist dabei in seinen Reden, in den Zusicherungen französischen Schutzes sehr weit gegangen, weiter als die Zeitungen berichten.

NB. Daraus, daß diese Demonstrationen so sehr geräuschvoll betrieben werden, darf man wohl folgern, wie mir scheint, daß Na= poleon gar kein Verlangen darnach trägt, alle diese Reden wahr zu machen; daß es ihm höchlich zuwider wäre, wenn er dazu ge= zwungen wäre.

Wir kamen auf Frankreich zurück; O. Russell äußerte, man habe eigentlich wohl in Frankreich das Gefühl, daß die französische Armee in ihrer gegenwärtigen Verfassung der preußischen nicht ge= wachsen sei.

Ich: Gewiß; und das ist auch wohl der Grund, warum Na= poleon III. in der Luxemburger Angelegenheit zurückgewichen ist. Er sucht eine Coalition gegen Preußen zu Stande zu bringen; die öffent= liche Meinung in Europa war aber für sein Verlangen nach Luxem= burg wohl kaum zu haben. Macht man Schleswig zum Vorwande des Streits, wie jetzt offenbar geschehen soll, dann zeigen sich viel bessere Aussichten: die öffentliche Meinung in England steht dann ohne Weiteres auf seiner Seite — er findet bei Weitem leichter Verbündete in dem Krieg, dessen er bedarf, um Mexico in Vergessen=

heit zu bringen unb seine eigenen liberalen Versprechungen vom
19. Januar, bie er nicht Luft hat zu halten.

O. Russell: Die mexicanische Angelegenheit ist noch viel schlimmer
als bie Welt weiß, man wirb erstaunen, wenn bereinst Alles bekannt
wirb.   Napoleon hatte sich durch ben mit Maximilian
geschlossenen Vertrag förmlich verpflichtet, bas französische Corps acht Jahre — bis 1872 — zu Maximilian's Verfügung in Mexico zu lassen unb auf bie
Drohungen ber Vereinigten Staaten hat er sein Wort
gebrochen unb seine Truppen sofort zurückgezogen.

27. Juli. Zeitungen. Rattazzi zeigt sich ungemein gewanbt;
er hat bie Linke ber Deputirten-Kammer gewonnen unb ist unter
gewissen Bebingungen einer bebeutenden Majorität so ziemlich sicher.

Nach ber schließlichen Fassung bes Gesetzes, wie Rattazzi sie
herbei zu führen gewußt hat, sollen bie Kirchengüter burch bie Do-
mänenverwaltung verwaltet unb verkauft werben.

Er hat sich lediglich ermächtigen lassen, eine Anleihe zu bem
Betrag von 400 Millionen effectiv zu machen unb zwar in fünf-
procentiger Rente, beren Obligationen er zu 80 anzubringen hofft-
weil sie bei bem Ankauf von Kirchengütern an Zahlungs-
statt zu bem Nominal-Werth — für voll — angenommen
werben sollen.

Aller Wahrscheinlichkeit nach soll ber Klerus bewogen werben,
biese Anleihe zu übernehmen unb bann mit ben Obligationen ber-
selben seine Güter wieber zu kaufen. Er gewönne auf biese
Weise auch noch auf ben wahrscheinlich sehr geringen
Preis, ber für bie Güter geboten wirb, 20 %, inbem er
in Obligationen zahlte.

3. Ausflug nach Vallombrosa, Camaldoli und La Vernia.

27. Juli. Heute wird endlich unser lange projectirter Ausflug ins Gebirge angetreten. Um ½12 Uhr Abfahrt vom Bahnhof S. Maria Novella, Fahrt aufwärts im Arnothal bis Pontassieve, wo wir die Bahn verlassen. Einen Einspänner gemiethet; während wir vor dem Bahnhof warten, sammelt sich eine Anzahl barfüßiger Knaben beobachtend um uns her. Der eine von ihnen trug ein Amulet, ein Mutter Gottes-Bildchen um den Hals; ich ließ es mir zeigen und sagte: „sa un gran bene!" — er antwortete nach einigem Lächeln und Schweigen: „non mi da a mangiare!"

Ueber Berg und Thal, meist im raschen Trab, denn die Italiener haben so wenig als die Franzosen eine Ahnung davon, daß man ein Pferd möglicherweise auch schonen könnte. Auf steinerner Brücke über den Sieve, einen Seiten-Fluß, oder Neben-torrente des Arno; jetzt ganz trocken. — Ueber einen Gebirgsriegel nach Pelago. Imbiß, dann zu Pferde weiter. Der Pfad windet sich den Bergriegel hinan, der das Thal von Pelago im Süden begrenzt. Er steigt zwischen unregelmäßig terrassirten Feldern hinan, die mit Maulbeerbäumen und Reben bepflanzt sind; Felsengrate und wüste Strecken dazwischen; diese Unregelmäßigkeit der Natur giebt der Gegend etwas eigenthümlich Wildes.

Es bemächtigt sich meiner bei diesem Ritt eine freudige, jubelnde Stimmung, die ich nicht wieder erlebt habe, seit ich mich im vergangenen Jahr in Lagerleben und Krieg versetzt fühlte.

Nach langem Ritt über Berg und Thal zum Kloster Vallombrosa hinan, einem großen Gebäude von einfacher schwerfälliger Palladio-Architektur, mit Vorhof und Glockenthurm. Die Mönche bewirthen uns und erzählen uns die einfache Leidensgeschichte ihres Klosters.

Es war schon einmal säcularisirt gewesen unter französischer Herrschaft. Zur Zeit aber, wo die Restauration leidenschaftlich betrieben und vorzugsweise aller Unfug vergangener Tage wieder her-

gestellt wurde, im Jahr 1849 namentlich, erhielt auch dieses „Gottes-
haus", seiner alten Bestimmung zurückgegeben, seine alten Bewohner
wieder. Die Herren Benedictiner wurden wieder in den Besitz des
Hauses und der Güter eingeführt, was sich anscheinend ganz ohne
Schwierigkeit machen ließ, da die Güter noch nicht verkauft, sondern
in den Händen der Regierung waren.

Aber welche Thorheit! Daß man Klöster, die noch bestanden,
bestehen ließ, das ließe sich begreifen: aber auf diejenigen zurück-
zukommen, deren Aufhebung überstanden war und verschmerzt sein
konnte, dazu gehört ein Grad der Verblendung, in den man sich gar
nicht zu versetzen weiß. Es ist schwer zu begreifen, wie Metternich sich
darüber hat täuschen können, daß er vor lauter Restauration der
Revolution in die Hände arbeitete, daß er außerdem, indem er Geist
und Bildung und mit ihnen auch Gewerbefleiß und Nationalreichthum
gewaltsam niederhielt, Oesterreich, den fortschreitenden Staaten gegenüber, zu einer armseligen Ohnmacht verurtheilte, die den Untergang
des Reichs herbeiführen konnte. Indessen er dachte sich doch etwas
bei seinem System; es war verkehrt, aber nicht sinnlos; es hatte
einen Zweck. Hier aber in Toscana, wo die Regierung liberal sein
wollte, wo das Streben in Leopoldinischer Weise dahin ging, das
Völkchen in einer harmlosen idyllischen Glückseligkeit zu erhalten, und
sich dem Zeitgeist einigermaßen zu accommodiren, wo man der Presse
und dem intellectuellen Verkehr zu gleicher Zeit Vieles nachsah,
welchen Sinn konnte hier die Herstellung der Klöster in ihrem alten
Glanz und Reichthum haben? was konnte man sich dabei wohl
eigentlich denken?

Die Mönche erzählten uns, in welch' vernachlässigtem Zustande
der Orden das Kloster bei seinem Wiedererscheinen angetroffen habe.
Der Orden stellte natürlich Alles wieder her, doch setzte sich die Regierung in Folge des im Juli 1866 erlassenen Gesetzes in Besitz der
Güter und schickte die Mönche in die weite Welt mit Bewilligung
einer Pension von 360 Frcs. jährlich für den Einzelnen. Nur vier
von ihnen haben im Kloster bleiben dürfen. Zwei der Herren saßen
mit uns zu Tisch. Mit giftigster Erbitterung äußerte sich der Eine
über die liberalen Bürger und Kleinbürger, die „borghesini" der

Städte im Lande, die früher sich im Kloster bewirthen ließen, um
jetzt schadenfroh über die Vertreibung der Brüder zu jubeln, denen
sie nicht mal ihre armselige Pension gönnen. —

Das Kloster ist in seiner Gesammtheit und stattlichen Anlage
merkwürdig, aber was man „Merkwürdigkeiten" nennt, hat es kaum
aufzuweisen. In den Gebäuden verräth natürlich nichts, daß dieses
Kloster schon zu Papst Hildebrand's Zeiten eine hohe Bedeutung gewonnen hatte und von der berühmten Gräfin Mathilde mit er-
weitertem Grundbesitz reich ausgestattet wurde; am wenigsten die
Kirche, die wohl im letztvergangenen Jahrhundert im Innern erneuert worden sein muß und im vollendetem Rococo prangt, wie
es der späteren Zeit Ludwigs XIV. würdig ist. — Die ehemaligen
Schätze des Klosters, die kostbaren Manuscripte, muß man jetzt in
der Magliabecchiana zu Florenz suchen. Einige Psalterien aus dem
15. Jahrhundert, die man mir zeigen konnte, bewiesen uns, wie
Franzosen und Gesindel hier gehaust haben.

30. Juli. Bei herrlichem Wetter geleitet uns ein Führer zum
„Paradisino" hinauf, einem klösterlichen Pavillon, der auf steiler
Felsenklippe aus den Tannen emporragt. Es enthält nur wenige
Zellen, eine kleine Kirche, und gesondert von dieser eine kleine Capelle.
Das Kirchlein birgt den Stolz des Klosters, ein kleines allerdings
schönes Bild des Andrea del Sarto, eine Madonna mit dem Kinde
und dem Knaben Johannes; Bruststück. In der Capelle eine Madonna
auf Goldgrund, eines der besseren Werke aus der Schule des Giotto;
daneben ein sehr widerlicher Gegenstand, eine Rippe des heil. Colum-
banus. —

Von der Terrasse schweift der Blick über alle umliegenden Berge,
auf das Thal des Arno und hinunter auf das ferne Florenz.

Unser Rückweg führt uns die von Tannen bewachsene Bergwand
hinan an einer Felsenklippe vorüber, von der ein Kreuz und eine
kleine Capelle ins Thal von Vallombrosa hinabschaut. Die Capelle
ist der Schauplatz eines Wunders, das versteht sich. Doch hatte
man uns, den Nordländern und vermuthlichen Freigeistern, im
Kloster wohlweislich nichts davon erzählt. Der Böse soll — nach
der einen Version einen treulosen Mönch — nach der anderen aber

den heiligen Johann Gualbertus in Person — vom Felsen hinab
ins Thal gestürzt haben. Der Heilige ist aber auf den Schwingen
eines Engels sanft hinabgetragen und unten von den mit Recht ver-
wunderten Mönchen empfangen worden. —

Unser Weg führte uns unterhalb des Paradisino an der Bergwand hin; schöne Aussichten in das Thal von Tosi und darüber
hinweg auf den Arno. Nun geht es durch schönen hochstämmigen
Wald zu einem in gar öder Gegend einsam gelegenen Meierhof.
Man ist verwundert, mitten in dem alt- und dichtbevölkerten Italien,
in dem ältesten Culturlande so stille unwegsame Landstriche zu treffen,
die in solchem Grade den Charakter der Oede an sich tragen.

Merkwürdig war mir auf unserm Weg das Köhler-Dorf Con-
suma, ein bemerkenswerther Paß, der das Gebirge Prato Magno
mit der Hauptkette der Apenninen in Verbindung setzt.

So ärmlich der Ort, ist er doch, gleich den meisten im südlichen
Frankreich und Italien, nach unseren deutschen Begriffen, nicht wie
ein Dorf, sondern wie ein Städtchen angelegt. Die schlichten, zum
Theil vernachlässigten kleinen Häuser, sämmtlich von Stein, wie sich
versteht, haben ohne Ausnahme mehrere Geschosse und bilden, dicht
aneinandergereiht, die Straßen eines Städtchens.

Bei Borgo, einem Städtchen mit altem festen Schloß kamen
wir in das Casentino, in das reiche Thal des oberen Arno hinab
und hier umgab uns die Cultur — der ganze Reichthum einer an-
gebauten italienischen Landschaft. An Poppi vorüber, das sich um
den Fuß einer kleinen, mitten aus dem Thal aufsteigenden, und von
einem sehr stattlichen Schloß, einer mittelalterlichen Feste gekrönten
Anhöhe windet, erreichten wir Soci, wo die strengen Asketen
von Camaldoli, denen ihre Regel so wenige Bedürfnisse gestattet,
außer den mächtigen Forsten, die einen Theil des Gebirges bedecken,
hier in dem fruchtbaren Thalgrund des Casentino nicht weniger als
sechzig große schöne Meierhöfe — poderi — besitzen. Unser
Weg ward nun zum Pfade und wand sich an einem Torrente des
Gebirges hinan. Schöne Rückblicke auf das Arnothal. An Partino
vorbei wendeten wir uns links und da hört dann bald alle Cultur
auf. Wir ritten langsam durch Gegenden hinauf, die den Eindruck

ber Oebe in folchem Grabe machen, daß ich nur die Moor= unb
Sandgegenden im preußifchen Litthauen damit zu vergleichen weiß, b. h.
was ben Grab ber Veröbung, ben Einbruck auf bie Stimmung bes
Wanberers betrifft; fonft ift ber Charakter ein fehr verfchiebener, ja
ein gerabe entgegengefetter. Dort fieht ber Menfch fich in einer
Fläche, bie ben Einbruck bes Enblofen macht, hier im Urgebirge; —
bort in einer Wüfte — hier inmitten einer Verwüftung, bie ber
Menfch aus Unverftanb unb Sorglofigkeit angerichtet hat. Es macht
einen gar feltfamen Einbruck, nicht nur bie Cultur, bie Werke menfch=
licher Betriebfamkeit, fonbern bie Natur felbft burch ben Menfchen
verwüftet zu fehen. Wie ganz anbers biefe Gegenben ehemals aus=
gefehen haben müffen, bas erfährt ber Wanberer, fowie er bie Grenze
bes Klofergebiets von Camalboli erreicht. Die Mönche, bie reichen
Asketen bes berühmten Klofters haben ihren Walb gefchont; prächtiger
hochftämmiger Tannenwalb bebeckt hier bie Bergwänbe; nach jener
Veröbung ein boppelt wohlthuenber Anblick.

Auf verwahrloften, zum Theil gefährlichen Pfaben, gelangen wir
zum Klofter Camalboli, einem einfachen, maffiven, mobernen Gebäube.
Der Klofterherr, ber uns umherführt, gehört ber ftrengften ber beiben
Klaffen an, in bie ber Orben fich theilte: ben Eremiten, bie faft voll=
kommen abgefchieben von aller menfchlichen Gefellfchaft in Einzel=
Zellen haufen.

Das Klofter ift feltfamer Weife weber von ber Revolution noch
von bem Königreich Etrurien noch von ber franzöfifchen Regierung
angetaftet worben; burch alle wechfelnben Schickfale Italiens beftanb
es fort, unb als bie Habsburger in bas Lanb zurückkehrten, fanben
fie Camalboli mit allen feinen Mönchen vor als bas einzige Klofter,
bas ber allgemeinen Aufhebung entgangen war. — Jetzt aber ift es
aufgehoben worben, unb bie Regierung beabfichtigt, eine Forftfchule
hier einzurichten, was fehr vernünftig wäre, ba es eine folche meines
Wiffens in ganz Italien nicht giebt.

31. Juli. Früh Morgens herrliche Wanberung zum Eremo,
ber Eremiten=Kolonie. Mir war unbefchreiblich wohl zu Muthe, wie
wir mit frifcher Seele in frifcher balfamifcher Berg= unb Morgen=
luft auf bem wohlgebahnten breiten Saumpfab aufwärts ftiegen burch

ben mächtigen hohen Tannenwald. Es dauerte über eine Stunde,
ehe wir das Pförtchen der Eremiten-Kolonie erreichten. Hier empfing
uns ein Eremit, ein großer Mann von mächtigem, fast riesigem
Gliederbau, dessen breites Gesicht, von einem starken Bart eingefaßt,
einen eigenthümlichen Ausdruck von stiller, ruhiger Schwermuth
zeigte. Wir wandelten zunächst durch die gesammte Eremiten-
Kolonie und ließen eins der Eremitenhäuschen öffnen, die natürlich
alle nach Einem Modell erbaut sind, und zwar nach einem, dem
rauhen und feuchten Klima dieses Gebirgsthales entsprechenden, sehr
zweckmäßig erdachten. Auch die älteste, die Zelle des heil. Romuald,
des Stifters dieses Ordens, wurde uns gezeigt, deren Inneres feucht
und dumpfig ist. — Die Kirche ist im Anfang des 17. Jahrhunderts
erbaut, in dem schwerfällig-klassischen, in allen seinen Theilen will-
kürlichen Styl, mit dem Palladio, Vignola, Vasari und ihr Gefolge
sich an der Menschheit versündigt haben. Der Kirche angeklebt sind
drei Capellen, in einer derselben befindet sich ein Altar mit der Inschrift „Altare privilegiatum“. Jede dort gelesene Messe befreit
eine Seele vom Fegefeuer vermöge päpstlichen Breves; so berichtet
uns unser Führer, der colossale Eremit. Questo è almeno l'intenzione
di Roma, fügte er bemüthig hinzu, indem er sich verbeugte und die
Augen zum Himmel erhob: Ma se poi domine Iddio lo ratifica
cosí, questo io non so! Der schlichte Ton, in dem er diese Worte
sprach, bürgte dafür, daß er sie in der Einfalt seines Herzens vollkommen redlich meinte. — So viel gesunder Menschenverstand bei
einem Menschen von weniger Bildung, den doch eine trübe Stimmung
und eine kritiklose Gläubigkeit in das Kloster geführt hat, setzte mich
wahrhaft in Erstaunen. Wir nahmen nun Abschied von unserem
Führer und wanderten durch herrliche Tannen- und Buchenwälder
zurück zum Kloster Camalboli; der Klosterherr führt uns wieder,
und wir betrachten im Einzelnen alle Räume. Dabei kam die Rede
auf das Leben in der Eremiten-Kolonie, und unser Freund — der
dort in seinen Arbeitsstunden das Tischlerhandwerk getrieben hatte, —
gestand, daß diese durch die Ordens-Regel vorgeschriebenen Stunden
körperlicher Arbeit unbedingt nothwendig seien; er selbst habe sich in
der Einsamkeit, in Gebet, Nachtwachen und theologischen

Studien oft dem Wahnsinn nahe gefühlt — an der Hobel=
bank habe er sich dann wieder erholt.

Bei allem Ingrimm über die Aufhebung der Klöster zeigte dieser
Mann dann doch auch ein patriotisches Gefühl für Italien. Er wider=
sprach nicht, als ich — eben in der Absicht ihn darauf zu prüfen —
die National=Einheit, ein National=Dasein nach einem großartigen
Maßstab als das höchste aller Güter hinstellte, für das man sich
schon Opfer müsse gefallen lassen, selbst schmerzliche — wenn ich auch
gerne zugeben wolle, daß die Opfer, die ihm und seinen Genossen
auferlegt sind, mit mehr Weisheit und schonender Milde hätten ver=
fügt werden können. Ich schilderte ihm das Elend der Kleinstaaterei,
wie da der geistige Horizont beschränkt wird, wenn man, einem kleinen
Gemeinwesen angehörig, von allen großen Interessen der Welt und
des Völkerlebens ausgeschlossen ist; und wie besonders, was noch viel
schlimmer ist, die Charactere klein und armselig werden in einem
Gemeinwesen, das, zu schwach zum Widerstande, kein anderes Mittel
hat, einer Gefahr vorzubeugen, als die Intrigue, und dem nichts
übrig bleibt, als sich zu unterwerfen, zu gehorchen, zu bitten, zu
kriechen, um die Gefahr zu beschwören, wenn sie da ist.

Das frappirte ihn und war ihm so wenig gleichgültig, als selbst
der Kriegsruhm der Italiener. Wir schieden als die besten Freunde. —

Zu Pferde den wunderbaren Weg nach Soci hinab, von dort
auf vielen Umwegen nach dem Franziscanerkloster La Bernia, das
wir bei sinkendem Abend erreichen. Pferde und Führer mußten in
der Locanda, einem Gasthaus am Fuß der Felsenklippe, zurückbleiben.

An der Klosterpforte war ein reges Gewimmel; Saumthiere
mit Holz und Vorräthen für den Klosterbedarf und das morgige
Fest waren herangetrieben und wurden abgeladen.

Ein freundliches altes Männchen, der Pater Guardian, hieß mich
gastlich willkommen. Er ergriff meine Hand und führte mich durch
dunkle gewölbte Gänge in einen sehr einfachen Fremden=Saal, wo
wir uns bald von älteren und jüngeren Mönchen in großer Zahl
neugierig umgeben sahen.

Mir wurde es hier besonders auffallend, wie ein jedes der be=
rühmten Klöster in den Apenninen in höchst characteristischer Weise

den Stempel seines Ordens an sich trägt. In Vallombrosa erkennt man sogleich den palastartigen Ruhesitz gelehrter Benedictiner — in Camalboli die Behausung schweigsamer, strenger Asketen und hier in diesem Kloster den Bienenkorb der Bettelmönche.

Ein Preuße war natürlich für die Mönche ein Gegenstand großer Neugierde, überhaupt zeigten sie ein viel entschiedeneres Verlangen als Camaldulenser oder Benedictiner zu erfahren und zu besprechen, was in der Welt vorgeht. — Es zeigten sich ein gewaltiger Respect vor Preußen und große Sympathieen für dieses protestantische Reich.

Da ich versicherte, daß wir Preußen diese Sympathieen reblich erwidern, — daß wir vor Allem Italien einig, stark und selbstständig zu sehen wünschen, ja selbst in unserem eigenen wohlverstandenen Interesse wünschen müssen, kam eine eben so große Feindseligkeit gegen Frankreich zum Vorschein, das sich — wie sie mit Erbitterung klagten — in Savohen und Nizza die Schlüssel Italiens habe ausliefern lassen, um das Land abhängig von sich zu erhalten. — Eher noch in gesteigertem Maße wendete sich dieses feindselige Gefühl dann gegen Napoleon III. — Mexico's wurde erwähnt — der schmählichen Art, wie Napoleon dort den Kaiser Max treulos preisgegeben habe. Ein älterer Mönch glaubte zu wissen, daß die wichtigsten Papiere in Beziehung auf die Expedition nach Mexico in den Händen des Herzogs von Aumale seien und wohl zu ihrer Zeit bekannt gemacht werden würden zur Erbauung der Welt.

Solche Gesinnungen herrschen selbst im Kloster, selbst in den Kreisen, deren mittelalterliche Weltordnung eben nur durch das imperialistische Frankreich gehalten wird! —

1. August. Ein barfüßiger Mönch ist unser Führer auf unsern Wanderungen zu den Sehenswürdigkeiten der Umgegend. Das Kloster liegt nicht ganz auf dem Gipfel der Klippe; hinter den Gebäuden dehnt sich, rings von fast senkrechten Felsenabhängen begrenzt, eine unebene Hochfläche von ansehnlichem Umfange aus, von prächtigen, hochstämmigen Buchen beschattet. Wir schritten zunächst durch den erfrischenden Buchenschatten nach der Nordwestspitze des Plateaus, wo ein Felsenvorsprung, wie ein Balcon mit einem Eisengeländer versehen, eine großartige Aussicht beherrscht.

Der Blick geht über die Hauptkette der Apenninen hinweg, die
— niedriger als die Klippe — in mäßiger Entfernung im Westen
vorüberstreicht; und jenseits derselben übersieht man ein Gebirgs=
labyrinth, das sich dem Auge als drei parallele Gebirgsfalten dar=
stellt, die sich stufenweise gegen das Adriatische Meer hinabsenken.
Der Kamm der letzten und niedrigsten scheint zunächst scharf gegen
den Horizont abgeschnitten, und doch erkennt das Auge bald darüber
hinaus, in weiter Ferne, ohne Zwischenstufen und Uebergänge, wie
leise angedeutet am Horizont, eine duftig blaue Wand, die sich wellen=
förmig hebt und senkt: das sind die Gebirge in Dalmatien; zwischen
diesen und den näheren sichtbaren ruht das adriatische Meer. Der
Mönch unterhält uns dabei mit den Legenden, die sich natürlich in großer
Zahl an dieses Kloster knüpfen. So wird uns von einem furchtbaren
Räuber berichtet, Lupus, der hier in der damals wüsten öden Gegend
gehaust und die vorüberziehenden Kaufleute geplündert habe, um sie
alsdann auf einem Felsen verhungern zu lassen. Der heil. Franz
aber begegnete eines Tages dem Schrecklichen, bekehrte ihn, und Lupus
trat in den neugegründeten Bettlerorden. Er kasteite sich dermaßen,
daß er ein hochgefeierter Heiliger ward!

Wie sehr sich die katholische Kirche in Legenden gefällt, die darthun
sollen, daß selbst der ärgste Verbrecher hochbegnadigt werden kann —
nicht etwa wenn er sich zu einem reinen Leben edler, mannhafter
Thätigkeit erhebt, nein! wenn er sich dem Priester unterwirft und zu
dem hochheiligen, Gott vor Allem wohlgefälligen Leben der Mönche
bequemt. Gehorsam dem Priester gegenüber soll die christliche Menge
vor Allem lernen, von der Heiligkeit der Priester und Mönche soll
sie ehrfurchtsvoll die allerhöchste Vorstellung haben: das sind die
Gedanken, die im geistigen Leben zu den herrschenden erhoben
werden müssen.

Im Kloster selbst führt uns ein andrer Mönch, ein Professor der
Theologie, herum. Die Kloster=Kirche sehr unbedeutend; doch entdeckte
ich an zwei Seiten=Altären einige Tafeln von Luca della Robbia
aus der allerbesten Zeit des Meisters, weiße Gestalten auf dem
bekannten hellblauen Grunde. Hier die Himmelfahrt — von einem
Band von reizenden kindlich naiven Cherubimköpfchen und oben von

einer reichen Frucht-Guirlande in bunten Farben eingefaßt; dort die
Verkündigung darstellend.

Dann führte uns der Theologe in eine Grotte unterhalb der
Capelle „delle Stimate" und ließ uns einen großartigen Gegenstand
gläubiger Verehrung anstaunen, eine gewaltige, von dem anstehenden
Gestein abgelöste Felsmasse, die über die Felswand herabzugleiten
scheint, aber in dieser durch das Gesetz der Schwere gebotenen Bewegung durch nichts, durch eine unbegreifliche Macht, plötzlich gehemmt
und Jahrhunderte hindurch in der Schwebe erhalten wird.

Der Theologe fühlte sich offenbar stolz darauf, uns, den Protestanten, den ungläubigen Philosophen und Rationalisten, ein solches
offenbares Wunder zeigen zu können.

Ein noch heiligerer Gegenstand der Verehrung ist der Stein,
da der Heiland im Gespräch mit dem heiligen Franciscus zu
sitzen pflegte. Ein einfaches Kirchlein ist darüber erbaut, das,
einzig in seiner Art, nicht geweiht worden ist, so hochheilig ist
der Ort.

Es drängte sich mir beim Anhören der vielerlei Legenden die
Frage auf, ob der heilige Franz ein Gaukler war, ein Betrüger, wie
deren die römisch-katholische Kirche noch heutzutage nicht selten aufzuweisen hat; hier an Ort und Stelle sieht man sich veranlaßt diese
Frage aus voller Ueberzeugung mit nein! zu beantworten.

Er muß schon in einem Zustande großer Exaltation gewesen sein,
als er sich in diese Einöde zurückzog, sonst wäre er eben nicht hergekommen; und hier mußte sich diese Exaltation steigern. Wenn man
sich den Heiligen denkt, lange Zeit in tiefer Einsamkeit, bald in feuchten
Höhlen, bald auf nackten Felsen in der Sonnengluth inbrünstig betend,
sein ganzes Wesen durch Wachen, dürftige Nahrung und ein un-
heimliches Grübeln über sich selbst auf das tiefste zerrüttet: was
ist wohl natürlicher, als daß er in diesem krankhaften Zustande Hal-
lucinationen hatte, die seiner Gedankenwelt, der ausschließlichen beschränkten Richtung seines Geistes entsprachen? daß er den Heiland
vor sich zu sehen und mit ihm zu sprechen glaubte?

Die Wunder des Orts waren aber auch damit noch keineswegs
erschöpft. Zunächst kamen wir wieder an den Hauptstein der Felsen-

klippe, wo ein schmaler Pfad zu der Höhle des Heiligen führt. Da
zeigt sich an dem Pfade eine kleine Nische in der Felswand. Die
Legende hat sich auch ihrer bemächtigt und erzählt: hier ergiff einmal
Satan den heimwärts zur Höhle wandernden Heiligen und versuchte
ihn in den Grund, in die Grotten hinab zu stürzen. Der Heilige
drückte sich an die Felswand um sich zu retten, und die Wand gab
dem Druck nach; sie bildete eine Nische, um ihn schützend aufzunehmen.
Seltsam, daß die Allmacht, die absolute Macht, zu solchen Kunststücken
ihre Zuflucht nehmen muß, um einen Heiligen zu retten, daß der
Allmacht gegenüber ein solcher frevelhafter Versuch des bösen Dämons
überhaupt möglich ist. —

Ein heiliger Ort ist auch die Capelle delle Stimate, wo der
heilige Franz die Wundmale empfing.

Luca della Robbia ist auch hier mit einem Werk aus seiner
besten Zeit vertreten, einem Christus am Kreuz von Engeln um-
schwebt.

Nachdem uns der würdige Herr so von Wunder zu Wunder geführt hatte, uns die hohe Bedeutung des Orts erklärend, leistete er
uns zum Schluß Gesellschaft bei dem derb-einfachen Mahle, das uns
zum Abschied vorgesetzt wurde. Dabei verfehlte er nicht, sich bei mir
als Mann von umfassender Bildung zu legitimiren, der ganz auf der
Höhe seines Professorats stehe. Er sprach von alter und neuer Philo-
sopie, auch von Kant; weiter bis in noch neuere Zeiten hinab schienen
seine Kenntnisse nicht zu reichen; und schließlich gab er, wie billig,
der scholastischen Philosophie des Mittelalters den Vorzug vor der
neueren, weil sie die Grenzen der menschlichen Vernunft anerkenne
und nicht den verwegenen Versuch mache, darüber hinaus zu gehen.
Ganz gut, vorausgesetzt, daß es die wirklichen Grenzen der menschlichen Vernunft wären, die anerkannt werden, nicht irgend eine ganz
willkürlich gezogene Linie.

Er begleitete uns noch bis an die Klosterpforte, und wir nahmen
wie langjährige Freunde von einander Abschied.

Wir ritten nach Bibbiena zurück und fuhren von dort nach Arezzo,
das wir bei eintretender Dunkelheit erreichten.

Am nächsten Morgen wendeten wir nun unsere ganze, sehr ge-

4*

spannte Aufmerksamkeit der Kirche S. Maria della Pieve zu, die ein
gar merkwürdiges Beispiel der mittelalterlichen Architektur ist, wie sie
sich in Italien so wesentlich anders entwickelt hat als jenseits der
Alpen — und zwar in ihren beiden großen Epochen im Rundbogen-
wie später im Spitzbogen-Styl wesentlich anders. Es scheint, daß
die Reminiscenzen aus der Zeit der Antike, die hier näher lagen als
in den nördlichen Ländern und die nie so vollständig verloren gegangen
waren, wie man sonst wohl annahm, es nicht zu einem reinen Verständniß der im Norden der Alpen entwickelten baulichen Formen
haben kommen lassen. Dieser merkwürdige Bau, der an der Stirn-
seite die Jahreszahl 1216 trägt, ein Prachtbau, ist dem Dom
zu Pisa, unmittelbarer noch S. Michele in Lucca verwandt; und
in Pisa treten freilich die Erinnerungen an die Antike in der Schule
des Niccolo Pisano beinahe gleichzeitig, wenig später, ganz besonders
lebendig hervor. Aus der Südseite der Kirche wächst, wie in Italien
gewöhnlich oder doch häufig, der Glockenthurm empor — auch von
seltener Eigenthümlichkeit. Er ist viereckig, steigt ohne Verjüngung
in die Luft und ist in einer großen Menge von Stockwerken übereinander auf allen vier Seiten von Rundbogen-Doppelfenstern mit
einem Säulchen in der Mitte durchbrochen. Das luftigste, was man
sehen kann; ein Vogelbauer, wenn die Architektur je einen ausgeführt hat. Man kann aber nicht leugnen, daß dieser Bau, gegen
den die architektonische Logik so viel einzuwenden hätte, einen origi-
nellen und imposanten Eindruck macht, besonders wenn man seinen
Standpunkt so wählt, daß man Façade und Glockenthurm zugleich sieht.

Abends bei Gewitter und Regen nach Florenz zurück.

4. Der Verkauf der Kirchengüter und die Finanzlage Italiens.

2. August. Zeitungen; da es doch ein wenig mehr als unanständig wäre, wenn Franz Joseph von Oesterreich jetzt nach Paris ginge, soll eine Zusammenkunft in Salzburg veranstaltet werden; ein Beweis, daß sie sehr lebhaft gewünscht wird! Zu gleicher Zeit sucht man offenbar einen Vorwand zu Händeln mit Belgien, um den geheimen Tractat von 1863 ausführen zu können; namentlich fanatisiren sich die französischen Tagesblätter mit energischer Entrüstung darüber, daß, wie als ausgemachte Sache gelten soll, Belgien aus seiner Neutralität heraustreten und sich mit Preußen verbinden wolle. Wir steuern mit Macht einem gewaltigen Kriege zu.

5. August. Konduriotis, der griechische Gesandte, sprach mir viel von Kreta, wo Alles gut stehe und gehe für die Griechen; er gestand, daß seine dortigen Landsleute von England nichts zu hoffen hätten — rühmte aber dagegen die wohlwollende und rege Theilnahme Frankreichs. Die französischen Kriegsschiffe seien jetzt sehr eifrig beschäftigt die Familien der Griechen auf Kreta nach dem griechischen Festlande hinüber zu schaffen, so daß bald Niemand auf der Insel sein werde, als die beiderseitigen Combattanten.

Mir war das merkwürdig, weil es zu manchem Anderen stimmt, das auf eine Wendung in der orientalischen Politik Napoleon's zu deuten scheint. Er sucht sich auch Rußland zu nähern, um es von einem Bündniß mit Preußen fern zu halten und um auf der einen Seite Preußen zu isoliren und auf der anderen eine mächtige Coalition gegen uns zu Stande zu bringen. Nur ist nicht gut abzusehen, wie er das Alles vereinigen, wie er Rußland im Orient gefällig sein — und die Griechen begünstigen will, ohne sich mit den fanatischen Türkenfreunden, den Engländern, zu entzweien, und indem er zugleich ein Bündniß mit dem anderen Türkenfreunde, mit Oesterreich, zu Stande bringt.

10. August. Legationsrath von Bunsen theilt mir Neuigkeiten aus der Heimath mit und liest mir Stellen aus den Briefen vor, die er von dort erhält. — Das Wichtigste ist, daß Savigny seinen Abschied nimmt aus dem Staatsdienste. Gott sei Dank, daß wir den los werden, daß die Gefahr, den als Minister der auswärtigen Angelegenheiten zu haben, vorüber geht! Sein Versuch den Kirchenstaat durch Preußen garantiren zu lassen beweist, was er im Stande gewesen wäre zu thun. Bismarck hat also den Mann noch zu rechter Zeit durchschaut.

12. August. Vor den Uffizien Masari getroffen. Ich spreche die Vermuthung aus, daß Rattazzi's Finanzplan nicht gelingen wird.

Masari: „Je suis payé pour dire qu'il ne réussira pas" (NB. er gehört zu der Opposition, die den Plan bekämpft hat) „mais je désire qu'il réussisse, puisque autrement nous sommes flambés."

Ich spreche mit Bestimmtheit die Ueberzeugung aus, Rattazzi's Plan sei, die Kirche solle selbst die Anleihe von 450 Millionen zu dem Emissionspreis von 80 Procent übernehmen und dann mit den Obligationen dieser Anleihe ihre eingezogenen Güter zurückkaufen.

Masari giebt sich nicht die Mühe das in Abrede zu stellen, bestätigt es sei so; die Kirche aber übernimmt die Anleihe nicht — (NB. es sind ihr also bereits Anträge gemacht worden und sie hat abgelehnt) — sie verlangt vor allen Dingen, und ehe sie sich auf etwas einläßt, Garantie dafür, daß nicht früher oder später, auch wenn sie ihre Güter wieder gekauft und bezahlt hat, ein revolutionäres Ministerium, das an die Regierung kommen könnte, ihr diese Güter abermals wegnimmt.

Masari: „Maintenant on veut aller à Rome." (NB. wer?? ohne Zweifel nicht die Regierung, sondern die Partei, die jetzt die Majorität hat; aber es klingt, als werde die Regierung gern oder ungern gewähren lassen! darin glaubt man den Ausweg aus allen Schwierigkeiten zu finden.)

Ich: Der Besitz von Rom wäre aber doch auch gewiß ein großer Gewinn.

Masari: Ja wohl, aber nur auf dem Wege, den Ricasoli einschlagen wollte, kommt man mit Sicherheit nach Rom. Wenn man Rom mit Gewalt in Besitz nimmt und dann doch wieder hinaus muß, dann steht alles noch viel schlimmer als jetzt!

Ich: Glauben Sie, daß man, einmal im Besitze von Rom, sich doch gezwungen sehen könnte wieder hinaus zu gehen?

Masari: Certainement! (NB. Das hängt gar sehr von den Umständen ab und ist mir keineswegs in demselben Grade ausgemacht!)

Banquier Schmitz getroffen, der selbst einer der Directoren der hiesigen Nationalbank ist. Der meint, um einen gesunden Zustand des Nationalhaushalts herzustellen, wäre vor Allem nöthig, daß man auf normale Valutaverhältnisse zurückkäme. Das ist unerläßliche Vorbedingung jeder wirklichen Verbesserung der gegenwärtigen Lage. Der unheilvolle Zwangskurs des Papiergeldes müßte aufgehoben, der Bank müßten die Mittel gegeben werden ihre Baarzahlungen wieder aufzunehmen.

Wie die Sachen jetzt noch stehen, läge das an sich keineswegs außer aller Möglichkeit, vorausgesetzt daß die Regierung im Stande wäre die 250 Millionen, die sie der Bank schuldet, zurück zu zahlen und zwar ganz oder wenigstens zu einem wesentlichen Theile in Gold. Das möglich zu machen, wäre die Aufgabe, die ein wirklicher Staatsmann sich an der Spitze der italienischen Regierung stellen müßte.

NB. Soviel ich der Darstellung entnehmen kann, war die Bank ursprünglich auf eine NotenEmission von 450 Millionen berechnet. Gegenwärtig besitzt die Nationalbank noch einen Baarfonds von ungefähr 100 Millionen in Gold; dadurch aber, daß die Bank der Regierung im vergangenen Jahre 250 Millionen — natürlich in neu fabricirtem Papiergelde — zur Kriegführung vorgeschossen hat, ist die NotenEmission bis auf 700 Millionen gestiegen, und dieses enorme Mißverhältniß zwischen dem Baarfonds und dem Notenumlauf hat die Ein-

stellung der Baarzahlungen und den durch Gesetz verfügten Zwangs=
kurs des Papiergeldes nöthig gemacht. Könnte nun die Regierung die
250 Millionen in Gold zurückzahlen, dann wäre der Notenumlauf
zur Hälfte und mehr durch den Baarfonds gedeckt, die Bank könnte ohne
alles Bedenken ihre Baarzahlungen wieder aufnehmen, und es wären
normale Valutaverhältnisse hergestellt.

NB. Mir scheint, dasselbe ließe sich mit noch geringeren Opfern
erreichen und vielleicht sogar noch besser; wenn nämlich die Regierung
nur 100 Millionen in Gold zahlte und 150 Millionen in Noten, die
dann natürlich ganz aus dem Verkehr gezogen und vernichtet werden
müßten.

Die kleineren Provinzial= und Municipalbanken müßten dann
natürlich auch sofort ihre Noten baar honoriren; viele von ihnen
können das nicht und würden brechen; das würde mancherlei Verluste
herbeiführen, aber diese Verluste müßten sich früher oder später doch
ergeben, und Italien ist nicht in der Lage, auf dergleichen neben=
sächliches Unheil Rücksicht zu nehmen; im Ganzen würden die
Verluste und Opfer immer sehr gering sein im Vergleich mit dem
Gewinne.

Muß aber anstatt dessen, wie Rattazzi's Plan das mit sich bringt,
und wie es in nächster Aussicht steht, die Regierung abermals die Hülfe
der Nationalbank in Anspruch nehmen, sich Summen borgen lassen,
welche die Bank selber nicht hat, und das Land abermals mit ein paar
hundert Millionen neuen Papiergeldes überschwemmen, für das weder
in den Kassen der Bank noch sonst irgendwo baares Geld zu haben
ist: dann wird die Aussicht, daß die Bank ihre Baarzahlungen
wieder aufnehmen könnte, vollkommen hoffnungslos, und auch der
Zwangskurs des Papiergeldes wird dann nicht zu halten sein!
(Gewiß nicht; theils eben deswegen, theils weil die Masse des
Papiergeldes dann weit über den wirklichen Bedarf des Ver=
kehrs hinausginge. Der Ruin ist dann wohl nicht mehr aufzu=
halten!)

Schweitzer, der auf ein paar Tage aus Livorno hergekommen
ist, um einen Bericht abzufertigen, ist immer gut unterrichtet. So
weiß er auch jetzt ziemlich Bescheid in Beziehung auf die Erörte=

rungen, zu denen General Dumont's seltsame Sendung nach Rom
Veranlassung gegeben hat.*)

Rattazzi hat hier mehrfach zu verstehen gegeben, er habe Nigra
aus Paris abgerufen, weil der nicht energisch genug in dieser Angelegenheit gegen die französische Regierung aufgetreten sei. Die Wahrheit ist, daß er ihn abgerufen hat, weil er — irrthümlicher Weise —
fürchtete, seine Anwesenheit dort werde eine geschmeidige Ausgleichung
der entstandenen Schwierigkeiten behindern. Mme. Rattazzi, die in
Paris lebt, hatte ihren Gemahl irre geführt. Sie hatte viermal deshalb
hierher telegraphirt: „rappelez Nigra, sans cela raccommodement
impossible" und dergleichen. Schweitzer hat die Telegramme selbst gesehen. Jetzt geht Nigra wieder hin, weil es Napoleon ausdrücklich
verlangt, weil er ihn und keinen anderen italienischen Gesandten haben
will. Campello, der Minister der auswärtigen Angelegenheiten, rühmt
sich sehr geräuschvoll, daß er der Mission Dumont's wegen eine sehr
energische Note an die französische Regierung gerichtet habe. Das ist
auch geschehen; da Nigra die missions compromettantes nicht liebt,
ist die Note an Artom gesendet worden; der sollte sie überreichen.
Rattazzi hat seinen Collegen soweit gewähren lassen — vielleicht eben,
damit er sich seiner Energie rühmen solle — hinter Campello's Rücken
aber an Artom durch den Telegraphen den Befehl gesendet, die Note zu
copiren und alles weg zu lassen, was verletzen könnte. So ist denn
die Note, welche die französische Regierung wirklich erhalten hat, in
der That eine sehr zahme und selbst bemüthige geworden.

---

*) Der französische General Dumont war nach Rom geschickt worden, um
die Légion d'Antibes zu inspiciren, bei der angeblich zahlreiche Desertionen vor-
gekommen waren. Hauptzweck der Sendung war jedoch ein politischer. Napoleon
wollte nach Beilegung der Luxemburger Frage Italien gegenüber scharf zum Ausdruck bringen, daß er entschlossen sei, in der römischen Frage seinen Willen durchzusetzen. Die sogenannte Légion d'Antibes war im Jahre 1866 an der süd-
französischen Küste aus französischen Soldaten beim Städtchen Antibes gebildet und
im September nach Rom transportirt worden, nachdem die französische Besatzung
auf Grund des Vertrages vom 15. September 1864 Rom verlassen hatte Dem
Namen nach sollte diese Legion den Kern der neuzubildenden päpstlichen Armee
darstellen. In Wirklichkeit verfolgte Napoleon mit ihr den Zweck, auch nach dem
Abzuge seiner Truppen in Rom militärisch das Heft in der Hand zu behalten.

Abreise um 4 Uhr nach Livorno. Fahrt im Fiacre durch die ganz moderne unbedeutende Stadt, am inneren Hafen vorbei, zum Thor hinaus — am Meer entlang. Villen in ununterbrochener Reihe bis nach Arbenza, dem nächsten Dorfe. An der Küste entlang geht die Reihe Villen weiter, die für Badegäste bestimmt sind. Zu Boot durch den Hafen gefahren. Unmittelbar vor der Stadt und der gerade dahin streichenden Küste, die nirgends einen Vorsprung hat, keine, wenn auch noch so flache Bucht bildet, dehnt sich das offene Meer bis an die scharf gezogene Horizontlinie aus. Jetzt ist in neuster Zeit ein Theil dieses offenen, von der Natur nirgends geschützten Ankergrundes durch einen mächtigen Steindamm, der zu beiden Seiten breite Einfahrten läßt, vom unbegrenzten Meere abgeschnitten und bildet die Rhede oder den äußeren Hafen, wie man es nennen will.

Auch ein italienisches Kriegsschiff lag an dem Steindamme. Wir stiegen hinauf und wurden von den wachthabenden Officieren sehr freundlich empfangen und überall herumgeführt. In der Batterie begegnete uns der Kapitain, ein ältlicher kleiner Herr, der uns sehr freundlich einlud, ihm in seine Kajüte zu folgen. An diesem Kapitain lernte ich nun den Piemontesen-Dünkel in seiner höchsten und schönsten Vollendung kennen. Bei Allem, was er sagte, lag die Vorstellung im Hintergrunde, daß die Piemontesen eine besondere Art von Italienern seien, das zur Herrschaft auf der Halbinsel berechtigte und berufene Volk. In Piemont war Alles mustergültig gewesen vor der Erweiterung des Reichs. Es war natürlich von den Ereignissen des vergangenen Jahres die Rede und von dem preußischen Militair-Systeme; da meinte unser Kapitain, dieses System sei wohl eigentlich dem alten piemontesischen nachgeahmt. Den Grundsatz der allgemeinen Wehrpflicht hätten wir wohl den Piemontesen abgesehen.

Den 16. August. Lange im Pavillon am — oder eigentlich schon im Meere gesessen. Gelinder Wind, es war sehr angenehm. Schweizer getroffen, der wieder da ist und aus Florenz erzählt:

Rattazzi versucht nun wieder die 450 Millionen-Anleihe bei dem Crédit immobilier in Paris zu negociren und hat damit angefangen, daß er Frémy und die anderen Directoren jener Anstalt schon zum Voraus mit Orden bedacht hat. (NB. Die Unterhandlungen mit der

Kirche sind also vollständig gescheitert.) Garibaldi hat zu Siena von einem Balcon herab der versammelten Menge erklärt, die Expedition nach Rom sei nur „alla rinfrescata" aufgeschoben. (NB. Er mag damit wohl auch warten auf die Zeit, wo das italienische Parlament wieder vereinigt sein wird, in dem er unter Umständen eine mächtige Stütze finden kann. Das Parlament würde es der Regierung sehr erschweren, mit den Waffen gegen ihn einzuschreiten.)

Am 25. August wieder nach Florenz zurückgekehrt.

1. September. Zeitungen; überraschender Weise wichtige finanzielle Maßregeln; drei Decrete:

1) Die Kirchengüter sollen nun wirklich von der Civilbehörde (Domainen=Verwaltung) ohne Ausnahme unverzüglich in Besitz genommen werden. (Das war bisher selbst hier in Toscana nicht vollständig, in Neapel und Sicilien so gut wie gar nicht geschehen; in Neapel, wo das Kircheneigenthum wohl einen Gesammtwerth von 800 Millionen hat, war davon bis jetzt nur für einen Betrag von 12 Millionen in den Besitz der Regierung übergegangen.)

2) Ein Reglement in 141 Artikeln, wie bei dem Verkauf der Kirchengüter verfahren werden soll; mit der Versteigerung wird am 1. October begonnen.

3) Ernennung einer Commission, welche die Uebernahme, die einstweilige Verwaltung und den Verkauf der Kirchengüter leiten und überwachen soll. Mitglieder dieser Commission sind vier höhere Verwaltungsbeamte, ein Senator Sarano, von dem ich nichts weiß, und ein Deputirter: der Advokat Crispi. Der ist ein sehr avancirtes, sehr antiklerikales Mitglied der Actionspartei, Hauptredner und Führer der Linken.

Dieses rasche und anscheinend energische Vorgehen der Regierung wird Manchen überraschen — und es ist doch eine absolute Nothwendigkeit. Im October kommt das Parlament wieder zusammen; bis dahin muß etwas geschehen sein, wenn es nicht zu ganz unberechenbaren Verwicklungen kommen soll. Die Regierung hatte nur die Wahl zwischen dem absolutistischen Staatsstreiche, zu dem Rom auffordert, und dem, was jetzt geschieht.

Zu dem Staatsstreiche hat man wenigstens für jetzt nicht den
Muth; man hält wohl Zeit und Umstände noch nicht reif dafür.
Auch fürchtet man wohl von Rom überlistet zu werden. Jedenfalls
haben Castellani's Unterhandlungen bis jetzt nicht zum Ziele geführt;
das ist klar. Aber es ist nun wirklich Ernst mit dem Verkauf der
Kirchengüter! Crispi's Ernennung könnte das eher beweisen, als alles Andere! Ich glaube aber dennoch nicht, daß
es — namentlich der Consorteria, die zuletzt das entscheidende Wort
zu sprechen hat — wirklicher, voller Ernst mit der Sache ist. Man
will ohne Zweifel der päpstlichen Regierung Sorge machen und einen
moralischen Druck auf sie üben; man will das Geld erzwingen, dessen
man unbedingt bedarf: aber man wird wohl nichts dagegen haben,
wenn die Kirche selbst ihre Güter um geringe Preise wieder kauft, und
ein Hinterthürchen offen bleibt zur Versöhnung mit Rom.

3. September. Zu Schmitz in sein Comptoir. Er macht mich
mit seinem associé, Herrn Turri, bekannt; der ist ein Welschtyroler
und scheint ein gescheidter Mann. Beide belehren mich in dem tiefen
Unmuthe ihres Herzens über den Zustand der hiesigen Finanzen.
Das Grundübel ist, daß die Steuern sehr wenig eintragen, erstens
weil der ungeschickte Erhebungsmodus einen ganz unverhältnißmäßigen
Theil des Ertrages verschlingt, und zweitens, was die indirecten
Taxen betrifft, weil unredliche Beamte dabei den großartigsten Unterschleif treiben. Die Zölle tragen wenig ein, weil der Handel größten-
theils auf dem Wege des Schmuggels betrieben wird; das Tabaks-
monopol trägt sehr wenig ein, weil die Regie, die angeblich stets die
besten Blätter, das theuerste Material ankauft, ungemein theuer pro-
ducirt und von ihren überaus schlechten Cigarren sehr wenig verkauft.
Die Raucher werden auch auf den Wegen des Schmuggels versorgt,
was sich daraus ergiebt, daß nach den Büchern der Regie, wenn man
denen glauben wollte, vorzugsweise in den Grenzbistricten so gut wie
gar kein Tabak consumirt würde — d. h. die Regie hat da so gut wie
gar keinen, theilweise sogar buchstäblich gar keinen Absatz.

Die directen Steuern tragen ebenfalls wenig ein; sie werden nicht
vollständig bezahlt; die Rückstände wachsen fortwährend und betragen jetzt schon ohne Zweifel weit über 200 Millionen. Im Süden,

im Neapolitanischen, werden sie ein für allemal nicht gezahlt, weil man nicht zahlen will; hier im Norden bleiben sie rückständig, weil eine überaus umständliche und weitläufige Erhebungsweise, noch dazu von ungeschickten Händen schwerfällig gehandhabt, es selbst den Gutgesinnten, die gerne zahlen möchten, geradezu unmöglich macht zu rechter Zeit zu zahlen, so daß die Steuern — wenn überhaupt — doch stets verspätet eingehen.

Von der directen Steuer, die auf das bewegliche Vermögen, ricchezza mobile, gelegt ist, fällt nur ein Theil, wenn auch der weit überwiegende, dem Staatsschatz anheim; gewisse Procente der Steuer sollen der Provinzialkasse, ein anderer Antheil den Gemeindekassen zu Gute kommen; anstatt nun einfach die ganze Steuer zu erheben, und alsdann den Provinzen und Gemeinden ihren Antheil aus dem Ganzen und im Ganzen auszuzahlen, giebt sich die Steuerbehörde des Staats die sehr undankbare Mühe, für jeden einzelnen Steuerpflichtigen zu berechnen, nicht nur wie viel er überhaupt zu zahlen hat, sondern auch wieviel davon an die Provinz, wieviel an die Gemeinden. — (NB. Das geht natürlich in die Fractionen von Centesimi.) Die Behörde setzt dann jeden Einzelnen von dem Ergebniß dieser Berechnung schriftlich in Kenntniß, erhebt aber nur den ihr zukommenden Antheil an der Steuer und überläßt es der Provinz und der Gemeinde, ihre Antheile an der Steuer — von deren Betrag sie ebenfalls in Kenntniß gesetzt werden — von jedem Einzelnen beizutreiben, wie sie können und wissen! (NB. Das grenzt doch wahrlich an Schilda und Schöppenstädt!)

Die eine Steuerbehörde zu Florenz hat allein nicht weniger als vierundsechzigtausend solche Berechnungen des Steuerbetrages auf beweglichen Reichthum für ebenso viele einzelne Steuerpflichtige aufzustellen, auszufertigen und nach allen Seiten hin mitzutheilen.

Es ist mathematisch nachgewiesen worden, daß die Behörden die Berechnungen für ein Jahr garnicht im Laufe eines Jahres anfertigen können; es fehlt die Zeit, ein Jahr reicht dazu nicht aus. Wie sich danach von selbst versteht, verspäten sie sich immerdar mit diesen Anschlägen und zwar jedes Jahr, wie natürlich, um Wochen und Monate mehr als im vorhergehenden Jahr.

Schmitz und Turri haben ihre Steuer für 1866 noch nicht entrichtet, bloß weil sie trotz wiederholter und bringender Anfragen bis jetzt noch nicht haben erfahren können, wie viel sie für 1866 zu zahlen haben!

Von den ärmeren Leuten gehen die directen Steuern nicht ein, weil dasselbe schleppende Verfahren es ihnen in anderer Weise unmöglich macht. Die können ihre Abgaben erfahrungsmäßig nur dann mit einiger Leichtigkeit entrichten, wenn sie ihnen in kleinen Raten abgefordert werden. Vierteljährlich, wie früher in Toscana geschah (oder besser noch monatlich wie in Preußen). Hier verlangt nun mitunter ein ganzes Jahr über Niemand Steuer von ihnen, bloß weil die Behörde mit der Berechnung, mit dem Voranschlage, nicht fertig werden kann: dann wird ihnen mit einem Male angekündigt, wieviel sie für das ganze verflossene Jahr zu zahlen haben, und sie sollen die ganze Summe mit einem Male entrichten. Natürlich sind sie nicht im Stande das zu thun; sie haben inzwischen ihre Einnahmen in dem Maaße, wie sie eingegangen sind, auch verbraucht.

Ebenso kann die Kassenrechnung in gleicher Schwerfälligkeit niemals mit dem Gange der Verwaltung gleichen Schritt halten. Die Comptabilität weiß immer nur von dem Zustande vor vier oder sechs Monaten Rechenschaft zu geben, niemals auch nur annähernd von dem gegenwärtigen Zustande — und von dem weiß dann auch natürlich der Finanzminister nie das Mindeste, er tappt da ganz im Dunkeln und muß alle seine Anordnungen treffen, ohne von der wahren Sachlage irgend unterrichtet zu sein.

Daraus ergeben sich denn auch wieder die wunderlichsten Verwickelungen, und als ob es an den wirklichen Schwierigkeiten der Lage nicht genug wäre, ist man hin und wieder veranlaßt zu heroischen Mitteln zu greifen, um augenblickliche Verlegenheiten zu beseitigen, die in Wahrheit gar nicht existiren. So ist es vorgekommen, daß die Regierung in imaginärer Geldverlegenheit die laufenden Zahlungen in Schatzbons leistete, die mit sechs Prozent verzinst werden mußten, während in Turin und Mailand in den Kassen baares Geld lag, von dem der Finanzminister hier nichts wußte.

Was den Verkauf der Kirchengüter anbetrifft, so hat sich in diesen Tagen wieder eine Compagnie gemeldet, die sie en bloc kaufen oder vielmehr die Liquidation des Kirchenvermögens übernehmen will, und deren Anerbietungen überaus annehmbar scheinen. Die Compagnie, die sich in England gebildet hat, angeblich aus Engländern, erbietet sich durch ein paar Engländer, die sie als Agenten hergesendet hat, der Regierung sofort 500 Millionen in Gold zu zahlen — ja sie giebt zu verstehen, daß das nicht einmal ihr letztes Wort ist, sie stellt aber dabei die Bedingung, daß die Verwaltung der Kirchengüter sofort und zwar ausschließlich ihr allein übergeben werde; daß man den Verkauf dieser Güter ebenfalls ihr ganz allein überlasse; daß sie ermächtigt werde, diese Güter wie und an wen sie wolle wieder zu veräußern. Erst wenn die Güter vollständig verkauft sind, will sie definitiv mit der Regierung abrechnen, sowohl was einerseits die Zinsen für die 500 Millionen, andererseits die dagegen erhobenen Einkünfte der Kirchengüter, als auch was das vorgeschossene Kapital selbst, und die aus dem Verkaufe der Güter gelösten Summen anbetrifft.

Aber, so schön sich das alles auch ankündigt, so vollständig damit auch wenigstens alle augenblicklichen finanziellen Schwierigkeiten beseitigt wären, mit denen die Regierung zu kämpfen hat, sieht man Rattazzi doch schwanken und zaudern; er giebt ausweichende Antworten und scheint kaum geneigt auf diese lockenden Anerbietungen einzugehen. Man hört von Seiten der Regierung sagen, das Gesetz, wie es das Parlament angenommen hat, gestatte nicht mit einer Compagnie zu unterhandeln — freilich lasse sich das doch vielleicht möglich machen — ein Ausweg sei dazu doch offen gelassen in dem Gesetze 2c.

Bei den Italienern, die der Regierung nicht trauen, regt sich der Verdacht, daß diese Compagnie wieder Niemand anders ist, als der Klerus selbst, der in veränderter Maske auftritt. Schmitz und Turri neigen selbst alle beide zu diesem Glauben.

Für den Verkauf der Kirchengüter zeigen sich übrigens bessere Aussichten, als man gedacht hätte. Schmitz und Turri sind die

Eigenthümer der großen Tuchfabrik in Soci und wissen daher, was im Casentino, d. h. im oberen Arnothale, vorgeht. Sie sagen, die sämmtlichen sechzig großen, schönen poderi, die dem Kloster Camalboli gehören, werden sicher verkauft. Die gegenwärtigen Pächter werden sie kaufen.

Ich: Das ist der Klerus! Das sind Scheinkäufer, hinter denen der Klerus selber steht.

Schmitz war verwundert, mußte aber zugeben, daß die Landleute im Casentino ganz unter dem Einfluß der Geistlichkeit stehen und schwerlich gegen deren Rath und Willen kaufen würden.

So wird denn also jedenfalls eine ansehnliche Masse Kirchen= güter verkauft, und da es im Vortheile der Käufer liegt in Obli= gationen der neuen Anleihe zu zahlen, wird auch eine entsprechende Menge Obligationen dieser Anleihe untergebracht. (NB. Gut! aber wie weit kann das reichen? Da nur ein Zehntheil des Kaufpreises baar erlegt zu werden braucht, gewiß nicht sehr weit!)

Ich mache die Bemerkung, daß damit jedenfalls den augenblick= lichen Verlegenheiten der Regierung nicht abgeholfen ist.

Schmitz erwidert, Rattazzi werde auch um denen zu begegnen die Bedingungen der Engländer nicht annehmen. „Was er thun will, gefällt mir nicht!“ Er will die Obligationen der neuen An= leihe bei der Bank deponiren, und sich darauf 150 oder 120 Mil= lionen vorschießen lassen, natürlich in neu fabricirtem Papiergelde, denn etwas anderes hat die Bank nicht zu geben. Die Noten= Emission der Bank wird dadurch von 700 auf 820 Millionen ge= steigert. Bombrini, der Director der Bank, sucht nun für die neuen Millionen Papiergeld einen Baarfonds zu beschaffen; er ist nach Paris gereist und sucht von der dortigen Bank ein Darlehn von 40 Millionen in Gold zu erhalten, wofür er keine andere Sicherheit zu bieten hat, als dieselben Obligationen der neuen Anleihe, die ihm die Regierung als Sicherheit für den Vorschuß von 120 Mil= lionen giebt.

Mit diesen 120 Millionen könnte dann Rattazzi glücklich bis an das Ende des Jahres gelangen, und um so besser, da die Regierung 45 Millionen bei Rothschild in Paris liegen hat, für welche das Haus

Rothschild, wie die Herren rügen, keine Zinsen zahlt, der nächste Zins=
coupon, der dort in Gold bezahlt werden muß, mithin bereits gedeckt
ist. So wird sich denn auch das Papiergeld auf seinem jetzigen
Kurse erhalten — fürs Erste, und für einige Monate! Die Ent=
werthung wird beginnen, wenn Gold angeschafft werden
muß, um den nächstfolgenden Zinscoupon in Gold ein=
zulösen. Das wird im April des kommenden Jahres sein.

5. September. Es bilden sich vielfach Consorterien, die Gelder
zusammenschießen, um Kirchengüter zu kaufen, aber sie bilden sich nur
unter den Klerikalen. Diese Leute wenden sich nach Rom, erbitten
und erhalten Dispensationen vom Papst, d. h. die Erlaubniß Kirchen=
güter zu kaufen, müssen aber einen Revers unterschreiben, durch den
sie sich verpflichten diese Güter jederzeit, sobald es verlangt wird,
gegen Erstattung des Kaufschillings oder des wirklich darauf erlegten
Theils der Kirche zurückzugeben. Den päpstlichen Segen erhalten sie
unentgeltlich in den Kauf.

---

5. Bismarck und die italienische Actionspartei. Zusammenkunft mit Garibaldi.

6. September. Zur Gesandtschaft. Ein Feldjäger aus
Berlin angekommen; hat für mich einen Brief von Bismarck mit=
gebracht.

„Berlin, 28. August 1867. Ganz geheim. Vor einigen Tagen
präsentirte sich mir eine unter dem Namen eines Herrn von Thugut
reisende Persönlichkeit, welche sich durch einen an mich gerichteten
französischen Brief des Generals Garibaldi vom 9. d. Mts., als einen
Oberstleutnant Chevalier Frigyesy introducirte und mit Aufträgen des
gedachten Generals versehen zu sein behauptete. Diese Aufträge

gingen dahin, meine und der preußischen Regierung geheime Unterstützung für die Absichten Garibaldi's auf Rom nachzusuchen und
mich zugleich zu versichern, daß General Garibaldi niemals zustimmen
werde, daß Italien an der Seite Frankreichs gegen Preußen kämpfe.
Der General wisse, daß das italienische Gouvernement den Franzosen
für den Fall eines Krieges gegen Preußen die Mitwirkung einer
Armee von 100,000 Mann bereits zugesagt habe, und daß der Preis
dieses unnatürlichen Verraths an seinen Bundesgenossen aus dem
Jahr 1866 der Besitz von Rom sein solle. Er, Garibaldi, werde
aber die Ausführung dieses Vertrages verhindern können, wenn er
auf dem Wege nationaler Erhebung Rom für Italien gewinne,
dadurch den Zweck des Bündnisses vereitele und eine antifranzösische
Diversion mache.

„Abgesehen von der belicaten und zweifelhaften Natur der Angelegenheit überhaupt, standen mir auch gar keine Mittel zu Gebote,
um die Authenticität des Schreibens und der Beziehungen der fraglichen Persönlichkeit zu prüfen. Die von Letzterem als die Aeußerungen der Generals wiedergegebenen Worte entsprechen allerdings
dem bekannten Character desselben; es liegt aber auch der Gedanke
nicht fern, daß das Ganze eine von französischer oder österreichischer
Seite gestellte Falle sei, um uns gegenüber der italienischen Regierung
zu compromittiren. Diese Befürchtung lag um so näher, als in den
öffentlichen Blättern, z. B. in der dem französischen Interesse dienen-
den „Italie" vom 6. August bereits Insinuationen sich finden, daß
Preußen die Pläne Garibaldi's und der Actionspartei begünstige und
unterstütze.

„Ich habe mich deshalb dem angeblichen Garibaldi'schen Abgesandten gegenüber auf allgemeine Aeußerungen der Sympathie für
die italienische Nationalsache beschränkt und ihm zugleich bemerkt,
daß wir bis jetzt keine Veranlassung hätten an den guten und aufrichtigen Gesinnungen der italienischen Regierung gegen Preußen zu
zweifeln oder an das angeblich bereits mit Frankreich gegen uns
geschlossene Bündniß zu glauben. Ebenso habe ich ihn auf die Gefahren aufmerksam gemacht, welche ein Vorgehen der Actionspartei
ohne die gesicherte Billigung der italienischen Regierung haben müsse.

„Es würde mir aber angenehm sein, wenn E. H. durch Ihre persönlichen Verbindungen in einer ganz unauffälligen Weise herausbringen könnten, ob der Chevalier Frighesy in der That zu den Vertrauten Garibaldi's gehört und mit einem solchen Schreiben und den gedachten Aufträgen von ihm versehen worden ist.

„Wenn E. H. ohne Gefahr der Compromittirung zu directem Verkehre mit Garibaldi oder den einflußreichsten Personen seiner Umgebung Gelegenheit haben, so wünsche ich, daß mündlich demselben mitgetheilt werde, daß die absolute Unbekanntschaft mit der Person, die mir als Vertreter Garibaldi's gegenüber trat, sowie mit der angeblichen Handschrift des Generals mir vorsichtige Zurückhaltung auferlegt habe. Bismarck."

Das ist ein ganz verwünscht heiklicher und schwieriger Auftrag par le temps qui court, besonders, da die Organe Frankreichs ohnehin sagen, die Preußische Regierung sei es, die Garibaldi auf Rom aussendet, mithin doppelte Vorsicht geboten ist. Die beiden Damen, durch die sich die Sache einleiten ließe, die Gräfin Karolyi und Marquise Pallavicini, sind nicht da, und ich weiß nicht einmal, wo sie sind. Doch muß ich den Auftrag ausführen.

7. September. Garibaldi ist auf dem Wege nach Genf, vor der Hand also ganz außerhalb meines Bereichs. Um aber eine Botschaft an ihn senden zu können, müßte ich wissen, wo er sich zunächst hinzubegeben denkt, wenn er von dort zurückkehrt. Ich muß erfahren, was für Reisen er vorhat, wo die Marquise Pallavicini im Augenblick ist. Ich muß sehen, ob ich Schweitzer dazu benutzen kann.

Ich gehe Vormittags zu ihm und frage, ob er Mittel hat zu erkunden, was Garibaldi zunächst vorhat, und wo er sich von Tag zu Tag hinbegeben wird? Es wäre mir wichtig, das zu wissen; ich könnte danach ermessen, ob gewisse Dinge, die uns von Garibaldi berichtet werden, wahr sind oder nicht.

Schweitzer hat die Mittel, ja, er hat durch ehemalige Garibaldi'sche Officiere sogar zwei Wege sich erkundigen zu lassen, was in Garibaldi's Hauptquartier beabsichtigt wird, und will suchen es zu erfahren. Doch weiß er nicht, ob der eine von den beiden in

5*

diesem Augenblicke disponible ist; dem Anderen, der in einem und demselben Hause mit ihm lebt, glaubt er nicht in demselben Grabe trauen zu können.

Uebrigens erzählt er mir Vielerlei. Unter vielen französischen Agenten, von denen es in Italien wimmelt, reist hier auch ein gewisser Poujabe herum, Bruder eines französischen Generalconsuls, Literat, Journalist 2c. Der giebt sich für einen Legitimisten aus, für einen Klerikalen, womöglich für einen Mann, der gegen das empire conspirirt; aber es ist ihm leicht anzusehen, daß er im Interesse der gegenwärtigen Regierung Frankreichs reist. Doch ist es möglich, daß er in der bekannten Weise der Doppelspione auch den Legitimisten und Klerikalen zu dienen bemüht ist.

Dieser Poujabe nun sucht sich unter anderem auch Schweitzern anzuschließen und erzählt viel von Rom, woher er eben kommt.

Er hat dort den Cardinal Antonelli gesehen und sich gegen diesen klagend über die Bedrängnisse und Gefahren ergangen, von denen Rom bedroht ist. Antonelli hat geantwortet, er könne darüber ruhig sein; man habe das bestimmte Versprechen der französischen Regierung, daß eine neue französische Expedition nach Rom geht und die Stadt besetzt und schützt, sowie der Papst sich ernstlich bedroht sieht.

Schweitzer hat das dem hiesigen Minister Campello wieder erzählt. Der wurde sehr heftig, wie er von einer zweiten französischen Expedition nach Rom hörte, und meinte, dazu werde es nicht kommen. Die Expédition romaine sei ein Unternehmen, das man nicht ein zweites Mal mache. Uebrigens sei auch gar keine Veranlassung dazu. Italien habe in Paris die Erklärung abgegeben, daß es die Convention vom 15. September getreulich halten werde und mache redlich die größten Anstrengungen, thue alles Nöthige, um sie zu erfüllen.*)

---

*) Am 15. September 1864 war zwischen Frankreich und Italien eine Convention abgeschlossen worden, in welcher sich Frankreich verpflichtete, innerhalb zweier Jahre seine Truppen aus dem Kirchenstaat zurückzunehmen, Italien dagegen Rom weder selbst anzugreifen, noch angreifen zu lassen. Italien erklärte sich ferner bereit, einen Theil der Schulden des Kirchenstaats zu übernehmen und die Bildung einer päpstlichen Armee zuzulassen. In einem besonderen Protokoll versprach König Victor Emanuel, seine Hauptstadt von Turin nach Florenz zu verlegen.

Die Grenze des päpstlichen Gebiets sei von italienischen Truppen stark besetzt und genau bewacht; man habe namentlich viele Bataillone Bersaglieri dort aufgestellt. Eine italienische Escadre kreuze über dem fortwährend an der päpstlichen Küste, um jede Landung zu verhindern.

Man habe aber auch nicht umhin gekonnt in Paris gegen die Sendung des Generals Dumont nach Rom zu protestiren und gegen die Legion von Antibes, deren Dasein und Organisation dem Buchstaben und dem Geiste der Convention durchaus widerspreche. Man habe protestirt, jedoch zugleich die Erklärung hinzugefügt, daß man in seinen Maßregeln nicht über diesen Protest hinausgehen, daß man eben nur protestiren und nichts weiter thun werde. (NB. Was für eine viel versprechende Maßregel, dieser in solcher Weise verklausulirte Protest.)

Dazu kamen dann Klagen über die leidigen Kosten dieser militärischen Grenzbewachung zur See und zu Lande. Dieser Zustand sei auf die Länge nicht auszuhalten; man müsse auf irgend eine Weise heraus zu kommen suchen.

General Menabrea fuhr noch viel heftiger auf, als ihm Antonelli's Aeußerungen, wie es scheint durch Poujade selber, hinterbracht wurden, und erklärte eine zweite französische Expedition nach Rom für unmöglich; sie könne und dürfe nicht stattfinden; werde sie versucht, dann sei eine Revolution unvermeidlich; dann werde es in Italien Flintenschüsse in den Straßen geben, und in Paris Orsini=Bomben regnen. (NB. die fürchtet Napoleon, das weiß man wohl!)

Schweitzer findet es auffallend, daß die italienische Regierung den Garibaldi zwar von Spionen sehr genau beobachten läßt aber in seinem Gehen und Kommen, in seinem Thun und Treiben, nicht im Mindesten hindert. Auch scheine die italienische Regierung in eigenem Namen und auf eigene Hand einen Zwist mit der päpstlichen herbeiführen zu wollen. Sie protestire namentlich in Rom gegen die Strenge, mit der die Fremdenpolizei dort gehandhabt werde; gegen die Ausweisung mehrerer Italiener aus der ewigen Stadt; es sei darüber schon zu einer Correspondenz in gereiztem Tone gekommen;

— und doch sei diese Strenge der Fremdenpolizei in diesem Augenblick sehr natürlich.

Kübeck hat den Tag nach meiner Abreise aus Arbenza Schweitzer
auf der Promenade mit den Worten angeredet: „Nun! Bernhardi
ist fort?" — „Ja, er ist nach Florenz zurückgegangen." — „Nein,
nein! Bernhardi ist in Siena und panscht mit Garibaldi!" — Ich hatte nämlich in der That vaguement die Absicht
ausgesprochen nach Siena zu gehen. Aber wie einfältig, wenn ich
wirklich die Absicht habe, Garibaldi aufzusuchen, werde ich es doch
nicht vorher auf offener Straße dem diplomatischen Corps an-
kündigen! Aber gut, daß ich das weiß! ich muß doppelt vorsichtig sein!

Dann wird Mr. Poujade gemeldet; ich lernte diesen kleinen
bärtigen Mann kennen und habe ihm mit großer Offenheit verschiedene Geheimnisse anvertraut, die er meinethalben nach Paris
und Rom melden kann.

Ich sagte ihm, man irre sich in Frankreich, wenn man glaube,
daß die Einheit Deutschlands erzwungen sei und sich gegen den Willen
der Bevölkerung ergebe; sie sei im Gegentheil durch alle Anstrengungen,
zu denen die Dynastien geneigt sein möchten, nicht aufzuhalten. —
Man gefällt sich in Frankreich in der Vorstellung, Preußen
wolle die Südstaaten absorbiren. Das ist eine ganz verkehrte
Ansicht. Das gerade Entgegengesetzte ist wahr. Die Südstaaten,
weit entfernt sich der Absorbtion durch Preußen erwehren zu wollen,
streben mit aller Gewalt in den Norddeutschen Bund hinein, und
wir wollen sie nicht haben und thun alles mögliche, um sie abzu-
wehren; aus einem sehr einfachen Grunde — „le midi de l'Allemagne ne nous enverrait au parlement fédéral que les radi-
caux du rouge le plus éclatant ou des ultramontains du noir
le plus sombre," wir aber können weder die einen noch die andern
brauchen. Ich vertraute ihm auch, daß das in Beziehung auf Luxemburg getroffene Abkommen in Deutschland und namentlich in Preußen
nichts weniger als populär sei — daß eben deshalb bei dem Stand
der öffentlichen Meinung irgend welche weitere Concessionen zu
machen, z. B. in Beziehung auf Nordschleswig, vollkommen un-

möglich sei. In den Krieg gegen Oesterreich sei man mit einiger Hesitation eingegangen — ein Krieg gegen Frankreich wäre hier autrement populaire, es würde sich in Preußen nicht eine Stimme dagegen erheben, nicht ein Zweifel.

Poujabe bemerkte: „une guerre contre la Prusse serait immensément populaire en France." Ich erwiderte, daß ich glaube, der Krieg werde bei der in Frankreich herrschenden Stimmung nicht zu vermeiden sein, aber wenn ihn Frankreich wolle und herbeiführe, was muß unfehlbar das Endergebniß sein, selbst im Falle Frankreich des succès haben sollte?

Poujabe: „Une coalition, je le vois bien."

Ich: Das Endergebniß würde sein, de faire descendre la France au rang de puissance du second ordre. Gleich zu Anfang hatte ich auf die Frage, ob ich an die Erhaltung des Friedens glaube, geantwortet: es könne zum Kriege nur kommen, si on vient nous faire la guerre, nous ne ferons certainement la guerre à personne, puisque nous ne demandons rien à qui que ce soit.

Zum Schlusse sagte mir Poujabe geheimnißvoll — de l'air d'un homme qui joue sa tête — er sei „des bons", er sei Legitimist; er hasse die gegenwärtigen Zustände in Frankreich zc.

9. September. Die Rede des Großherzogs von Baben bei der Eröffnung seiner Kammern macht, als sehr unitarisch, großes Aufsehen.

Zu Haus. Zeitungen. Die „Italie" speit Feuer und Flammen über des Großherzogs von Baben Eröffnungsrede und zwar in ziemlich unsinniger Weise. Sie erklärt sie natürlich für erzwungen durch Bismarck und findet einen unwürdigen Mangel an — babenschem — Patriotismus darin. Die Leidenschaftlichkeit verräth, wie unangenehm den Franzosen der Patriotismus ist, der sich in Deutschland regt!

11. September. Die Zeitungen, die unter französischem Einflusse stehen, speien natürlich Feuer und Flammen; die Tagesblätter der Actionspartei dagegen sprechen sich sehr entschieden lobend und zustimmend über die Rede des Großherzogs aus und eben so entschieden gegen jede Einmischung einer auswärtigen Macht in die

inneren Angelegenheiten Deutschlands, deſſen Einigung ſie als natur-
gemäß und nothwendig billigen. „La Riforma" fügt ſogar noch ausdrücklich hinzu, daß Frankreich gar kein Recht habe ſich als Wächter
des europäiſchen Gleichgewichts hinzuſtellen; es ſei von Niemandem
beauftragt oder bevollmächtigt dieſe Rolle zu übernehmen.

Barbolani iſt im Steigen; er wird jetzt Generalſecretär im
Miniſterium der auswärtigen Angelegenheiten, da Melegari als Ge-
ſandter nach der Schweiz geht. Da von Garibaldi die Rede war,
hat dieſer Barbolani gegen Schweizer mit großer Geringſchätzung
von ihm und ſeinen Unternehmungen geſprochen, ja geradezu erklärt:
Garibaldi werde gar nichts thun, denn er könne nichts
thun; „5000 mauvais fusils" könne er möglicher Weiſe wohl in
Rom haben, aber er habe keine Leute dazu; „et puis, notre
comité à Rome n'obéira qu'à nous," und im Falle eines
Angriffs werde dieſes Comité gegen Garibaldi und die Seinen ge-
meinſchaftliche Sache machen mit der päpſtlichen Regierung. Garibaldi werde wohl die Unmöglichkeit erkennen etwas zu unternehmen
und ſchon in dieſen Tagen ganz in der Stille nach Caprera zurück-
gehen.

Das Geſtändniß, daß nicht nur die Actionspartei, ſondern auch
die italieniſche Regierung ein geheimes Comité in Rom hat, das in
ihrem Sinne zu wirken ſucht, iſt immerhin merkwürdig genug.

12. September. Der Miniſter Campello ſagt nun auch,
man müſſe nach Rom, es gehe ſo nicht länger, der gegenwärtige Zuſtand ſei nicht länger zu ertragen; namentlich müſſe Italien Herr des
römiſchen Gebiets ſein; in Beziehung auf die Stadt Rom
könne man transigiren.

NB. Das iſt nun freilich Unſinn und heißt die weltgeſchichtliche
Bedeutung der Stadt Rom durchaus verkennen; denn gerade auf die
Stadt kommt es an, dorthin muß der Sitz der Regierung verlegt
werden, wenn das Reich zuſammenhalten ſoll. Aber es ſpricht ſich
darin der letzte, der eigentliche Gedanke der Regierung aus. Mag
man auch die Geduld verloren haben und zeitweiſe zürnen, das letzte
Ziel iſt immer, Verſöhnung mit dem Papſtthume und Herrſchaft als
Vicarius des heiligen Stuhls.

Wir sprechen davon, wie sehr Frankreich hier in Italien verhaßt ist, und wie dieser Haß mit jedem Tage wächst. Ich sage, daß dieser Haß aber durchaus keine Bürgschaft dafür gewährt, daß nicht Italien dennoch in ein Offensivbündniß mit Frankreich und in einen Krieg mit Preußen hineingezwungen wird. Theils ist die herrschende piemontesische Coterie französisch gesinnt und bedarf der Stütze Frankreichs, um sich im Innern im Besitz der Macht zu behaupten — ist also abhängig — theils fürchtet man das nahe Frankreich, das ferne Preußen aber nicht, und diese Furcht übt ihren sehr gewichtigen Einfluß auf das politische Gebahren Italiens. Victor Emanuel hat keine Ahnung davon, daß er dabei seine Krone auf das Spiel setzt; gehen würde es wohl nur im ersten Augenblicke mit dieser Politik im Dienste Frankreichs, eben weil man Frankreich fürchtet, und weil das Volk wenig Initiative hat.

Schweitzer ist derselben Meinung; daß die Italiener Frankreich fürchten, wissen die französischen Agenten so gut, daß sie vorzugsweise diese Seite berührten, als der Krieg Luxemburgs wegen fast unvermeidlich schien. Sie wiederholten beständig: „Il faut qu'ils marchent — die Italiener versteht sich — et qu'ils marchent bien, qu'ils marchent droit! s'ils bronchent, malheur à eux!"

Martino, der zwar im Ministerium der auswärtigen Angelegenheiten dient, seinen Gesinnungen nach aber mehr der Actions= als der Regierungspartei angehört, spricht mir von der Verlegung des Regierungssitzes nach Rom, als sei sie selbstverständlich.

14. September. Garibaldi kommt heute hier an, wie man sagt.

15. September. Barbolani kommt zu mir. Daß ihn Rattazzi zu mir schickt, kann ein Blinder sehen; sein Besuch, seine Mittheilungen machen mir den Eindruck, als sei die eigentliche Absicht zu ermitteln, ob wir wirklich Verbindungen mit der Actionspartei und Garibaldi haben, und wie weit die wohl gehen könnten vorkommenden Falls.

Er fing davon an, daß die Nachrichten aus Paris seit einigen Tagen etwas friedlicher lauten, daß Napoleon sich in Salzburg wohl etwas enttäuscht gefunden haben mag in Beziehung auf das, was Oesterreich in diesem Augenblick vermag und zu wagen geneigt ist;

daß mithin der Friede wohl auf einige Zeit gesichert sei.*) Ein Bündniß Frankreichs mit Italien erklärt Barbolani schlechterdings für unmöglich.

Wir kamen natürlich bald auf das Interesse, das alle Gemüther in Anspruch nimmt für den Augenblick: auf Garibaldi und Rom.

Ich: Ich verfolge den Gang dieser Dinge billig mit großem Interesse, da ich ja, wie die französischen Organe hier in Italien sagen, derjenige bin, der die ganze Bewegung leitet und Garibaldi gegen Rom aussendet.

Barbolani: Man sagt, daß Ihnen Millionen zur Verfügung gestellt sind zu diesem Behuf. Aber der gegenwärtige Zustand ist in der That für die italienische Regierung vollkommen unerträglich geworden. Wir haben 40,000 Mann an der Grenze des päpstlichen Gebiets, en faction, l'arme au bras, und sieben Dampfkriegsschiffe, die beständig an der Küste des Kirchenstaats kreuzen: das ist auch finanziell auf die Länge nicht durchzuführen; als bleibender Zustand — „comme état normal" — ist es gar nicht zu ertragen, vollkommen unmöglich; dem muß ein Ende gemacht werden. Aber leider ist die italienische Regierung durch die Convention vom 15. September gebunden — Garibaldi hat ohne Zweifel etwas vor; er wird gewiß bald einen Coup unternehmen. —

Ich: Das glaube ich auch; er hat sich zu sehr und zu geräuschvoll compromittirt, als daß er sich wieder auf seine Insel in die Einsamkeit zurückziehen könnte, ohne wenigstens etwas versucht zu haben. Wie man sagt, kommt er heute hier in Florenz an.

---

*) Um die Mißstimmung möglichst zu beseitigen, die nach der Erschießung Kaiser Maximilian's von Mexico am österreichischen Hofe gegen Frankreich entstanden war, sollte sich Kaiser Napoleon zum Besuch des Kaisers Franz Joseph nach Salzburg begeben, wo er am 18. August eintraf und fünf Tage verblieb. Von Staatsmännern nahmen französischerseits nur der Herzog von Gramont, Botschafter in Wien, österreichischerseits Beust, Andrassy und Metternich an der Zusammenkunft Theil. Die beiden Kaiser kamen überein, für die Einhaltung des Prager Friedens einzutreten. Falls Rußland den Pruth überschreite, sollte Oesterreich die Walachei besetzen. Die durch die kretischen Wirren entstandene ungünstige Lage der Türkei sollte in wohlwollender Weise berücksichtigt werden; Oesterreich sollte suchen, die Sympathien Süddeutschlands zu erhalten und zu kräftigen, Frankreich politische Reibungen mit Preußen möglichst vermeiden.

Barbolani: Nein, er kommt nicht: „Le ministre de l'intérieur a eu aujourd' hui une dépêche télégraphique de Garibaldi à son fils; il est à Genestrello où il s'arrêtera pour trois ou quatre jours, et il y fait venir son fils!"

NB. Also, Garibaldi's Bewegungen werden genau beobachtet, wie das zu erwarten stand. Seine Briefe werden natürlich geöffnet und gelesen; seine telegraphischen Depeschen werden dem Minister hinterbracht.

Barbolani: In Rom ist man in großer Besorgniß. Der Papst verzichtet zum Voraus das flache Land zu vertheidigen oder selbst die Stadt Rom; er glaubt, daß seine Mittel dazu nicht ausreichen. Er will sich in das Castell S. Angelo einschließen, dort sich vertheidigen und zu halten suchen, bis die Hülfe der katholischen Mächte eintrifft, auf die er rechnet.

Ich: Ob ihm die gewährt werden wird, scheint mir sehr zweifelhaft.

Barbolani: Jedenfalls muß dem gegenwärtigen Zustande ein Ende gemacht werden, Italien muß durchaus in den Besitz des jetzigen päpstlichen Gebiets gelangen. Rom braucht nicht die Hauptstadt Italiens zu werden, obgleich das in Piemont und in Neapel sehr entschieden gewünscht wird — „mais il faut que ce soit une ville tout à fait italienne." Aber wie soll man der Lösung der römischen Frage näher kommen? wie soll man die Sache einleiten, da die Regierung nun einmal durch die Convention gebunden ist? Da liegt die Schwierigkeit! Am besten wäre es, wenn Garibaldi die Bahn bräche und eine Bresche machte, durch die man ihm folgen könnte; „et puis nous comptons beaucoup sur la Prusse pour faire entendre raison à la France."

Ich: (NB. Ach! so willst du mir auf den Zahn fühlen; auf diesem Wege hoffst du mich dahin zu bringen, daß ich mir eine Blöße gebe!) Es würde wohl Niemand eine zweite Expedition nach Rom anrathen; aber ich glaube, es wird gar nicht nöthig sein, daß irgend eine Macht sich in das Mittel legt, um sie zu verhindern; sie wird ganz von selbst unterbleiben. Das absichtliche Geräusch, mit dem der Kardinal Antonelli und Sartiges angekündigt haben, daß die fran-

zösischen Truppen nöthigenfalls nach Rom zurückkehren werden, die
geräuschvolle Sendung des Generals Dumont, der viele Lärm der
gemacht worden, sind mir ein Beweis, daß man in Paris wünscht, der
Lärm allein soll es thun — soll die gewünschte Wirkung haben. Man
macht den größt möglichen Lärm, weil man nicht gesonnen ist, etwas
weiter zu thun. Ich glaube sogar, daß die italienische Regierung
in diesem Verhältnisse ein gutes Mittel hätte in ihren Unterhandlungen
mit Frankreich weiter zu kommen. Wiederholen Sie in Paris die
Erklärung, die Sie dort bereits abgegeben haben: daß der gegenwärtige Zustand nicht länger zu ertragen ist, daß Sie die Bewachung
der Grenzen des päpstlichen Gebiets in der bisherigen Weise nicht
weiter durchführen können, und fordern Sie Frankreich geradezu auf
die Beschützung des päpstlichen Gebiets wieder unmittelbar selbst zu
übernehmen — und Sie werden wahrscheinlich erleben, daß Frankreich
es förmlich ablehnt noch einmal Truppen nach Rom zu schicken.

Barbolani gab sich das Ansehen das plausibel zu finden, kam
aber wieder auf Garibaldi zurück; am besten wäre es, wenn man ihn
könnte in das päpstliche Gebiet eindringen lassen; aber wie soll
man das einleiten? Wenn er mit einer bewaffneten Schaar über die
Grenze zieht — das kann man nicht ignoriren! Da muß man ihn
aufhalten. Am besten wäre es, wenn er mit ganz geringer Mannschaft — fast allein — über die Grenze ginge; es wäre dann viel
leichter, ihn durchschlüpfen zu lassen, nicht aufzuhalten „et si
cet homme paraît avec cinq hommes à Viterbo, il
entraîne tout" — und er stürzt die päpstliche Regierung!

Ich (mit absichtlicher Verwunderung): Vous croyez? (NB. Ist
das etwa in der Voraussetzung gesagt, daß ich wirklich mit Garibaldi in Verbindung stehe, und damit ich es ihm wiedersage?
Daß er den papalini in die Hände falle, wünschen die Herren wohl
nicht — der Wunsch aber, daß er mit geringer Macht auftrete, ließe
sich wohl erklären. Er soll nur eben stark genug sein die päpstliche
Regierung in bringende Gefahr zu bringen, allenfalls zu stürzen —
nicht aber stark genug ihnen Widerstand zu leisten, wenn sie dann
einschreiten wollen, um den Papst zu retten und die römische Frage
ganz nach ihrem Ermessen zu lösen.)

Barbolani schloß mit den Worten: „nous sommes dans une crise!"

Schon aufgestanden erklärte er, warum man Rom gegenüber die Gebuld verloren habe; Ricasoli habe die Versöhnung mit der Kirche auf das Redlichste versucht; er habe die widerspenstigen, exilirten Bischöfe ohne alle Bedingungen zurück gerufen, habe sie wieder in ihr Amt eingesetzt ohne einen Eid der Treue, einen Eid auf die Verfassung von ihnen zu verlangen; er hat sich bemüht die vacanten Bischofssitze wieder zu besetzen; er hat der Kirche in jeder Weise die vollste Freiheit gelassen „et après tout cela on nous traite toujours d'excommuniés! — C'en est trop!"

16. September. In der Zeitung eine Notiz: daß der Marchese Giorgio Pallavicini den General Garibaldi bei dessen Rückkehr aus Genf auf seiner Villa in Cobogno aufgenommen hat, von wo dann Garibaldi nach Genestrello gegangen ist. Ich entschloß mich sofort nach Cobogno zu reisen, nun da ich weiß, wo Pallavicini zu finden ist. Das ist der einzige Weg, um endlich zum Ziele zu gelangen.

Pallavicini ist der einzige Mann in der Actionspartei, dem ich mich anvertrauen kann, ohne daß ich eine Indiscretion zu befürchten hätte; ich kenne seine Frau — das genügt mich bei ihm einzuführen. Dieser Pallavicini hat in seiner Jugend das harte Schicksal erlebt, die fünfzehn besten Jahre seines Lebens, vom siebenundzwanzigsten bis zum zweiundvierzigsten seines Alters, mit Gonfalonieri und Silvio Pellico zusammen, in den Casematten des Spielbergs zu verbringen.

19. September. Abreise um 7 Uhr 30 Min. auf der Eisenbahn nach Mailand; schönes, fruchtbares, reich angebautes Tiefland; nach 2 Uhr 4 Min. in Cobogno; ein Cabriolet genommen nach S. Fiorano. In der Dorfstraße begegnet uns der Marquis Pallavicini, ein einundsiebzigjähriger, aber sehr kräftiger Greis. Der Kutscher machte mich auf ihn aufmerksam; ich hätte ihn aber auch erkannt nach der Aehnlichkeit mit seinen Porträts, die ich gesehen habe.

Ich sprang aus dem Wagen, begrüßte ihn, gab ihm meine Visitenkarte und sagte, daß ich incognito hier sei. Er, auf dergleichen Dinge eingeübt, sagte, „Ah! je comprends!" und sagte mir, er habe ein Telegramm von seiner Frau bekommen „auquel je n'avais rien compris“, daß sie nicht bestimmen könne, wie lange ihr Aufenthalt in Florenz dauern werde. — Damit führte er mich in seine prächtige Villa, in die Wohnung seines Intendanten, am Eingang der Cour d'honneur. Da wohnt er selbst in Abwesenheit seiner Frau; das Schloß steht leer.

Ich fragte, als wir allein waren, nach dem angeblichen Thugut, ob der wirklich Frighesy sei und von Garibaldi gesendet.

Ja; die Aussagen des Mannes in Berlin sind der Wahrheit gemäß. Pallavicini hatte anfänglich selbst nach Berlin reisen wollen, um Bismarck von dem Stande der Dinge hier in Italien in Kenntniß zu setzen; um zu sagen, daß das Königthum hier zu Lande zu Grunde geht, wenn die Dinge in der gegenwärtigen Weise fortgeführt werden; daß Italien der Revolution, der Anarchie verfällt, daß unter Rattazzi's Herrschaft Italien sich gegen einige Concessionen in Beziehung auf Rom in dem bevorstehenden Conflicte zwischen Frankreich und Preußen unfehlbar Frankreich und seinem Beherrscher anschließen wird, ja daß das Bündniß zwischen Frankreich und Italien bereits geschlossen ist — daß das einzige Mittel der Ausführung dieser Pläne und allem Unheil zuvor zu kommen, darin liegt, daß die Actionspartei sich durch eine kühne That in Besitz von Rom setzt, dadurch das Ministerium Rattazzi stürzt und ein Ministerium aus ihrer Mitte an die Spitze der Regierung bringt. Schließlich ist er aber doch nicht nach Berlin gegangen, weil er glaubte, die Anwesenheit einer so bekannten Persönlichkeit, wie er ist, in Berlin, könnte die preußische Regierung mehr compromittiren als ihr genehm ist. NB. Ich glaube, er hat unrecht gethan.

Darauf hat denn Garibaldi den Frighesy dahin abgefertigt.

Pallavicini kam darauf zurück, Italien müsse sich auf das Engste an Preußen anschließen und mit dessen Hülfe von Frankreich emancipiren; Rattazzi aber sei durchaus französisch gesinnt und in jeder Weise von Frankreich abhängig, die Linke im Hause der Abgeordneten, die sich jetzt von ihm leiten läßt, jämmerlich getäuscht und betrogen. (NB. In der Kirchengüterangelegenheit wenigstens ganz gewiß.) — In dieser Lage sei eine von Garibaldi und der Actionspartei aus-

geführte Expedition nach Rom mit ihren Folgen die einzig mögliche
Rettung. Was man dabei vor allen Dingen wünscht, ist eine moralische Unterstützung von Seiten Preußens; man wünscht, daß
Preußen durch diplomatische Action, nöthigenfalls
selbst durch irgend eine Demonstration, eine neue französische Expedition nach Rom abwehre und fern halte.
— (NB. Genau, was auch die italienische Regierung von uns
fordert.)

Er machte mich ferner darauf aufmerksam, von welcher Bedeutung es sei, daß Frankreich hier in Florenz eine Zeitung in seinem
Solde und Dienste hat; auch Preußen müsse da eine Zeitung zu seinem
Dienste haben, ein ihm befreundetes Organ. Freilich müßten wir uns
gefallen lassen, daß sich in diesem Blatte die Gesinnung der Actionspartei ausspreche; sonst würde es keinen rechten Fortgang haben und
wenig bewirken.

Wenn ich Garibaldi sehen wolle, ohne mich zu compromittiren,
solle ich das der Marquise in Florenz sagen; wenn es überhaupt
möglich sei, werde sie es möglich machen.

Zurück in Florenz. Da finde ich einen Brief von der Marchesa
Pallavicini, die mich zu sehen wünscht. Ich eile sofort zu ihr in
das Hotel de Turin.

20. September. Sie warnt vor allen Dingen vor Rattazzi;
Bismarck solle dem ja nicht trauen, ja nicht glauben, daß der je
redlich sein könnte oder anders handeln, als ihm von Paris aus geschrieben wird: „C'est l'âme damné de Napoléon!“ Rattazzi
ist finanziell ruinirt (NB. das hat mir auch Martino zu verstehen
gegeben) und lebt — da sein Ministergehalt ein sehr geringes ist —
im Wesentlichen von der jährlichen Rente, die Napoleon seiner Frau
— Marie Buonaparte-Whyse — auszahlen läßt — und Napoleon
hat ihn dem Könige Victor Emanuel als Premierminister octrohirt.

NB. Sehr klug berechnet! — Die jetzige Mme Rattazzi lebte
in Paris als femme entretenue, als die bezahlte Geliebte des
Duc de Pommereux, und obgleich dieser Scandal seinem wahren
Wesen nach nicht unsittlicher war als das ganze Leben der sogenannten
Prinzessin Mathilde, hielt man es doch für nöthig, ihm ein Ende zu

machen. Da war es denn allerdings ein sehr glücklicher Gedanke,
sie an einen finanziell ruinirten italienischen Staatsmann zu ver=
heirathen und diesen dann zum Premierminister in Italien zu machen.
Und zwar hat man ihr nicht etwa eine Aussteuer gegeben, die ihre
Existenz ein für alle Mal sicher stellen könnte! — nein! — man
giebt ihr nur eine jährliche Rente, deren Auszahlung jeden Augenblick
sistirt werden kann, sowie man Ursache hätte mit ihrem Gemahle un=
zufrieden zu sein; das gehört wesentlich zur Sache!

Leider ist es nun diesem Rattazzi gelungen eine Spaltung in
die Actionspartei zu werfen; er hat Crispi ganz für sich
gewonnen und mit ihm eine Anzahl Deputirter, die ihm an=
hängen.

NB. Ah so! nun begreife ich, daß Rattazzi diesen Crispi überall
vorschiebt — als eine Art von Paradepferd; daß er ihn namentlich
zum Mitglied der Kirchengüter=Commission gemacht hat. Mit diesem
Crispi täuscht er nun die Welt, die nicht weiß, daß der Mann ge=
wonnen ist; seines Namens bedient er sich, um glauben zu machen, daß
es mit dem Verkaufe dieses Mal redlicher Ernst sei!

Crispi, der bei allen früheren Expeditionen Garibaldi's mittelbar
betheiligt war, sagt sich nun dieses Mal förmlich los von dem Zuge
nach Rom, verurtheilt ihn sehr streng und verspottet ihn als eine
alberne Thorheit.

Garibaldi reist übermorgen ab, zunächst nach Arezzo, und
der Aufstand wird nächster Tage ausbrechen. Garibaldi wollte schon
im Juni losschlagen; die Klügeren, die den Augenblick nicht für
günstig hielten, haben ihn mit Mühe bis jetzt zurückgehalten. Es
ist seitdem stets ein schwieriges Verhandeln gewesen zwischen den
jüngeren Mitgliedern der Verbindung, die jeden Augenblick zur That
übergehen wollten, und den Besonneneren, die sich bemühten sie bis
auf gelegenere Zeit zurück zu halten. Aber jetzt läßt sich Garibaldi
nicht halten.

Ich: Da Garibaldi in Siena gesagt hat, die Expedition sei
„alla rinfrescata" verschoben, glaubte ich, er werde eigentlich die
Zeit abwarten, wo das italienische Parlament wieder versammelt ist.

Mme. Pallavicini: Dazu haben mehrere der Verbündeten gerathen, aber Garibaldi will darauf nicht hören. Seine Art zu verfahren ist eben nicht die gewöhnliche.

Nun aber gestand mir die schöne Frau, daß die Actionspartei nur über sehr ungenügende Geldmittel verfügt. Die wenigen großherzigen Patrioten, die es in Italien giebt, haben seit 1848 so viel hergegeben, daß sie jetzt fast ruinirt sind und nichts mehr geben können; die Gesinnungslosen dagegen, die alles gelassen mit angesehen haben, sind jetzt vorzugsweise die reichen Leute im Lande, geben aber jetzt so wenig als früher. Wenn man doch von Preußen eine Unterstützung an Geld bekommen könnte! Nur eine Summe, die für Preußen jedenfalls eine Kleinigkeit wäre.

Ich: Darauf ist wohl nicht zu hoffen: die preußische Regierung handelt unter allen Bedingungen loyal! Bismarck wird auf eine solche Anfrage stets antworten, da die gegenwärtige italienische Regierung bis jetzt, was auch ihre Absichten sein mögen, doch nichts gegen Preußen gethan hat und mit Preußen befreundet ist, könne er unmöglich thatsächlich eine Bewegung unterstützen, die wesentlich, wenn nicht unmittelbar gegen die italienische Regierung selbst, doch gegen ihre Intentionen gerichtet ist.

Ich müßte Garibaldi selber sehen, wenn es geschehen kann, ohne daß ich mich und die preußische Regierung in irgend einer Weise compromittire. Mme. Pallavicini wird morgen ganz früh mit ihm darüber sprechen und mir dann das Nöthige zu wissen thun. Natürlich müßte die Zusammenkunft morgen stattfinden, da Garibaldi übermorgen abreist.

Mme. Pallavicini gab mir zu verstehen, es sei wohl eigentlich ganz gut, daß Bismarck sich mit Frigyesy nicht weiter eingelassen hat. Garibaldi sei kein Menschenkenner und keineswegs immer glücklich in der Wahl seiner Vertrauten; sie sei nicht gewiß, daß man dem Frigyesy unbedingt trauen könne.

Von der Bewegung, die vorbereitet wird, kann ich leider nicht viel erwarten; Rattazzi hat es verstanden, die Actionspartei zu spalten; Garibaldi hat nicht so viel Besonnenheit, den Ausbruch zu verschieben, bis das Parlament wieder zusammen ist, und vor allem! — die Leute haben kein Geld! Ohne Geld geht dergleichen hier in Italien weniger als irgend wo sonst!

Da ich dazu ermächtigt bin, will ich Garibaldi sehen. Eine sehr natürliche Neugierde hat ihren sehr natürlichen Antheil daran, das kann ich nicht leugnen — aber doch nur einen kleinen; es ist doch in der That wichtig, daß ich den Mann kennen lerne, mir ein Urtheil über ihn bilde und vernehme, wo hinaus er will.

Mme. Pallavicini schickte einen Vertrauten zu mir, den Advocaten Francesco Falsone, einen Sicilianer; denselben der in meiner Abwesenheit mit ihrem Brief bei mir war. Mit dem wurde das Nöthige für heute Abend verabredet. Wir stellten auch unsere Uhren ganz genau gleich.

21. September. Um 8½ Uhr pünktlich bin ich bei vollständiger Dunkelheit auf Piazza Pitti, wie verabredet — auf dem Punkt, wo vom Ponte vecchio her die Rampe beginnt, die zu dem Palast hinanführt.

Ein paar Secunden später traf Falsone ein, und wir wanderten zusammen durch einen feinen Regen zur Porta Romana hinaus; — zu Fuß, um nicht etwa die Neugierde eines Fiacrekutschers zu erregen; denen ist nicht zu trauen, meint Falsone; die Polizei hat ihre Söldlinge unter ihnen.

Unterwegs erzählt mir Falsone, wie er dem Garibaldi persönlich verpflichtet sei. Er ist Sicilianer und war unter der bourbonischen Regierung zu Palermo als verdächtig gefänglich eingezogen. (NB. Conspirirt wird er wohl haben.) Drei Jahre hat er dort auf einen bloßen Verdacht hin im Gefängniß geschmachtet, ohne daß er ein einziges Mal verhört worden wäre! Es waren ihrer dreitausend junge Leute, meist aus den besseren Ständen, zu Palermo demselben Schicksal verfallen, im Gefängniß, ohne Aussicht, je wieder in Freiheit gesetzt zu werden. Garibaldi hat sie befreit.

So wandern wir hinaus zu einem Haus, das ein Deputirter der äußersten Linken, Namens Greco, bewohnt und in dem es keinen Portier giebt. Dem Herrn Greco ist gesagt worden, Garibaldi werde bei ihm eine geheimnißvolle Zusammenkunft mit einem der Fuorusciti, mit einem der italienischen politischen Flüchtlinge haben, und man hat ihm hoch und heilig versichern müssen, nicht mit Mazzini; den hätte er um jeden Preis sehen wollen!

Falsone hatte den Schlüssel zu einer Seitenthür des Hauses in der Tasche; er zündete ein Streichwachskerzchen an, so leuchteten wir uns selbst die schmale dunkle Hintertreppe bis zum zweiten Stockwerke hinan und gingen in ein durch zwei Wachskerzen erleuchtetes leeres Zimmer.

Nach einiger Zeit kam Garibaldi an; er war mit der Marchesa Pallavicini spazieren gefahren und zwar zum anderen Ende der Stadt zu Porta San Gallo hinaus und dann weit durch das Land. Er fuhr natürlich an einer anderen Seite des Hauses vor, kam eine andere Treppe herauf und trat durch eine andere Thür in das Zimmer.

Er ist eigentlich ein schöner Mann; sieht sehr gutmüthig aus und war in seine bekannte gewöhnliche Tracht gekleidet: in das rothe Hemde mit dem über die Brust gefalteten Plaid darüber.

Wir setzten uns an das Tischchen in der Mitte des Zimmers; ich fragte zunächst, was ihm Frigyesy aus Berlin gemeldet hat, verglich, was er davon sagte, mit Bismarck's Brief, den ich bei mir hatte, und überzeugte mich, daß sein Sendbote der Wahrheit gemäß berichtet hat. — Ich sagte ihm darauf, was mir Bismarck aufgetragen hat, nämlich daß dieser sich habe sehr reservirt halten müssen, weil ihm weder Frigyesy's Person noch Garibaldi's Handschrift bekannt war, und fügte dann hinzu, hiermit sei nun mein Auftrag erschöpft; wenn Er mir seinerseits etwas zu sagen habe, könne ich allerdings schweigend anhören — ich könne auch, wenn er es wünsche, meiner Regierung darüber berichten, aber ich habe ihm keine Antwort darauf zu geben.

Garibaldi zauderte etwas, wußte vielleicht im ersten Augenblick nicht recht, was er mir sagen sollte, so schien es mir wenigstens, kam aber dann doch in das Reden, wie ich gehofft hatte, und zeigte sich in einem mir unerwarteten Licht. Er verrieth eine Art und einen Grad der Bildung, die ich bei dem alten Seemann nicht vorausgesetzt hatte — eine rhetorische Bildung, die er nicht lediglich der Gewohn-

6*

heit, öffentlich zu sprechen, verdanken kann. Diese Gewohnheit hat
freilich auch ihren Einfluß geübt; Garibaldi scheint eigentlich nie zu
sprechen; er hält immer Reden, drückt sich immer gewählt und red=
nerisch aus.

Er sagte, er allein sei die einzige legitime Obrigkeit Roms, und
Niemand sonst, denn er sei 1849 durch allgemeine Abstimmung vom
römischen Volk zum Anführer und Oberhaupt der Stadt erwählt wor=
den, und das sei eine andere Abstimmung gewesen als die in Nizza
und Savoyen; es sei dabei ganz ehrlich zugegangen. Er allein habe
das Recht, im Namen des römischen Volkes zu sprechen und zu handeln.
Die päpstliche Regierung dagegen sei einfach eine unberechtigte Usur=
pation; sie sei lediglich durch unberechtigte Gewalt, durch fremde Bajo=
nette zurückgeführt und werde lediglich durch Gewalt, durch fremde
Bajonette aufrecht erhalten.

NB. So begründet er sein Recht, unabhängig von der italie=
nischen Regierung gegen die päpstliche Regierung zu Felde zu ziehen
und das Recht, sich alsbann, wie beabsichtigt wird, zunächst selb=
ständig in Rom abzusperren, und von dort aus wie von Macht zu
Macht mit der königlichen Regierung Italiens zu unterhandeln. —
Beide Folgerungen zu ziehen überläßt er jedoch mir.

Es sei in jeder Beziehung nothwendig, daß er sich Roms be=
mächtige; Italien müsse sich von Frankreich frei machen und sein
Heil in einem engen Anschluß an Preußen suchen. Die Regierung
dagegen wolle Rom, oder vielmehr das römische Gebiet, ver=
möge eines Einvernehmens mit Frankreich gewinnen, stehe im Bunde
mit Frankreich und sei jedenfalls bereit, sich für einen solchen Preis,
für Concessionen in Beziehung auf Rom, der Macht Frankreichs in
einem Krieg gegen Preußen anzuschließen, gegen Preußen, das sich
so loyal erwiesen und so ritterlich — „cosi cavallerescamente" —
Venetien für Italien erobert habe, während Frankreich sich seine Hülfe
habe sehr theuer bezahlen lassen! Das wäre eine That des schmach=
vollsten Undankes; aber er allein könne sie verhindern, indem
er sich zum Herrn von Rom mache und die Pläne der Regierung
durchkreuze.

Auch gehe sein Plan weiter als der der Regierung; die Regierung wolle nur die weltliche Macht des Papstes beseitigen: sein Unternehmen dagegen sei nicht bloß gegen die weltliche, sondern auch gegen die geistliche Macht des Papstes gerichtet; die wolle er vernichten; sie sei ein noch viel größeres Uebel als die weltliche Macht, und müsse vor allen Dingen gestürzt werden, wenn Italien sich je erheben solle. Sein Beginnen entspreche ganz den Interessen Preußens und müsse daher der preußischen Regierung erwünscht sein; er rechne auf ihre Sympathien.

Ich erwartete fast, er würde von Unterstützung und Geld reden, er that es aber nicht; es scheint nicht in seiner Art zu sein.

Der uneigennützigen Freundschaft Preußens, der lebhaftesten Sympathien für die nationale Sache Italiens, die Regierung und Bevölkerung bei uns in gleicher Weise hegen, konnte ich ihn natürlich ohne Bedenken in ganz allgemeinen Ausdrücken versichern; im Uebrigen erlaubte ich mir nur die Bemerkung, ich hätte geglaubt, daß er seine Expedition auf die Zeit verschieben werde, wo das Parlament wieder zusammen sei.

Er erwiderte: „il nostro parlamento" vermöge „così poco."

Ich: „Ma pure" — vieles, was die Regierung sonst wohl thun könnte, werde dann doch unmöglich, wenn das Parlament vereinigt ist. Da er nicht darauf einging, ließ ich natürlich den Gegenstand auch fallen.

Wie wir mit einem Händedruck Abschied von einander nahmen, sagte ich: „Wenn wir uns anderswo treffen" — und er ergänzte: „non ci conosciamo!"

Ein sehr eigenthümlicher Mensch! Es fehlt ihm ganz und gar nicht an Verstand; selbst nicht an einer gewissen Feinheit des Geistes und bei alledem hat er etwas Unmündiges! Es fehlt ihm ganz und gar an dem, was man Erfahrung nennt, und zwar, weil er unfähig ist, sich Erfahrung anzueignen; er hat gar kein Organ dafür. Ich kann mir gar wohl denken, daß er gelegentlich finassirt mit Leuten, denen er unbedingt vertrauen könnte, und sich dann wieder sehr zweideutigen Gesellen unbedingt in die Arme wirft, mit allem zuversichtlichen Vertrauen.

Ich hatte dann noch ein kurzes tête à tête mit der Marchesa, der ich einen Lochchiffre übergab, um mit ihr correspondiren zu können. Ich hatte ihn heute Morgen durch Giuseppe anfertigen lassen. Dann ließ ich sie und Garibaldi, die möglicher Weise, ja wahrscheinlich, von der Polizei beobachtet waren, wie sie später eingetroffen waren, auch zuerst wieder davon fahren, und verließ das Haus erst geraume Zeit nachher mit Falsone, als wir gewiß sein konnten, daß kein Polizist mehr in der Nähe lauerte. Innerhalb der Stadt nahm ich einen Fiaker, da es aber in solchen Fällen eine Hauptregel ist, sich nie dahin fahren zu lassen, wohin man eigentlich will, fuhr ich nach der Piazza della Signoria, und ging von dort nach Haus.

Zeitungen. Der Papst schleudert von Neuem seine Bannstrahlen gegen alle Tempelräuber, gegen alle Käufer von Kirchengütern, b. h. gegen alle Unberufenen — so ist zwischen den Zeilen zu lesen — gegen alle diejenigen, die Kirchengüter kaufen wollen, ohne den bewußten Revers unterschrieben und die nöthige Dispensation und den päpstlichen Segen erhalten zu haben. Das steht alles im schönsten Zusammenhang.

Die Klerikalen bringen ziemlich viel Geld zusammen für den Ankauf von Kirchengütern; es sind auch französische Agenten eingetroffen, die bedeutende Summen aus Frankreich mitbringen; Poujabe, der nebenher auch wirklich Aufträge von den reaktionären Parteien seines Landes hat und ausführt, ist einer davon, und hat, wie mir Schweizer sagt, über ganz ansehnliche Summen zu verfügen. Aber alle diese Gelder werden natürlich nur den Käufern vorgestreckt, die bereitwillig auf die Bedingungen der Kirche eingehen, und zu gleicher Zeit fulminirt der Papst um alle andern einzuschüchtern und zurückzuschrecken. — Man bemüht sich, alle wirklichen Käufer abzuschrecken, damit den Scheinkäufern, welche die Kirche vorschiebt, keine Concurenz gemacht werde.

22. September. Garibaldi ist ein sehr eigenthümlicher Mensch! Bei der Abreise, im letzten Augenblick — buchstäblich unmittelbar ehe er in den Eisenbahnwagen stieg — gesteht er den Freunden, die ihn begleiten, daß er gar kein Geld hat! Er ergreift beide Hände der Marchesa und bittet: „Ma, curate di procurar fondi!" Das

Wenige, das er aus Caprera mitgebracht hatte, sei vollständig erschöpft.

Mme. Pallavicini ist erstaunt und im höchsten Grade betroffen — atterrée — wie soll die Sache gehen ohne Geld! Und aufzuhalten ist sie auch nicht länger! Woher nun nehmen! Noch dazu in der Geschwindigkeit!

Sie kam, ich möchte sagen, mit verdoppelter Energie darauf zurück, daß es Preußens Interesse sei, diese Bewegung zu unterstützen, damit sie gelingt und zum Ziele führt; ob man nicht von der preußischen Regierung Geld bekommen könne? Eine Summe, die für Preußen bei dem Zustand seiner Finanzen gar nicht in Betracht kommen kann, würde genügen.

Ich wiederholte, warum Preußen sich dazu wohl nicht verstehen wird. Preußen wird nicht in dieser Weise gegen eine Regierung auftreten, die ihr, wenigstens öffentlich, in ihrem officiellen Gebahren, keinen Grund zur Klage gegeben hat.

Mme. Pallavicini: Könnte das Geld nicht unter der Hand, ohne daß es bemerklich würde, vorgeschossen werden? Könnte ich das nicht vermitteln?

Ich: Ich bin durch meine Instructionen in keiner Weise befugt, eine solche Vermittelung zu übernehmen. Ich sehe nur einen Ausweg. Pallavicini hat überhaupt Unrecht gethan, daß er nicht selbst nach Berlin gegangen ist und sich persönlich unmittelbar mit Bismarck in Verbindung gesetzt hat, daß er in Folge dessen diese wichtige Mission in die Hände eines untergeordneten Abenteurers hat kommen lassen, der keine Aussicht hatte, sonderlich beachtet zu werden. Das ist nur in einer Weise wieder gut zu machen: Pallavicini müßte noch jetzt nach Berlin reisen, so spät es auch geworden ist, um mit Bismarck zu conferiren.

Mme. Pallavicini will sich das überlegen.

Ich: Usedom kommt morgen früh an; wollen Sie ihn sehen vor ihrer Abreise?

Mme. Pallavicini hat keine große Lust ihn aufzusuchen.

Ich: Jedenfalls ist es besser, wenn Sie ihn nicht eher sehen, als bis ich mit ihm gesprochen und ermittelt habe, ob er von den

Aufträgen unterrichtet ist, die Bismarck mir gegeben hat, und in
wie weit.

Die Gräfin Usedom aber muß unter allen Umständen ganz und
gar aus dem Spiele gelassen werden. Der muß die Marchesa gar=
nichts anvertrauen, denn Frau von Usedom ist eine herzensgute, groß=
müthige Frau, die ich trotz ihrer kleinen Excentricitäten sehr liebe
und verehre; aber es ist nicht zu leugnen, daß sie hin und wieder
Indiscretionen begeht, und man thut besser sich dem nicht aus=
zusetzen.

Gedankenvoll heim. J'augure de plus en plus mal
de cette entreprise. Sie ist gar zu schlecht eingeleitet,
wie von einem unmündigen Kinde.

---

6. Garibaldi's Verhaftung.

23. September. Allein zur Villa Capponi hinaus gefahren;
langes Gespräch mit Usedom, auch mit ihm gefrühstückt.

Ich orientirte ihn in Beziehung auf die Garibaldi'sche Bewegung,
welche die Regierung zwar sehr genau beobachtet, aber bisher nicht
hindert, vielmehr offenbar absichtlich gewähren läßt, weil es ihr ganz
genehm ist, daß Garibaldi und die Actionspartei den Papst in Angst
und Noth versetzen, und in der Hoffnung, daß Rom dadurch etwas
geschmeidiger werden soll. Hemmend eingreifen, eingreifen um den
Papst zu retten — das glaubt man immer zu können, wenn der
Augenblick dazu gekommen ist, und eine französische Intervention soll
wo möglich Preußen fernhalten.

Ich erwähne auch eines Tendenzartikels in der „Italie".
Darnach sollte Usedom in Locarno ein Diner gegeben haben, an
welchem Garibaldi Theil genommen hätte, und auf telegraphisches
Ersuchen der Gräfin Usedom der Minister Campello diese Nachricht
officiell dementirt haben. Bei der Gelegenheit erfahre ich selber
erst den wahren Zusammenhang.

Gräfin Usedom ist keineswegs so umsichtig gewesen selbst daran zu denken, daß eine Berichtigung dieses Artikels nöthig sein könnte. Glücklicher Weise hat aber auch Solvyns, der belgische Gesandte, die Sommermonate auf einer Villa am Lago Maggiore zugebracht. Der hat sie auf den Artikel aufmerksam gemacht, und auf die Noth- wendigkeit ihn zu widerlegen; er hat ihr dann auch begreiflich ge- macht, daß es nicht genüge an Bunsen deshalb zu schreiben, daß sie sich an Campello wenden müsse.

Usedom erzählt mir auch einiges aus Berlin.

Es scheint dort Niemand mehr an der Unvermeid- lichkeit des Krieges zu zweifeln. Usedom meint: nach der Art, wie Bismarck's letztes Circular in Frankreich aufgenommen worden ist, sei kaum daran zu zweifeln, daß es zum Kriege kommen muß. General Tresckow hat ihm gesagt, bis zum Frühjahr würden wir 112 Infanterie-Regimenter fertig und im kriegstüchtigen Zu- stande haben. (NB. Die Sachsen natürlich mitgerechnet.)

Er erzählt mir auch, wie Savigny ausgeschieden ist. Bismarck hatte ihn zum Bundeskanzler machen wollen, sich dann aber darauf besonnen, daß Preußen, wenn es auch der Sache nach den Nord- deutschen Bund beherrscht, doch der Form nach in den Bund englobirt ist, daß also der Bundeskanzler über dem Preußischen Premier- minister steht, daß folglich der Preußische Premierminister stets selber Bundeskanzler sein muß. Er bot demnach Savigny an, ihn zum Bundes-Vicekanzler zu machen. Darauf wollte dieser in keiner Weise eingehen, er habe das Versprechen des Königs ꝛc., lieber schied er ganz aus.

Von Rattazzi scheint Usedom sehr zurückgekommen, wahrscheinlich in Folge seiner Unterredungen mit Bismarck, von den Aufträgen aber, die ich in Beziehung auf Garibaldi erhalten habe, weiß er nichts! Ein Zeichen, daß er auch jetzt Bismarck's volles Vertrauen nicht gewonnen hat. Er spricht mir nicht davon, da er- wähne auch ich die Sache nicht.

Um 7½ Uhr zu Falsone. Eine Menge Glockenzüge neben der Hausthür. Ich zog an dem, von dem ich nach den Regeln der Wahrscheinlichkeit vermuthete, daß er in die zweite Etage gehe, und hatte es richtig getroffen; die Thür ging auf, ich tappte mich im Dunkeln eine steile schmale Treppe hinauf und fand oben in einem geöffneten, erleuchteten Zimmer die Marquise Pallavicini.

Sie war etwas en émoi; Frighesy ist heute hier verhaftet worden; er hat den Vorwand, dessen die Polizei dazu bedurfte, selbst in der einfältigsten Weise von der Welt an die Hand gegeben, indem er sich hier in Florenz, wo ihn alle Welt seit 1849 kennt, für Herrn v. Thugut ausgeben wollte.

(NB. Wie gut, daß sich Bismarck nicht weiter mit ihm eingelassen hat! Daß der Mann seiner Sendung nicht gewachsen war, ist nun wohl klar genug!)

Man hat bei Frighesy Papiere gefunden, die wahrscheinlich mehr Leute compromittiren und weitere Verhaftungen nach sich ziehen werden. Außerdem hat die Regierung hier auf dem Bahnhofe dreihundert Gewehre confiscirt. Ein schlimmer Verlust, meint Mme. Pallavicini, für arme Leute, die ohnehin nicht viel Waffen haben.

Sie will nun ihren Mann bestimmen nach Berlin zu reisen und will ihn dorthin begleiten. Im Nothfall, wenn die Gesundheit ihres Mannes ihm die Reise über die Alpen in dieser späten Jahreszeit nicht gestattet, will sie allein hingehen. Ich soll ihr einen Brief an Bismarck mitgeben, in dem ich ihr Anliegen empfehle. Das kann ich natürlich nicht thun; ich gebe ihr nur eine meiner Visitenkarten, auf die ich schreibe, daß der Ueberbringer der Marquis Pallavicini ist: „qui se rend à Berlin pour rendre compte de l'état des choses en Italie."

24. September. Zur Gesandtschaft. Usedom sagt mir, mit einem Wesen, als sei nun die Sache abgemacht: daß Garibaldi in der vergangenen Nacht zu Asinalunga verhaftet und nach Alessandria gebracht worden ist.

Ich: Seit gestern stand das eigentlich zu erwarten, da gestern Frighesy verhaftet worden ist.

Usedom hatte in Berlin von dem Manne „gehört", wußte aber noch nichts von seiner Verhaftung.

Ich: Vielleicht ist es am besten so; die Bewegung, die Garibaldi gegen Rom vor hatte, war in so ungenügender Weise eingeleitet, daß sie wenig Erfolg versprach. Mißlang sie aber, wurde sie mit leichter Mühe besiegt, so war es mit Garibaldi's politischer Bedeutung für immer vorbei, und es war für die gesammte Actionspartei ein Schlag, von dem sie sich nicht erholt hätte. Rattazzi und die französisch gesinnte Consorteria hätten dann das Feld vollkommen frei gehabt und können ganz ohne Rücksicht thun und lassen was sie wollten. Jetzt aber, wie sich die Dinge gewendet haben, stehen sie anders. Lange kann die Regierung den Garibaldi doch nicht gefangen halten, höchstens bis zur Eröffnung des Parlaments, wenn sie sich ja so viel zutraut; dann muß er freigegeben werden, da er Deputirter ist; und wieder frei, ist er nach diesem Ereigniß mehr als je eine politische Macht, mit der die Regierung rechnen muß.

NB. Eigentlich überrascht mich doch dieses plötzliche über das Knie gebrochene Einschreiten der Regierung. Da man den Garibaldi so lange hat gewähren lassen, da man ihn nicht früher verhaftet hat, warum jetzt? Was mag die Veranlassung dazu gegeben haben? Ich erwartete, man würde ihn noch weiter gehen und den Angriff auf Rom wirklich in Gang bringen lassen. Das war ohne Zweifel der Plan der Regierung, und er ist gewiß nicht ohne bestimmte Veranlassung geändert worden.

Mein Diener berichtet, daß eine große Volksmasse in der Umgegend des Doms versammelt sei; in der Via Ricasoli sei Aufruhr; Truppen oder vielleicht eine Compagnie National-Garde seien entwaffnet worden. Das Ministerium des Innern werde gestürmt; die Garnison sei ausgerückt.

25. September. Mancherlei Nachrichten über die gestrigen Unruhen. Rattazzi war nicht so beseligt zuversichtlich, als er vorgab. Die Truppen waren, ich glaube von früh an, in den Casernen consignirt, und als der Tag sich zum Abend neigte, wagte der Ministerpräsident nicht in seine Wohnung zurückzukehren, er hat sich für die Nacht im Palazzo vecchio eingesperrt und ein geheimnißvolles Dunkel darüber walten lassen, wo er eigentlich zu finden sei.

Wenn nicht der Gewitterregen einfiel, hätte die Sache wohl nicht gefährlich, doch aber einigermaßen ernst werden können, so daß es wohl zu einem erheblichen Blutvergießen gekommen wäre. So ist es dabei

geblieben, daß ein Schutzmann — guardia di sicurezza — erschlagen
worden ist; ein anderer ist in den Arno geworfen worden; in dem
ertrinkt man aber nicht; drei andere sind verwundet. Außerdem sind
einige Posten der Nationalgarde entwaffnet, zwei Gewehrläden sind
geplündert und in Rattazzi's Wohnung sind alle Fenster eingeworfen
worden.

Uebrigens wurden auch heute noch militärische Maßregeln ge=
troffen, die mir zum Theil überflüssig schienen, denn ich war über=
zeugt, daß nun, nachdem die erste Aufregung keine größeren Ereignisse
herbeigeführt hatten, keine Unruhen weiter zu befürchten seien. Die
Tambours der Nationalgarde schlugen Generalmarsch auch in unserem
Stadttheil; die Nationalgarde wurde nachträglich zusammengetrommelt
und soll sich auch ziemlich zahlreich eingefunden haben, jetzt wo keine
Gefahr mehr dabei war.

Auch den Palazzo vecchio stark mit Bersaglieri besetzt gefunden;
Niemand wurde durchgelassen.

Usedom gesehen. Er meint auch, ohne den Regen hätte die
Sache ernster werden können. Auswärtige, d. h. Italiener aus anderen
Gegenden, sollen eigentlich die Anführer gewesen sein: Leute, die hier
durchziehen, um sich dem Zuge Garibaldi's nach Rom anzuschließen.
(NB. Das glaube ich auch!)

26. September. Brief von der Marquise Pallavicini;
chiffrirt: „Nous étions en train de partir, mon mari et moi,
lorsqu' un événement imprévu nous a fait suspendre l'exécution
de notre projet; nous avons besoin de vos nouvelles pour savoir
ce que vous pensez de la situation."

Der Schlag, Garibaldi's Verhaftung, ist den Parteigenossen voll=
kommen unerwartet gekommen; sie hatten sich diese Wendung der
Dinge gar nicht als möglich gedacht, sich gar nicht darauf vorbereitet
und sind nun gar sehr aus dem Concept gebracht. Mich setzt der
Brief einigermaßen in Verlegenheit; vor der Hand weiß ich gar
nichts darauf zu antworten; ich muß erst besser orientirt sein.

Zur Gesandtschaft. Der Palazzo vecchio ist wieder, wie in ge=
wöhnlichen Zeiten, von der Nationalgarde bewacht; ganz in der Nähe
aber in einer kleinen Straße, die von der Piazza della Signoria

nach S. Martino führt, steht ein Unteroffizier-Piquet Linien-Infanterie bereit den Schutz des Palastes zu übernehmen, sobald Gefahr droht. Angenehmer Dienst. Das Piquet hat kein Wachtlokal und bringt also die vierundzwanzig Stunden in der Straße zu.

Neulich erwähnte ich gegen Usedom, daß ich als derjenige bezeichnet werde, der Garibaldi in Bewegung setzt, und dem die preußische Regierung zu diesem Behufe Millionen zur Verfügung gestellt habe. Usedom sagte in einem Ton, als ob derlei Dummheit kaum geringschätzig genug behandelt werden könnte: wenn wir Geld übrig hätten, könnten wir es wohl besser brauchen, als zu dergleichen. Auch ein Beweis, daß Bismarck ihm seine Sympathieen für die Aktionspartei nicht mitgetheilt hat.

Heute sprachen wir von der allgemeinen Lage.

Usedom: Napoleon scheint sich in Salzburg allerdings einigermaßen enttäuscht gefunden zu haben; er ist gewahr geworden, daß Oesterreich vor der Hand nicht viel vermag. Es ist dort auch kein Bündniß, überhaupt keinerlei Vertrag zu Stande gekommen; nur eine Art von Protocoll ist von beiden Theilen unterzeichnet worden, in dem einfach constatirt ist: wenn Preußen den Norddeutschen Bund oder einen entsprechenden Einfluß über die Mainlinie hinaus in das südliche Deutschland ausdehnte, so wäre das gegen das Interesse der beiden Staaten, Frankreichs und Oesterreichs.

Abends bei Lady Orford General Angelini, meinen guten Freund vom vorigen Feldzug her, getroffen; er sagt mir in deutscher Sprache: „Die Republik könnte sich weiter ausdehnen; wir gehen hier auch stark auf die Republik los!" Darauf fährt er sich mit der Hand über Stirn und Augen, wie um den Ausdruck von Unmuth und Betrübniß zu verwischen, der in seinen Zügen sichtbar geworden war.

Das sagt mir ein General-Adjutant des Königs!

27. September. Zeitungen. Garibaldi hat darein gewilligt, nach Caprera zurück zu gehen! Die „Italie" stimmt ein Jubelgeschrei darüber an und feiert diesen Entschluß, seinen Anschlägen auf Rom zu entsagen, der Regierung nicht weiter im Wege

zu stehen und sich in die Ruhe des Privatlebens zurückzuziehen, als
die schönste That eines edlen, hingebenden Patriotismus. Ich muß
weitere Erkundigungen einziehen. Sollte sich Garibaldi wirklich unter=
worfen haben, so wüßte ich mir das kaum zu erklären! Was konnte
ihm denn Großes geschehen? Erschießen konnte ihn die Regierung
doch wahrhaftig nicht lassen! Sie konnte ihn nicht einmal lange ge=
fangen halten, wenn er einige Wochen ruhig ausharrte, trat er dann
mit größerem Glanz als je zuvor wieder in die Oeffentlichkeit. Daß
er sich ein so wohlfeiles Märtyrerthum würde entgehen lassen, hätte
ich nun und nimmermehr gedacht! Sollte ihm die Regierung etwas
versprochen haben? d. h. in Beziehung auf seine patriotischen Zwecke,
denn für persönliche Vortheile ist er vollkommen unzugänglich. Ich
muß nun Barbolani sehen und Falsone.

28. September. Legationsrath Bunsen erzählt mir, daß er
am vergangenen Sonntag — 21. — eine telegraphische Depesche von
Schlözer aus Rom erhalten hat, die besagte: Antonelli hat gegen
Schlözer geäußert, wenn die Garibaldi'sche Bewegung nicht aufgehalten
wird, könne sich die päpstliche Regierung nur noch zwei
Tage behaupten, dann müsse sie die Sache aufgeben. Diese
Botschaft hat Bunsen pflichtschuldigst dem Rattazzi mitgetheilt.
Darauf ist am Montag den 22. der Ministerrath gehalten worden, in
welchem Garibaldi's Verhaftung beschlossen wurde, und in der Nacht
vom 23. zum 24. hat man den Mann dann wirklich verhaftet.

Die Drohung, die in den Worten der telegraphischen Botschaft
liegt, ist Bunsen nicht gewahr geworden, aber eine Drohung sollte
es sein, und als eine solche ist es offenbar von der hiesigen Regierung
auch verstanden worden. Rom ohne den Papst im Besitz Italiens,
der Papst auf der Flucht, außer allem Bereiche von Unterhandlungen
und Transactionen, die ganze klerikale Welt en émoi und angefüllt
mit dem Geschrei von dem Papst im Exil und der verwaisten Kirche:
das ist die Sachlage, welche die hiesige Regierung ganz und gar
nicht wünscht, da Versöhnung mit der Kirche immerdar ihr letzter
Gedanke ist und bleibt.

Der Papst hat gedroht zu fliehen, und darauf hat man sich
hier entschlossen, Garibaldi einige Tage früher zu verhaften, als

eigentlich beabsichtigt sein mochte und sonst auch wohl geschehen wäre.

„Il Corriere", ein Morgenblatt, kommt auf die Gesandtschaft, und wir finden darin einen Brief Garibalbi's an die Redaction, in dem er bekannt macht, um möglichen Mißverständnissen vorzubeugen, daß er ohne alle Bedingungen nach Caprera entlassen ist. Das war überraschend! Und boch ließe es sich erklären: baß Garibalbi nimmermehr auf Bedingungen eingehen würde, konnte man leicht vorhersehen, und sehr lange konnte man ihn eben auch nicht gefangen halten, da seine Popularität natürlich mit jebem Tage seiner Gefangenschaft wuchs. Bei allebem ist es boch sehr auffallenb, baß man ihn nicht etwas länger festgehalten hat! — Usebom gesehen.

Barbolani aufgesucht im Palazzo vecchio. Ich sehe heute sehr genau, baß er unmittelbar bei Rattazzi Vortrag hat und unmittelbar mit Rattazzi arbeitet.

Er erzählte mir vielerlei, anscheinend mit großer Offenheit, nur nicht, weshalb General Menabrea wieberholt nach Paris reist, und was er bort treibt.

Ich: Ihre Regierung hat in Beziehung auf Garibalbi boch in Etwas anbers gehandelt, als Sie in unserem letzten Gespräch vorausfehen ließen.

Barbolani etwas verlegen: Wie so? — nein! — ich wüßte nicht 2c. (NB. Da er es nicht Wort haben wollte, ließ ich den Gegenstand fallen.)

Barbolani räumt auf meine Frage ein, baß man Garibalbi nach Caprera entlassen hat, ohne ihm irgenb welche Bebingungen vorzuschreiben, ober ihn zu irgenb etwas zu verpflichten, spricht aber bann, als verstehe es sich von selbst, als sei es eine ausgemachte Sache, baß ber nun vollständig beseitigt ist und an ben Ereignissen weiter keinen Antheil nimmt.

Die Möglichkeit, baß Garibalbi wieber auf dem Schauplatz erscheinen könnte, liegt so vollständig außerhalb Alles in hypothesi Möglichen, baß sie gar nicht erwogen, baß ihrer gar nicht gebacht wird. Auffallender Weise aber wird gar nicht gesagt, worauf biese Zuversicht eigentlich beruht.

Barbolani: „Man konnte nicht umhin Garibaldi zu verhaften." Er läßt Besorgnisse in Beziehung auf die Absichten Frankreichs als eines der Motive durchschimmern. Es scheint, daß von dort aus sehr bestimmte Drohungen ergangen sind. (NB. Daran habe ich nicht gezweifelt; aber werden sie vorkommenden Falls ausgeführt werden?)

Ich: Es scheint allerdings, daß Frankreich einige Vorbereitungen trifft. „Vous savez que les notices militaires sont de ma compétence" und wir haben Nachrichten aus Toulon, denen zufolge dort im Arsenal die Ausrüstung der Schiffe de la troisième catégorie de la réserve, wenigstens vorbereitet wird; es ist Befehl ergangen „de préparer les feuilles d'armement" für diese Schiffe. Die Schiffe dieser Kategorie sind aber Fahrzeuge von veralteter Bauart; bei dem heutigen Stande der Seetaktik und Bewaffnung wird Niemand daran denken sie ins Gefecht zu führen; sie können also wohl nur en flûte ausgerüstet werden und zum Transporte von Truppen bestimmt sein.

Barbolani: „Vous voyez!" (NB. Er hatte das alles sehr aufmerksam angehört, eben wie Dinge, die er schon wußte und die ihm nur bestätigt wurden. Ich sehe, daß die französische Regierung hier sehr geflissentlich hat wissen lassen, was für Anstalten sie in Toulon trifft. Damit will sie als Drohung wirken, und hofft, daß wo möglich die Drohung allein genüge die italienische Regierung aufzuhalten.)

Man mußte Garibaldi dann aber auch verhaften, weil es nicht den Anschein gewinnen durfte, als werde die königliche Regierung Italiens bloß durch ihn mit fortgerissen (entraînée). Sie muß immer selbständig nach eigenem freien Entschlusse handeln und darf nicht dem Schein verfallen, als handle sie anders.

Endlich will Garibaldi zu weit gehen; „il voulait renverser la papauté: nous ne voulons renverser que le pouvoir temporel." (NB. „hear, hear!")

Ich: Mais au point où nous en sommes je vois bien quelque chose d'empêché, quelque chose de très fâcheux peut-être — mais je ne vois rien de fait — die römische Frage an sich und ihrem eigentlichen Gehalte nach steht mit allen ihren Schwierigkeiten ganz auf dem alten Punkte; sie bleibt zu lösen und muß gelöst werden, nach wie vor.

Barbolani giebt zu, daß die römische Frage zu lösen bleibt und gelöst werden muß. Man hat sich darüber in Paris ausgesprochen; be Moustier hat dem italienischen Gesandten Nigra erklärt, die französische Regierung müsse sich ihre volle „liberté d'action" vor-behalten, „dans le cas d'une attaque dont Rome serait l'objet." Nigra hat das acceptirt, aber hinzugefügt, auch die italienische Regierung müsse sich ihre „liberté d'action" vorbehalten, „dans le cas d'un soulèvement que nous n'aurions pas provoqué!"

Barbolani giebt zu verstehen, daß nun wohl ein soulèvement in Rom und dem römischen Gebiete erfolgen könnte, das unabhängig von Garibaldi, durch jenes Comité zu Rom hervorgerufen wäre, das mit der königlichen Regierung in Verbindung steht.

Einen Krieg mit Frankreich könne Italien in der gegenwärtigen Lage und bei dem gegenwärtigen Zustande seiner Armee nicht wohl wagen (risquer). (NB. Der Finanzen erwähnt er nicht.) Ueberhaupt auf einen Bruch mit Frankreich könne man es nicht ankommen lassen, so lange man nicht mit Bestimmtheit weiß, was Preußen in diesem Falle thun wird.

Ich: Das können Sie sehr leicht erfahren; auf eine klare und präcise unmittelbar in Berlin gestellte Frage wird ohne Zweifel eine ebenso klare und präcise Antwort erfolgen.

Diese Erklärung schien ihn zu befriedigen und wir trennten uns.

Aber daß die piemontesische Consorteria, die der Unterstützung Frankreichs bedarf, um sich im Besitze der Macht zu erhalten, daß dieser elende kleinmüthige Rattazzi, der noch dazu persönlich von der Familie Bonaparte abhängig ist, daß diese ganze Genossenschaft es unter irgend einer Bedingung auf einen Krieg mit Frankreich wird ankommen lassen, das muß mir, ehe ich es glaube, wenigstens ein Anderer sagen, als dieser kleine verschlagene Neapolitaner Barbolani, den ich, gerade wie seinen Herrn und Meister Rattazzi, bei jedem dritten Wort auf einer Unwahrheit ertappe. Besonders, da der Zu=

stand der italienischen Finanzen und der sehr vernachlässigten Armee
allerdings schwer in das Gewicht fallen.

Rattazzi's Politik ist hinreichend klar. Die Regierung kennt
Garibaldi's Pläne; er hat sie laut genug ausgesprochen; sie weiß,
daß er das Papstthum stürzen will; sie weiß aller Wahrscheinlichkeit
nach eben so gut, daß er sich zunächst unabhängig in Rom hinstellen
und von dort aus, wie von Macht zu Macht, mit ihr unterhandeln
wollte über die Bedingungen, unter denen Rom mit dem übrigen
Italien vereinigt werden soll. Dann lag es nicht mehr unbedingt
in ihrer Macht die römische Frage so zu lösen, wie sie will. Sie
hat, durch die Drohungen des Papstes bestimmt, ihn etwas früher
verhaftet, als wohl ihre Absicht war; verhaftet aber hätte sie ihn
jedenfalls, um das einzige Element, das ihr gefährlich werden konnte,
dessen Herr zu werden sie nicht unbedingt gewiß sein konnte, aus der
Bewegung heraus zu nehmen und zu beseitigen. Nun, da Garibaldi
neutralisirt ist, würde sie wohl abermals nichts dagegen haben, wenn
ein soulèvement den Papst in Angst und Noth brächte, ihn geschmeidig machte und zwänge sich mit der italienischen Regierung zu
verständigen.

Was den Papst anbetrifft, so glaube ich, nach dem was eben geschehen ist, nicht mehr, daß er den Versuch machen wird sich in der
Engelsburg zu behaupten, wie Barbolani neulich meinte. Er wird
fliehen! Er wird fliehen, auch wenn es nicht absolut nöthig sein
sollte, sobald nur die Gefahr soweit herangewachsen ist, daß sie genügt, um als ein plausibler Vorwand für die Flucht zu dienen und
zwar weil der Papst oder vielmehr Antonelli die Flucht als ein un-
fehlbares Mittel betrachtet die französische Intervention, die er wünscht,
in der er sein Heil sieht, die einzig mögliche Rettung, nöthigenfalls
zu erzwingen.

Sehr klug! Die superfein gesponnenen Intriguen Rattazzi's aber
können und werden nicht zum Ziel führen, schon weil der Papst nun
und nimmer die Hand dazu bietet.

In tiefen Gedanken durch die Via de'Cerretani gewandert. Unfern
vom Dom begegnet mir General Angelini; der ist sehr verwundert
von mir zu hören, daß Garibaldi „senza condizioni" nach Caprera

entlassen ist. „Im Pitti", d. h. im Vorzimmer des Königs, ist gesagt und geglaubt worden, Garibaldi sei auf sein Ehrenwort entlassen worden sich nicht weiter in die römischen Angelegenheiten zu mischen.

Angelini zeigt sich überhaupt sehr unzufrieden mit dem Treiben der Regierung, ja geradezu erbittert über die Hinneigung zu Frankreich. Italien, meint er, wie eigentlich jeder verständige Mann außerhalb der Consorteria, müsse sich von der erdrückenden Vormundschaft Frankreichs frei machen und zu diesem Ende fest an Preußen schließen.

Im Theater Rossini's „barbiere di Sevilla". Auch Pombo ist dort, erzählt mir von dem Aufstand neulich, den er, unter das Volk gemischt, von Anfang bis zu Ende mit angesehen hat. Er meint auch, ohne den Gewitterregen wäre die Sache etwas ernsthafter geworden, d. h. es wären dann fünfzehn bis zwanzig Mann todt auf dem Platze geblieben; weiter hätte sich auch nichts ergeben. Darauf könne ich mich verlassen, fügte Pombo sehr unbefangen hinzu; er wisse die Tragweite eines Volksaufstandes mit Sicherheit zu schätzen, denn er habe in dieser Beziehung eine reiche Erfahrung aus seinem Vaterlande mitgebracht.

Uebrigens sind auch auf Seiten des Volkes mehrere Individuen verwundet worden. Wie viele? ist nicht zu ermitteln, da die Leute sich natürlich nicht melden. Ein Individuum ist in Pombo's unmittelbarer Nähe durch einen Bajonettstich verwundet worden.

29. September. Um 7½ Uhr zu Falsone. Erfahre folgendes: Als sich Garibaldi in Alessandria befand, hat ihn Rattazzi bewogen sich nach Caprera zurückbringen zu lassen, indem er ihm keinerlei Bedingungen auferlegte und ihm hoch und theuer versicherte, er werde dort auf seiner Insel vollständig in Freiheit gesetzt werden und unbedingt Herr seiner Bewegungen sein. Garibaldi glaubte das, wurde auf das Vollständigste getäuscht und fand sich dann auf Caprera zu seinem sehr großen Erstaunen thatsächlich in der Lage eines der französischen Regierung ausgelieferten Staatsgefangenen. Er wird dort bewacht, die Insel ist von italienischen und französischen Kriegsschiffen eng bloquirt. (NB. Ah

7*

so! Deshalb hat man ihn senza condizioni entlassen! Das ist es, was Menabrea in Paris verabredet hat!)

Was wird nun weiter geschehen? Leider ist es dem Rattazzi gelungen, eine Spaltung in die Actionspartei zu werfen. Er hat Crispi vollständig gewonnen; er hat ihn überredet, daß alle diese „scaltrezze" die Regierung schließlich nach Rom führen werden. Crispi und sein Anhang verlangen nun, man solle einfach dem Rattazzi vertrauen und ihn gewähren lassen.

Die große Mehrzahl der Actionspartei geht nun damit um einen „Colpo di mano" zu versuchen, um vor allen Dingen Garibaldi zu befreien. Aber es fehlt nach wie vor an Geld!

Bismarck muß schleunig von der wahren Sachlage unterrichtet werden und da ich keinen Courier absenden kann, auch keinen Chiffre habe und also nicht durch die Post schreiben kann, bleibt mir nichts übrig, als Pallavicini zur Reise nach Berlin zu bestimmen.

Bei Lady Orford auch Martin getroffen; da von Garibaldi und seiner Rückkehr nach Caprera leicht die Rede war, flüsterte er mir zu: „Ce n'est pas fini!" die römische Agitation nämlich.

30. September. Geschrieben, chiffrirt, an die Marquise Pallavicini, daß ich ihrem Manne nur rathen kann nach Berlin zu reisen und dort die wahre Lage der Dinge hier zur Kenntniß zu bringen.

Falsone kommt; sagt mir, daß die Marquise sich bereits entschlossen hat zu reisen. Sie geht nach Berlin, nicht ihr Mann. Das ist nun leider nicht durchaus dasselbe.

In Rom hat die Actionspartei — in der Stadt selbst — bis 14 000 Mann angeworben; von denen werde die Hälfte sich wirklich schlagen, wenn es zur Sache kommt.

Da in den nächsten Tagen voraussichtlich nichts besonderes vorfallen wird, entschließe ich mich zu einem kurzen Ausflüge in die Umgegend.

7. Reise nach S. Gimignano und Siena.

1. October. Abreise um 6 Uhr 35 Min. Bekannte Gegend bis Empoli; erfreue mich an der schönen Lage von Signa.

Von Empoli biegt die Eisenbahn nach Siena in das Thal der Elsa ein, das von sanften Hügeln eingefaßt, in der malerischen Weise Italiens reich angebaut, gar schön ist. Höhere Gebirge bilden nach Westen den Hintergrund.

Bei Osteria Bianca liegt, nach Osten hin, ein stattlicher Ort, ich glaube Pino, gar schön auf einer Bergkuppe, wie so ziemlich alle Ortschaften in den gebirgigen Theilen Italiens, die eben niemals nach der Weise der Germanen an die fließenden Gewässer in die Thäler und Schluchten hinein gebaut sind. Da zogen in alter Zeit die Mädchen mit leeren Wasserkrügen hinab zum Brunnen am Fuß des Berges und mit den gefüllten auf dem Haupt in Schaaren wieder die Höhe hinan. Unweit dieses Orts, auf einer anderen Bergkuppe erhebt sich ein mittelalterliches Schloß mit hoher Warte, auf einer dritten wieder ein stattlicher Ort, so daß hier drei gekrönte Bergkuppen nahe beisammen liegen. Weiterhin noch mehr Ortschaften, die in derselben Weise angelegt sind.

Poggibonsi: die Eisenbahn verlassen. An der Thür des Bahnhofs drängten sich eine Menge Vetturini heran, der eine erbot sich uns für zwei Franken nach San Gimignano zu fahren, ein anderer gar für anderthalb Lire, was beides beinahe unglaublich schien. Ich nahm den für zwei Lire. Durch das sehr alterthümliche, massiv gebaute Städtchen gewandert, das — hier eine Ausnahme — im Thale, am Flüßchen liegt. Daneben aber erhebt sich auf der Höhe eine ansehnliche wohlerhaltene mittelalterliche Feste. Vor dem Thor mußte ich etwas warten, bis der ungemein primitive zweiräbrige Karren herangefahren wurde, der mir bestimmt war.

Die wohlgebahnte Straße führt durch ein anmuthiges Thal hinan, ohne eine einzige Ortschaft zu berühren. Auch auf der Heer-

straße war es still, nur eine Famlie schien auf einer Uebersieblungs=
Fahrt nach S. Gimignano begriffen; ihrem Einspänner folgte ein
Karren mit Gepäck.

Die Thalsohle ist wohl und reich angebaut, die Berglehnen zu
beiden Seiten mit Wald bedeckt. Hin und wieder, wenn auch selten,
Gruppen von Arbeitern in den Feldern. Es waren Bilder, die froh
und freudig stimmten. Dazu wunderherrliches Wetter.

Nach einer Stunde Fahrt zeigte sich S. Gimignano, in echt
italienischer Weise auf einer Bergkuppe gelegen, zwischen zwei Flüßchen,
die sich am Fuß der Höhe, wenn auch nicht in unmittelbarer Nähe,
vereinigen. Eine Menge hoher, massiver, viereckiger Thürme ragt
dichtgedrängt, man kann es nicht anders ausdrücken, über die Dächer=
masse empor. Und diese Thürme sind das eigentlich charakteristische, sie
sind, wie die Handwerksburschen sagen würden, das Wahrzeichen der
Stadt. Auch S. Gimignano war im Mittelalter eine Republik, nicht ganz
unbedeutend, da Florenz es mehr als einmal der Mühe werth geachtet
hat, ein Bündniß mit dieser Schwester=Republik zu wünschen, und
gleich allen anderen italienischen Republiken hat S. Gimignano seinen
Adel, seine Aristokratie und hier wie in allen anderen Tuscischen
Stadtrepubliken haußten die Adelsgeschlechter in mächtigen Thürmen.
Aber die anderen Städte haben sich in einer oder anderen Weise
weiter entwickelt und neue Schicksale erlebt; die Bedürfnisse einer
neueren Zeit haben umgestaltend gewirkt und die Spuren früherer
Epochen theilweise oder ganz verwischt. S. Gimignano dagegen hat
nichts weiter erlebt; es ist geblieben, was es im fünfzehnten Jahr=
hundert war, und steht nun im Wesentlichen als ein mittelalterliches
Pompeji da.

Der Weg windet sich ganz um die Höhe herum, die zugänglichste
Seite zu erreichen. Hier erhebt sich die Stadtmauer, das Thor
von einem achteckigen Thurm mit seinem Zinnenkranze flankirt.
Alles nicht ohne Streben nach Schönheit gebaut, wie man der=
gleichen im vierzehnten und Anfang des fünfzehnten Jahrhunderts
zu bauen pflegte.

Die Straße führt ein wenig bergan, weiterhin durch ein älteres
Thor in die innere Stadt.

Ich stieg in einer Locanda ab, die an der Ecke zwischen Dom und Marktplatz liegt. Die Aussicht aus dem Fenster war wunderbar. Neben der Locanda liegt das Stadthaus, alterthümlich mit hoher Freitreppe und dem mächtigsten und höchsten der massiven, viereckigen Thürme der Stadt. An der Westseite des kleinen stillen Platzes, den ich da übersehe, die Façade des Doms, zu der breite Stufen ziemlich hoch hinanführen: eine Basilikengiebelwand und die Ornamentik daran, die Façade im architektonischen Sinne, ist rein dekorativ in des Worts verwegenster Bedeutung; sie ist, wie dies bei dem florentiner Dom der Fall war, auf die Wand gemalt und zwar im vollendetsten Roccoccostyl, der sich in dieser Umgebung von mittelalterlich republikanischem Charakter doppelt wunderlich ausnimmt. Mir gerade gegenüber, an der Nordseite des Platzes, ragt aus unbedeutenden, ziemlich verfallenen und charakterlosen Häusern eine Gruppe von drei mächtigen Adelsthürmen in die Luft. Tauben nisten in den Thürmen und flattern einzeln und wenig zahlreich um sie herum. Tiefe Stille!

Ich besuchte zuerst den Dom. Eine dreischiffige Säulen- oder Rundpfeiler-Basilika. An den Wänden der Seitenschiffe Fresken, Scenen aus dem alten Testament, von einem Bartolo di Fredi, wahrhaft haarsträubend!

S. Gimignano hat natürlich auch seine einheimische Heilige; welcher nur einigermaßen anständige Ort in Italien könnte eine solche entbehren? Die hiesige heißt Santa Tina; ein armes Kind, das sich, wie es scheint in religiösem Wahnsinn, früh zu Tode gequält hat. Ihr ist eine eigene Kapelle am Querschiff geweiht, und zwei große Fresken des Domenico Ghirlandajo verherrlichen ihre Thaten; das eine zeigt, wie sie, natürlich für nichts, Pönitenz thut. Sie liegt auf einem mit Nägeln beschlagenen Brette, auf einem Bette von Nagelspitzen und hat eine Vision; es erscheint ihr der Papst Gregor der Große, die Tiara auf dem Kopf, das Kindlein Jesus auf dem Arm. Das andere Bild stellt ihren Tod in jungen Jahren dar; die Mutter kniet neben der Sterbenden.

Was soll man von einer Religion denken, die erst solchen Wahn-
witz und solchen Frevel, dieses widernatürliche Wüthen gegen sich
selbst, den langsamen Selbstmord hervorruft und dann diesen Wahn-
witz und diesen Frevel gegen sich selbst und gegen die Mutter, die
ihre Tochter begraben muß, als Heiligkeit verherrlicht!

An dem etwas abschüssigen Marktplatze, wo ein tiefer Ziehbrunnen
liegt, erhebt sich der schönste und schlankste der Adelsthürme, Torre
begli Arbinghelli, auf dessen Zinnen hoch oben ein Oelbaum Wurzel
gefaßt hat. Diesen Thurm weiß man noch zu nennen; die Namen
der gewiß sehr stolzen, selbstbewußten Familien, die in den anderen
Thürmen hausten, sind durchaus verschollen; es weiß sie Niemand
mehr in der kleinen Republik, die sie einst beherrschten. Ich hatte
Lust hinaufzusteigen, aber man belehrte mich, das sei geradezu gefährlich; die Treppe und Alles im Innere sei durchaus zerfallen. Nur
einmal im Jahre klettere jemand hinauf um der Oliven da oben
habhaft zu werden!

S. Agostino ist eine einfache einschiffige Klosterkirche, der
das Dachgebälk als flache Decke dient. Im Chor Fresken von
Benozzo Gozzoli (a. 1465), Scenen aus dem Leben des heiligen
Augustin, des berühmten Bischofs von Hippo. Die Kunstgeschichte
legt Werth auf diese Bilder; mir machten sie, wie vieles Andere
gleichzeitige, anschaulich, daß die Niederlande im fünfzehnten Jahrhundert in den bildenden Künsten, wie bekanntlich auch in der
Musik, den Italienern voraus waren und bis kurze Zeit vor dem
großartigen Aufschwung der italienischen Kunst auch überlegen
blieben.

Ich ging endlich auch zu dem Olivetaner-Kloster, Monte Oliveto,
das vor der Stadt liegt, im Süden jenseits des Flüßchens, auf den
Höhen die den jenseitigen Thalrand bilden.

Bald nach 4 Uhr trat ich sehr befriedigt die Rückfahrt an.
Röthlich beleuchtet von der untergehenden Sonne nahmen sich Poggibonsi und die alte Feste auf dem Berge daneben gar schön aus.

Ich kehrte in der Aquila Nera ein. Was hat nun der
Kutscher zu bekommen? „Vedano lor Signori!" Er soll seinen
Preis nennen. Zehn Lire! Was? zwei Lire für die Fahrt nach

S. Gimignano und acht für die Rückfahrt, die doch wohlfeiler sein müßte!

Da belehrte mich der Kutscher: die Preise, die da unten am Bahnhofe genannt werden, „non sono prezzi veri," da kommt es darauf an, daß Einer den Anderen unterbietet, um der Fremden habhaft zu werden, „siamo là tante canaglie!" Da nennt man eben im Eifer des Gefechts unmögliche Preise, nachher aber sagt man doch immer „vedano lor Signori!" Ob sie das Experiment wohl auch mit reisenden Italienern machen? Da könnte es zu ihrem Schaden ausschlagen.

Fahrt nach Siena. Quartier in der Aquila Nera. Beim Abendessen Gespräch mit zwei Herren, von denen der eine, aus Viterbo gebürtig, soeben vom statistischen Congreß aus Florenz kam.

Statistik wurde, da des Congresses gedacht wurde, zunächst der Gegenstand des Gesprächs, und da ich den Satz vertheidigte, den der Mann aus Viterbo übrigens gelten ließ, daß nur eine statistique comparée wirklichen Werth hat, gab ich einige Notizen über den Zustand Deutschlands vor und nach dem dreißigjährigen Kriege zum besten, die den Statistiker so sehr interessirten, daß er sie sich notirte.

Beide Herren zeigten sich dem Papst ungemein wenig gewogen. Der Mailänder hatte den Feldzug 1848 als Garibaldiner mitgemacht, der Viterbianer den Feldzug 1866. Er erzählte uns das Gefecht, in dem Garibaldi verwundet worden ist, sehr genau und wiederholt bedauerte er dann, daß er den statistischen Congreß vor dem Schlusse hat verlassen müssen. Warum verläßt er ihn denn? Das fiel mir sehr auf!

2. October. Sehr schönes Wetter. Früh aus und beständig in Bewegung, um mir Siena und seine Merkwürdigkeiten ganz zu eigen zu machen.

Die heutige Stadt, die bei weitem nicht die Hälfte des alten Umfanges ausfüllt, den ihre Mauern noch bezeichnen, liegt ihrem Haupttheile nach auf einer halbmondförmigen Anhöhe, deren concave Seite, nach Westen zu gewendet, von ein paar tiefen Schluchten durchschnitten ist. Die alte Citadelle und die Umgegend des Doms bezeichnen ungefähr die Endpunkte des Halbmonds. Von der concaven

Seite senkt sich die Stadt nach Westen und nach Süden in die
Ebene hinab, aber nicht gleichförmig, sondern sozusagen in einzelnen
schmalen Streifen.   So bildet sie jetzt innerhalb ihres weiten
Mauermantels drei schmale Streifen, die sämmtlich ungefähr von der
piazza del Campo, dem Platz vor dem Stadthause, als Mittelpunkt
ausgehen.

Zweierlei ist in Siena der Beachtung werth: der Dom als
schönstes Denkmal der Zeit, wo der nordische Spitzbogenstyl hier
Eingang zu finden begann, und die stattlichen Paläste des Sieneser
Adels, die der Mehrzahl nach aus dem fünfzehnten Jahrhundert
herrühren.

Ich beginne meine Wanderungen mit der Betrachtung des
einen und zwar des kleinsten dieser Paläste, der einem der ältesten
der hiesigen Geschlechter angehört, des Palazzo Tolomei. Auf dem
kleinen Platze davor stehen zwei Säulen, die das in Stein gemeißelte
Emblem tragen: die Wölfin mit den beiden Knaben. Denn die
Sieneser behaupten, ihre Vaterstadt sei vorzugsweise, in einem emi-
nenten Sinn römische Kolonie, und nennen sich mit großem Stolze
Nachkommen der alten Römer, trotz aller Einwanderungen und Um=
wälzungen, die gewiß jede Abstammungstheorie sehr unsicher machen.
Auch an der westlichen, der Giebelfaçade des Doms, zu der in der
ganzen Breite Stufen hinaufführen, erheben sich zwei Säulen mit
der Wölfin, dem Erbe Roms. Ich verweilte lange im Anschauen des
Domes, eines unendlich reichen Marmor=Prachtbaus, der freilich rein
dekorativ ist, denn er endet in drei Giebel, die keine Dächer hinter sich
haben, ist aber doch so geschmackvoll und erlesen in seinem blendenden
Reichthume, daß man das für diesmal, von dem Glanz bestochen, gern
vergißt oder verzeiht.

Gar schön ist auch das Stadthaus, der Palazzo Pubblico,
der fast die ganze Südseite der Piazza einnimmt; ein stattlicher
Bau in dem oben schon charakterisirten Style der sieneser Paläste mit einem hohen Thurme, der Torre del mangia, an
der östlichen Ecke. Wir ließen uns natürlich die inneren Räume
zeigen. Die gewölbte Sala delle biccherne im Erdgeschoß mit
einem Bild von Soboma, der die kunstgeschichtliche Größe Sienas

ift und in diefer Richtung der Stolz feiner Bürger. Im Haupt=
gefchoffe, der Sala degli Otto, fo genannt weil darin die Bildniffe
der acht Päpfte aufgehängt find, die von Geburt aus Siena waren;
auch hängen hier die Porträts der einundvierzig Kardinäle, die aus
diefer Stadt hervorgegangen find. Unter den Päpften find zwei Picco=
lomini, ein Chigi und ein Barberini. Von den Kardinälen ift einer,
ein Piccolomini, erft vor Kurzem geftorben; ein anderer Patrizi noch am
Leben. Der Cuftode zeigte diefen Saal und feinen Bilderfchmuck mit
nicht geringem Stolze. Bis vor Kurzem waren fo ziemlich in allen
Städten Italiens dergleichen kirchliche Glorien die ftolzen Erinner=
ungen in denen man den Ruhm der Heimath fuchte und fah; die
Erinnerungen an frühere, unruhige aber energifche Zeiten waren ganz
aus dem Gedächtniffe der Bevölkerung verfchwunden. Aus elenden,
kleinlichen, thatenlofen Zuftänden, an die man hier erinnert wird, hat
fich Italien empor zu arbeiten! Kein Wunder, daß es nur langfam
und nicht ohne Reibungen gelingt! In einem anftoßenden Saale
Wandgemälde von Spinello Aretino, die Händel des Kaifers
Barbaroffa mit den Päpften darftellend, natürlich durchaus im
Sinne der Guelphen. Der Kunftgefchichte wichtig, wie überhaupt
die Schule des Giotto und ihre weitere Entwicklung; mir merk=
würdig, wie alle Malerwerke jener Zeit, als ein Zeichen, daß man
felbft in Perioden hoher Bildung nicht eine gewiffe Gleichförmigkeit
in allen Zweigen menfchlicher Thätigkeit vorausfetzen darf.

Für uns bleibt es immer unbegreiflich, wie die Generationen
nach Dante, die Zeitgenoffen des Petrarca, denen die Bau= und
Skulpturwerke der Pifaner Schule und fchöne Anfänge gothifcher
Baukunft vor Augen ftanden, fich durch folche Gemälde befriedigt
fühlen und daran erfreuen konnten. Denn an fich erfreulich find fie
nicht. Ein anderes Wandgemälde aus dem fünfzehnten Jahrhundert,
das eine Seefchlacht darftellt, war mir intereffant, weil es eine gleich=
zeitige Abbildung der Galeeren a zenzile enthält.

Nun ging ich an das entgegengefetzte Ende der Stadt, zu der
Citadelle, die, von den Medici erbaut, nicht eigentlich die Beftimmung
hatte, die Stadt zu vertheidigen, fondern vielmehr, wie die meiften
Citadellen, die, die Herrfchaft in der Stadt ficher zu ftellen.

3. October. Herrliches Wetter. Früh wieder in Bewegung. Zu S. Domenico. Großer unvollendeter einschiffiger Ziegelbau. In einer der Capellen ein Altarbild, Madonna mit dem Kinde von Guido da Siena 1221, typisch, sehr byzantinisch, auf Goldgrund natürlich, aber merkwürdig als das älteste Tafelgemälde der italienischen, ja der mittelalterlichen Kunst überhaupt, die sich bis dahin lediglich in Wandmalereien und Miniaturen bewegt hatte. An den Seiten Wandgemälde, eine Anbetung der Könige von Giovanni di Paolo aus dem Anfang des fünfzehnten Jahrhunderts, wo es doch schon einen Fiesole gab, und eine Krönung der hl. Barbara von Matteo da Siena 1479. Sie beweisen, daß die Sienesen Schule sich nie durch eigene Kraft über die Befangenheit der Anfänge und eines herkömmlichen Schematismus hat erheben können. Damit hier etwas bedeutenderes, freier belebtes an die Stelle des herkömmlichen geistlos und ohne wahren Fortschritt Fortgesetzten trat, mußten Fremde herkommen, ein Pinturicchio, ein Sodoma, dessen Werken man es ansieht, daß er sich vorzugsweise nach der umbrischen Schule gebildet hat. Seine besten Werke sind hier, und man muß gestehen, daß dieser außerhalb Italiens wenig bekannte, wenig beachtete Mann ein großer Meister war.

Aber was für Aufgaben hat die katholische Kirche von jeher der Kunst gestellt! Hier waren Scenen aus dem Leben der heiligen Katharina darzustellen. Das Hauptbild vergegenwärtigt die Hinrichtung eines Verbrechers, der bis zum letzten Augenblicke unbußfertig, im letzten Augenblicke, nicht etwa durch die Beredsamkeit der Heiligen bekehrt wird, die gar nicht mit ihm verkehrt, sondern durch ihr Gebet. Die erlöste Seele des reuigen Sünders wird darauf von Engeln in Empfang genommen, während der Teufel abwärts flieht. Die Heilige, die seitwärts im Bilde kniet, sieht das in der Extase; hier war also eine Seele zu malen, und der bekannte Schmetterling des Alterthums durfte es nicht sein! Die Lösung der schwierigen Aufgabe konnte nicht anders als wunderbar ausfallen, in einer Weise die zu einer Zeit hoher Bildung, wie die des sechzehnten Jahrhunderts war, wohl dem Maler selbst ein wenig unheimlich sein mußte. Einer der oben im Bilde schwebenden Engel hält die betreffende Seele in der Hand in einem schneeweißen kleinen Homunculus mit gefalteten Händchen: „However ridiculous etc. the homunculus stands confessed," sagt Tristram Shandy.

Sehr schön sind aber die beiden schmaleren Wandgemälde neben dem Altare der Capelle: eine Extase und eine Ohnmacht der Heiligen, das sogenannte svenimento, das mit Recht noch höher gehalten wird als die Extase.

Frühstück, dann wieder zum Dom. Der Ostiarius fand sich wieder zu mir; er zeigte mir die Trophäen aus der Schlacht von Monte Aperto 1250, ein paar Fahnenstangen vom Carroccio der besiegten Florentiner, an den Pfeilern befestigt. Er machte mich darauf aufmerksam, daß die reiche Westfaçade erst im Anfang der vierzehnten Jahrhunderts hinzugefügt worden sei. Da man langsam Jahrhunderte hindurch baute, ist selbst von den wenigen Domen, die wirklich vollendet dastehen, kaum hin und wieder einer von Anfang bis zu Ende nach einem und demselben Plane folgerichtig ausgeführt worden. St. Elisabeth zu Marburg ist ein Beispiel und der Kölner Dom wird ein zweites sein. Die meisten dieser Bauwerke erzählen, wie sie dastehen, ein oft sehr merkwürdiges Stück Kulturgeschichte.

Ich besteige dann noch den Thurm des Palazzo Pubblico. Schöner Blick auf die Stadt, deren weite Mauern ein hügeliges Reb= und Gartengelände umfassen. Tief unter mir ragen drei starke viereckige Adelsthürme aus der Häusermasse empor. Der Thurmwart zeigte mit besonderem Interesse, am Fuße der Berge im Osten, Broglia, das Schloß Ricasoli's. Vor allem aber, in blauer Ferne, die beiden Bergspitzen, die nach zwei Seiten hin, im Norden und im Süden, die Grenze Toscana's bezeichnen, so daß man also hier, in gewissem Sinne, ganz Toscana übersieht.

Daran wurde aber die Bemerkung geknüpft: jenseits des südlichen Berges, bei Viterbo, werde jetzt gekämpft, der Aufstand sei ausgebrochen. Er selbst, der Thurmwart, der sich bei dieser Gelegenheit als einen Kämpfer von Curtatone 1848 zu erkennen gab, habe in der vergangenen Nacht seinen zwanzigjährigen

Neffen nach Viterbo abreisen lassen. (NB. Ah so! Deshalb hat auch
der Statistiker aus Viterbo den Congreß so schnell verlassen!)

Auch fügte er noch hinzu: „si dice che la Prussia e
la Russia avessero intimato alla Francia," daß
Frankreich nicht Interveniren solle. Das ist natürlich ein
Tendenzgerücht, absichtlich verbreitet von den Führern, um den Leuten
Zuversicht einzuflößen. Aber die Dinge werden ernst; ich werde
machen, daß ich nach Florenz zurückkomme. Abreise 4 Uhr 35 Minuten
Nachmittags.

---

8. Garibaldi's Flucht von Caprera. Das Freischaarenunter=
nehmen gegen Rom. Sturz des Ministeriums Rattazzi.

4. October Florenz. Falsone ist dagewesen. Zeitungen;
Garibaldi verhindert von Caprera abzureisen. Nationalcomité in
Rom aufgelöst; darüber muß ich mir Auskunft verschaffen.

5. October. Um ½ 8 zu Falsone.

Ich: Was bedeutet die Auflösung des Nationalcomités in Rom?

Falsone: Sie hat gar nichts zu sagen; es ist das von der
italienischen Regierung, von Rattazzi geleitete Comité, das sich auf=
gelöst hat.

NB. Das ist in hohem Grade charakteristisch. Durchaus be=
zeichnend für Rattazzis Art und Weise. Dies Comité hat nicht mit
der päpstlichen Regierung gemeinschaftliche Sache gemacht, wie Bar=
bolani den anderen Diplomaten vorreden wollte; es hat auch nicht
einen von den Garibaldinern unabhängigen Aufstand veranlaßt, wie
er mir gegenüber prophezeite: es hat sich aufgelöst, sowie die
Lage ernst wurde, damit es nicht in die Nothwendigkeit
versetzt werden konnte irgend etwas thun, sich mit Be=
stimmtheit für irgend eine Partei aussprechen zu
müssen.

Ich: Wie verhält es sich mit Garibaldi's abermaliger Ver=
haftung?

Falsone: Garibaldi war natürlich wüthend, als er sich gegen das ihm gegebene Wort auf Caprera gefangen fand. Seine Freunde riethen ihm sofort zu entfliehen, ehe die Seeblockade der Insel vervollständigt sei. Garibaldi aber wies diesen Rath der Klugheit weit von sich; das sei nicht seine Art zu verfahren. Er schrieb dem Abgeordneten Alberto Majo, dem Republikaner, der, mehrfach gewählt, nie seinen Sitz im Parlament eingenommen hat, weil er sich weigert dem König den Eid der Treue zu leisten. Durch diesen ließ er dem Minister Rattazzi sagen: Da er ohne alle Bedingungen, als freier Mann, nach Caprera entlassen sei, werde er an dem und dem Tage mit dem Packetboot aus Cagliari nach dem Continent reisen. Darauf wurde Ministerrath gehalten; es wurde aus den Gewässern an der Küste des päpstlichen Gebiets ein Dampfkriegsschiff durch den Telegraphen nach Caprera beordert, ein anderes von der ligurischen Küste um die Blockade zu verstärken. Eines dieser Kriegsschiffe kam dazu wie das Packetboot eben im Angesichte von Caprera beigelegt hatte und Garibaldi auf seiner Yacht heran kam, um sich an Bord zu begeben. Auf die üblichen Signalschüsse wurde gehalten, Garibaldi wurde bedeutet, daß er umkehren müsse, und forderte dann selbst den Capitain des Packetboots auf seine Fahrt ohne ihn fortzusetzen.

Ich: Wie verhält es sich mit dem Aufstande im römischen Gebiet?

Falsone: Es geht gut. Bei Frosinone soll eine Compagnie päpstlicher Truppen zu den Insurgenten übergegangen sein.

Ich: Ist Pallavicini nach Berlin gereist? Nein! Warum nicht?

Falsone: „Perchè è tutto mutato." Pallavicini trifft heute Abend hier in Florenz ein, um an die Spitze eines Comités zu treten, das sich unter dem Vorwande bildet für die Verwundeten zu sorgen, aber in der That das Ganze leiten soll.

NB. Sollte etwa Ricciotti Garibaldi aus England Geld mitgebracht und der Noth abgeholfen haben, daß Pallavicini die Reise nach Berlin aufgegeben hat?

6. October. Um ½ 8 bei Falsone mit Pallavicini zusammen getroffen. Auf mein Fragen erfahre ich zunächst, daß Ricciotti Garibaldi keineswegs Geld aus England mitgebracht hat, Geld ist gerade das, woran es fortwährend fehlt.

Garibaldi ist durch Rattazzi auf das Allervollständigste getäuscht
worden und glaubte wirklich als freier Mann nach Caprera zurückzugehen. Pallavicini rieth ihm die Vorschläge des Ministers zurück-
zuweisen und ruhig als Gefangener in Alessandria zu bleiben, denn
dort hätte es Mittel gegeben ihn zu befreien (sic). Aber
Garibaldi traute den Versicherungen Rattazzi's und reiste ab gegen
den Rath seiner Freunde. In Genua war eine Volksbewegung
organisirt, um ihn zu befreien; Garibaldi selbst erwies in seinem
ritterlichen Vertrauen der Regierung den Dienst, diese Bewegung niederzuhalten. Er versicherte den Führern, es sei gar
keine Veranlassung ihn zu befreien, denn er gehe als freier Mann
auf seine Insel.

Der Aufstand im Römischen geht nun seinen Weg ohne Garibaldi.

Pallavicini: Die Regierung hat ohne Zweifel die Absicht,
früher oder später auch ihre Truppen in das römische Gebiet einrücken zu lassen; aber es kommt uns eben darauf an, daß
die Actionspartei durch die Insurrection nach Rom gelangt und nicht die Regierung. Nur dadurch kann das
gegenwärtige Ministerium, das gegenwärtige System gestürzt, der
Hinneigung zu Frankreich, der Abhängigkeit von Frankreich ein Ende
gemacht und die nationale, die Actionspartei, an das Ruder gebracht
werden. Ist es die Regierung, die in Rom einzieht, so bleibt sie
Herr der Situation, und alles bleibt in der gegenwärtigen Verfassung
und bewegt sich weiter in demselben Geleise wie bisher.

Aber es fehlt an Geld, um den Erfolg des Aufstands sicher zu
stellen. Preußen hat ein unmittelbares Interesse dabei. Denn
Rattazzi ist ganz in Napoleon's Händen; das Bündniß mit Frankreich gegen Preußen ist bereits geschlossen: „je donne ma tête que
l'alliance est déjà conclue." (NB. Gerade diese Worte, deren
er sich bedient, beweisen mir, daß er das nicht eigentlich weiß,
sondern nur vermuthet; gerade wie Garibaldi.)

Pallavicini: Da es nun Preußens Interesse ist, könnte Bismarck nicht bewogen werden, Geld herzugeben, um den Erfolg sicher
zu stellen? Mit ein paar hunderttausend Franken wäre Großes auszurichten. Könnte ich das nicht vermitteln?

Ich: Es ist kaum anzunehmen, daß Bismarck sich zu einer solchen Maaßregel entschließen würde. Preußen hat den Charakter seiner Loyalität zu wahren. Bismarck würde auf ein solches Ansinnen wahrscheinlich antworten, was er dem Frighesy geantwortet hat: die italienische Regierung habe, was auch ihre geheimen Absichten für die Zukunft sein mögen, thatsächlich bis jetzt keinen Grund zur Klage gegeben, Preußen könne demnach auch nicht eine Bewegung unterstützen, die in gewissem Sinne feindlich gegen die jetzige Regierung Italiens gerichtet ist. Das sind in der That wichtige Bedenken, die der Sache im Wege stehen. Ich aber bin nicht autorisirt, ein solches Begehren zu vermitteln oder zu befürworten. Alles, was ich thun kann, ist, daß ich berichte, wie die Sachen hier stehen, wie sehr es am Gelde fehlt, und was nach der Ansicht der Actionspartei mit einer mäßigen Summe Geldes auszurichten wäre, und es dann dem Grafen Bismarck überlasse, daraus zu folgern, was er für angemessen hält.

Pallavicini bleibt hier in Florenz, solange es die Umstände erheischen. Er tritt in das Comité ein, das sich bildet, um den Verwundeten 2c zu helfen, in Wahrheit, um die ganze Bewegung zu leiten. Er tritt absichtlich nicht als Präsident ein; es wird überhaupt kein Präsident ernannt, sondern alles collegialisch behandelt werden.

NB. Rattazzi läßt es jetzt geschehen, daß Freiwillige über die Grenze gehen und im römischen Gebiete Aufstände veranlassen, verhindert auch nicht, daß sich hier dieses angebliche Hilfscomité bildet. Während Preußen, wenn es nach seinem Wunsch geht, auf seine eigne Gefahr, und ohne daß Italien dafür irgend eine Verpflichtung übernähme, die französische Intervention fernhält, soll der Papst durch die Insurrection in Angst und Noth versetzt wie man zu sagen pflegt, mürbe gemacht werden, so daß er sich zu den gewünschten Concessionen bequemt; dann will man einschreiten, die revolutionären Elemente beseitigen, den Papst retten und den Gewinn einheimsen. Das Alles ist sehr klar.

Aber Rattazzi täuscht sich in diesen Berechnungen in einer mir kaum begreiflichen Weise. Der Papst wird immer und immer einfach „nein" sagen zu allen Vorschlägen, die auf Concessionen hinaus laufen, die er machen soll; daran ist nicht zu zweifeln, und an dieser einfachsten aller Thatsachen werden Rattazzi's überfein angelegte Pläne scheitern.

9. October. Zur Gesandtschaft. Mit Gräfin Usedom gesprochen. Sie erzählt: Victor Emanuel hat Rattazzi, Cialdini und Pepoli bei sich vereinigt und eine Versöhnung unter ihnen zu Stande gebracht. (NB. Mme. Rattazzi hatte in ihrem schnöden Buch Pepoli als Marquis Benjoli verspottet und als den Dümmsten aller Dummen dargestellt. Cialdini hatte Pepoli darauf aufmerksam gemacht, daß er gemeint sei, und Pepoli darauf den feinsinnigen und dünnbeinigen Rattazzi gefordert.) Nun soll Cialdini als Gesandter nach Wien gehen, Pepoli aber Minister der auswärtigen Angelegenheiten werden.

10. October. Falsone bei mir. Pallavicini wünscht mich zu sehen in seiner eigenen Wohnung.

Zur Gesandtschaft; Usedom gesehen. Pepoli's Versöhnung mit Rattazzi besprochen. Der eigentliche Minister der auswärtigen Angelegenheiten würde Barbolani unter Pepoli sein so gut wie unter Campello.

Abend zu Pallavicini.

Ich frage: Wie kommt es, daß Crispi, wie ich mit Verwunderung aus den Unterschriften unter der ersten Bekanntmachung des Comité's ersehen habe, in dem hiesigen Comité ist, das die Leitung der Insurrection übernommen hat?

Pallavicini: Rattazzi hatte ihn hineingebracht noch ehe er, Pallavicini, hier in Florenz eingetroffen war; es stand nicht mehr zu ändern. Nun giebt Rattazzi selbst, durch Crispi, das Geld her, das nöthig ist den Aufstand in Gang zu erhalten, aber nur wenig! Er hat 100000 Franken gegeben.

NB. Das ist Alles sehr leicht zu verstehen; Crispi ist natürlich Rattazzi's Werkzeug in dem Comité. Und nun Garibaldi beseitigt ist, muß der Aufstand ohne ihn in Gang erhalten werden; dazu giebt Rattazzi das Geld her; aber nur wenig; denn mächtig darf der Aufstand bei alledem nicht werden. Nur eben so stark, als nöthig ist, dem Papste Sorgen zu machen, nicht so mächtig, ja nicht! daß es irgend schwierig werden könnte ihn zu unterdrücken, sobald der richtig geachtete Moment dafür gekommen ist. Etwas zu künstlich, um klug zu sein!

Ich forderte Pallavicini auf, Usedom davon in Kenntniß zu setzen. NB. Usedom muß das natürlich wissen, und es scheint mir nicht angemessen, daß er es von mir erfährt.

Pallavicini: Vermöge dieser ärmlichen Beisteuer an Geld macht sich aber nun Rattazzi zum Herrn des Aufstandes, lenkt ihn nach seinem Willen und bestimmt, wo er still stehen soll. Es käme darauf an den Aufstand zu emancipiren, unabhängig von Rattazzi zu machen, und dazu müßte man Geld haben, das nicht von ihm herkäme. Bismarck müßte es geben. Er wiederholt, das Bündniß zwischen Italien und Frankreich sei bereits geschlossen: „Je donne ma tête qu'elle est déjà conclue."

NB. Ganz wie neulich. Ich aber glaube, daß ein solches Bündniß nicht geschlossen ist; es könnte nicht geschlossen sein, ohne daß irgend ein Abkommen über Rom getroffen wäre, und daß dies nicht geschehen ist, das geht sehr deutlich aus Rattazzi's Gebahren hervor.

Pallavicini soll selbst an Bismarck schreiben. Den Brief will ich besorgen. In diesen Tagen geht ein Courier.

Pallavicini: Wird schreiben. Kommt darauf zurück, daß wir hier eine Zeitung gründen müßten, die Preußens Interesse verträte.

Ich stimme ihm bei; aber auch darüber soll er mit Usedom sprechen.

Pallavicini: Usedom traut dem Rattazzi zu viel. Rattazzi est un Satan; il ne lui manque rien pour cela, pas même les cornes! La femme y a pourvu!

11. October. Gräfin Usedom sagte viel zu Rattazzi's Lobe, ja sie schwärmt für ihn und findet es verkehrt, wenn man ihm etwa nicht trauen wollte. Warum denn nicht? Man führe freilich seine zweideutige Vergangenheit gegen ihn an und die politischen Ansichten, zu denen er sich früher bekannt hat, aber kann er sich denn nicht geändert haben? Kann er nicht zu anderen Ansichten aus Ueberzeugung übergegangen sein? Bismarck selbst habe sich in seinen Ansichten auch gar sehr geändert im Laufe der Jahre und ist dabei durchaus redlich

5*

gewesen: warum nicht Rattazzi so gut wie Bismarck? Auf mein
Bemerken gab sie indessen doch zu, daß zwischen Bismarck und
Rattazzi ein gewaltiger Unterschied zu machen ist, was Würde und
Charakter anbetrifft.

13. October. Falsone bringt mir Pallavicini's Brief an
Bismarck, den ich in den meinigen lege.

14. October. Ausgegangen. Poujade auf der Straße, der
sehr lebhafte klerikale Sympathieen bei mir zu finden erwartete;
tadelte die Italiener, sie seien „trop prussiens" (NB. Das mir),
rechneten zu sehr auf Unterstützung von Preußen, aber nicht wahr?
Preußen werde gewiß zuerst und vor Allen den Aufstand im Römischen, das Treiben der Italiener tadeln zc.

Ich machte das Alles etwas lächerlich: „Ah! sans doute!
c'est à nous que le Pape fait le moins de mal; nous sommes
un état chrétien-évangélique, il n'existe pas pour nous, dès lors
ce Monsieur ne nous gêne guère; il n'a qu'à fleurir!" Bei alle
dem aber würden sich unsere Soldaten doch einigermaßen wundern,
wenn sie für den Papst zu Felde ziehen sollten zc.

Zur Gesandtschaft; Usedom gesehen; der meinte „es ist nichts
los!" für den Augenblick.

15. October. Erfahre, daß die Regierung, d. h. Rattazzi,
die jungen Leute, die bei den Unruhen neulich hier verhaftet worden
sind, wieder aus der Haft entlassen hat. Sie sind natürlich sofort
abgereist, um sich den Aufständigen im römischen Gebiete anzuschließen.
Rattazzi muß natürlich so gut wie jeder Andere vorher gewußt haben,
daß sie das thun würden.

16. October. Stumm sagt mir, auf dem Kriegsministerium
sage man ihm: Cialbini sei aufgefordert worden das Commando
der an der päpstlichen Grenze aufgestellten Truppen zu übernehmen.
Er hat aber abgelehnt; nun soll dieses Commando dem General La
Marmora zugedacht sein.

NB. Daß Cialbini ablehnen würde, ließ sich denken; der ist
zu klug, um einen Auftrag zu übernehmen, dessen Ausführung ihn
unpopulär machen und seine Zukunft beeinträchtigen müßte. La Marmora dagegen ist ganz der Mann dazu auf das gegebene Zeichen

wenn man den Papst dahin gebracht hat die nöthigen Concessionen
zu machen, einzurücken, die Freiwilligen zu unterdrücken, den Papst
zu retten und den heiligen Stuhl wieder aufzurichten. Er würde
das mit ganz besonderem Vergnügen thun.

Heckert, der Kanzler, leidet sehr darunter, daß er heute nicht
zu einem Gespräche mit Usedom gelangen kann; er trägt sich mit einer
gewaltigen Neuigkeit; ein Freund hat ihm geheimnißvoll mitgetheilt:
Garibaldi sei aus Caprera entkommen.

Abends um 8 Uhr zu Pallavicini, wo mich der Abgeordnete
Micheli sieht. Das ist mir natürlich unangenehm, obgleich der Mann
zur Linken gehört und in dem Comité ist.

Ich: frage ob Garibaldi wirklich entkommen ist?

Pallavicini weiß nichts davon; er hat erst jetzt einen Brief
Garibaldi's vom 6. erhalten; Garibaldi zeigt sich darin „très irrité"
weiter ist seinen hiesigen Freunden nichts bekannt.

Ich: Cialdini hat das Commando an der Grenze abgelehnt;
man spricht nun davon es La Marmora zu geben.

Pallavicini: Der ist ganz der Mann dazu, „è proprio
lavoro da La Marmora!"

Ich: ich habe viel über die Möglichkeit einer französischen Intervention nachgedacht; wenn diese Drohung ausgeführt würde, es wäre
am Ende nicht das Schlimmste, was geschehen könnte!

Pallavicini: „Et moi, je la désire! je l'appelle de tous
mes voeux!" Sieht, gleich mir, daß die Intervention Italien entschieden und bleibend mit Frankreich verfeinden und ein Bündniß
beider gegen Preußen unmöglich machen müßte.

Er erzählt mir den Inhalt seines Briefes an Bismarck. Um
Geld scheint er nicht ausdrücklich gebeten zu haben, und das ist um
so besser. Er hat die hiesige Lage auseinandergesetzt, und daß die
Herrschaft Rattazzi's nothwendiger Weise zu einem Bündniß mit
Frankreich führen müsse, (lächelnd) „je conçois parfaitement que
100 000 Italiens ne vous font pas peur," aber es sei doch immer
besser, sie nicht zu Gegnern zu haben. Das Bündniß sei sogar höchst
wahrscheinlich bereits geschlossen. Es rückgängig zu machen, Rattazzi
zu beseitigen, ein Ministerium, das aus Mitgliedern der Actionspartei

d. h. aus Anhängern des Bündnisses mit Preußen besteht, an die
Spitze der Regierung zu bringen, liege im Interesse Preußens, wie
im eignen Interesse Italiens, und dazu müsse Garibaldi unterstützt
und eine Lösung der römischen Frage im Sinne der Actionspartei
herbeigeführt werden.

Er hat auch mit Usedom gesprochen, ist aber von dem kalt aufgenommen worden. „Je l'ai trouvé froid! pas à la hauteur."

17. October. Zur Gesandtschaft; Usedom gesehen. Frankreich droht sehr ernsthaft mit der Intervention, aber ob man wirklich dazu schreiten wird? Das scheint ihm dennoch sehr zweifelhaft
und mir auch, obgleich ich sie eigentlich wünsche, wie die Sachen jetzt
stehen, und da ein Erfolg des Aufstandes doch in keiner Weise vorauszusehen ist.

Herries den Secretär der englischen Gesandtschaft und den
bayrischen Gesandten Grafen Hompesch gesehen. Herries sagt „Les
domestiques s'en vont! C'est une épidémie!" Erzählt von einer
Menge Menschen, deren Diener davon gegangen sind, um sich den
Aufständischen anzuschließen. Hompesch weiß auch einige Beispiele.

Abends bei Lady Orford; Gräfin Balbelli dort, und unter
Anderen auch Martin. Auch die aus Rom oder aus dem römischen
Gebiete gebürtigen Offiziere der italienischen Armee nehmen sämmt-
lich ihren eiligen Abschied, um sich den Aufständischen anzuschließen.
Das hat namentlich auch ein Ordonnanzoffizier des
Königs gethan, der junge Herzog Cesarini Sforza.

Mit Martin sprach ich auf dem Heimwege, den wir zusammen
machten, davon, daß eine Lösung der römischen Frage, wie sie
Rattazzi beabsichtigt, gar keine Lösung wäre, sondern nur ein neues
unfruchtbares Provisorium, das Italien ebenso krank und unfertig
ließe, wie es jetzt ist. Ob der Papst über eine Provinz mehr oder
weniger gebietet, ist sehr gleichgültig, das wirkliche Uebel liegt darin,
daß er als Feind Italiens in Rom haust.

Martin war sehr unzugänglich für diese Lehre.

18. October. Nicht aus. Falsone bei mir; um ungelegene
Begegnungen zu vermeiden, sollen wir, Pallavicini und ich, uns
wieder wie früher, wenn es nöthig ist, durch einen leeren

Brief ein Rendezvous geben, und dann am Abende bei Falsone treffen.

Garibaldi ist wirklich seit vier Tagen aus Caprera entkommen; man weiß aber nicht, wo er ist. Falsone wünscht jetzt ebenfalls eine französische Intervention, weil sie den Haß der Italiener gegen Frankreich auf das Höchste steigern, ein Bündniß mit Frankreich unmöglich machen und schließlich dahin führen muß, daß Italien die Fesseln der französischen Vormundschaft bricht. Er sprach sehr verständig darüber.

Zeitungen: Die italienische escadre cuirassée, die an der römischen Küste kreuzt, wird verstärkt; angeblich, um nöthigenfalls eine spanische Expedition abwehren zu können! Als ob Spanien in der Verfassung wäre dergleichen zu unternehmen! Ich schließe daraus, daß die Regierung bereits von Garibaldi's Flucht unterrichtet ist und einen Landungsversuch von seiner Seite erwartet.

Eine interessante, bewegte Zeit, in der wir leben!

19. October. Ganz unerwartet tritt Esaty bei mir ein. Er kommt aus Neapel, wohin ihn Finanzspeculationen geführt hatten, die ihn überhaupt sehr beschäftigen, und zwar immer nach einem sehr großen Maßstabe. Auf der Durchreise hat er sich in Rom aufgehalten. Erzählt:

In Neapel herrscht ein hoher Grad leidenschaftlicher Unzufriedenheit mit den bestehenden Zuständen und der gegenwärtigen Regierung. In Rom ist man allerdings sehr unzufrieden mit dem päpstlichen Pfaffenregiment und möchte es gern los sein, aber, da man sieht und weiß, wie schlecht die Dinge im Königreich Italien gehen, und welche Unzufriedenheit auch da herrscht, hat man kein großes Verlangen, sich dem Königreiche anzuschließen. Man fürchtet namentlich den Steuerdruck. Daneben ist man darüber verdrießlich, daß bei diesen unsichern Zuständen keine Fremden nach Rom kommen wollen, da doch Rom wesentlich von den Fremden lebt. Rom ist in der That verödet; Fremde sind nicht da, und von den Einheimischen sitzen viele im Gefängniß.

Rattazzi ist allerdings in pecuniärer Beziehung wahrscheinlich weit mehr, als man im Allgemeinen weiß und glaubt, und nicht bloß durch seine Frau, von der französischen Regierung abhängig. Er hatte vor Kurzem, weil er eine allgemeine Hausse vorauszusehen glaubte, seinen Agenten an der Pariser Börse eine großartige Speculation aufgetragen; die Leute trauten der Sache nicht und führten seine Aufträge nur in bescheidenem Maaße aus, dennoch verlor Rattazzi, da die Speculation fehlschlug, 100 000 Franken. Die sind berichtigt worden, wie man an der Pariser Börse glaubt, durch Napoleon.

In Frankreich, namentlich in Paris, stehen die Dinge schlecht; Unzufriedenheit und Mißmuth sind sehr allgemein und sehr groß, aber bei Allebem ist Napoleon's Thron nicht so wankend geworden, wie man wohl glauben könnte; was ihn stützt und hält ist die allgemeine Corruption, die Napoleon mit Absicht und Berechnung genährt und gesteigert hat, und die jede Vorstellung übersteigt. Das stimmt ganz zu meinen eigenen Beobachtungen 1858 — 1859; keinem Menschen ist in Frankreich an idealen Gütern etwas gelegen. Niemand will etwas wagen, wenn es nicht für Zwecke der trivialsten Selbstsucht ist und Keiner traut dem Andern!

In Beziehung auf Ungarn ist Csaky resignirt; er kann sich nicht wie Klapka für die gegenwärtigen Zustände begeistern, denn eine Versöhnung, ein Königreich Ungarn mit dem Haus Habsburg an der Spitze, ist nicht das, was er gewünscht hätte; aber er ergiebt sich darein, denn er sieht, daß die weit überwiegende Mehrheit der Ungarn, ja im Wesentlichen die ganze Nation mit diesen Zuständen zufrieden ist, und was auch seine persönlichen Ansichten sein mögen, er hat seiner Meinung nach nicht das Recht, das Kossuth sich beilegt, im Sinne einer abstracten Theorie gegen den Willen der ungarischen Nation zu agitiren und zu conspiriren. Außerdem glaubt er, daß jeder Revolutionsversuch in Ungarn vergeblich wäre, nachdem einmal die herrliche Gelegenheit im vergangenen Jahre versäumt ist, und durch die Schuld der Ungarn im Lande versäumt. Die Leute sagen zwar, sie seien zu spät „avertirt" worden, und nachher sei es zu spät gewesen. Aber das ist nicht wahr! sie hätten sich ganz gut erheben können nach der Schlacht von Sadowa und dann wurde der Friede zu Nikolsburg nicht geschlossen, aber es hat ihnen im entscheidenden Augenblick der Muth gefehlt. Nun greift Kossuth in den Zeitungen die Patrioten von 1866, namentlich Csaky, mit niedrigen Schmähungen an; aber sie haben ihn wissen lassen, daß sie seine Briefe von 1859 und 1866, in denen er erklärt, daß er jeder Erhebung Ungarns entgegen arbeiten werde, bei der seine Person nicht berücksichtigt wäre, veröffentlichen würden. Im Uebrigen sprach Csaky seine Ueberzeugung dahin aus, daß Oesterreich bald dahin kommen würde die Hauptstadt nach Pesth zu verlegen und sich zu einem wesentlich ungarischen Staat zu gestalten.

20. October. Falsone kommt und verkündet: Garibaldi ist hier in Florenz; er ist gestern Abend ganz öffentlich hier angekommen und wohnt Corso di Vittorio Emanuele Nr. 4 in einem kleinen Hotel, ohne sich im Allerminbesten zu verbergen. Seine Flucht aus Caprera, zu der er sich berechtigt glaubte, ist sehr romantischer Art. Er war auf Caprera von sechs Kriegsdampfern blockirt. Um zu versuchen, ob und wie er entfliehen könnte, ließ er zuerst zwei Mann in einem zweirudrigen Boote einen Versuch machen nach Sardinien durchzukommen. Die wurden aber gefangen. Die Wachmannschaft eines, oder vielleicht zweier, der blockirenden Dampfschiffe hatten den Schlag der Ruder gehört. Darauf machte sich Garibaldi in der folgenden Nacht ganz allein auf den Weg, in einem ganz winzigen Boot, wie man sie zur Entenjagd auf ruhigen Teichen hat, von den Italienern, „un beccacino" genannt, ein Boot, das nur wenige Zoll aus dem Wasserspiegel hervorragt und geräuschlos durch ein einziges Ruder vorwärts bewegt wird; dies wird an der Stelle des Steuers eingesetzt, und wie der Schwanz eines Fisches unter dem Wasser bewegt, scuddling a boat.

Garibaldi benutzte die Stunden der Dunkelheit und kam glücklich durch das Blockadegeschwader und nach Sardinien, nicht ohne Gefahr da Wind und Wellenschlag zwar nicht eigentlich stark, aber doch stärker wurden, als ein so kleines Boot ertragen konnte. Es scheint noch dazu, daß er, unvollkommen orientirt natürlich, im Dunkeln nicht unmittelbar an der wirklichen Küste von Sardinien hat landen können, daß er an eine Vorinsel und Klippe oder hohe Sandbank gerathen ist, denn er hat eine Strecke durch seichtes Wasser waten müssen. Am Ufer erwartete ihn sein Schwiegersohn Canzio; beide haben sich mehrere Stunden in Gesträuch und Rohr am Ufer verbergen müssen und dann ein paar Mal vierundzwanzig Stunden in einer Höhle. Dann fand sich die Gelegenheit, und sie sind zusammen in einem offenen Boote über das Meer gesegelt, aber nicht nach der römischen Küste, wo das verstärkte italienische Geschwader sie erwartete, sondern nach Toscana, wo sie in der Nähe von Livorno landeten. Ob sie ganz allein waren oder von noch Jemandem begleitet, ging aus der Erzählung nicht hervor.

Falsone ist nun in einer sehr gehobenen, zuversichtlichen, ja triumphirenden Stimmung, und das ist natürlich die Stimmung der gesammten Actionspartei. Mag doch die Regierung versuchen Garibaldi noch einmal zu verhaften, wenn sie es wagt! er erklärt: „wir sagen Jedem, der es wissen will, ganz offen, wo er wohnt! Aber Garibaldi könnte dies Mal nicht ohne Widerstand verhaftet werden, dafür ist gesorgt! Und die angedrohte französische Intervention soll nur kommen! Uns Andere, Sicilianer, kennen die Franzosen ohnehin von lange, von der sicilianischen Vesper her."

Rattazzi hat heute Morgen seine Dimission eingereicht. Man hat einen Augenblick von einem Ministerium Menabrea gesprochen, daran will Niemand recht glauben. Rattazzi's Demission ist noch nicht definitiv angenommen.

Viel Stoff zum Nachdenken! Durch Garibaldi's Ankunft, durch die bloße, einfache Thatsache, daß er hier in Florenz ist, ist die ganze Situation von Grund aus verändert, gerade umgekehrt de fond en comble. Und ganz gewiß hat Garibaldi selbst keine Ahnung davon gehabt, daß seine bloße Erscheinung hier so Großes bewirken könnte und würde; er hat ganz gewiß dies Mal wie immer einfach nach seinem Instinkte gehandelt, ohne die Folgen mit voller Bestimmtheit zu übersehen.

Rattazzi muß sich zurückziehen, er kann sich nicht halten, das ist klar! Seine überfeine Politik, seine über die Gebühr künstlichen Intriguen, die Pläne, denen zufolge Jedermann mehr oder weniger betrogen werden sollte, bis auf einen gewissen Grad selbst sein Herr und Meister in Paris, dieser ganze Aufwand von Ueberklugheit hat nun dahin geführt, daß er selbst den Ereignissen vollkommen ohnmächtig gegenüber steht! Theilweise von ihm selbst hervorgerufen sind sie ihm vollständig über den Kopf gewachsen. Um consequent zu sein, um Frankreich einstweilen wieder zu beschwichtigen, um Herr der Situation zu bleiben, müßte er Garibaldi ein zweites Mal, sofort, hier mitten in Florenz verhaften lassen; und das wagt er nicht, das vermag er nicht. Ebenso wenig aber kann er umkehren, sich an Garibaldi hängen und von dem ins Schlepptau nehmen lassen; denn er ist zu sehr nach der anderen Seite hin compromittirt, zu sehr von Frankreich abhängig, zu schwach der französisch gesinnten Piemontesischen Consorteria gegenüber und zu kleinmüthig, um mit zerrütteten Finanzen und einer verkümmerten Armee Frankreich Trotz zu bieten. Ganz abgesehen davon, daß Garibaldi gar nichts von ihm wissen will.

Er mußte also weichen. Aber wer kommt an seine Stelle? Ein Ministerium Menabrea und ein Staatsstreich im absolutistischen Sinne, das sind wahrscheinlich identische Begriffe; zu einem Staatsstreich, den alle Generale widerrathen, wird man aber wohl jetzt so wenig wie früher den Muth haben.

Um 8 Uhr zu Pallavicini. Den fand ich auch in der gehobensten aller Stimmungen, radicux, hoffnungsvoll, wie denn der lebhafte alte Herr eben ein Sanguiniker ist und sehr geneigt Alles im rosigsten aller Lichter zu sehen. Er berichtete, daß Rattazzi's Entlassung heute gegen Abend definitiv angenommen worden ist, daß Niemand Garibaldi anzutasten wagt, und prophezeit: in einem Monate haben wir ein Ministerium aus der Actionspartei oder eine Revolution! „Je la vois très prochaine", die Revolution nämlich. (NB. Ich nicht, wenigstens nicht so nahe.) Die Actionspartei wird sich, wenn sie erst am Ruder ist, Preußen anschließen und es ohne Zagen auf einen Krieg mit Frankreich ankommen lassen. Natürlich rechnet sie dabei nicht auf die italienische Armee. „Ce serait ridicule!" aber Garibaldi bringt gegen Frankreich hunderttausend Freiwillige auf.

Pallavicini wiederholt mir nochmals den Inhalt seines Briefes an Bismarck und diesmal kommt zum Vorschein, daß er um Geld gebeten hat.

NB. Hunderttausend Freiwillige! selbst die Zahl zugegeben über die sich doch auch noch streiten ließe: was würden diese Freiwilligen denn wohl werth sein, vollends einer französischen Armee gegenüber! Die Herrn Idealisten überschätzen eben immer die Macht des „Volkswillens", der „Begeisterung" und aller solcher idealer Größen, die noch dazu sehr oft willkürlich vorausgesetzt werden, wo sie in der That gar nicht sind! Und das nun vollends in einem Lande wie Italien, wo sie es mit einem gar sehr erschlafften Volke zu thun haben.

Später zu Lady Orford. Da finde ich Brunetti, Martin, Stumm, General Angelini, eine Menge Damen.

Mylady fragt Martin: „Où est Garibaldi?" Antwort: „On ne le sait pas!" Die Regierung will also durchaus nicht wissen, daß er hier ist. Martin führte die Rolle nach Möglichkeit consequent durch; als ich ihn später unter uns fragte, ob er wirklich nicht wisse, daß Garibaldi hier ist, räumte er nur ein, man sage allerdings, daß er hier sei. Auf die Bemerkung, daß Rattazzi sich nicht werde behaupten können, erwiderte er: Rattazzi werde in diesem Falle mit einer sehr großen Popularität ausscheiden. (NB. Der Mann dem das Volk vor wenigen Tagen die Fenster eingeworfen hat!) Er habe zu Wege gebracht, was keinem früheren Minister gelungen war; er hat eine Majorität im Abgeordnetenhause zusammengebracht und gewonnen. (NB. d. h. er hatte eine Majorität zusammengebracht, von der er sich beherrschen ließ, sauf à la tromper!) Scheide er aus, so sei nur ein Ministerium Cialdini oder Menabrea möglich, La Marmora, Ricasoli, Minghetti seien ganz außer Frage. NB. Das wußte ich wohl, nur an Cialdini hatte ich nicht gedacht.

Angelini zeigt sich sehr betrübt über den elenden, verkommenen Zustand der Armee. Ich frage nach den Einzelheiten. Die Cavallerie ist noch in der besten Verfassung; die Regimenter haben je sechs Schwadronen zu durchschnittlich 115 Pferden. (NB. Könnten also wohl mit fünf Schwadronen zu 120 Pferden = 600 Pferden ausrücken.)

Traurig aber ist es um die Infanterie bestellt; die Regierung hat stillschweigend die 4ten Bataillone der Regimenter eingehen lassen und die drei, die übrig geblieben sind, auf bloße Cadres herunter kommen lassen; das Regiment ist kaum 600 Mann stark. (NB. Das ist wahr; die Bataillone, die ich täglich bei mir vorbei zum Exerciren ausrücken sehe, haben nur acht Rotten im Zuge; die Bersaglieri, bei denen man die 4ten Compagnien hat eingehen lassen, die aber doch zum exerciren acht Züge bilden, haben sogar nur sechs Rotten im Zuge. Man kann das Ganze kaum noch eine Armee nennen.) Am allerschlimmsten aber steht es um die Artillerie, die keine Pferde hat. Noch im September, ja Ende September, zu einer Zeit also, wo man den Ausbruch des Garibaldi'schen Aufstandes täglich erwarten mußte, sind die Artilleriepferde verkauft worden, die man noch besaß! Pferde, die 500 bis 600 Franken werth sind und die man jetzt für 7—800 Franken kaum wieder bekommen würde, sind für 70—80 Franken weg gegeben worden.

NB. So hat Rattazzi die Armee verkommen lassen gerade in dem Augenblicke, in dem er sich auf eine höchst gewagte Politik einließ! Er ist eben Advocat und, wie alle diese Herren, wie Sammer z. B., hat er gar kein Verständniß dafür, daß alle politischen Fragen in letzter Instanz immer Fragen der Macht sind. Er denkt sich dabei immer einen Proceß, den man durch bloßes Finassiren gewinnen kann.

21. October. Regentag. Hompesch bei mir; fragt nach vielerlei, sucht sich zu orientiren und warnt: man müsse in dem unvermeidlich bevorstehenden Conflicte zwischen Preußen und Frankreich dem französischen Kaiser nicht die Möglichkeit gewähren als Beschützer des katholischen Glaubens aufzutreten, denn das könnte im südlichen Deutschland, namentlich in Bayern, schlimme Folgen herbeiführen.

Zur Villa Capponi hinausgefahren. Die Gräfin Usedom ist sehr en émoi und schwärmt einigermaßen oder sogar recht sehr für Rattazzi; meint, der habe Garibaldi absichtlich entkommen lassen. Das berichtige ich natürlich. Sie äußert sich überlaut empört

über Napoleon's unerhörte Insolenz; der hat nicht bloß mit Inter-
ventionen gedroht sondern damit: seine 30,000 Mann an der
Küste von Toscana landen und gerade auf Florenz
marschiren zu lassen, wenn Italien nicht die Convention vom
15. September pünktlich beobachte und dem Treiben Garibaldi's ein
Ende mache.

Daraufhin hat Rattazzi im Ministerrath vorgeschlagen, die
italienischen Truppen sofort in das päpstliche Gebiet einrücken zu
lassen, und da der König nicht darauf einging, hat er seinen Abschied
eingereicht. Die Gräfin lebt der Ueberzeugung, daß es ihm Ernst
war mit seinen heroischen Vorschlägen.

NB. Ich nicht; aber ich finde sein Benehmen sehr klug berechnet. Er muß sich zurückziehen, weil er Garibaldi nicht verhaften
kann; könnte er das, so würde er wohl auch jetzt noch ein Abkommen
mit Napoleon suchen. Da er nun aber gehen muß, macht er diesen
heroischen exitus, um für die Zukunft „möglich" zu bleiben, und
wenn es als Premierminister der Actionspartei, oder selbst einer
Republik wäre! Sein Heroismus aber war ein sehr wohlfeiler, denn
in dem Augenblick, wo er seine Vorschläge machte, wußte er ohne
Zweifel sehr gut, daß man sie nicht annehmen, daß die Piemontesen
der Consorteria sich wie ein Mann dagegen erheben würden. Es
wäre ihm gewiß im höchsten Grade ungelegen gewesen, wenn man
ihn beim Wort genommen hätte!

Nun ist Cialdini mit der Bildung eines neuen Ministeriums
beauftragt. Lorn läßt sich von mir Garibaldi's Adresse geben und
will ihn besuchen.

Zurück zur Gesandtschaft gefahren; sage Usedom, wie ich Rattazzi's
heroistischen exitus beurtheile. Usedom meint: „er ist vielleicht
noch zu halten!" als ob das sehr zu wünschen wäre. Ohne
Zweifel bemüht er selbst sich in diesem Sinne.

Zeitungen; die wollen noch immer nicht wissen, daß Garibaldi
hier ist; sie gehen lächerlicher Weise so weit zu erzählen, es habe
sich ein unbestimmtes Gerücht gebildet, daß er aus Caprera entkommen sei, man wisse aber nicht wohin. Das heute!

22. October. Falsone berichtet: die Revolution ist in

der vergangenen Nacht in Rom ausgebrochen. Später erfahren: es finden im Laufe des Tages mehrfache Demonstrationen
statt; ein gewaltiger Volkshaufe zieht vor das Ministerium des
Innern, um dem neuerdings in der That ungemein populären Rattazzi
zu huldigen; man ist aber wenig erbaut von seiner characterlos nichts-
sagenden Antwort. Dann zieht der Volkshaufe nach der Piazza
vecchia di Santa Maria novella, wo Garibaldi vom Balcon des
Hauses No. 21 herab eine gewaltige Rede hält und den Zug nach
Rom ankündigt.

Zur Gesandtschaft, um über diese Dinge mit Usedom zu sprechen;
er sagt mir: das letzte Telegramm ist von gestern 7 1/2 Uhr Abends
und lautet: „fra una mezz' ora Roma sarà sollevata!"
seitdem nichts weiter; die telegraphische Verbindung mit Rom ist
unterbrochen, und da die Linie von Rom nach Civita vecchia
ganz gewiß nicht auf Befehl des Papstes zerstört worden ist,
muß man wohl annehmen, daß wirklich ein Aufstand stattgefunden hat.

Garibaldi ist kurze Zeit, nachdem er seine Volksrede gehalten,
ganz öffentlich, am hellen lichten Tage, mit einem Specialzuge
abgereist nach Umbrien, um den Befehl über die Freischaaren zu
übernehmen. (NB. O weh! das ist ein Fehler!)

Der König hat Rattazzi gebeten, an seiner Stelle zu
bleiben, natürlich aber das von Napoleon vorgeschriebene
Programm anzunehmen. Das kann Rattazzi (NB. nach seinen
letzten Vorschlägen und Erklärungen) nicht und so zieht er sich definitiv zurück.

Auf dem Heimwege gewahre ich militärische Maßregeln gegen
mögliche Unruhen: das ehemalige Franziscaner-Kloster an der Piazza
ogni Santi und das Politeama sind militärisch besetzt; das letztere
wohl, um die nahe gelegene französische Gesandtschaft zu schützen.
Die Garnison ist um ein Regiment, das 4te, verstärkt. Mauer-
placate: die Reserveklasse von 1842 zum activen Dienste einberufen;
die Gruppen, die vor den Placaten versammelt sind, hoben mit Wohl-
gefallen hervor, daß auch die Trainmannschaft einberufen ist, und
folgern in angenehmen Illusionen: „dunque è all' estero!" Die

Tambours der Nationalgarde schlagen bei seinem Regen General=
marsch durch die Straßen.

Daß Garibaldi abreist, ist ein ganz gewaltiger Fehler, der den
ohnehin sehr zweifelhaften Erfolg vollends in Frage stellt. Ob er
oder sein Sohn Menotti den Befehl über die Freischaaren führt,
ist vorläufig, wenn nicht gleichgültig, doch von untergeordneter Wichtigkeit. Hier aber könnte er einen gewichtigen moralischen Einfluß auf
die Bildung des neuen Ministeriums üben.

Zeitungen. Eine Moniteurnote von wunderbarer Insolenz:
Frankreich stellt vorläufig die beabsichtigte Expedition nach Rom ein,
weil Italien die bündigsten Versicherungen gegeben hat, daß man
fortan die September=Convention halten werde!

Wer hat benn nun aber diese bündigen Versicherungen gegeben?
Rattazzi hat es nicht gethan, benn er hat sich zurückgezogen, um es
nicht zu thun; seit seinem Rücktritt aber giebt es keine Regierung.
Es kann sie also nur der König persönlich gegeben haben, inspirirt
von seiner persönlichen piemontesischen Umgebung, die einstweilen entscheidet und Napoleon's Programm angenommen hat, ohne Regierung
zu sein und als solche verantwortlich. Da die piemontesische Consorteria das gethan hat, würde es mich nicht gerade überraschen,
wenn sie auch Garibaldi auf irgend einer einsam gelegenen Eisen-
bahnstation verhaften ließe. Das wäre immerhin gewagt, aber
doch nicht geradezu unmöglich, wie seine Verhaftung hier in Florenz.

23. October. Falsone früh bei mir, berichtet: Garibaldi ist
in Frosinone verhaftet worden. Eine erste Nachricht besagte, man
habe ihn dort verhaften wollen, er sei aber über die päpstliche Grenze
entkommen; eine zweite aber, die seine wirkliche Verhaftung berichtet,
scheint die richtige zu sein.

Falsone ist ganz vernichtet durch dies Ereigniß, ganz entmuthigt
und hoffnungslos. Mein Himmel! wie sind diese Menschen vom
Augenblicke abhängig! und wie wenig gestählt gegen die Schläge des
Schicksals! Bald übermäßig triumphant auf scheinbar günstige Aussichten hin, bald ganz zu Boden geworfen durch ein erstes Miß-
geschick. Mit ihren Illusionen schwindet auch sogleich ihr Muth!

Ich: Mich wundert eigentlich nur, daß man Garibaldi nicht an einem noch einsamerem abgelegenerem Orte verhaftet hat. Uebrigens habe ich es, auch abgesehen davon, für einen Fehler gehalten, daß Garibaldi von hier abgereist ist, wo er wichtigere Dinge bewirken konnte als dort.

Falsone: Dieser Meinung sind viele seiner Freunde gewesen; man hat ihn bringend aufgefordert hier zu bleiben, um so mehr, als dort im Römischen doch ohne Geld nichts Großes zu machen ist, aber er ist „un uomo primitivo chi crede che si può far senza denari" und er läßt sich überhaupt nicht leiten. So ist er denn abgereist; Falsone hat es für sehr unvorsichtig gehalten, daß er so geräuschvoll und herausfordernd am hellen lichten Tage mit einem Specialzuge abgereist ist. Nun steht zu befürchten, daß man das hiesige Hülfscomité auflösen wird. Das hat jetzt einen sehr großen Wirkungskreis; es steht mit sehr vielen Municipalbehörden in Verbindung. Vielleicht legt dann die Regierung auch auf die Personen, die Mitglieder des Comités, die Hand. (NB. Das wäre unter Anderen auf Falsone selber.) Schade, daß Pallavicini nicht nach Berlin gegangen ist, wie glücklich, wenn man Geld aus Berlin bekommen hätte oder noch bekäme!

Ich erinnere daran, daß ein Drittel aller Deutschen Katholiken sind; die preußische Regierung muß es meiden etwas zu thun, was dem Kaiser Napoleon die Möglichkeit gewähren könnte, in einem Zwiste mit ihr als der Beschützer der beleidigten Kirche und Religion aufzutreten. Rom darf nicht die Veranlassung zu einem Kriege zwischen Frankreich und Preußen werden.

Falsone: „intendo! intendo!" unser Zwist mit Frankreich muß einen rein politischen Charakter haben. Die bündigen Versicherungen, von denen der „Moniteur" spricht, kann nur Victor Emanuel gegeben haben.

24. October. Major Roselli in der Straße, in Civil; er ist reformirt und auf Wartegeld gesetzt. Lebt in Mailand, ist auf einige Tage hier.

Politik; er tadelt Rattazzi und zeigt sich sehr conservativ. In Rom habe gar kein Aufstand stattgefunden; General Durando, der gestern auf der Herreise von Neapel durch Rom ge-

kommen ist, habe dort alles in der tiefsten Ruhe gefunden. Man
habe allerdings versucht einen Aufstand in Gang zu bringen, aber das
sei eben nicht gelungen; es seien Pulverfässer in die Gewölbe unter
der Zuavencaserne gebracht worden, die Caserne sollte in die Luft
fliegen und dies das Zeichen zum allgemeinen Aufstande sein. Die
Caserne sei auch wirklich in die Luft geflogen, auf den bestimmten
Sammelplätzen aber habe sich Niemand eingefunden, und es sei
alles ruhig geblieben, nach wie vor. Was die Actionspartei über
Rom bekannt mache, das seien Erfindungen, die verbreitet würden,
um die Gemüther aufzuregen; aber es herrsche im Lande gar keine
Begeisterung Roms wegen 2c.

25. October. Falkner, Sekretär beim Schweizer Gesandten,
kommt in großer Aufregung zu meinem Sohne. Ein Graf Lochis (?)
aus Brescia ist so eben aus Rom angekommen und erzählt von seinen
dortigen Erlebnissen.

In Rom hat allerdings ein Aufstand stattgefunden, wie auch
die Zeitungen zugeben, und er ist keineswegs so ganz unbedeutend gewesen, wie die päpstliche Regierung und die
hiesigen Conservativen vorgeben. Er ist besiegt worden,
hauptsächlich weil die Aufständischen sehr schlecht bewaffnet waren,
mit Revolvern und dergleichen. Die Waffendepots, die in Rom
selbst vorbereitet waren und verborgen, waren verrathen und von
der Regierung in Beschlag genommen worden. Etwa siebzig junge
Leute, meist von guter Herkunft, die sich bei Nacht auf einem
Boote auf der Tiber in die Stadt schleichen wollten, sind in
einem Hause vor der Stadt von den päpstlichen Zuaven überrascht,
und wie man sagt, nachdem sie sich gefangen gegeben hatten,
fast alle niedergemacht worden. Zwei Söhne des Abgeordneten
Cairoli waren dabei; der eine, Enrico, ist geblieben, der andere,
Benedetto, verwundet. Auch ein gewisser Cucchi, eine sehr beliebte
Persönlichkeit, soll bei dieser Gelegenheit um das Leben gekommen sein. Falkner meint, wenn sich das bestätigt, werde es eine
große Aufregung in ganz Italien hervorrufen.

Der Graf Lochis, der Rom, weil die Eisenbahnverbindungen
unterbrochen waren, zu Pferde verlassen hatte, traf Garibaldi mit

800 wohlbewaffneten Leuten bei Corese, wurde angehalten, zu dem Heerführer geführt und von ihm ausgefragt. Garibaldi erklärte, er wolle in Rom einbringen oder nicht wiederkehren. Lochis ist dann weiterhin auch von italienischen Truppen angehalten, zu dem General Bixio geführt und von diesem ausgefragt worden. Es war vorgestern, am Mittwoch, daß er Garibaldi bei Corese gesehen hat.

Zur Gesandtschaft. Usedom hat ein Telegramm von Schlözer aus Rom. Garibaldi ist gestern nach Monterotondo vorgerückt. Er hat den Freunden, die ihn hier zurückhalten wollten, weil seine Anwesenheit hier Wichtiges bewirken könne, geantwortet: sie möchten recht haben, aber jeder müsse thun, was seines Berufes sei; „macht was ihr wollt, mich laßt für Rom sterben, dann wird Italien Rom's eingedenk sein!"

Hier gehen die Dinge schlimmer und schlimmer. General Türr in der Straße gesehen; er ist auf einige Tage hier. Später dem Grafen Piper und dem französischen Militärgesandten dahier, Obersten Schmidt, begegnet; der redet mich auch darauf an, ob wir Preußen, oder gewissermaßen daß wir Preußen Garibaldi unterstützen, et il se met à déblatérer. Daß Staaten miteinander Krieg führen, lasse sich begreifen, aber ein solcher Abenteurer auf eigene Hand, ohne Mandat, der keinen Staat vertritt, das sei nicht zu dulden! rc. (NB. Er hatte den andern Abenteurer auf eigene Hand und ohne Mandat, den Mann von Straßburg und Boulogne, rein vergessen.) Dann wieder ging es gegen die Sympathien für die siebzig massacrirten Garibaldiner; von den Zuaven, die mit ihrer Caserne in die Luft geflogen sind, spreche Niemand! Darauf entwarf er ein glänzendes Bild von den päpstlichen Zuaven, die meist aus frommgläubigen Vendéern beständen. Daß gar viele von ihnen desertiren, wollte er nicht gelten lassen. Die Légion d'Antibes gab er preis; ja, von denen desertirten viele; das liege an der Art, wie die Legion gebildet worden; man hat in der französischen Armee herumgefragt nach „hommes de bonne volonté", nach Freiwilligen für den Papst, und die Obersten haben es gemacht, wie sie es bei solchen Gelegenheiten zu machen pflegen:

„ils se sont débarrassés de tous les mauvais sujets!" NB. Mag
ein schönes Corps sein!

Ich belehrte ihn, daß wir den Sommer über auch von den
Zuaven Deserteurs in Menge gesehen haben, daß unter ihnen nur
wenige Franzosen seien, daß sie seltsamer Weise mehr als zur Hälfte
aus Holländern bestehen 2c.

Wie viele Tendenzgerüchte verbreitet werden! Französische und
österreichische Agenten bemühen sich glauben zu machen, daß wir
Preußen Garibaldi in Bewegung setzen. In Siena hörten wir,
Rußland und Preußen hätten die französische Intervention verboten,
was natürlich verbreitet wurde, um den Garibaldinern Muth zu
machen. Hier erzählen die Freunde der Regierung dagegen dem
Volke, Usedom habe der Sitzung des Ministerraths beigewohnt, in
der Garibaldi's Verhaftung beschlossen wurde, und habe seine Zustimmung gegeben.

Mein Diener wollte vorgestern, 23. October, wissen: Garibaldi,
verhaftet, sei schon wieder zurück hier in Florenz, und den Tag vorher sei Cardinal Antonelli heimlich hier gewesen und habe unter vier
Augen mit dem Könige soupirt!

Die Zeitung „L'Italie" wird gebracht. Ein kleiner Artikel besagt: Preußen hat in Paris erklärt, es wolle sich in die römische Angelegenheit nicht mischen, werde aber einen
Angriff auf das Königreich Italien als einen Casus
belli ansehen. Dadurch ist die Drohung Napoleon's, seine Expedition nach Florenz marschiren zu lassen, lahm gelegt worden.
Augenscheinlich hat Rattazzi diesen Artikel einrücken lassen. Es ist
aber angenehm den Italienern gegenüber diesen Dienst geltend machen
zu können, den ihnen Preußen geleistet hat.

26. October. Usedom sagt mir: Garibaldi hat bei Monterotondo ein siegreiches Gefecht gehabt und steht in diesem Augenblicke
vor Rom. Cialdini kann kein Ministerium bilden und
hat sein Mandat zurückgegeben. Rattazzi hält sich vorläufig fern;
„er will noch einige Wochen zusehen, wie der Hase
läuft." (NB. d. h. Usedom glaubt so gut wie Rattazzi selber, daß
dieser in etwa sechs Wochen wieder Premierminister sein wird.)

Wir Preußen können und wollen uns aus Rücksicht auf unsere preußischen Katholiken in die römische Frage nicht mischen; wir müssen nur dafür sorgen, daß die Italiener nicht „à plat ventre" geschlagen und unterdrückt werden.

Ich besuche den Generalleutnant Grafen Pes di Villamarina, der seinen Abschied genommen hat und sich in Turin niederlassen will. Er zeigt sich, wie gefallene Größen pflegen, sehr dankbar, daß man sich um ihn bekümmert: „Comme c'est aimable de vous de venir me trouver." Er gesteht ganz ehrlich, daß man ihm gesagt hat, er solle seinen Abschied nehmen; Rebuctionen seien nöthig 2c., sonst, er sei kein Greis; er sei rüstig und könne dienen. Aber er bekommt nun eine Pension von 8000 Franken und der König gebe ihm 4000 Franken jährlich aus seiner Chatoulle dazu, damit könne man in Turin leben.

Er ist natürlich unzufrieden, tadelt, daß man die Armee in so unerhörter Weise hat verkommen lassen, tadelt Rattazzi's Politik in Beziehung auf Rom; man hätte auf den Ausbruch des Krieges zwischen Preußen und Frankreich warten sollen; dann könnte man mit Rom machen was man wollte. Er tadelt die Lebensweise des Königs, der mit Niemandem umgeht, Niemanden sieht als seine paar Jagdgenossen, und natürlich nicht weiß, wie es im Lande steht, und was da vorgeht. Der König sollte Deputirte, auch Mitglieder der Opposition, an seine Tafel, in seine Gesellschaft ziehen, da könnte er sich im Gespräche mit ihnen orientiren, es würde den besten Eindruck machen und den Einfluß der Krone im Parlament sicher stellen.

Wie man die Armee habe verkommen lassen, sei unerhört; von den Truppen an der römischen Grenze sei immer gesprochen worden, als seien sie 45,000 Mann stark und nach den Cadres müßten sie auch ungefähr so stark sein; nun aber, da berathen werden mußte, ob man dem französischen Ansinnen widerstehen könne, sei die Wahrheit zu Tage gekommen, nämlich daß sie kaum 14,000 Mann zählen! und dieses schwache Corps kann nicht verstärkt werden, denn von den Truppen, die in Neapel und Sicilien stehen, ist dort nicht ein Mann zu entbehren.

Ich: Cialdini hat sein Mandat zurückgegeben; nun ist zunächst keine andere Möglichkeit als ein Ministerium Menabrea; auch ist dieser mit der Bildung eines Ministeriums beauftragt.

Villamarina sinkt in seinen Lehnstuhl zurück: „Mais Menabrea, c'est la Révolution!" Eher noch La Marmora.

Ich: Von La Marmora kann für jetzt nicht die Rede sein; er steht, wenigstens für den Augenblick, zu tief in der Meinung des Landes und der Armee.

Wir sprachen dann auch von der elenden Kriegsführung des vergangenen Jahres.

————

9. Das Ministerium Menabrea und der Ausgang des Kampfes um Rom.

27. October. Mein Sohn ist früh ausgegangen und erzählt von einer ziemlich lahmen und harmlosen Volksdemonstration auf der Piazza della Signoria, wo namentlich eine Frau irgend etwas unter den Beifallsbezeigungen des Volkes von einem Wagen herunter vorgelesen hat.

Später kommt er ganz en émoi aus den Cascinen zurück, wohin Gräfin Usedom ihn in ihrem Wagen mitgenommen hatte. Menabrea ist richtig Premierminister. Der Wagen der Gräfin war da von Reactionairs umgeben, die alle diese Wendung der Dinge hoch willkommen hießen und unter denen sich Dubsky als der leidenschaftlichste erwies.

Zeitungen. Menabrea's Circulair; ich erstaune; mit welcher Zuversicht wird da wegwerfend verurtheilt, was Italien hochhält; mit welcher Zuversicht kündigt sich die Reaction an! Das kann nicht gut werden!

Der erste Eindruck ist, daß wir einer gewaltigen Revolution entgegengehen! Menabrea kündigt an, seine erste Sorge werde sein die Armee auf 200,000 Mann zu verstärken; wozu? Gegen einen auswärtigen Feind wäre das sehr ungenügend, und es zeigt sich ja auch nirgends ein solcher, wenn man nicht etwa dem französischen Kaiser Vasallendienste gegen Preußen leisten will. Man sieht sich also gegen Ereignisse im Innern vor, bewaffnet sich möglicher Weise für einen Staatsstreich. Und wo soll das Geld zu diesen Rüstungen herkommen? Und was wird aus den Finanzen?

Mein Sohn kommt aus dem Theater heim. Er hat dort so ziemlich das ganze diplomatische Corps beisammen und in hohem Grade durch Menabrea's Proclamation consternirt gefunden. Ueber Garibaldi waren da finstre Gerüchte in Umlauf; er soll geschlagen, ja geblieben sein; wir müssen jetzt allerdings darauf gefaßt sein von Garibaldi's Tod zu hören!

28. October. Zur Gesandtschaft; Usedom gesehen; der sagt: daß Menabrea leitender Minister werden sollte, war schon seit längerer Zeit in Paris verabredet. (NB. Er sagt das mit voller Bestimmtheit, als etwas Gewisses; es ist auch kein Grund daran zu zweifeln.) Victor Emanuel hat fortwährend hinter Rattazzi's Rücken mit der französischen Regierung unterhandelt. Die Einzelheiten weiß Usedom noch nicht. In Berlin scheine man unglücklicher Weise mit der gegenwärtigen italienischen Politik Napoleon's einverstanden zu sein. Usedom verweist mich als Beweis auf einen Artikel in der „Norddeutschen Allgemeinen Zeitung".

Ich lese den Artikel und finde, daß er zuviel daraus folgert.

In der Straße General Morozzo begegnet, freundschaftlich begrüßt. Abends zu Pallavicini. Er giebt zu, daß der Zug nach Rom verfehlt ist, und wie die Sachen jetzt stehen, da die Regierung dagegen einschreiten wird, keine Aussicht auf Erfolg mehr hat.

Pallavicini: Garibaldi ist in diesem Augenblicke stärker als man glaubt; er hat 22 Bataillone zu 1400 Mann ein jedes, (NB. ohne Zweifel Uebertreibung) und seine Leute sind auch um etwas besser bewaffnet als früher. In dem Gefechte von Bagnorea sind Garibaldiner in päpstliche Gefangenschaft gerathen, die nur mit einem tüchtigen Stecken und weiter nichts bewaffnet waren. Jetzt ist wenigstens die überwiegende Mehrzahl mit Flinten ausgerüstet, welche die Nationalgarde der kleinen Städte hergegeben hat. Aber diese Flinten sind schlecht. Und 400 Freiwillige sind ohne Waffen in Turin; und 12,000 andere hat das hiesige Comité zurückweisen müssen, weil man keine Waffen für sie hat. Es fehlt eben an Geld! Was an Geld zusammen gekommen ist, „c' est ridicule!" nur 100,000 Franken aus ganz Italien (NB. recht characteristisch für die hiesigen Zustände; Freiwillige finden sich immer noch eher als Leute, die geneigt wären Geld herzugeben!) Garibaldi selbst sieht vollkommen ein, daß sein Zug auf Rom verfehlt ist; aber „ce n'est pas fini!" er hat nun etwas anderes vor, „je ne vous dis que cela!" NB. d. h. Garibaldi hat nun zunächst einen revolutionären Coup vor, der hier eine Wendung der Dinge bewirken soll; es läßt sich mehreres denken, was er in solcher Absicht unternehmen könnte.

Ich: Zu einer Revolution wird es hier wohl kommen, früher oder später, wenn die Regierung in der unheilvollen Richtung bleibt, die sie eingeschlagen hat: aber nicht so bald! Unmittelbar ist nicht darauf zu rechnen. Man müßte sich daher fürs erste auf die parlamentarische Opposition zurückziehen, in ihr alle Kräfte vereinigen und z. B. verhindern, daß die Armee verstärkt werde, um den Zwecken Frankreichs zu dienen.

Pallavicini: So groß und allgemein auch die Unzufriedenheit im Lande ist, wird doch die Regierung im Parlamente eine Majorität haben. Die Menschen sind nun einmal so, und eine Regierung hat so viele Mittel, um sie zu gewinnen. Aber eine Revolution ist nahe. NB. Der gute alte Herr ist ein etwas leichtblütiger Sanguiniker.

29. October. Geschrieben. Graf Villamarina bei mir. O Himmel! wie sind diese Menschen bestimmbar! Er kam aus dem Palast Pitti, aus dem Vorzimmer des Königs und brachte von dort eine ungemein zuversichtliche Stimmung mit. Er, der neulich ausrief: „Menabrea c'est la révolution!" war jetzt überzeugt, gerade unter Menabrea's Leitung werde es vortrefflich gehen.

Er äußert sich nun sehr reactionär und ich konnte deutlich genug wahrnehmen, wie entschlossen und streng die Regierung jetzt, der Unterstützung durch Frankreich gewiß, in die Bahn der Reaction einzulenken gedenkt. Menabrea wird die Leute, die unruhigen Köpfe schon zurechtbringen, meint Villamarina: er ist ganz der Mann dazu! Besonders aber der sehr energische neue Minister des Innern; Marchese Gualterio. (NB. ein ehemaliger Republikaner von der radicalsten Art!) Das Parlament wird zusammen gerufen; es wird sich ohne Zweifel sehr widerspenstig zeigen; die Regierung aber wird ihm sehr energisch entgegentreten; es wird aufgelöst und Gualterio wird dann schon gute Wahlen zu erzwingen wissen; der läßt nicht mit sich spaßen! (NB. Und wenn sie dennoch unerwünscht ausfallen? nun dann Staatsstreich mit Pomp und éclat! Das versteht sich nun stillschweigend von selbst!) Auch für Garibaldi wird man keine unnützen Rücksichten mehr haben! Man wird ihn wieder verhaften und zwar dies Mal in vollem Ernst. Er kann sich auf eine strenge Gefangenschaft gefaßt machen!

Indessen, man glaubt im Palast Pitti zu wissen, daß Garibaldi gar nicht mehr bei den Insurgenten im römischen Gebiete ist. Wohin er sich begeben hat, weiß man nicht; man vermuthet nach Sicilien. NB. Das würde zu Pallavicini's geheimnißvollen Winken passen. Doch glaube ich eher, daß Garibaldi an der Spitze seiner Truppen etwas versuchen wird, nicht allein.

Gesandtschaft. Usedom theilt mir mit: daß die Garibaldinische Bewegung unterdrückt werden soll, darüber war man seit Rattazzi's Rücktritt einverstanden; aber Cialdini verlangte, um die Würde Italiens zu wahren (NB. und um seine eigene Stellung haltbar zu machen), daß eine gemeinschaftliche, französisch=italienische Intervention stattfinden solle. Dieses Ansinnen wurde von Seiten Frankreichs sehr entschieden zurückgewiesen. Frankreich wollte allein interveniren. Victor Emanuel, der persönlich mit den Pariser Mächten brieflich und durch den Telegraphen correspondirt, erhielt aber von dorther den Wink: wenn man Menabrea zum leitenden Minister ernenne, werde Frankreich die gemeinschaftliche Intervention zugestehen. So hatte es also Menabrea selbst in Paris verabredet, und daraufhin hat man hier gehandelt.

Garibaldi's Freunde denken nun daran dessen Person in Sicherheit zu bringen; denn von der gegenwärtigen Regierung

sei selbst ein Mordanschlag zu besorgen, das glaubt Usebom selber! Der König wäre jedenfalls froh, wenn Garibaldi, gleichviel wie, aus der Welt käme; denn er haßt ihn grenzenlos.

In den Cascinen Boselli getroffen; der ist selbst sehr unzufrieden mit Menabrea's Proclamation und versichert, sie mache in
ganz Italien den allerübelsten Eindruck. Man nahm es sehr übel,
daß die Freiwilligen, an denen ganz Italien den regsten Antheil
nimmt, und die sich bis vor Kurzem von der Regierung unterstützt
glauben durften, rücksichtslos als „bandes révolutionnaires" bezeichnet, daß man nicht, wie wohl früher bei ähnlichen Veranlassungen,
eine schonende Wendung gewählt hat, „des patriotes égarés" oder
dergleichen.

30. October. Der Zeitungsartikel, der Usebom so große
Sorgen machte, ist bereits wieder von unserer Regierung förmlich
desavouirt.

Türr bei mir; der meint, wie ich selbst, es sei zu befürchten,
daß Garibaldi jetzt irgend einen vorzeitigen Streich ausführt, der
nicht gelingen kann und die Lage verschlimmert. Behauptet, für einen
Staatsstreich könne die Regierung nicht auf die Armee zählen.

31. October. Zur Gesandtschaft; Usebom zeigt mir in einem
Journale die neue Marseillaise, die jetzt, wohl nur hin und wieder, in
Paris gesungen wird:

> „Allons enfants de la patrie,
> Le jour de honte est arrivé! etc.

Stumm ist aus Rom zurück und spricht mit Geringschätzung
von den Römern, die nicht die allermindeste Anstalt zu einem Aufstande machten, als sie vernahmen, daß Garibaldi ein siegreiches Gefecht
gehabt habe und vor den Thoren stehe.

Die Franzosen sind nun in Civita Vecchia; werden sie in Rom
einrücken? Das ist die große Frage, die nun alle Gemüther, und besonders das diplomatische Corps beschäftigt.

Die italienische Regierung läßt nun auch Truppen in das päpstliche Gebiet einrücken, und die airs, die man sich dabei giebt, die
Art, wie es dem Lande angekündigt wird, sind in hohem Grade

unterhaltend. Es geschieht natürlich mit Zustimmung Frankreichs, denn die gemeinschaftliche Intervention ist ja das Zugeständniß, das man dem Ministerium Menabrea von dort aus macht; dem Lande gegenüber aber giebt sich die hiesige Regierung in pomphafter Weise das Ansehen, als thue sie es ohne auf Frankreich Rücksicht zu nehmen, als ebenbürtige Macht, aus freiem Entschluß, auf jede Gefahr hin.

Martin kommt sehr spät und theilt mit, daß die Franzosen bereits gestern Abend in Rom eingerückt sind. Ist wüthend.

1. November. Zur Gesandtschaft. Usedom sagt uns nun auch, daß die Franzosen seit vorgestern in Rom sind; er hat es soeben erfahren. Begleite ihn bis zum Palazzo vecchio; unterwegs:

Bismarck telegraphirt hierher: De Moustier hat zu R. Goltz gesagt: „das Einrücken der italienischen Truppen in das päpstliche Gebiet sei eigentlich für Frankreich ein Grund zum Kriege mit Italien; indessen man wolle Rücksichten haben zc." und Goltz nimmt das alles für ernst und baare Münze.

Ich: Natürlich ist es alles sham; glücklicher Weise glaubt Bismarck dem Goltz wenig.

Usedom: „Warum telegraphirt er mir denn?" Menabrea hat Usedom um Rath gefragt, was nun zu thun sei? Usedom hat ihm, wie er selber sagt, geantwortet, was so nahe lag, daß man es Banalitäten nennen kann: jetzt, da Italien mit Frankreich befreundet ist, kommt es darauf an, diese Freundschaft Napoleon's auch gehörig auszunützen. „Besetzen Sie so viel sie können von dem päpstlichen Gebiete, je mehr desto besser, damit Sie etwas zu verhandeln haben; etwas zurückzugeben bei den Unterhandlungen, und wofür Sie sich Concessionen ausbedingen können." Menabrea hat das angenommen.

Ich: Welchen Plan aber auch Napoleon und Menabrea combinirt haben, er wird scheitern gleich allen früheren, bei denen die Zustimmung des Papstes vorausgesetzt war; er wird an dem non possumus scheitern. Höchstens kommt ein neues unhaltbares Provisorium zu Stande, gegen das der Papst protestirt, das er als nicht vorhanden betrachtet, und die römische Frage bleibt ungelöst.

Usedom: Es wird der status quo ante in etwas engeren Grenzen hergestellt werden.

Zu Haus. Schweitzer kommt und erzählt vielerlei:

Du Casse, der Kanzler der hiesigen französischen Gesandtschaft, sagt und beruft sich dabei auf eine Depesche von Armand, dem französischen Geschäftsträger in Rom: Frankreich hat sich bemüht, den Papst zu bewegen Rom zu verlassen, und sich zu den französischen Truppen nach Civita Vecchia zu begeben; der Papst hat aber mit einen sehr entschiedenen „nein!" geantwortet.

Barbolani spricht jetzt ganz anders als früher; er kündigt jetzt allen fremden Diplomaten an, hier in Italien werde fortan das Princip der Autorität mit aller Consequenz und Energie zur Geltung gebracht werden; es müsse allen befreundeten Regierungen erfreulich sein, daß hier eine starke Regierung das Ruder ergriffen habe u. s. w. Die entschiedenste Reaction wird so geräuschvoll als möglich angekündigt.

Die hiesigen Zeitungen wagen noch immer nicht bekannt zu machen, daß Rom von den Franzosen besetzt ist, aber morgen werden sie es mittheilen; ich habe nämlich auf dem Heimwege die Einleitung dazu gesehen, die bereits getroffen ist. Das Politeama war bisher, zum Schutz der französischen Gesandtschaft, mit einer Compagnie besetzt, heute ist diese Besatzung bis auf ein Bataillon verstärkt. Das ist die Einleitung.

2. November. Nach der Villa Capponi gefahren. Es war von der Möglichkeit die Rede, daß Garibaldi umkommt; der alte Torrearsa, ein gemäßigt Liberaler, fuhr auf und meinte, wenn das geschähe, würde sich ganz Italien wie ein Mann gegen die Regierung erheben. Castelnuovo äußerte, die Armee werde sich weigern, auf das Volk, auf Garibaldi zu schießen. NB. Idealistenirrthum!

Casanuova blieb gleich uns zu Tisch da. Lange Gespräche mit Usedom und der Gräfin. Die Lage ist hier urplötzlich eine sehr verwickelte, beinahe unbegreifliche geworden. Menabrea war, wie wir alle, überzeugt, daß er unbedingt auf Unterstützung von Seiten Frankreichs zu rechnen habe, und daß ihm die gemeinschaftliche Intervention im päpstlichen Gebiete gestattet sei. Daraufhin hat er die italienischen Truppen in das Patrimonium Petri einrücken lassen, und nun sieht er sich plötzlich verleugnet von Frankreich, das in einer sehr schonungslosen Note peremptorisch verlangt, die italienischen Truppen sollen sofort aus den besetzten Orten in das italienische Gebiet zurückgezogen werden. Dieser Schlag kommt so unerwartet, daß Menabrea, der mit unbedingter Zuversicht das gerade Gegentheil erwartete, darüber vollständig die Fassung verloren hat und gar nicht mehr weiß, woran er sich halten, worauf er sich stützen, und welche politische Richtung er einschlagen soll. Er sucht in der Verlegenheit bei Preußen Unterstützung. NB. und würde es herzlich gerne annehmen, wenn die Actionspartei ihn unterstützen wollte!

Usedom sagt: es hat eine so vielfache Correspondenz zwischen hier und Paris stattgefunden, daß es sehr natürlich ist, wenn am Ende Niemand mehr wußte, woran er war. Die hiesige Regierung mit Nigra, die französische mit ihrem hiesigen Gesandten, der König Victor Emanuel persönlich mit Napoleon, mit Plonplon, mit seiner Tochter, hin und her! Da konnte es am Ende an Irrungen und Mißverständnissen nicht fehlen!

NB. Madame Rattazzi hat auch noch mit daran gearbeitet, und was für untergeordnete Intriganten der König außerdem noch in Bewegung gesetzt haben mag, können wir gar nicht wissen. Ich bin aber so ziemlich sicher den Zusammenhang zu errathen, wie das Mißverständniß entstanden ist, auf das hin die hiesige Regierung gehandelt hat. Der Wink, daß Frankreich einem Ministerium Menabrea die gemeinschaftliche Intervention gestatten werde, rührte ohne allen Zweifel von Plonplon her. Der hat ihn, wie sich jetzt mit Schrecken ergiebt, auf eigene Hand und nach eigener Ansicht gegeben: die hiesige Regierung aber hat geglaubt, er gebe ihn im Auftrage seines kaiserlichen Vetters und hat sich darauf verlassen. Ecco!

Usedom theilte mir einen Brief von Robert Golz mit aus Paris, der ist sehr seicht und windig. Golz spottet über den „Garibaldischwindel" und meint, wenn sich Italien einfach den Forderungen

Frankreichs unterwirft, sei Alles in Ordnung. Usedom meint, man
habe diese Ansicht in Berlin adoptirt. Das glaube ich nicht.

Gräfin Usedom ist sehr geneigt in Beziehung auf die Begeisterung der Italiener, das, was sie vermag, und das, was sie thun
wird, ganz in Torrearsa's Manier zu schwärmen. Sie ging aber
doch sehr in sich, als ich nachwies, wie willkürlich diese Idealisten
den Enthusiasmus voraussetzen, und wie sehr sie seine Tragweite
überschätzen.

Casanuova ist als Offizier gegen die Briganten in Süditalien
verwendet gewesen; erzählt ein hübsches Abenteuer. Er hatte einst
mit seinen Bersaglieri einen Räuber umringt; der saß ganz ruhig
ohne sich ergeben zu wollen und ohne die mindeste Gemüthsbewegung
zu zeigen auf einem schwer zugänglichen Felsblocke, schoß von dort
herab und verwundete einen Soldaten am Knie. Die Bersaglieri
schossen auf ihn, aber ohne zu treffen, da sie aus Besorgniß, sich
unter einander zu treffen, sämmtlich zu hoch anschlugen. Der Räuber
lud sein Gewehr, schoß von Neuem und zerschmetterte einem Ber-
sagliere die Hand. Nun wurde es den Soldaten zu viel, einige zielten
besser auf jede Gefahr hin. Der Räuber stürzte schwer verwundet
zusammen und brach nun in die furchtbarsten Flüche und Gottes-
lästerungen aus. Die Soldaten wollten ihn niedermachen, Casanuova
verhinderte das und verwies dem Verwundeten seine Reden. Der
klagte nun, er sei von dem Pfarrer zu Santa Maria del
fiore in Rom zu dem Brigantenhandwerk angeworben
worden; der habe ihn und mehrere Andere darauf zu dem Kardinal
Patrizi geführt; dieser habe ihnen Allen im Namen des heiligen
Baters den päpstlichen Segen ertheilt und sie mit vom Papst ge-
weihten Amuleten ausgerüstet. Nun sollten sie gehen und in ihrem
Berufe thätig sein; keine Kugel könne sie treffen. Der arme Teufel
hatte das geglaubt. Er wurde am folgenden Tage von einem Kriegs-
gericht verurtheilt und erschossen. Wie alle Gewehre, die man den
Briganten abnimmt, rührte auch das seinige aus dem päpstlichen
Zeughause her und war mit dem Zeichen des Papstes, der Tiara
und den Schlüsseln, gestempelt.

3. November. Hartman bei mir; kommt eben aus Rom zu-

rück; Garibaldi hat den Versuch auf Rom aufgegeben, hat aber nun etwas Anderes vor; er zieht wahrscheinlich nach Neapel. (NB. um dort eine Revolution herbeizuführen natürlich; stimmt zu Allem, was ich sonst weiß.) Auch in Savoyen sammelt sich ein französisches Armeecorps. Die hiesige Lage findet Harbman unbegreiflich.

Abendzeitungen. De Moustier's Note an die italienische Regierung. Sie ist von einer unerhörten Brutalität, wie kaum der erste Napoleon sie in den Tagen seines höchsten Uebermuths erreicht hat; und um die Brutalität noch zu steigern, ist diese Note noch im „Moniteur" bekannt gemacht worden!

Es ist nicht leicht sich Napoleon's III. gegenwärtige Politik zu erklären. Doch liegt ein Gedanke, wenn nicht nahe, doch am nächsten.

Napoleon hat die Einheit Italiens nie gewollt; er hat sie ungern geschehen lassen, weil er sie nicht zu hindern wußte: Sollte er etwa jetzt den Augenblick gekommen glauben Italien wieder in Stücke zu zerschlagen?

4. November. Zur Gesandtschaft. Usedom gesehen. Was Napoleon's Politik anbetrifft, so müssen wir wohl sagen, wie der Kenner in den Frères féroces: „j'attends le dénouement pour y comprendre quelque chose." Doch theile ich meinen Gedanken mit, daß die Absicht wohl sein könnte, Italien wieder zu zerschlagen. Usedom zieht ihn gar sehr in Erwägung.

Mein Sohn hat in der Stadt erfahren, daß Garibaldi total geschlagen ist.

Diner bei Schweizer; außer mir ist noch Harbman da. Nachher kommen Falkner, Tautphöus und Poujade. Garibaldi's vollständige Niederlage wird von allen Seiten bestätigt. Er ist auf das italienische Gebiet zurückgeworfen und dort für seine Person verhaftet worden, während man den Rest seiner Leute entwaffnet hat. Schweizer wußte bereits, daß Garibaldi schon heute Abend als Gefangener hier in Florenz eintrifft, um weiter, er wußte nicht zu sagen wohin, transportirt zu werden.

Schweizer: Um sich Geld zu verschaffen, greift die Regierung unbesehens zu allen möglichen Mitteln, selbst zu unredlichen. Die

hundert Millionen neues Papiergeld, welche die Bank vorgeschoßen
hat, scheinen bereits erschöpft; nun verkauft die Regierung
unter der Hand Renten, die dem fundo del Culto gehören. NB. Der fundo del Culto ist ein dem Staate nicht als sein
Eigenthum, sondern lediglich zu treuer Hand anvertrauter Fonds, aus
dem die Kosten des Cultus in einem Theile des Landes bestritten
werden und künftig im ganzen Lande bestritten werden sollen. Er
besteht in einer namhaften Summe in das große Buch der National-
schuld eingeschriebener Staatsrenten und soll nach den Bestimmungen
des Gesetzes großartig vermehrt werden. Der Staat ist nämlich nur
ermächtigt sich aus dem Erlöse für die zu verkaufenden Kirchengüter
30 Procent anzueignen. Die übrigen 70 Procent sollen dem fundo
del Culto zugewendet werden. Anstatt dessen veräußert nun die Regierung einen Theil der Renten, welche der Fonds bereits besitzt. Sie
thut dem Lande damit einen bleibenden Schaden, da die Versorgung
des Klerus natürlich fortan für eine entsprechende Summe dem Staats-
budget zur Last fällt. Und das wenige baare Geld, das sie sich auf
diese Weise verschafft, ist sehr theuer erkauft. Da die Rente zu 44
weggegeben werden muß — die 5 procentige — wird es mit 11¹/₅ Procent verzinst.

5. November. Bericht an Moltke geschrieben. Zur Gesandtschaft. Unterwegs Dr. Castelnuovo getroffen, Leibarzt des Königs,
mein guter Freund vom vergangenen Jahr her. Er kommt eben aus
Paris und berichtet:

In Paris steht es sehr schlecht; Napoleon ist ganz dem
Einflusse der klerikalen Partei verfallen, und die Unzufriedenheit in der Hauptstadt, ja im Lande, ist in Folge dessen sehr
groß. Alle Demonstrationen von Seiten des Volks, deren Vorwand die
Theuerung der Lebensmittel ist, alle kleinen Reibungen, die vorkommen,
haben eigentlich politische Unzufriedenheit zum Grunde; auch die Zer-
störung der Stühle auf den Boulevards gehört dahin.

6. November. Morozzo ist sehr unzufrieden mit den Zeit-
läuften und zumal mit Napoleon's Gebahren; nun komme es darauf
an, meint er, ob die Franzosen jetzt nach Garibaldi's Entwaffnung,
da sie gar keinen Grund mehr haben zu bleiben, Rom verlassen

werden oder nicht; er glaubt Napoleon wolle eine Armee im Herzen Italiens in Rom haben, um ein Bündniß Italiens mit Preußen unmöglich zu machen. Das sei die eigentliche Absicht.

Diner bei dem Dr. Castelnuovo; zahlreiche Gesellschaft.

Garibaldi ist bei Mentana angegriffen worden, auf dem Marsche von Monterotondo nach Tivoli, das heißt nach Neapel.

7. November. Um ½8 Uhr zu Pallavicini, Abschied von ihm zu nehmen; er geht nun wieder nach Hause auf das Land. Ich fand beide, ihn und seine Frau, tief betrübt, aber gefaßt. Er ist überzeugt, daß das Unternehmen hätte gelingen können, wenn nur die nothwendigsten Geldmittel zu Gebote gestanden hätten. Die Garibaldiner waren, als sie bei Mentana angegriffen wurden, in dem traurigsten Zustande; seit fünf Tagen waren keine Lebensmittel vertheilt worden, und die Munition war in Folge der mangelhaften Bekleidung und Ausrüstung der Leute großentheils verdorben. Dennoch behaupteten sie das Feld siegreich, so lange sie es nur mit den päpstlichen Truppen zu thun hatten; die Franzosen haben das Gefecht entschieden.

8. November. Usedom sagt mir: „Unser König hat bei der Zusammenkunft mit dem Kaiser Franz Joseph in Oos die italienische Sache umgeworfen; er hat zu Franz Joseph gesagt: Garibaldi's und seiner revolutionären Unternehmungen könne er sich natürlich nicht annehmen, gegen den sei Frankreich durchaus im Rechte, nur wenn Napoleon weiter gegen Italien vorgehen wollte, würde er, König Wilhelm, zu erwägen haben, was zu thun sei." Franz Joseph hat das natürlich in Paris wieder erzählt, und nun weiß man da, daß man gegen Garibaldi ganz rücksichtslos einschreiten kann, „und Bismarck sitzt nun da und kann nichts weiter thun!" Wenn er Einsprache thun wollte, würde man ihm die Worte seines Königs entgegen halten. Italien ist aber nicht geschützt worden, wie unser König wohl meint; es ist in Rom besiegt und zur Unterwerfung unter Frankreichs Willen gezwungen worden. La Marmora's Eintritt in das Ministerium, von dem man spricht, wäre die vollständige Abhängigkeit von Frankreich.

Darin hat Usedom allerdings recht.

9. November. Die Möglichkeit eines Staatsstreichs wird verhandelt, und Gräfin Usedom erzählt, Madame Menabrea habe ihr gesagt: „Nous ne pouvons pas faire un coup d'état, nous n'avons pas le sou!" Sehr offenherzig! Einige Aeußerungen der Dame, die ich auf diese Weise erfuhr, waren mir aber merkwürdig als Zeichen, daß Menabrea nicht darauf rechnet sich halten zu können: Madame Menabrea spricht von Dingen, die man thun will, die geschehen sollen, falls ihr Mann Minister bleibt.

Die Gräfin äußerte gegen mich, Bismarck habe einen großen Fehler begangen, daß er Rattazzi nicht vollständig getraut hat: „now he howls over it! Usedom was right from the beginning." Der hat immer zum Vertrauen aufgefordert; aber Robert Golz ist schuld, der hat in Berlin Mißtrauen gegen Rattazzi eingeflößt.

Bismarck hat auch nach meiner Meinung einen Fehler begangen, den er wahrscheinlich jetzt einsieht und bereut: daß er es nämlich der Luxemburger Frage wegen nicht hat zum Kriege kommen lassen. Aber was sollte er denn jetzt thun? Etwa aus lauter Vertrauen zu Rattazzi sich kopfüber in einen Krieg stürzen, in dem Napoleon zur Erbauung der Bayern und Westphalen als Beschützer des katholischen Glaubens hätte auftreten können, und in welchem uns dann Italien ganz gewiß im Stich gelassen hätte, vorausgesetzt daß nicht sogar im letzten Augenblicke die piemontesische Consorteria das Ruder ergriffen und ein Bündniß mit Frankreich gegen uns zu Stande gebracht hätte?

10. November. Zur Gesandtschaft. Usedom sagt mir, daß Frankreich fortfährt hier den allerrücksichtslosesten Druck auf die Regierung zu üben, sie geradezu zu mißhandeln wegen der Besetzung des päpstlichen Gebiets, wie denn auch die italienische Regierung genöthigt gewesen ist ihre Truppen aus dem römischen Gebiete zurück zu ziehen.

Ich: Um so besser, daß Napoleon sich auf diese Weise Italien mehr und mehr zum Feinde macht.

Usedom: „Tanto meglio."

Schweitzer kommt, ich gehe mit ihm am Lung' Arno spazieren. Er sagt mir:

Frankreich bemüht sich und zwar in sehr brutaler gebieterischer Weise La Marmora in das Ministerium zu bringen, und zu gleicher Zeit bringt Frankreich auch auf einen absolutistischen Staatsstreich. Die jungen Leute von der französischen Gesandtschaft sagen, und Poujade wiederholt sehr laut: „Pourquoi réunir encore une fois le parlement?" Wozu sich diese unnütze Weitläufigkeit noch einmal machen? ein Staatsstreich mache sich viel bequemer ohne Parlament, und sehr deutlich tritt hervor, daß dabei die Besorgniß, parlamentarischer Einfluß könnte Rattazzi wieder zum Minister machen, eine sehr gewichtige Rolle spielt. Die jungen Leute sprechen sich sehr entschieden darüber aus, wie verdrießlich, ja unerträglich, eine solche Aussicht wäre. Menabrea dagegen entfernt sich mehr und mehr von Frankreich und wird infolge der Stimmung, die sich nach gerade seiner bemächtigt hat, keinen Staatsstreich machen; er ist einem solchen Schritte jetzt ganz entschieden abgeneigt. In Paris aber ist man nach wie vor sehr übel auf Italien zu sprechen. Der Notar Schweitzer schreibt seinem Sohne aus Paris: „On commence à en avoir assez du roi Victor Emanuel!"

NB. Menabrea entfernt sich von Frankreich, sehr natürlich! Er glaubte sich von Frankreich unterstützt, die gemeinschaftliche Intervention selbstverständlich eingeräumt, und kündigte mit Siegesbewußtsein ein energisches Regiment der Reaction an, das ein sublimes Princip der Autorität nöthigenfalls bis in seine äußersten Consequenzen zur Geltung bringen sollte. Die ansehnliche Verstärkung der Armee, die sogleich beschlossen und weiter geführt wurde, beweist, daß man sich, wenn nicht bestimmt auf einen Staatsstreich doch jedenfalls darauf gefaßt machte sich nöthigenfalls durch Gewaltmittel als Herrn im Lande zu behaupten. Nun sah sich Menabrea plötzlich von Frankreich verleugnet; die gemeinschaftliche Intervention wurde verweigert; Italien mit rücksichtsloser Brutalität behandelt; der Boden auf dem Menabrea zu stehen glaubte, schwand ihm unter den Füßen und der Effect war wunderbar.

Ich habe nie früher ein solches plötzliches Herunterstürzen aus hohen Himmeln mit angesehen. Alle Welt war plötzlich desorientirt. Menabrea wußte nicht, woran er sich nun halten, worauf verlassen sollte, fühlte sich schwach, seine Stellung unhaltbar und mag wohl auch das Gefühl haben, daß seine Pläne wenigstens unter diesen Bedingungen unausführbar seien. Nun ist er allerdings ein Anhänger Frankreichs, ist bemüht gewesen, die Heirath des Prinzen Humbert mit einer österreichischen Prinzessin zu Stande zu bringen und wäre auch bereit gewesen, die Tripelallianz Frankreich, Italien, Oesterreich herbeizuführen, die in früheren Zeiten sogar sein Lieblingsgedanke war; aber er ist bei alledem ein Italiener und hat ein Gefühl für die Würde seines Vaterlandes. Er sieht sich nun für seine Person getäuscht und betrogen, Italien beleidigt und gedemüthigt, wie er es nicht erwartete; natürlich ist er sehr erbittert gegen Frankreich und einem Staatsstreich abgeneigt der, eben weil das gegenwärtige Ministerium so gut wie gar keine Stütze im Lande hat und sich auf Frankreich stützen müßte, eine gesteigerte Abhängigkeit Italiens von Frankreich zur Folge haben würde.

„Menabrea will sich isoliren," sagte Usedom vor ein paar Tagen, indem er mir ein Circulair gab, in welchem der Minister den Herren des diplomatischen Corps mittheilt, daß er stets sehr erfreut sein wird, sie Sonnabends von 3—5 Uhr zu empfangen! Zwei Audienzstunden wöchentlich für das gesammte diplomatische Corps! Offenbar will Menabrea sich den Zudringlichkeiten der französischen Diplomaten entziehen. Da ist es denn auch wieder sehr begreiflich, daß die Franzosen sich bemühen La Marmora in das Ministerium zu bringen, den unter allen Bedingungen zuverlässigen und gehorsamen Anhänger und Diener, der für Italien gar keine andere Stellung begreift oder will, als die eines von Frankreich abhängigen Vasallenstaates. Auch wäre dieser La Marmora gerade der rechte Mann, der allein beschränkt genug ist unter allen, um den gewünschten absolutistischen Staatsstreich zu wagen. An diesem, und daß er so bald als möglich ausgeführt werde, kann den Franzosen aus vielerlei Gründen gelegen sein. Der Gedanke, daß die Ereignisse der letzten Wochen öffentlich im Parlamente zur Sprache gebracht werden könnten, daß parlamentarischer Einfluß nicht La Marmora sondern ein nationales Ministerium oder namentlich Rattazzi an die Spitze der Regierung bringen könnte, muß ihnen natürlich sehr verdrießlich sein.

Aber La Marmora kann und wird keine untergeordnete Stellung in irgend einem Ministerium annehmen; ihn in das Ministerium bringen wollen, heißt ihn an Menabrea's Stelle an dessen Spitze stellen wollen, und es liegt in der Natur der gegenwärtigen Verhältnisse, daß man das beabsichtigt.

11. November. Usedom, dem ich in der Straße begegne, läßt halten und steigt aus dem Wagen, um mir mitzutheilen, daß Sir James ihm genau dasselbe sagt, was mir Dr. Castelnuovo vor einigen Tagen schon gesagt hat:

Napoleon ist ganz dem Einflusse der klerikalen Partei verfallen. „Nun müssen wir ein anderes Mikroskop an unser Glas schrauben, um richtig zu lesen," meint Usedom; „anstatt wie bisher die Erklärung für sein Thun und Lassen in seinem persönlichen Character zu suchen oder in seiner besonderen dynastischen Stellung, müssen wir nun von dieser Thatsache ausgehen."

Das beschäftigt mich nachher noch lange. Dieser Umstand wirft ein helles Licht auf vielerlei, das bisher unerklärlich schien. So ist nun klar genug, warum Napoleon alles aufgeboten hat den Verkauf der Kirchengüter hier in Italien zu hintertreiben; warum er jede Anleihe Seitens der italienischen Regierung unmöglich gemacht hat, da die zu verkaufenden Kirchengüter die Sicherheit dieser Anleihe bilden sollten; warum er endlich auch der Bank von Frankreich nicht gestattet hat der hiesigen Bank die gewünschten 40 Millionen in Gold vorzuschießen. Es sollten ja wieder Anweisungen auf die Kirchengüter als Sicherheit deponirt werden.

Ebenso erklärt sich nun, warum Napoleon mit so brutaler Energie auf einen absolutistischen Staatsstreich bringt. Hat ihn Rom doch immer verlangt als Vorbedingung einer Versöhnung mit dem Königreiche Italien.

10. Sturz unb Neugestaltung des Ministeriums Menabrea.

13. November. Zur Gesandtschaft. Usebom sagt, Napoleon's Absicht bei der Conferenz geht bahin in Europa burchzuführen, was ihm in Amerika mißlungen ist, nämlich sich an die Spitze der latei= nischen Race zu stellen.*) NB. scheint mir etwas weit hergeholt. Furcht vor den katholischen Pfaffen und ihren Wühlereien soll die Regierungen zwingen sich bei der Conferenz zu betheiligen, benn natürlich werden die Pfaffen in jedem Lanbe, bessen Regierung sich weigert, die Weisung erhalten, biese Regierung ben Gläubigen als eine verworfene zu be= nunciren. Dieselbe Furcht soll bann auch die Regierungen bahin bringen auf der Conferenz zu Gunsten des Papstes zu stimmen.

Auch bei uns, meint Usebom, habe der Pfaffe wieder großen Einfluß gewonnen, man wage nicht ihm zu mißfallen.

NB. Schon vorgestern in ber Straße sagte mir Usebom: „nun haben wir die Conferenz und noch bazu in Rom." Er sah das Zu- stanbekommen ber Conferenz als gewiß an und war sehr unzufrieden bamit. Mir ist die Sache noch keineswegs so ausgemacht. Sollten wir auch die Conferenz, wie man bas jetzt nennt, en principe ange- nommen haben, so ist das wohl schwerlich ganz ohne Bebingungen geschehen und wahrscheinlich in ber Voraussetzung, baß sie boch nicht zu Stanbe kommt, baß sie bennoch an dem Wiberspruche Englanbs und Rußlanbs scheitert.

17. November. Ein Felbjäger geht heute Abend ab, ba be-

---

*) Um die immer kritischer werbenbe italienische Frage zu lösen ohne selbst eine Verantwortung zu übernehmen, beschloß Napoleon Anfang November 1567 eine europäische Conferenz vorzuschlagen. Die meisten Staaten verhielten sich jeboch ber am 9. November von bem Minister Moustier ergangenen Aufforderung gegenüber ablehnend. Bismarck erklärte sich von vornherein gegen ben Congreß und selbst die eifrigsten, persönlichen Bemühungen Benedetti's bei König Wilhelm vermochten Preußens Zustimmung nicht zu erwirken. Rußland erklärte sich im Princip einverstanden, währenb Englanb seine Einwilligung von der vorherigen Aufstellung eines Programms, mit bem Italien und ber Papst sich einverstanden erklärt hätten, abhängig machte. Da auch Italien und der Papst bem Vorschlage mehr ober weniger ablehnend gegenüberstanden, kam ber Congreß nicht zu Stanbe.

enbige ich meine nachträgliche Depesche an Keubell: wie sich von allen Seiten bestätigt, daß Napoleon ganz dem klerikalen Einflusse verfallen ist, und wie sich daraus seine Politik in Italien erklären läßt.

19. November. Hardman bei mir. Napoleon beginnt sehr uneasy zu sein; er fühlt daß er zu weit gegangen ist auf klerikalen Bahnen und daß er nicht mehr zurück kann, eben weil er schon zu weit gegangen ist. Seine Lage ist um so schwieriger geworden badurch, daß sowohl das Corps législatif als besonders der Senat sich in der bevorstehenden Sitzung sehr klerikal erweisen werden und ihren Kaiser auf dieser Bahn leicht weitertreiben könnten, als er ursprünglich gehen wollte.

20. November. Usedom sagt mir: Bismarck telegraphirt heute hierher: R. Goltz meldet aus Paris, daß La Marmora dort nicht für Italien arbeitet, sondern gegen Menabrea für Frankreich; ihn, den preußischen Gesandten in Paris hat er garnicht besucht. Hier arbeitet La Marmora auch wieder gegen Menabrea und gegen Italien für Frankreich; er bringt auf unbedingte Unterwerfung unter den Willen Frankreichs und zwingt in der That die gegenwärtige Regierung zu immer weiter gehendem Nachgeben. Italien wollte anfangs nur unter der Bedingung auf die vorgeschlagene Conferenz eingehen, daß die Franzosen vorher das päpstliche Gebiet geräumt hätten, und daß für Italien ein Gewinn an Gebiet in Aussicht stehe, vermöge dessen man sich der vollständigen Einheit Italiens nähere. Jetzt will man sich schon damit begnügen, daß man selber die Hoffnung ausspricht, die Franzosen würden wohl demnächst gehen und verlangt nur noch die Versicherung, daß Italien nicht gezwungen sein solle die Beschlüsse der Conferenz anzunehmen.

Der Cairoli, der verwundet und gefangen in Rom ist, erlebt dort ein unglückliches Schicksal. Wir haben in den Zeitungen gesehen, daß Pius IX., als er die Lazarethe besuchte, auch in den Saal getreten ist, in dem die verwundeten Garibaldiner liegen; auch an die hat er einige Worte gerichtet: es mögen wohl väterliche Ermahnungen in dem giftigen Styl der päpstlichen Kirche gewesen sein. Cairoli, der seinen Bruder hatte todtschlagen sehen, nachdem er sich bereits gefangen gegeben hatte, hat ihm in heftigen Worten ge-

antwortet. Nun erzählt mir Usedom, daß Cairoli sofort, wie der
Papst den Saal verlassen hatte, aus dem Lazareth fort in das Gefängniß gebracht worden ist — au secret! „Der Priester muß sich
rächen!"

Auch gab mir Usedom einen Brief von Schlözer aus Rom zu lesen:
Der Papst wollte anfangs nur unter der bescheidenen Bedingung auf
die Conferenz eingehen, daß der status quo von 1860 als
Basis angenommen werde, jetzt indessen hat er sich entschlossen
sich die Conferenz gefallen zu lassen, auch wenn nicht so weit gehende
Bedingungen erfüllt werden, denn, sagt Cardinal Antonelli zu Schlözer:
„Ce ne sera pas une conférence, ce ne sera qu' une
réunion pour échanger les idées." NB. Das verspricht
großen Erfolg.

Außerdem sagt mir Usedom: Napoleon treibt sein altes Spiel;
bullying ist seine Taktik. Er sagt in Berlin: nehmt doch an ohne
Weitläufigkeiten, Italien hat bereits angenommen, und hier läßt er
sagen: nehmt doch an ohne Zaudern, Preußen hat bereits ohne Bedingungen angenommen, die Conferenz nämlich. Bei der wirklichen
Nachfrage aber findet sich dann, daß Preußen die Conferenz zwar
„en principe" angenommen hat, sich aber, ehe es wirklich darauf
eingehen kann und will, Erklärungen über vier Punkte ausgebeten hat,
die bis jetzt unbeantwortet geblieben sind, und daß die italienische
Regierung die Conferenz eben auch nur „en principe" angenommen
hat, vorausgesetzt daß sieben Punkte beantwortet werden, über die sie
Erklärungen verlangt. NB. England sagt ganz entschieden nein!
Brillante Aussichten für die Conferenz.

23. November. Zu Hardman; erzähle ihm von Giovanni Cairoli; er weiß bereits ähnliche Dinge. Die verwundeten
Garibaldiner, die als Gefangene in die päpstlichen Lazarethe kommen,
müssen da vor allen Dingen beichten, ehe man sich um ihre
Wunden kümmert, das ist die Hausordnung (NB. daß sie Auf-
lehnung gegen den heiligen Vater als Hauptsünde beichten müssen,
läßt sich denken.) Diejenigen, die sich weigern, werden sofort aus dem Lazareth verbannt und in das Gefängniß
gebracht. So ist es namentlich auch einem gewissen Meyer, Civil-

Ingenieur in Livorno, wahrscheinlich jüdischer Abkunft, gegangen. Der weigerte sich zu beichten, weil er Protestant ist, und wurde darauf in's Gefängniß übersiedelt.

24. November. Was wir jetzt hier in Italien erleben, ist die Fortsetzung des nun schon fast tausendjährigen Kampfes zwischen Papst und Kaiser, zwischen geistlicher und weltlicher Macht. Die Bedingungen aber, unter denen dieser Kampf geführt wird, sind in unseren Tagen geradezu umgekehrt worden. Im Mittelalter, zur Zeit der Hohenstaufen, war die Sache des Papstes zugleich die Nationalsache der Italiener gegen die Fremdherrschaft, und darin lag zum großen Theil die Macht des Papstes; in unseren Tagen ist gerade umgekehrt der Papst mit der Fremde, bald mit Oesterreich, bald mit Frankreich, gegen die Nationalinteressen Italiens verbündet und darin liegt seine Schwäche. Diese veränderte Stellung der Kirche ist aber keineswegs eine Inkonsequenz, weit entfernt! Die Kirche kennt eben keinen anderen Zweck als sich selbst, ihre eigene Macht und Herrlichkeit; sie läßt keinen anderen als berechtigt gelten; alles andere sind nur Mittel, über deren Verwendung einzig und allein die augenblickliche Zweckmäßigkeit entscheidet.

Angelini getroffen. Der hat einen neuen Cavalleriesattel erfunden und ihn der französischen Regierung angeboten. Man fand seine Erfindung vortrefflich, der Kriegsminister wollte ihm einige Cavalleriesättel zur Umarbeitung zusenden: zu Angelini's Verwunderung aber kamen diese Sättel nicht. Leute, die in Paris Bescheid wußten, gaben ihm einen Wink, er solle dem General Fleury einen Besuch und ein hübsches Geschenk machen, dann werde es schon gehen. Angelini wagte aber doch nicht diesen Rath zu befolgen.

25. November. Hardman in der Straße getroffen. Die Franzosen verlassen wirklich Rom. Die Debatten im englischen Parlamente mögen wohl einigen Einfluß auf diesen Entschluß geübt haben. Uebrigens will das wenig sagen, so lange sie Civita Vecchia besetzt und große Vorräthe dort in Bereitschaft halten. Die Leute können sie schnell genug von Toulon aus wieder hinsenden.

Zur Gesandtschaft. Usedom kommt darauf zurück, daß seiner Ansicht nach unser König bei der Zusammenkunft in Dos die italienische

Angelegenheit verdorben hat. Da Franz Joseph meinte, Preußen
werde doch nicht Garibaldi unterstützen, soll unser König geantwortet
haben: nein! bewahre! Die revolutionären Mächte müßten unbedingt
unterdrückt werden, nachher, da könne man u. s. w. „Nachher" sei es
aber eben zu spät und nichts mehr zu machen gewesen. (NB. d. h.
da war Rattazzi gestürzt.) Napoleon's Kunststück bestehe eben darin,
daß er den sämmtlichen Souveränen mit der Revolution bange
mache, sie glauben lasse, daß ein gänzlicher Umsturz in unmittelbarer Nähe drohe, sich selbst aber als den Löwenbändiger darstelle,
der die gährenden Mächte niederzuhalten wisse. Er richte damit
viel aus.

Zeitungen: Garibaldi krank, wird nach Caprera entlassen.
Die Regierung muß das thun; sie kann nicht anders, denn wenn
Garibaldi im Gefängniß stürbe, würde kein Mensch in ganz Italien
an Vergiftung zweifeln.

26. November. Lange mit General Govone spazieren gegangen,
der mir sehr interessante Geschichten von dem Feldzuge 1859 erzählt.

Er meint, Napoleon III. habe ein bedeutendes Feldherrntalent,
nur hat er Rechnungsfehler gemacht, die ihren Grund in Mangel
an Detailerfahrung hatten. Im Kriegsrathe waren alle französischen
Generale gegen die Umgehung des rechten österreichischen Flügels über
Buffalora und Turbigo. Napoleon hat sich gegen alle Stimmen dafür
entschieden. Der Erfolg der Schlacht bei Magenta sei dadurch gefährdet worden, daß Napoleon sich aus Mangel an Erfahrung nicht
Rechenschaft zu geben wußte, wie viel Zeit ein gegebenes Truppencorps
braucht, um über eine Brücke zu defiliren, und daß in Folge dessen
nicht für eine hinreichende Anzahl Brücken gesorgt war. Eben dadurch ist auch der Erfolg der Schlacht verkümmert worden. Der
eigentliche Plan sei gewesen, gerade auf Lodi loszugehen, und geschah
das, so war wohl eine Hälfte der österreichischen Armee verloren,
aber es konnte nicht geschehen, weil die französische Armee zu langsam über den Ticino defilirte und während der Schlacht gar sehr
durcheinander gerathen war.

Daß Napoleon III. glaubt auf den Wegen der Klerikalen zu
weit gegangen zu sein, geht aus seiner Rede an das Corps légis-

latif und aus dem Rückzuge aus Rom klar genug hervor. Harbman's
Nachrichten waren ganz richtig; aber Napoleon wird zu seinem Schaden
inne werden, daß man von den Klerikalen nicht wieder
los kommt, wie und wann man will; daß sie die Hand
haben, sobald man ihnen den kleinen Finger gegeben hat.

E. bei mir. Erzählt aus Constantinopel, Serbien und Dalmatien. Aus seinen Mittheilungen geht hervor, daß die Slaven,
Serbien an der Spitze, im kommenden Frühjahre gegen die Türkei
losbrechen wollen. Man war schon im Begriffe Candia ganz aufzugeben; Koroneos war nach Griechenland zurückgekehrt; in wiederholten Berathungen ist dann aber doch wieder beschlossen worden die
Sache dort in Kreta hinzuhalten, d. h. den Aufstand im Gang zu
erhalten bis zur Zeit, wo der allgemeine Ausbruch erfolgen muß.
Darauf ist Koroneos dorthin zurückgekehrt. E. wird morgen oder
übermorgen nach Berlin abgehen. Die Briefe an Crispi, die er mitbringt, und zwar offen, sodaß ich sie gelesen habe, sind von dem
italienischen Consul in Belgrad, Scobasso, und von dem Obersten Dres-
cowitsch. Der österreichischen Militairgrenze und überhaupt Kroatiens
ist man vollständig gewiß, da die österreichischen Grenzer-Offiziere
und selbst, was mich am meisten wundert, der römisch-katholische
Bischof von Slavonien, der vielgenannte Stroßmayr, im
Einverständniß mit Serbien sind und handeln. Freilich
scheint die österreichische Regierung davon eine Ahnung zu haben,
wenigstens was die Offiziere betrifft, denn es sind vor einiger Zeit
etwa 20 derselben aus den Grenzregimentern weg in deutsche Regimenter, nach Böhmen oder Oberösterreich, versetzt worden. Doch
macht das keine wesentliche Störung. Die betreffenden Offiziere
werden suchen, im Februar auf Urlaub nach Kroatien und von dort
nach Belgrad zu kommen. Besonders aber besteht in Agram so
gut wie in Belgrad ein leitendes Nationalkomité; und
beide stehen mit einander in Verbindung. Längs der Grenze sind
auf türkischem Boden Gewehrdepots von mehreren Tausend Enfield-
gewehren auf einer geregelten Reihe von Punkten angelegt und bereits
mit dem Nöthigen ausgerüstet. Dorthin sollen die Grenzer über-
treten. In Belgrad ist bereits in serbischem Dienste ein Bataillon

von sechs Compagnien aus übergetretenen Grenzerunteroffizieren ge=
bildet; das soll, kompagnieweise zu den Waffendepots längs der
Grenze eingetheilt, die Cadres zu eben so vielen Regimentern liefern.
Die Offiziere sollen aus einer rumänischen Legion hervorgehen, die,
bereits in Belgrad gebildet, aus jungen Leuten besteht, die in Belgrad
eine dem Zwecke entsprechende Erziehung erhalten. (NB. die wohl nicht
von Weitem her sein wird.)

Crispi hat O. und seine Briefe sehr wohl aufgenommen und
ist sehr eifrig für die im Oriente vorbereitete Erhebung. (NB. Da
er nächster Tage Minister sein kann, ist das gewiß nicht unwichtig.)

Auch hier in Italien scheinen gewaltsame Dinge vorbereitet zu
werden. C. vermuthet, daß ein Komplott gegen Napoleon III.
bereits gebildet ist. Ein gewisser Cattabene in Neapel, „ein sehr
energischer Mann", scheine an der Spitze zu stehen. Zwei unter=
nehmende junge Leute sind in diesen Tagen von hier nach Livorno
zu Menotto Garibaldi gereist, um sich dann von da zu Cattabene
nach Neapel und von dort aus ohne Zweifel weiter nach Frankreich
zu begeben. Es könne sich wohl um Orsinibomben oder
dergleichen handeln.

Auf die Armee könne die Regierung für einen Staatsstreich gar
nicht rechnen. An der päpstlichen Grenze hätten mehrere
Corps mit großem Ungestüm verlangt gegen die Fran=
zosen geführt zu werden. Es sei beinahe zu Meutereien ge=
kommen; die höheren Offiziere hätten große Mühe gehabt die Leute
zu beruhigen.

1. December. Zeitungen. Es zeigt sich sehr deutlich, daß
Frankreich das alleräußerste thun wird, um La Marmora, den Mann
des postulirten Staatsstreichs, an die Spitze des Ministeriums zu
bringen, die Actionspartei aber und namentlich Rattazzi fern zu
halten. So hat Rouher in öffentlicher Rede erklärt, Frankreich
sei der Freund Italiens, „mais non pas de l'Italie de Garibaldi,
de Mazzini et de Rattazzi", mit anderen Worten, Frankreich ist
nur eines durchaus unterwürfigen Italiens Freund. Ungefähr so,
wie der Mensch der Freund seines Hundes ist, aber immer nur des
eignen, nie eines fremden. Augenscheinlich sind diese Worte in

der Absicht gesprochen Rattazzi's Wiederernennung unmöglich zu machen.

5. December. Zur Eröffnung des Parlaments. Es war Gedränge; das ganze diplomatische Corps ziemlich vollständig da. Von Menabrea's Rede, die sein Programm enthielt, wenig zu verstehen; aber das konnte man hinreichend wahrnehmen, daß der allgemeine Eindruck, den sie auf das Haus machte, ein sehr ungünstiger war, und dafür nahmen ihn auch die Diplomaten. Er hatte den Einfall in das römische Gebiet getadelt, geäußert, die Fahne der Freiwilligen sei nicht die Fahne Italiens gewesen. Dagegen protestirte Nicotera sehr entschieden und seine Worte wurden von einer sehr großen Anzahl Abgeordneter und von den öffentlichen Tribünen her auf das lebhafteste applaudirt. Landau sagte mir, das Königliche Dekret, vermöge dessen das gerichtliche Verfahren gegen Garibaldi niedergeschlagen wird, sei heute früh unterzeichnet worden. Das stand zu erwarten; es wäre aber klüger gewesen, es ein paar Tage früher zu thun.

6. December. Im Parlament. Ich erfuhr zuerst von dem portugiesischen Secretair de Souza Lobo, daß neben den Kandidaten der Regierung und der Opposition, Lanza und Rattazzi, noch ein dritter, Depretis, aufgestellt worden ist, und später wurde mir durch allerhand Notizen, die mir einzeln und abgerissen zukamen, nach und nach die Situation klar. Ein Theil der Actionspartei will unter Morbini's Führung nicht für Rattazzi stimmen. Die Gründe kann ich mir denken. Man wird wohl den unzuverlässigen Charakter des Mannes, sein zweideutiges Benehmen während Garibaldi's Römerzug und seine früheren Verbindungen mit Frankreich anführen. Morbini ist zudem ein persönlicher Freund Garibaldi's. Diese Fraction hat nun Depretis als Kandidaten aufgestellt.

Es waren bei der Abstimmung über die Präsidentenwahl 360 Deputirte anwesend. 165 stimmten für Lanza, 141 für Rattazzi, 45 für Depretis. Es mußte also nun zur Stichwahl geschritten werden. Die Tribüne war überfüllt von Diplomaten aller Nationen; es war dunkel geworden; der weite Saal wurde durch die Gaslampen an den Wänden herum schwach erleuchtet; die Spannung stieg auf das

höchste, denn es fragte sich nun, was die Fraction Morbini thun
würde.

Das Benehmen sowohl Malaret's, des französischen Gesandten,
als der jüngeren französischen Diplomaten war ganz auserlesen in-
solent; Frankreich will es, folglich geschieht es, war darin ausge-
gesprochen. Den Consorterialeuten war aber bis zum letzten Augenblick sehr bange. Sowie einige Abgeordnete, welche privatim die
Stimmen notirten, in dem Maße wie sie verlesen wurden, constatirt
hatten, daß Lanza eine Stimme über die absolute Majorität hatte,
stieg der Marquis Guerrieri freudestrahlend zu uns herauf, um uns
das glückliche Ergebniß zu verkünden. Schließlich hatte Lanza 194,
Rattazzi 154 Stimmen. Die Section Morbini ist daher offenbar in
der Lage überall den Ausschlag zu geben. Von ihr hängt der Gang
der Dinge und die Entscheidung jeder Frage ab.

Abends Rout bei Menabrea. Tautphoeus, bairischer Gesandt-
schaftssecretair, fragte mich, ob ich Rouher's Rede im Corps législatif
bereits gelesen habe, und meinte „Sapperlot! wie die auftreten!" Zu
Hause las ich dann diese Rede in der Zeitung; sie läßt allerdings in
Beziehung auf Deutlichkeit garnichts zu wünschen, ist aber als sehr
glückliches Ereigniß zu betrachten. Zunächst kann nun von der unseligen Conferenz nicht mehr die Rede sein, und dann! Je entschiedener sich Frankreich mit Italien verfeindet, desto besser.

7. December. Beim Diner in der Villa Capponi einen
wunderlichen kleinen Mann Namens Espagna getroffen. Dieser ist ein
Spanier und ein intimer, ja der intimste Freund Rattazzi's. Er
kommt aus Paris, wo er eine Reihe von Monaten zugebracht hat,
wie sich mir aus dem Gespräche ergab, als Rattazzi's besonderer, vertrauter Sendling. Als wir einander durch Gräfin
Usedom vorgestellt wurden, sagte er: „Oh! j'ai bien souvent entendu votre nom." Das fiel mir auf; ich kam später darauf zurück und erfuhr, daß ich auch in Paris in den Regierungskreisen als derjenige bezeichnet worden bin, der Garibaldi's Römerzug in Bewegung gesetzt und geleitet hat.

Ich erfuhr: Frankreich hat zuerst, als Rattazzi noch
Minister war, die gemeinschaftliche Intervention im

römischen Gebiete vorgeschlagen; Rattazzi hat sie abgelehnt. Er hat erklärt, Italien müsse allein interveniren; man könne sich verpflichten die Rechte des Papstes zu schonen und die definitive Regelung der römischen Frage, trotz des Einrückens italienischer Truppen, ferneren Unterhandlungen vorzubehalten, aber die Intervention einer französischen Militärmacht könne Italien nicht einräumen. (NB. Die Richtigkeit dieser Angaben ist nicht zu bezweifeln, denn eine solche Haltung ist sogar nothwendig bei der Gesammtpolitik Rattazzi's vorausgesetzt, der darauf ausging den Papst in Furcht zu setzen und dadurch geschmeidig zu machen. Die Furcht aber konnte leicht schwinden, wenn neben den italienischen auch französische Truppen einrückten.) **Rattazzi hat aber auch die schriftlichen Beweise in Händen, daß die Dinge sich so begeben haben und wird damit im Parlamente auftreten.** Napoleon's Minister Lavalette hat sich der zweiten, der Mentana-Expedition nach Rom widersetzt und ist deshalb aus dem Ministerium ausgeschieden.

Mir allein erzählt Espagna später: den Wink, den Victor Emanuel durch den Telegraphen erhielt, daß Frankreich die gemeinschaftliche Intervention, die einem Ministerium Cialdini verweigert wurde, zugestehen werde, sobald Menabrea als Ministerpräsident an der Spitze der Regierung stehe, den hat allerdings Plonplon gegeben, aber keineswegs nach eigner Ansicht und auf eigne Hand: er war vielmehr förmlich und ausdrücklich von dem Kaiser Napoleon autorisirt den König von Italien so zu belehren. Aber die Dinge änderten sich. Als der Papst von gemeinsamer Intervention hörte, ließ er oder Antonelli in Paris erklären, er wolle davon nichts wissen; das würde nur eine Wiederholung der vor wenigen Jahren in Umbrien und den Marken aufgeführten Comödie sein; **er werde aus Rom entfliehen, sowie ein italienischer Soldat den Boden des Kirchenstaats beträte.** Darauf großer Schrecken in Paris, die französische Regierung en émoi; um solch ein Unglück zu verhindern, wird Plonplon sofort desavouirt und zur großen Ueberraschung der italienischen Regierung durch de Moustier's mehr als brutale Note der augenblickliche Rückzug der italienischen Truppen gefordert.

(Welche Wunder doch der Statthalter Christi auf Erden be=
wirkt hat durch die einfache Drohung, er werde davon laufen!
Durch diese Drohung hat er früher hier Garibaldi's Verhaftung
bewirkt, und jetzt in Paris eine vollständige Umkehr der franzö=
sischen Politik.)

Für Menabrea zeigen sich nun ganz unerwartet günstige Aus=
sichten; er kann eine sehr feste, sogar glänzende Stellung gewinnen,
wenn er sich entschließen kann die Umstände zu benützen.

Zuerst hat sich La Marmora in diesen Tagen, glücklicher Weise
wenigstens auf lange Zeit unmöglich gemacht. Er hatte schon im
vergangenen Jahre einmal die Idee geäußert, Victor Emanuel
thäte am besten abzudanken; jetzt ist, wie sich ergiebt, in Paris
zwischen Napoleon und La Marmora verabredet worden,
daß Victor Emanuel abdanken soll. La Marmora hat aber
kein besseres und feiner angelegtes Mittel der Ausführung gewußt,
als zu dem Könige hin zu gehen und ohne Umschweife von ihm zu
verlangen, er solle abdanken. Darüber hat es zwischen beiden eine
scène très vive gegeben.

Der „Diritto“ veröffentlicht heute das Programm der Partei
Morbini. Da Krieg gegen Frankreich ebenso unmöglich sei, wie
Unterwerfung, blieben als einzige Möglichkeit übrig: zu protestiren,
das Recht Italiens auf Rom zu wahren, sich aber dem Thun und
den Anordnungen Frankreichs nicht zu widersetzen, dagegen aber auch
auf keinerlei Unterhandlungen weiter einzugehen, es lediglich Frank=
reich und dem Papste zu überlassen, wie sie sich einrichten und aus=
einandersetzen wollen, jedes Abkommen, das sie untereinander treffen,
zu ignoriren und keinerlei Verpflichtungen irgend welcher Art daraus
zu übernehmen.

9. December. Die Interpellationen Roms wegen sind an
der Tagesordnung. Aus den Zeitungen ersehe ich, daß Menabrea
weit entfernt ist die Politik anzunehmen, die ihm der Diritto an
die Hand giebt. Er glaubt immer, er müsse vor allen Dingen für
den Papst sorgen, und fragt die Linke, was sie denn, da sie Rom
fordert, mit dem Papste zu machen gedenke. Seltsamer Weise gab
Niemand die nahe liegende Antwort, daß eine italienische Regierung

und ein italienisches Parlament nicht für den Papst sondern für Italien zu sorgen hat.

13. December. Parlament. Die Italiener sprechen eigentlich alle gut, zumal ist der Vortrag immer ungezwungen und untadelich, aber sie kommen nie zu recht präcisen, praktischen Conclusionen und sind ungemein langathmig und redselig.

15. December. Ueber meine Herren Collegen vom diplomatischen Corps kann ich nur die Achseln zucken. Welche lebhaften Sympathien haben doch diese guten, wohlangezogenen Nullitäten für alle und jede Reaction, und wenn sie noch so dumm ist. Mit welchem Unwillen blicken sie auf die Linke des Hauses, als auf den Abschaum der Menschheit.

16. December. La Marmora stellt sich in wunderbarer Weise blos. Depretis sagt in längerer Rede unter anderem: die politische Lage würde günstiger sein, wenn der Krieg im vergangenen Jahre mit besserem Glücke wäre geführt worden; die Gelegenheiten hätten nicht gefehlt, aber die Männer hätten gefehlt, die im Stande gewesen wären sie zu benutzen. Dadurch fühlte sich der General beleidigt, und klagt, er sei vielen anonymen Angriffen ausgesetzt, er wünsche nur seine Gegner kennen zu lernen und sich gegenüber zu sehen. Da melderten sich schon zwei, Oliva und Brotero, als Verfasser solcher Artikel. Oliva ging soweit wiederholt zu erklären, er sei bereit dem General Rede zu stehen hier und auch außer dem Hause. La Marmora ließ es aber dabei bewenden.

Da man ihn aufforderte zu sagen, worüber er sich eigentlich beklage, erklärte er, man habe gesagt, die Schlacht bei Custozza sei eigentlich gewonnen gewesen, er aber habe aus Rücksichten der Politik den Sieg nicht benützen wollen. Das sei nicht wahr. (NB. Hier und jetzt hatte Niemand dergleichen gesagt.) Er habe nicht den Ehrgeiz „di salire sul Olympo", er verlange nicht nach Ruhm als großer Staatsmann oder „gran capitano", auch nicht als Revolutionär. (NB. Allgemeines Gelächter.) Er verlange nur nach dem Rufe „di onesto cittadino". Er mußte sich gefallen lassen, daß man von Seiten der Linken ihm erklärte, man habe ihn bisher stets mit

Schonung behandelt; da er es aber zu wünschen scheine, wolle man ganz gern auf eine parlamentarische Untersuchung seiner Kriegsführung eingehen.

17. December. Landau im Parlament getroffen. Ich äußerte gegen ihn: diese Debatte sei ein endloses Dreschen leeren Strohs; er erwiderte, sie bleibe dennoch keineswegs ohne Ergebniß, „es reift! es reift! Das Parlament discreditirt sich immer mehr im Lande."

NB. Also, ho capito! auch die Pariser Geldmächte, Rothschild, Mirès, Frémy ꝛc. drängen jetzt, ohne Zweifel von Napoleon dazu bestimmt, die italienische Regierung zu einem absolutistischen Staats= streiche, so gut wie Napoleon selbst und der Papst! Manches führte ohnehin auf eine solche Vermuthung, namentlich der Umstand, daß dieselben Herren sich dieses ganze Jahr über bemüht haben jede italienische Anleihe unmöglich zu machen. Jetzt bleibt mir vollends kein Zweifel!

18. December. Parlament. Rattazzi's Rede läßt erkennen, daß er für seine Person jeden Gedanken an eine Versöhnung mit der französischen Regierung aufgegeben hat. Ich erfahre, daß demnächst über die verschiedenen Tagesordnungen abgestimmt werden soll, die vorgeschlagen worden sind. Das Ministerium rechnet auf eine Ma= jorität von acht bis zehn Stimmen.

Schmitz sagt mir, die Finanzmänner in Frankreich seien der Meinung, daß das Kaiserreich nur noch etwa 18 Monate zu leben hat: „Il a fait son temps! — c'est fini!" — NB. Etwas über= trieben; sehr lange wird es freilich nicht mehr dauern.

22. December. Parlament. Der schwedische Gesandte theilt mir mit, das Haus habe sich in Permanenz erklärt, um jedenfalls heute mit den Interpellationen fertig zu werden. Viel Leute auf unserer Tribüne; große Aufregung; bei wiederholten Veranlassungen gewaltiges Lärmen im Hause.

Das Ministerium erklärt sich durch Menabrea mit einer von Bonsabini und Konsorten vorgeschlagenen Tagesordnung einverstanden, die allerdings ein sehr bestimmtes Vertrauensvotum enthält. Der

Präsident Lanza, offenbar sehr bemüht dem Ministerium durchzuhelfen, bringt sie unter allen vorgeschlagenen Tagesordnungen, trotz leidenschaft=lichen Widerspruchs, zuerst und vor allen zur Abstimmung. Der Er=folg entspricht aber seinen Erwartungen nicht.

Die Spannung während des namentlichen Aufrufs und der Ab=stimmung ist sehr groß. Botschaften, die von unten herauf gesendet und auf der Tribüne herumgeflüstert werden, verkünden bald Ma=jorität, bald Minorität, doch wissen wir das Ergebniß ein paar Mi=nuten vordem es unten laut verkündet wird.

Anwesend 408; des Stimmens enthalten sich acht, darunter taktloser Weise vor allen La Marmora, der sich unmittelbar vor der Abstimmung entfernte und zwar in recht auffallender Weise. Anstatt zur nächsten Thüre hinauszugehen, schritt er quer durch den Saal durch; man sollte sehen, daß er ging. 199 stimmten für die Tagesordnung, d. h. für das Ministerium, 201 dagegen, darunter die beiden Hauptklerikalen, Graf Crotti di Castigliole und b'Ondes Reggio. Diese beiden hatten Tagesordnungen eingebracht, denen zu Folge Italien erklärt hätte: Rom, seit vielen Jahrhunderten Haupt=stadt der katholischen Christenheit, könne nicht die politische Haupt=stadt Italiens sein. Diese beiden gaben den Ausschlag gegen das Ministerium!

Das Ministerium ist also gefallen, und nicht die Linke, nicht die Opposition hat es gestürzt, sondern La Marmora hat es ab=sichtlich fallen lassen. Warum? Das ist sehr leicht zu erklären; er will selber Minister werden, um die Gebote Frankreichs in Italien auszuführen. Und was diese Tagesordnung insbesondere anbetrifft, so ist er wahrscheinlich mit dem Auftrage aus Paris zurückgekehrt, es dahin zu bringen, daß Italien, ausdrücklich und förmlich, einmal und für immer auf Rom verzichtet.

23. December. Das Ministerium hat seine Entlassung ein=gereicht, und das Parlament ist bis zum 7. Januar vertagt.

24. December. Es scheint sich mehr und mehr zu bestätigen, daß Menabrea an der Spitze eines umgestalteten Ministeriums bleibt.

11*

Lord Clarendon*) ist hier durchgereist nach Rom, von Paris her, hat Usedom besucht, sich ganz entzückt gezeigt von dem „Kaiser", Napoleon III. natürlich, sowie von seiner „femme angélique!" und hat folgenden Unsinn zum besten gegeben: Der „Kaiser" kann etwas von seiner Energie verloren haben, dagegen ist eine bewundernswerthe olympische Ruhe und Klarheit über ihn gekommen, es ist eine Freude mit ihm zu verkehren! Er hat Lord Clarendon belehrt: die Aufgabe Englands und Frankreichs sei die Revolution in ganz Europa niederzuhalten. Er denke nicht daran sich eines bestimmten Einflusses in Italien zu versichern oder dem von ihm selbst proclamirten Princip der Nationalitäten untreu zu werden, aber Italien selbst müsse einsehen, daß er in den italienischen Angelegenheiten durchaus im eigenen Interesse Italiens handle; auch habe er in Italien „alle Leute von Stande" für sich und nur die „Kanaille" sei gegen ihn. Er handle im Interesse Italiens, aber freilich, wenn Italien sich auf die Revolution stützen und mit Preußen verbünden wolle, dann müsse er sich mit England vereinigen, um im Bunde mit England die Revolution und die Kanaille in ganz Europa zu Boden zu schlagen.

Der Repräsentant der Grundsätze von 1789 beruft sich auf „die Leute von Stande", als seinen natürlichen Anhang! Wie wunderbar naiv von einem englischen Staatsmann alle diese schönen Sachen vor einem preußischen Diplomaten auszukramen! Wahrscheinlich thut Lord Clarendon es in der Absicht zu imponiren und zu intimibiren. An sich aber ist die Sache nur allzu ernsthaft! Lord Clarendon ist der Königin von England persönlicher Vertrauensmann, und nun, nach seinen Aeußerungen ist vollends klar, welche Wege die englische Politik nehmen wird. Aber es wird mir nun wieder einmal recht klar, zum Erschrecken klar, wie schwer bewölkt der politische Himmel ist, wie bedenklich, wie gefährdet die Lage

---

*) G. W. Frederik Villiers Graf von Clarendon, vielfach als Gesandter, Staatssecretär des Aeußeren und in anderen politischen Stellungen thätig, wurde im Herbst 1867 in geheimer Mission nach Turin und Rom gesandt und hatte auf der Durchreise in Paris Aufenthalt genommen. Gegen Ende des Jahres 1868 fand er dann von Neuem Verwendung als Staatssecretär des Aeußeren.

von Europa! An Frieden ist nicht zu denken! Und die ganze Gefahr
hat eigentlich nur in der kleinmüthigen Stupidität Englands ihren
Grund! Wenn England das geringe an Muth und Verstand besäße, das
dazu gehört dem Kaiser Napoleon mit einigem Ernste zu sagen, er
werde wohl thun sich ruhig zu verhalten, dann schwände die Gefahr!
Aber das ist unter allem denkbaren vorzugsweise dasjenige, was nicht
geschehen wird. Lord Stanley hat zwar im Parlament erklärt,
England werde sich gegen den erklären, der den europäischen Frieden
stört, aber ohne allen Zweifel wird der Gegner Frankreichs in John
Bull's Augen unter allen Bedingungen der Schuldige, der Friedensstörer sein. Dummheit und Verblendung werden dafür sorgen.

Die englischen Grundaxiome: die Türkei muß aufrecht erhalten
werden; Oesterreich ist an sich ein nothwendiges Element des europäischen Gleichgewichts, und außerdem ist ihm ebenfalls um die Erhaltung der Türkei zu thun, folglich muß Oesterreich gehoben, sein
Einfluß, der wenigstens in Süddeutschland durchaus berechtigt ist, muß
hergestellt werden; Preußen ist ein unruhiger Friedensstörer, der gern
mit Rußland gemeinschaftliche Sache macht und nie etwas für die
Erhaltung der Türkei thun wird, folglich muß Preußen niedergehalten
werden. Alle diese schönen Petrefacten von Ideen werden es dahin bringen,
daß England als Verbündeter Frankreichs auftritt. Daran ist nicht
zu zweifeln. Es war ein Fehler, daß wir es nicht Luxemburgs wegen
haben zum Kriege kommen lassen.

25. December. Schweizer erzählt mir, Gualterio, Mari und
Provana sind ausgeschieden; geblieben sind Menabrea Aeußeres;
Cambray-Digny Finanzen; Berthole-Viale Krieg; und ich glaube
Broglio, öffentlicher Unterricht. Neu eingetreten: Caborna Inneres;
De Filippo Justiz; Cantelli öffentliche Arbeiten; Admiral Ribotti,
Marine. Barbolani hat zu ihm gesagt: das neue reconstruirte
Ministerium Menabrea werde sich auch nicht halten
können. Das muß wohl gewiß wahr sein, da Barbolani nichts zu
wagen glaubt, indem er es ohne Umschweife sagt.

1868.

Anfänge und schwankende Stellung des neuen Ministeriums.

1. **Januar.** Espagna kommt, offenbar in der Absicht mancherlei interessante Dinge mitzutheilen; erzählt auch mancherlei.

Menabrea hat den Versuch gemacht sein Ministerium aus den Reihen der „permanente", der Consorteria piemontesischer Staatsmänner, zu ergänzen; der König hatte den Grafen Ponza di San Martino bewogen, deshalb aus Turin hierher zu kommen. San Martino hat aber abgelehnt, oder vielmehr die permanente hat das ganze Ministerium und selbst den Auftrag ein Ministerium zu bilden für sich in Anspruch genommen. San Martino hat nämlich geäußert: Ein neues Ministerium zu bilden, das könne überhaupt nicht die Aufgabe desjenigen Ministers sein, der, wie Menabrea, gerade derjenige ist, der vor einer Majorität des Parlaments weichen muß.

Nun ist wieder alles auf dem alten Punkt; d. h. il n'y a rien de fait.

Espagna hat Briefe von Klerikalen aus Spanien, Frankreich und Rom. Er sagt, die Siegeszuversicht und der Uebermuth dieser Partei, nicht etwa bloß in Rom, sondern in ganz Europa, übersteige jede Vorstellung, seitdem sie Napoleon III. in ihren Netzen haben. Sie besprechen die Zertrümmerung Italiens beinahe schon als eine vollendete Thatsache; wenigstens so, als sei die etwas verzögerte Ausführung nicht der Beachtung werth. Daß der Kirchenstaat ganz in seinem alten Umfange hergestellt wird, versteht sich ganz von selbst.

Aus den Netzen dieser Partei kommt Napoleon nicht mehr los, so lange er lebt.

7. **Januar.** Espagna zum Frühstück bei mir; lange und wichtige Gespräche. Er sagt mir von neuem, daß auch in Paris sehr viel von mir die Rede gewesen ist; ich bin dort als der „Mephistopheles" bezeichnet worden, der Garibaldi in Bewegung setzt.

Den Stand der Parteien bezeichnet er mir etwas anders, als ich ihn dachte. Ich sehe oder sah in der Consorteria drei Abstufungen: die eigentliche Consorteria, die den König persönlich umgiebt und aus Piemontesen besteht, wo seiner Zeit Castiglione die Hauptperson war, und zu der Menabrea sowie Sartirana rc. zählen; die Piemontesen, die mit diesen Herren in verwandtschaftlichen Beziehungen oder Interessengemeinschaft stehen, und endlich drittens, die Stellenjäger aus allen Theilen Italiens, die sich diesen Kreisen anschließen und darin aufgenommen sein möchten.

Espagna stellt nun die persönliche Umgebung des Königs als politisch sehr unbedeutend vor.

Der piemontesische Abel, die zweite Stufe der Consorteria, bildet einen Verein, der sich förmlich constituirt hat als „Permanenter Wahlverein", daher der Name der permanente, und in der ausgesprochenen Absicht die Sonderinteressen Piemonts im Parlament und in der allgemeinen Politik Italiens zu vertreten. Zwischen der Permanenten und dem Könige persönlich ist nun eine Spaltung entstanden, die sich von der Verlegung der Hauptstadt nach Florenz her schreibt. Die Permanente wollte den Sitz der Regierung in Turin festhalten. Das konnte aber die Partei dem ganzen übrigen Italien gegenüber nicht unverhohlen aussprechen. Sie half sich damit, daß sie Rom laut und überlaut als die wahre, als die allein mögliche Hauptstadt des Reichs bezeichnete und erklärte, nur um nach Rom überzusiedeln dürfe die Hauptstadt aus Turin weg verlegt werden. Die Verlegung des Regierungssitzes irgend wo anders hin, namentlich hierher nach Florenz, sei implicite ein Verzicht auf Rom.

(NB. Durch diese Erklärung ist aber die Permanente Frankreich gegenüber in die schiefe Stellung gekommen, daß sie nicht mehr ausdrücklich auf Rom verzichten kann, wie Frankreich doch verlangt. Sie muß nun Rom als Hauptstadt Italiens in der Theorie fortbestehen lassen und sich darauf beschränken unter der Hand das Nöthige zu thun, damit diese stets anerkannte Theorie nie verwirklicht wird. Ausdrücklich und formell auf Rom verzichten, kann ja selbst der klerikale Menabrea nicht; das kann oder will überhaupt in ganz Italien Niemand als der beschränkte La Marmora.)

Diese Weiterung, die Entfremdung der Piemontesen ist dem Könige sehr peinlich, da er doch eigentlich nur in Piemont und mit Piemontesen leben kann.

In der dritten Abstufung der Consorteria, die man jetzt vorzugsweise die Consorteria nennt, unter den Genies die nach Einfluß und Stellung streben, sind auch mehrere Gruppen zu unterscheiden: die lombardische Consorteria, an deren Spitze Minghetti, Borromeo, Visconti-Venosta stehen; die toscanische unter Feruzzi, Ricasoli, Pepoli; die neapolitanische die von Massari und De Martino geleitet wird; doch soll der letztere wenig Einfluß haben.

An der Spitze der Permanenten stehen Ponza di San Martino und Ferraris, der eigentlich die Seele der Verbrüderung ist.

Espagna sagt natürlich nicht, daß im vergangenen Jahre Frankreich Ricasoli gestürzt und Rattazzi zum Minister gemacht hat; aus seinen Mittheilungen ersehe ich aber sehr deutlich, wie und woher der Zwiespalt zwischen Rattazzi und Frankreich entstanden ist. Wie nämlich Rattazzi sein Ministerium zu bilden und namentlich einen Minister des Aeußeren zu finden suchte, erhielt er von Diesem und Jenem, unter anderem auch von Visconti-Venosta, nicht nur ablehnende Antworten, sondern auch immer wieder ein und denselben guten Rath. Er wurde von allen Seiten auf Minghetti verwiesen. Rattazzi bemerkte, daß das Verabredung war, und daß man ihn ganz von der Consorteria abhängig machen wollte. (NB. Sollte er nicht auch von der französischen Gesandtschaft einen Wink erhalten haben, Minghetti zu wählen? Das ist mir wahrscheinlich.) Um sich eine gewisse Unabhängigkeit zu bewahren, griff Rattazzi zu dem Mittel seine ganze Verwaltung aus lauter Nullitäten zusammen zu setzen, wie Campello, und da er sich auf diese Weise einmal von der Consorteria entfernt hatte, zwang ihn dann die Gewalt der Umstände sich mehr und mehr auf die Linke zu stützen.

Ich: Da Rattazzi eine unabhängige und etwas gewagte Politik verfolgen wollte, war es aber ein Fehler, daß er die Armee so gänzlich hat verkommen lassen, wie geschehen ist.

Espagna: Rattazzi hatte dazu sehr wichtige Gründe. Ein Krieg zwischen Frankreich und Preußen schien wahrscheinlich; er wußte,

daß kein Consorteria-Ministerium ein Bündniß mit Frankreich ablehnen könnte oder würde, wenn Frankreich es mit Ernst und Nachdruck verlangte, von La Marmora und Menabrea gar nicht zu reden;
auch Minghetti und Feruzzi, ja selbst der ehrliche Ricasoli hätten das
nicht umgehen können. Er wußte ferner, daß er selbst, dem Bündniß
mit Frankreich abgeneigt, sich eben deshalb nicht werde behaupten
können, wenn der Krieg wirklich ausbrach, daß er alsdann einem
Consorteria-Ministerium werde weichen müssen, und er wollte die
Dinge so wenden, daß dieses Consorteria-Ministerium alsdann gar
keine Armee vorfand, daß gar keine Armee da war, die im Dienste
Frankreichs verwendet werden konnte.

NB. Weshalb eigentlich Rattazzi in der Nacht vom 19. zum
20. October seine Entlassung eingereicht hat, oder vielmehr am
20. October früh, darüber sagte Espagna gar nichts; der Punkt blieb
ganz unberührt, et pour cause!

Espagna: Rattazzi hatte dem König zu einem Ministerium
Durando gerathen während der letzten Krisis. Das wäre natürlich,
da der General Durando eine vollkommene Nullität ist, nur ein
maskirtes Ministerium Rattazzi gewesen. Das scheint man sich in
Paris gesagt zu haben; von dort aus ist an den König die
bestimmte Forderung ergangen, daß Menabrea Premierminister bleibe.

Der König Victor Emanuel fürchet in diesem Augenblicke Frankreich auf das Aeußerste und hat sich daher nicht nur den Wünschen
Frankreichs unterworfen, sondern auch zu Neujahr, obgleich er
Napoleon leidenschaftlich haßt, einen gratulirenden Schreibebrief geschrieben.

Das nothdürftig geflickte Ministerium Menabrea kann sich einige
Monate und bis zum Ausbruche einer ernsten europäischen Krisis erhalten, oder vielmehr es kann bis dahin vegetiren, weil die Linke
sich scheut eine neue und noch ernstere Krisis herbei zu führen, die
doch wieder ohne wesentliches Ergebniß bleiben müßte, wie die Sachen
nun einmal stehen, weil sie daher gewiß gern alles vermeiden wird,
wodurch das Ministerium gestürzt werden könnte.

Das Ministerium kann sich demnach halten, d. h. unter einer

Bedingung: es darf kein Vertrauensvotum von der Deputirtenkammer verlangen und muß alles meiden, was dem
ähnlich sieht.

Uebrigens ist es eigenthümlich genug, daß die französische Regierung
bemüht ist Menabrea an der Spitze zu erhalten, à défaut de La
Marmora versteht sich! Sie hat ihn getäuscht, sie hat ihn auf die
empfindlichste Weise bloßgestellt, sie hat ihn brutalisirt und mißhandelt,
sie hat ihn gradezu mit Füßen getreten und sie ist seiner dennoch
gewiß!

Aus Espagna's Darstellung geht hervor, daß zwei Individuen
in diesem Augenblicke ganz außerhalb aller alten Parteiverbindungen
stehen; nämlich La Marmora, der vor der Hand ziemlich isolirt ist
in Folge der französischen Aufträge, die er übernommen hat, und zu
denen sich nur sehr vereinzelte Klerikalen offen zu bekennen wagen,
und dann Rattazzi, der ehemals zur piemontesischen Consorteria, zur
Permanenten, gehörte und, durch den Gang der Ereignisse aus dieser
Stellung verdrängt, bemüht ist eine eigene Partei um seine Person
zu bilden.

Espagna: In Frankreich übt jetzt die Kaiserin Eugenie einen
sehr großen Einfluß; sie ist fanatisch klerikal und betreibt die Sachen
in weiblich leidenschaftlicher Weise; von Gründen ist nicht die Rede;
sie ist immer gegenwärtig im Ministerrathe, und wenn ein Minister
einen Vortrag hält, der ihr mißgefällt, macht sie sehr böse Gesichter
und trommelt unter dem Tisch so lange ungeduldig mit
den Füßen, bis der Minister schweigt.

Es wird von Seiten der französischen Regierung die Kunde
verbreitet, der König von Italien habe zur Zeit der Expedition
Garibaldi's und der Zerwürfnisse mit Frankreich den Versuch gemacht sich ganz in die Arme Preußens zu werfen; er habe die
Hilfe Preußens angerufen, persönlich deshalb an den König von
Preußen geschrieben, aber eine sehr entschieden ablehnende Antwort
erhalten. Napoleon habe die Beweise in Händen. Es wird von diesem
Versuche Victor Emanuel's den Beistand Preußens anzurufen gesprochen, als sei das eine Felonie, ein Treubruch, und mit Spott
und Hohn wird geltend gemacht, daß er mißlungen ist; da sähen

nun die Italiener, was dabei herauskomme, wenn sie sich auf jemand
anders als Frankreich verlassen wollten. Nebenher werden einige
Aeußerungen des Grafen Goltz angeführt, der wegwerfend von Italien
und von italienischer Einheit gesprochen haben soll.

10. Januar. Espagna kommt zu mir; ich mache ihn darauf
aufmerksam, daß jetzt nicht nur die französische und die päpstliche
Regierung hier auf einen Staatsstreich dringen, sondern auch die
Fürsten der Pariser Börse; die dortigen Geldmächte, die Pariser
Standesjuden, vor allem das Haus Rothschild.

Er bestätigt mir das. Auch gegen ihn hat sich Landau
wiederholt verrathen. Das einzig Wesentliche in der Umgestaltung des Ministeriums ist, daß Gualterio entfernt worden ist,
von dem alle Welt weiß, daß er auf einen Staatsstreich hinarbeitete
und trieb. Seine Entfernung sollte Italien über diesen Punkt beruhigen. Nun sagt Landau zu Espagna: es sei sehr zu bedauern,
daß Gualterio ausgeschieden ist, aber in etwa drei Monaten
werde er wohl wieder Minister sein.

Espagna: Man sucht den König jetzt zu dem zu bringen, was
man einen kleinen Staatsstreich, „un petit coup d'état" nennt.
Er soll die Verfassung, das Statut, nicht etwa aufheben, nein! bewahre! Er soll sie nur auf zwei Jahre suspendiren, nur auf
zwei Jahre die Dictatur übernehmen, um Italien in Ordnung zu
bringen. Diese zwei Jahre soll dann Victor Emanuel dazu benutzen, um das Gesetz zurückzunehmen, das Rom zur Hauptstadt
Italiens erklärt, und mit Frankreich einen Vertrag schließen, vermöge dessen Italien förmlich auf Rom verzichtet. Dann soll er das
Gesetz den Verkauf der Kirchengüter betreffend zurücknehmen, dagegen
die Steuern willkürlich um 200 Millionen jährlich erhöhen. Wenn
das geschehen ist, wenn auf diese Weise eine neue Grundlage für
den Credit geschaffen ist, dann verspricht Rothschild Geld so viel
man haben will.

Der König wird sich aber doch nicht zu einem Staatsstreiche
entschließen; er hat die Idee, daß Cialdini der einzige Mensch ist,
der ihn ausführen könnte, daß Cialdini allein das Ansehen, das
prestige in der Armee hat, das dazu erforderlich ist. Er wird sich

daher nie zu dem gewagten Schritte entschließen, wenn nicht Cialdini
die Hand zur Ausführung bietet. Das aber wird Cialdini niemals
thun. Der König hat ihn bald nach dem unglücklichen Feldzuge von 1866
deßhalb in Bologna sondirt. (NB. Der König hat damals alle bedeutenden Generale der Armee sondirt im Zusammenhange mit den
Unterhandlungen, die Castellani in Rom betrieb, aber nur von La
Marmora eine zustimmende Antwort erhalten; das weiß ich lange.)
Cialdini hat damals den Versuch sehr entschieden widerrathen und
geltend gemacht, er müsse und werde lediglich zum Vortheil entweder
der Klerikalen oder der Radikalen ausschlagen; die Klerikalen aber
würden als Sieger den König nach Turin zurückschicken, die Radikalen ihn ganz und gar vertreiben.

Der König war nicht ganz befriedigt von dieser Auseinander-
setzung und sagte zum Abschiede: „Generale, vi trovo oggi un pò
troppo dottore!"

11. Januar. Usedom der mich besucht meint, das Project den
König Victor Emanuel zur Abdankung zu bestimmen, sei nicht aufgegeben, man mache den Prinzen Humbert „mussiren" so viel man
könne. Der Prinz wird allerdings in so vielen Hauptstädten als
möglich zur Schau gestellt und man sucht ihn populär zu machen.

13. Januar. Déjeuner dinatoire in der Villa Capponi.
Lord und Lady Bloomfield; der spanische Gesandte Herzog von Rivas;
Zarco del Valle; Mme. Minghetti; Graf Piper; Baron Kübeck mit
seinem Sekretär Bruck und dessen Frau; Mr. und Mrs. Russell;
Lady Paget; General Malcolm cum suis. Usedom sagt mir, das
überlaute Friedensgeschrei, das jetzt von allen Seiten erhoben wird,
sei ihm sehr bedenklich, und im Zusammenhange damit sei ihm auch
bedenklich, daß die österreichische Gesandtschaft hier alles aufbietet
Italien zu dem festesten Anschlusse an Frankreich zu bestimmen. Kaum
nöthig, so lange Menabrea Minister ist. Preußen kann auf ein zu-
verlässiges Verhältniß zu Italien nur rechnen, wenn ein Ministerium
der Nationalpartei am Ruder ist.

Merkwürdiges Gespräch mit Malcolm. Ich erwähne, daß die
Engländer im Allgemeinen in gewissen fixen Ideen befangen sind, zu
denen unter anderem auch gehört, daß die Türkei als nothwendiges

Element des europäiſchen Gleichgewichts erhalten werden muß. Sie
thäten beſſer zu bedenken, was geſchehen muß, wenn des Reich der
Osmanen zuſammenbricht. „You ought to lay your hand on
Egypt.“ Er faßte mich beim Arme: „my dear fellow“, darüber
brauche ich mir keine Sorgen zu machen, das ſei bereits ge=
hörig eingeleitet. Er ſelbſt, Malcolm, ſei ſchon vor acht Jahren
mit mehreren Generalſtabs=Offizieren nach Egypten geſendet geweſen,
„and we have not been idle there.“ Es ergiebt ſich, daß
die Herren eine militäriſche Recognoscirungsreiſe in
Egypten gemacht haben. Der Paſcha von Egypten hat die Be=
ſorgniß geäußert, England ſei ſo gut wie Frankreich darauf aus ihm
ſchließlich ſein Land zu nehmen. Man hat ihm von Seiten Englands
verſichert: keineswegs! Das Land ſolle er behalten; England müſſe
und wolle nur einen Weg durch das Land haben. (NB. Mir ſcheint
eine Etappenſtraße gemeint zu ſein.) Die müßte allerdings England
gehören, aber man wolle ſie bezahlen und im übrigen den Paſcha
ſchützen.

NB. Es muß alſo ſchon über den Gegenſtand unterhandelt
worden ſein; ſonſt hätten ſolche Erklärungen nicht ausgetauſcht werden
können. Den Canal von Suez kann England nicht verlangen, es
wird alſo wohl eine Eiſenbahn=Etappenſtraße von Alexandria quer
durch das Land bis an einen guten Hafenplatz an der Küſte des
rothen Meeres gemeint ſein. Vermöge dieſes befeſtigten Hafens und
einer Flottenſtation im Rothen Meere auf der einen Seite und
Malta's auf der anderen wäre man dann ſo ziemlich Herr des Suez=
kanals. Da man aber mit ſolchen Plänen umgeht, wird England wohl
ſobald die Kriſis im Orient eintritt, weder ſehr lange, noch ſehr
weit, noch ſehr eifrig Hand in Hand mit Frankreich und Oeſterreich
gehen, um die wankende Türkei zu halten. Davon bin ich überzeugt.

Nach dem Frühſtücke ſang Mme. Minghetti am Flügel ſicilianiſche
und neapolitaniſche Volkslieder, und ſie ſang ſie wirklich hinreißend.

16. Januar. Espagna bei mir. Wir gehen mit raſchen
Schritten einer abermaligen Miniſterkriſis entgegen.
Die Miniſter möchten das Budget für 1868 en bloc angenommen
ſehen. Der Vorwand iſt, das müßte geſchehen, damit man Zeit ge=

winne das Budget für 1869 gehörig vorzubereiten und rechtzeitig zu berathen. Der wirkliche Grund aber ist ein anderer. Das Ministerium will die Abgaben für das ganze Jahr sicher gestellt haben, will das ganze Jahr über freie Hand haben in Beziehung auf die Herausgabung von Schatzbons, Transactionen mit der Bank u. s. w., kurz es will auf ein Jahr freie Hand haben in Beziehung auf das finanzielle Gebahren, um das Parlament auflösen und immer wieder auflösen zu können, wenn es sich nicht gefügig zeigt in Beziehung auf die umfassenden Finanzpläne, die von 1869 an den Haushalt des Staats regeln sollen.

Da diese Absicht hinreichend durchsichtig ist, glaubte ich das Parlament werde, um seinerseits Herr der Situation zu bleiben, der Regierung die Steuern nur provisorisch auf den Februar bewilligen. Zu meiner Ueberraschung versichert mir Espagna das Gegentheil; er nimmt die Sache selbst als untergeordnet und meint darüber werde kein Streit entstehen; das Budget für 1868 werde, so wie es das Ministerium verlangt, fast ohne Discussion bewilligt werden. Dann aber tritt die Regierung mit der Zumuthung auf 150 Millionen neue Abgaben zu bewilligen, und diese Millionen wird man der gegenwärtigen Verwaltung nicht gewähren. Das Haus Rothschild bringt vor allem auf eine solche Vermehrung der Steuern und verspricht Geld, verspricht Anleihen zu übernehmen und zu negociren, sobald sich dem Börsenpublicum nachweisen läßt, daß die italienische Regierung sich 150 Millionen neue Einnahmen jährlich verschafft hat, die als Zinsen für neue Anleihen verwendet werden können.

Eine neue Ministerkrisis steht also nahe bevor. Rattazzi wird aber das Ministerium alsdann nicht übernehmen, weil das einen offenen Bruch mit Frankreich herbeiführen würde, der vermieden werden muß. Rattazzi wird eben wie zur Zeit der letzten Krisis dem Könige zu einem Ministerium Durando rathen, das er selbst dann hinter den Coulissen regieren würde.

Uebrigens arbeitet auch Menabrea jetzt wieder auf einen Staatsstreich hin, so gut wie das Haus Rothschild und alle die anderen intriguirenden Mächte. Natürlich, das hatte ich erwartet! Ein absolutistischer Staatsstreich war das was Menabrea beabsichtigte, als er das Ministerium übernahm; er übernahm es ad hoc und ließ den Gedanken nur deshalb fallen, weil er sich durch die plötzliche, unerwartete Wendung in der Politik Frankreichs, Rom betreffend, aus dem Concept gebracht sah und für den Augenblick nicht wußte, an welche stützende Macht er sich halten sollte. Nun, da die römische Episode sozusagen geschlossen ist, da man sich von Neuem verständigt hat, da Menabrea sich abermals durch den Willen Frankreichs an die Spitze der Regierung gestellt sieht, kehrt er natürlich zu seinen ursprünglichen Plänen zurück.

Espagna: Er ist sogar bereits in diesem Sinne thätig gewesen und hat gesucht den Marchese Gualterio als Minister des königlichen Hauses wieder in das Ministerium zurückzuführen, dessen Ernennung war sogar schon beschlossen und unterzeichnet, Rattazzi hat sie aber dennoch durch seinen persönlichen Einfluß beim Könige glücklich hintertrieben.

Aber auch der eigentliche Plan Frankreichs den König zur Abdankung zu bestimmen, ist keineswegs aufgegeben; man denkt, daß unter dem Namen des Prinzen Humbert La Marmora als französischer Proconsul in Italien herrschen würde.

18. Januar. Usedom hat gestern einen sehr schmeichelhaften Brief von Bismarck erhalten, der die letzten Berichte sehr interessant gefunden hat. (NB. Das ist der natürliche Contrecoup der französischen Versuche Usedom ganz zu beseitigen.) Uebrigens äußert Bismarck ein großes Mißtrauen in Beziehung auf alle leitenden Persönlichkeiten hier in Italien ohne Ausnahme. Und desgleichen ein sehr entschiedenes Mißtrauen in Beziehung auf die Verbindungen, das Einverständniß, die zwischen Frankreich und Italien bestehen.

20. Januar. Der Bericht, den der Finanzminister Cambray-Digny heute in der Deputirtenkammer vorgetragen hat, muß den allerübelsten Eindruck gemacht haben. Der Minister weist nach daß, wenn, wie die Regierung verlangt, in dem bereits überbürdeten Lande, 180 Millionen neue Steuern bewilligt werden, das Deficit im Jahre 1869 nur 78 Millionen betragen werde. Von dem, was der italienische Handel vor allem bedarf, von einer Aufhebung des Zwangscurses, ist mit keinem Worte die Rede. Auch davon spricht die Rede nicht,

wie die bereits vorhandene schwebende Schuld beseitigt werden soll,
die mindestens 630 Millionen beträgt. Die rückständigen Steuern
betragen über 240 Millionen.

22. Januar. Gualterio ist nun doch zum Minister
des königlichen Hauses ernannt! Rattazzi's Sieg ist also kein
nachhaltiger gewesen! Offenbar hat Menabrea, nun da die römische
Episode geschlossen ist, da alles wieder in das alte Geleise kommt,
da er sich wieder von Frankreich unterstützt sieht, auch wieder Lust
und vorläufigen Muth zum Staatsstreich bekommen. Die Wohldienerei
der gegenwärtigen italienischen Regierung gegen Frankreich geht so
weit, daß in den ministeriellen Zeitungen feindselige Artikel gegen
Preußen erscheinen.

24. Januar. Espagna bei mir. Vielerlei besprochen.

Espagna: Gualterio's Ernennung hat sehr harte Kämpfe gekostet; Malaret, der Gesandte Frankreichs, verlangte sie peremptorisch.
(NB. Espagna leugnet nicht, daß auch das Haus Rothschild sehr
eifrig daran gearbeitet hat.) Der König hat sich auf das Aeußerste
gesträubt; es ist dahin gekommen, daß Menabrea seine eventuelle
Entlassung eingereicht hat. Der König hat eingewilligt und ist nach
Piemont gereist.

Zu meiner Verwunderung giebt Espagna auf meine Bemerkung
zu, daß Rattazzi's Gesetz, den Verkauf der Kirchengüter betreffend,
unausführbar war.

Aus — in das Parlament. Die Interpellation des Abgeordneten
Villa Gualterio's Ernennung betreffend war schon vorüber, ich ersah
aber später aus den Zeitungen, wie es dabei zugegangen ist. Die Leute
lügen hier mit einer unübertrefflichen Grazie; der Minister Caborno
hat gesagt: die Ernennung eines Ministers des königlichen Hauses
könne garnicht in der Kammer discutirt werden, denn sie sei ein
persönlicher Act des Königs, mit dem die Regierung, das Ministerium,
garnichts zu thun habe.

27. Januar. Aus; zur Gesandtschaft. Usedom sagt mir:
den ärgsten Druck übt Frankreich auf die italienische Regierung nicht
Rom's wegen, sondern wegen jeder Velleität sich mit Preußen zu
verbünden. So wie irgend etwas geschieht, was auch nur entfernt

eine Neigung zu bergleichen zu verrathen scheint, da erfolgen sofort
die äußersten Drohungen; da wird mit Absetzung gedroht, mit Zertrümmerung Italiens 2c.

Später in das Parlament. Marquise Pallavicini da; sie sagt
mir: Garibaldi ist nicht so kopflos in die römische Expedition gegangen, wie man glaubt; der Anstoß dazu ist garnicht von ihm ausgegangen, sondern von dem nationalen Comité in Rom, das ihn
bringend aufgefordert hat zu kommen; in Rom sei alles zum Aufstande bereit. In dem Hilfscomité, wo Giorgio Pallavicini präsidirte, hatte nicht nur Rattazzi seinen Crispi, sondern, wie sich nun
ergiebt, auch Malaret seine Spione unter den Mitgliedern, nämlich
die Herren Ricci und De Domenico.

31. Januar. Bigazzi bei mir; er fragt, was ich zu La Marmora's Brochure sage?

La Marmora hat diese Brochure drucken lassen, angeblich um
sein Nicht-mitstimmen am 22. December zu rechtfertigen. Dessen
ist aber darin so gut wie garnicht gedacht; der wirkliche Zweck der
Brochure tritt dagegen sehr deutlich hervor. Sie ist bestimmt ihm
den Weg zum Ministerium unter französischem Schutze und französischer Oberhoheit zu bahnen. Zu diesem Ende wird den Italienern
begreiflich gemacht, daß es für sie auf der Welt kein Heil giebt als
unter den schützenden Flügeln Frankreichs, und daß Frankreich sich
auch stets zuverlässig, großmüthig und edel, vor allen Dingen un-
eigennützig in seinen Beziehungen zu Italien erwiesen hat. **Preußens
Benehmen dagegen wird verdächtigt, als zweideutig,
hinterlistig und unzuverlässig dargestellt.** Nach meiner
Meinung wäre nicht eine Widerlegung der Schrift, wohl aber ein
einfaches offcielles démenti in Beziehung auf die Thatsachen
von unserer Seite nothwendig.

1. Februar. Fallner sagt mir, daß La Marmora's Brochure im hiesigen Publicum einen großen Eindruck
macht. Daran zweifle ich nicht im mindesten.

Die Italiener sind eben ein gar eigenthümliches Volk, dem
Deutschen schwer verständlich. Namentlich kann man sich in dieses
wunderliche Nebeneinanderbestehen des unbesiegbaren, krankhaften Miß-

trauens, das den Grundzug ihres Charakters ausmacht, und einer wahrhaft kindischen Leichtgläubigkeit nur schwer hineindenken. Dann sind die Leute aber auch in Folge der Art von Bildung, die sie erhalten haben, oberflächlich und leichtsinnig. Sich zu orientiren, zu ermitteln ob die Thatsachen, auf die sich La Marmora beruft, wahr sind oder nicht, das fällt keinem von ihnen ein.

6. Februar. Augenblickliche Situation: an dem sogenannten kleinen Staatsstreiche wird fortwährend von Seiten des Ministeriums mit demselben Eifer gearbeitet. In mehreren bedeutenden Städten des Landes, in Mantua, in Padua und mit geringem Erfolge auch in Mailand, sind Adressen in Umlauf gesetzt, die an die Deputirtenkammer gerichtet werden sollen, und in denen die Deputirten aufgefordert werden das unfruchtbare Gezänk über staatsrechtliche Theorien und Fragen der hohen Politik, das Parteitreiben, den Streit um politischen Einfluß und Persönlichkeiten, den Prunk unnützer Reden fallen oder ruhen zu lassen und sich ernstlich und einfach mit den wirklichen Geschäften des Landes, mit der Verbesserung der Verwaltung und der Herstellung der Finanzen zu beschäftigen u. s. w. Es ist die Regierung selbst, die diese Adressen in Umlauf setzt und möglichst viele Unterschriften dafür zu gewinnen sucht. Die Absicht dabei ist eine doppelte. Man will die Deputirten einschüchtern und sie durch die angebliche Stimme des Landes zwingen die neu verlangten Abgaben zu bewilligen und das Ministerium unangetastet zu lassen, glaubt aber überwiegend, daß dies nicht gelingen, daß die Kammer dennoch die Steuern verweigern werde, und will in diesem Falle die Adressen als Autorisation zu dem Staatsstreiche geltend machen.

Napoleon III. hat noch neuerdings in Paris gegen La Marmora geäußert: dans toute l'Italie je n'ai confiance qu'en vous seul. La Marmora aber, der den König geradezu aufgefordert hatte abzudanken, soll während der letzten Ministerkrisis eine Gelegenheit wahrgenommen haben dem Könige zu erklären, daß er unter seiner Regierung nicht mehr Minister werden könne und wolle. Ob das wohl wahr ist? Zur Abdication wird man Victor Emanuel jedenfalls niemals bringen.

Die Pläne der Klerikalen und der Legitimisten, die sehr übermüthig geworden sind, wie alle Briefe aus Paris und aus Rom bezeugen, gehen natürlich noch viel weiter; weit über Victor Emanuel's Absetzung hinaus. Diese Parteien und die Kaiserin Eugenie, die sich an ihre Spitze gestellt hat, wollen die Zertrümmerung Italiens und eine italienische Confoederation, an deren Spitze niemand geringeres stehen soll als der Papst.

Krieg und Frieden; ob ich an die Erhaltung des Friedens glaube?

Ich: Ja und nein! Bleibt der Orient ruhig, dann behalten wir auch wohl am Rhein Frieden; ich glaube aber nicht, daß der Orient ruhig bleibt.

Espagna: Nein, Rußland setzt ihn in Bewegung.

Ich: Das halte ich für einen Irrthum; der Orient regt sich, und nun sagt man, Rußland regt ihn auf; daß Rußland sich der Bewegung zu bemächtigen, sie zu beherrschen und zu benützen sucht, wenn sie einmal im Gange ist, das liegt in der Natur der Sache. Es ist eben der alte Irrwahn, der immer wiederkehrt. Wenn sich irgendwo eine großartige Volksbewegung regt, gefallen sich alle diejenigen, denen sie unbequem ist, in der Vorstellung, sie sei von diesem oder jenem künstlich hervorgerufen und um so zuversichtlicher, weil sich in der Regel nachweisen läßt, daß die eine oder die andere Regierung Agenten im Lande hat. Die sollen dann alles gemacht haben. Man vergißt dabei, daß solche Agenten nur unter Bedingungen, die viel gewichtiger sind als ihre Thätigkeit selbst, überhaupt irgend etwas bewirken können: „Lancez donc une étincelle dans une mine qui ne serait pas chargée; et vous verrez quel effet vous produirez." Espagna fand das Wort sehr treffend und tiefsinnig.

Ich: „Je suis porté à croire que le Casino à Naples a beaucoup plus à faire avec le soulèvement de l'Orient que les agents de la Russie." Das Casino hat Garibaldi nach Griechenland gesendet und zurückgerufen, es hat die Dampfboote zweier Compagnien verwenden können um die italienischen Freiwilligen nach Griechenland zu transportiren, ohne daß eine Zeitung dessen je erwähnt hätte.

Ueberhaupt: ich bin nicht Freimaurer und kann daher diese Dinge nicht näher verfolgen, aber mir scheint, daß die Freimaurerei hier in Italien eine politische Bedeutung hat, daß sie hier wie in Belgien organisirt und disciplinirt ist vorzugsweise um der klerikalen Partei entgegen zu arbeiten. Und ich finde das vernünftig und nothwendig, denn ich stimme überhaupt nicht ein in den Moderuf „Chiesa libera in stato libero" und halte insbesondere jeden Versuch diesen Grundsatz praktisch durchzuführen geradezu für eine Thorheit, solange man es mit einer kosmopolitischen Kirche zu thun hat, die ihren Mittelpunkt auswärts in einem unabhängigen, nur ihr unterworfenen Staate hat, unter einem kosmopolitischen absoluten Oberhaupte steht, als universeller Staat sehr stark organisirt ist und mehr als militärisch disciplinirt. Einer solchen Kirche gegenüber heißt jener Grundsatz nichts anderes, als daß man ihr die bürgerliche Gesellschaft wehrlos überläßt. Vereinzelte Individuen vermögen einer solchen Macht nicht zu widerstehen; es ist nothwendig, daß die widerstrebenden Elemente sich eben auch als Corporation organisiren und discipliniren.

Espagna: Die italienische Freimaurerei hat nicht nur eine politische Bedeutung, sondern sie steht auch in Verbindung mit den Logen der anderen Länder in denen die Freimaurerei eine ebensolche Bedeutung hat; namentlich mit den spanischen Logen. Die hiesigen Freimaurer wissen jede politische Bewegung vorher die in Spanien stattfinden wird. Sie wußten namentlich lange Zeit vorher, daß der 15. August der festgesetzte Tag für eine „Erhebung" unter dem General Prim war im vergangenen Jahre.

„Sollte La Marmora wieder Minister werden, so würde er vor allem Ihre (NB. d. h. meine) Abberufung von hier verlangen; entschiedener selbst als die des Grafen Usedom." In den Tuilerien am französischen Hofe war man im vergangenen Sommer nicht nur überzeugt, daß ich Garibaldi's Expedition nach Rom in Bewegung setze und leite, man glaubte sogar unsere, die preußische, Regierung habe Usedom ausdrücklich veranlaßt einen Urlaub zu nehmen, um mir ganz freie Hand zu lassen und damit hier Niemand sei, von preußischer

Seite, von dem andere Regierungen Explicationen verlangen könnten.

Espagna erzählt dann noch Anecdoten von La Marmora's Unfähigkeit. Er hat das Schlachtfeld von Custozza um 2 Uhr Mittags
verlassen und ist nach Goito zurück geritten; als ihm aber dort Cucchiari
auseinandersetzte, daß er sein Armeecorps unmöglich noch an demselben
Tage auf das Schlachtfeld bringen könnte, legte er sich nicht zu Bett,
wie Gräfin Usedom glaubt. Er war viel zu aufgeregt, um schlafen zu
können. Er sperrte sich da in ein Zimmer ein, ging wie ein Wahnsinniger darin auf und ab und rief einmal über das andere im
schönsten piemontesischen Patois: Oh! pover mi! nicht etwa povera
Italia! sondern immer nur: pover mi! pover mi! Die Officiere,
die im Zimmer nebenan geblieben waren, hörten das ganz deutlich.

Der Admiral Persano hatte von der Regierung den Befehl die
Eisenbahn bei Triest zu zerstören und die österreichische Flotte in dem
Hafen von Pola zu blockiren; er that keines von beiden, weil er von
La Marmora den gerade entgegengesetzten, geheimen Befehl hatte
weder Triest noch die dalmatische Küste zu berühren. Frankreich und
England wollten das nicht haben.

Gesandtschaft; ein Courier aus Berlin angekommen; bringt auch
für mich mehreres mit; alles vertraulich.

Eine Abschrift der Instruction, die Usedom erhält.

„E. E. übersende ich durch den königlichen Feldjäger vertraulich
die neuerdings hierher gelangten Berichte der königlichen Missionen
in London und St. Petersburg, aus welchen Sie entnehmen werden,
wie man an jenen Orten die italienischen Zustände beurtheilt. Wir
haben mit Bedauern daraus entnommen, daß das Vertrauen auf
Italien nicht unerschüttert geblieben ist, und daß man an jenen Orten
nicht ohne Besorgniß auf Italien blickt und zwar weniger mit Rücksicht auf die von Außen kommenden Angriffe gegen die italienische
Einheit, als wegen der Gefahren, die ihr aus den inneren Schwierigkeiten drohen könnten. Es spricht sich darin die Ueberzeugung aus,
daß Italien nur durch eine ruhige und besonnene Entwickelung im
Inneren und durch das Vermeiden aller Anlässe zu gewaltsamen und
erschütternden Ereignissen eine Krisis verhüten könne, welche von

manchen Seiten in Aussicht gestellt und von den Gegnern Italiens
mit Hoffnung begrüßt wird."

„Wir selbst theilen diese Befürchtungen nicht und halten die
Schilderungen für übertrieben und tendenzmäßig gefärbt. Wir er-
achten die italienische Einheit zu fest begründet in einem tiefen und
realen Bedürfniß der Nation, als daß wir dieselbe für so leicht
wieder zu beseitigen halten könnten. Aber mit je lebhafterer Sympathie wir dieselbe begleiten, und je mehr wir den Bestand und die
Befestigung als ein wichtiges Element im gegenwärtigen europäischen
Staatensystem erkennen, um so mehr wünschen wir alles vermieden
zu sehen, was dieselbe gefährden könnte; und, ungeachtet unserer
Ueberzeugung von der Uebertreibung der angedeuteten Schilderungen,
können wir uns doch nicht verhehlen, daß die Consolidirung der
inneren Verhältnisse, die Verschmelzung der verschiedenen Bestand-
theile, nicht diejenigen Fortschritte gemacht hat, welche alle Freunde
Italiens wünschen."

„Wie sehr Italien Ursache hat, uns zu diesen wahren und aufrichtigen Freunden zu zählen, davon haben wir thatsächliche Beweise
gegeben. Eben diese Freundschaft giebt uns den lebhaften Wunsch
ein, daß Italien, die Nation wie die Regierung, sein nächstes Interesse
darin erkennen möge, vor allem sich in sich selbst zu kräftigen, seine
Einheit zu consolidiren, die südlichen Provinzen fest mit dem Norden
zu verketten, die Finanzen zu regeln, und durch die Förderung des
materiellen Wohls in allen seinen Provinzen den widerstrebenden
Elementen das lebendige Bewußtsein von den immensen Wohlthaten
zu geben, welche die unter schweren Kämpfen gewonnene Einheit zu
gewähren vermag. Es ist genau in diesem Sinne, daß wir selbst die
Einheitsbestrebungen der deutschen Nation uns angeeignet und gerade
durch eine besonnene Selbstbeschränkung auf einen Weg geführt haben,
auf dem wir nicht allein im Innern die glücklichsten Resultate erzielt,
sondern auch, wie wir uns schmeicheln dürfen, nach Außen hin ein
Vertrauen gewonnen haben, welches nicht leicht wieder erschüttert
werden kann."

„Es ist unsere feste Ueberzeugung, daß durch ein solches Verfahren
es der italienischen Regierung gelingen werde, nicht nur die gewonnene

Stellung zu behaupten, sondern auch ihren Bundesgenossen, und uns vor allem die Anlehnung zu bieten, welche zu gewähren die Regierung durch die Kräfte einer hoch entwickelten Nation von 25 Millionen, welche von großen historischen Erinnerungen gehoben werden, befähigt ist."

„Wir glauben in der bisherigen Haltung des Ministeriums Menabrea das Bestreben zu erkennen in dieser Richtung sich zu bewegen und sich von den Einflüssen extremer Parteien frei zu machen. Dies Bestreben verfolgen wir mit unseren aufrichtigen Wünschen und ich ersuche E. E. es sich zur Aufgabe zu machen in diesem Sinne und in der Weise, welche durch nähere freundschaftliche Beziehungen und durch die Ihnen wiederholt ertheilte Instruction über die Absichten S. Majestät des Königs bedingt wird, auf die königlich italienische Regierung einzuwirken. Bismarck."

In einfaches Deutsch übersetzt: Wir sollen uns bemühen die nationale Partei von neuen Versuchen auf Rom zurückzuhalten und die italienische Regierung von einem Staatsstreiche, und zwar ist das letztere das, warum es sich eigentlich handelt. Der „Glaube" an das Ministerium Menabrea steht dabei nicht so unbedingt fest.

7. Februar. Um 5 Uhr zu Espagna.

Espagna: In diesem Augenblicke besteht kein eigentliches bestimmt formulirtes Bündniß zwischen Frankreich und Italien, aber solange Menabrea oder vollends La Marmora Minister ist, braucht Napoleon auch ein solches Bündniß garnicht. Er kann, wenn er den Augenblick gekommen glaubt, einfach der italienischen Armee den Befehl zur Mobilmachung geben, gerade wie der französischen, und der Befehl wird ohne weiteres befolgt werden.

12. Februar. Erst war Hauptmann v. Möller lange bei mir. Wir verabredeten zusammen in die Bersaglieri-Caserne zu gehen, da uns Govone neulich gesagt hat, daß das eine der beiden hiesigen Bataillone bereits mit neuen, d. h. mit den umgearbeiteten Minisgewehren ausgerüstet ist, wir diese also sehen können. Er sagt, es wird auch noch an einem anderen, ganz neuen Gewehre gearbeitet, und damit thut man sehr geheim.

NB. Das in ein Zündnadelgewehr umgearbeitete Miniégewehr, mit dem wir es für den Augenblick zu thun haben, ist also nur eine provisorische Bewaffnung der italienischen Armee; die definitive Bewaffnung soll früher oder später, jedenfalls in nicht allzu entfernter Zeit, das neue Gewehr sein. Um so beachtenswerther ist es, daß unter diesen Umständen der ganze vorhandene Munitionsvorrath für das provisorische Gewehr umgearbeitet wird, auf die Gefahr hin ihn, wenn es noch längere Zeit Friede bleibt, wieder umarbeiten zu müssen für das neue Gewehr. Es scheint in jeder Weise, daß man darauf rechnet diese Munition sehr bald zu brauchen.

Möller erzählt von Paris; er ist sehr gegen Robert Goltz eingenommen, der viel Schaden thue, und sehr stolz darauf sei den Frieden erhalten zu haben in der Luxemburger Krisis. Er, Goltz, hatte das Abkommen, das beliebt worden ist, mit Moustier verabredet, ohne wirklich dazu ermächtigt zu sein. Während sein Bericht darüber nach Berlin unterwegs war, erhielt er von dort den Auftrag der französischen Regierung ein Ultimatum vorzulegen und innerhalb vierundzwanzig Stunden eine Antwort zu verlangen. Robert Goltz erbat sich durch den Telegraphen himmelhoch die Erlaubniß das nicht thun zu dürfen; man solle in Berlin erst seinen Bericht abwarten, ehe man einen definitiven Entschluß fasse. Darauf wurde dann das Abkommen in Berlin gut geheißen. NB. Das wäre nicht geschehen, wenn Bismarck nicht damals den Frieden selbst sehr entschieden gewollt hätte; Robert Goltz zu desavouiren, wäre sonst für ihn kein großer Entschluß gewesen.

Später kam der ehemalige Ministerpräsident Baron Bettino Ricasoli zu mir und blieb lange. Wir sprachen nicht eigentlich über Politik, wohl aber über Italiens Lage und mögliche Zukunft im allgemeinen. Er gab zu, daß die endliche Lösung der römischen Frage und des Zwiespalts zwischen Staat und Kirche nicht eine bloß mechanische sein könne; daß eine innere Reform der Kirche nöthig sei, daß Italien eines neuen Arnold von Brescia oder Savonarola bedürfe, aber er meinte, damit dieser neue Savonarola einen günstigen Boden finde, dürfe dann auch nicht der religiöse Indifferentismus in

Italien herrschen, der da jetzt einheimisch sei; es müsse den Leuten Ernst sein um die Religion; und der Sturz des pouvoir temporel des Papstes könne jedenfalls ein acheminement sein zu einem besseren Zustande, da er die Kirche zwingen werde sich auf einen anderen Boden zu stellen.

13. Februar. In Uniform zum Palast Pitti zu einem militärischen Diner, das der König einmal im Jahre veranstaltet, und zu dem dann auch die fremden Militärbevollmächtigten entboten werden. Die schönen wahrhaft fürstlichen Räume, die sich der Bürger Bartolomeo Pitti eingerichtet hatte, kommen dabei sehr zu statten. Großartige Treppe, großartige Räume, durch die man wandert; überall eine zahlreiche Dienerschaft. Wunderlich ging es zu als der König erschien; von Cercle war nicht entfernt die Rede; er schritt rasch und schweigend durch den Saal ohne sich auch nur zu verbeugen, ließ nur einen Blick über uns hingleiten, und die Gesellschaft folgte, auch ohne sich sonderlich zu verbeugen, seinen Schritten nach dem Speisesaale, so wie er durch die andere Thür verschwunden war; die Tafelmusik war bereits losgegangen und schallte uns rauschend genug entgegen.

Die prächtig servirte lange Tafel unter einer langen Reihe von Kronleuchtern in einem weiten schönen Saale nahm sich sehr gut aus. Hinter jedem Stuhle ein Diener in der Livree des Hauses Savoyen, Scharlach und Gold. Der König aber kam aus den Eigenthümlichkeiten nicht heraus. Er saß in der Mitte der Tafel, an der einen langen Seite, mir schräg gegenüber, speiste aber nicht mit; er hält seine Mahlzeiten zu seinen eigenen Stunden und speist namentlich wirklich zu Mittag, d.h. er hält seine Hauptmahlzeit in dem Augenblicke, wo die Sonne den höchsten Punkt ihrer täglichen Bahn erreicht. Und man sollte wissen, daß er nicht mitspeiste; er hatte gar kein Couvert vor sich. Seine Hände, ziemlich dunkelbraun, von der Modefarbe, die jetzt Bismarck foncé genannt wird, lagen ohne Handschuhe vor ihm auf dem Tisch, gewichtig wie die Tatzen eines Löwen, und ingrimmig sah er seine Gäste an, die nicht schnell genug aßen. Denn schnell mußte die Sache gehen, wenn er nicht ganz und gar die Geduld verlieren sollte. Auch servirte die Dienerschaft mit einer Virtuosität und Behendigkeit, die bei den Gästen eine ähnliche Virtuosität im

Schnellessen voraussetzte. Wer nicht mitkommen konnte, mochte zusehen. Dazu Tafelmusik.

14. Februar. Abends bei Menabrea. Der amerikanische Gesandte Marsh, ein ruhiger verständiger Mann, machte mich mit dem
Admiral Farragut bekannt und zwar mit empressement, in einer
Weise die zeigte, daß ihm daran lag, daß ich den Mann kennen lernte.
Mein Gespräch mit Farragut über den Krieg in Amerika blieb aber
ziemlich unbedeutend. Seine Bildung scheint eine echt amerikanische
zu sein. Er erklärte sehr unumwunden und ohne allen Rückhalt, daß
ihn das prächtige Ameublement und die modernen Luxusgegenstände
in Demidow's prachtvoller Villa zu S. Donato mehr begeistert hätten
als die Florentiner Galerien; in Beziehung auf die sei er perhaps
not competent, von der prachtvollen Villa aber war er ganz begeistert.

15. Februar. Espagna bei mir. Er ist auch mit dem General
Cialdini befreundet, mit dem er spanisch spricht, den er mit „Don
Enrique" anredet. Dem hat er neulich gesagt, daß in Turin hundert
Millionen Flintenpatronen angefertigt werden. Cialdini, im höchsten
Grade überrascht, rief im ersten Augenblick aus: „die sind nicht
für uns, die sind für die französische Armee." Später
fügte er hinzu: „Sind sie für uns, so ist das unser Bündniß
mit Frankreich." (NB. Das heißt, ein Beweis, daß ein solches
Bündniß besteht.) Zum Schlusse bemerkte Cialdini: „Sie sehen wie
ich mit der Regierung stehe; Sie (NB. d. h. ein Civilist) müssen mir
die militärischen Neuigkeiten mittheilen; ich weiß nichts davon."

Alles sehr beachtenswerth! Und nun soll vollends La Marmora
wieder nach Paris gehen um über Rom zu unterhandeln. La Marmora beschränkt sich bei solchen Sendungen, wie behauptet wird,
niemals auf seinen Auftrag, er treibt immer Politik auf eigene
Hand. Er geht überhaupt nie nach Paris, was auch sein Auftrag
sein mag, um dort die Interessen Italiens zu vertreten, sondern
einfach um Napoleon's Befehle in Empfang zu nehmen und dann
hier in Italien durchzusetzen, daß sie befolgt werden.

21. Februar. Wie die französische Regierung auf der einen
Seite bemüht ist Rattazzi gänzlich zu vernichten, so bietet sie auf der
anderen alles auf La Marmora zu heben.

26. Februar. Usedom sagt mir: La Marmora will nach Paris gesendet sein, Menabrea und den Ministern ist das aber bedenklich; sie wollen ihn nach London oder nach Wien senden, „da ist er weniger gefährlich!"

NB. Bisher, oder wenigstens bis ganz vor Kurzem, war La Marmora's Sendung nach Paris selbstverständlich, nach London war Minghetti bereits officiell besignirt, die Sache muß also den Ministern in ganz neuester Zeit bedenklich geworden sein; vielleicht oder wohl ohne Zweifel in Folge der großen Anstrengungen die Frankreich macht den Mann zu heben, den La Marmora.

Ich: Wir sind aber auch mit Menabrea nicht sicher vor einem Bündnisse Italiens mit Frankreich gegen uns. Menabrea wird es nicht suchen, aber er kann dahin gedrängt werden.

Usedom giebt das unbedingt zu.

29. Februar. Faltner sagt mir, die heutige „Opinione", die in solchen Dingen nicht leichtsinnig ist, bringt die Nachricht, der sogenannte Prinz Napoleon gehe mit einer diplomatischen Sendung nach Berlin und zwar namentlich um auf die Erfüllung des Prager Friedens, auf die Rückgabe Nord-Schleswigs an Dänemark, zu bringen.

Gespräch mit Turri über die Lage der italienischen Finanzen; ich gewinne die Ueberzeugung, daß die Finanzmaßregeln des Ministeriums, namentlich die Mahlsteuer, in der Deputirtenkammer durchgehen werden, anstatt, wie man noch vor Kurzem glaubte, den Sturz des Ministeriums herbei zu führen. Die neuen Auflagen werden votirt, das ist gewiß: aber werden sie auch bezahlt werden? Das ist eine andere Frage und scheint mir sehr zweifelhaft! —

1. März. Espagna bestätigte mir, daß es zweifelhaft ist, ob Plonplon zur Hochzeit des Prinzen Humbert nach Italien kommt, dagegen aber gewiß, daß er in diplomatischer Sendung noch vorher nach Berlin geht. Ein Freund in Paris, der es unmittelbar aus Plonplon's eigenem Munde hat, schreibt das dem Espagna und dieser will von mir wissen, welche Antwort Plonplon wohl in Berlin erhalten wird. Der Gegenstand der Sendung ist nämlich aller Wahr-

scheinlichkeit nach Schleswig. Bismarck wird antworten, was er schon einmal geantwortet hat, daß nämlich Frankreich gar kein Recht hat in Beziehung auf die Ausführung des Prager Friedens mit zu reden.

2. März. Zu Barbolani. Der Friede wird wohl für dieses Jahr erhalten bleiben. Preußen thut alles Mögliche, um die russische Regierung zur Mäßigung in der orientalischen Sache zu bestimmen; es macht in Petersburg darauf aufmerksam, daß ein rasches Vorgehen in der orientalischen Frage das „faisceau des puissances occidentales", welches die preußische Regierung bemüht sei zu lösen, gerade bestimmen würde sich fester zusammen zu schließen.

NB. Die Leute hier sind also glücklicher Weise durch ihre eigene Diplomatie zu gut unterrichtet über das, was wir in Petersburg thun und treiben, um sich durch das täuschen zu lassen, was ihnen die österreichische und wohl auch die französische Regierung von einem russisch-preußischen Bündnisse vorspiegeln.

Barbolani: Rußland sieht auch wohl, was es wagt, da es im Orient Frankreich, Oesterreich und England vereinigt gegen sich haben würde; England namentlich sehr entschieden. Auch ist Rußland jetzt sehr entschieden bemüht die Bewegung im Orient zurück zu halten.

NB. Sollte England wirklich unter Lord Stanley's Leitung geneigt sein aus seiner kleinmüthigen Neutralität heraus zu treten und an den europäischen Angelegenheiten energischen Antheil zu nehmen, wie vor Zeiten? Für Recht der Nationen, Vernunft, die Bedürfnisse der Zeit in Geist und Sinn der fortschreitenden Weltgeschichte gewiß nicht! Wohl aber für irgend ein unsinniges verknöchertes Tory-Vorurtheil, wenn es nämlich die Manchester-men zulassen, die Friede unter allen Bedingungen haben wollen, da die Menschheit nach ihrer Ansicht lediglich des Manchestergeschäftes wegen erschaffen ist.

Lord Stanley ist nicht schwer zu beurtheilen; er mag sich noch so liberal anstellen: daß er in Beziehung auf die allgemeinen europäischen Angelegenheiten ganz in stupiden Tory-Vorurtheilen befangen ist, darüber bin ich durchaus nicht im Zweifel. Blinde Vorliebe für die Türkei und Oesterreich, stupider Haß gegen Preußen und ein steifer Glaube an die Unerläßlichkeit des Bündnisses mit Frankreich, das sind die Grundzüge seines politischen Bewußtseins.

Etwas Vernünftiges thut England gewiß nicht; das Beste, was wir hoffen dürfen ist, daß es gar nichts thut, und dabei müßten wir auf die beschränkten Manchester-men rechnen.

Barbolani sagt mir, Menabrea werde heute in der Deputirten= kammer die Erklärung abgeben, daß die Regierung den Zwangscours der Banknoten aufheben werde, wenn die Kammer ihrerseits die drei vorgeschlagenen Finanzgesetze — Mahlsteuer u. s. w. — annimmt.

3. März. Abends zu Solvyns, dem belgischen Gesandten. Zahlreiche Gesellschaft. La Marmora ist da und geht ganz in Lächeln auf der schönen Cabogan gegenüber.

Er hat die Stelle als Gesandter in London oder Wien mit Indignation abgelehnt und rühmt sich nun schließlich auch die Stelle in Paris ausgeschlagen zu haben. (NB. Das hat etwas zu bedeuten!) Jetzt ist die Rede davon, daß Visconti=Venosta nach London gehen soll! La Marmora droht nun der Regierung mit einer Spaltung der Rechten der Deputirtenkammer, der Partei der Gemäßigten, die er bewirken werde.

Schweizer ist am vergangenen Montag, d. h. vorgestern, bei Mrs. Cabogan gewesen und hat dort La Marmora und eine Anzahl seiner Freunde und die ganze Gesellschaft in großer Aufregung, in Zorn entbrannt gegen Menabrea, getroffen.

La Marmora klagte, daß man ihm den Eintritt in das Ministerium verweigert, es ist darüber zwischen ihm und Menabrea zum offenen Bruche gekommen. (La Marmora kann, wie die Sachen eben stehen, wohl kaum etwas anderes verlangt haben als den Eintritt in das Ministerium als Minister ohne Portefeuille; da wäre er denn wohl geradezu als Bevollmächtigter Napoleon's III. aufgetreten, hätte in dessen Namen gebieterisch ge= sprochen und sich auf diese Weise zur leitenden Hauptperson erhoben. „Minister ohne Portefeuille" ist für eine solche Rolle die passendste Stellung.) La Marmora rühmte sich schließlich auch die Sendung nach Paris abgelehnt zu haben. Wahrscheinlich wollte er als „Minister ohne

Portefeuille" in besonderer Mission nach Paris gehen, um sich dort
von Kaiser und Kaiserin seine Instruction ertheilen und namentlich
in Beziehung auf Rom eine neue Convention dictiren zu lassen, deren
Annahme von Seiten der hiesigen Regierung er dann hier durchgesetzt
hätte! Da dieser Plan mißlungen ist, kündigt La Marmora
jetzt ganz unverhohlen an, daß er darauf ausgehen
wird das Ministerium Menabrea zu stürzen und sich
an dessen Stelle zu setzen. Zunächst wird er eine Spaltung in
der Rechten herbeiführen. Seine Ministerliste ist schon fertig
und circulirt unter seinen Freunden; Sella steht als Finanzminister darauf.

NB. Ich bin neugierig à propos de quoi er die angedrohte
Spaltung in der gemäßigten Partei hervorrufen wird. Es ist garnicht unmöglich, daß er seinen Zweck erreicht und in Kurzem an der
Spitze der Regierung steht; mein Vorgefühl ist sogar, daß er
seinen Zweck erreichen wird. La Marmora's Stellung wird
aber alsdann eine sehr schwache sein; die Spaltung in der gemäßigten
Partei, die er hervorruft, wird sich dann gegen ihn geltend machen,
wie jetzt gegen Menabrea.

Abends bei Lady Paget in den schönen Sälen des alterthüm-
lichen Palazzo Orlandini. Zahlreiche Gesellschaft; fast das ganze
diplomatische Corps; La Marmora und Lord Clarendon sind ganz
besonders herzlich und freundschaftlich gegeneinander. La Marmora
ignorirt mich natürlich wie immer.

9. März. Zum Frühstück hatte sich Espagna bei mir ange-
meldet. Wir sprachen von La Marmora's Intriguen; ich spreche
meine Ueberzeugung aus, daß La Marmora zum Ziele gelangen und in
Kurzem Premierminister sein wird: Espagna ist ganz derselben
Meinung.

Auch Usedom klagte mir gestern darüber, daß man bei uns die
ultramontane Partei mit ängstlichem Bemühen zu gewinnen sucht und
ihr großen Einfluß gestattet. Die Königin soll dabei allen voran gehen.
Harry Arnim, der preußische Gesandte in Rom, bemüht
sich einen apostolischen Nuntius nach Berlin zu bringen.

NB. Das ist um so schlimmer, da Harry Arnim bei Bismarck etwas gilt.

13. März. Lady Orford stellt mir den General Cucchiari vor, der im Jahre 1866 das 3. Armeecorps des italienischen Heeres commandirte, mit La Marmora und den Faiseurs verfeindet, seitdem beseitigt worden ist und sich nun als ein Unzufriedener sehr offen und unumwunden über die Ereignisse des verhängnißvollen Jahres ausspricht. Wir sonderten uns von der Gesellschaft ab und hatten ein sehr interessantes Gespräch; es ergab sich, daß ich über die Motive des Handelns besser unterrichtet war als er, was characteristisch ist für La Marmora's abgeschlossene Haltung seinen Generalen gegenüber: er aber konnte mir eine Menge sehr interessanter Einzelheiten mittheilen.

Cucchiari klagt: die Berichte der Generale wurden im großen Hauptquartiere gar nicht beachtet; er selbst hatte berichtet, nachdem er persönlich sich den Forts bei Montanara und Curtatone in bürgerlicher Kleidung genähert und einen Spion hineingeschickt hatte, diese Forts, bloße Erdwerke, seien durchaus vernachläßigt, ganz verfallen, auch nicht bewaffnet, gar keiner Vertheidigung fähig; deshalb hätten die Oesterreicher auch keine Besatzung darin; in Montanara stehe nur ein Beobachtungsposten von einem Unteroffizier und fünf Mann. Dennoch ertheilte ihm La Marmora mündlich, und indem er dabei auf der Karte bemonstrirte, den Befehl diese beiden Forts par un coup de main mit Sturm zu nehmen! Cucchiari war sehr verwundert, und La Marmora war es nicht minder, als er nun von Cucchiari's Bericht hörte. Die österreichischen Beobachtungsposten verließen natürlich die Forts sobald der Feind anrückte.

Dann erhielt Cucchiari auch den vollkommen unausführbaren Auftrag die drei kleinen Forts, die zwischen Mantua und Borgoforte liegen, durch einen coup de main zu nehmen. Er sollte sie in der Kehle angreifen. Dabei hätte er Mantua und seine Besatzung im Rücken gehabt. Die Forts aber sind in der Kehle geschlossen und haben nasse Gräben, und außerdem führte von Cucchiari's Stellung aus gar kein Weg in ihren Rücken. Er protestirte und selbst der Versuch unterblieb.

Am 24. Juni, dem Tage, an welchem sich dem General La Marmora sehr unerwartet die Schlacht bei Custozza ergab, wußte Cucchiari nur sehr unvollständig was vorging. Die Disposition wurde nämlich selbst den die Armeecorps befehligenden Generalen nicht vollständig mitgetheilt; ein jeder erfuhr nur das was ihn besonders anging. Cucchiari's Heertheil wurde auf einer Ausdehnung von 30 Kilometern um Mantua herum ausgedehnt; von Marmirolo an bis über Curtatone hinaus, von wo er sich nach den erhaltenen Befehlen „so weit als möglich gegen den Po hin ausdehnen" sollte; warum? war nicht gesagt! (NB. und wäre auch schwer zu sagen!) Von Roverbella aus sollte seine Reiterei die Verbindung mit der übrigen Armee erhalten. Cucchiari für seine Person war in Goito.

La Marmora war so weit davon entfernt für diesen Tag an eine Schlacht zu denken, daß das Hauptquartier auf dem rechten Mincio-Ufer in Cerlungo blieb, wo es den ganzen Tag nichts erfuhr von dem, was jenseits des Flusses vorging; nur La Marmora allein, für seine Person, sah zu wie bei Goito vier Divisionen mit ihrer Bagage auf einer einzigen Brücke übergingen und folgte dann der Truppe nach Villafranca, von wo er sich auf den Monte Croce begab, aber gleichsam nur, weil er gerade nichts anderes zu thun hatte, als flaneur! ohne sich eigentlich etwas dabei zu denken. Petitti, Bariola und die sämmtlichen Faiseurs des Hauptquartiers waren in Cerlungo zurück geblieben. Als sich dann La Marmora zu seiner unsäglichen Ueberraschung in eine Schlacht verwickelt sah, verlor er vollständig den Kopf. Schon etwas vor 2 Uhr verließ er das Schlachtfeld und ritt nach Goito zurück.

Hier begab er sich, was Cucchiari bitter tadelt, nicht auf den höheren Thalrand auf dem rechten Ufer, von wo aus er nach der Bewegung der Staubwolken und des Pulverdampfes den Gang der Schlacht hätte einigermaßen beurtheilen können, sondern in ein kleines Haus, das ganz tief unten am Flusse liegt, und in dessen Erdgeschosse Fuhrleute und dergleichen Menschen in großer Aufregung einen gewaltigen Lärm machten. (NB. Nach der Beschreibung scheint es eine Schenke gewesen zu sein.) In ein kleines Zimmer dieses Hauses beschied er Cucchiari zu sich und erklärte dem, indem er auf der Karte mit den Fingern von Goito nach Roverbella fuhr, in dieser Stellung wolle er eine Schlacht annehmen!

NB. Als ob die Schlacht nicht schon seit mehr als sechs Stunden im Gange gewesen wäre! Diese Aeußerung beweist wohl, daß ihm Fassung und Gleichgewicht des Geistes für den Augenblick ganz abhanden gekommen waren!

Cucchiari führte als Erwiderung darauf den Beweis, daß es ihm ganz unmöglich sei die zerstreuten Truppen seines Corps irgend rechtzeitig in dieser Stellung zu vereinigen. Später noch erhielt Cucchiari aus Cerlungo eine um 3 Uhr von Petiti ausgefertigte Depesche des Inhalts: die Armee scheine bei Villafranca auf Widerstand gestoßen zu sein, er möge gegen Villafranca hin recognosciren lassen. So garnichts wußte man noch zu der Zeit im Hauptquartiere von dem, was vorging.

La Marmora ist wohl nachdem ihn Cucchiari wieder verlassen hatte, in den Zustand verfallen, in dem er wie ein Wahnsinniger im engen Zimmer auf und ab lief, und einmal über das andere ausrief: „pover mi! pover mi!" Während unten im Erdgeschosse der Fuhrmannslärm nicht aufhörte; die Schlacht aber commandirte inzwischen Niemand, die ging wie sie konnte!

Für den Tag nach der Schlacht erhielt Cucchiari den Befehl bis Castellucchio zurückzugehen und dort Stellung zu nehmen. Er fühlte sich dort zu nahe bei Mantua, stellte vor, daß er dort sehr exponirt sei und um so mehr, da sich bei Castellucchio keine passende Stellung finde, und darauf erhielt er die Erlaubniß seine Bewegung noch am Abende desselben Tages bis Marcaria fortzusetzen. Er that das, wurde dann aber beschuldigt durch diesen Rückzug die rechte Flanke der Armee preisgegeben zu haben.

Der eigentliche Grund aber, warum man ihn beseitigt habe, meint Cucchiari, sei, daß er sich gegen den Artillerie-General Valfré einige bittere Bemerkungen über die gelehrten Artilleristen erlaubt habe, die sich des Armeecommando's bemächtigt hätten; da sähe man nun die Früchte dieser abstrakten Wissenschaftlichkeit! La Marmora, Petiti, Bariola u. s. w. sind sämmtlich Artilleristen. In der früheren piemontesischen, jetzt italienischen, Artillerie bestehe eine „Camorra"; die

hielten zusammen und unterstützten sich gegenseitig unter allen Bedingungen.

Uebrigens mag Cucchiari ein tüchtiger Divisions-General sein,
was er aber von seinen Grundsätzen und allgemeinen Ideen verlauten
ließ, machte mir den Eindruck, daß auch er nicht der Mann sei ein
Kriegstheater zu befehligen und die Operationen eines großartigen
Krieges im Ganzen zu leiten.

17. März. Zur Gesandtschaft. Gespräch mit Usedom. Was
Plonplon in Berlin sollte und wollte, ist uns von dort aus nicht
mitgetheilt worden, aber durch einen Hofrath, der gestern als Courier
hier durch nach Rom gegangen ist und Depeschen mitgebracht hat, erfahren wir, daß seine Sendung erfolglos geblieben ist. Il a été
poliment éconduit.

Hier hat Usedom die größte Mühe den Leuten begreiflich zu
machen, daß das ohne Zweifel mit Absicht verbreitete Gerücht, Preußen
suche sich Rom zu nähern, wolle mit Rom Hand in Hand gehen ꝛc.,
ein falsches sei. Was er auch sagen mag, man glaubt ihm nicht.

NB. Sehr natürlich! An Lüge, Betrug, Verrath, Intrigue glaubt
der Italiener in seinem leibigen Mißtrauen immer als an dasjenige,
was sich von selbst versteht. Unglücklicher Weise arbeitet Harry
Arnim wirklich daran einen päpstlichen Nuntius nach Berlin zu
bringen.

18. März. In der Deputirtenkammer Mme. Pallavicini-Trivulzio getroffen. Sie hat gestern ein langes Gespräch mit Menabrea
gehabt und ihn vor La Marmora's Hofintriguen gewarnt, was wohl
kaum nöthig war. Außerdem aber hat sie ihm vorher gesagt, daß
die Mahlsteuer im Süden wohl ernsthafte Unruhen und Gefahren
hervorrufen könnte. Die Revolution in Sicilien und Neapel,
die Garibaldi bewirkt hat, ist nur dadurch möglich geworden, daß Garibaldi, auf Pallavicini's Rath, dem Volke
die Aufhebung der über alles verhaßten Mahlsteuer versprach. Pallavicini und seine Frau haben Garibaldi auf seinem Zuge
begleitet; Pallavicini war Prodictator und hat die Civilverwaltung
in Neapel und Sicilien geführt; er kann, oder vielmehr er muß das
wissen. Wenn nun die Regierung die verhaßte Steuer wieder einführt,

die Bourbonisten aber ihrerseits die Aufhebung versprechen, da können sie freilich schlimme Händel anzetteln in einem Lande, wo ohnehin große Unzufriedenheit herrscht.

19. März. Kleines Diner in der Villa Capponi den beiden Gelehrten Sauppe und Curtius zu Ehren.

Auf meine Bemerkung, daß der Krieg von 1866 seinem innersten Kern nach so gut wie der siebenjährige eine Fortsetzung des dreißigjährigen, ein Religionskrieg, war, sagte mir Sauppe, daß die katholischen Geistlichen im Eichsfelde und in Westphalen in allen Kirchen öffentlich für den Sieg der österreichischen Waffen gebetet haben. (NB. Im südlichen Deutschland war eine allgemeine Protestantenverfolgung vorbereitet!) Das habe aber die katholischen Westphalen in der preußischen Armee nicht abgehalten mit großer Begeisterung zu singen: „Ich bin ein Preuße ɾc."

26. März. Zur Gesandtschaft. Langes Gespräch mit Usedom; sage ihm, daß Jacini in seiner Brochure in Beziehung auf das Anerbieten, das den Italienern vor Ausbruch des Krieges 1866 gemacht wurde, daß sie nämlich das Venetianische erhalten sollten, wenn sie neutral bleiben wollten, möglicher Weise die Unwahrheit sagt. Er spricht als ob die österreichische Regierung das Venetianische angeboten habe; wenn ich Keubell recht verstanden habe, war es die französische, die sich erbot, den Italienern das Venetianische zu verschaffen, wenn sie neutral blieben. Ich werde darüber an Keubell schreiben.

28. März. Hardman sagt mir, daß Frankreich das Ministerium Ricasoli gestürzt habe, möge wahr sein, ein Irrthum aber sei es, wenn man glaube, Frankreich habe dann Rattazzi zum Premierminister gemacht. (NB. Ein Theil der Linken glaubt das sehr entschieden.) Frankreich habe vielmehr alles aufgeboten ihn fern zu halten; täglich seien bei Malaret Berathungen gehalten worden, wie man es ihm unmöglich machen könne ein Ministerium zusammen zu bringen; Minghetti, Ferruzzi, Berti, Massari ɾc. versammelten sich da unter Malaret's Vorsitze; diese Herren beredeten jeden Mann von einiger Bedeutung, den Rattazzi für sein Ministerium gewinnen wollte, abzulehnen, so namentlich Visconti-Venosta. Der König mußte zuletzt erklären, Rattazzi möge

13*

nehmen, wen er eben bekommen könne, gleichviel wen, und Rattazzi
war auch wirklich genöthigt, sein Ministerium aus lauter Nullitäten
zusammen zu setzen. (NB. Diese Version ist wohl die richtige; dafür
muß ich sie halten, wie ich die hiesige Lage jetzt kenne.)

29. März. Abends bei Lady Orford; sie moquirt sich über
La Marmora und Mrs. Cadogan; La Marmora spiele die Rolle des
treuen, zuverlässigen Patrioten, der in den Augenblicken höchster Noth
als Retter vom Pfluge geholt wird. Mrs. Cadogan erkläre laut und
überlaut, von La Marmora inspirirt natürlich, Victor Emanuel
müsse dahin gebracht werden abzudanken; und selbst das
genüge nicht; denn bliebe er im Lande, so werde er immerdar der
Mittelpunkt vielfacher und gefährlicher revolutionärer Umtriebe sein.
(NB. worunter man antifranzösische verstehen muß.) Der König
müsse veranlaßt werden nicht nur abzudanken, sondern
auch nach Amerika auszuwandern. Mrs. Cadogan mache diese
Anstrengungen, weil sie dann hoffe unter La Marmora's Regierung
eine große und wichtige Rolle zu spielen, and poor George Cadogan
makes such a fool of himself etc. (NB. What else could he
make of himself?)

31. März. Usedom gesehen. Der sagt mir, daß er von Berlin
her den Auftrag erhalten hat die Presse hier zu Gunsten Preußens
gegen La Marmora in Bewegung zu setzen. Einige italienische Officiere
von der Nationalpartei hätten sich vorgenommen, nicht eine Geschichte
des Feldzuges, wohl aber souvenirs militaires aus dem Jahre 1866
für das große Publicum zu schreiben, in denen sie einzelne Punkte,
die La Marmora's Freunde behaupten, und dessen persönliches Benehmen beleuchten. Ich möge das meinige zu diesem gemeinschaft-
lichen Werke beitragen, namentlich Bemerkungen zu den Brochuren
La Marmora's und Jacini's machen und die Unwahrheiten nachweisen die sie enthalten.

3. April. Ein quidam, „quelqu'un qui peut le savoir", der
mit Nigra in Verbindung steht und eben aus Paris kommt, berichtet:
Malaret ist nach Paris berufen worden und hat seiner Regierung
die letzten Entscheidungen der italienischen überbracht. Gleich nach
seiner Ankunft in Paris ist eine neue Convention zwischen Frankreich

und Italien unterzeichnet worden in Beziehung auf Rom; sie ist im Wesentlichen eine Wiederholung der übelberüchtigten Convention vom 15. September 1864 mit einigen Modificationen zu Gunsten Italiens. (NB. die können wohl nicht bedeutend sein bei der durchaus klerikalen Richtung, welche die französische Regierung in neuester Zeit genommen hat, und der klerikalen Gesinnung, in der Menabrea ihr entgegenkommt.) Es sind aber geheime Artikel hinzugefügt, und in diesen ist ein offensives und defensives Bündniß zwischen Frankreich und Italien festgestellt; Frankreich garantirt die Integrität Italiens. Die Schweizer Gesandtschaft hier hat das alles ihrer Regierung als positive Thatsache berichtet.

NB. Es ist auch so durchaus wahrscheinlich, daß ich es ebenfalls entschieden für wahr halte. Menabrea mußte zu der Einsicht gelangen, daß er einer Verstärkung seiner parlamentarischen Stellung, die er suchte, jetzt nicht mehr bedarf, da die Opposition ihn nicht stürzen will, daß dagegen selbst die allerstärkste parlamentarische Stellung ihn nicht gegen die Hof- und Camarillaintrige schützen könnte, welche die französische Gesandtschaft in Bewegung setzt und leitet. Er mußte darauf kommen sich vollständig mit Frankreich zu verständigen, um sich auch von dieser Seite sicher zu stellen, und da Frankreich die Ueberlegenheit auf seiner Seite hat, konnte das nur geschehen, indem er die Bedingungen Frankreichs annahm. La Marmora könnte darüber wohl jede Aussicht auf das Ministerium verloren haben. Es würde mich wenigstens befremden, wenn Menabrea sich nicht nebenher, privatim, ausbedungen hätte, daß Frankreich den Helden von Custozza fallen läßt. Und warum sollte Frankreich das unter diesen Bedingungen nicht thun? Es braucht ihn nicht mehr; der Zweck ist vollständig erreicht.

4. April. Usedom erzählt: Stanley's Amendement zu Gladstone's Motion, die Irländische Kirche betreffend, sei mit einer Majorität von 60 Stimmen verworfen worden, das Ministerium d'Israeli sei gestürzt; freilich werde d'Israeli zunächst das Unterhaus auflösen.

Mich stimmte die Nachricht sehr nachdenklich; ich hatte sie nicht erwartet; ich glaubte das Ministerium werde diesmal noch eine kleine

Majorität für sich haben, und die von Gladstone vorgeschlagene Maßregel werde wohl erst in ein paar Jahren durchgehen.

Für uns ist es freilich sehr erwünscht wenn das gegenwärtige
Ministerium gestürzt wird, denn d'Israeli und Stanley sind beide,
und d'Israeli sogar noch bei Weitem mehr als Stanley, von allen
stupiden Vorurtheilen der alten Tory-Partei beherrscht; sie hassen
Preußen und möchten es gern bemüthigen und klein machen; sie
schwärmen für Dänemark, als ob dieser Staat je wieder eine Bedeutung haben könnte für sich, oder zu etwas anderem nütze sein als
Preußen zu chicaniren; sie glauben an die Nothwendigkeit die Türkei
aufrecht zu erhalten; sie haben eine große Vorliebe für Oesterreich
und zu allen diesen fossilen Raritäten kommt nun die ebenso verkehrte moderne Ueberzeugung, daß England unter allen Bedingungen
mit Frankreich Hand in Hand gehen müsse.

D'Israeli wäre ganz der Mann dazu im Bunde mit Frankreich
einen unsinnigen Krieg gegen Preußen zu führen, um das linke Rheinufer für Napoleon zu erobern und in Deutschland die alte Zerfahrenheit und Ohnmacht wieder herzustellen. Er that das unfehlbar,
wenn er nur irgend der Manchester-men Herr zu werden wußte.
Also, recht gut, so weit, wenn er beseitigt wird; Gladstone hält wohl
Ruhe unter dem Einflusse der Manchester-men, da er sich auf sie
stützen muß.

Aber es ist mehr dabei zu bedenken. Die Zustände Englands,
einst so fest ineinander gefügt, sind gar sehr flüssig geworden im
Laufe der Jahre, die seit der Parlamentsreform vergangen sind; die
ganze Verfassung ist nach und nach von dem Boden des geschichtlichen Rechts, auf dem sie stand, auf den des abstracten Vernunft-
rechtes versetzt worden. Diese Verjüngung war allerdings nothwendig,
wenn England nicht zuletzt ganz und gar in Widerspruch mit der
Gegenwart und mit der Zukunft stehen wollte. Aber sie hat auch ihre
sehr großen Gefahren, weil damit verbunden ist, daß die politische
Gewalt in die Hände eines anderen Standes übergeht: aus denen
der Ritterschaft in die der Manchester-men, einer Klasse die gar
wenig politischen Sinn hat, gar sehr mit der Banausia behaftet ist,
und die unteren Stände, die Arbeiter, wenn sie erst ganz im Besitze der

Macht sind, in der rücksichtslosesten Weise tyrannisiren und ausbeuten würde. Die königliche Macht ist unter den Welfen zu unbedeutend geworden um den arbeitenden Ständen irgend einen genügenden Schutz gewähren zu können. Daneben Latifundien, das Landeigenthum in sehr wenigen Händen, verhältnißmäßig wenig ganz sicher gegründete Existenzen, die große Masse der Bevölkerung Tag für Tag abhängig von dem täglichen Erwerbe! Ich fürchte sehr die besten Tage Englands sind vorüber, und die Dinge dort neigen sich langsam, aber sicher dem Verfall zu!

Wenn die Engländer sich der Hoffnung hingeben, sie könnten Irland dadurch beruhigen, daß sie die anglikanische Kirche dort im Lande mehr oder weniger preisgeben, werden sie sich jedenfalls bitter getäuscht finden. Pfaffen sind nie und nirgends befriedigt, wenn man sie tolerirt und ihnen alle Freiheit gewährt. Nicht Freiheit, sondern Herrschaft ist was sie verlangen; das werden die katholischen Pfaffen in Irland den Engländern schon beweisen. Der Fenianismus wird nach dieser Concession mächtiger als je zuvor sein Haupt erheben.

7. April. Brief von Mme. Pallavicini-Tribulzio. Ihr Secretär schreibt aus Turin, Wohnungen seien noch zu haben, wieviel ich bezahlen wolle 2c. Sie schickt den Brief mit. Der Mann schreibt unter anderem:

„Nous avons eu pendant trois jours des troubles à Turin pour une retenue de salaire pour satisfaire l'impôt de richesse mobilière pour compte des ouvriers; la chose a été assez sérieuse pour faire venir de la troupe et trois batteries d'artillerie en ville."

„Tout le monde est mécontent, mais très mécontent."

Die Regierung hat diese Unruhen hervorgerufen, indem sie verordnete, daß der Betrag der Einkommensteuer bei der Auszahlung des Lohnes an die Arbeiter im Arsenal 2c. abgezogen und zurückbehalten werden sollte. Sie hat sie dann dadurch wieder beigelegt, daß sie ihre Befehle, den Abzug betreffend, zurück nimmt, die Steuer fallen und es eben dabei bewenden läßt, daß die Steuergesetze nicht befolgt, die Steuern, die mißliebig sind, nicht gezahlt werden. Das Volk lernt bei der Gelegenheit, daß es sich nur zu empören braucht, um seinen Willen zu haben. So richtet eine Regierung sich zu Grunde!

8. April. Der Kronprinz wird den 19. oder 20. ankommen; begleitet von General von Stosch, einem Major, seinen beiden Adjutanten Jasmund und Eulenburg und einem Arzte.

General Stosch! Der künftige Kriegsminister eines Fortschrittsministeriums! Das will mir garnicht gefallen! Den hat ihm wieder die Augustenburger Coterie aufgehängt, und diese Ernennung ist ein Beweis, daß der Einfluß dieser Coterie nach wie vor in schönster Blüthe steht!

10. April. Auch die Gräfin Finochietti sagte mir gestern, daß in Turin eine sehr große, ja die allergrößte Unzufriedenheit herrscht. Sie meinte, das sei um so merkwürdiger, da gerade in diesem Augenblicke so vieles geschieht, was den Turinern erfreulich sein müßte; namentlich daß die Vermählung des Kronprinzen in Turin gefeiert, und Turin dadurch, wenn es auch nicht mehr Residenz ist, in gewissem Sinne als die Hauptstadt des Landes anerkannt wird.

Ein ältlicher Herr, ein Deputirter, der zu der Commission der 17, d. h. dem Finanzausschuß der Kammer gehört, theilt mit, daß die Commune, d. h. die Stadt Neapel in einer einzigen Steuer, ich vermuthe ricbezza mobile, mit acht Millionen im Rückstande ist.

11. April. Plonplon ist sehr impressionirt aus Berlin nach Frankreich zurückgekehrt; die gewaltige Macht Preußens, der blühende Zustand seiner Finanzen und die allgemeine im Lande herrschende Zufriedenheit haben ihm einen sehr großen Eindruck gemacht. Bismarck aber will keinen Krieg und spricht nur von Frieden.

Usedom läßt mich La Marmora's Rede vom 6. April lesen, in welcher der würdige General abermals Preußen mit dreister Unwahrhaftigkeit verdächtigt. Usedom berichtet soeben darüber an Bismarck, dem er nahe legt diese Verleumbungen durch Veröffentlichung der Documente zu Schanden zu machen.

12. April. Otto Dönhoff sagt mir, daß der Kronprinz Lucabou zur Vermählung mitbringt. Von Seiten Italiens sind General Robilante und Cesarini-Sforza zu ihm commandirt. Robilante ist ein Verwandter des Hauses Hohenzollern, denn seine Frau ist eine Truchseß-Waldburg und deren Mutter eine Hohenzollern.

14. April. Zur Gesandtschaft. Ich frage Usedom, was er von Malaret's Reise nach Paris erfahren habe und denke? Ich habe, was ihre Bedeutung betrifft, einiges erfahren, was jedenfalls die preußische Regierung veranlassen muß ihre Aufmerksamkeit hier und in Paris zu verdoppeln. Besonders ist mir auch aufgefallen, daß die notorisch von Frankreich besoldeten Zeitungen sich, seitdem Malaret abgereist ist, nicht mehr mit La Marmora beschäftigen, ihn nicht weiter verherrlichen, kurz die Bemühungen ihn zu heben wenigstens für jetzt eingestellt haben. (NB. Dieser Umstand frappirte Usedom gar sehr.) Wenn man aber von Seiten Frankreichs La Marmora fallen läßt, so liegt die Vermuthung nahe, daß man ihn nicht mehr braucht, daß man sich mit Menabrea verständigt und seinen Zweck auch ohne den Helden von Custozza erreicht hat.

Usedom hat erfahren, daß Malaret sich unmittelbar vor seiner Abreise vielfach mit den Herren von der Consorteria (NB. dritter Classe, den Stellenjägern) Ferruzzi, Jacini, Berti, Massari u. s. w. verständigt hat, und es scheint, daß er es gewissermaßen mit den Aufträgen dieser Herren (NB. ich füge hinzu: und Menabrea's, spreche das aber nicht aus) nach Paris gereist ist, um dort Druck zu üben in Beziehung auf die Abdankung des Königs u. s. w. (NB. An ein Bündniß Italiens mit Frankreich scheint er gar nicht zu denken und doch wären ein Ministerium La Marmora und die Abdankung nur die Einleitung dazu; die Frage ist eben, ob Frankreich nicht seinen eigentlichen Zweck erreicht hat ohne La Marmora und ohne Abdankung.) Usedom hat darauf gedrungen und bringt nun darauf in Berlin, daß man nun endlich Ernst macht gegen La Marmora und den Mann vernichtet durch die öffentlichen Acten.

Ich: Irgend ein Grund ihn zu schonen liegt allerdings nicht mehr vor, denn er hat Preußen gegenüber eine solche Stellung eingenommen, daß an eine Ausgleichung, an eine Wiederherstellung des Verhältnisses garnicht mehr zu denken ist.

15. April. Usedom nimmt doch jetzt, was ich ihm von Malaret's Reise und dem geschlossenen Bündnisse gesagt habe, nachgerade ernsthaft.

Er wollte wissen wo die Nachricht herkommt: von der Schweizer Gesandtschaft in Paris.

16. April. Ein Telegramm von Bismarck an mich: „Nachrichten wie die in E. H. Schreiben vom 4. April haben nur dann
Werth, wenn die Quelle bezeichnet wird, da sonst ein Urtheil über
die Quelle der Indicien nicht möglich."

Sie kommt von der italienischen Gesandtschaft in
Paris! Bei dieser ist nämlich ein gewisser Constantin Reßmann
als zweiter Secretär angestellt; der ist, wie Falkner, in Triest geboren und dort mit Falkner's älterem Bruder, dem Banquier, zusammen aufgewachsen. Ich glaube er ist auch, wie Falkner, seiner
Abstammung nach ein Schweizer, jetzt natürlich in Italien nationalisirt.
Er hat seinen Jugendfreund Falkner von dem geschlossenen Vertrage
in Kenntniß gesetzt, und Falkner ist in den ersten Tagen dieses Monats
aus Paris hier eingetroffen.

Das gewinnt ein sehr ernstes Ansehen! Noch dazu hatte Sparre,
der auch aus Paris kommt, mir soeben gesagt, daß in Frankreich die
allerernsthaftesten Vorbereitungen zum Kriege getroffen werden: „On
chauffe, oh! on chauffe!" Und er wollte mit diesem von der Dampf-
maschine entlehnten Wort natürlich sagen, daß es die letzten Vorbereitungen zu unmittelbarer Thätigkeit sind, die getroffen werden.

17. April. Langes Gespräch mit Usedom. Ich gebe ihm meine
Quellen an, was die Nachrichten über Malaret's Reise nach Paris
und deren Zweck betrifft und als letzte Quelle natürlich den Secretär
der italienischen Gesandtschaft in Paris, Constantin Reßmann. Die
Notizen über diesen gab ich schriftlich und natürlich setzte ich ausführlich auseinander, wie weit, wie sehr weit Reßmann's Mittheilungen gehen.

Usedom machte ein sehr ernstes Gesicht dazu, wurde immer
nachdenklicher und sagte am Ende: „Ja, ich werde das alles
noch heute nach Berlin berichten!"

––––––––––

12. Hochzeit des Kronprinzen Humbert und Besuch des deutschen Kronprinzen in Italien.

18. April. Ein Telegramm hat die Nachricht gebracht, daß die Reise des Kronprinzen sich um einen Tag verspätet, weil ein Erdsturz einen Theil der Brenner-Bahn verschüttet hat.

Ich ging um ½ 11 Uhr zum Bahnhof um Usedom abreisen zu sehen. Er reist mit dem gewöhnlichen Zuge; nicht mit dem Special-zuge, der eine Stunde später dem diplomatischen Corps unentgeltlich zur Verfügung gestellt ist, weil er mit diesem den Anschluß an den Zug von Bologna nach Verona zu verfehlen fürchtet.

Kaum war der Zug abgegangen, so kamen die Diplomaten in hellen Haufen angefahren.

In Bologna war auf dem Bahnhofe ein zahlreiches Publikum versammelt, um das diplomatische Corps zu sehen, als ob eine Me-nagerie vorbei transportirt würde. Hier fanden wir auch Usedom. der noch auf seinen Zug nach Padua wartete; er hatte nichts ge-wonnen durch seine frühere Abreise. Von hier an ging der Zug wirklich mit sehr großer Geschwindigkeit; wir verließen Bologna um 4 Uhr 10 Min. und trafen um 6 Uhr 45 Min. in Piacenza ein, wo uns ein etwas eiliges, wenn auch mit großer Prätension servirtes Diner angeboten wurde. Waren wir unterwegs überall ein Gegenstand der Neugierde gewesen, so hatten wir hier vollends ein sehr zahlreiches Publikum, das uns beinahe den Weg zum Speise-saal versperrte, an dessen Thüre Wachen standen, um uns vor Zu-bringlichen zu schützen.

Für das Diner hat die Regierung oder die Civilliste 1000 Franken bezahlt, wie ich höre; es war kaum den vierten Theil werth, und die guten Leute thaten das Aeußerste um ihren Profit daran zu steigern, die besseren Weine, die sie verpflichtet waren uns anzubieten, er-schienen erst als alle Welt bereits aufgestanden war, und Niemand sie mehr annahm. So geht es in Italien in kleinen Dingen wie in großen!

Der gewöhnliche Eilzug, der Florenz eine Stunde vor uns ver=
lassen hatte, den wir dann überholt hatten, der holte uns hier wieder
ein und führte uns Mme. Rattazzi zu. Diese entschlossene Dame
trat in reizendster Reisetoilette in unseren Saal und setzte sich an
unseren Tisch als gehöre sie dahin, neben Sir Augustus Paget, Malaret
gegenüber, auf den sie Blick und Lorgnette heftete. Malaret soll
darüber ganz die Fassung verloren haben, sagen seine Secretäre, die
ihm nicht gerade leidenschaftlich zugethan sind, „il en a mangé ses
asperges de travers." Urbano Rattazzi suchte seine Frau weg zu
bringen; er trat hinter ihren Stuhl und meinte „mon amie" es
sei Zeit den Wagen zur Weiterreise wieder auf zu suchen. Dé-
daigneuse du bout des lèvres antwortete seine schöne Gemahlin:
„Mais non! tous ces gens restent encore!"

Sie erhob sich nicht eher als bis alles aufbrach.

Wir langten erst gegen Mitternacht in Turin an.

19. April. Turin. Mme. Pallavicini sagt uns von neuem,
daß auch hier die allergrößte Unzufriedenheit herrscht, in einem ohne
alle Einschränkung gefährlichen Grade. Auch hier ist der Versuch
gemacht worden den Circus anzuzünden; man hat ihn durch
rundum vertheilte Militärposten sicher stellen müssen. In diesem
Augenblicke verschwinde die Unzufriedenheit einigermaßen unter dem
Geräusche und Taumel der Feste. Nach den Festen aber sei
das Allerschlimmste zu befürchten; die Officiere, die
Regimentscommandeure gestehen, daß sie einem Volks=
aufstand gegenüber ihrer Leute durchaus nicht sicher sind.
Die Marquise zweifelt eigentlich nicht, daß das Schlimmste ge=
schehen wird.

20. April. Mme. Pallavicini=Trivulzio zeigte mir einen
Warnbrief, den ihr Gemahl dem Könige am 27. December des ver=
gangenen Jahres in italienischer Sprache geschrieben hat.

Dieser Brief geht von einer Stelle in Michelet's Geschichte
von Frankreich aus, die mit den Worten anhebt: „La situation
avait (1758) beaucoup empiré depuis Rossbach" und dann die
Elemente der verschlimmerten Situation aufzählt: „un Condé battu"
(Clermont bei Crefeld), Niederlagen zur See, ein stets wachsendes

Deficit. Pallavicini fügt dann hinzu, die Revolution von 1789 habe dann allerdings Frankreich aus diesen elenden Zuständen errettet, aber die Dynastie vernichtet. Italien sei in einer ähnlichen Lage; die Situation habe sich seit Custozza und Lissa sehr verschlechtert, und wenn das so fort gehe, werde ein italienisches 1789 hereinbrechen, viel schlimmer als das französische. Der König solle die schlechten Rathgeber von sich entfernen, Menabrea, La Marmora, Minghetti, Perruzzi, Ricasoli, er solle sich von Frankreich emancipiren und Preußen anschließen, wenn er dazu den Muth nicht habe, es nicht thue, sei er verloren, und die Dynastie dazu!

Leider nur zu wahr! Auf die Länge kommt es dahin! Mme. Pallavicini ist entrüstet darüber, daß ihr Mann auf diesen Brief gar keine Antwort erhalten hat; mich wundert, daß sie eine erwartet hat.

Die Straßen sind sehr belebt; man sieht, daß Menschen in Menge zu den Festen herein gewandert sind aus den kleinen Städten und vom flachen Lande, und überall im Gedränge bieten herumwandernde Verkäufer mit lauter Stimme Photographien der augusti sposi an, Zinn-Medaillen, Messingnadeln mit ihrem Bildnisse; der Name Margherita di Savoya erschallt von allen Seiten aus dem Gedränge unter den Arkaden der Piazza Castello und Via del Po.

Man sieht es wohl: hier ist die Dynastie einheimisch, hier ist sie zu Haus. Hier ist die Casa Savoya mit allen Erinnerungen der Bevölkerung, mit allen Lebenszuständen verwachsen. Kein Wunder, daß ihr selbst auch nur hier eigentlich wohl ist.

Um 3 Uhr fuhr ich auf den Bahnhof zum Empfange unseres Kronprinzen. Alles war in glänzendster Uniform, mit Ordensbändern, kurz, in höchster Gala. Der Prinz Humbert als General, die Prinzen Aosta und Carignan als Admirale. Generäle, darunter Cugia, in großer Anzahl, Adjutanten und Officiere in noch größerer. Bald wurde der kronprinzliche Zug angekündigt, die Prinzen eilten auf den Perron hinaus, was konnte, strömte nach, doch wurde eine Gasse für die Ankommenden offen gelassen; die Wagen rollten herein, die Regimentsmusik auf dem Perron stimmte, herzlich schlecht, an „Ich bin ein Preuße 2c." Der Kronprinz stieg aus, in der großen

Generalsuniform, sein Gefolge, Usedom, Otto Dönhoff, alles in
großer Gala.   Herzliche Begrüßung der Prinzen untereinander,
Händeschütteln der Herren vom Gefolge mit diesem und jenem, dann
schritt unser Prinz an der Hand Humbert's durch die officielle Menge,
den Hofequipagen zu, die ihn erwarteten.   Der bunte Schwarm folgte,
und wie der Prinz sich durch die dichte Volksmenge in der Vorhalle
bewegte, begrüßte ihn nach italienischer Sitte ein unendliches enthu-
siastisches Händeklatschen, das sich auf dem freien Platze und die Straßen
entlang, die zum Palast führen, beständig wiederholte (auf dem Wege
zum Palast Carignan nämlich, wo der Prinz abstieg).   Die officielle
Menge verlief sich nach allen Richtungen, die gewöhnliche Menge blieb
in Bewegung hin und her durch die Straßen.

Usedom sagte mir, daß wir um 6 Uhr zum Diner bei unserem
Prinzen erwartet würden; es war nur eben noch Zeit mich in meiner
Wohnung umzukleiden.

Der Palast Carignan hat eigenthümliche Schicksale erlebt. Ehemals residirte hier die Nebenlinie der Casa Savoya, deren Namen
er trägt, zuletzt Carlo Alberto als Prinz. Als man in die parlamentarischen Bahnen eingelenkt hatte, hielt die Deputirtenkammer ihre
Sitzungen darin ab, und als diese Kammer nach der Sala bei
Cinque Cento in Florenz übersiedelte, schenkte der König diesen überflüssig gewordenen Palast, der ihm nur zur Last, a dead weight,
sein konnte, der Municipalität! Die mag zusehen, was sie damit anfängt! Die Zimmer, die der Prinz bewohnt, sind im Erdgeschosse und
in ihrer Weise, style de Louis XV., sehr schön eingerichtet; namentlich
der Salon mit Spiegelwänden, die durch vergoldete korinthische Pilaster
in Felder getheilt sind, und auf denen allerhand vergoldete Arabesken
liegen, die Spiegelflächen vielfach unterbrechend. Auch die vergoldeten
Rococo-Meubles passen zu diesem Ganzen.

Empfangen wurden wir von den Herren, die von Seiten des
italienischen Hofes dem Prinzen beigegeben sind; dann war das Gefolge des Prinzen da: General Stosch, Lucabou, Jasmund und
der Arzt Dr. Wegnern; von uns andern Usedom, O. Dönhoff und
ich. Der Kronprinz und Eulenburg, der ihn begleitete, wurden lange
erwartet, endlich erfuhren wir, daß er im letzten Augenblicke an der

Familientafel der Caſa Savoya zurückgehalten worden ſei und ſpeiſten ohne ihn. Doch erſchien er ſehr bald nach aufgehobener Tafel; er trat im Militärüberrock ohne Epaulettes, ſeine geliebte kurze Feld=pfeife im Munde in unſere Mitte.

Ich war der erſte, den er begrüßte, er gab mir ſehr freund=ſchaftlich die Hand und ging ſofort auf ein längeres und ernſtes Geſpräch mit mir ein.

Zunächſt ſagte er mir, daß ihn der König Victor Emanuel gar ſehr überraſcht habe; er habe ſich nach allen Berichten ein ganz anderes, in der That nicht ſehr vortheilhaftes Bild von ihm gemacht, nun aber finde er an ihm einen geſcheiten, ſogar ſehr geſcheiten und liebenswürdigen Mann. NB. Victor Emanuel kann allerdings im erſten Augenblicke beſtechen; im erſten Augenblicke habe ich ihn auch überſchätzt.

O gewiß, erwiderte ich natürlich, der König iſt ein von der Natur ſehr gut ausgeſtatteter Mann; er hat viele liebenswürdige Eigenſchaften, und es fehlt ihm durchaus nicht an natürlichem Ver=ſtande, er hat deſſen ſogar ſehr viel; nur ſchade, daß, bei der Unzu=verläſſigkeit ſeines Charakters, ihm gegenüber auf nichts mit Be=ſtimmtheit zu rechnen iſt.

Der Prinz kam auf die überaus „wohlwollende" Aufnahme, die er überhaupt hier und ſogar von der Grenze an in jeder Stadt in Italien gefunden habe; er ſei ganz überraſcht geweſen durch die Art, wie das Volk ihn überall freudig begrüßt habe.

Ich: Großentheils gelten dieſe Huldigungen natürlich dem Prinzen ſelbſt und dem Rufe, der ihm vorausgegangen iſt, es iſt aber auch politiſche Demonſtration dabei; die Bevölkerung will durch dieſen Empfang andeuten, wohin ihre Sympathien gehen, nämlich zu Preußen, und wie ſehr die bekannte Hinneigung der Regierung zu dem ver=haßten Frankreich im Lande unpopulär iſt. Dieſe Hinneigung zu Frankreich iſt ein Hauptgrund der allgemeinen Unzufriedenheit, die im Lande herrſcht.

Kronprinz: „Es herrſcht alſo große Unzufriedenheit!"

Ich: Nur zu ſehr, und ſie geht ſehr tief; der Zuſtand iſt nicht ohne Gefahr.

Der Kronprinz fragt, ob denn hier nicht die Art von Anhäng-
lichkeit an die angestammte Dynastie und an den König existirt, daß
man den König liebt „quand même!"

Ich: Die ist weg! Die ist selbst hier in Piemont verschwunden,
der König hat sie längst verscherzt.

Kronprinz: „Durch sein Leben! Und welche Stellung hat denn
der Prinz Humbert in der öffentlichen Meinung?"

Ich: Gar keine. Der Prinz hat es noch ganz in der Hand,
welche Stellung er sich in der öffentlichen Meinung machen will.

Ich fügte noch manches hinzu über die Hoffnungslosigkeit der
hiesigen Zustände; aber der Prinz ist augenblicklich viel zu sehr geblendet durch den glänzenden Empfang, durch den Jubel, der ihn begrüßt und umgiebt, als daß meine warnenden Worte irgend welchen
nennenswerthen Eindruck machen könnten.

Das Gespräch kam auch auf La Marmora; ich erwähnte, daß
er die Absicht angekündigt habe her zu kommen und eine Audienz
beim Prinzen zu verlangen. „Das wird mich in große Verlegenheit
setzen" sagte der Kronprinz. Ich erwiderte ganz einfach und ohne
Umschweife, daß er es ablehnen müsse La Marmora zu sehen: „Ew.
K. H. können ihn unmöglich sehen!" Nach der politischen Stellung,
die er, als der entschiedenste Anhänger Frankreichs, feindselig gegen
Preußen eingenommen hat, sei das nicht zulässig; außerdem hat er
in seinen Brochüren geradezu verleumdet.

Kronprinz: „Das tritt doch in der Uebersetzung
nicht so hervor!"

Ich unterließ natürlich nicht, die Verleumdungen in La Marmora's und Jacini's Brochüren nachzuweisen.

21. April. Um zwölf Uhr déjeuner bei dem Kronprinzen im
Palast Carignan, im Ueberrock. Die gestrige Gesellschaft.

Der Kronprinz ist nicht sehr pünktlich; er war natürlich vom
frühen Morgen an in Bewegung, wie Prinzen pflegen, und ließ uns
sehr lange warten. Dann wurde unser Frühstück auch noch coupirt
durch Plonplon, der gestern Abend hier eingetroffen ist und unserem
Prinzen seinen Besuch machte. Der Kronprinz eilte hinaus ihn in
seinem Salon zu empfangen. Es dauerte lange, ehe er wieder

kam, und so war es spät geworden, ehe Dessert und alles abgemacht
sein konnte.

Um 3 Uhr fuhr dann alles zur Rennbahn hinaus, die auf der
Piazza d'armi eingerichtet war, in dem Vierecke zwischen dem C. Principe
Umberto und dem C. Duca di Genova. Der Platz war, was die
technischen Rücksichten anbetrifft, nicht zum Besten gewählt; denn der
harte Kiesboden, durch vielfaches Truppen-Exerciren festgestampft und
von einem ärmlichen Rasen bedeckt, der auf langen Strecken ganz
verschwindet, war nicht dazu angethan, die Pferde zu schonen. Die
Rennen an sich waren auch sehr schlecht, die Pferde nicht die besten,
die ich je habe rennen sehen, und besonders so schlecht assortirt, daß
der Sieg vom ersten Augenblicke an nicht zweifelhaft sein konnte, daß
nie ein Kampf stattfand.

Auch alle anderen Einrichtungen waren schlecht getroffen.
Das diplomatische Corps war von der Municipalität zu diesem
Schauspiel eingeladen und siehe! als wir hinkamen war gar kein
Platz für uns bestimmt. Es gab gar keine besondere Tribüne für
die Diplomaten, wir sollten zusehen, ob wir auf dem Palco del
Municipio, unter ein paar Tausend anderen Menschenkindern, Frauen,
Töchtern, Söhnen, Vettern, guten Freunden, Kammerfrauen und
sonstigen protégés der Väter der Stadt ein Plätzchen fänden oder
nicht. Die Diplomaten äußerten sich sehr unzufrieden darüber,
namentlich Kübeck.

Aber bei alledem hat selbst England eine solche Rennbahn nicht
aufzuweisen; die Alpen mit ihren schneebedeckten Häuptern in süd-
lichem Sonnenglanz bilden den großartigen Hintergrund; das Bild
im Ganzen war von unübertrefflicher Schönheit.

Den Abend war „Serenata" vor dem Schlosse, was man bei
uns einen großen Zapfenstreich nennt; ich blieb aber in meinem
Zimmer und schrieb.

22. April. Heute war der solenne Tag, an dem man in
Gala um halb elf Uhr in die Domkirche fahren sollte und zwar durch
das königliche Schloß, an das sie angebaut ist.

Die Kirche ist eine der ersten, die in dem „klassischen Styl"
erbaut sind, mit dessen Entwicklung sich Italien am Anfange des

XVI. Jahrhunderts an der Welt versündigt hat, nicht sehr groß, in keiner Weise bedeutend; eigenthümlich ist nur, daß sie über den Seitenschiffen Emporen hat. Heute waren die Pfeiler 2c. mit carmoisin= seidenen Stoffen und goldenen Tressen bekleidet. Dem Altare gegen= über standen die einzelnen rothbekleideten Betstühle für die sämmt= lichen Prinzen, dahinter waren einige, ebenfalls rothgepolsterte Bänke, für die Hofchargen und die Deputationen des Senats und der De= putirtenkammer frei gehalten, der übrige Raum und die Emporen waren bis auf den letzten Platz von einem jedenfalls gewählten Publikum besetzt.

Auf unserer Tribüne nahmen natürlich die Damen in den aller= überschwenglichsten Toiletten, strahlend von Juwelen, die beiden ersten Reihen ein, dahinter gruppirte sich das diplomatische Corps, strahlend von Stickereien, und über und hinter uns, am Fuße der Orgel, warteten Sänger und Orchester auf den Augenblick, wo ihre geräuschvolle Thätigkeit beginnen sollte.

In der königlichen Loge uns gegenüber stand der kleine Infant von Portugal, fünf Jahre alt, so viel ich sehen konnte ein hübscher Knabe, an der Balustrade in gespanntester Erwartung der kom= menden Dinge.

Endlich erschien der königliche cortége durch den Seiteneingang unter der Loge; Kammerherren, Ceremonienmeister in reicher Uniform, Senatoren und Deputirte, die sofort in die ihnen angewiesenen Plätze einlenkten, in ihren unscheinbaren schwarzen Fracks, endlich die Prinzessinnen, sämmtlich am Arme der disponiblen Prinzen, voran die Braut, geführt vom Könige. Den Schluß machte „der Dienst" d. h. en langage de cour, die Damen und schließlich auch die Herren, die das unmittelbare Gefolge der einzelnen Prinzen und Prinzessinnen bilden.

Die Prinzessinnen, fünf an der Zahl, die Braut nämlich, dann die Herzogin von Genua, die Königin von Portugal, die Prinzessin Clotilde und die Herzogin von Aosta, knieten auf ihre Betstühle nieder und versanken sofort in die allertiefste Andacht, die Prinzessin Margherita allein zur Linken ihres Bräutigams in erster Linie, die übrigen, sowie die Prinzen außer Humbert, in zweiter.

Musik und Orgel stimmten an; ein Priester las vor dem Haupt=
altar die Messe, schwankte hin und her, erhob den Kelch und murmelte
seine Zauberformeln.

Als das vorüber, der Zauber fertig war, schwankte, von ein
paar Geistlichen gestützt, von mehreren gefolgt, der Erzbischof von
Turin Msgr. A. Ricardi bi Netro, ich glaube aus der Sacristei unter
unserer Tribüne hervor dem Altare zu, in pontificalibus, die Bischofs=
mütze auf dem Kopfe; sein Hirtenstab, ein anderes wunderliches In=
strument und eine brennende Fackel, that burned daylight, wie die
zahlreichen Lichter am Altare, wurden neben ihm getragen. Er,
moralisch unterstützt von zwei anderen Bischöfen, sprach die vor=
geschriebenen Gebete und Formeln über das neue Paar, fragte nach
der Zustimmung beider und ließ die Ringe wechseln.

Auf seine Rede, die nun folgte, war ich einigermaßen gespannt,
obgleich man mir vorher gesagt hatte, daß sie nichts Verfängliches
enthalten würde, denn Msgr. Ricardi, der deshalb sehr beliebt ist,
sei piutosto liberale, und das ist das mögliche; mehr als piutosto
kann es ein Bischof nicht sein.

Die Rede, die er ablas, weil der alte Herr sich wohl auf sein
Gedächtniß nicht mehr ganz verlassen kann, vermied denn auch vor=
sichtig jeden Stein des Anstoßes; kein Wort von Staat und Kirche,
nur der glorreichen Erinnerungen des Hauses Savoyen wurde ge=
dacht und der Hoffnungen, welche Italien auf die Verbindung der
Neuvermählten gründet, die beide dem glorreichen Hause angehören.
Der ehrwürdige Herr trug seine Rede im Ganzen sehr gut und an=
gemessen vor, nur versagten ihm hin und wieder auch die Augen
den Dienst; er konnte ein paar Worte nicht schnell entziffern und
stockte.

Die Neuvermählten kehrten zu ihren Betstühlen zurück, der
Erzbischof kniete, gegen den Altar gewendet, auf den Stufen des
Altars nieder und stimmte den ambrosianischen Lobgesang an; zwei
Bischöfe quälten sich ihm beizustehen, und aus dem Chor, dem
Raum hinter dem Altare, antwortete die Menge der Geistlichen.
Es war das mir beinahe unerträgliche Geplärr, das man so oft
in katholischen Kirchen hört, auch nicht von Orgeltönen gehoben oder

14*

getragen; der alterthümliche „serpent", den man nur noch selten hin und wieder hört, schien als Begleitung zu fehlen.

Nun war endlich der ganze stundenlange Kreis der Ceremonien geschlossen; der königliche Zug verließ, neu geordnet, die Kirche durch den Seiteneingang.

Unser Rückzug aber ging nicht so leicht von statten als der des Hofes. Es besteht nämlich an diesem Hofe seit ein paar Generationen die an sich sehr schöne Sitte, daß hier in Turin, wenn ein festliches Ereigniß in der königlichen Familie gefeiert wird, die Thore des Palastes dem Volke offen stehen. So waren denn alle Corridore, alle Säle, die wir durchwandern mußten, alle Treppen, von einer dichtgedrängten Masse eingenommen, die den Hof und seine Gäste sehen wollte. Indessen, nach vielem Rufen, Hin= und Herstoßen, Klagen und Schelten entkam doch am Ende jeder glücklich in seinen Wagen und davon.

Wir fuhren nach dem Palast Carignan, wo wir mit unserem Prinzen frühstücken und dann das diplomatische Corps empfangen sollten; aber aus unserem Frühstück wurde nichts, denn der Prinz wurde in der königlichen Familie zurückgehalten; das erfuhren wir nicht und warteten vergebens, bis es zu spät war.

Inzwischen hatte sich das diplomatische Corps eingefunden, sehr vollständig und als Doyen figurirte diesmal nicht unser würdiger Marsh, sondern Baron Seebach, der Mann des Pariser Friedens, der vom sächsischen Hofe hier und in Paris beglaubigt, natürlich in Frankreich residirt und nur zu solchen feierlichen Begebenheiten aus= nahmsweise hierherkommt. Der Prinz erschien endlich, ging in dem nach der Anciennität geordneten Kreise herum, ließ sich die Herren nacheinander durch Usedom vorstellen und war liebenswürdig gegen Jedermann, was sehr lange dauerte. Nach unserer Entlassung mußten wir sofort wieder in den königlichen Palast fahren, um uns dem Prinzen Plonplon vorzustellen.

Als wir, Usedom, O. Dönhoff und ich, die etwas schmale und steile Seitentreppe hinan kletterten, begegnete uns Urbano Rattazzi; Usedom und er ignoriren sich natürlich auf das Vollständigste, wo sie einander officiell begegnen und überhaupt „wo Menschen gehen"!

Hier begrüßten sie sich mit einer wahrhaft rührenden Herzlichkeit und Innigkeit. Aber wo kam denn Urbano Rattazzi eigentlich her? Natürlich von Plonplon, den er ganz in der Stille gesehen und gesprochen hatte! Was mag er mit dem intriguiren? Usedom ist immerdar geneigt ihm zu trauen: mir scheint sehr evident, daß ihm nicht zu trauen ist. Er gehört zu den Menschen, die aus Princip treulos sind, weil sie Treulosigkeit für Klugheit halten.

Wie wir drei Preußen in das Allerheiligste beschieden wurden, fanden wir das „hohe Paar" stehend in der Mitte des Gemachs, Plonplon in Generalsuniform und rothen Hosen, den Degen an der Seite, den Hut unter dem Arme; seine Gattin, die ich hier zuerst in einiger Nähe sah, ist in der That von einer nicht ganz gewöhnlichen Häßlichkeit. Usedom sprach mit beiden einiges, das wohl nicht von weltgeschichtlicher Bedeutung gewesen sein wird, und stellte uns dann vor. Plonplon sagte sehr höflich: „oh! j'ai déjà le plaisir de connaître Mr. de Bernhardi," kam auf mich zu und erinnerte sich sehr „gnädig" unseres Zusammentreffens in Ferrara.

Im Hotel d'Europe begegnete mir Osten-Sacken auf dem Corridor. Ich fand, daß er sehr schwarz sieht und in hohem Grade entmuthigt ist; er fand, daß nicht bloß hier in Italien die größte Unzufriedenheit herrscht, sondern in ganz Europa; alle Verhältnisse seien von revolutionärem Geiste angefressen, alles neige dem Einsturz zu, „bientôt l'Europe ne sera plus qu'une mauvaise imitation de l'Amérique"!

Es war sehr merkwürdig, diese Worte aus dem Munde eines russischen Diplomaten zu hören, und um so mehr, da er zwar wohl zugab, daß der revolutionäre Geist in Preußen weniger um sich greife und weniger gefährlich sei als anderswo, keineswegs aber für Rußland eine Ausnahme machen wollte.

Ich suchte ihn dadurch zu trösten, daß ich meine Ueberzeugung aussprach, daß im Gegentheil der Gang der Dinge in Amerika der Welt une grand leçon geben werde; die Möglichkeit einer republikanischen Regierung werde dort in nicht allzu ferner Zukunft erschöpft sein. Die Republik ist dort von Puritanern gegründet, Leuten von

ernsten, einfachen Sitten, strenger Sittlichkeit und starkem Pflichtgefühle.
Mit solchen Leuten war eine Republik möglich. Jetzt aber ist die Bevölkerung der Vereinigten Staaten eine sehr wesentlich andere geworden; kaum ein Drittheil derselben stammt von den ursprünglichen
Einwanderern ab, zwei Drittheile sind in buntem Gemische aus allen
Gegenden Europa's in den letzten Decennien eingewandert, und was
sind das für Leute? „de la canaille!".. bemerkte Sacken dazwischen;
großentheils gewiß; mit denen läßt sich der alte Puritaner-Staat
nicht fortführen! Das bisherige Staatswesen, das für unsere Demo-
craten Ideal und Gegenstand der Bewunderung war, hat mit dem
Bürgerkriege sein Ende erreicht; daß dies geschehen würde, glaubte
ich vorherzusehen, als der Krieg ausbrach, was auch sonst der Erfolg
sein mochte. Jetzt neigt sich dort alles einem leidenschaftlichen Partei-
regimente zu, das keine mäßigende Gewalt und Macht mehr neben
sich dulden will, das das ganze Staatswesen zu einem wesentlich
anderen machen und aller Wahrscheinlichkeit nach neue Bürgerkriege
hervorrufen wird. Das Unglück Amerika's ist, daß es die Elemente
einer wirklichen Monarchie dort gar nicht giebt; wenn die Möglichkeit einer Republik dort erschöpft ist, giebt es keine andere Möglichkeit als den Cäsarismus.

23. April. Um ½2 Uhr zur Vorstellung bei dem neuvermählten
Paare in den königlichen Palast gefahren. Die Damen wurden zuerst, einzeln, in ein anstoßendes Gemach beschieden, um dort vor dem
hohen Paar eine tiefe Verbeugung zu machen. Das dauerte sehr
lange; unser Trost war inzwischen auf einer Terrasse, zu der eine
Balconthür hinausführt, und wo man wenigstens in frischer Luft
war, gelegentlich auf und ab zu gehen. Der Garten war heute dem
Volke geöffnet, es war ein Volksfest darin veranstaltet; Musik spielte
an verschiedenen Orten, auch waren zwei Theater aufgeschlagen,
d. h. nur die decorirten Bühnen. Auf dem einen, das wir von der
Terrasse aus übersehen konnten, wurden kleine Ballets, eigentlich Tänze
im Costume ausgeführt. Tausende von Menschen, Kleinbürger und
Landleute mit ihren Frauen und Töchtern, sammelten sich vor den
Bühnen, oder wandelten durch die Gänge und um die Springbrunnen.
Es war ein hübsches Bild, und nirgends entstand ein Lärmen, nirgends

zeigte sich eine Spur von Unordnung! Am Fuße der Terrasse sam=
melten sich ein paar Tausend Menschen in der Hoffnung die Prin=
zessin Margherita zu sehen, aber sie harrten geduldig und vertrugen
sich sehr gut untereinander, ohne zu drängen oder gedrängt zu
werden.

Wenige Tage, die man hier zubringt, genügen um vollkommen
zu überzeugen, daß in Italien verständiger Weise nur von zwei Orten
als Hauptstadt und Sitz der Regierung die Rede sein konnte: von
Turin und von Rom. Turin könnte als einstweilige Hauptstadt in
Betracht kommen, Rom müßte und muß die bleibende werden, wenn
das Ganze zusammenhalten soll. Rom, weil es als ehemaliger Sitz
einer Weltherrschaft den alten Ruhm und Glanz für sich hat, weil
seiner weltgeschichtlichen Bedeutung gegenüber alle anderen Ansprüche,
alle Unzufriedenheiten schweigen, weil alles sich vor der Weltstadt
beugt, und Jedermann natürlich findet, daß Italien von dort aus
beherrscht werde. Turin, weil hier wenigstens die Dynastie ein=
heimisch ist. Florenz als Hauptstadt ist ein Unding, hat gar keine
Berechtigung, keine raison d'être, und Italien von Florenz aus zu
regieren und zusammen zu halten würde sich auf die Länge voll=
kommen unmöglich erweisen.

Die politischen und militärischen Vortheile, die sich für den
Augenblick aus der Verlegung der Hauptstadt nach Toscana ergeben
konnten, haben die Italiener und vor allem La Marmora nicht zu
benützen verstanden. Er hat den Krieg doch so geführt, als ob Turin
Hauptstadt wäre, hat sich auf Turin und Alessandria basirt, als
ob ihn das übrige Italien nichts anginge. Italien selbständig zu
machen, sich von Frankreich zu emancipiren, was hauptsächlich ein
Grund sein könnte die Hauptstadt aus der allzu großen Nähe der
französischen Grenze, aus dem unmittelbaren Bereiche Frankreichs,
weg zu verlegen: daran vollends haben die Piemontesen nie gedacht;
das haben sie nie gewollt. Sie wollen im Gegentheil von Frankreich
abhängig sein.

Unvollständig ausgeführt, wie sie ist, entspricht die Verlegung
der Hauptstadt keineswegs dem Zwecke, eine größere Sicherheit Frank=
reich gegenüber zu erlangen in genügender Weise, denn Turin ist in

gewissem Sinne die militärische Hauptstadt des Reichs geblieben.
Militärschulen, Arsenal, Artilleriewerkstätten und vieles andere ist in
Turin geblieben und würde, im Fall eines Krieges, in dem noch
dazu offenen Orte, in den ersten Tagen die Beute Frankreichs.

Gräfin Usedom erzählte mir ihr Gespräch mit der Prinzessin.
In früheren Zeiten hatte sie ihr scherzend gesagt: „je vous trouverai
un prince charmant — charmant comme les princes dans les contes
de fées." Jetzt hat die Prinzessin sie mit den Worten angeredet:
„Eh bien, le prince charmant s'est trouvé; il est vraiment
charmant!" Wenn sie ihm nur gefalle! Antwort: schön wie sie sei,
brauche sie daran nicht zu zweifeln, „Suis-je belle?" fragte die
Prinzessin liebenswürdig naiv.

Umkleiden in meiner Wohnung; Diner beim Kronprinzen. Seine
Doppelsuite und die Gesandtschaft ohne Usedom, der Depeschen zu
schreiben hatte; sonst Niemand. Nach Tische brach der Kronprinz
in Betrachtungen aus, die sich seiner plötzlich bemächtigten: wie leicht
und glücklich der Krieg gegangen sei und doch, welche schmerzlichen
Opfer habe er gekostet! Wie würde das nun vollends in den viel
ernsteren, viel schwierigeren Kämpfen sein, die uns nahe bevorstehen!
Die Art, wie er sich darüber äußerte, ließ deutlich er=
kennen, daß auch er den Krieg mit Frankreich sehr nahe
glaubt. Nach Tische kam Usedom und sperrte sich zu einem an=
scheinend wichtigen Gespräche mit dem Kronprinzen ein.

Die Franzosen haben ernste Ursache sich zu ärgern. Der
Unterschied, den die ganze Bevölkerung zwischen unserem
Kronprinzen und Plonplon macht, ist ein sehr auffallender,
ein sehr großer und um so bedeutender, da er unver=
kennbar absichtlich gemacht wird und eine politische
Demonstration einschließt.

Unser Prinz ist überall von der Menge umgeben und umjubelt,
man hört wo er erscheint „viva la Prussia! viva Sadowa!" aus
der Menge rufen, und seine Popularität ist von Tag zu Tag im
Steigen, denn der schöne leutselige Mann gefällt durch seine Per=
sönlichkeit.

Plonplon dagegen wird absichtlich in recht auffallender Weise vernachläſſigt; Niemand kümmert ſich um ihn, er wird gefliſſentlich ignorirt. Und in den Salons iſt es nicht viel anders. Die Damen zumal haben nur für unſeren Prinzen Augen, ſuchen nur von ihm bemerkt zu werden, ſprechen nur von ihm und zu ſeinem Lobe, ſie ſind ſo abſorbirt, daß ihnen nicht das geringſte Intereſſe für Plonplon übrig bleibt. Auch die Herren ſehen ſich veranlaßt gelegentlich uns Preußen liebenswürdige Dinge über unſeren Prinzen zu ſagen; ſie ſuchen uns mitunter geradezu auf dazu.

Die Franzoſen ſind über das alles wüthend, ſo daß ſie ihren Aerger gar nicht zu verbergen wiſſen.

24. April. Um 3 Uhr begann das Carouſſel, etwas anmaßend Turnier genannt. Der Circus dazu war auf Piazza Carlo Emanuele erbaut, wo zur franzöſiſchen Zeit die Guillotine arbeitete. Die Einrichtungen waren vortrefflich, das ganze Bild wahrhaft glänzend und reizend. Den Circus, d. h. die runde Manege umgab eine Baluſtrade, die einen coloſſalen Blumenkranz von friſchen wirklichen Blumen bildete. Die höheren Sitze ruhten auf hölzernen, vorn mit geſchnitzten Zierrathen, die in Karyatiden ausgingen, gezierten vergoldeten Pfeilern; ſie waren nach Innen, nach der Manege hin, von einem leichten, gleichfalls vergoldeten Geländer eingefaßt, das ein zierliches Korbgeflecht nachahmte und einen zweiten um den ganzen inneren Raum gewundenen Blumenkranz trug. Nur an einer Seite unterbrach die königliche Loge Gitter und Kranz. Ueber dem Ganzen ſchwebte zum Schutze gegen die Sonne ein großes ſehr ſinnig erdachtes Zelt. Es beſtand aus Streifen leichten Zeuges, die von einer runden Scheibe in der Mitte ausgingen und, leicht ſchattirt, wie die Blätter einer Blume zugeſchnitten, auf dem höchſten Rande des Rundbaues endeten. Sie bildeten eine coloſſale Marguerite, was erkannt und freudig begrüßt wurde. Mehr als dreißigtauſend Zuſchauer hatten auf den ſteil übereinander aufſteigenden Sitzen bequem Platz gefunden, und das belebte Bild war um ſo ſchöner, da das Verhältniß der Höhe des Baues zu dem Durchmeſſer ein ſehr glücklich getroffenes war. Das Carouſſel ſollte die Rückkehr Emanuel Filiberto's nach ſeinem Siege bei St. Quentin vergegenwärtigen. Der Herzog von Aoſta, in Sammet und weißen Atlas gekleidet, von einem perſönlichen Stabe

umgeben, stellte seinen tapferen Ahnherrn vor; ihm folgten drei
Quadrillen, deren jede außer dem Führer und dem Bannerträger,
aus 32 Rittern in der malerischen Tracht des XVI. Jahrhunderts
bestand: Spanier in violettem Sammet, blaßpaille Atlas und Gold;
Italiener in himmelblauem Sammet, weißem Atlas und Silber;
und Flamänder in rothen Wämsern, grünsammtnen Mänteln und
Gold, Reiherfedern auf den grünsammtnen Baretts, während die
andern Straußenfedern führten. Jede Schaar ritt eine kunstreiche
Quadrille, dann folgten ein Ringstechen, ein jeu de barres, von
Dreien ausgeführt, danach ein jeu de javelots. Zuletzt folgten Evo-
lutionen aller drei Quadrillen zusammen; von dem ganzen reichen
Bilde blieb allen Zuschauern ein angenehmer Eindruck.

Nun mußte man sich schnell wieder in Uniform werfen und nach
dem königlichen Palaste fahren, zur Cour bei der Königin von Portugal,
die hoch oben wohnt.

25. April. Ball im königlichen Schloß, wo man schon um
8½ Uhr sein mußte. Die Prinzessin Margherita, die sehr leicht und
graziös tanzt, schien sich vortrefflich zu amüsiren und war sehr heiter.
Unser Kronprinz tanzte auch wiederholt, nahm sich in der Uniform
der schlesischen Dragoner sehr gut aus, zeigte sich sehr liebenswürdig
und gewann alle Herzen zum größten Aerger der Franzosen. Plonplon,
in rothen Hosen, saß die längste Zeit etwas und sogar etwas sehr
vernachlässigt in einer Ecke und, wie ich ihn mir betrachtete, hatte ich
ein bestimmtes Bild für eine mysteriöse mythologische Figur: ich
weiß nun, was ein „Oelgötze" ist.

26. April. Gegen 11 Uhr aus, um die große Parade auf
Piazza Castello anzusehen. Die italienische Armee, wie sie jetzt ist,
würde mehrere Monate brauchen, um sich auf einen irgend respectablen
Kriegsfuß zu setzen; die Bataillone könnten jetzt so wenig als vor
zwei Jahren auf mehr als 600 Mann gebracht werden, die Bersaglieri
wohl nur auf 500 Mann; die Cavallerie-Regimenter könnten nur
mit vier Schwadronen in's Feld rücken, deren jede nicht viel
über 100 Pferde stark sein würde, und das Ganze würde ziemlich locker zusammenhängen und kaum hinreichend disciplinirt erscheinen, so daß große Thaten nicht zu erwarten stünden, am

wenigſten, wenn man für das verhaßte Frankreich zu Felde ziehen müßte.

Was man uns zeigte, zählte in 16 Bataillonen Linien=Infanterie — denn ſo viele waren es, wenn auch in 12 rangirt — 2 Bataillonen Berſaglieri, 8 Batterien, einer Abtheilung Feſtungs=Artillerie und 3 Reiter=Regimentern zuſammen nicht mehr als 6300 Mann. Nach dem jetzt noch gültigen, d. h. nicht förmlich abgeſchafften Friedensfuß hätten es 12500 ſein müſſen!

So wie die letzten Züge vorüber waren, wurde das bisher durchaus ſaubere geregelte Bild ein ungemein belebtes und bewegtes; die Zuſchauer waren nicht länger zu halten, ſie wollten die königliche Familie, oder, die Wahrheit zu ſagen, die jugendliche graziöſe Braut und unſeren Kronprinzen ſehen. Von allen Ecken und Enden zugleich brachen ſie in den bisher frei gehaltenen Raum, der ganze Platz war im Augenblick, Kopf an Kopf, von einer wogenden Menge bedeckt, die nach dem königlichen Balcon hinauf ſah, hin und wieder nach italieniſcher Weiſe in Händeklatſchen ausbrach, ſo weit für Bewegung der Hände Raum frei war. Die Truppen, die verſchiedene Wege, zum Theil quer über den Platz, nach ihren Caſernen einſchlagen ſollten, geriethen in Verlegenheit; Polizeigewalt durfte ja bei einer ſo freudigen Veranlaſſung, bei einem Volksfeſte nicht angewendet werden. Doch wurden zuletzt mit Zureden und Geduld ſchmale Gäßchen durch die Menge gebahnt, und die Bataillone konnten ſich in Sections=Colonnen hindurchwinden. Nachdem die königliche Familie von dem Balcon verſchwunden war, verlief ſich allmählich auch die Menge.

Déjeuner beim Kronprinzen. Der Prinz, der heute vor der Parade dem Gottesdienſte in der Waldenſer Kirche beigewohnt hatte, war geſtern auf der Superga geweſen. Da war nun der Abbate der Superga heute erſchienen und überreichte dem Prinzen eine Brochure: Beſchreibung und Geſchichte ſeiner Kirche. Der Prinz nahm das Geſchenk ſehr liebenswürdig an und lud den Abbate zum Frühſtück ein. Dieſer bat nach Tiſche um eine Photographie des Prinzen, der Prinz eilte in ſein Zimmer und brachte mehrere zur Auswahl; der Abbate wählte eine und bat, der Prinz möge ſeinen Namen darauf ſchreiben. Auch dieſer Wunſch wurde ihm erfüllt.

Ich nahm nach Tische eine Gelegenheit wahr dem Kronprinzen den Brief Pallavicini-Trivulzio's an den König zu überreichen; nicht um den Eindruck zu schwächen, sondern im Gegentheil, um ihn zu steigern, damit der Brief nicht als unbegründetes Wehegeschrei beseitigt werde, sagte ich dabei: mein Freund Pallavicini, mit dessen Schicksalen ich ihn bekannt machte, sei allerdings geneigt etwas schwarz zu sehen, der Brief enthalte aber dennoch viel, das leider wahr sei! Der Kronprinz antwortete indirect, indem er vom Könige Victor Emanuel sprach und erklärte: „Ich liebe ihn, ich kann mir nicht helfen!"

Usedom sagte mir, er ersehe aus den Aeußerungen der Herren von der Umgebung des Kronprinzen, daß der Prinz noch immer ebenso schlecht mit Bismarck stehe als früher. NB. Bezweifle ich nicht und hatte ich nicht anders erwartet. Der Kronprinz und pflichtschuldiger Weise auch die Herren, die ihn begleiten, sind unzufrieden mit Bismarck's deutscher Politik; er ist ihnen da nicht energisch genug, geht nicht rasch und entschlossen genug auf die Einheit Deutschland's los, „he is come to a stand in his german politics".

27. April. Etwas vor 11 Uhr auf dem Bahnhofe, wo so ziemlich das ganze diplomatische Corps zur Fahrt nach Florenz beisammen war. In Florenz erfuhr ich, daß während meiner Abwesenheit noch mehrfache Versuche gemacht worden sind sowohl das Gerüst zu dem Feuerwerk auf dem Arno als den Circus für das Caroussel anzuzünden. Eines Morgens fanden sich an vielen Straßenecken folgende Verse angeschlagen:

> In Firenze meno feste
> Nella camera più teste
> Ai poveri più di pane
> Nell palazzo meno cane!

Etwa:
> In Florenz weniger Feste
> In der Kammer klüg're Gäste
> Mehr des Brods den armen Essern
> Wen'ger Hunde in den Schlössern!

Sie waren mit guter Berechnung so hoch an der Wand angeschlagen, daß die Polizei sie nicht sogleich abreißen konnte. Es mußten
dazu überall erst Leitern herbei geschafft werden.

28. April. Um ½7 Uhr auf den Bahnhof gefahren. Wir
fanden da Panisera, der vorausgeeilt war die Wohnung des Prinzen
zu besorgen, den General Caborna mit seinem Stabe, den Syndicus
von Florenz, den Commandanten der Nationalgarde und einige andere
Herren. Nach und nach kamen Bunsen, unser Consul Schmitz, die
Subalternen, der Kanzler Heckert und der Feldjäger Leutnant Rohrbeck,
Graf Hohenthal, dessen ich mich von Gotha her, 1863, erinnere.

Der Zug kam an; der Prinz mit seinem Doppelgefolge, preußischem
und italienischem, stieg aus; Usedom und Otto Dönhoff waren auch
dabei, alle in Civil, in Reisekleidern. Der Kronprinz war sehr
liebenswürdig gegen jedermann; er wendete sich zuerst an die Damen,
und da machte die Gräfin Usedom seltsamer Weise, als Engländerin,
den Versuch ihm die Hand zu küssen. Mir gab er im Vorbeigehen
die Hand.

29. April. Um 7 Uhr Diner bei Sir Augustus Paget unserem
Kronprinzen zu Ehren, er hatte mich schon in Turin dazu eingeladen.
Der Kronprinz ließ sehr lange auf sich warten, entschuldigte sich aber
sehr höflich, als er endlich mit Stosch, Lucadou, Eulenburg, Jasmund und Robilante erschien. Nach Tisch versammelte sich eine
etwas zahlreichere Gesellschaft; es erschien Harry Arnim, preußischer
Gesandter in Rom, hergekommen, um den Kronprinzen auf italienischem Boden zu begrüßen. Er stellte sich mir selber vor und
meinte, so werde die Sache am kürzesten abgemacht. Ich hatte sogleich ein längeres, tiefer gehendes Gespäch mit ihm und lernte ihn
als einen sehr gescheidten Mann und gewiegten ernsten Diplomaten
kennen. Auch wurde mir deutlich, daß er sehr gut weiß, welcher Art
meine Stellung hier ist.

30. April. Um 11 Uhr zu der Contessina Laura Spanocchi,
um aus ihren Fenstern den feierlichen Einzug der Neuvermählten anzusehen, der bei dem herrlichsten Wetter stattfand. Fünfzig Kürassiere
eröffneten den Zug; dann folgte das neuvermählte Paar in einem
über und über vergoldetem, von acht sehr schönen Pferden in reichen

Geschirren und Federbüschen gezogenem, von vielen und reichen Livreen umgebenem Galawagen; darauf ein ganz eben solcher Wagen leer, di riserva, so erfordert es die althergebrachte Etiquette des hiesigen oder vielmehr des Turiner Hofes. Mehrere sechsspännige Wagen, in denen das Gefolge, namentlich die hiesigen Hofdamen der Prinzessin, darunter die Fürstin Corsini, Platz genommen hatten, schlossen sich an; den Schluß machten wieder fünfzig Kürassiere.

Der Zug konnte sich aber nicht in seiner Reinheit entfalten, denn allerhand Volk, Leute in kurzen Jacken und weißen Filzhüten drängten sich zwischen die Wagen hinein und gingen wacker mit im Zuge als gehörten sie zur Sache. Das fürstliche Paar wurde auch überall ganz anständig mit dem landesüblichen Händeklatschen empfangen.

Aber! als der Zug an unseren Fenstern vorüber war und sich in Borgo ogni Santi verlor, fuhr unser Kronprinz mit seinem Gefolge in ein paar Hof-Equipagen aus dem Thorweg des Hotels de la Paix heraus und schlug über den Lung Arno den kürzesten Weg nach dem Palast Pitti ein: da erschallte aus der Menge ein viel lebhafterer Beifall, ein viel lauterer Jubel, als er jenes Paar begrüßt hatte. Daß unser Prinz viel enthusiastischer begrüßt wurde als die einheimische königliche Familie, das war in der letzten Zeit schon in Turin auffallend genug; hier vollends war der Unterschied ein solcher, daß er für jeden ein Gegenstand der Verwunderung sein mußte, und merkwürdig war nebenher, wie lebhaft sich die Contessina Laura darüber freute; ihre Züge verklärten sich, wie sie uns eifrig versicherte, da sehe man doch, wie das „vero merito" anerkannt werde!

Besuch bei Harry Arnim in dem Hotel New-York. Langes Gespräch mit ihm über die allgemeine Lage Europas, deren Unsicherheit er sehr gut kennt, und die hiesigen Zustände, deren Schwäche er vollkommen durchschaut.

Ich: Die Erfahrungen der letzten Wochen haben mich vollends überzeugt, daß Florenz als Hauptstadt Italiens ein Unding ist; Italien kann auf die Länge nicht von Florenz aus regiert werden. Es giebt verständiger Weise nur zwei mögliche Hauptstädte in Italien:

Rom, vor dem sich alles beugt, dem gegenüber jede andere Stadt ihre Ansprüche fallen läßt, und Turin, wo wenigstens die Dynastie einheimisch ist.

H. Arnim: Die Regierung hätte allerdings in Turin bleiben müssen. Hat es dem Kronprinzen gesagt; hat, auf dessen Verwunderung, die Frage gestellt, ob wohl, wenn Deutschland zu einem Einheitsstaate würde, die Hauptstadt nach Stuttgart verlegt werden könnte, was gar keine geschichtliche Berechtigung hat, und wo die Dynastie der Hohenzollern vollkommen fremd wäre. In Rom ist der Eifer für Italien sehr abgekühlt, da man sieht, wie schlecht die Dinge in dem neuen Königreiche gehen. Die Vereinigung mit dem Königreiche wünscht Niemand als einige vornehme Familien; die Menge lebt von der Kirche und ist gewöhnt von der Kirche zu leben. Auf die Erhaltung des europäischen Friedens ist freilich selbst für dies Jahr nicht mit Zuversicht zu rechnen. Bismarck hat einen Fehler begangen, daß er es nicht wegen der Luxemburger Frage hat zum Kriege kommen lassen, zu einer Zeit, wo der Sieg leicht gewesen wäre; er giebt das jetzt auch selbst zu!

Ich: Giebt er das wirklich selbst zu?

H. Arnim: Er sagt wenigstens: „kann sein, daß ich mich geirrt habe!"

Ich: Ich habe es Bismarck damals auch gesagt, daß ich den Krieg für unvermeidlich halte; ja, daß ich nicht Einen Krieg, sondern eine Reihe von Kriegen mit Frankreich voraussehe. Die Franzosen sagen sich, daß die Entwicklung der preußischen Macht sie zwingen wird die Rolle aufzugeben, die sie seit dem Cardinal Richelieu in Europa gespielt haben, und die geben sie nicht auf, ohne wiederholt darum zu kämpfen. Uebrigens, im vorigen Jahre wäre der Sieg freilich verhältnißmäßig leicht gewesen, jedenfalls leichter als jetzt; die schweren Kämpfe, die uns bevorstehen, wären aber darum doch nicht ausgeblieben, eben weil uns unter allen Bedingungen eine Reihe von wiederholten Kriegen bevorsteht.

H. Arnim: „Wir hätten sie so zusammen gehauen, daß sie in zwanzig Jahren nicht wieder kamen." NB. Das fragt sich! Der Aerger über die Niederlage riefe ohne Zweifel eine

Revolution in Frankreich hervor, und könnte unter einer neuen Regierung sofort neue Kämpfe hervorrufen.

H. Arnim fragt, ob ich nicht Bismarck über die hiesigen Zustände aufzuklären suche?

Ich: Ich correspondire officiell nur mit dem General Moltke und mit dem Kriegsministerium.

1. Mai. Um 6 Uhr Diner beim Kronprinzen. Usedom erzählt mir: La Marmora hat sich dem Kronprinzen aufzudrängen gewußt. Unter dem Vorwande zu der Königin von Portugal zu gehen, die unter dem Kronprinzen im Hotel de la Paix wohnt, hat er sich so einzurichten gewußt, daß er dem Kronprinzen auf der Treppe begegnete, und da dann natürlich mit höflichen Worten begrüßt werden mußte, auf die einige Wechselreden folgten.

Usedom meint, das sei recht gut, nun sei die Sache abgemacht; für La Marmora liege kein Grund mehr vor eine Privataudienz zu verlangen, für den Kronprinzen kein Grund sie zu gewähren.

2. Mai. Dr. Schöll bei mir zum Frühstück. Als ich von Harry Arnim sprach, den ich für einen sehr gescheidten Mann halte, belehrte mich Dr. Schöll: „H. Arnim befürwortet die Dreitheilung Italiens, als im Interesse Preußen's liegend!" Das hätte ich allerdings nicht gedacht. Während wir noch beim Frühstück sitzen, kommt Espagna. Mit mir allein, sagte er: Rattazzi habe Grund zu glauben, daß allerdings zwischen Frankreich und Italien eine neue Convention vereinbart sei, und daß geheime, feindlich gegen Preußen gerichtete, Artikel angefügt seien. Ich spreche von dem Eindrucke, den mir Turin gemacht, das wenigstens als Heimatsort der Dynastie ein passender Sitz der Regierung war, während Florenz eine durchaus unpassende Hauptstadt Italiens ist.

Espagna: Cavour war immer der Meinung, daß Italien nur von Turin aus regiert werden könne, und daß die Regierung dort bleiben müsse; wenigstens bis der Augenblick gekommen sei sie nach Rom zu verlegen. In Turin sei das Volk disciplinirt und politisch gebildet. Cavour sagte stets, er rechne gar sehr auf den „bon sens" der Turiner, und wenn die Deputirten aus bem Süben, aus Neapel, auch ankämen avec les idées les plus saugrenues, „c'était son expression", ste würben sich in ben Kaffeehäusern u. s. w. auf politische Gespräche mit ben Turinern einlassen, und bie nüchternen Turiner würden sie schon zur Vernunft bringen.

Daß ber Prinz Napoleon, Plonplon, so schlecht aufgenommen ist, obgleich er ber entschiedenste Freund Italiens ist, ben es in Frankreich giebt, und obgleich ganz Italien bas weiß und ihn bafür kennt, bas sei allerbings politische Demonstration. Die Bevölkerung habe baburch aussprechen wollen, wie sehr bie gegenwärtige Politik Frankreichs und namentlich bie Anwesenheit französischer Truppen in Rom ihr mißfalle.

3. Mai. Nobilante sagte mir im Vorbeigehen: „je chante les louanges de votre prince, on ne peut jamais les chanter assez" etc. Ich fragte, ob Cucchiari ben Prinzen, ber Verabrebung gemäß, heute früh gesehen habe? Nein! bie Zusammenkunft ist aus allerhanb Grünben verschoben worben.

Gesanbtschaft. Malaret ist, wie alle Franzosen, wüthenb über bie Hulbigungen, bie hier überall unserem Kronprinzen entgegen gebracht werben, und hat sich burch seinen Aerger barüber schon zu einigen recht argen Tactlosigkeiten hinreißen lassen.

Vorgestern zu ber Gala-Vorstellung in ber Pergola waren nur biejenigen Gesanbten in bie königliche Loge eingelaben, bie hier in biesem Augenblicke einen Prinzen ober eine Prinzessin ihres Lanbes zu begleiten haben; also nur Usebom und be Castro; Malaret, ba Plonplon nicht mehr ba ist, so wenig als ber Gesanbte Englands ober Rußlands. Dennoch hat er sich ba eingebrängt, in großer Uniform, mit Stern und Banb. Oben angelangt auf ber Treppe, bie zu ber königlichen Loge führt, finbet er ben Oberstallmeister Castellengo und fragt ben nach bem Wege zur Loge. Da Castellengo, wie es scheint etwas verlegen, burch bie Gegenfrage antwortet, was er eigentlich wünsche? wieberholt er, peremtorisch bis zur Impertinenz: „Je vous demande où est le chemin à la loge royale!" Der wirb ihm bann in etwas trockener und empfinblicher Weise gewiesen. Malaret beachtet natürlich bie Verwunderung nicht, bie er, bort ein-

getroffen, in der Loge erregt, und sucht sich eine Zeit lang dem Publikum
so viel als möglich bemerkbar zu machen.

Später besuchte er Usedom's Frau in ihrer Loge, um ihr mit=
zutheilen, er sei nur deshalb inmitten der königlichen Familie er=
schienen „pour que les journaux ne disent pas demain que le
ministre de France n'y a pas été." Die Gräfin versicherte ihm:
„mais vous n'y avez pas été en qualité de ministre de France;
vous n'y avez été que comme particulier."

Etwas ernster sind andere Händel, die er angefangen hat.
Martin, vertrauter Secretär bei Menabrea wie früher bei Campello,
ist aus Nizza gebürtig, hat aber, wie seine heimathliche Provinz ab=
getreten wurde, nicht Franzose werden wollen. Natürlich schwärmt
er nicht für Frankreich, aber auch ganz abgesehen davon wäre es
unter solchen Bedingungen kaum schicklich zu nennen, wenn er
sich dem französischen Gesandten vorstellen ließe. Er hat es nie
gethan.

In Turin stellte ihn Malaret eines Tages auf der Treppe, ich
weiß nicht welches Gasthofes, die der Eine herabkam, während der
Andere hinan stieg. „Pourquoi ne me saluez-vous pas?" „Parce-
que je n'ai pas l'honneur de vous connaître!" „C'est un affront
fait à la France!" etc. Und den Abend macht Malaret dem Menabrea
auf dem Hofball eine geräuschvolle Scene, indem er laut und entschieden
verlangt, Martin solle zur Strafe sofort aus dem italienischen Staats=
dienst entlassen, d. h. eigentlich weggejagt werden. Menabrea hat sich
dieser eigenthümlichen Forderung wenigstens nicht sofort unterworfen,
er hat widersprochen und geantwortet, wenn Malaret glaube, er habe
zu klagen, solle er seine Beschwerde officiell und schriftlich einreichen.
Das ist nun geschehen; Malaret verlangt officiell und schriftlich nicht
mehr und nicht weniger als Martin's sofortige Entlassung; er ver=
langt sie als Genugthuung für eine Frankreich in seiner Person zu=
gefügte Beleidigung!

Alle Welt ist nun sehr gespannt auf den weiteren Verlauf der
Sache. Es wäre vernichtend schmachvoll, wenn Italien seine Beamten
nicht zu schützen wüßte und sich der Forderung fügte, und doch! wie
stünde Malaret da, wenn er die verlangte Genugthuung nicht erhält,

nachdem er sich selbst und Frankreich in so geräuschvoller Weise für beleidigt erklärt hat!

Man begreift kaum, wie er so unklug sein kann die Dinge ganz ohne alle Noth muthwillig so auf die Spitze zu stellen! Nach dem ganzen Hergang zu schließen, sollte man aber doch meinen, daß das bewußte Bündniß zwischen Frankreich und Italien wenigstens nicht so fest und sicher geschlossen ist, als Herr Constantin Reßmann vorgiebt. Es ist kaum zu glauben, daß Malaret sich so benehmen könnte, wenn dieses Bündniß bereits endgültig abgeschlossen wäre; das wäre dann das Benehmen eines geradezu Unsinnigen.

Schweitzer in der Straße. Er hat alle beachtenswerthen Zeitungsartikel die Zeit her gesammelt und seiner Regierung nach Karlsruhe gesendet. Erzählt mir den wesentlichen Inhalt. Die Haltung der Presse ist allerdings merkwürdig genug; der namenlose Aerger, den die günstige Aufnahme unseres Kronprinzen den Franzosen und allen ihren Anhängern verursacht, verräth sich eben überall. Die notorisch im Solde Frankreichs stehenden Tagesblätter „L'Italie" und „Il Corriere" schweigen natürlich; sie beschränken sich darauf den Kronprinzen so wenig als möglich zu erwähnen, nur wenn sie durchaus müssen, und dann berichten sie ganz einfach und ohne allen Commentar in kurzen Worten das Thatsächliche, wo er gewesen ist u. dergl.

Anders die officiösen Blätter der italienischen Regierung und die Organe der Consorteria; die überbieten sich in feindselig gegen Preußen gerichteten Artikeln. Den giftigsten dieser Artikel hat Peruzzi's Organ die „Opinione nazionale" gebracht.

Peruzzi bemüht sich darin darzuthun, der Straßenlärm, der den Kronprinzen von Preußen überall umgiebt, die Straßenhuldigungen und die Ovationen, die ihm überall dargebracht werden, bewiesen gar nichts, denn sie gingen lediglich vom Pöbel aus! von Leuten, die durchaus keine politische Einsicht hätten und ebenso wenig irgend einen politischen Einfluß; von Leuten, die gar nicht mitzureden hätten. Die höheren, gebildeten Stände nähmen keinen Antheil daran. So beweise denn dieses ganz leere Straßengeräusch keineswegs, daß im Lande irgend welche Sympathien für Preußen herrschten, und noch

weniger, daß Italien jemals vergessen könne, welche Dankbarkeit es
Frankreich schuldig sei, oder vergessen, daß es seinen bleibenden zuverlässigen Freund, seine eigentliche Stütze, stets in Frankreich zu
suchen habe und nirgends sonst. Frankreich allein, und keine andere
Macht, sei der natürliche Verbündete Italiens!

Die Journale der Opposition, der Nationalpartei, bilden natürlich
den Gegensatz. Rattazzi äußert sich vorsichtig in der „Nazione", er
beschäftigt sich nur vielfach mit dem Prinzen und sagt viel zu seinem
Lobe, ohne Folgerungen, namentlich ohne Folgerungen für Italien
daran zu knüpfen.

„La Riforma", das Blatt der entschiedenen Linken, geht natürlich
weiter und tritt entschieden feindlich gegen Frankreich auf. Der Geist
ihrer Leitartikel kündigt sich meist schon in den Ueberschriften an; so
hat sie einen Artikel „Sadowa e Mentana" überschrieben, in dem sie
Preußen, das bei Sadowa Venetien für Italien erobert und Frankreich, das bei Mentana der weltlichen Macht des Papstes und dem
von ihm geschützten Brigantenthum zum Siege über Italien verhilft,
einander gegenüber stellt.

Diner bei dem Kronprinzen. Der Kronprinz spricht mir noch
von G. Pallavicini-Trivulzio's Brief, der ihm, gegen meine Erwartung,
einen bedeutenden Eindruck gemacht zu haben scheint. Er fand ihn
sehr merkwürdig und sprach den Wunsch aus ihn zu behalten, was
ihm natürlich frei steht. Möchte er ihn nur daheim zeigen à qui
de droit.

Abends war ich zur Fürstin Corsini, ci-devant Herzogin von
Cassiliano, eingeladen und fuhr bald nach 9 Uhr in den alten Palazzo
Corsini, am Lung Arno, der zum feierlichen Empfange des Hofes ein-
gerichtet war.

Die Italiener sind nicht gastfrei, wenn sie aber einmal repräsen-
tiren müssen, wissen sie sich fürstlich zu zeigen und zwar mit Ge-
schmack, und ihre großartigen alten Paläste, die man in der Art
garnicht mehr zu bauen weiß, eignen sich vortrefflich dazu.

Auf dem ersten Absatze der im großen Style angelegten Parade-
treppe steht in einer Wandnische die colossale Statue des Papstes
Corsini. Heute war da eine Ehrenwache von Kürassieren aufgestellt.

Der Maßstab des Ganzen ist ein so großartiger, daß die Helmspitzen der Kürassiere noch nicht bis an die Füße der Papststatue reichten, unter der sie standen. Sehr zahlreiche Dienerschaft, theils gepudert, die Röcke reich mit Wappentressen besetzt, theils im schwarzen Anzuge, in Schuhen. Durch einen großen Ballsaal, der durch zwei Stockwerke geht, war ein breiter Weg nach den Sälen bezeichnet, die gegen den Arno hin liegen; er war von blühenden Sträuchern eingefaßt, aus denen sich zu jeder Seite eine Reihe vergoldeter Karyatiden erhob, die Astrallampen auf den Köpfen trugen.

In den a giorno erleuchteten Sälen nach dem Arno hinaus bewegte sich bereits die glänzendste Gesellschaft, die Damen in Toiletten, die nicht reicher oder glänzender sein konnten, obgleich alle en robes montantes erschienen, weil man ja an den offenen Fenstern oder im Freien sein sollte. Die drei Damen des Hauses machten auf das liebenswürdigste die Honneurs. Die große Terrasse die, gegen den Arno hin, die beiden Flügel des Palastes verbindet, war mit einem glänzenden, nach dem Fluß hin offenen, Pavillon überbaut, den zwanzig Krystallkronleuchter erleuchteten, und in dem zwei lange Reihen vergoldeter mit rothem Sammet überzogener Lehnstühle und Stühle bereit standen. Man hatte durchaus das Gefühl qu'on était chez des gens de qualité.

Bald nach uns erschien der Hof in großer Vollständigkeit, der König, seine beiden Söhne, die Prinzessin Margherita, unser Kronprinz, alle von zahlreichem Gefolge umgeben.

Das Feuerwerk war großartig angelegt; es erschien hoch über dem Arno in weißem Brillantfeuer ein phantastischer Feenpalast mit Thürmen und Domen, der die ganze Breite des Flußbettes einnahm.

Später ging ich zu Lady Orford, deren Salon heute etwas verlassen war. Martin war da und eine Durchreisende, Casimir Batthyányi's Wittwe, ehemals als Gusty Szápáry Ungarns berühmteste Schönheit, jetzt eine Frau von sechzig Jahren, die aber noch keineswegs alle Ansprüche aufgegeben hat.

Viel mit ihr von Casimir gesprochen. Sie klagt über Undank des Volks; er sei in Ungarn vergessen, und überhaupt habe das Volk dort alle seine Führer von 1848 vergessen bis auf einen, den werth-

losesten von allen, der es am wenigsten verdient habe, daß man seiner
gedenke, nämlich Kossuth! Dessen Name stehe in Ehren unter dem
ungarischen Volke.

4. Mai. Usedom wollte eine Zusammenkunft des Kronprinzen mit
dem General Cucchiari vermitteln. Der General sollte Auskunft geben
über den Feldzug 1866 und La Marmora's Benehmen. Das wollten
natürlich die Herren Piemontesen nicht haben, und es ist ihnen gelungen die Zusammenkunft zu hintertreiben. Sie haben nämlich
dem General Stosch weiß gemacht, Cucchiari, der allerdings den
Ruf hat ein bon-vivant zu sein, sei ein ganz verrufenes Subject,
ein Mensch, mit dem Niemand umgehe, und den der Prinz anständiger
Weise gar nicht sehen könne. NB. Wenn dem so ist, warum hat
man ihm dann in jedem Kriege ein höheres Commando gegeben?
und warum ihn zum Mitgliede der höchsten Corporation im Reiche,
nämlich des Senats, gemacht? Warum gehen endlich die Herren
Piemontesen selber so freundschaftlich mit ihm um, während sie ihn
verleumden?

Usedom bat mich den General Stosch womöglich über das
wahre Verhältniß und die Bedeutung dieser Intrigue aufzuklären.
Ich versuche es, aber vergebens! Stosch ist wunderbar leidenschaftlich
befangen, fährt gleich auf und wird heftig. Cucchiari sei „ein schlechter
Kerl", den der Prinz gar nicht sehen könne! Wer sagt das? „Die
ganze Armee!" (NB. Das heißt Mobilante und vielleicht noch ein
oder zwei andere Officiere!) Was hat er denn schlechtes gethan?
„Er steckt mit den Deputirten zusammen, er macht Opposition gegen
die Armee; wer das thut, der ist ein schlechter Kerl!"

Ich konnte nicht umhin Stosch groß anzusehen; er der Kriegsminister in spe eines Fortschritts-Ministeriums! Wie lange hat er
selbst mit den Leipziger Literaten „zusammengesteckt" und gemein-
schaftlich mit ihnen gegen die preußische Armee und ihre Reorganisation angekämpft? wie viele anonyme Artikel hat er nicht selbst gegen
die neue Organisation und die dreijährige Dienstzeit geschrieben und
in den „Grenzboten" drucken lassen, dabei sogar ganz direct die
Dienstvorschriften verletzt, auf die er verpflichtet ist, und die ihm
verbieten etwas drucken zu lassen ohne Vorwissen seiner Vorgesetzten!

Zu machen aber war nichts; ich mußte es aufgeben.

Der Kronprinz raucht nach Tisch auf der Terrasse seine kurze Pfeife und spricht vom Kriege, von der Ausrüstung des Soldaten und ihrer Zweckmäßigkeit, von dem was günstig, was ungünstig auf den Geist des Soldaten einwirkt; von den Modificationen der Taktik, welche durch die neuen Waffen bedingt sind 2c. Zu meiner Freude mit Verstand und wirklicher Einsicht.

Usedom zweifelt nicht mehr daran, daß das Bündniß zwischen Italien und Frankreich geschlossen ist, meint aber, Menabrea werde den Vertrag nicht auszuführen, werde Frankreich zu betrügen suchen. Die Lust dazu wird allerdings vorhanden sein, ob aber auch der Muth? Da liegt die Frage! Usedom sieht in der Politik Preußens immerdar Furcht vor den Katholiken, Besorgniß die Katholiken unzufrieden zu machen, als bewegendes Motiv und eine Neigung die katholische Kirche zu unterstützen, die sich daraus ergiebt. Wenn wir voriges Jahr nur ein Wort in Paris gesagt hätten, dann hätte Frankreich in Rom nicht intervenirt(?!!), das weiß er jetzt mit Bestimmtheit aus England; aber wir wollten damals den Papst protegiren. Aber das weiß er doch, daß die Klerikalen in Paris Herren der Situation sind, und da sollte er sich doch gegenwärtig erhalten, daß die Intervention gewiß nicht so leicht zu hintertreiben war.

5. Mai. Zur Zeit des Frühstücks kommt Espagna in Rattazzi's Auftrage. Unser Kronprinz hat bei dem Galadiner Rattazzi bemerkt, hat ihn sich nach Tisch vorstellen lassen, und mit ihm gesprochen, zum großen Entsetzen der Consorteria. Nun fragt Rattazzi, ob er eine Audienz bei dem Kronprinzen verlangen soll, und was er zu diesem Ende für Schritte zu thun hat.

Ich: Er soll an General Stosch schreiben. Uebrigens rathe ich ihm nicht ausdrücklich eine Audienz zu verlangen, sondern die Sache hypothetisch zu stellen; der Prinz habe ihn sich vorstellen lassen, für den Fall, daß der Prinz das bei dieser Gelegenheit begonnene Gespräch wieder aufzunehmen wünsche, frage er an 2c. (Da wird dann die ablehnende Antwort, die ich vorher sehe, weniger verletzend.)

Espagna versichert lachend aber geheimnißvoll: „Rattazzi est plus que jamais l'ami personnel du Roi", der

König sehe ihn, so oft es möglich ist, und stehe in vertrauter Corre=
spondenz mit ihm. NB. Das glaube ich! der König kann es nicht
lassen und wird es nie lassen immerdar hinter dem Rücken seiner
Minister, wer die auch sein mögen, mit irgend Jemandem zu intriguiren,
der ganz außerhalb des Ministeriums steht. Jetzt Rattazzi zu einem
Vertrauensmann dieser Art zu machen lag sehr nahe!

Espagna weiß, daß Cucchiari durch die Piemontesen fern von
dem Kronprinzen gehalten worden ist, aber der Prinz reist über Pisa,
könnte es nun nicht so eingerichtet werden, daß er sich dort ein paar
Stunden aufhielte, etwa unter dem Vorwande den Dom zu besuchen,
und in der That mit Cialdini zusammenträfe? Cialdini müßte vom
Prinzen gerufen werden, denn sonst würde er sich dem Prinzen
nicht vorstellen, da es in seiner Art liegt sich immer fern zu halten.
NB. Cialdini kann in seinem Auftreten die Unsicherheit des parvenu
nicht bewältigen.

Nach dem Palast Pitti zum Hofball gefahren; die bekannte Scene
mit einigen Variationen. Der Hof erschien und brachte eine neue
Erscheinung: die Großfürstin Marie Nikolajewna von Rußland=
Leuchtenberg, die mit dem Leuchtenberger vermählt wurde, weil sie
in Petersburg leben wollte und nirgends sonst, und die nun, nachdem
ihre Lebensverhältnisse diesem Wunsche gemäß geordnet waren, überall
zu finden ist, nur in Rußland nicht.

Wie das Leben schwindet! Sie ist jetzt eine alte Frau, und mir
ist, als hätte ich sie erst vor Kurzem in Berlin in einer Backfisch=
toilette, in kurzen Röcken und Pantalons tanzen sehen!

Die italienischen Prinzen trugen heute das Band des schwarzen
Adlerordens, unser Kronprinz, wieder in Dragoner-Uniform, das
Band des Militärordens von Savoyen. Die Prinzessin Margherita
amüsirte sich wieder vortrefflich.

Unser Kronprinz ließ R. von Unruh, einen jungen preußischen
Officier, der bei Skalitz verwundet worden ist und sich zur Erholung
hier aufhält, aufsuchen, stellte ihn selbst dem Könige Victor Emanuel
vor und erzählte dabei, in welcher ehrenvollen Weise er bei Skalitz
das Soldaten=Ehrenkreuz gewonnen hat. Ich hatte ihm das alles in
Turin erzählt, und er hat es sich alles sehr genau gemerkt. Victor

Emanuel sagte zu meinem Schutzbefohlenen: „Vous avez montré beaucoup de courage" und verlieh ihm das Ritterkreuz der Corona d'Italia. Leider erhielt auch der etwas rohe Leutnant H., von dem keinerlei Heldenthaten bekannt sind, der aber zu gleicher Zeit vorgestellt wurde, dieses Kreuz, das dadurch von seinem Werthe einigermaßen verliert. R. Unruh aber schwamm in Seligkeit, wie denn überhaupt sein Aufenthalt hier in Florenz eine glänzende Fest- und Jubelperiode für ihn ist.

König Victor Emanuel überbot sich an diesem Abende überhaupt, zum großen Erstaunen eines jeden und besonders der Italiener, in einer Liebenswürdigkeit, die man an ihm durchaus nicht gewohnt ist. Er hat unserem Kronprinzen eine schöne Tischplatte von pietra dura zum Andenken geschenkt. Der Kronprinz sagte einige Worte zum Lobe des Pferdes arabischer Zucht, das er heute früh bei der Parade geritten hatte, sogleich schenkte ihm der König auch das Pferd.

Mrs. Cadogan war auch wieder, wie immer, unter den Damen des diplomatischen Corps, zu denen sie doch eigentlich gar nicht gehört, da konnte es auch der Held von Custozza, La Marmora, nicht lassen auf Umwegen heranzukommen, sich unter das diplomatische Corps zu mischen, und sich, wenn nicht liebenswürdig, doch jedenfalls verliebt zu zeigen. Seine Frau, die wunderbarste ihrer unerhörten Perrücken auf dem Kopfe, saß ganz in der Nähe auf ihrem Tabouret, als älteste der drei Annunziaten-Damen, die erschienen waren. Ich wendete dem Helden von Custozza sehr entschieden den Rücken.

Martin wurde in sehr auffallender Weise von Mme. Menabrea choiirt, mußte, nachdem der Hof sich entfernt hatte, unter den Damen vom diplomatischen Corps Platz nehmen, man sprach sehr angelegentlich mit ihm, kurz, es sollte auffallen, daß man ihn sehr hoch und werth hält.

6. Mai. Ich spreche Usedom von dem Gedanken, den Espagna, oder Rattazzi, an die Hand giebt, ob sich nicht, da die Zusammenkunft des Kronprinzen mit Cucchiari durch die Consorteria vereitelt worden ist, eine Zusammenkunft mit Cialdini in Pisa herbeiführen ließe.

Usedom meint, der Kronprinz sei so genau überwacht, daß es

garnicht möglich sei dergleichen zu versuchen, obgleich der Prinz allerdings über Pisa und La Spezzia nach Genua reist. (NB. und von dort nach Hause.) Ob er wirklich die Absicht gehabt hat einen flüchtigen Besuch in Rom zu machen, wie die Zeitungen vorgaben, weiß ich nicht zu sagen. Ich glaube es nicht. Ein Kronprinz von Preußen hat par le temps qui court gute Gründe den Papst nicht aufzusuchen, und die Anwesenheit des Königs von Neapel ist beinahe noch mehr geeignet ihn fern von Rom zu halten. Jedenfalls hat der Prinz sich sehr darüber geärgert, daß die Zeitungen verkündigten, er gehe nach Rom um mit dem Papst zu sprechen.

Espagna erzählt mir, die Scene auf dem Hofballe zu Turin zwischen Malaret und Menabrea sei très-vive gewesen, Menabrea habe zuletzt dem französischen Gesandten gesagt: „Vous devenez insupportable!"

Heute um ½5 Uhr früh auf dem Bahnhofe, um den Kronprinzen abreisen zu sehen. Der Prinz Humbert, in Civil, sein zahlreiches Gefolge in Uniform, ist bereits da, wie wir ankommen. Der Kronprinz kommt mit seinem Doppelgefolge, Usedom und Otto Dönhoff, die ihn bis an die Grenze begleiten, sämmtlich in Civil und in Reisekleidern. Der Kronprinz nahm von dem Prinzen Humbert sehr freundschaftlich, von uns anderen sehr liebenswürdig Abschied. Mir sagte er: „Es hat mich zwar sehr gefreut, Sie hier wieder zu sehen, aber gehabt habe ich nicht viel von Ihnen! Jedes Mal, daß ich es einrichten wollte, (NB. ein längeres Gespräch mit mir ohne Zweifel) ist etwas dazwischen gekommen!"

---

13. Politische und revolutionäre Umtriebe. Ausflug nach Pisa.

10. Mai. Zur Zeit des Luncheon kommt Espagna. Ueber die zwischen Frankreich und Italien neu geschlossene Convention wollte er sich diesmal nicht so bestimmt aussprechen als letzt; er verleugnete

sogar in gewissem Sinne, was er mir darüber gesagt hatte, denn seinem heutigen Berichte zufolge hätte Rattazzi nicht gesagt: „er habe Grund zu glauben, daß der ostensiblen Convention geheime Artikel angefügt sind," sondern nur: „das könne wohl sein, es sähe Menabrea ähnlich, Menabrea sei dessen wohl fähig" 2c. Um so merkwürdiger mußte es mir sein, daß er durch seine heutigen Mittheilungen mittelbar alles, was sein bestimmterer Bericht neulich besagte, ganz entschieden bestätigte.

Er sagte mir nämlich: Die Unterhandlungen über die Convention seien in's Stocken gerathen, ja die Sache sei zu Boden gefallen, weil der Papst sich auf nichts einlassen wolle. Der Papst sei seit Mentana sehr „exigeant" geworden, sage zu allem non possumus und wolle das Dasein des Königreichs Italien nicht einmal mittelbar, nicht einmal Frankreich gegenüber anerkennen, keiner Concession zustimmen, die Frankreich dem Königreich Italien machen möchte, namentlich nicht gestatten, daß die französischen Truppen das päpstliche Gebiet verlassen. Napoleon III. kann aber nicht energisch gegen den Papst auftreten („avec énergie"), er kann nichts thun, was in Rom mißfällt, kann namentlich seine Truppen nicht gegen den Willen des Papstes aus dem Römischen zurückrufen, weil er den Beistand des Klerus und folglich des Papstes bei den neuen bevorstehenden Wahlen zum Corps législatif in Frankreich braucht, ja nicht entbehren kann.

Da demnach Frankreich außer Stande ist seinerseits die neu geschlossene Convention zu erfüllen, fällt diese in sich zusammen und auch Italien ist aller Verpflichtungen ledig, die es darin übernommen hat. Menabrea ist darüber sehr erfreut, er spricht den Wunsch aus, daß Italien im Falle eines europäischen Conflicts neutral bleibe; hat ihn im Ministerrath ausgesprochen.

Daß nun Menabrea, nachdem die Convention gefallen ist, im Ministerrath erklärt, er wünsche vorkommenden Falles die Neutralität Italiens aufrecht zu halten, beweist, wenn ich nicht irre, noch entschiedener, daß dies erst durch den Fall der Convention, durch die wieder erlangte Freiheit möglich geworden ist, daß die Convention

Stipulationen enthielt, die es unmöglich machten. Auch ist es, wenn ich Rattazzi's Botschaft nicht ganz mißverstehe, wohl gerade das, was er mir durch den Nachsatz, Menabrea's Freude und Neutralität betreffend, zu verstehen geben will.

22. Mai. Zur Gesandtschaft. Gespräch mit Usedom. Er zeigt mir seine Depesche an Bismarck, vom 17. April, die neue Convention zwischen Frankreich und Italien betreffend, die er unmittelbar nach den ad hoc von mir erhaltenen Mittheilungen abgefertigt hat. Bismarck verlangte genau und bestimmt zu wissen, woher ich meine Nachrichten habe. Das habe ich Usedom genau gesagt, in der Erwartung, er werde es ebenso genau weiter berichten, anstatt dessen hat nun Usedom geschrieben: er habe aus einer Quelle, die sich in letzter Instanz auf Nigra, den italienischen Gesandten in Paris, zurückführen lasse, erfahren, daß eine neue Convention geschlossen sei und in geheimen Artikeln ein Offensiv- und Defensivbündniß zwischen Frankreich und Italien feststelle. Also wieder etwas Unbestimmtes, das keine festen Anhaltspunkte gewährt. „Sie sehen, ich habe Niemanden compromittirt," sagt Usedom mit Befriedigung. Die Antwort, die er soeben von Bismarck bekommen hat, besagt, daß Graf Goltz, der beauftragt worden war, die Angelegenheit klar zu stellen, sich dieserhalb an Nigra gewandt und von diesem die ganz offene Antwort erhalten habe, es sei allerdings eine Convention geschlossen; auch sind Goltz die drei (NB. oftensiblen) Artikel, aus denen sie besteht rückhaltlos vorgelegt worden.

NB. Aber die geheimen Artikel? Von denen ist gar nicht die Rede! Ich erkenne daran den leichtblütigen Robert Goltz, der sich leicht etwas aufbinden läßt, der gelegentlich durch ein Nichts ganz außer Fassung gebracht werden kann und sich dann ein anderes Mal auch wieder über die bedenklichsten Dinge sehr leichthin beruhigen läßt. Doch pflegt Bismarck dem Mann sonst nicht viel zu glauben!

Nun fügt Bismarck hinzu: „es sei auffallend, daß Usedom, schon seit so vielen Jahren in Italien, nicht gewußt habe ein solches Ansehen und Vertrauen, kurz eine solche Stellung zu gewinnen, daß ihm, gleich den preußischen Gesandten an den anderen Höfen, dergleichen Mittheilungen amtlich von der Regierung selbst gemacht würden, bei der er accreditirt sei; daß er sich in der Lage befinde, solche Ereignisse wie den Abschluß einer Convention auf Umwegen erfahren zu müssen."

23. Mai. Brief an Moltke. Inhalt: „Meine Quellen, die Nachrichten über die Convention betreffend, waren: die hiesige Schweizer Gesandtschaft und weiter die Schweizer Gesandtschaft in Paris, endlich Constantin Reszmann, Nigra's zweiter Secretär."

„Daß wirklich eine neue Convention geschlossen ist, dessen hat Barbolani die Zeit her gegen die fremden Minister gar kein Hehl. Auch den Inhalt der ostensiblen Artikel dieser Convention theilt er ohne Rückhalt mit. Das ist aber alles verhältnißmäßig irrelevant. Worauf es eigentlich ankäme, das wäre zu wissen, ob der Tractat auch noch geheime Artikel enthält, und was in diesen festgestellt ist. Ueber die geheimen Artikel schweigt natürlich Barbolani; ausdrücklich darum befragt, würde er sie ohne Zweifel ausdrücklich verleugnen, das würde aber auch gar nichts beweisen."

„Melde den Inhalt der beiden Botschaften Rattazzi's an mich. Sie bestätigen das Dasein der geheimen Artikel, wenn ich sie nicht durchaus mißverstanden habe. Glücklicher Weise sind Convention und geheime Artikel an dem Widerspruche des Papstes gescheitert. Napoleon III. glaubt den Beistand der Klerisei und folglich auch des Papstes behufs der nächsten Wahlen nicht entbehren zu können, und dieser Umstand macht den Papst zum Herrn der Situation, zum Herrn der Beziehungen zwischen Frankreich und Italien."

27. Mai. Fast alle großen Städte in Italien suchen in diesem Augenblicke Anleihen zu machen und zum Theil recht ansehnliche; die Stadt Neapel z. B. sucht ein Kapital von 12 Millionen aufzunehmen, und außerdem suchen eine Menge kleinerer Communen, kleiner Städte, ja eine Menge Dörfer Geld. Alles zusammen geht in viele Millionen; das gesuchte Geld ist aber nirgends aufzutreiben.

NB. Sehr natürlich! Alles verfügbare Kapital, das im Lande war, ist eben durch die schnell heran gewachsene Staatsschuld vollständig absorbirt, es ist vor der Hand nichts weiter da, und jede irgend bedeutende Anleihe im Lande geradezu unmöglich.

31. Mai. Dr. Schöll, Privatsecretär von Usedom, sagt mir, mit dem Bündnisse zwischen Frankreich und Italien sei es nun vollständig aus; selbst Leute wie Massari wagen nicht mehr davon zu sprechen als von einer Möglichkeit, seitdem die neueste Convention in sich zusammen gefallen ist, weil Frankreich die Bedingungen nicht erfüllen kann.

NB. Das glaube ich wohl, da sich nun erwiesen hat, daß Frankreich es nicht in seiner Macht hat, in Beziehung auf Rom auch nur das Mindeste zu gewähren. Uebrigens sehr hübsch, daß gerade der Papst unsere Geschäfte macht, indem er dieses Bündniß hintertreibt!

Italien ist nun in der Tuniser Angelegenheit selbständig, unabhängig von Frankreich, aufgetreten und hat gesehen, daß es geht! Das wird der hiesigen Regierung Muth machen.

2. Juni. Zur Marquise Pallavicini-Trivulzio; eiliges aber nicht unbedeutendes Gespräch. Sie ist sehr ungehalten über die Haltung der Linken, der Nationalpartei, die in verwerflichen Leuten, in Rattazzi und Crispi, ihre Führer anerkennt. Der König intriguirt mit Rattazzi; es ist ihm aber anstößig, daß Rattazzi mit der liberalen Nationalpartei in Verbindung steht, die er seinerseits mit nie beschwichtigtem Mißtrauen betrachtet. Rattazzi hat ihn darüber beruhigt durch die Versicherung, er schließe sich der Linken nur an „pour la jouer"!

Ich bemerkte, in der That ohne Verwunderung, denn so seltsam die Täuschung auch ist, kehrt sie doch immer und überall wieder, ich bemerkte, daß Mme. Pallavicini die politische Rolle ihres vierundsiebzigjährigen Gemahls keineswegs für beendigt hält. Sie glaubt eine Revolution unvermeidlich und nahe und meint, wenn alles bricht, werde sich Italien vielleicht erinnern, daß in der Zurückgezogenheit noch ein würdiges Haupt der Nationalpartei lebt, ein Mann, der frei ist von allem Schmutz der Intrigue! Als ob nicht jede neue gewaltsame Bewegung auch neue Menschen empor brächte und sich ihre eigenen Abgötter und Helden schaffte!

4. Juni. Gegen 3 Uhr in das Kriegsministerium zu Driquet, mich über die Organisation der italienischen Artillerie vollständig zu orientiren.

Sie besteht aus neun Regimentern; ein Regiment Pontonniere führt seltsamer Weise die Nr. 1; Nr. 2, 3, 4 sind Festungs-Artillerie; die Regimenter 5—9 sind Feld-Artillerie. Das Regiment Feld-Artillerie besteht aus 16 Compagnien, von denen 15 identisch sind mit ebenso vielen Batterien; die 16. ist Depot. Die Batterie besteht vollzählig aus 6 Geschützen. Das Regiment hat keine andere organische Eintheilung als die in Batterien; es giebt keine Mittel-glieder der Eintheilung. Zwar werden im Felde stets mehrere Batterien zu einer „Brigade" zusammen gestellt; gewöhnlich drei, zuweilen aber auch, je nach Umständen und Bedürfniß nur zwei, oder vier oder selbst fünf. Diese „Brigaden" sind aber kein noth-wendiges oder bleibendes Element in dem Organismus des Regiments; sie sind ein zeitweiliges Gebilde, das lediglich eine momentane tactische Bedeutung hat, und gebildet, anders zusammengestellt, aufgelöst wird, wie es der Augenblick erfordert.

Ich: Mir scheint der Pferdebestand der Artillerie seit dem ver-gangenen Herbst bedeutend erhöht.

Driquet sagt, es seien seitdem nur 1000 Artillerie-Pferde gekauft worden; die Batterien haben sämmtlich je vier bespannte Geschütze, bis auf zwölf Batterien unter Cialdini's Befehlen, die deren je sechs hätten. Doch seien dieser vollständiger ausgerüsteten Batterien nicht immer gerade zwölf, das wechsele; er sprach überhaupt mit etwas unsicherer Stimme davon und gestand, daß die fünf unter Cialdini's Commando gestellten Divisionen sich ganz in derselben Verfassung befinden wie alle übrigen, und in keiner Weise schlagfertiger oder vollzähliger sind als die andern.

NB. An das Dasein der Batterien zu je 6 Geschützen glaube ich überhaupt nicht. Wenn es deren gäbe, warum hätte man als-dann hier sechs Batterien, die nur je vier Geschütze zählten, zu vieren von sechs Geschützen zusammen gestellt, um unserem Kronprinzen der-gleichen vorführen zu können? Ich glaube nicht einmal, daß alle Batterien wirklich vier bespannte Geschütze haben. Die Artillerie zählt im Ganzen 75 Batterien, müßte also nach Driquet's Angaben in diesem Augenblicke 324 bespannte Geschütze haben. Das ist schwerlich der Fall. Denn: der Pferdebestand ist seit dem October nur um 1000 Stück,

d. h. um die Bespannung von circa 160 Geschützen vermehrt worden;
die Artillerie müßte also, wenn Driquet's Angaben richtig wären,
im October bereits 160 bespannte Geschütze gehabt haben. Das
scheint mir unwahrscheinlich. Ich glaube, daß die gesammte Artillerie
in diesem Augenblick kaum mehr als 280 bespannte Geschütze hat.

6. Juni. Brief an Moltke beendigt; Inhalt: Bericht über die
Paraden in Turin und hier; Kavallerie-Regimenter bedeutend schwächer
als im vergangenen Jahre; ist der Pferdebestand sonst nicht vermindert
worden, so sind wenigstens gewiß die ausrangirten oder sonst in
Abgang gekommenen Pferde nicht ersetzt worden. Ueber die Artillerie
wie im Tagebuche. Die Infanterie; zu Turin die Mannschaft der
vier Bataillone in drei rangirt, hier in Florenz Leute von anderen
Regimentern, aus anderen Garnisonen geborgt, um die Bataillone
auf 380 Mann zu bringen. Re vera sind sie kaum, obgleich vier
Klassen (Jahrgänge) unter den Waffen stehen, 300 Mann stark.
Diese Schwäche rührt zum Theil, abgesehen von Beurlaubungen,
daher, daß die ausgehobene Mannschaft eben niemals vollständig bei
den Fahnen eintrifft, kein Jahrgang wirklich die gesetzlich festgestellte
Zahl ergiebt. Die Zahl der Refractaires, d. h. der ausgehobenen
jungen Leute, die sich dem Dienste durch die Flucht u. s. w. entziehen,
ist in Umbrien und im ganzen Süden, besonders aber in Sicilien,
sehr groß. In Sicilien berechnet man die Zahl der Refractaires
auf 10,300; das will sagen, daß sich dort mit wenigen Ausnahmen
alle ausgehobenen jungen Leute dem Dienste entzogen haben.

Die Ausbildung der Infanterie läßt sehr viel zu wünschen. Alle
Reformen, die General Revel beabsichtigte, auch die tactischen Neue-
rungen, die er einführen wollte, sind seit seinem Austritte aus dem
Ministerium liegen geblieben, und die Tactik der italienischen Armee
ist vor wie nach die französische des Exercier-Reglements von 1790.
Die Art, wie das Bajonettfechten mit leichten Stäben gelehrt wird,
ist sehr unzweckmäßig. Besonders aber wird die Infanterie in ganz
unzureichender Weise im Scheibenschießen geübt; nicht entfernt so,
wie es durch die Natur der heutigen Waffen geboten wäre. Die
bei weitem meisten Garnisonen haben nicht einmal zweckmäßig
eingerichtete Schießstände. Dergleichen finden sich nur in Turin,

in Alessandria und in einigen ehemals österreichischen Garnison=
städten.

Resultat: Diese Armee würde mehrerer Monate bedürfen, um
sich in schlagfertigen Stand zu versetzen; die Reiterei würde mit
nicht viel mehr als 400 Pferden per Regiment ausrücken können;
die Linien=Bataillone würden schwerlich volle 600 Mann stark sein,
die Bersaglieri=Bataillone nicht volle 500 Mann. Die Ausbildung
würde sich ungenügend erweisen in den wesentlichsten Dingen und
die Disciplin sehr schwach! Glänzende Thaten wären in keiner Weise
zu erwarten!

11. Juni. Schweitzer kommt und zeigt mir ein Telegramm:
Der Fürst Michael von Serbien ist ermordet! Meine augen=
blickliche Ueberzeugung ist, daß dieser Unthat, de manière ou d'autre,
eine österreichische Intrigue zum Grunde liegt, wenn ich auch
natürlich nicht sagen will, daß die österreichische Regierung ausdrück=
lich den Mord beabsichtigt oder gar veranstaltet habe. Aber das
Wiener Cabinet hat schon seit längerer Zeit in sehr sichtbarer Weise
intriguirt, um die russisch gesinnten Obrenovic aus Serbien zu ver=
treiben und wieder die Karageorgievic an ihre Stelle zu bringen,
die sich während des Krimkrieges so gut österreichisch erwiesen hatten;
und wenn man sich einmal mit dergleichen Halbwilden einläßt und
gemeinschaftliche Sache mit ihnen macht, kann man nicht verhindern,
daß sie zu den Mitteln greifen, die ihnen geläufig sind.

13. Juni. Zu meiner nicht geringen Ueberraschung melden sich
zwei ehemalige Soldaten Garibaldi's und wollen sich für den
preußischen Militärdienst anwerben lassen. Sie haben
gehört, daß ein italienisches Freicorps für Preußen angeworben werde,
und ich bin ihnen als derjenige bezeichnet worden, der die Sache
leitet. Ich hatte alle Mühe sie zu überzeugen, daß sie durch ein
leeres Gerücht getäuscht worden sind, und daß nichts an der Sache
wahr ist. Sie verließen mich sehr mißvergnügt; es war ihnen durch=
aus nicht recht, daß sie nicht angeworben wurden.

14. Juni. Heute melden sich die Rekruten, meist ehe=
malige Garibaldiner, zu meinem wachsenden Erstaunen
in hellen Haufen bei mir und wollen für Preußen an=

geworben fein. Sie kommen in Gruppen von vieren, fechfen,
fechzehn, ja zwanzig, und fenden dann jedesmal eine Deputation zu
mir herein; ich habe alle Mühe fie abzuweifen.

Daß fich eine Menge Leute finden, die angeworben fein wollen,
wenn ein folches Gerücht einmal Glauben gefunden hat, und die auf=
geftedte Fahne eine populäre ift wie augenblidlich die preußifche, das
läßt fich am Ende wohl erklären. Es giebt in Italien kräftige junge
Leute genug, die kein großes Verlangen tragen zu arbeiten und ein
abenteuerndes Leben vorziehen, ein Umftand, der, beiläufig bemerkt,
dazu beiträgt das Brigantenwefen im Gange zu erhalten. Hier braucht
man nur auf die Piazza bella Signoria, in die Loggia bei Lanzi und
in die Hallen der Uffizien zu gehen, um Hunderte von unbefchäftigten
jungen Burfchen beifammen zu fehen, und darunter find viele Gari=
balbiner.

Einen eiligen Bericht an Bismard über diefe Erfcheinung auf=
gefetzt.

15. Juni.   Neue Rekruten!

Mir ift nachgerade klar geworden, daß es fich hier keineswegs
um ein zufällig entftandenes leeres Gerücht handelt! Ging doch fchon
früher einmal die Sage, daß Preußen eine italienifche Legion er=
richten wolle; Menotti Garibaldi fei bereits als General in preußifche
Dienfte getreten und werde fie befehligen. Dies Gerücht, daß Preußen
werben laffe, ift nun wieder mit Abficht und einem beftimmten Zwecke
zu dienen in Umlauf gefetzt; irgend etwas ift wirklich im Werben
und wird vorbereitet, aber was?

Auch werden in der That Leute angeworben und von hier nach
Genua gefendet; mein Diener hat deren eine Menge abreifen fehen.
Der Name Preußens wird dabei vorgewendet, weil er populär ift,
theils um die Leute anzuziehen, theils um über den wirklichen Zweck
diefer Vorbereitungen zu täufchen; das alles ift leicht zu durchfchauen.
Aber wer ift es, der werben läßt? Das müßten wir zu er=
gründen fuchen, gerade weil Preußens Name in fo bedenklicher Weife
dabei mißbraucht wird!

Ein junger Mann wurde zu mir eingelaffen, weil er fo aus=
fah, als ob er wenigftens den mittleren Ständen angehörte, und

sich nicht als Rekrut ankündigte. Er gab sich mir als Garibaldinischer Hauptmann zu erkennen und bestätigte mir, daß wirklich geworben wird. Es sind wirklich auch seines Wissens eine Anzahl
junger Leute nach Genua abgefertigt worden. Nr. 22 in Borgo Pinti
ist ihm als ein Werbebureau bezeichnet worden.

Abreise nach Pisa um 6 Uhr. Hotel Peverada am Lung Arno.
Da wird mir angekündigt, daß im Gasthofe nichts zu essen zu haben
ist. Die „Saison" sei vorüber, Reisende kämen nicht, da könne man
keine Vorräthe im Hause haben. Dieser eine Zug spricht es hinreichend aus, welch ein veröder Ort Pisa ist; das italienische
Lübeck, und tiefer gefallen als das deutsche! Einst Weltmacht
und jetzt lediglich ein Zufluchtsort für Brustkranke und selbst das
nur im Winter.

16. Juni. Es ist hier in Pisa noch heißer als in Florenz;
man muß die Morgen= und die Abendstunden benutzen, die Mittags-
stunden aber der Ruhe weihen. Demgemäß stand ich um 6 Uhr
auf und wanderte nach der nordwestlichen Ecke der Stadt zu dem
Dome. Da sieht man sich ganz in die alte Zeit versetzt. Der mächtige
Dom, der wunderbare schiefe Thurm, das Baptisterium zusammen
auf einem öden stillen Rasenplatze, im Hintergrunde und zur Seite
die alte Stadtmauer mit ihren Zinnen; nirgends modernes und
thätiges Leben!

Ich erstieg den schiefen Turm, warf später erst einen flüchtigen Blick in den Dom, dann ließ ich das Baptisterium öffnen
und verweilte lange in diesem gar eigenthümlichem Cylinderbaue.
Mit großer Aufmerksamkeit betrachtete ich vor allem die freistehende
auf Säulen und Bogen ruhende Kanzel und an deren Brüstung die
Reliefs des Niccolo Pisano; das Streben den Spuren der antiken
Kunst zu folgen tritt in ihnen gar merkwürdig hervor, sowie ein
unleugbares Verständniß der Antike innerhalb der Grenzen einer
naiven Auffassung, die freilich eine wesentlich formelle bleibt. Diese
Naivetät zeigt sich vorzugsweise in den allegorischen Figuren an den
Eckpfeilern der Brüstung, Fortitudo, Innocentia ꝛc. Die Fortitudo
ist eine nackte jugendliche männliche Gestalt, von der man kaum begreift, wie sie ohne die im Mittelalter nicht üblichen, ja verpönten,

16*

Studien nach der Natur, nach dem Nackten, hat geschaffen werden
können. Auch die Innocentia ist seltsamer Weise eine männliche
Gestalt; vielleicht hat der Künstler dabei an den unschuldig leidenden
Christus und den guten Hirten gedacht; die Gestalt hält ein Lamm
in den Armen: aber dieser gute Hirt hat den Kopf eines Jupiter.
Und wenn man sich nun vergegenwärtigt, daß Niccolo Pisano
ein Zeitgenosse des Cimabue war: wie fremdartig scheint er da aus
dem Bildungskreise seiner Zeit herauszutreten! Kein Wunder, daß
seine Schule sehr bald wieder von seiner Richtung abweichen mußte.

Nun wanderte ich nach dem Campo Santo, einem Denkmale, das
weit merkwürdiger ist als der schiefe Thurm, das Baptisterium und
der Dom, ja das wohl einzig in seiner Art dasteht!

Die Architektur der Außenseite des Gebäudes entspricht der des
Doms. Im Innern schließt der Bau einen langgestreckten viereckigen
Rasenplatz ein: die Ruhestätte der alten Pisaner in hoch=heiliger
Erde, die auf Schiffen der mächtigen Republik aus Palästina an
dieses Gestade geschafft worden ist.

Das Gebäude ist eine fortlaufende hohe Halle, von dem Sparren=
werke des Dachs bedeckt. Fresken schmücken die Wände; antike Sculp=
turen, ältere und neuere Grabdenkmäler, erheben sich davor vom Boden.
Der Eindruck in seiner Gesammtheit ist ein wohlthuender; es ist die
Ruhe und der Ernst des Grabes ohne seine Schrecken.

Von den Wandgemälden sind gerade die ältesten an der langen
Südwand am besten erhalten. Scenen aus dem Leben Christi von
einem Meister Buffalmacco, dessen Dasein eigentlich nur durch den
unzuverlässigen Vasari verbürgt ist, eröffnen die Reihe: geistlose Com=
positionen und starre typische Gestalten in byzantinischer Weise, ohne
alle Eigenthümlichkeit. Dann aber folgen die großartigen Werke
des Andrea Orcagna, vor dem man hier einen gewaltigen Respect
bekommt: der Triumph des Todes und das Weltgericht. Tritt uns
in dem Ganzen des Baues, ich möchte sagen, die Würde des Todes
wohlthuend und beruhigend entgegen, so ist auf dem ersten dieser Ge=
mälde der Graus des Todes, dem alle irdische Herrlichkeit zum Raube
wird, absichtlich mit gewaltiger Energie hervorgehoben.

Sehr viel tiefer stehen die Gemälde anderer Meister, so zahlreiche Scenen aus der Legende des Heiligen Ranieri, den Pisa als Schutzpatron verehrt. Die Wunder dieses Heiligen sind größentheils der herzbrechendsten Art. Da kommt er aus Jerusalem zurück und läßt sich von der nächsten Schenkwirthin am Hafen Italiens einen Becher Wein reichen. „Der Wein ist geschnitten", erklärt der Heilige, „er ist mit Wasser gemischt." „Nein", behauptet die Wirthin. Sie zu überführen läßt sich der Heilige den Wein in eine Falte seines Mantels gießen, der wirkliche Wein bleibt darin, das beigemischte Wasser fließt unten heraus wie durch ein Sieb. „Was ist das für ein Thier, das da auf dem Fasse sitzt?" fragt der Heilige. „Das ist eine Katze", sagt die verblendete Frau. „Nein", sagt der erleuchtete Heilige, „das ist der Teufel in Gestalt eines Katers, der Dich verleitet Deinen Wein zu schneiden!" Der Maler hat den Kater mit ein Paar Fledermausflügeln ausgestattet.

Wie schön wäre es, wenn der „Böse" auf der weiten Welt nichts Wichtigeres zu thun fände, als eine Schenkwirthin zu dergleichen zu verleiten.

Es könnte dumm scheinen derartige Legenden zu erfinden, aber wer darf wohl eigentlich die Pfaffen für dumm halten? Haben sie doch von jeher ihren Vortheil ganz vortrefflich verstanden und immer sehr gut gewußt, wie man zum Ziele gelangt. Erzählten sie dem Volke solche Legenden, so ist das ein Beweis, daß es seiner Zeit ein dafür empfängliches Publikum gab. Daß dergleichen z. B. in manchem Orte in Oberbayern noch heute ganz am Platze und wohl angebracht wäre, ist nicht zu bezweifeln. Wichtig sind diese Legenden noch heute, denn sie geben den Maßstab für den intellectuellen Standpunkt, auf dem die Kirche noch heute die ganze Menschheit festhalten möchte!

Die Legende der Heiligen Potitus und Ephesus, von Spinello Aretino veranschaulicht, bewegt sich in einer bedeutenderen Sphäre größerer Thaten, aber auch in einem inneren Widerspruche von solcher Art, daß ihn nur der unbedingt Gläubige nicht gewahr wird. Da kniet der heilige Ephesus in dem glühenden Ofen, in dem er verbrannt werden soll, aber die Madonna schützt ihn; er bleibt unversehrt; die Flammen schlagen aus dem Ofen heraus und vernichten

seine Feinde und deren Schergen. Gleich darauf aber sehen wir den
Heiligen enthauptet. „Davor konnte ihn die Madonna nicht schützen!"
bemerkte der Führer mit einem skeptischen Lächeln.

Eine sehr schöne griechische Marmorvase mit bacchischen Reliefs
von Werth und ein antiker Sarkophag mit der Jagd des Meleager
werden als diejenigen Kunstwerke gezeigt, nach denen Niccolo Pisano
sich gebildet habe. Daß er sie gekannt und studirt hat, ist nicht zu
bezweifeln, denn einzelne Gestalten dieser Reliefs lassen sich in seinen
Werken wieder erkennen, namentlich der Silen des bacchischen Reliefs
in dem Hohen Priester der Juden, der Maria im Tempel empfängt
(an der Kanzel im Baptisterium). Aber die hiesige Ueberlieferung
behauptet, der große Künstler des dreizehnten Jahrhunderts habe
gar keine anderen antiken Vorbilder gehabt und gekannt als diese.
Möglich! Aber welch ein Ahnungsvermögen muß der Mann gehabt
haben, wenn diese geringen Reste genügen konnten ihn so weit in
das Verständniß der Antike einzuführen! Und welch einen richtigen
Sinn für die wahren Bedingungen der Kunst, da sie genügten seine
Aufmerksamkeit zu fesseln und so ganz von der allgemeinen Richtung
seiner Zeit abzulenken.

17. Juni. Zum Dome. Hier wurde eine solenne Messe gelesen,
und ich mußte mich darauf beschränken an den Haupteingängen die
Erzthüren des Gian di Bologna zu betrachten, die an Stelle der
älteren, bei dem Brande im sechzehnten Jahrhunderte zu Grunde ge-
gangenen, getreten sind. Sie sind natürlich nicht ohne bedeutendes Ver-
dienst, doch tritt in ihnen schon der beginnende Verfall der Kunst hervor,
die manierirte Zeichnung, die von Michel Angelo und Giulio Romano
ausgeht, sowie die manierirte Vorstellung von dem Costume der Antike,
die wesentlich der Letztere eingeführt hat. Im Langschiffe hängt noch
heute die „ewige Lampe", von der ein der Kirche verdrießliches Licht
ausgegangen ist, da Galilei an ihr die Gesetze der Pendelschwingungen
entdeckt hat.

In der Accademia delle belle Arti eiferte der Custode mit wahrer
Leidenschaft gegen die „asini di preti", die so vieles aus Fahrlässigkeit
und Unverstand haben zu Grunde gehen lassen. Namentlich als er
mir einen Fiesole zeigte, den Feuchtigkeit, Schimmel und Fäulniß

so vollständig vernichtet haben, daß kaum noch schwache Umrisse zu errathen, nicht zu erkennen, sind.

Gegen Abend ging ich nach der Piazza Sta. Caterina und sah dort ein Volksfest und die erregte Volksmenge. Der Eifer, die Erregtheit, mit der eine italienische Volksmenge der Ziehung einer Lotterie zusieht und den gezogenen Nummern lauscht, die ausgerufen werden, gehören auch zu den Dingen, von denen man im Norden keinen Begriff hat.

18. Juni. Abreise nach Florenz gegen 10 Uhr.

19. Juni. Die geheimnißvollen Werbungen, angeblich für Preußen, gehen fort und fort ihren Gang; es wird damit offenbar etwas sehr Ernstes beabsichtigt. Ich hatte heute viel davon zu hören. Es kam ein schwarzlockiger Neapolitaner zu mir, ein Mann zwischen dreißig und vierzig, der ganz anständig aussieht, sich I. nennt und als gewesener Garibaldinischer Hauptmann ankündigt.

Um das nöthige Vertrauen festzustellen, giebt er sehr offen und ausführlich Auskunft über sich selbst. Er ist ein Anhänger Mazzini's und vor Kurzem verhaftet gewesen in Gesellschaft der wohl etwas mehr als halb verrückten Nielsen, die, angeblich dem Jesuitenorden affiliirt, mit revolutionären Plänen herkam, von ihrem Freunde Mazzini warm empfohlen. Sie sollte und wollte „Roma terza" gründen, eine schwärmerisch-religiöse demokratische Republik mit sozialistischen und communalistischen Zuthaten. NB. Das mag nicht sehr klar gedacht gewesen sein.

I. ist auf die Verbindung mit der Nielsen und auf ihre Pläne eingegangen, eben weil sie in freundschaftlichen Beziehungen zu Mazzini steht. An sich hat ihm die Sache keineswegs gefallen, namentlich nicht, weil man religiöse Schwärmerei benutzen wollte, um Rom zu revolutioniren, „ed io sono ateista", warf er ganz beiläufig mit graziöser Gleichgültigkeit hin. Aber Mazzini hatte das Unternehmen gut geheißen: „e cosa sono io per contrastare al gran maëstro!" Er hat sich, wie billig, dem Spruche des großen Meisters unterworfen.

Man hat es für nöthig gehalten die religiöse Schwärmerei zu Hülfe zu nehmen, weil sie in Rom glauben, „che si vuole prendere loro il loro Papa, il loro Cristo!" Da aber der Zweck doch immer ist: „d'abbattere il potere temporale e il sistema monarchico in Italia" und da er, J., mit dem Zwecke einverstanden ist, hat er das eine als Zweck, das andere als Mittel angenommen.

Jetzt kommt er mir von den Werbungen zu sprechen, die betrieben werden. Um mich zu überzeugen, daß er ein Mann ist, dem man vertrauen darf, mit dem man offen reden kann, erbietet er sich schriftliche Zeugnisse von mehreren Deputirten beizubringen, namentlich von Crispi und Cairoli. (Die Herren stehen nicht bloß mit den Garibaldinern, sondern auch mit den Mazzinisten in Verbindung! Es ist interessant das zu wissen! Aber natürlich werde ich mich wohl hüten die Herren in das Geheimniß der Berührungen einzuweihen, die ich möglicherweise mit den Einen oder vollends mit den Andern haben kann!) Daß der Name Preußens vorgeschützt wird, ist ein frevelhafter Betrug. Die ganze Bewegung, von der ich seit mehreren Tagen weiß, geht offenbar von irgend einer politischen Partei in Italien selbst aus; von irgend einer geheimen Gesellschaft, „è un movimento di setta", soviel ist klar; aber wer steckt dahinter? Wer leitet die Fäden und zu welchem Zwecke? Das ist die Frage!

J.: Mazzini ist in Lugano; aber er ist der Sache durchaus fremd. Es giebt hier in Florenz zwei geheime revolutionäre Comités: das der ausgewanderten Römer und das der Republikaner, der Mazzinisten. Dieses letztere wird von dem bekannten Republikaner Angelo Mario präsidirt, der, mehrfach zum Deputirten erwählt, niemals in die Kammer eingetreten ist, weil er sich offen weigert dem Könige den Eid der Treue oder den Eid auf die Verfassung zu leisten. NB. Das Comité der ausgewanderten Römer ist wohl nur ein halb geheimes zu nennen, denn es verbirgt sich eigentlich nicht; es verfolgt auch ostensible Zwecke, z. B. Unterstützung der Aermeren unter den Ausgewanderten u. dgl., und von den Sitzungen, die zu diesem Ende gehalten werden, ist ganz offen und öffentlich die Rede. Aus J.'s Worten geht aber hervor, daß diese Gesellschaft außerdem auch noch politische Zwecke verfolgt, die sie dem Auge der Polizei zu entziehen sucht.

J.: Beide Comités haben aber mit der Sache gar nichts zu thun und betrachten sie mit dem äußersten Mißtrauen. Mazzini ist es ganz gewiß nicht, der die Bewegung hervorruft; denn wäre er es, der Werbungen veranlassen will, dann wäre Angelo Mario der allererste, der davon in Kenntniß gesetzt und damit beauftragt wäre. Mario weiß aber von nichts und hat keinerlei Weisungen erhalten. Das Mazzinistische Comité hat nun sowohl bei den ausgewanderten Römern als bei Garibaldi angefragt. Die Römer haben erklärt, sie wüßten von nichts, ihnen sei die Sache fremd, und ebenso hat Garibaldi durch seinen Sohn Menotti erklären lassen, er habe nichts damit zu thun und habe vor der Hand kein Unternehmen irgend einer Art im Sinne. Als Beweis, daß sein Vater wirklich nichts vorhabe, führt Menotti an, er stehe im Begriffe sich in den nächsten Tagen zu verheirathen, was gewiß nicht ge= schehen würde, wenn sein Vater irgend eine Expedition beabsichtige.

Als ferneren Beweis, daß auch Mazzini die Bewegung nicht leite, legt mir J. einen Brief der Nielsen aus Lugano vom 9. Juli vor. Der enthält sehr viel confuses, krauses, revolutionäres Zeug, aber allerdings nicht die geringste Andeutung, daß etwa gerade jetzt von Seiten Mazzini's irgend etwas im Werke sein könnte.

J.: Gestern hat das Mazzinistische Comité eine Sitzung gehalten; da ist ein gewisser Bellanti aufgetreten, ein ehemaliger Garibaldinischer Hauptmann, dem man aber nicht mehr traut, da man meint, er sei in der letzten Zeit abtrünnig geworden. Dieser Bellanti hat behauptet, es werde für Preußen geworben, hat Sie, Bernhardi, als denjenigen bezeichnet, der die Werbungen leite, hat hinzugefügt, er sei von Ihnen beauftragt zu werben, und hat einen Brief vorgelegt, den er an= geblich an Sie geschrieben hat.

J. zeigt mir den Brief. Er enthält eine Liste von Namen; an der Spitze steht Enrico del Pozzo, Capitano Garibaldino. Bellanti sagt in dem Schreiben, diese Leute habe er in meinem Auftrage für Preußen angeworben, es seien lauter zuverlässige, tüchtige Leute 2c.

J.: Dem Comité kam die Sache nicht zuverlässig vor, man traute nicht recht und beschloß eine Deputation an Sie abzufertigen, um Sie zu fragen, ob Preußen wirklich werben läßt, und ob Sie

mit der Sache zu thun haben. Da Bellanti vorgab Sie zu kennen,
wurde er aufgefordert die Deputation bei Ihnen einzuführen; davon
aber hat er sich unter allerlei Vorwänden losgemacht. Da habe ich
mich denn selbst als Deputirter des Comités bei Ihnen eingeführt.
Das Comité glaubt oder vermuthet nur, daß die Werbungen entweder
von der Polizei selber betrieben werden, die irgend welche Unruhen
hervorrufen will, um dann darin den Vorwand zu einem absolutistischen Staatsstreiche zu finden, den die Regierung beabsichtigt, und
diesen Staatsstreich gleichsam im Voraus zu legalisiren. Oder sie
werden von der Geistlichkeit veranlaßt, um die Regierung zu dem
Staatsstreiche zu treiben, den Geistlichkeit und klerikale Parteien vor
allem wünschen.

NB. Das ist Eines wie das Andere viel zu weit ausgeholt!
Die Vorstellungen und Vermuthungen gehen nach italienischer Weise
bis in die abenteuerlichste Uebertreibung! Möglich wäre es allenfalls,
daß die Priesterpartei die Werbungen betreibt und bemüht ist Unruhen, namentlich einen neuen Anfall auf Rom, herbeizuführen, von
dem sie sehr bestimmt vorher wüßte, daß er in schmählichster Weise
mißlingen müßte. Sie könnte das wollen, um einen neuen Vorwand
zu haben, unter dem sich jedes Abkommen, jede Verständigung, mit
dem Königreiche Italien ablehnen ließe; um sagen zu können, die
italienische Regierung sei treulos, es sei unmöglich sich auf irgend
etwas mit ihr einzulassen; um ferner unter neuem Vorwande darauf
bestehen zu können, daß die französischen Truppen in Civita Vecchia
bleiben. Das wäre wohl die Hauptsache! Der päpstlichen Regierung
liegt daran, daß sie bleiben. Sie bedarf ihrer natürlich durchaus
nicht zu ihrer Vertheidigung, denn wer bedroht Rom? Und im Falle
eines Angriffs könnten sie ja auch aus Toulon in zweimal vierundzwanzig Stunden wieder da sein. Aber man weiß in Rom sehr gut,
daß in ganz Italien nichts soviel böses Blut macht, und daß nichts
die Stellung der italienischen Regierung dem eigenen Lande gegenüber so schwierig macht, so gründlich verdirbt, daß mit einem Worte
nichts die Consolidirung der italienischen Zustände so sehr erschwert
als die Anwesenheit der fremden Truppen im römischen Gebiete, und
gerade deshalb will man sie da behalten!

J.: Daß die Polizei nichts wissen sollte, ist unmöglich; wir wissen, daß die Frau Ihres Portiers einem Haufen Rekruten, der ankam, auf offener Straße laut zugerufen hat: „ma qui non si fanno aruolamenti! (NB. da ist es kein Wunder, daß die Herren Bellanti's Mittheilungen mit Mißtrauen aufgenommen haben) und in den Hallen der Uffizien, dem allgemeinen Sammelplatze des Volks und aller ehemaligen Garibaldiner (NB. d. h. aller unbeschäftigten Herumtreiber), wo es natürlich von Polizeispionen wimmelt, da ist täglich und stündlich ganz offen von den preußischen Werbungen die Rede; die jungen Leute verabreden sich da ganz öffentlich zusammen auf die Werbebureaus zu gehen u. s. w.

Ich: Ich habe von einem Werbebureau, einem angeblichen „Committato Prussiano" gehört, das in Borgo Pinti Nr. 22 sein soll.

J. will sich danach umsehen und erbietet sich mich von Allem in Kenntniß zu erhalten, was er erfahren wird.

Den Abend Sir James Lacaïta bei mir Abschied zu nehmen, da er heute Abend abreist. Wir sprachen von den Werbungen; er weiß davon, weiß, daß sie wirklich stattfinden, daß wirklich angeworbene junge Leute von hier aus (NB. nach Genua) abgefertigt werden, und daß dieses geschäftige Treiben einen bestimmten, realen Zweck haben muß, ist einleuchtend. „There is some mischief brewing!" meint Sir James. Aber was? Wie es in diesem Augenblicke in Rom steht, weiß Sir James nicht, da Odo Russell und Cartwright, die gut beobachten, beide gegenwärtig nicht dort sind. Doch sprach er eine bestimmte Ansicht aus: „Die Geistlichkeit betreibt die Werbungen; sie will einen neuen angeblich revolutionären Versuch, einen neuen Angriff auf Rom herbeiführen, weil sie weiß, daß er in diesem Augenblicke durchaus verderblich für Italien sein würde; sie hofft auf diesem Wege, daß Italien gespalten wird (to split Italy), und die Einheit in Trümmer fällt. Aber auch der König hat die Hand dabei im Spiele! Die alten Hinterthürunterhandlungen, vor Zeiten durch Castellani und Albéri angeknüpft, sind wieder im Gange, und gerade wie im vergangenen Herbste bildet sich Victor Emanuel auch jetzt wieder ein, er könne durch eine neue Expedition

gegen Rom der päpstlichen Regierung etwas Angst machen und sie
zur Nachgiebigkeit stimmen. So glaubt er die Sache zu leiten und
ist dupe der Priester!"

20. Juni. Zeitungen; die Schwierigkeiten, die ich bei der Verpachtung des Tabakdebits vorher zu sehen glaubte, scheinen sich nun
wirklich einzustellen. Nämlich ein Hauptgrund, weshalb das Finanz-
ministerium so lange angestanden hat den Debit zu verpachten, liegt
darin, daß bei Gelegenheit der Uebergabe des Geschäfts an eine
pachtende Gesellschaft gar mancher arge frevelhafte Unterschleif
zu Tage kommen müßte, den die Administration begangen hat.
Namentlich figuriren die vorräthigen Blätter unter den activis
der Administration als 80 Millionen Lire werth; jedermann aber
sagt sich, daß sie so viel nicht werth sind, vielleicht nicht viel über
die Hälfte dieser Summe! Keine Compagnie der Welt wird sie
je für 80 Millionen annehmen, und wenn sie ihr z. B. für 50 Millionen überlassen werden müßten, dann läge zu Tage, um wieviel
die Regierung von ihren eigenen Beamten schmählich betrogen und
bestohlen worden ist! Es ergiebt sich, wie die Zeitungen berichten,
daß das gesammte Rechnungswesen der Tabaksregie sich in einer
solchen, natürlich absichtlich gemachten, Verwirrung vorfindet, so zu
unlösbaren Räthseln verarbeitet, daß der status quo des Geschäfts gar nicht ermittelt werden kann! namentlich nicht
der status quo, in dem es sich befinden müßte. Schöne Zustände!

I. kommt schon heute wieder und bringt einen Rekruten mit,
einen von denen, die angeblich für Preußen angeworben und nach
Genua abgefertigt worden sind, von wo er wieder hierher zurückgekehrt ist. Er ist hier in Florenz, im Hause der preußischen Gesandtschaft unten im Erbgeschosse, im preußischen Consulate, angeworben worden von einem Manne mit blondem Schnurrbarte, der
ihm, nachdem alles gehörig verabredet war, ein Stück Papier gegeben hat, auf das ein rother Stempel gedrückt war; damit solle er
in ein Haus, das ihm genannt wurde (NB. Der Mann schwankt ob
es Nr. 5 oder 7 war) in Via Calzaioli gehen. In der Thür des
bezeichneten Hauses lehnte — wohl in Erwartung von Rekruten — ein
Mann, von dem er nach den nöthigen gegenseitigen Erklärungen und

Vorzeigen des rothen Stempels in das zweite Stockwerk hinauf genommen wurde, wo er 50 Lire ausgezahlt erhielt. Darauf ist er
mit mehreren Andern nach Genua abgefertigt worden. Hier hat er
beobachtet, daß sie Alle und auch das Haus, in dem sie sich befanden,
von zahlreicher Polizei beobachtet wurden, und faßte Furcht, das
Unternehmen, für das er angeworben sei, könne wohl gar gegen
Italien gerichtet sein. Diese patriotischen Zweifel bewogen ihn sich
von der Sache loszumachen und hierher zurückzukehren. NB. Das
Werbegeld aber natürlich zu behalten!

Usedom weiß von gar nichts. Er hat meinen Bericht an
Bismarck gelesen, weiter aber nichts gehört und nichts erfahren.
Infolge dieses meines Berichts hat er am 17. d. M. an Barbolani
geschrieben: es habe sich hier das Gerücht verbreitet, daß eine italienische
Legion für Preußen angeworben werde; da möchte es zweckmäßig sein,
daß die italienische Regierung dieses Gerücht in officieller Form in
ihrer officiellen Zeitung dementire. Er zeigte mir seinen Entwurf
zu dem Briefe und Barbolani's Antwort. Die lautet dahin, daß
er mit Menabrea gesprochen habe. Menabrea sei der Ansicht, daß
es am besten sein werde nichts zu thun, und das Gerücht unbeachtet in sich absterben zu lassen. NB. Das klingt einigermaßen
verdächtig.

25. Juni. Gestern Abend sind wieder 30 Rekruten, angeworbene
junge Leute, von hier nach Genua abgefertigt worden, und darunter
waren wieder einige, die im Hofe des Gesandtschafts-Hotels, angeblich
im preußischen Consulate, angeworben sind. Um Aufsehen zu vermeiden, hat man sie nicht vom hiesigen Bahnhofe abgefertigt, sondern
theils zu Fuß, theils durch allerhand Gelegenheiten nach den nächsten
Stationen längs der Eisenbahn befördert und auf verschiedene Punkte
vertheilt, wo sie dann eingestiegen sind, wie der Zug vorüber kam.
In Genua werden sie von einem Deputirten in Empfang genommen;
was dann aber weiter aus ihnen wird, das weiß man nicht.

Bei der Gräfin Buturlin, einer stark reactionären Dame, die
in ihrer Villa vor Porta Pinti haust, stellt sich sehr oft ein Jesuit
ein, Padre Manca, der vor Kurzem aus Rom angekommen ist und
in Borgo Pinti, im Kloster della Maddalena, bei den Nonnen wohnt

ober verborgen ist! Denn er hat es nicht rathsam gefunden die
Polizei von seiner Ankunft in Kenntniß zu setzen.

28. Juni.   J. bekennt sich ganz unverhohlen dazu, daß er und
seine Parteigenossen hier in Italien den Umsturz alles Bestehenden
beabsichtigen. Auf die Frage aber, was sie denn eigentlich Positives
wollten und bezweckten, wußte er keine andere Antwort als: „un
governo migliore di questo!" Eine sehr weitschichtige Vorstellung,
die nebenher auch noch den Vortheil hat eine vollkommen unbestimmte
zu sein! Und darauf hin wird in das Blaue hinein revolutionirt!
Die Leute wollen eine neue Welt gründen, einen von Grund aus
veränderten gesellschaftlichen Zustand, in dem es doch hoffentlich vollkommen ehrlich zugehen soll, aber nebenher hat J. eine hohe Meinung
von Rattazzi; der Mann imponirt ihm; er meint eigentlich, in Ermangelung Mazzini's müßte der an der Spitze des Staates stehen.
Und warum? „Rattazzi ist der pfiffigste und verschlagenste unserer
Staatsmänner!" Es sieht sehr verwirrt aus in den Köpfen dieser
Himmelstürmer und Weltverbesserer!

Spazieren in den Cascinen; Lady Orford in ihrem Wagen.
Ich erkundige mich bei ihr nach der Gräfin Buturlin. Es sind deren
zwei hier, Schwiegermutter und Schwiegertochter. Die Schwiegermutter, Wittwe, ist eine geborene Poniatowska, aber nicht von der
fürstlichen Familie, sondern von einer andern, die in Rom hauste,
wo die Dame geboren ist. Die Andere, die Schwiegertochter, ist
auch aus Rom, und dort im Kloster du sacré coeur, d. h. unter
der Leitung der Jesuiten, erzogen. Da läßt sich wohl erklären, daß
sie bereit sind die geistlichen Herren bei geheimen Werbungen zu
unterstützen.

29. Juni. Espagna besucht mich. Er lebt die heiße Zeit über
auf dem Lande in Camaldoli, ist aber auf ein paar Tage herein
gekommen und erzählt mancherlei. Der Papst hat die Anträge Frankreichs, auf einen modus vivendi mit dem Königreiche Italien einzugehen, nicht etwa einfach zurückgewiesen, sondern mit dem bittersten
Spott und Hohn: „Was! ein modus vivendi! mögen die danach
suchen, die so nicht leben können! Was uns betrifft, wir leben ohnehin! wir befinden uns sehr wohl!"

Ueber die Umtriebe, denen Minghetti dient, erhalte ich voll=
ständige Auskunft.

Die Häuser Rothschild und Erlanger sind sehr entrüstet, daß
ihnen die Pacht des Tabaksmonopols entgehen soll, und daß die
italienische Regierung eine Anleihe von 180 Millionen ohne sie zu
machen hofft; kurz, daß die Regierung mit andern Geldleuten unter=
handelt hat, um sich ihrem Einflusse zu entziehen. (NB. Vielleicht ist
es auch der französischen Regierung nicht recht, daß Rothschild von
seinem Einflusse in Italien verlieren soll, daß man sich hier ohne
diesen getreuen Verbündeten Napoleon's zu behelfen sucht.) Rothschild's
Agent Landau hat Minghetti in Bewegung gesetzt, ihn aufgefordert
sich an die Spitze der Opposition gegen das Tabaksgesetz zu stellen
und ihm Hoffnung gemacht, daß er selbst (NB. natürlich durch
Frankreichs Einfluß) den Minister=Präsidenten=Lehnstuhl erklimmen
solle und werde, wenn das Gesetz verworfen und damit das Ministerium
Menabrea gestürzt wird.

Minghetti ging sofort mit großem Eifer an die Sache, und
gestern schien das Ministerium sehr wankend geworden,
eine Menge Senatoren und Deputirte hatten ihm ihre Unterstützung
zugesagt. Ueber Nacht aber scheinen sich die Herren die Sache besser
überlegt und sich gesagt zu haben, daß der Sturz des Ministeriums
Menabrea keineswegs zu wünschen sei. Sehr viele oder die meisten
von ihnen haben heute ihr Wort wieder zurückgenommen, infolge=
dessen scheint Minghetti unsicher geworden in seiner Opposition, und
die Sachen stehen besser; die Gefahr scheint vorüber.

30. Juni. J. berichtet: ein gewisser Apolonii, ausgewanderter
Römer, Garibaldischer Ex=Officier, hat geäußert, ein anderer Gari=
baldiner, Namens Rosetti Domenico, sei unmittelbar von den mit
den Werbungen beauftragten Personen selbst von den Bedingungen
unterrichtet worden, welche den Rekruten geboten werden. Die Rekruten
erhalten ein Werbegeld von 150 Lire in drei Raten ausgezahlt. Das
erste Drittttheil hier in Florenz, das zweite in Mailand, das dritte
in der Schweiz. Auch sagt Rosetti, in Genua bestehe ein Werbe=
Comité.

2. Juli. Usedom bei mir. Er sagt, es seien doch wirklich

Garibaldiner, oder richtiger einige Freiwillige, die für den preußischen
Dienst angeworben zu sein glaubten, in Berlin gewesen und von der
Polizei fortgewiesen worden. Einer von denen, die von dort zurück-
gekehrt sind, hat sich bei ihm gemeldet.

Das officielle Gelbblatt der Regierung, das mir Usedom da-
gelassen hatte, leugnet nun wieder ganz und gar, daß hier geheimnißvolle Werbungen stattfinden, und erklärt alle Gerüchte für
böswillige Lügen. Die Regierung wird also ganz gewiß nicht
einschreiten.

Der Umstand, daß auch ein Canonicus bei diesen Werbungen
thätig ist, gehört, wie die Thätigkeit des Jesuiten-Paters Manca
und der beiden Gräfinnen Buturlin, zu den Dingen, die das ganze
Treiben unbegreiflich machen!

3. Juli. Es ist von Werth, daß J. von dem Rosetti die Adresse
der beiden Werber erhalten hat, die sich für preußische Officiere ausgeben. Sein schriftlicher Bericht lautet:

„Werber im Namen Preußens: Duferlou, Albergo in Por
Santa Maria, Weills, Albergo di Firenze".

Beides sind natürlich angenommene Namen und lauten wahrscheinlich anders, als sie im Munde der Garibaldiner geworden sind.

Richtig erfahre ich abends den wahren Namen des angeblichen
Duferlou; Rosetti hat ihn, mit Bleistift geschrieben, angegeben.
Der Mann ist ein Pole und heißt Zagiobski (Zagiocki ohne
Zweifel).

4. Juli. Ich lerne bei Gelegenheit dieser Untersuchungen ge-
sellschaftliche Kreise und Zustände kennen, von denen die Touristen
keine Ahnung haben, und die Diplomaten vollends garnicht. Sie
sind sehr merkwürdig, und es liegt in ihnen eine nicht unbedeutende
Gefahr.

Ich sehe, daß sich in Italien seit dem Jahre 1848, infolge der
wiederholten Unruhen und Revolutionen, eine zahlreiche Klasse von
Menschen gebildet hat, denen die Gewohnheit zu arbeiten ganz und
gar abhanden gekommen ist, die eben deshalb gar nicht mehr in die
friedliche bürgerliche Gesellschaft, in friedliche geordnete Zustände
hineinpassen: sie sind Freischärler von Beruf geworden

und können und wollen nichts anderes mehr ſein. Aus der letzten
Freiſchaar entlaſſen denken ſie gar nicht daran ſich Arbeit oder
einen Beruf zu ſuchen; ſie treiben ſich in den größeren und
mittleren Städten Italiens herum, bringen da ihre Tage, wie
es das milde Klima geſtattet, auf den öffentlichen Plätzen zu, meiſt
ohne für die Nacht eine beſtimmte Wohnung zu haben, warten auf
irgend eine ganz unbeſtimmt gedachte Begebenheit, die ſich irgendwo
ereignen und einen neuen Freiſchaarenzug veranlaſſen ſoll, und leben
einſtweilen in der Erwartung der kommenden Dinge recht eigentlich
vom Zufalle. Ich weiß nicht, wie man es anders nennen könnte.
Für jeden Freiſchaaren-Werber, der einen plauſiblen revolutionär ge-
färbten Zweck vorzuwenden und vor allen Dingen Geld hat, ſind ſie
natürlich zu haben, zu Tauſenden! Hier ſind ſie auf der Piazza
bella Signoria, in der Loggia bei Lanzi und unter den Hallen der
Uffizien leicht zu erkennen, und eine ähnliche Volksmenge findet ſich
in jeder größeren Stadt Italiens. Ich glaube, im Ganzen iſt dieſe
Freiſchärlerbevölkerung wohl auf nicht weniger als 40,000 Individuen
anzuſchlagen. In dem Daſein dieſer eigenthümlichen Menſchenklaſſe
liegt eine große Gefahr für Italien; denn eine geſchickte Hand könnte,
wenn es an Geld nicht fehlt, dieſe ganze Maſſe gar wohl zu einem
entſcheidenden Schlage auf einen Punkt vereinigen. Wenn nicht auch
in den höheren Schichten der Geſellſchaft und im gewerbtreibenden
Mittelſtande eine ſehr ernſte Unzufriedenheit herrſchte, könnte dieſe
Maſſe freilich weiter nichts bewirken als eine unbequeme Ruhe-
ſtörung; aber jene allgemeine ernſte Unzufriedenheit iſt eben da, und
da kann die Freiſchärlermenge zu mehr gebraucht werden und mehr
bewirken.

Und dann! mit welcher Entrüſtung haben unſere demokratiſchen
Zeitungen von dem „ariſtokratiſchen" piemonteſiſchen Officiercorps
geſprochen, das die edlen vortrefflichen Garibaldiſchen Officiere nicht
habe als ebenbürtig in die Armee aufnehmen wollen! Und wenn
man nun dieſe Officiere, dieſe Majors, dieſe Hauptleute ſieht! Sub-
jekte, vollkommen würdig in Sir John Falſtaff's Compagnie zu
glänzen!

5. Juli. J. berichtet: Emilio Tacchi aus Florenz (NB. eine

ganz neue Figur) hat gesagt, daß ihn gewisse Freunde unterrichteten,
wie der Canonicus Ricasoli, ein Vetter des Ministers Baron Bettino
Ricasoli, junge Freiwillige anwerbe, um sie nach Rom zu schicken.
Und da er Klarheit haben wollte, um ihn zu entlarven, hat er Be-
reitwilligkeit geheuchelt auch fort zu gehen und hat sich dem besagten
Canonicus vorgestellt. Dieser fragte ihn, weshalb er fortgehen wolle,
und Tacchi antwortete pfiffig: „Weil ich mich stellen muß und nicht
Lust habe dieser infamen Regierung zu dienen." Alsdann drang
Ehrwürden in ihn am Tage danach wieder zu ihm zu kommen. Sie
trafen sich denn auch pünktlich in der Jesuitencapelle an der Piazetta
delle Cipolle, und nachdem der Prälat den Tacchi nach dem Namen
gefragt und viele Bedingungen festgestellt hatte, verabschiedete er ihn
folgendermaßen: „Ich kann Euch jetzt kein Geld zur Reise geben; haltet
alles geheim, wartet einige Tage, damit ich nach Rom schreiben kann,
und kehrt in acht Tagen zu mir zurück."

Es bestätigt sich also, wie es allen Anschein hat, daß auch der
vornehme, fromme und reactionäre Domherr Ricasoli (Don Luigi)
diese Werbungen betreibt, bei denen der Name Preußens vorgewendet
wird. Aber das eben macht die Sache unbegreiflich! Wo will es
denn hinaus?

6. Juli. Es sind wirklich in der vergangenen Nacht Rekruten
in ziemlicher Anzahl von hier nach Genua abgegangen. Um aber
Aufsehen zu vermeiden, hat man nur wenige oder, wie man mir berichtet, gar keine die Eisenbahnreise vom hiesigen Bahnhofe aus an-
treten lassen. Die Leute waren auch dieses Mal auf allerhand Wegen
nach den nächsten kleineren Eisenbahnstationen gesendet worden, nach
verschiedenen natürlich, und sind dort eingestiegen.

7. Juli. J. bei mir. Gegen den Domherrn Don Luigi Ricasoli
haben wir nun einen wirklichen unmittelbaren Zeugen und ein wirkliches
Actenstück. Der Emilio Tacchi ist von ihm angeworben worden, hat
20 Lire Werbegeld von ihm erhalten und ein Empfehlungsschreiben
nach Rom. Dieses letztere übergab mir J. Es ist adressirt: An
M. R. P. Giuseppe Betti, Collegio Romano, Roma. (NB. Dieser
Pater Betti ist Jesuit und eine sehr bedeutende Person im Orden.)
Der Brief lautet:

M. R. P.

Das Vorliegende wird Ihnen von dem jungen Emilio Tacchi überbracht, den ich Ihnen mit aller Wärme für das empfehle, was er Ihnen mündlich sagen wird, da er jede Empfehlung verdient.

Mi creba   Suo Servo aff.
                                      Cal. Rot.

Das ist eine conventionelle, mit dem Pater Betti verabredete Unterschrift, die in Rom als die des Domherrn erkannt und anerkannt wird.

Consul Schmitz getroffen, der mich auffordert ihn auf seine Villa zu begleiten zum Diner. Ich treffe da einen gewissen Bionbini, wohlhabenden Gutsbesitzer aus dem Casentino. Wir sprechen von dem Verkaufe der Kirchengüter, der schwer zu bewerkstelligen sei. Bionbini sagt, und Schmitz muß bestätigen, daß der Einfluß des Klerus auf das Landvolk ein sehr großer und sehr fest begründeter ist. Was bis jetzt verkauft worden ist, hat mit sehr geringen ganz unbedeutenden Ausnahmen der Klerus selbst wieder gekauft, unter allerhand Namen versteht sich. So hat ein ganz obscurer Herr Brauweiler, den die Handelswelt nie hat nennen hören, eine sehr große Besitzung bei Arezzo für 1½ Millionen Lire gekauft. Es ergiebt sich nun, daß dieser Brauweiler im Auftrage der niederrheinischen Jesuiten gekauft hat.

Zu der Villa Schmitz gehören zwei ansehnliche poderi; da werden denn auch die landwirthschaftlichen Verhältnisse besprochen. Sie sind nicht die günstigsten. Das Land wird fast durchgehends von Pächtern bebaut, die weder ein Capital haben noch Caution stellen können. Da wäre, meint Schmitz, Verpachtung für eine bestimmte Geldsumme und auf eine Reihe von Jahren, wie sie in England üblich ist, nicht möglich; denn man hätte keine Sicherheit, daß die Pacht auch wirklich bezahlt würde. Es bleibt nichts übrig, als das landesübliche Métairie-System. Das ganze Betriebscapital, Zug- und Nutzvieh, Saaten, Ackergeräth, alles gehört dem Grundherrn; der Rohertrag wird zu halb und halb zwischen Grundherrn und Pächter getheilt, aber nicht etwa im Ganzen zu Geldwerth ange-

17*

schlagen, sondern in natura; der Grundherr nimmt die Hälfte des
Weizens, des Weins u. s. w.; Schmitz nimmt sogar die Hälfte nicht des
Weins, sondern der Trauben und bereitet daraus, da er eine bessere
Methode und die gehörige Sorgfalt anwendet, einen ganz vorzüglichen
Tischwein. Dem Pächter ist die Bestellungsweise, Fruchtfolge u. s. w. vor=
geschrieben. Die sehr unvollkommenen Ackergeräthe rechtfertigte Schmitz
durch die Landesbeschaffenheit; ein besserer Pflug als der sehr leichte
landesübliche sei hier nicht anzuwenden, wegen der vielen Baum=
wurzeln, die im Boden stecken. (NB. Das läßt sich hören, die Bäume
aber sind nicht zu entfernen, wenn nicht alles vertrocknen und ver=
brennen soll.) Es werde allerdings nur sehr leicht gepflügt, der
Pächter hat aber die Verpflichtung, das ganze podere alle drei Jahre
mit dem Spaten umzugraben.

8. Juli. Usedom hat eine Depesche aus Berlin erhalten, in der
Thile ein neuliches sehr unhöfliches Telegramm zu entschuldigen sucht,
das mit den Worten schloß: „Bitte den Telegraphen zu schonen." Die
Berichte, die Werbungen betreffend, seien noch nicht eingegangen, und
Usedom's telegraphirte Depesche sei daher ganz unbegreiflich gewesen.
Thile schreibt uns vor, Usedom soll allen Gerüchten von preußischen
Werbungen auf das entschiedenste entgegentreten und sie dementiren,
weiter scheint man aber in Berlin nichts thun, sich auf nichts ein=
lassen zu wollen.

Tacchi hat seine Aussage zu Papier gebracht:

„Ich traf mehrere Garibaldiner, mit denen ich einkehrte, und
als gute Soldaten sprachen wir von Politik, besonders von den ge=
heimen Werbungen für Preußen. Ich erfuhr, daß der Canonicus
Ricasoli ein erfolgreicher Werber wäre; daß aber ein gewisser Beppino
nicht abgereist wäre, nachdem er das Werbegeld erhalten, da Ricasoli
ihn nicht nach Preußen sondern nach Rom hätte schicken wollen, um
der verhaßten Regierung des Papstes zu dienen. Mir schien, daß
ich meiner Partei einen Dienst erweisen könnte, und ich zögerte nicht
mich ans Werk zu machen. Ich suchte schleunigst den Canonicus
Ricasoli auf und sagte, daß ich mich anwerben lassen wollte, wie er
andere geworben hätte, ohne indessen zu sagen, ob es sich darum
handle dem Papste oder Preußen zu dienen. Er behauptete nichts

zu wissen, fragte nach meinem Namen und veranlaßte mich ihn in
der Jesuitencapelle Piazzetta belle Cipolle zu treffen. Dort fragte
er mich: „Wollt Ihr dem Papste bienen?" und ich antwortete, eigentlich
wünschte ich Preußen zu bienen und hätte mich an ihn gewandt, weil
man mir versicherte, daß er im Namen Preußens werbe. Er er-
wieberte: „Da Ihr die italienische Regierung verlassen wollt, ver-
spreche ich Euch nach Preußen zu schicken; indessen macht immer den
Weg über Rom. Kommt in acht Tagen wieder, ich werde Euch dann
das nöthige Gelb geben."

„Es war nicht meine Absicht das dem Peterspfennige der Dummen
und Thoren entnommene Geld zu erlangen, sondern Ricasoli zu entlarven. Also kam ich nach zwei Tagen wieder und sagte ihm, daß
ich selbst genug gespartes Geld hätte, um bis Rom zu kommen, und
daß ich nur sein Empfehlungsschreiben brauchte, um balb abzureisen.
Der Canonicus ließ sich nicht zweimal bitten. Er nahm einen
fertigen Brief, beren er sehr viele hatte, schrieb meinen Namen in
ben leer gelassenen Raum und übergab ihn mir nebst zehn 2-Lire-
Stücken päpstlicher Münze, wovon ich eins Ew. Hochwohlgeboren
gegeben. Von meinem Hauptmann J. hergewiesen, habe ich mich sofort
an Ew. Hochwohlgeboren gewendet, um zu versichern, daß der Canonicus Ricasoli sich des Namens von Preußen bebient, um bie italienische
Jugenb zu verführen, bie er bereit weiß aus Dankbarkeit für die
Rückerwerbung Venetiens ihr Blut zu vergießen."

9. Juli. Diner im Chalet. Martin bort getroffen. Spreche
von ben Werbungen, bie geheimnißvoll angeblich für Preußen betrieben werben. Die Sache scheint ihm nicht neu; er meint, wir
sollten bem Gerüchte in ganz officieller Form widersprechen, das werbe
genügen. Das Gespräch macht mir den Eindruck, als wisse die hiesige
Regierung im allgemeinen wohl, baß bergleichen vorgeht, wie bas
benn in ber That kaum anbers benkbar ist, baß man aber nicht ben
Willen ober nicht ben Muth hat einzuschreiten unb es baher etwas
unbequem finden würde, wenn man bazu gezwungen würbe.

10. Juli. Usebom erzählt: Harry Arnim will herkommen;
ber ist in Ketten unb Banben ber schönen Fürstin Rospigliosi unb
unter beren Einflusse hält er bie Herstellung bes Kirchenstaates unb

eine Dreitheilung Italiens auch im Interesse Preußens wünschenswerth. Er war während der Anwesenheit des Kronprinzen hergekommen, um den Prinzen zu einer Reise nach Rom zu bewegen;
unsere Königin und selbst unser König waren dafür, daß der Prinz
dort einen Besuch mache. Usedom hat es verhindert, indem er dem
Prinzen erklärte, wenn er nach Rom gehe, müsse er sich darauf einrichten die Rückreise von Civita Vecchia zur See nach Marseille zu
machen; durch Italien könne der Prinz dann nicht mehr reisen, er
würde auf jedem Bahnhofe Beleidigungen erfahren. Er, Usedom,
müsse Robilante Gerechtigkeit widerfahren lassen: auch der habe sehr
entschieden von der Reise nach Rom abgerathen.

NB. Ich erinnere mich aber, daß der Kronprinz sich schon in
Turin sehr ungehalten darüber äußerte, daß ein Gerücht verbreitet
werde, dem zufolge er nach Italien gekommen sei, um den Papst zu
besuchen.

------

14. Eröffnung des Parlaments und Angriffe La Marmora's gegen die preußische Regierung.

11. Juli. Usedom bei mir. La Marmora hat in der Deputirtenkammer eine Interpellation angekündigt. Nach seiner Meinung ist
die Geschichte des Feldzuges 1866 — von unserem Generalstabe redigirt
— beleidigend für die italienische Armee und selbst für die italienische
Nation. Usedom will von mir wissen, auf welchen Theil des Buchs
sich diese Anklage beziehen kann, und wie die fraglichen Stellen lauten.

Ich: Eigentlich giebt keine Stelle in dem Buche zu solcher
Meinung Veranlassung; das schlimmste, was von der italienischen
Kriegsführung gesagt ist, läuft am Ende nur auf die sehr richtige
Bemerkung hinaus: den Tag nach der Schlacht bei Königgrätz habe
Niemand voraussehen können, daß die Art der Kriegführung in Italien
den Oesterreichern gestatten werde ihre italienische Armee zur Ver-
theidigung von Wien an die Donau heran zu ziehen. Uebrigens ist

es seltsam, daß La Marmora sich zum Vertheidiger des Rufs der italienischen Armee aufwirft, da wir doch alle wissen, daß er unmittelbar nach der Schlacht bei Custozza in allen Briefen an seine Frau und an seine Freunde der schlechten Haltung der italienischen Truppen die Schuld der Niederlage beimaß, und seine Frau und seine Freunde das laut genug verkündeten.

Usedom: Frau von La Marmora sagte damals von den italienischen Kriegern: „they ran away, as Alfonso (La Marmora) always said they would." Er fordert mich auf die Geschichte des Feldzugs von 1866 zu schreiben. Ich sage nicht ja, nicht nein, werde es aber vor der Hand ganz gewiß nicht thun.

12. Juli. Den Neapolitaner Ex-Minister De Martino getroffen; wenige Worte, die ich mit ihm wechsele, überzeugen mich, daß ihm und der gesammten Consorteria durchaus nicht wohl zu Muthe ist bei La Marmora's angekündigter Interpellation; die Herren haben vielmehr eine gewaltige Angst vor den Antworten, die La Marmora aus den Reihen der Linken erhalten könnte, und sie werden alles aufbieten, um La Marmora dahin zu bewegen, daß er die Sache fallen läßt und schweigt. Er hat die Sache angefangen, seine Interpellation angekündigt, ohne sich vorher mit seinen politischen Freunden zu berathen, ihnen ganz unerwartet und zu ihrer sehr unerfreulichen Ueberraschung, das sehe ich nun. Uebrigens zeigt sich eine Möglichkeit, die Sache abzubrechen. La Marmora hat eilig nach Turin reisen müssen, wo sein Bruder schwer krank ist. Das wäre ein ganz passender Vorwand einige Zeit entfernt zu bleiben und die Sache einschlafen zu lassen.

Ich suche natürlich die Besorgniß De Martino's und der Consorteria zu steigern, indem ich bemerke: wenn nur La Marmora uns Preußen nicht zwingt zu antworten; wir könnten das in sehr siegreicher Weise, würden es aber nur sehr ungern thun.

13. Juli. Zeitungen. Die Italie, Malaret's besoldete Zeitung, ermuthigt La Marmora zu seiner Interpellation und bringt unbedingt darauf, daß sie stattfinde. La Marmora hat also doch die Sache nicht ganz auf eigene Hand unternommen; die Consorteria

hat er freilich nicht um ihre Meinung befragt, aber die französische Gesandtschaft mag ihn wohl von Anfang an zu
dem gewagten Schritte getrieben haben, grade wie sie
ihn jetzt weiter treibt auf der einmal betretenen Bahn.
Der Zweck des ganzen Manövers ist bis zum fehlerhaften Grade
leicht zu durchschauen; er liegt auf der Hand! Es gilt die in Italien
herrschenden Sympathieen für Preußen zu untergraben, die den Franzosen ein Dorn im Auge sind.

14. Juli. Zur Gesandtschaft. Usedom sagt mir, daß La Marmora mit Hülfe Bariola's an einer Brochüre arbeitet, die seine
Interpellation einleiten soll; fragt: wer ist Bariola?

Ich: Bariola ist ein sehr junger General, der 1866 als Oberster
La Marmora's sous-chef d'état major und rechte Hand war; ein
ehemaliger piemontesischer Artillerie=Officier. „Sie wissen, was das
heißt." NB. Die Artillerie=Officiere der alten piemontesischen Armee
bildeten eine Art von politischer Verbrüderung, die, einmal im Besitze
gewisser gebietender Stellungen in der Armee, niemanden zu militärischem Ansehen und gebietendem Einfluß gelangen ließ, der nicht
aus ihrem Kreise hervorgegangen war. La Marmora, La Rocca,
Petitti und viele Andere sind piemontesische Artilleristen.

Usedom erzählt: Stosch, der harmlose, von Robilante um seine
Meinung über die italienische Armee befragt, antwortete: man scheine
die Infanterie über Gebühr zu vernachlässigen und zu viel Gewicht
auf die Artillerie zu legen. Er verstand das ganz einfach technisch.
Robilante aber meinte, er habe eine Einsicht in die politische Bedeutung
der Artillerie als Zweig der piemontesischen Consorteria gewonnen,
erschrak und fragte ängstlich: „qui vous a dit cela?"

Unser Kronprinz war sehr geschickt von Piemontesen umgeben,
die sich bemühten ihn und seine Begleitung glauben zu machen, daß
La Marmora und dessen piemontesischer Anhang die einzigen an-
ständigen Leute in Italien seien. Alles übrige sei Lumpengesindel,
mit dem man sich gar nicht einlassen dürfe. Man hatte mit unserem
Kronprinzen förmlich „Bauernfängerei" getrieben, wie Usedom sagt,
ihn so umstellt, wie die sogenannten Bauernfänger bei uns die un-
erfahrenen Gesellen zu umstellen und einzufangen pflegen, die aus

der Provinz kommen. NB. Stosch vor allen war sehr entschieden ins Garn gegangen!

Diner im Chalet mit Lobo. Der hält die Dinge in Spanien, von denen wir soeben hören, die Verhaftung der vielen Generale, das Complot, von dem die Rede ist, für sehr ernsthaft, die Stellung der Königin Isabella für sehr gefährdet, und die Portugiesen können wohl wissen, was im Nachbarlande vorgeht. Doch meint er, der Herzog von Montpensier könne unmöglich in dem Complotte sein, wie vorgegeben wird; denn der müßte doch wissen, daß Napoleon III. niemals einen Orléans auf dem Throne von Spanien dulden werde.

Ich: Vor vier oder fünf Jahren hätte ich grade ebenso gefolgert. Seitdem aber haben sich die Dinge sehr geändert! Sehr viele Leute sind der Ueberzeugung, daß der Kaiserthron in Frankreich wankend geworden ist; eine Betheiligung Montpensier's ist heutzutage nicht mehr unmöglich und wäre ein Beweis, daß auch er den französischen Kaiserthron wankend geworden glaubt.

15. Juli. J. bei mir, zurück aus Pistoja, wo er überaus wichtige Entdeckungen gemacht hat, so daß nun diese ganze Werbereien-angelegenheit vollständig aufgeklärt ist. Bei den ersten Worten, die er mir sagt, läßt sich das ganze Gewebe durchschauen.

Was bisher die Sache unbegreiflich machte, war der Umstand, daß so ganz verschiedenartige, ja ganz entgegengesetzte Elemente bei diesen Werbungen thätig sind, die nichts miteinander gemein haben, die, ohne von einander zu wissen, für ganz verschiedene, ja einander entgegengesetzte Zwecke zu gleicher Zeit Werbungen betreiben, und beiderseits den Namen Preußens dabei vorschützen, theils um die wahre Absicht nicht zu verrathen, theils weil er populär ist in Italien und wohl geeignet die jungen Leute anzuziehen.

J. hat nämlich die Entdeckung gemacht, zur nicht geringen Ueberraschung der Mazzinisten, daß sich neben den beiden geheimen Comités, die hier von Alters her bestehen, dem der Mazzinisten und dem der ausgewanderten Römer, seit einigen Wochen auch noch ein drittes gebildet hat. Dieses dritte Comité hat seinen Sitz in Pistoja und ist ein spanisches; es wird von London aus, von dem General Prim geleitet, mit dem es correspondirt. Es wirbt für

Spanien; d. h. für die Revolution, die dort beabsichtigt und, wie sich eben aus diesen Werbungen ergiebt, seit Monaten vorbereitet wird. Die Thätigkeit dieses Comités steht mit den Ereignissen in Spanien in Verbindung, von denen gestern und vorgestern durch die Zeitungen eine schwache Kunde zu uns gelangt ist.

Nun wird vieles verständlich; auch ein aufgefangener Brief in spanischer Sprache an den Quidam Carrega, in dem von „Chili" (ohne Zweifel Spanien) die Rede war; auch daß die angeworbenen jungen Leute nach Genua gesendet werden und dort verschwinden (sie werden wohl von dort nach der Küste von Catalonien eingeschifft!); auch daß der Deputirte Nisco sich der Rekruten in Genua annimmt. Von diesem Comité in Pistoja werden also die kosmopolitischen Revolutionäre, die Allerwelts=Freischärler, wie der sogenannte Duferlou, Weiß u. s. w. in Bewegung gesetzt.

Die andere Gruppe von Werbern, der Domherr Ricasoli, der Jesuit Pater Manca, die beiden Gräfinnen Buturlin, diese Gruppe hat natürlich mit dem Comité in Pistoja nichts zu thun, das ist einleuchtend. Die geistlichen Herren und frommen Damen conspirieren nicht gegen das Regiment der keuschen Isabella und der verrückten Sor Patrocinio. Diese Gesellschaft wirbt ganz einfach für den Dienst des Papstes, darüber lassen die Erlebnisse des Emilio Tacchi keinen Zweifel. Wir wissen also nun endlich, woran wir sind, und das Räthsel ist gelöst.

NB. Für uns entsteht aber nun die Frage, ob wir die Sache weiter verfolgen und das Comité zu Pistoja in seiner Thätigkeit hindern und stören sollen; sie will gar wohlerwogen sein! Wir haben ganz und gar keine Verpflichtung eine polizeiliche Thätigkeit zu Gunsten der keuschen Isabella zu üben, noch dazu außerhalb Preußens in einem fremden Lande, und ebensowenig haben wir irgend ein Interesse dabei den Thron dieser keuschen und geistreichen Dame zu stützen, der Verbündeten Napoleon's III., die ihm vorkommenden Falls Hülfstruppen gegen Preußen liefern will und wird! Das natürlichste wäre wohl, daß wir es der spanischen Regierung überlassen, sich selber vorzusehen, und der italienischen die Polizei im eigenen Lande selbst zu handhaben.

Gestern hat sich J. auch im Laufe des Tages mit dem Jesuiten-
pater Manca bekannt zu machen gewußt, dem er in einen jener Buch-
läden gefolgt war, in denen nur theologische Schriften und Erbauungs-
schriften zu haben sind. Da er bereits vielerlei von Ricasoli's
Werbereien wußte, konnte er sich für einen halb Eingeweihten und
für einen Gesinnungsgenossen ausgeben und seine Dienste anbieten.
Es ist ihm auch gelungen den Jesuiten so treuherzig zu machen,
daß dieser ihm unter Anderem auch die Unterschrift der an den
Pater Bettl gerichteten Empfehlungsschreiben erklärte: Cal. Not,
das heißt Calamo Noto, und wird in Rom als Unterschrift
des Domherrn Ricasoli erkannt und anerkannt. Daß ein Jesuit
uns diese Aufschlüsse giebt, ist wirklich reizend!

Bei Usedom Kallac getroffen, den ausgewanderten Kroaten, der
im hiesigen Cabinet angestellt und bei der Redaktion des officiellen
Gelbblatts beschäftigt ist.

La Marmora's Interpellation wird besprochen. Kallac berichtet:
Menabrea, dem die Sache überaus unangenehm ist, und die Herren
von der Consorteria, denen vor der Discussion bange ist und vor
den Antworten, welche der General aus der Linken erhalten könnte,
haben sich vielfach bemüht ihn dahin zu bringen, daß er die Sache
fallen läßt und gar nicht interpellirt. Darauf geht aber La Marmora
nicht ein, er habe die Interpellation nun einmal angekündigt, könne nicht
zurück nehmen u. s. w. Da bemüht man sich nun das Ganze zu einer
verabredeten Comödie zu machen, deren Gang vorher bestimmt wäre.

Die Stellen der Geschichte des Feldzuges von 1866, in denen
La Marmora eine Beleidigung der italienischen Armee und Nation
finden will, sind in den Zeitungen der Consorteria abgedruckt. Im
deutschen Originale sind sie sehr zart und schonend gehalten. Die
französische Uebersetzung, die von einem französischen Generalstabs-
Capitaine herrührt, giebt diesen Stellen, ohne Zweifel in böswilliger
Absicht, einen allerdings etwas schneidenden Ton, der aber immer noch
weit entfernt ist beleidigend zu sein. In La Marmora's italienischer
Uebersetzung ist dann vollends der schneidende Ton der französischen, in
offenbar unredlicher Absicht, bis zur Uebertreibung gesteigert. Nun
wird im Cabinet eine correcte Uebersetzung angefertigt.

So wie wir allein sind, erkläre ich Usedom, wie es mit den Werbungen zusammenhängt. Er ist nicht wenig erstaunt, fällt aus den Wolken! Will aber nach wie vor den Duferlou „fassen", wobei wohl nicht zu vermeiden wäre, daß auch das spanische Comité zu Pistoja entdeckt würde. Einige Winke, die ich hinwerfe: ob wir nicht besser thun das spanische Comité unangetastet und die Dinge ihren Gang gehen zu lassen? scheint er nicht zu verstehen; sie bleiben ganz unbeachtet. Da die Mazzinisten den Domherrn Ricasoli selber verfolgen wollen, müssen sie auch den Empfehlungsbrief an den Pater Betti wieder haben. Wir wollen ihn aber nicht aus den Händen geben ohne eine photographische Copie zu behalten. Glücklicherweise haust im Hause der Gesandtschaft auch ein Photograph, dem wir trauen dürfen, ein Preuße. Die Sache wird heute besorgt.

16. Juli. Zeitungen. Zwei spanische Werber, oder vielmehr Werber für Spanien, sind in Porto Maurizio an der Genuesischen Küste verhaftet worden. Das kann weit führen! In der That, es sollte mir leid thun, wenn es sehr weit führte!

Zur Gesandtschaft. Langes Gespräch mit Usedom, der nun auch begriffen hat, daß wir in der That gar keinen Grund haben uns weiter um das spanische Comité zu Pistoja und dessen Thätigkeit zu bekümmern. J. soll also nicht nach Pistoja, zum Behufe weiterer Forschungen. Dagegen sollen die Mazzinisten sich beeilen und so schnell als möglich gegen den Domherrn D. L. Ricasoli einschreiten. Es könnte sonst zu spät werden. Es ist bereits in den Regierungs= kreisen verschiedentlich von Werbungen die Rede, die insgeheim für den Papst betrieben werden, und in diesen Tagen sind Zeitungs= artikel darüber zu erwarten. Diese Artikel werden ohne Zweifel zur Folge haben, daß die betheiligten Persönlichkeiten sich in Sicher= heit bringen und jede Spur ihrer Thätigkeit unkenntlich machen. (NB. Die Zeitungsartikel könnten, glaube ich, sogar zum Zweck haben diese Persönlichkeiten zu solchen Sicherheitsmaßregeln zu ver= anlassen.) Da die photographische Copie des Briefs Ricasoli's an Pater Betti fertig ist, erhalte ich das Original zurück und soll nun zu rascher That treiben.

18. Juli. W. C. bei mir und lange. Er erzählt mir seine

Erlebnisse, seitdem er aus dem europäischen Orient zurückgekehrt ist. Den Winter hat er in Berlin verlebt in Beziehungen zu Keudell; in dessen Auftrage hat er mit Belgrad, überhaupt mit Serbien, correspondirt. Er hat auch mehrere Eisenbahnwagen voll Waffen und Munition nach Belgrad expediert, sagt aber nicht, in wessen Auftrage. Da unsere Regierung nicht zugeben konnte, daß eine solche Sendung von Berlin aus abgefertigt werde, auch in Oesterreich auf Sendungen dieser Art, die aus Preußen kommen könnten, ganz besonders vigilirt wurde, sendete er diese Wagen nach Hamburg; von dort wurden sie dann mit Hamburger Plomben plombirt, als Transitgüter abgefertigt nach Belgrad und gingen auf diese Weise quer durch das Zollvereins= Gebiet und quer durch Oesterreich, ohne daß man sie irgendwo angehalten hätte. Den „Coup" in Serbien hat C. vorher gewußt, er war von Oesterreich und dem Fürsten Karageorgievic angezettelt. (NB. Es gehörte kein großer Scharfsinn dazu, das zu errathen.)

Im März ist C. nach Genf gereist; dort hat er entdeckt, daß der Welf, der Ex=König von Hannover, der auf einen Krieg zwischen Frankreich und Preußen rechnet, der polnischen Emigration eine sehr große Summe Geld zur Verfügung gestellt hat. Es wird ein Aufstand in Polen und im Hannöverschen beabsichtigt, der ausbrechen soll, sobald der Krieg im Gange ist, und die Losung ist dabei: „Wir helfen ihnen, sie helfen uns!" Im Zusammenhange mit diesen Umtrieben ist Langiewicz in Constantinopel und errichtet dort eine polnische Legion. (NB. Wie einfältig auf diese Weise vor der Zeit auf dieses Treiben aufmerksam zu machen! Und als ob die Hohe Pforte nicht alle Ursache hätte alles zu vermeiden, was der russischen Regierung gerechten Grund zur Klage geben könnte! Aber wer sich mit Polen einläßt, der muß ein für alle Mal darauf gefaßt sein, daß die abenteuerlichsten und verkehrtesten Dinge vorgehen.)

Das deutsche Bundesschießen zu Wien soll nun mit Hülfe der Polen und einiger „czechischer Elemente" zu einer großen anti= preußischen Demonstration benutzt werden. Der Welfe trägt die Kosten; auf seine Rechnung werden die Leute zusammengeworben, die als Repräsentanten Hannovers, Hessens und Frankfurts in

Wien erscheinen und Reden halten sollen; er bezahlt die Reise. Die
Ungarn gehn aber nicht mit den Polen. (NB. Sehr natürlich nicht, da sie alle Ursache haben das Heranwachsen des Slaven-
thums zu fürchten. Dann geht aber das officielle Oesterreich auch
nicht mit den Polen, denn Ungarn ist es, das zur Zeit die europäische,
die internationale Politik Oesterreichs bestimmt.) Nach seiner Rückkehr von Wien wurde C. dem Geh. Polizeirath Stieber zur Verfügung gestellt. Der schickte ihn nach Zürich, er sollte dort den
Grafen Plater beobachten, der in der Nähe lebt. Damit wurde C.
sehr bald höchlich unzufrieden, er fand sich in Zürich nicht am rechten
Orte. Da ist nichts zu machen, Plater ist der harmloseste aller
Polen. In Genf mußte er sein! Genf ist der Centralpunkt aller
Umtriebe der kosmopolitischen Revolution. Da und nur da, kann
man sie beobachten.

J. bei mir, in gehobener Stimmung, sehr erfreut. Er ist, von
dem mazzinistischen Comité dazu ausersehen, bei dem Quästor, Polizeimeister von Florenz, Cavaliere Solero gewesen, hat den Domherrn
Don Luigi Ricasoli seiner heimlichen Werbungen wegen, die er angeblich für Preußen, in der That für den Papst betreibe, förmlich
benuncirt und die Beweisstücke, den Brief an den Pater Betti und
die päpstliche Silbermünze, übergeben. Er ist sehr gut, ja glänzend
aufgenommen worden. Der Quästor Solero hat ihm die schönsten
Complimente gemacht, ihm bestens gedankt für den wichtigen Dienst,
den er der Regierung, dem Staate leiste. Man habe die geistlichen
Herren schon seit längerer Zeit im Verdachte, habe sich aber bis jetzt
keine Beweise gegen sie zu verschaffen vermocht. Nun aber werde
die Regierung sofort einschreiten und mit größter Strenge verfahren. Es würden Haussuchungen stattfinden, nicht bloß bei Ricasoli,
sondern auch bei einigen andern geistlichen Herren, die sich verdächtig
gemacht haben.

Dann brachte Solero das Gespräch seltsamer Weise auf Preußen,
obgleich gar keine Veranlassung vorlag zu glauben, das dies den J.
besonders interessieren könnte; wie es scheint bloß darauf hin, daß
Preußens Name bei den Werbungen gebraucht worden ist. Er
äußerte, Menabrea sei „furbo“; Preußen werde wohl thun ihm nicht

zu trauen; Preußen habe überhaupt in Italien nur einen wirklichen Freund, das sei der König Victor Emanuel selbst.

Er kam dann wieder auf die Werbungen, äußerte von Neuem, man werde gegen Ricasoli und die geistlichen Herren mit aller Strenge verfahren, und fügte dann hinzu: „Was endlich die Andern angeht, die von Porto Maurizio, so wollen wir etwas Nachsicht haben, lassen wir die machen!"

Die Regierung weiß also, wie das nach der Verhaftung der Werber in Porto Maurizio in der That nicht wohl anders sein kann, wenigstens im Allgemeinen um die Werbungen für Spanien, schließt aber die Augen und läßt gewähren! Die von einer übereifrigen Ortsbehörde in Porto Maurizio verhafteten Werber hat man aller Wahrscheinlichkeit nach ganz in aller Stille wieder frei gelassen, es ist durchaus gar nichts darauf erfolgt, und der Polizeimeister der Hauptstadt verbittet sich förmlich jede Denunciation nach dieser Seite hin!

Endlich frug Solero den J., ob er die schöne Jenny Jasmin kenne? Und da J. verwundert sagte, er sei einmal bei ihr gewesen, warnte ihn Solero; sie sei „una spia" des Ministers Gualterio; er habe sehr viele Rattazzianer vor ihr gewarnt! Er hält also den J. für einen Rattazzianer und giebt sich eigentlich selber als einen solchen zu erkennen!

Wie gar seltsam die künstlich verschlungenen Intriguen sich in diesem neuen Reiche, das leider! alt zur Welt gekommen ist, in allen Richtungen kreuzen! Wie das Alles durcheinander wühlt und durcheinander krebst! Ein hoher Beamter warnt eine fremde Macht vor der Gerissenheit des Premierministers und die Leute der Opposition im Lande vor der geheimen Polizei eines anderen Ministers!

19. Juli. J. bei mir, berichtet: Mazzini ist allerdings, nach wie vor, den Werbungen fremd, die für eine spanische Revolution betrieben werden, aber beabsichtigt nun seinerseits, ganz unabhängig davon, einen Schlag. Einer seiner vertrautesten Freunde, der ehemalige Professor Gianelli, der seine Professur aufgegeben hat, um sich Handelsgeschäften zu widmen, und in Via Porta Rossa Nr. 14 wohnt, hat in diesen Tagen Briefe wichtigen Inhalts von ihm er=

halten. Außerdem ist ein Agent Mazzini's, ein gewisser Vincenzo
Farina, hier angekommen und wohnt im Albergo Scarpa in Piazza
vecchia di Sta. Maria Novella. Der Schlag soll zunächst in Palermo
geführt werden; Giuseppe Mazzini der Große, der Held, der, frei-
gebig mit dem Blut Anderer, sich selbst immer aus dem Bereiche
jeder Gefahr zu halten weiß, verlangt oder befiehlt, man soll sich in
allen andern großen Städten Italiens in Bereitschaft halten dem
Beispiele Palermo's zu folgen.

20. Juli. C. erzählt mir von einem Polen mit Namen
Dombrowski, der Emigration angehörig und, wie es scheint, in ihr eine
nicht unbedeutende Person, der mit einem anderen Polen aus London
kommt, um dem Bundesschießen in Wien beizuwohnen. (NB. Nach
dem Umwege zu schließen, scheinen sie Ursache zu haben Deutschland,
selbst das südlichste, sorgfältig zu meiden.) In Wien soll gegen
Preußen conspirirt werden. Dombrowski sagt ferner, nach dem
25. Juli, wenn die Anleihe gedeckt ist, und die Sitzung des corps
législatif geschlossen, wird Napoleon III. mit einem bestimmten
Programme und bestimmten Forderungen hervortreten. Die europäischen Verhältnisse würden dadurch eine entscheidende Wendung
erhalten. Die Polen glauben den Bruch und selbst den Krieg
sehr nahe.

J. berichtet: eine Signora Galianti, die auch schon häufig mit
mündlichen Botschaften Garibaldi's und seiner Parteigenossen betraut
gewesen, ist aus Caprera hier eingetroffen.

Zeitungen; darin Auszüge aus der La Marmora-Brochüre,
die seine Interpellation einleiten soll. Unbedeutend und doch eine
Infamie! La Marmora streut sich selbst Weihrauch, erzählt von
Custozza nichtssagende Dinge, und da er die dreizehn am Oglio ver-
säumten Tage gar nicht zu rechtfertigen, auch nicht einmal eine schlechte
Entschuldiguug dafür vorzubringen weiß, legt er diese Säumniß in
sehr verständlicher Weise — dem Könige zur Last!

Den König aus dem Spiel zu lassen, ja sich selbst nöthigen
Falles preiszugeben, um ihn zu decken, ist anerkannt für jeden
Staatsmann eines parlamentarisch regierten Reichs die erste aller
Pflichten, und nun vollends für einen Soldaten, der in dem Könige

zugleich den höchsten Befehlshaber des Heeres verehren soll und zur Fahne geschworen hat! Und dieser ritterlicher Krieger häuft nun vollends Beschuldigungen auf seinen König, die an sich unwahr sind!

Der Zweck dieses Manövers ist aber sehr leicht zu durchschauen: Alles, was La Marmora thut, ist darauf zugespitzt den König zur Abdankung zu bringen!

21. Juli. I. erzählt mir, daß heute Abend ein Meeting des Mazzinistischen Comités stattfinden wird, um zu entscheiden, was in Beziehung auf Mazzini's neueste Pläne und Forderungen geschehen soll. Ich warnte wie schon früher einmal und widerrieth mit dem größten Nachdrucke jeden thörichten revolutionären Versuch.

Zur Gesandtschaft, mit Usedom gesprochen; da kommt Guastalla aus der Deputirtenkammer und erzählt von La Marmora's Quasi-Interpellation, die soeben stattgefunden hat. Es hat einen gewaltigen Lärm und große Verwirrung gegeben, und wenn man dem Berichte Guastalla's glauben dürfte, ist der Eindruck ein für La Marmora sehr ungünstiger gewesen. Doch war aus dieser Darstellung nichts Positives zu entnehmen.

Zu Haus Zeitungen; „L'Italie"; ich finde da einen sehr kurzen und natürlich sehr unvollständigen Bericht über die heutige Sitzung der Deputirtenkammer, der aber genügt, um mich sehr, sehr bedenklich zu machen.

La Marmora hat ein Actenstück vorgelesen, das er am 19. Juni 1866 erhalten hat, und behauptet durch dieses Actenstück wenige Tage vor dem Ausbruche des Krieges die allererste Kunde von dem sogenannten preußischen, d. h. von Seiten Preußens vorgelegten Operationsplane erhalten zu haben. Was hat er nun vorgelesen: Usedom's Note vom 17. Juni oder das militärische Mémoire, das ich hinzugefügt hatte?

Sollte es das erstere Actenstück sein, so wäre das in mancher Beziehung nicht erfreulich. Ist es mein Mémoire, so fragt es sich, ob Usedom es im Originale mit meiner Namensunterschrift und unverändert abgefertigt hat; daran habe ich Ursache zu zweifeln! Er hat es abschreiben lassen, das weiß ich, und ich muß beinahe fürchten, daß er es bei dieser Gelegenheit geändert hat. Schöll sagt mir, das Original meines Aufsatzes liege oben auf der Villa Capponi.

Usedom's Note sagte mir keineswegs zu, als er mir den Entwurf vorlas. Die Argumention schien mir locker und lose, nicht sehr prägnant, der militärische Theil vollends ist reine Dilettantenarbeit, die ein Mann vom Fach wohl versucht sein könnte lächelnd bei Seite zu legen, wenn weiter nichts vorlag. Vor allem aber widerrieth ich den schneidenden gebieterischen Ton der Note, indem ich vor den Folgen warnte und darauf aufmerksam machte, daß diese Depesche nothwendig einen unheilbaren Bruch zwischen ihm und La Marmora herbeiführen müsse.

Das gab Usedom damals zu; aber weit entfernt einen solchen Bruch zu meiden, schien er ihn herausfordern zu wollen, was mir nicht sehr zweckmäßig vorkam. Er forderte sogar mich auf in meinem Mémoire denselben schneidenden und gebieterischen Ton anzunehmen. Das habe ich mich aber wohl gehütet zu thun; ich habe mich durchaus in den Grenzen der Courtoisie gehalten.

Hat nun etwa Usedom mein Mémoire geändert, um es schneidend und gebieterisch zu machen? Das wäre sehr schlimm! Ich bin in großen Sorgen!

Uebrigens sagt La Marmora eine arge Unwahrheit, indem er behauptet, er habe unseren Operationsplan erst durch diese Note, welche es nun gewesen sein mag, und erst am 19. Juni kennen gelernt. Meine Conferenz mit ihm hatte am 6. stattgefunden, und als ich am 10. aufbrach, um eine Reise durch die Armee zu machen, ließ mich La Marmora bitten, mit den Generälen nicht von dem Operationsplane und unserer Conferenz zu sprechen.

22. Juli. Usedom gesehen. Ich hatte mittlerweile erfahren, daß es Usedom's Note vom 17. Juni ist, die La Marmora in der Deputirtenkammer vorgelesen hat; ich bemerke: er hat, scheint es, nicht gerathen gefunden auch mein militärisches Mémoire vorzulesen, das dabei war.

Usedom: Das konnte er nicht vorlesen, denn er hat es gar nicht bekommen!

Wie! Ich erfahre nun zu meiner nicht geringen Ueberraschung, daß Usedom einen ungeheuren Fehler begangen hat! Er hat am 18. Juni 1866 bloß seine Note vom 17. an La Marmora abgefertigt, mein Mémoire aber zurückbehalten. Warum? Nach seiner Meinung enthielt die Note die allgemeinen großen Züge unseres Feldzugsplans, die allgemeinen politischen und militärischen Gründe, die bestimmen mußten ihn anzunehmen; mein Mémoire enthielt dann das technische Détail im Einzelnen. Auf die Note hin mußte sich La Marmora für oder gegen den Plan entscheiden; darauf mußte er mit Ja! oder Nein! antworten. Sagte er ja! dann war es Zeit mein Mémoire nachzusenden, um das technische Détail an die Hand zu geben, wie man die Ausführung anfangen müsse. Aber La Marmora antwortete gar nicht, und mein Mémoire blieb vorläufig in Usedom's Portefeuille!

Erst später hat er davon Gebrauch gemacht, nämlich als der Prinz Napoleon verlangte die Feindseligkeiten sollten eingestellt werden, die italienische Armee am Po Halt machen. Da protestirte Usedom und übersandte nun am 10. Juli, als die Umstände durchaus verändert waren, dem hiesigen Ministerium mein Mémoire mit etwas nach den Umständen veränderter Einleitung. Es sollte nun die Nothwendigkeit darthun nicht stehen zu bleiben.

Miséricorde! unglücklicher konnte man gewiß nicht operiren! Daß unser Plan angenommen werden könnte, was die Führung des Krieges in der Lombardei betrifft, dazu war an und für sich am 17. Juni 1866 wenig Aussicht. Unter diesen Bedingungen war es ein arger Fehler Usedom's Note so zu redigiren, wie geschehen ist, und ein beinahe noch ärgerer sie ohne mein Mémoire abzufertigen.

Die unzusammenhängende Argumentation, die dilettantenhafte Weise, in der die militärischen Operationen darin besprochen sind, konnten für sich allein, und wenn weiter nichts vorlag, wahrhaftig keinen Feldherrn bestimmen einen fremden Feldzugsplan anzunehmen, und der gebieterische beleidigende Ton der Note mußte

19*

sehr wahrscheinlich, beinahe unvermeidlicher Weise, einen Bruch
in den persönlichen Beziehungen, eine gründliche Entzweiung, her=
beiführen.

Mein Mémoire war darauf berechnet alle Fehler der Note zu
decken und gut zu machen. Es enthielt die wirklichen, technischen
Argumente, die La Marmora's Entschluß bestimmen mußten, und
war von Seiten der Courtoisie untadelhaft. Wurde dieses Mémoire
gleichzeitig mit der Note abgegeben, so stand die Sache anders.
Zwar hätte auch dieses den General La Marmora schwerlich be=
stimmt auf unsere Ideen einzugehen, aber wir standen dann
unendlich besser in dem Zwiste, der sich jetzt entspinnt;
der heutige Zwist fand dann höchst wahrscheinlich nicht statt. La
Marmora hätte sich dann wohl gehütet die Sache zur Sprache zu
bringen, und that er es dennoch, so konnte er wenigstens nicht mit
Geringschätzung von dem preußischen Operationsplane als von einem
unsinnigen sprechen, er konnte nicht behaupten, daß ihm dieser Plan
überhaupt nur durch die unzusammenhängende Darstellung eines
Dilettanten bekannt geworden sei, durch ein Schriftstück, das keine
Berücksichtigung verdiene.

Wie die Sachen jetzt stehen, sehe ich nur zu gut, daß die Ver=
öffentlichung der Note Usedom's keinen andern als einen für
uns in hohem Grade ungünstigen Eindruck machen kann.
Besonders, da die sogenannte große Welt alles Mögliche zu ver=
zeihen pflegt, nur nicht einen Verstoß gegen die herkömmlichen
Formen der Gesellschaft, gegen den guten Ton. Die lockere
Argumentation ist nicht geeignet irgend jemanden zu überzeugen,
und über die Sache selbst hat überhaupt die diplomatische und
die große Welt kein Urtheil; von der Seite gewinnen wir nichts!
Dagegen wird man den schneidenden, beleidigenden Ton der Note
befremdend, unpassend finden. Man wird finden, La Marmora
habe als commandierender General Recht zu klagen, daß man
so zu ihm spricht, und das Alles um so mehr, da La Marmora
die dreiste Unwahrheit hinzufügt, er habe durch diese Note die
allererste Kunde von dem preußischen Operationsplane erhalten,
bis dahin gar nichts davon gewußt. Macht man so spät erst,

unmittelbar vor der Eröffnung der Feindseligkeiten, Vorschläge in Beziehung auf die militärischen Operationen? wird man tadelnd fragen; und macht man gleich die allerersten Mittheilungen und Eröffnungen in einem solchen beleidigenden, zankenden Tone, der selbst im weiteren Verlaufe der Unterhandlungen in hohem Grade unziemlich wäre?

Ich bin recht gründlich betrübt.

23. Juli. Aminoff gesteht mir, daß die Note vom 17. Juni 1866 unter den Italienern der höheren Stände einen, nicht für Preußen, wohl aber für Usedom überaus ungünstigen Eindruck gemacht hat. Die Consorteria geht so weit zu erklären, Preußen werde eine Genugthuung gewähren müssen, und diese Genugthuung könne nur in der Abberufung Usedom's bestehen. Namentlich ist es Massari, der sich in dieser Weise ausspricht. Aber auch außerhalb der Consorteria fühlt man sich allgemein verletzt.

Auch das Diplomatencorps hat die Note sehr ungünstig aufgenommen und zwar um so mehr, weil man allgemein, wie das natürlich genug ist, den dreisten Unwahrheiten La Marmora's Glauben beimißt. Da findet man es sehr tadelnswerth, daß ein Operationsplan so spät erst vorgeschlagen wird und dann in einem solchen unpassenden, gebieterischen Tone! So ziemlich alle Diplomaten berichten nach Haus: „La Prusse ayant voulu dans la dernière heure imposer un plan d'opération etc."

24. Juli. J. berichtet von zwei Meetings seiner Partei, die stattgefunden haben; in dem ersten ist beschlossen worden auf Mazzini's Pläne nicht einzugehen, sich in keiner Weise auf einen Aufstand vorzubereiten oder irgend dabei zu betheiligen und die Comités der radikalen Partei in anderen Städten von diesem Beschlusse in Kenntniß zu setzen. Das zweite Meeting hatte La Marmora's Interpellation zum Gegenstande. Angelo Mario, der Präsident, hat da in längerer Rede mit großem Nachdrucke geltend gemacht, daß diese Interpellation nichts Anderes sei als ein Versuch der französischen Partei die Sympathien für Preußen, die hier im Lande allgemein herrschen, zu untergraben und Italien in der Abhängigkeit von

Frankreich zu erhalten. Dagegen müsse man sich mit allen Kräften zur Wehr setzen. Auch hat das Meeting darauf beschlossen La Marmora, und in ihm Frankreich, durch Wort und Schrift auf jede Weise zu bekämpfen, die Sympathien für Preußen aufrecht und ein Bündniß mit Preußen offen zu erhalten.

26. Juli. C. kommt mit einer sehr wichtigen Nachricht, die er von dem jungen Herzen hat, dem Sohne des bekannten russischen Flüchtlings Alexander Herzen, der sich hier aufhält. Dem General La Marmora sind in diesen Tagen sehr wichtige Papiere gestohlen worden; seine ganze Correspondenz mit dem Kaiser und dem Prinzen Napoleon während des Jahres 1866. Er hat den Diebstahl gestern entdeckt und soll sich wie ein Rasender geberdet haben.

In diesem Lande der Masken und Maskeraden sind die Dinge häufig etwas ganz anderes, als sie scheinen. Ein blutrothes erzradicales Journal, das hier erscheint, „Il Zenzero", bringt einen Artikel über La Marmora's Brochüre und benutzt die dunklen Andeutungen, mit denen diese schließt, zu einem sehr heftigen, persönlichen Angriffe auf den König Victor Emanuel, wie dieses Blatt sie bei jeder Gelegenheit zu wiederholen liebt. Nun sagt mir C., daß der radicale „Zenzero" mit dem Erzherzoge von Modena in Verbindung steht und von diesem Fürsten besoldet wird; die Redaction hat noch neuerdings 4000 Lire von dem Herzoge erhalten. So erklären sich freilich die persönlichen Angriffe auf den König, deren sich die anderen demokratischen Blätter klüglich enthalten.

La Marmora's Auftreten höre ich besprechen, nicht zu seinem Vortheile. Auf meine Bemerkung, daß der General wohl nicht das Recht hatte eine Depesche, noch dazu eine reservirte, die er als Minister erhalten hat, als solcher seinen Collegen zu verheimlichen und dann als Privatmann ohne Autorisation von Seiten der Regierung in die Oeffentlichkeit zu bringen, antwortete Martin: „Vous enfoncez des portes ouvertes."

27. Juli. F. kommt früh zu mir und bringt mir den „Pungolo", ein Blatt, das in Mailand erscheint. Das Blatt erzählt nicht nur meine Conferenz mit La Marmora vom 6. Juni 1866, sondern auch,

welche Bitte La Marmora am 10. an mich richtete, und was ich geantwortet habe.

Maraïni, Redacteur des „Diritto", bei mir, der in seinem
Blatte den Behauptungen La Marmora's widersprochen hat; ich
dictire ihm zwei Zeitungsartikel in italienischer Sprache. Den
einen über die Conferenz mit La Marmora am 6. Juni 1866,
der ist nöthig, da die Zeitungen der Consorteria namentlich die
„Opinione" und „Nazione" nähere Angaben und Beweise von ihm
gefordert haben. Dann einen längeren Aufsatz, in welchem ich
den von Preußen angerathenen Operationsplan mit den Motiven auseinander setze. Auch das war nöthig, weil La Marmora öffentlich von diesem Plane gesprochen hat, als sei er ein
geradezu unsinniger, wozu Usedom's Dilettantenmachwerk von Note
allerdings Veranlassung giebt. Dabei durfte es aber nicht bleiben.
Ich schreibe diesen Artikel ex persona eines höheren, vom activen
Dienst zurückgezogenen italienischen Officiers, der mein militärisches
Mémoire gelesen hätte und mit den verwandten Plänen des verstorbenen Generals Fanti bekannt wäre.

Zur Gesandtschaft; das nöthige mit Usedom besprochen.

Maraïni sagt mir noch, daß Cialdini einen Schlag gegen
La Marmora beabsichtigt; er wird eine Brochüre herausgeben, die
sehr wichtige Actenstücke enthalten soll und schon in den nächsten
Tagen zu erwarten ist.

28. Juli. Die Werbungen gelten wirklich der Königin Isabella;
die beiden Comités, das hiesige mazzinistische und das
spanische zu Pistoia haben sich nun völlig verständigt
und machen fortan gemeinschaftliche Sache in Beziehung auf die
Werbungen. Doch hat Angelo Mario dabei die Bedingung als unerläßlich gestellt, daß der Name Preußens nicht weiter gebraucht
werde, was auch gar nicht nöthig sei, da sich, auch ohne daß dergleichen vorgewendet werde, und wenn man einfach die Sache bei
ihrem wahren Namen nennt, Leute genug finden würden zu einem
Zuge gegen Isabella. Das Comité zu Pistoia hat diese Bedingungen
angenommen.

Natürlich sage ich weder, daß wir das Comité, Duferlou und

Genossen, unbehelligt lassen wollen, noch irgend sonst etwas. Aber
ich sehe wohl, daß wir uns mit den erlangten Ergebnissen begnügen
und es dabei bewenden lassen müssen; denn wenn wir weiter gehen
und wirklich den Duserlou „fassen" wollen, wird uns die mazzinistische Polizei nicht weiter behülflich sein, das ist einleuchtend.
J. namentlich kann ich in dieser Angelegenheit nicht weiter verwenden;
er ist selber Werbeofficier geworden und sendet gleich heute fünf
Rekruten nach Pistola.

Uebrigens wird mir bei dieser Gelegenheit wieder recht einleuchtend, daß die Polizei zu den wunderbarsten Einrichtungen gehört,
die es in dieser Welt giebt. Im vergangenen Jahre waren die
Dampfboote zweier Gesellschaften in Bewegung, um Garibaldiner zu
Tausenden nach Griechenland zu befördern und die Polizei wurde
nichts davon gewahr. Jetzt werden die Rekruten von Genua nach
Marseille eingeschifft, ob sie von dort aus nach der catalonischen
Küste geschafft werden oder über die Pyrenäen, wissen wir nicht:
aber natürlich muß es da irgend ein Comité, irgend eine Behörde
geben, die das eine oder das andere besorgt. Die italienische Polizei
will nicht sehen, was hier und in Genua vorgeht, das ist einleuchtend,
aber daß auch die französische Polizei nichts von dem allen gewahr
wird, das ist wohl wunderbar zu nennen.

Die französisch gesinnte Partei im Lande steht im Begriffe sich
in allen bedeutenden Städten Italiens förmlich zu organisiren, um
durch Rührigkeit und Disciplin zu ersetzen, was ihr an Zahl gebricht
und um über ihre Bedeutung zu täuschen.

Die Italiener haben die Manie geheimer Gesellschaften, sie ist
durch die Schicksale des Landes während der letzten achtzig Jahre in
ihnen groß gezogen. In jeder irgend bedeutenden Stadt des Landes
giebt es zum mindesten drei geheime Comités, der ausgewanderten
Römer, der Mazzinisten und der Paolotti, d. h. der Klerikalen; nun
wird überall noch ein viertes hinzukommen: das der Simpatici
francesi, wie die Leute sich nennen wollen. Characteristisch für Land
und Leute ist dabei, daß es der großen Mehrzahl der Mitglieder dieser
geheimen Gesellschaften eigentlich nur um ein müßiges Conspiriren
um des Conspirirens willen zu thun ist. Wenn man ihnen zumuthet

etwas zu thun oder vollends zu wagen, so ist ihnen das in der Regel sehr unbequem.

Usedom zeigt mir eine telegraphische Depesche, die er soeben — chiffrirt — aus Berlin erhalten hat. Sie besagt, es sei in öffentlichen Blättern und diplomatischen Kreisen das Gerücht im Umlaufe, der Herzog von Montpensier sei an der Verschwörung in Spanien betheiligt, habe aber vorher in Berlin sondiren lassen, ob man seinem Unternehmen geneigt sein werde. Dem sei nicht so, Montpensier habe keinerlei solche Schritte in Berlin gethan.

29. Juli. Zeitungen. In der „Nazione" ist wieder ein recht böser Artikel gegen Preußen und gegen mich! Die Absicht mich persönlich in den Streit hinein zu ziehen und sowohl Usedom als namentlich auch mich von hier weg zu intriguiren tritt sehr deutlich hervor! Ich bin den Leuten der französischen Partei, dem General La Marmora und seinem Anhange, ein Dorn im Auge. Zu welchen Mitteln sie aber ihre Zuflucht nehmen in diesem Streite, der durch meine Mittheilungen, den 6. Juni betreffend, eine ihnen sehr unerwartete und ebenso unangenehme Wendung genommen hat, das ist merkwürdig genug. Die „Nazione" äußerte vorgestern, Usedom's angebliche Note vom 17. könne gar nicht echt, sie müsse untergeschoben sein; dergleichen alberne Vorschläge mache kein zurechnungsfähiger Mensch, sie müsse von einem betrunkenen Garibaldiner herrühren. Oder vielleicht habe sie sich Usedom von einem betrunkenen Garibaldiner eingeben lassen. Die „Opinione", La Marmora's vertrautes Journal, brachte gestern einen Artikel, den er unverkennbar selbst geschrieben hatte, und in dem ich sehr übel behandelt werde. Da er öffentlich behauptet hat, Usedom's Note vom 17. Juni habe ihm die allererste Kunde von einem angeblichen preußischen Operationsplane gebracht, ist es ihm natürlich sehr verdrießlich, daß er ebenso öffentlich an unsere Conferenz vom 6. erinnert wurde, besonders weil er die Thatsache dieser Conferenz nicht ableugnen kann.

Da behauptet er nun mit dreister Stirne (Opinione vom 28. Juli 1868), es sei während des Feldzuges 1866 überhaupt gar kein preußischer Militärbevollmächtigter

bei der italienischen Armee gewesen; niemand, mit dem
er einen gemeinsamen Operationsplan habe besprechen können. Was
die angebliche Conferenz vom 6. Juni betreffe, so erinnere er
sich nur, daß ihm Usedom — er wisse nicht, ob im Mai oder
Juni — ein Individuum vorgestellt habe „non militare, molto
meno generale", ein Individuum, das, auf Empfehlung der
preußischen Regierung, die Erlaubniß erhalten habe die italienische
Armee als Historiograph zu begleiten. Von diesem Individuum
habe er sich den Operationsplan der preußischen Armee in Böhmen
auseinander setzen lassen, von den möglichen Operationen in
Italien sei gar nicht die Rede gewesen, eine Discussion habe
nicht stattgefunden und habe mit einem so subalternen Manne gar
nicht stattfinden können. Das Wunderbare, daß ein so unter-
geordnetes Wesen, ein Mensch, der gar keine officielle Stellung
hatte, im Besitze eines preußischen Staatsgeheimnisses und im Stande
war ihm den preußischen Operationsplan in Böhmen und die Stellung
der preußischen Armee mitzutheilen: dieses zu erklären giebt er sich
nicht die Mühe.

Ich habe nun erfahren, wie es mit diesem Artikel zugegangen
ist. Man hat La Marmora vorgestern in der Deputirtenkammer
beobachtet, wo er viel und heftig mit Diesem und Jenem sprach, er
soll da namentlich gesagt haben: „il faut en finir avec les journaux."
Gewiß ist, daß er den Redacteur der „Opinione", der auch Deputirter
ist, zu sich rief; beide setzten sich zusammen auf eine Bank und La
Marmora schrieb rasch mehrere Bogen, die sofort in das Portefeuille
des Journalisten übergingen. Es war der gestrige Artikel, den er
schrieb und zwar, wie verlautet, ursprünglich in officiellster Form,
nämlich mit La Marmora's Unterschrift, in Form eines Briefes von
ihm an die Redaction. Da kam aber den Abend der „Diritto" mit
den genauen Angaben, die Conferenz vom 6. betreffend, und La
Marmora fand es nicht mehr gerathen sich so ganz persönlich zu
compromittiren. Man entsagte der Form eines Schreibebriefes, und
La Marmora's Unterschrift blieb weg; es wurde ein einfacher
Zeitungsartikel aus dem Schriftstücke.

Eine vorläufige Antwort dictire ich Maraïni; sie besteht einfach in der Bemerkung, daß das bezeichnete Individuum dem Könige Victór Emanuel officiell als preußischer Militärbevollmächtigter vor= gestellt worden war. Die endgültige Antwort muß natürlich die preußische Regierung geben.

Zur Gesandtschaft. Da finde ich Usedom in ganz ungetrübter Serenität und ruhiger als billig in Bezug auf die Folgen, welche diese verdrießlichen Händel für ihn persönlich haben könnten. Freilich hat La Marmora so viel Thorheiten begangen und sich so viele Blößen gegeben, daß die Sache in der That eine weniger schlimme Wendung genommen hat, als man im Anfange befürchten mußte. Der üble Eindruck, den Usedom's Note gemacht hatte, ist ziemlich verwischt; seine Stellung wird nicht so schwierig werden, als es den Anschein hatte.

31. Juli. Um 1 Uhr zu Govone; wir sprechen von dem ge= räuschvollen Tagesgezänke. Nager entre deux eaux, manger aux deux rateliers ist bei dieser Veranlassung Govone's Streben; er will es weder mit La Marmora, noch mit Cialdini, noch mit uns verderben.

Was mein Mémoire anbetrifft, das nun zum Theil in Cialdini's Brochüre gedruckt ist, sagt mir Govone: La Marmora erkläre, er habe es nie erhalten (das ist leider wahr!). Da ich Usedom nicht bloßstellen kann, beschränke ich mich darauf zu sagen, daß ich es am 17. und 18. Juni geschrieben, am letzteren Tage abgegeben habe und darauf zur Armee abgereist bin; was weiter aus der Schrift ge= worden ist, wo sie etwa liegen geblieben ist, weiß ich nicht. Ich bin den ganzen Feldzug über in der Ueberzeugung gewesen, daß La Mar= mora sie erhalten habe. Freilich hat er mir nie davon gesprochen, da habe ich denn auch nicht davon gesprochen, „par discrétion", be= sonders da nach der Schlacht von Custozza die Situation wesentlich verändert war. Ricasoli kannte das Mémoire und hatte es ge= lesen, als er im Hauptquartiere eintraf. Cialdini hat es, wie ich mit Bestimmtheit weiß, von dem Prinzen von Carignan er= halten. Uebrigens braucht man dieses Mémoire nur mit Auf= merksamkeit zu lesen, um zu bemerken, daß es sich auf eine frühere Discussion bezieht.

Govone: La Marmora erklärt, unſer Geſpräch am 6. Juni ſei keine eigentliche Discuſſion geweſen.

Ich: Sein Gedächtniß täuſcht ihn, es war eine Discuſſion en règle et à fond. Il m'a expliqué tout son plan d'opération.

Govone, rückt auf ſeinem Stuhle, mit plötzlich verdoppeltem Intereſſe: „Eh bien, quel était ce plan d'opération?"

Ich: La Marmora glaubte nicht, daß Cialdini über den unteren Po kommen werde. Dans ses idées ſollte Cialdini's Operation nur eine Demonſtration ſein, beſtimmt die Aufmerkſamkeit der Oeſterreicher auf den unteren Po zu lenken und der italieniſchen Hauptarmee den Uebergang über den Mincio zu erleichtern. Hier wollte La Marmora zunächſt auf den Höhen von Somma Campagna Stellung nehmen. Gelang der Uebergang über den unteren Po — „ce que je ne crois pas!" ſagte La Marmora — ſo wollte er Cialdini's Armee über Iſola della Scala an ſeinen rechten Flügel heranziehen. Gelang der Uebergang nicht — „ce qui est plus probable!" —, ſo wollte er dieſe Armee über Caſalmaggiore und Cremona zu ſich heranziehen. Jedenfalls ſollte die ganze Armee auf den Höhen von Somma Campagna vereinigt werden, und in dieſer Stellung wollte La Marmora die Belagerung von Peſchiera vornehmen und decken.

Das war der wirkliche Operationsplan; „quant à cet autre plan d'opérations dont il est question dans la brochure de Cialdini", dem zufolge die Operation am Mincio nur eine Demonſtration ſein ſollte, und die Mincio-Armee, ſobald der Uebergang über den Po gelungen war, den weiten Umweg über Caſalmaggiore, Parma und Bologna machen ſollte, um bei Ferrara dem General Cialdini über den Po zu folgen „c'est à dire d'exposer Cialdini pendant huit ou dix jours seul au delà du Po aux attaques des Autrichiens" — Govone dazwiſchen: „Oh! pendant douze jours!" — „je n'y crois pas!"

Govone: „Ni moi non plus!" NB. Das ſind offenbar Dinge, die La Marmora dem Cialdini nur vorgeſpiegelt hat, um ſeinen wirklichen Plan nicht zu verrathen und dem unfehlbaren Widerſpruche Cialdini's zu entgehen.

Als weiteren Beweis, daß eine wirkliche Discuſſion zwiſchen

mir und La Marmora stattgefunden hat, führe ich an, daß ich mir, wie aus dem Mémoire zu ersehen ist, erlaubt habe unseren Plan im Laufe der Discussion auf eigene Verantwortung zu mobiliciren.

Da ich sah, daß La Marmora nicht davon hören wollte, daß man über den unteren Po gehen solle, und da die größere Hälfte der italienischen Armee bereits am Mincio stand, da dachte ich: mag er denn über den Mincio vorgehen, wenn er nur dann sofort auch über die Etsch geht und, einmal nach Padua gelangt, seine Verbindungen mit Piacenza und Alessandria aufgibt, „qui seraient toujours restées très précaires à travers le quadrilatère", um sich auf Bologna zu basiren.

Govone: „Eh bien! j'aime mieux cela!" Der Uebergang über den unteren Po und alle die anderen Flüsse habe zu große Schwierigkeiten.

Ich: Im Verlaufe der mündlichen Discussion und in dem schriftlichen Mémoire habe ich in diesem Sinne gesprochen.

Govone: „C'est ce que La Marmora se proposait de faire."

Ich: La Marmora wollte vor allen Dingen Peschiera erobern. Ueber die Etsch zu gehen, daran konnte man, ihm zufolge, erst nach der Eroberung von Peschiera denken.

Dann erkläre ich an diesem Streite durchaus keinen Antheil nehmen zu wollen und äußere mich mit Unwillen über die Versuche der Tagesblätter mich gegen meinen Willen hinein zu ziehen. Ich werde de ce pas in die Redaction der „Riforma" gehen, um der Sache ein Ende zu machen.

Zur Gesandtschaft. Usedom hat den taktlosen Artikel in der „Riforma", der mich betrifft, selbst veranlaßt und das Material dazu, mein Lob als Militärschriftsteller u. s. w., selbst geliefert! Ich setze aber dennoch durch, daß ich mich davon lossagen und weitere Artikel über meine Person untersagen kann.

Usedom kommt darauf zurück, daß man hier mit unserem Kronprinzen und seiner Umgebung „Bauernfängerei" getrieben hat. Viel länger habe der Besuch des Kronprinzen nicht dauern dürfen, er hätte sonst „ein schlechtes Ende genommen".

1. August. Um 12 Uhr wird mir der „Corriere italiano" gebracht, darin finde ich ein Telegramm aus Berlin, die Nachricht, **daß die preußische Riegerung Usedom's Note vom 17. Juni durch einen Artikel im Staats-Anzeiger desavouirt hat.** Sie sei der Regierung erst zehn Tage später bekannt geworden, von ihr nicht gebilligt gewesen, es lasse sich also von den Aeußerungen dieser Note nicht auf die politischen Absichten der preußischen Regierung schließen!

Das kommt um so unerwarteter, als alle preußischen Tagesblätter, und namentlich die officiösen, sich bisher mit der allergrößten Erbitterung über La Marmora's unredliches Verfahren äußerten. Und wie soll man es sich erklären? Sollte man etwa diese Gelegenheit Usedom's Stellung unmöglich zu machen und ihn los zu werden ohne Weiteres mit beiden Händen ergriffen haben ohne Rücksicht darauf zu nehmen, welchen Schaden man dadurch den Freunden Preußens hier in Italien thut, und wie man der französischen Partei zum Siege verhilft? Das hieße die wichtigsten Dinge sehr untergeordneten Rücksichten opfern und wäre eine arge Thorheit! Es giebt keinen zweiten preußischen Diplomaten oder Staatsmann, dem man das bieten, den man in solcher Weise preisgeben würde, das ist gewiß!

Zur Gesandtschaft. Da finde ich Usedom in größter Seelenruhe, ganz zufrieden mit seinem Schicksale und, wie ich es erwartet hatte, denkt er nicht im entferntesten daran seinen Abschied einzureichen. Alles andere eher als das.

Er wußte schon seit einigen Tagen, daß ein solcher Artikel im Staats-Anzeiger erscheinen werde; Thile hat ihn durch den Telegraphen davon benachrichtigt und fügte ausdrücklich hinzu: **der Artikel werde auf ausdrücklichen Befehl des Chefs, d. h. Bismarck's, in den Staats-Anzeiger eingerückt.**

Uebrigens steht er nicht im amtlichen Theile, und dadurch wird allerdings das Dementi, das Usedom erhalten hat, nicht unwesentlich gemildert. Nach dem Auszuge, den Thile uns mittheilt, und der nur etwas ausführlicher ist als das Telegramm, welches die Zeitungen bringen, scheint es vorzugsweise die Redaction der Note vom 17. Juni zu sein, die verleugnet wird, weniger der Inhalt. Endlich scheint der Artikel beiläufig auch auf die officiösen Artikel in der Norbb. Allg. Zeitung Beziehung zu nehmen, die mit großer Entschiedenheit gegen La Marmora gerichtet waren, und das wäre ein weiteres Remedium. Kurz, wir müssen das Blatt des StaatsAnzeigers abwarten, um die eigentliche Tragweite des Artikels ermessen zu können.

Aber selbst im besten Falle wird unsere Lage hier durch dieses verwünschte Telegramm unendlich verschlimmert, das ist nicht zu leugnen, sie wird sogar für die nächste Zeit eine beinahe unerträgliche werden! La Marmora lag schon so gut wie besiegt am Boden und wand sich in seiner Verlegenheit in armseligen Lügen herum, die im großen Publikum keinen ihm günstigen Eindruck machten, er hatte die Aussicht immer tiefer zu sinken! Und nun! wie werden nun Muth und Zuversicht ihm und seinem Anhange wieder wachsen! Wie werden sie sich darauf berufen, daß unsere eigene Regierung uns desavouirt hat, wie laut werden sie das der Welt verkünden! Wir aber müssen dazu schweigen. Thile spricht Namens der Regierung den Wunsch aus, wir sollen uns vorläufig in nichts weiter mischen, an dem entstandenen Zeitungs- und Federkriege keinen Antheil weiter nehmen, mit einem Worte, wir sollen gar nichts weiter thun.

Usedom hat angefragt, ob er bei der hiesigen Regierung förmlich schriftlich Beschwerde führen solle wegen des von La Marmora begangenen Treubruchs, denn daß er ohne Befugniß eine Depesche veröffentlicht, das ist ein Treubruch. Thile antwortet, diese Frage sei dem Könige unterlegt, dessen Entscheidung erwartet werde.

Usedom spricht, als ob es in Berlin verrückt zuginge. Die Geschäfte werden, meint er, von Thile und den Leuten, die sie an Ort und Stelle in Händen haben, etwas lahm und ohne Energie betrieben. Bismarck ist in Hinter-Pommern, ist nur unvollständig unterrichtet,

kennt den Zusammenhang der Dinge nicht, befiehlt aber hin und
wieder nach Laune etwas, wodurch alles durchkreuzt und alles verdorben wird.

2. August. J. bringt mir die neueste Nummer der „Nuova
Epoca". Darin ist von den gestohlenen Papieren La Marmora's die
Rede. Denn daß dem General sein Briefwechsel mit den höheren
Mächten und Frankreich entwendet worden ist, das scheint nunmehr
außer Zweifel zu stehen. Das mazzinistische Comité ist in sehr be-
stimmter Weise davon unterrichtet.

3. August. „Perseveranza" ist eine Hauptzeitung der Consorteria; erscheint in Mailand; in der neuesten Nummer wird
ganz einfach meine Abberufung von hier verlangt, als
eine Genugthuung, welche Preußen der italienischen Regierung und Nation schuldig sei, und als eine unerläßliche
Maßregel, um das gute Vernehmen zwischen Preußen und Italien
zu erhalten. Wie erfreulich! Wie sind die Leute zuversichtlich geworden!

Zur Gesandtschaft. Usedom ist mit Sir Augustus Paget ein-
geschlossen und zeigt ihm, wie er sie schon Pioba gezeigt hat, alle
Depeschen und Telegramme, die ihn 1866 berechtigten seine jetzt
berühmte Depesche vom 17. Juni zu schreiben (NB. nur nicht gerade
in dem Tone!).

Ich sehe Sir Augustus später einen Augenblick in der Straße;
er ist vollständig überzeugt und entrüstet über La Marmora, „what
an ass he has made of himself!" „Well! is it the first time he
has made an ass of himself?" „O dear, goodness no! nor
will it be the last!" Ich suche natürlich den Eindruck zu steigern,
den Usedom gemacht hat, und sage: wenn es der preußischen Regierung
beliebt meinen Bericht vom 9. Juni 1866 öffentlich bekannt zu machen,
ist La Marmora vollends verloren.

4. August. La Marmora wurde gestern in der Deputirtenkammer beobachtet. Da hat der General den Redacteur der „Nazione"
zu sich gewinkt und ihm im Laufe des Gesprächs ein Zeitungsblatt
gezeigt: ohne Zweifel ein Blatt, das der, nach der „Nuova Epoca",
entwendeten Depeschen Erwähnung that, und, wie voraus zu sehen
war, dementirt nun heute die „Nazione" in formellster Weise alles,

was darüber bekannt geworden ist, und erklärt feierlich, es seien
dem General keinerlei Papiere abhanden gekommen. Das geschieht
natürlich, um den Inhalt der Correspondenz, falls sie an die Oeffent=
lichkeit gelangen sollte, später verleugnen zu können.

Der Ton, den die Zeitungen der Consorteria annehmen, seit
jener unselige Artikel in unserem Staats-Anzeiger erschienen ist,
übersteigt in der That noch alles, was man erwarten mußte, und
sie verfahren dabei sehr unredlich. Nicht allein, daß „Opinione" und
„Nazione" den betreffenden Artikel triumphirend als eine glänzende
Genugthuung besprechen, welche die preußische Regierung dem General
La Marmora gewährt hat, und die der General mit Befriedigung
annimmt, lieto di accogliere; sie sprechen dann weiter, als habe
unsere Regierung nicht allein Usedom's Note vom 17. Juni verleugnet,
sondern auch den gesammten Operationsplan, dessen in dieser Note
gedacht wird.   Sie behaupten, dieser vielbesprochene nach ihrer
Meinung unsinnige Operationsplan sei gar nicht von der preußischen
Regierung, dem preußischen Generalstabe, ausgegangen, die vielmehr
erst durch Usedom's Note, zehn Tage nach deren Abfertigung, am
27. Juni 1866 zum allererſten Male etwas davon· gehört hätten.
Dieser Operationsplan sei nichts anderes, als ein albernes Mach=
werk, das wir beide, Usedom und ich, auf eigene Hand ausgeheckt
und den italienischen Generälen ohne Auftrag und Ermächtigung
von Seiten unserer Regierung vorgeschwindelt haben. Die Zeitungen
der Opposition, die den Operationsplan lobend besprochen haben,
„Diritto" und „Riforma", werden aus großer Höhe herab wohl=
wollend belehrt, sie sollen künftig nicht so leichtsinnig sein und sich
nicht von dem ersten besten Abenteurer das erste beste dumme Zeug
weißmachen lassen.

Heute erklärt nun vollends die „Nazione", die dem General La
Marmora gewährte Genugthuung sei zwar sehr schön, aber doch
nicht genügend. Um sie zu vervollständigen, müsse die gegenwärtige
preußische Gesandtschaft von hier abberufen werden. Das wird
geradezu gefordert, und es ist dabei noch vielfach davon die Rede,
wie unpassend es sei, wenn fremde Diplomaten sich in die inneren
politischen Partelungen des Landes mischen wollen.

Zur Gesandtschaft. Guastalla, den ich bei Usedom treffe, erklärt uns, die toscanische Consorteria sei viel schlimmer als die piemontesische, und sie sei viel schlimmer auf mich zu sprechen als selbst auf Usedom.

Er sagt uns auch, daß er vielerlei sehr gute Verbindungen in Frankreich habe; alle Nachrichten, die er von dort erhält, bezeichnen die französischen Zustände als drohende; es bereite sich dort eine sehr ernste Revolution; die Kaiserin Eugenie beherrscht jetzt eigentlich das Land und natürlich so verkehrt als möglich.

Um ¹/₂6 Uhr kommt J. noch einmal zu mir in meine Wohnung. Er weiß nun auch, daß La Marmora den Depeschendiebstahl förmlich in Abrede stellt, aber auch, daß der General zu gleicher Zeit die Polizei in Bewegung gesetzt hat darauf zu fahnden. Es haben in der vergangenen Nacht bei bekannten Mazzinisten Haussuchungen stattgefunden, um der Papiere habhaft zu werden. Diese sind aber in Sicherheit. Sie sind in der Schweiz.

5. August. Usedom kommt ziemlich früh.

Man ist in Berlin sehr erschrocken darüber, daß La Marmora den Artikel im Staats-Anzeiger für ein unbedingtes Démenti nimmt, welches unsere Regierung der preußischen Gesandtschaft hier gegeben habe; daß er darin eine Genugthuung sehen will, die man ihm gewährt habe, und daß er als Sieger triumphirt. Thile äußert, es werde nun wohl eine „Replik" von unserer Seite nöthig sein. Usedom antwortet durch den Telegraphen, seine ausführlichen Berichte seien unterwegs; die möge man abwarten.

Es wird also nun von Berlin aus eine Manifestation erfolgen, die unsere Lage wesentlich verbessert.

6. August. Usedom kommt von Dr. Schöll begleitet zu mir. Er richtet, um sich persönlich sicher zu stellen, eine Rechtfertigungs-schrift an den König (von Preußen natürlich), um darzuthun, daß er vollkommen berechtigt war die Note vom 17. Juni an La Marmora zu richten. Er nimmt darin auch den Brief auf, den Moltke am 15. Juni 1866 an mich gerichtet hat. Ich muß ihn dem Dr. Schöll in die Feder dictiren.

Abends kommt Usedom noch einmal spät von Sir Augustus

Paget her, wo er dinirt hat, und bringt mir das neueste Blatt des „Zenzero".

Darin steht ein ausführlicher Artikel über die gestohlenen Papiere, seine Correspondenz mit dem Kaiser und dem Prinzen Napoleon sei dem General La Marmora doch entwendet und in Sicherheit gebracht! Es sei namentlich der Brief Napoleon's dabei, der dem General und damaligen Premierminister Italiens zur Pflicht machte den Krieg im Venetianischen zu localisiren, und La Marmora's Antwort, in der er verspricht dieser Weisung nachzukommen. In der ganzen Angelegenheit mit La Marmora benimmt sich das Ministerium Menabrea durchaus tadellos; es nimmt sogar in seinem officiellen Gelbblatt einigermaßen Partei für uns gegen den General. Demgegenüber droht dieser letztere den Redacteuren: sie sollten wohl bedenken, daß die zeitweise gesunkenen sich wieder erheben können, und daß sie früher oder später einen anderen Chef haben könnten.

8. August. Usedom bei mir, mit seiner gewöhnlichen Frage „quid novi?" Erzählt welche Verwandlung nach dem Frieden von 1866 mit dem Minister Ricasoli vorging. Unmittelbar nach dem Präliminarfrieden stand alles gut; Ricasoli sprach mit Hingebung von Preußen, sagte von Bismarck „j'en ferai mon cousin", was heißen sollte, daß man ihn zum Annunziaten=Ritter ernennen werde, und Usedom erwiderte: „et nous allons vous donner des ailes!" vermöge des Schwarzen Adlerordens rc.

Schon während der Feste in Venedig aber war alles verändert; Ricasoli zeigte sich zurückhaltend und ging am Ende so weit, daß er den Schwarzen Adlerorden nicht annehmen wollte, weil La Marmora ihn nicht ebenfalls erhielt. Vergebens sagte man ihm, daß der ihm verliehene Orden eine Erwiderung der Annunziatenkette sei, die Bismarck erhalten hätte, daß dagegen kein Grund vorläge dem General La Marmora den höchsten preußischen Orden zu verleihen, da kein preußischer General Annunziaten=Ritter geworden sei. Ricasoli blieb bei seinem Sinne und nahm den Schwarzen Adlerorden erst an, als er aus dem Ministerium austrat.

Er hatte sich durch Menabrea, als dieser aus Wien zurückkehrte, wo der definitive Frieden abgeschlossen

wurde, für die Idee einer französisch-österreichisch-
italienischen Triplealliance gewinnen lassen.

Wenn La Marmora nach Custozza den Schwarzen Adlerorden
erhalten hätte, das wäre ein schöner Skandal gewesen!

In den Palazzo vecchio zu einer wichtigen Sitzung der Deputirtenkammer. Es sollte über den apalto abgestimmt werden. Zwar wußte
ich wohl, daß das Ministerium mit einer kleinen Majorität den Sieg
davontragen würde, aber es war doch von Wichtigkeit die Physiognomie
des Hauses bei dieser Gelegenheit zu beobachten.

Schon im Couloir war der Lärm im Saale wie das Rauschen
des Meeres zu vernehmen; es ging da offenbar sehr stürmisch zu!
Hier begegnete mir Minghetti; der hat mich seit Monaten gemieden;
diesmal redete er mich ungemein herzlich an! Das hat was zu bedeuten! Er sagte mir, daß er heute Abend abreist zu seiner Frau
und Stieftochter nach Stuttgart, fragte nach meinen Befehlen 2c.
Ich ließ mich natürlich Mme. Minghetti zu Füßen legen, Karl Dönhoff
bestens grüßen 2c.

Die Diplomatentribüne war sehr zahlreich besucht, Paget, Malaret,
so ziemlich alles, was noch hier ist, war da. Die Debatten waren
leidenschaftlich und sehr geräuschvoll, endlich sollte über eine von der
Opposition vorgeschlagene Tagesordnung abgestimmt werden, durch die
der apalto und die dadurch vermittelte Anleihe abgelehnt gewesen wäre.
Der Finanzminister Cambray-Digny erklärte, er nähme an, wer
gegen die Tagesordnung stimme, sei für die Annahme des apalto-
Gesetzes, und stellte die Cabinetsfrage in allerbestimmtester Weise, indem
er im Namen seiner sämmtlichen Collegen erklärte, das Ministerium
werde austreten, wenn die Kammer diese Tagesordnung annähme.

Nun erfolgte die namentliche Abstimmung; jüngere Diplomaten,
darunter Falkner, notirten und zählten; La Marmora stimmte mit
einem gewissen éclat geräuschvoll gegen das Ministerium; die andern
Piemontesen der Consorteria, Lanza, Sella, Chiaves 2c., gaben ihre
Stimmen gegen das Ministerium etwas kleinlaut ab, als schämten
sie sich eigentlich der Rolle, die sie spielten. Am Ende war die
Majorität etwas größer als viele von uns erwartet hatten: das
Ministerium siegte mit 201 Stimmen gegen 182.

Große Bewegung der Deputirten durcheinander; Menabrea, radieux, kam herauf in unsere Tribüne, um sich gratuliren zu lassen; man umringte ihn. Barbolani näherte sich mir, ebenfalls Freude strahlend, nahm meinen Glückwunsch sehr freundschaftlich auf und meinte: „Ce n'est pas une victoire comme Sadowa", aber es sei immerhin ein genügender Sieg; zuckte die Achseln über La Marmora und seinen Anhang, indem er sagte: „la haine les aveugle!" etc.

Unterdessen wurde unten im Saale über das apalto-Gesetz durch bloßes Aufstehen und Sitzenbleiben ziemlich formlos abgestimmt, das hatte nun keine Bedeutung mehr! Das Gesetz wurde natürlich angenommen, Niemand wußte, Niemand fragte mit was für einer Majorität.

Vermöge eines Schreibens, das der vorsitzende Vice-Präsident vorlas, nahm Lanza seine Entlassung als Präsident der Kammer. Das mußte man erwarten, da er mit der Minorität gestimmt hatte. Es wurde mit großem Beifall aufgenommen.

15. Revolutionäre Gährungen in Europa und Parteikämpfe in Italien.

9. August. Einen merkwürdigen Brief von C. aus Pest erhalten (vom 6. August).

Er hat das Schützenfest in Wien beobachtet, wo sich alle möglichen radicalen Sturmvögel zusammen gefunden hatten, und ist überzeugt, daß dort ein Complot gegen Bismarck's Leben angezettelt worden ist.

„Rudolf, der zweite Sohn Karl Blind's, aus London, mit noch zwei Anderen aus Paris nach Wien gekommen, ist eines der fanatischen Glieder in der Kette eines weit verzweigten Complots. Es war

mir gelungen den jungen Mann für einige Tage an mich zu fesseln;
er hat sogar drei Nächte bei mir geschlafen. Er hatte mir versprochen mit mir nach Pest gehen zu wollen, er that es mit Aeußerungen, die mir deutlich verriethen, daß er sich von Verbindlichkeiten
frei machen wolle, die sein überaus gereiztes Gemüth in beständiger
Aufregung erhielten. Welches diese Verbindlichkeiten sind, ist mir
nicht ganz klar geworden, denn alle aus London, Paris und Frankfurt
an ihn gerichteten Briefe waren unter Adresse der Redaction der
„Neuen freien Presse" zu Wien vermittelt. Blind verbarg dieselben
derart, daß ein Versuch meinerseits, deren Inhalt zu erfahren, meine
Lage sehr schwierig gemacht haben würde. Blind ist in steter Begleitung eines Stockdegens und eines kleinen Colt'schen Revolvers zu
fünf Kugeln à 12 Millimeter."

„Ich habe dem jungen Manne alle nur erdenklichen Vorstellungen
gemacht sich in nichts präcipitirtes einzulassen, sich rationellen Elementen anzuschließen und politische Leidenschaftlichkeit von sich zu
werfen. Es hat nichts geholfen. Es war verabredet, daß wir am
Dienstag Abend zusammen nach Pest gehen sollten. Blind hatte
dieses Vorhaben einige seiner „Intimen" wissen lassen. Um 4 Uhr
hatten wir Rendez-vous im Goldenen Stern, Blind fand sich in
Gesellschaft von fünf mir fremden Herren ein, von denen mir einer
ein mir unverständliches Zeichen machte. Da ich auf dieses Zeichen
nicht zu erwidern vermochte, erklärte mir Blind, daß er in mir
einen braven Mann gefunden, der zum Herzen zu sprechen verstehe,
aber auch einen solchen erkannt habe, der nicht „Selbstbewußtsein"
genug besitze, um sich „zu großen Opfern herbei zu lassen". Mit den
tragischen Worten: „gehe jeder seinen Weg, Großes zu vollbringen
ist nur wenigen beschieden, leben Sie wohl, vielleicht!! begegnen wir
uns wieder!" mit diesen Worten schied Rudolph Blind von mir.
Einer seiner Begleiter fragte mich: ob ich derselbe Mann sei, der
im Jahre 1863 im Auftrage des Nationalvereins nach Wien gekommen
war, um Freischaaren für Schleswig-Holstein und Vereinsglieder zu
werben? (NB. mündlich hat mir C. gesagt, daß er damals im Auftrage des Augustenburgers zu solchem Zwecke in Wien war.) Auf
meine Bejahung dieser Frage wurde mir bemerkt, daß es verwundere,

warum ich mich während meinem jetzigen Aufenthalte in Wien so zurückgezogen verhalten und bei keiner der patriotischen Kundgebungen theilgenommen habe. Die Herren zusammen mit Blind verließen mich, und als ich in mein Hotel kam hörte ich, daß Blind noch bei Röckel aus Dresden, der auch im selben Hotel wohnte, Abschied genommen und wahrscheinlich Wien schon verlassen habe."

10. August. Massari getroffen. Er begrüßt mich ungemein freundlich, was er auch seit langem nicht gethan hat, und zeigt sich empört bis zur Wuth durch das Betragen der Piemontesen von der Consorteria, die gegen das Ministerium gestimmt haben.

Er sagte laut und überlaut, ihr Anschlag sei gewesen das Ministerium zu stürzen; die Piemontesen, die Permanente dazu gerechnet, wollten mit Gewalt an das Regiment kommen; sie wollen das Regionensystem der Permanenten in Ausführung bringen, „vogliono disfare l'Italia", das sei eine Abscheulichkeit! ꝛc.

Massari war bisher einer der allerergebensten Anhänger La Marmora's! Ich sehe sehr bestimmt: La Marmora's thörichter Versuch sich durch einen Handstreich der Regierungsgewalt zu bemächtigen wird bleibende Folgen haben! Der Bruch zwischen ihm und seinem piemontesischen Anhange einerseits, der übrigen Stellenjäger-Consorteria, namentlich der toscanischen, auf der anderen Seite: dieser gestern ausgesprochene Bruch ist ein vollständiger und tief gehender, man müßte sagen ein unheilbarer, wenn man es mit Leuten von Character zu thun hätte! Schon Minghetti's plötzliche Holdseligkeit gegen mich, den von La Marmora vor allen gehaßten, auf den die Consorteria noch vor wenigen Tagen übler zu sprechen war als selbst auf Usedom, schon dies plötzlich veränderte Benehmen deutete auf dergleichen.

Die Lage im allgemeinen ist aber dadurch wahrlich nicht verbessert, die allgemeine trostlose Zerfahrenheit und Zerfallenheit der hiesigen Zustände ist vielmehr ärger als jemals. Die Stellenjäger-Consorteria in sich gespalten und auseinandergefallen; die bisherige Majorität in der Deputirtenkammer vollständig desorganisirt; die Permanente mit ihr, mit der Regierung, mit der Linken, mit La Marmora und seinem persönlichen Anhange

verfeindet; der terzo partito ohne feste Politik und Prinzipien; die
Linke mächtig als Opposition, aber zu schwach und in sich zu wenig
einig um regieren zu können; und dazwischen La Marmora mit seinem
piemontesischen Anhange herumirrend, ohne einen anderen Leitstern
als den Willen Frankreichs!

Es ist garnicht abzusehen, wie irgend ein denkbares Ministerium
eine feste, zuverlässige Majorität haben könnte, an deren Spitze es
wirklich und folgerichtig zu regieren vermöchte!

Die Piemontesen insbesondere, was die betrifft, je mehr sie
sich in Italien isolirt finden, desto entschiedener werden sie sich Frankreich anschließen müssen.

11. August. Usedom bei mir. Minghetti ist gänzlich
entzweit mit La Marmora und äußert sich mit höchster
Entrüstung über ihn.

12. August. Die Soldaten des Papstes desertiren mit großem
Eifer. Es kommen ihrer sehr viele hier durch. Heute meldete sich
bei mir ein aus Preußen, aus Spandau, gebürtiger junger Mann
noch in der Uniform des päpstlichen Fremden-Carabiniere-Bataillons.

Der ist aber nicht desertirt. Da er eben zwanzig Jahre alt geworden
ist und sich zur Aushebung in Preußen stellen muß, hat er sich an
die preußische Gesandtschaft in Rom gewendet und durch sie reclamiren
lassen, um los zu kommen. So hat er denn seinen regelmäßigen
Abschied. Er erzählt mir seine Schicksale, und wie er gleich seinen
Cameraden von der päpstlichen Regierung schmählich betrogen worden.
Er ist den Werbern in der Nähe von Basel in die Hände gefallen,
wo sie ein Werbebureau haben. Den Rekruten wurde ein Handgeld
von 60 Lire versprochen und 1 Lira täglich Sold. Von dem Handgeld hieß es, sie sollten es in Marseille bekommen; in Marseille angelangt, sagte man ihnen, es werde in Rom ausgezahlt, und in Rom
erfuhren sie, daß ihnen zwar ein Werbegeld von 60 Lire „berechnet"
werde, daß sie aber die sogenannten kleinen Montirungsstücke, welche
die Regierung liefert, selber bezahlen müßten. Diese Gegenstände
kosteten aber mehr als 60 Lire pro Mann. Anstatt Werbegeld
zu bekommen, waren die Angeworbenen sämmtlich der
Regierung Geld schuldig, zu ihrer sehr unerfreulichen Ueber-

raschung. Ebenso ging es mit dem Solde; es wurde ihnen allerdings
1 Lira täglich „berechnet", davon aber 12 Soldi täglich abgezogen für
Suppe und Brot und 3 Soldi um die Schuld an die Regierung
zu tilgen, so daß sie schließlich nur 5 Soldi den Tag wirklich be-
kamen.

Usedom theilt mir mit: ein Telegramm aus Berlin, das uns
hier in integrum restituirt. Es bringt uns einen Artikel, der gestern
im Staats-Anzeiger gestanden hat, und Thile meldet dabei, daß
Bismarck ihn selbst redigirt und fertig von seinem Gut in Hinter-
pommern an das Ministerium gesendet hat.

Der Artikel beschränkt die Desavouirung der Note Usedom's
vom 17. Juni auf einige „Nebewendungen" der Redaction; erklärt,
daß es nicht die Absicht der preußischen Regierung gewesen sei dem
General La Marmora eine Genugthuung zu geben, dessen Benehmen
vielmehr in Berlin in amtlichen und nicht amtlichen Kreisen „verurtheilt" werde, wie von der öffentlichen Meinung in Italien; und endlich
giebt der Artikel dem General La Marmora ein förmliches Démenti.
Was den Operationsplan anbetrifft, so sei er, von dem Augenblicke,
wo der Krieg wahrscheinlich geworden war, zwischen preußischen
und italienischen Militärs besprochen worden, und könne daher zur
Zeit wo Usedom seine Note übersendete, für keinen der Interessirten
neu gewesen sein.

(NB. Der Artikel spricht im Pluralis von preußischen und
italienischen Militärs: es scheint danach, daß Moltke, während ich
hier La Marmora zu überzeugen suchte, in demselben Sinne mit
Govone und d'Avet gesprochen hat.)

Wir sind nun geborgen, und da außerdem der Streit sich zwischen
La Marmora und Cialdini entsponnen hat, da er die Aufmerksamkeit
des Publikums von uns ablenkt auf die beiden Herren, brauchen
wir uns nun garnicht mehr in den ärgerlichen Handel zu mischen
und können ruhig zusehen, wie die beiden sich untereinander zer-
zausen.

Ich gehe später zur Gesandtschaft, da zeigt mir Usedom einen
Artikel aus dem Londoner „Standard", dem Erz-Tory-Journal, das
uns im allgemeinen garnicht gewogen ist. Darin wird La Marmora

für diesmal sehr schonungslos behandelt und in der That übel zu-
gerichtet.

17. August. La Marmora's neueste Brochüre „Schiarimenti",
die er unter seinem Namen erscheinen läßt, durchblättert.

Er hat die Schrift am 10. August unterzeichnet, einen Tag zu
früh; da spricht er denn noch immer, als habe unsere Regierung
nicht Usedom's Note sondern den vielbesprochenen preußischen Operationsplan verworfen. Mich läßt La Marmora darin wieder als
Historiographen erscheinen. Es ist die Sache der preußischen Regierung, nicht die meinige, darauf zu antworten.

18. August. Usedom erzählt: der König, unser König versteht
sich, antwortete auf die Frage, ob wir wegen unbefugter Veröffentlichung
der Note Usedom's vom 17. Juni 1866 durch La Marmora bei der
hiesigen Regierung förmlich und officiell Beschwerde führen sollen?
dies solle „für jetzt" nicht geschehen. So lautet der neueste Bescheid aus Berlin.

Wenn es „für jetzt" nicht geschieht, kann es überhaupt nicht geschehen. Das ist einleuchtend. Usedom hat nun, um die Sache doch
nicht ganz mit Stillschweigen hingehen zu lassen, gegen Barbolani
geäußert: wir hätten zwar wohl ein Recht gehabt uns zu beschweren
und selbst Genugthuung zu verlangen, die preußische Regierung habe
dies aber aus Rücksicht auf die Umstände nicht thun wollen. Sie
habe die Schwierigkeiten der Lage, in welcher das hiesige Ministerium
während der Discussion des Tabaksregie-Gesetzes sich befunden habe,
nicht noch vermehren wollen.

Barbolani sagt, Menabrea wolle dem Brochürenkampf zwischen
La Marmora und Cialdini ein Ende machen, und dem General La
Marmora insbesondere durch das Kriegsministerium eine Rüge ertheilen lassen, wegen der Telegramme und anderweitigen Documente,
die er ohne alle Befugniß, ohne Autorisation von Seiten der Regierung, veröffentlicht.

25. August. Gesandtschaft. Usedom hat einen sehr schönen Brief
erhalten, den Abeken im Auftrage und im Namen des Königs schreibt.
Sein Benehmen hier wird darin durchaus gebilligt und belobt und
namentlich der den Italienern vorgeschlagene Kriegsplan sei ganz so

gewesen, wie ihn der König gewollt habe x. Dieser Brief ist aber
natürlich nicht für die Oeffentlichkeit bestimmt. Freilich kann Usedom
der hiesigen Regierung davon erzählen und das thut er auch noch heute.

28. August. Merkwürdiger Brief von C. Er ist auf ein paar
Tage in Wien, von wo aus er schreibt. Klagen über Stieber, der
seine Verwendung verhindert. Er hat Keudell Mittheilung gemacht
über sehr bedenkliche Dinge; Stieber hat seine Netze in Wien im
richtigen Wasser, aber sie gehen nicht tief genug. „Durch meine seit
vorigem Jahr unterhaltenen Beziehungen mit Männern auf der
Balkanhalbinsel wurde ich veranlaßt am vorigen 8. August zu einem
Rendez-vous nach Orsova zu kommen. Was dort besprochen und
beschlossen wurde, ist von der allergrößten Bedeutung in Sachen der
Rajahbewegung im Balkan und seinen Gebieten. Selbstverständlich
habe ich Herrn v. Keudell auch hierüber berichtet, da es ja quasi
noch im Zusammenhange mit meiner vorjährigen Reise steht und zu
jener Mission gehört, bei der ich meine Haut und meine Habe zu
Markte trug."

„Die Dinge am Balkan werden in sehr kurzer Zeit der Diplomatie einiges zu thun geben, aber Slaven und Hellenen kümmern
sich wenig um die Diplomatie. Die Leute dort haben seit einem
Jahre sehr viel und gründliches gelernt, so daß ihnen gewisse Symp-
tome der Aktualität nicht entgehen, aus denen sie sicheres Capital zu
machen hoffen. Sie rechnen mit sehr richtigen Faktoren, die sich aus
der gegenwärtigen Situation in Europa ergeben. Namentlich aber
rechnen sie auf die zerfahrenen Zustände in Oesterreich, und sie rechnen
da mit einem Faktor, der wahrscheinlich der wichtigste bei einer
Rajahbewegung gegen die Türken sein dürfte."

„Im vorigen Jahre gab es viele Bedenken hinsichtlich einer
französisch-österreichischen Intervention zu Gunsten der Türken. In
diesem Jahre giebt es keine solche Bedenken mehr, vielmehr ist man
sich der Mitwirkung verschiedener Völkerschaften zwischen der Drau
und Theiß sicher, so daß Oesterreich gelähmt und Napoleon auch
nicht im Stande sein wird den Türken viel zu helfen. Die Bewegung hat jedoch ihre Hauptstützen in noch ganz anderen Combinationen, über die hier weiteres anzuführen ich für heute unterlassen

muß. Wenn Sie aber darüber Aufschluß zu haben wünschen, so wenden Sie sich an Crispi (sic) oder den Duca di San Donato, diese Herren sind au courant von allem, was die vollständige Emancipation der Rajahs und die Vernichtung der Moslemwirthschaft auf der Balkanhalbinsel betrifft. Auch Kossuth dürfte in vieles eingeweiht sein, was gegenwärtig an der unteren Donau mit vieler Energie vorbereitet wird. Es sind gegenwärtig zwei Abgesandte aus Bosnien und Albanien in Florenz, wegen einem gewissen Abkommen mit der Actionspartei: Abkommen das von mir im vorigen December mit Crispi und anderen eingeleitet worden."

Die beiden Abgesandten aus Bosnien und Albanien glaube ich hier hin und wieder wahrgenommen zu haben.

30. August. Zur Gesandtschaft. Mit Usedom gesprochen. Ich mache die Bemerkung, daß es doch wirklich sehr hübsch und anerkennenswerth ist, mit welchem Eifer und welchem Erfolge der Papst und die Kaiserin Eugenie die Geschäfte Preußens besorgen. Beide arbeiten dahin das Verhältniß zwischen Italien und Frankreich gründlich zu verderben und ein Bündniß gegen Preußen unmöglich zu machen, der Papst gestattet nicht, daß die französischen Truppen das päpstliche Gebiet verlassen, und die Kaiserin Eugenie besteht darauf, daß dem Papste der Wille geschieht. Und nun wieder die glänzende Aufnahme des Grafen v. Girgenti! Die macht hier sichtlich böses Blut, auch in den Regierungskreisen.

Usedom meint, man könne und müsse in dieser Welt überhaupt mehr auf die Fehler der Gegner rechnen als auf die eigne Weisheit.

31. August. Usedom gesehen und Dr. Schöll. Der letztere hat eine hübsche Entdeckung gemacht. Er hat im Locale der Salz-Regie eine antike Reproduction der berühmten, ehemals Kleopatra, jetzt Ariadne genannten liegenden Statue zu Rom gefunden. Sie war ehemals auf dem Poggio Imperiale; von da hat man sie mit Pfaffen-Barbarei wie Alles nicht positiv Christliche weggeschafft, als ein Erziehungs-Institut für junge Mädchen in dem ehemaligen Lustschlosse eingerichtet wurde. Nach einer Photographie scheint die Statue sehr schön. Dr. Schöll meint, sie sei schöner als das Exemplar zu Rom.

2. September. Bedeutender Brief von Max Duncker. Seine jetzige Stellung ist eine durchaus unpolitische, und er weiß daher auch meine Fragen nicht mit Bestimmtheit zu beantworten, glaubt, daß man Usedom's Note aus Rücksicht für Oesterreich in der halben Weise desavouirt hat, wie geschehen ist, meint aber, daß dies ganz und garnicht die richtige Politik sei Oesterreich gegenüber. Man müsse sich vielmehr Oesterreich gegenüber zu allem frei bekennen, was man gethan und gewollt hat, und hinzufügen, daß man im Falle erneuter Feindschaft dasselbe und noch schlimmeres thun werde. (NB. hat Recht!) Meint Napoleon wird in Belgien einsetzen. Er wird, sowie La Guerronnière in Brüssel festen Fuß gefaßt hat, den Zollverein und die Militair-Convention mit Belgien und Holland fordern. Mit Holland ist man einig. (NB. weiß ich! Seit Ende 1863.) Weigert sich Belgien, so erfolgt die rasche militairische Occupation Belgiens bis zur Schelde, das Uebrige erhält der Vasall Holland. Die Wiener Correspondenzen des Dresdner Journals haben ja bereits verrathen, daß Oesterreich mit diesem Plane ganz einverstanden ist.

Napoleon wird seine diplomatischen und militairischen Vorbereitungen vorsichtig treffen, dann aber rasch handeln, und es uns überlassen ihn wieder aus Luxemburg und Lüttich zu vertreiben!

„In den neuen Provinzen geht es im Ganzen über Erwarten gut. Die Reisen des Königs machen vortreffliche Propaganda."

3. September. Diner im Chalet mit Salachas, dem Secretär der griechischen Gesandtschaft. Der sagt mir, daß ich dem Anhange La Marmora's und zumal der französischen Gesandtschaft hier sehr unangenehm bin. Das wußte ich wohl. Es muß aber in der That ziemlich unverhohlen zur Schau getragen werden, da Salachas es erfahren hat und davon hören konnte.

6. September. Ich habe mehrfach über die hiesigen Zustände nachgedacht und kann nicht leugnen, daß sie mir sehr bedenklich scheinen, daß ich sehr schwarz sehe und selbst die nächste Zukunft Italiens für sehr gefährdet halte. La Marmora's thörichtes Auftreten hat die ganze Lage unendlich verschlimmert.

La Marmora wollte das Ministerium Menabrea stürzen, sich

selbst an die Spitze der Regierung emporschwingen, Verstimmungen und Feindseligkeiten zwischen Italien und Preußen herbeiführen und Italien in unbedingte Abhängigkeit an Frankreich fesseln.

Das ist nicht gelungen, dagegen aber hat er Eins bewirkt, was wohl nicht in seinen Plänen lag, und wovon er sich in seiner Beschränktheit gewiß nicht Rechenschaft gegeben hatte; er hat eine tiefgehende Spaltung im Innern der Consorteria und damit auch in der schwachen Majorität herbeigeführt, auf die das Ministerium sich bisher gestützt hat. Diese Majorität giebt es nicht mehr und in Folge dieser neuen Spaltung ist die Zertrümmerung und Zerklüftung aller politischen und parlamentarischen Parteien, die Haltungslosigkeit, die Zerfahrenheit aller hiesigen Zustände überhaupt ärger, hoffnungs- loser, als sie je gewesen sind.

Das Ministerium Menabrea wird sich nicht halten können; alle Welt erwartet es im November zusammenbrechen zu sehen; wie, wo, aus welchen Elementen sich aber alsdann ein anderes, irgend haltbares, lebensfähiges Ministerium bilden könnte? Das ist eine Frage die niemand zu beantworten weiß, auf die es gar keine Antwort giebt. Es fehlen die Elemente dazu, denn keine einzige der politischen Parteien ist gegenwärtig im Stande für sich allein, sozusagen aus eignen Mitteln, ein Ministerium zu bilden und namentlich zu halten.

Auch fühlen alle Parteien so gut wie die Regierung die eigene Schwäche; alle sehen sich nach neuen Combinationen und Ver- bündeten um. Menabrea hat schon vor längerer Zeit versucht sich der Permanenten zu nähern, die aber verlangt nicht mehr und nicht weniger als die Auflösung der Einheit Italiens; die Zerlegung Italiens in Regionen d. h. in eine Föderativ-Monarchie, die durch wenig mehr als das schwache, hier in Italien mehr als anderswo problematische Band der Personal-Union zusammen- gehalten würde. Das geliebte Piemont von dem übrigen Italien loszulösen, gleichsam aus der Gesammt-Monarchie herauszuschälen, und ihm ein selbständiges, autonomes politisches Dasein zu verschaffen, das ist das Ziel dieser Leute.

Die Unterhandlungen haben sich zerschlagen; nun sucht das Ministerium den terzo partito zu gewinnen und an sich heran zu ziehen. Caborna, der Minister des Innern, ist wohl zum Theil ausgeschieden, um für Morbini und vielleicht noch den Einen oder den Anderen der Führer dieser Fraction Raum zu gewinnen. Ob diese Combination gelingen kann, ist noch sehr fraglich und mehr noch, ob sie sich irgend haltbar erweisen würde.

La Marmora fühlt sich mit seinem kleinen persönlichen Anhange isolirt und hat auch seinerseits in ganz neuester Zeit den Versuch gemacht sich der Permanenten anzuschließen. Da gehört er auch eigentlich hin seiner klerikalen, aristokratisch-militärisch-despotischen Gesinnung nach, aber er hatte die Thorheit begangen bei Gelegenheit seiner Interpellation einige Führer der Permanenten auf das gröblichste zu beleidigen, da ist er denn abgewiesen worden.

Nun bietet er sich wieder mit unbefangenster Naivität der Consorteria dritten Grades, der Stellenjäger-Consortia, welche die Majorität der Deputirten bildet, als Führer der Partei an! Nicht mehr nicht weniger! Er äußert, zwischen ihm und der Consorteria habe ja nur eine technische Differenz bestanden; es sei in Beziehung auf die Tabaksregie nur eine technische, keine prinzipielle, Meinungsverschiedenheit hervorgetreten; er sei darum nicht weniger geneigt die Führung der Partei wieder zu übernehmen. Ein großer Theil der Consorteria ist aber böse auf ihn und will von ihm nichts wissen.

Crispi giebt sich Namens der Actionspartei, der Linken, große Mühe das Ministerium zu stürzen, wahrscheinlich ohne recht genau zu wissen, was dann weiter werden soll oder kann, aber auch er fühlt, daß die Kräfte der eigenen Partei nicht ausreichen das Regiment zu führen. Er sucht nun alle verschiedene und in sich sehr verschiedenartige Opposition auf einem „Parlamentino" in Neapel zu vereinigen. Da soll gemeinschaftliches verabredet werden. Um die Permanente zu gewinnen, hat Crispi, in echt italienischer Weise nur auf den Augenblick bedacht und unbekümmert um die Zukunft, das Regionensystem der Permanenten, schlecht maskirt unter dem Titel „Decentralisation" oder Autonomie der Gemeinden und der Provinzen, selbst in das Programm aufgenommen, das er seinem Parlamentino vorlegen will. Dennoch ist noch nicht ausgemacht, daß die Permanente sich bei diesem Vor= oder Neben=Parlament betheiligen wird, und dann!: daß aus solchen Combinationen unter allen Bedingungen nichts irgend haltbares hervorgehen kann, muß wohl einem Jeden einleuchten.

Was also geschieht, wenn das Ministerium Menabrea fällt? Da die Schwierigkeit ein neues zu bilden sehr groß sein wird, folgt zunächst eine Crisis, während welcher die Regierung so gut wie ganz still steht, und diese Crisis wird gewiß eine Reihe von Wochen, sie kann mehrere Monate dauern. Dann kommt eine sehr schwache, schwankende, farb= und principienlose Regierung, die von zehn oder zwölf zufälligen Stimmen abhängig ihres Daseins nicht von einem Tage zum anderen sicher ist, keine wirkliche Initiative haben kann und überhaupt selbständig so gut wie garnichts vermag!

Unter ihrer schwachen Herrschaft gewinnt dann der Mazzinismus eine stets wachsende Macht!

Usedom sagt mir, daß Menabrea gegenwärtig sehr erzürnt ist über Frankreich, weil trotz aller Opfer, die Italien gebracht hat, in Beziehung auf Rom garnichts, nicht die kleinste Concession zu erlangen ist.

Usedom hat ihm erklärt, daß die Entlassung der Soldaten, die ihre drei Jahre ausgedient haben, die bei uns in Preußen dieses Jahr etwas eher verfügt wird als gewöhnlich, keine Entwaffnung ist, und in Folge der bei uns bestehenden Organisation die Schlagfertigkeit der preußischen Armee nicht im entferntesten beeinträchtigt. Auf ausdrücklichen Befehl unserer Regierung hat er die Erklärung hinzugefügt, daß Preußen stets die Einheit Italiens hüten und kein Attentat dagegen dulden werde. Menabrea ist sehr erfreut gewesen das zu vernehmen.

7. September. Oberst de Beggi gesehen. Der kann den La Marmora nicht leiden und gesteht mir, daß er an dem Kampfe in den Zeitungen lebhaften Antheil genommen, daß auch er dazu beigetragen hat die Kunde von meiner Conferenz mit La Marmora am 6. Juni und von La Marmora's Bitte am 10. den Generalen, na-

mentlich Cialdini, nichts von unserer Conferenz und nichts von seinem Operationsplane zu sagen, gehörig zu verbreiten. Ich erinnere mich wohl, daß er mich mehrfach darüber ausgefragt hat.

Seltsamer Weise scheint La Marmora gar keine Ahnung davon zu haben, welchen Schaden er sich gethan hat. Er erklärt gegen Jedermann, er sei vollkommen befriedigt durch den Erfolg seiner Interpellation; er habe Alles erreicht, was er habe erreichen wollen!

9. September. Kriegsministerium. Mit Driquet gesprochen über das Stellvertretungs-System, das seit einiger Zeit in der italienischen Armee eingeführt ist. Die Conscribirten können sich vom Dienste freikaufen; wieder angeworben, als Stellvertreter mit Sold= zulage und einem kleinen Kapitale, das bei der Entlassung auszuzahlen ist, werden nur Unteroffiziere. Der Conscribirte kann aber auch selbst einen remplaçant stellen. Das System ist erst seit kurzem eingeführt; die remplaçant- und réengagement-Kasse besitzt aber doch bereits ein Kapital von 13 Millionen Franken.

Auch über das Lager gesprochen, wohin ich nun nächstens ab= gehen muß.

10. September. Diner im Chalet mit Salachas. Ich hatte den vor einiger Zeit gewarnt, mit Absicht, wegen der Unruhen, die auf der Balkanhalbinsel bevorstehen, ihm von der Zusammenkunft in Orsova und von der Anwesenheit der Agenten aus Bosnien und Albanien hier in Florenz erzählt. Er sagt mir heute, ich sei recht berichtet; die griechische Gesandtschaft hat jetzt Nachrichten, denen zu= folge der Aufstand in Bulgarien nahe bevorsteht.

17. September. Usedom hat den König Victor Emanuel ge= sehen und sich verabschiedet, hat ihm von der Jagd gesprochen, um ihn überhaupt zum Reden zu bringen. Victor Emanuel hat 13 Stein= böcke geschossen. Die waren beinah schon ausgerottet, jetzt aber werden sie in den Piemontischen Alpen wieder gehegt und zwar mit solcher Energie, daß sie sich rasch vermehren. Die königlichen gardes- chasse machen nämlich wenig Umstände mit den Wildbieben, sie haben nicht selten einen todtgeschossen in den Alpen. Die Leiche wird dann über den Rand des Pfades in den Abgrund geschoben und die Welt erfährt nie, was aus dem Manne geworden ist! Nachdem

einige Wildbiebe auf diese Weise spurlos verschwunden waren, haben
die Uebrigen dem gefährlichen Sport entsagt. Natürlich erzählt das
der König nicht.

Dann kam das Gespräch auf unsere Händel; Victor Emanuel
sagt von La Marmora: „c'est un homme bête et vilain." Nach
seinen Aeußerungen scheint es aber, daß er auch Cialbini überdrüssig
ist und gerne los sein möchte. (NB. er wird aber weder den Einen
noch den Anderen los; kann er doch auch Govone nicht leiden, nennt
in „le Jésuite" und muß ihn doch als Chef des Generalstabs walten
lassen.)

Victor Emanuel erzählt von Custozza; wie La Marmora weg
ritt nach Goito, „il m'a planté là"; der König hat mancherlei
befohlen, Durando solle „en ordre serré" marschiren; Govone
solle auf den Monte Croce vorrücken, „mais personne ne
m'obéit", versichert er ganz naiv.

Uebrigens hat er Rattazzi gebeten das Parlamentino zu hintertreiben. (NB. Dieser Bitte wird Rattazzi sehr
gern nachkommen; er hält sich ohnehin fern davon; ein vollkommen
principienloser Mensch, wie er ist, will er seine Politik stets von
den Umständen abhängig machen und dazu freie Hand behalten; er
will nicht durch ein Programm gebunden sein; am wenigsten durch
ein Programm das theilweise oder ganz von ihm selber herrührte.)

Ich: Das Ministerium Menabrea wird aller Wahrscheinlichkeit
nach im November fallen; die Versuche den terzo partito zu sich
heranzuziehen, sind mißlungen: ein Beweis, daß man der gegenwärtigen Regierung von der Seite keine große Lebensfähigkeit zutraut. Nun hat das Ministerium vor der Hand ganz aufgegeben
sich zu ergänzen. Man will warten bis das Parlament wieder beisammen ist, sehen welche Wendung die Dinge nehmen und danach
beurtheilen und sich entschließen, wo Hülfe zu suchen wäre. Das
Alles sind Zeichen einer schwachen kaum haltbaren Stellung.

16. Manövertage in Toscana.

18. September. Abreise vom Bahnhofe um 6 Uhr 35 Min.; König Victor Emanuel geht morgen in das Lager; seine Pferde, Leute und ein Commando Carabinieri gehen voraus mit dem Zuge den ich benütze.

Das Wetter ist schlecht; der Himmel sehr bewölkt, bald fängt es an zu regnen; wie wir Empoli erreichen, wird es furchtbar, der Regen fällt in Strömen, so daß ich daran denke in Siena auszusteigen und dort die Nacht zu bleiben. Doch klärt es sich später auf. Wie ich bei Sinalunga aussteige, erfahre ich, daß die Pferde des Königs und die Carabinieri weiter gehen nach Torrita, in dessen Umgebung morgen ein Feldmanöver vor dem Könige stattfinden soll. Die Truppen sind schon heute dorthin marschirt. Bei Foiano ist niemand. Es war ein halb 1 Uhr. Ich beschloß in Sinalunga zu frühstücken und dann in einem leichten Wägelchen, das ich am Bahnhof fand, weiter zu fahren nach Torrita.

Sinalunga liegt, wie alle alten Städtchen in Toscana, auf einer Bergkuppe, auf einer der Vorhöhen der Sieneser Berge, und wie überall windet sich auch hier der Fahrweg aus der Ebene, dem Val di Chiana, um den Berg herum, so daß er schließlich gleichsam von rückwärts, d. h. von der Seite des Gebirges her, in die Stadt führt. Am Eingange öffnet sich der ansehnliche Platz, der nirgends fehlen darf, und der Kutscher zeigte mir da unaufgefordert den „palazzo", das stattliche aber etwas vernachläßigte und baufällige Privathaus, in dem Garibaldi im vergangenen Herbste verhaftet worden ist.

In demselben leichten Wagen, der mich herauf gebracht hatte, in etwas weniger als einer Stunde nach Torrita gefahren; einem Städtchen, das eben auch auf einer der Vorhöhen der Sieneser Berge liegt, auf einer Kuppe die durch eine leichte Einsattelung von den rückwärtigen Bergen getrennt ist.

20*

Ich fuhr hinauf zum Sindaco, dem Bürgermeister, um Erkundigungen einzuziehen, und fand bei ihm einen Major vom Generalstabe,
den ich schon in dem Bahnzuge bemerkt hatte, Corvetto mit Namen,
wie ich nun erfuhr, in Italien als Militair-Schriftsteller bekannt.

Der Sindaco sagte uns, das Hauptquartier sei in einer
Meierei le Fornaci, meint aber es sei sehr fraglich, wie ich dort in
der Gegend einquartiert werden könnte, und ladet mich sehr höflich
zu sich ein.

Fahrt mit Corvetto nach le Fornaci, einer einzelnliegenden
Meierei. Der commandirende General, Graf Piola-Caselli, für
einen Divisions-General ein sehr junger Mann, erinnerte sich meiner
von 1866 her, wo er Chef des Generalstabes bei Cialdini war,
nahm mich sehr höflich auf und machte mich auch mit den Offizieren
seines Stabes bekannt.

19. September. Um drei Uhr ertönte die Alarm-Kanone,
sie weckte mich nicht eigentlich; ich war schon etwas früher auf-
gewacht. Aufgestanden trat ich an ein Fenster im Nebenzimmer,
von dem aus ich das Val di Chiana übersehen konnte; es war noch
dunkle Nacht. Bei Tage hatte man die Bivouacs der Truppen
nicht bemerkt, sie verloren sich in der reichen Kultur der Ebene,
unter den Oel- und Maulbeerbäumen, von denen die Felder dicht
beschattet sind; jetzt waren die Stellungen der Truppen an den
Reihen von Wachtfeuern, die sich in regelmäßigen Linien durch die
dunkle Landschaft zogen, deutlich zu erkennen. In allen Bivouacs
wurde Reveille geschlagen, hin und wieder spielte eine Regiments-
Musik. Das alles schallte aus der Tiefe herauf zu mir und zu dem
klaren italienischen Sternenhimmel über mir.

Es war wirklich ein poetischer Moment.

Vor fünf Uhr meldete sich meine Ordonnanz mit den
Pferden, ich befolgte den Rath der Einheimischen, und ging die
steilen, mit Steinplatten gepflasterten Straßen des Städtchens zu
Fuß hinab, stieg erst am Thore zu Pferde und ritt durch Früh-
nebel, Morgenduft und Morgen-Dämmerung hinunter in die Ebene zu
dem Bahnhofe, wo die Truppen aufgestellt waren, und Generalität und
Stab der hier vereinigten Abtheilungen sich versammelten den König

zu erwarten. Man konnte sich in der Dämmerung bereits bequem erkennen. Auf den feuchten Wiesen des Val di Chiana aber lagen, wenige Zoll hoch, leichte Nebel.

Dem Bahnhofe gegenüber war die Compagnie aufgestellt, mit dem gesammten Regiment versteht sich, an der eine neu vorge- schlagene Bekleidung der Truppen probirt wird. Die Offiziere der Compagnie, mit denen ich darüber sprach, während ich mir die Leute genau ansah, waren nicht durchaus erbaut davon.

Etwas verspätet, um 6 Uhr, als die Sonne sich eben über den Horizont erhob, kam der König mit einem Extra-Zuge angefahren, die verschiedenen Regiments-Musiken spielten seinen Lieblingsmarsch, nicht gerade in Uebereinstimmung, sie waren hie und da einige Takte auseinander, und Victor Emanuel stieg mit einem sehr zahl- reichen und glänzenden Gefolge aus seinem Salon-Wagen; da waren die Generale Menabrea, Berthole-Viale, Kriegsminister, Morozzo, Angelini und noch ein Paar andere; eine Menge Generalstabs- Offiziere, von Ordonnanz Offizieren De Renzis und Della Rovere, alles in glänzender Uniform. Der König grüßte niemanden. Alles stieg rasch zu Pferde, wir ritten in langem Zuge auf kleinen, schmalen Fahrwegen, Karrenwegen, an den Höhen entlang, und hielten zu- nächst unmittelbar an den Mauern von Torrita, um die Eröffnung des Gefechts zu sehen. Ich mußte aber bald wahrnehmen, daß ich sehr übel beritten war. Man hatte mir aus den Reihen von Genova Cavalleria einen hochbeinigen Schimmel gegeben, auf den ein Mann von fünf Fuß acht Zoll, wie ich denn doch bin, kaum ohne Leiter kommen konnte; diese nichtswürdige Bestie ging einen sehr unbequemen Schritt und einen unerträglichen Trab; der Galopp war besser, aber der Schimmel setzte sich nicht gerne in Galopp, er ließ sich jedesmal sehr lange nöthigen. Es war eine Qual dieses Unthier zu reiten.

Von Torrita aus sahen wir das Gefecht eröffnen durch das Feuer einer Batterie des von Chiusi heranrückenden Feindes, dem eine diesseitige Batterie, von der Brigade Danzini, die dem Feinde gerade entgegen ging, aus einer Entfernung von 1500—2000 Schritten antwortete. Die Brigade, die den Feind umgehen sollte, rückte an uns

heran und zum Theil an uns vorbei, um sich unter den Oliven-
Pflanzungen, auf den Abhängen unmittelbar unter uns zum Gefecht zu entfalten.

Sie hatte die beiden Batterien nach dem neuen System
Mattei bei sich, und ich sah diese Geschütze hier zuerst. Sie
sind ungemein leicht und zierlich. Das Manöver war vorzugsweise
darauf angelegt dem Könige zu zeigen, mit welcher Leichtigkeit diese
Geschütze, mit vier Pferden bespannt, von vier Mann bedient, alle
Schwierigkeiten des Geländes überwinden. Der König und wir alle
wurden deshalb fast immer in der Nähe dieser Batterien gehalten.
Ich muß aber gestehen, daß ich ganz außerordentliches denn doch
nicht gesehen habe.

Von der ersten Hälfte des Manövers haben wir eigentlich nicht
viel gesehen. Als die Sonne höher stieg, hoben sich auch die leichten
dünnen Nebel von den Wiesen her uns zu Häupten und umschwebten
uns, so daß wir die Gegend und das Gefecht nur wie durch einen
Schleier in leichten, unsicheren Umrissen sehen konnten. Im Allgemeinen sah sich der Feind genöthigt vorzugsweise gegen die Um-
gehungskolonne Front zu machen, er wurde von Stellung zu Stellung
zurückgeworfen; wir folgten der Bewegung vorwärts in das Hügel-
land und mußten dabei einmal eine Strecke weit, der Länge nach in
einem wasserarmen Bache reiten.

Die leichten Batterien mußten bei dieser Vorbewegung einmal, um in eine neue Aufstellung zu kommen, eine von der Natur
gebildete ziemlich steile Rampe zwischen zwei kleinen Teichen in vom
Regen durchweichtem Boden hinangehen. Es ging dabei nicht ohne
vieles Peitschen und Schreien ab, aber es gelang und man war
sichtlich stolz darauf. Ich wurde später mehrmals gefragt, ob ich
das Wunder gesehen habe.

Nach einer Stunde etwa klärte sich die Atmosphäre, und wir
sahen den Angriff auf eine recht gute Stellung, die der Feind auf
einem Höhenzuge, dem Sieneser Gebirge parallel, bei einem Meierhofe
Sanaloio genommen hatte, ganz mit genügender Deutlichkeit.
Der Angriff war aber in einer Weise geführt, wie er eben nur bei
Manövern und finte-battaglie vorkommen kann, im Ernste des wirk-

lichen Schlachtfeldes aber zu tragischen Ergebnissen führen müßte. Wahrscheinlich war es darauf abgesehen ein hübsches Tableau zu bilden vor den Augen des Königs. Eine Reihe Bataillone beplopirte der feindlichen Stellung nicht gerade sondern schräge gegenüber auf den flachen Abhängen der Anhöhen in ganz offenem Gelände ohne Schutz in langer Linie, als sollte sie als Kugelfang dienen, und bot dabei der Meierei Sanaloia, die durch ein feindliches Bersaglieri-Bataillon besetzt war, ganz keck die linke Flanke. Im Ernste würde sich wohl bald eine tüchtige feindliche Batterie neben den Bersaglieri eingefunden haben. Am Ende wurde der Meierhof durch einen direkten Angriff genommen.

Die letzte Stellung, die der Feind bei einem stattlichen Meierhofe Belvedere nahm, war eine sehr feste, der Angriff durch die umgehende Brigade vom Gebirge her geradezu nicht rathsam. Hier wurde der Angriff aber in verständiger Weise ausgeführt. Der Feind wurde auf der Seite, von der wir mit der Umgehungs-Brigade kamen, nur beschäftigt, der eigentliche Angriff dagegen über flache Abhänge von der Brigade Danzini ausgeführt, die in der Richtung der Heerstraße von Torrita nach Chiusi vorrückte, und die sich nun, da der Feind vorzugsweise gegen die umgehende Brigade Front machte, in dessen rechter Flanke befand.

Hier endete das Manöver und es wurde auf dem Wege zur Eisenbahn die Parade abgenommen, d. h. wir ritten an der Front der Truppen vorbei, welche die Wege entlang aufgestellt waren, und auf Kommando: „viva il Re!" riefen. Der König, auf dem Bahnhofe angelangt, verschwand mit seinem glänzenden Gefolge in seinem Salonwagen; pünktlich um 9 Uhr fuhr er von dannen.

Um 2 Uhr im Einspänner fortgefahren, nach einem sehr guten Déjeuner, zu dem mich der Sindaco eingeladen hatte.

Ueber den ersten Hügelzug, der durch Val di Chiana geht, durch Betolle, in wenig mehr als einer Stunde Foiano erreicht.

Ich sah auch ein Paar Regimenter unter den Klängen einer herzbrechenden und ohrzerreißenden Musik einrücken. Trotz des Manövers heute früh und eines Marsches, der für einen großen Theil der Truppen gegen 2 Meilen betragen haben muß, und wohl für keinen weniger als 1½, schienen die Leute nicht ermüdet. Aber die Bataillone sind schwach; eher unter als über 300 Mann stark im Durchschnitt. Das 35. Regiment, das ich einrücken sah, zählte freilich 320 Mann im Bataillon, das ist aber auch das stärkste von allen, die zur Stelle sind, und die Bersaglieri-Bataillone sind entschieden weniger als 300 Mann stark.

Im Ganzen machen die hier vereinigten 27 Bataillone, das Kavallerie-Regiment Genova, die acht Batterien, und was noch von Pionieren u. s. w. dabei ist, zusammen nicht mehr als 9500 Mann aus.

Die Truppen lagern regimenter- und bataillonsweise, wie sich eine Gelegenheit dazu gefunden hat, meist unter Oliven-Pflanzungen, aber die Gesammtheit dieser Lagerplätze, auf denen sie vertheilt sind, nur nach Gründen der Bequemlichkeit gewählt, bildet nicht entfernt eine militairische Aufstellung.

20. September. Die Truppen hatten heute, nach den gestrigen Anstrengungen, einen Ruhetag; den beschloß ich zu einem Besuche bei der Gräfin Spanocchi zu benutzen, obgleich der Himmel grau und nicht ganz sicher war.

Um 9 Uhr Frühstück mit General Piola und seinem Stabe, um 10 Uhr im leichten offenen Einspänner von Foiano ausgefahren. Nach ungefähr zwei Stunden war Modanella erreicht, ein stattliches mittelalterliches Schloß, mit Zinnen und Thürmen, das einsam auf einer vorspringenden Kuppe, zwischen waldbebeckten Höhen und Schluchten liegt.

Ich wurde mit großen Freuden aufgenommen und begrüßt. Wir machten, obgleich hin und wieder ein paar Regentropfen fielen, einen längeren Spaziergang westwärts nach Rappolano hin.

Hier liegen die fünf ansehnlichen Meiereien, Poderi, die zu Modanella gehören. Don Matteo, ein Oheim der Gräfin, klagte über die ungünstigen Pachtverhältnisse, die den Eigenthümer keineswegs aller Mühen entheben oder der Nothwendigkeit sich um Alles und Jedes selbst zu kümmern, bis in die kleinsten Einzelheiten hinab. Es sind nämlich auch hier durchaus nur Metairie-Contracte herkömmlich und möglich, bei denen der Ertrag, jede Ernte, Getreide, Wein 2c. einzeln für sich in natura getheilt wird, und der Grundherr zusehen

muß, wie und wo er die Vorräthe verkaufen kann. Daraus ergiebt sich die Nothwendigkeit auf jeder größeren Besitzung eine
Fattoria zu haben, in welche die Erzeugnisse aller Poderi abgeliefert
werden.

Um 6 Uhr aufgebrochen. Rückfahrt im Dunkeln und theilweise im Regen.

21. September. Heute früh sollte eine Recognoscirung sein,
meine Ordonnanz hatte aber schon gestern Abend gemeldet, daß sie
abbestellt sei, und daß heute überhaupt nichts Anderes sein werde,
als um 11 Uhr ein Artillerie-Manöver.

Gegen 11 Uhr machte ich mich auf den Weg. Ich fand 48 Geschütze des Corps in einem Treffen aufgefahren: 36 Achtzehnpfünder
bisheriger Construction ohne Intervallen, auf dem rechten Flügel aber
die 12 Mattei-Geschütze; Oberst Mattei führte den Befehl.

Die Artillerie bewegte sich vorwärts und rückwärts, feuerte aus
einigen Stellungen, nahm verschiedene Hindernisse, und es ergab sich,
was eigentlich gar keines Beweises bedurfte, daß die Mattei-Geschütze
rascher und leichter manövriren als die anderen. Dagegen sollen die
Schießversuche in der Veneria Reale ergeben haben, daß die Wirkung
gering ist und den Anforderungen, die man heutzutage stellen muß,
nicht entspricht.

Die sämmtlichen auf der sogenannten piazza d'armi vereinigten höheren Offiziere sind Piemontesen; fast ohne Ausnahme
ehemalige Artilleristen. Sie sprachen mit mir vorzugsweise französisch, nicht italienisch, und unter sich verfielen sie unaufhaltsam in
Gianduca's Idiom, in den piemontesischen Patois.

Diner wie gewöhnlich bei General Piola. Da das Gespräch
auf Napoleon I. kommt, auf seine Heirath mit Josephine, die ihm
das Commando über die französische Armee in Italien eintrug,
zeigte sich Piola leidenschaftlich, beinah fanatisch, nicht französisch
nur sondern insbesondere bonapartistisch gesinnt. Er ist eben
Piemontese und Artillerie-Offizier.

Es ist für mich von großem Interesse das Wesen und Treiben
dieser Piemontesen zu beobachten, die weit überwiegend alle höheren
Stellen im italienischen Heere inne haben. Hier wie überall zeigt

sich nur zu deutlich, daß die Piemontesen leider, ihrem Streben und ihrer Gesinnung nach, nicht eigentlich Italiener sind; sie wissen, denken und fühlen sich nicht als solche; sie sind in ihrem Bewußtsein ein kleines Volk für sich und wollen nichts anderes sein, sehr abgeschlossen gegen die übrige Welt, Italien nicht ausgenommen. Selbst das Italienische sprechen sie nicht alle als Muttersprache, vielen ist es nicht recht geläufig, sogar La Marmora z. B. spricht italienisch mit einem auffallenden fremdartigen Accente. Dagegen zeigen sie gern, daß sie in der französischen Sprache vollkommen einheimisch sind, und wirklich wohl und gemüthlich ist ihnen in der That nur, wenn sie ganz unter sich sind und sich in ihrem vaterländischen piemontesischen Patois ergehen können. Da thauen sie auf, da werden sie gesprächig und geistreich!

Die Einheit Italiens haben sie nie gewollt. Sie ist ihnen ungelegen. Was sie gewünscht hätten, war ein verdoppeltes Piemont oder Königreich Sardinien, in dem sie unbestritten die Herren, die das Ganze leitende Intelligenz und Macht geblieben wären und nach wie vor von der Hauptstadt Turin aus regiert hätten.

Die Aussicht sich in das gesammte Italien zu verlieren, darin aufzugehen, ist ihnen ganz und gar nicht erfreulich; weit entfernt sich darein zu ergeben, widerstreben sie mit aller Macht, und sollte Italien darüber zu Trümmern gehen. Die gegenwärtigen Zustände, gegen ihren Wunsch und Willen entstanden, haben demnach keineswegs ohne Einschränkung eine zuverlässige Stütze in ihnen, namentlich tragen sie den Widerwillen, den ihnen Florenz als Hauptstadt einflößt, recht geflissentlich zur Schau. General Piola sagte mir, daß er seit zwei Jahren die Territorial-Division zu Livorno commandirt, sich aber nie hat entschließen können während dieser Zeit Florenz zu besuchen, obgleich er Verwandte dort hat. Auch jetzt, auf dem Rückmarsche nach Livorno, wird er den angenehmen Ort vermeiden!

Die Bestrebungen der Permanenten wären vielen dieser höheren Officiere gar sehr angenehm!

Die ehemalige piemontesische Artillerie war eine Verbrüderung von theilweise politischem Character, eine Camorra, deren Bande noch keineswegs vollständig gelöst sind! Die piemontesischen Artilleristen helfen einander empor, und lassen nur mit höchstem Widerstreben jemanden empor kommen der nicht zu ihrer Verbrüderung gehört. Diejenigen Generale die, wie Cialdini und Cucchiari, in Folge der revolutionären Ereignisse seit 1848 in die Armee gekommen sind und sich zu einer gewissen Bedeutung emporgearbeitet haben, werden von den Piemontesen als unberechtigte Eindringlinge angefeindet. Sie haben dann natürlich auch ihren Anhang zumeist unter den Officieren nicht piemontesischen Ursprungs und unter den Piemontesen, die zufällig mit der Artillerie-Camorra verfeindet sind. Das begründet einen tiefgehenden Zwiespalt in der italienischen Armee!

22. September. Heute wurde ein forcirter Marsch in der Richtung auf Rapolano ausgeführt. Es sollte dort am Kreuzpunkt mehrerer Verbindungsstraßen Stellung genommen und Vorposten- und Patrouillendienst geübt werden. Des Unwetters wegen, das eintrat, kehrten jedoch die meisten Truppen zurück. Nur die Brigade Siena mußte biwakiren.

Mitten in die Langeweile des Abends fiel die Nachricht von einer Revolution, die sich sehr ernsthaft ankündigt. Ich ließ mir eine florentiner Zeitung kaufen; eine andere als „L'Opinione" war nicht zu haben.

Die Ereignisse in Spanien, die ich seit zwei Monaten erwarte, sind nun da! und sie nehmen gleich von Anfang eine solche Wendung, daß an dem Gelingen schwerlich zu zweifeln ist.

23. September. Gehe in das Lager des 21. Bersaglieri-Bataillons, um das neue Gepäck zu sehen. Das allgemeine Urtheil geht dahin, daß es in seiner gegenwärtigen Gestalt garnicht zu brauchen ist. Die Officiere erkundigen sich eifrig nach unseren Verhältnissen, die Soldaten hören aufmerksam zu. Wie aber die Officiere mit den Leuten umgehen, das ist für einen Preußen höchst verwunderlich. Bei jeder kleinsten Veranlassung, wenn der Soldat dieses oder Jenes nicht augenblicklich versteht, wird er mit „Asino — bestia — imbecile!" angeschrieen, gleichviel in Gegenwart welcher Fremden, und so überlaut als möglich.

Die Officiere sagen mir, daß von allen ihren Leuten die Neapolitaner weitaus die intelligentesten sind, ja sie sprechen mit Bewunderung von der Intelligenz dieser Südländer, die fast als Wilde zu den Regimentern kommen und sich unglaublich schnell entwickeln und bilden. Sie lernen auch in der allerkürzesten Zeit lesen und schreiben, sobald sie nur wollen. Und seltsamer Weise sind gerade diese halbwilden ungemein empfindlich was den Ehrenpunkt anbetrifft. Die Officiere gestehen, daß man sehr rücksichtsvoll mit ihnen umgehen muß. Nach ihren Reden schien es mir zweifelhaft, ob sie auch die Neapolitaner mit asino und bestia anzuschreien wagen, wie die übrigen Truppen! Das könnte Messerstiche geben.

Oberst Pombo getroffen. Der sagt mir, als wir vom Feldzuge 1866 sprechen, sehr treffend von der italienischen Armee: „c'est une armée où personne ne commande, et où personne n'obéit."

24. September. Den 26. wird das Lager aufgelöst. Bis dahin fällt nichts Besonderes mehr vor. Ich fahre daher schon heute ab. Zunächst nach der alten Etruskerstadt Cortona, die ich eingehend besichtige. Auf der Rückfahrt fährt die Eisenbahn auch bei Montevarchi vorbei. In der Pfarrkirche dieses Städtchens wird — wie ich erfahre — eine gar absonderliche Reliquie aufbewahrt: ein Fläschchen mit Milch der heiligen Jungfrau.

Abends zurück nach Florenz.

----

17. Revolution und Sturz der Regierung in Spanien.

28. September. Diner im Café de Paris. General Cucchiari dort; sagt mir daß die Orleans das Geld zu der Revolution in Spanien hergeben.

Cigani und ein anderer Ordonnanzofficier des Königs da, beide Piemontesen und, wie alle Piemontesen thun, sprechen sie sich mit großem Nachdrucke gegen mich darüber aus, wie zum unerträglichen unangenehm ihnen der Aufenthalt in Florenz ist. Es liegt ihnen daran, daß man das wisse.

1. October. Morgen-Zeitung „Il Corriere": die Königin von Spanien, l'innocente Isabella, wie die liberalen Blätter ehemals sagten, martire non vergine, wie die hiesigen Carricaturen und Spott-Zeitungen hinzufügen, ist aus ihrem Reiche entflohen. Das hat nicht viel Mühe gekostet, weniger selbst, als man glaubte; ist aber wieder eine reine Militärrevolution!

Auffallend ist mir besonders eins. Wir wissen hier seit dem 16. Juli, daß diese Revolution vorbereitet wurde: Napoleon hat offenbar bis zum 10. September herab keine Ahnung davon gehabt. Sonst hätte er wohl den Grafen von Girgenti nicht so glänzend aufgenommen und nicht in eine Zusammenkunft mit der Königin Isabella gewilligt. Am 10. September hat er zuerst von der Sache gehört, dann aber auch zugleich wie ernst und bedenklich sie war, das geht daraus hervor, daß an diesem Tage die Zusammenkunft mit der unschuldsvollen Königin sehr plötzlich abgesagt wurde. Lieb ist es ihm gewiß nicht seine und des Papstes zuverlässige Verbündete zu verlieren; hielt er es nach den allerersten Nachrichten noch für möglich sie zu halten, so hätte er es wohl versucht, wenigstens durch die Mittel der Diplomatie.

Und was nun weiter? Schwerlich wird sich in Spanien alles ohne weiteren Anstoß ausgleichen; es kann dort vielmehr arge Wirren geben, alle kosmopolitischen Revolutionärs werden nun nach Spanien strömen, um dort die Proclamirung der Republik herbeizuführen und dieser Republik einen so rothen Anstrich als möglich zu geben. Sie werden den Versuch machen dort ihr Hauptquartier und ihre politische Basis einzurichten, um von dort aus auf das übrige Europa zu wirken. Ob sich Napoleon III. durch die dortigen Ereignisse gelähmt sieht in seinen anderweitigen Plänen, oder ob dieser neue Fehlschlag seiner Politik ihn rascher vorwärts treibt in der Ausführung dieser Pläne, ob diese Revolution dazu beiträgt den precären Frieden zu erhalten oder den Krieg zu beschleunigen, läßt sich noch nicht mit einiger Sicherheit übersehen.

2. October. Cucchiari hat mit General Serrano zusammen

gedient und kennt ihn sehr genau. Erzählt dessen amours mit der innocente Isabella. Sie war damals 14 Jahre alt und noch unverheirathet, aber nach der Weise, wie sie die Iniative ergriff, gewiß längst nicht mehr bei ihrem ersten Liebesabenteuer.

Brief aus Pest. Klagen, daß man von Berlin aus das Treiben der Demokraten, der Arbeiter=Vereine in Leipzig, Nürnberg u. s. w. nicht gehörig zu beobachten und nicht zu beurtheilen weiß; nach ihrer ostensiblen Thätigkeit dürfe man sie nicht beurtheilen.

„Mir sind in der letzten Zeit Sachen durch die Hände gekommen, die mir ein grauenhaftes Bild von den Mitteln der europäischen Demokratie enthüllen. Die Prinzipien der Guillotine, der Ausrottung privilegirter Stände, sind mit raffinirter Logik ausgebeutet und zu praktischen Normen erhoben." „Auch der Grundsatz: „daß der Cäsarismus und sonach der Krieg beseitigt werden kann, wenn das Proletariat aufhört das Material für dynastischen und persönlichen Ehrgeiz zu liefern" wird mit Erfolg gepredigt und verbreitet."

„Veranlassung zu diesem Briefe ist ein Brief, der gestern Abend aus Hamburg hier eintraf und in einer durchaus demokratischen Gesellschaft vorgelesen wurde. Man spricht von der Anwesenheit des Königs in Hamburg und von dem brillanten Empfange der ihm von der Kaufmannschaft Hamburgs geworden ist; es wird aber hervorgehoben, daß die Massen vom „Krämer=Enthusiasmus" unberührt geblieben wären und „gepfiffen" hätten. Mit komischer Entrüstung heißt es weiter, daß einige Hannoveraner „vorgepfiffen" hätten, daß dies aber durchaus überflüssig gewesen, da die echten Hamburger auch ohne dies gepfiffen haben würden. Aus der Begleitung des Königs werden einige „Polizeigesichter" scharf gekennzeichnet und mit nicht mißzuverstehenden geradezu ominösen Glossen erwähnt. Man erwähnt eines Albums als Collection solcher „Gesichter" dessen man sich bereits bei vielen Fällen mit Erfolg bedient habe, und das für unausbleibliche Fälle von noch größerem Erfolge sein werde."

„Die Hamburger Demokratie hat diesen Bericht von der Königsreise natürlich nicht bloß nach Pest gesendet, sondern überall hin an ihre Verbündeten. Die Conclusion ist, das Hamburger Proletariat

habe sich „unbestechlich" erwiesen, und: „das Capital war über-
schwenglich in seiner Demonstration für Zustände, unter denen noch
Sicherheit für's Capital möglich ist. Für's Proletariat aber war
diese Demonstration ein Fingerzeig zum Handeln für gewisse Fälle!"

„Die österreichischen Zustände sehr verfahren; Beust durch das
Treiben der Feudalen und der Polen in eine sehr schwierige Lage
versetzt. Die Bulgaren sind im Balkan 12—14,000 bewaffnete Mann
stark. Oesterreich bemüht sich bis jetzt vergebens zu ermitteln, was
denn eigentlich vorgeht; ein paar österreichische Agenten, die von
dort zurückgekehrt sind, berichten, daß die Bulgaren einen jeden der
sich als Oesterreicher qualificirt, ohne weiteres an den nächsten Baum
aufhängen. Zwei Franzosen soll es nicht besser gegangen sein."

4. October. J. bei mir. Hat Barbolani nach London abreisen sehen; es wird aber officiell verheimlicht, daß er gerade dorthin
geht; man sucht glauben zu machen, daß er eine Erholungsreise
macht.

J. meint er gehe nach London um der englischen Regierung
den Herzog von Aosta als Candidaten für den Thron
Spaniens annehmbar zu machen und ihre Unterstützung für
solche Pläne zu gewinnen. Kann wohl sein! Die spanische Revolution
ist von hier aus in sehr auffallender Weise begünstigt worden; daß
man dabei auch dergleichen beabsichtigt und gehofft haben könnte,
liegt allerdings nahe.

10. October. Brief von C. Er schickt mir einliegend einen
Brief von einem gewissen E. B., den er vor kurzem erhalten hat.
Einleitende Worte C.'s: „Der Brief kommt vom alten Herrn Becker,
den ich seit vielen Jahren kenne und mit dem ich zusammen wohnte,
als ich im Winter 60—61 und 61—62 in Neapel war, wo ich seine
Correspondenz mit Mazzini, Garibaldi und Kossuth mit leitete. Herr
B. ist in Beziehungen zu allen möglichen Personen der liberalen
und der extremen Parteien in Europa und, da ich wußte, daß er
auch mit spanischen Patrioten correspondirte, und mir seit einiger
Zeit bekannt war, daß ein gewisses Einverständniß zwischen diesen
und einigen Männern in Italien bestehe, so schrieb ich vor einiger
Zeit an B., um zu erfahren wie die Dinge liegen, und was Becker

über die spanische Sache und Napoleon's Absichten denkt und weiß. Hier ist nun seine Antwort, aus der Sie ersehen werden, was nicht ohne Werth ist."

„M. u. L., bedeuten Mazzini und Lugano. Mad. Giulia ist eine Engländerin, die im Auftrage Mazzini's nach Spanien geht."

Becker's Brief, Genf 1. October 1868.

„Folgen wir nicht genau den uns vorgeschriebenen Normen, so werden die Ereignisse uns überholen, und das Volk wird wieder ohne Führung und nur wieder despotischen Zwecken dienstbar, unsere Mühen werden abermals vergebens gewesen sein."

„Ueber die Ergebnisse des Berner Congresses will ich schweigen. Wahrscheinlich werden Sie von anderer Seite wissen, weshalb Niemand aus Caprera (NB. nicht sicher zu lesen) erschienen war. Was Sie von Bakunin denken, weiß ich, sein letztes Auftreten bestätigt Ihre Ansicht. Auch das wahnwitzige Gebahren der Polen ist nun zur vollen Genüge gebrandmarkt. Mit solchen Leuten kann man nur fallen, nicht stehen! Sie sind daher auch im Irrthum wenn Sie glauben, daß Herzen und Bakunin in der Hauptsache übereinstimmen, das entschiedenste Gegentheil ist der Fall, und es ist meine feste Ueberzeugung, daß weder der Eine noch der Andere ferner möglich sein wird. Am allerwenigsten können wir der Idee huldigen, daß das politisch reife Volk, die Deutschen, dem politisch geknechteten russischen Volke irgend welchen Vorschub leisten und ihm auf Bahnen helfen sollte, auf denen sich Germanen und Asiaten grausam begegnen werden. Sie wissen, auf was sich diese Idee stützt und was Jacobi darüber sagt."

„Wir sind nun entschlossen genau dem Programm zu folgen, welches von London und Paris ausgegeben wurde, wir halten dies für das einzig mögliche und praktische Verfahren und werden damit zum Ziele gelangen."

„Höchst erfreulich ist es, daß diese Idee bereits und namentlich in Wien, Cöln, Hamburg und Berlin, sowie überhaupt in den großen Städten, so aufgefaßt ist, daß wir jetzt schon sagen können, wir sind eine Macht geworden."

„Wenn wir daher bei nächstdem zu Erwartendem das Richtige im rechten Augenblicke zu treffen vermögen, so steht das Beste zu erwarten. Wir können selbstverständlich nur mit den Massen in den großen Städten arbeiten, den Massen auf dem Lande ist die Ueberzeugung vom Werthe des Menschen und die Infamie seiner Knechtung eine fremde Sache. Der Gedanke, daß sie nur den Interessen privilegirter Personen dienen, wenn sie ihre Jünglinge vom Pfluge weg auf das Schlachtfeld führen lassen, und die Ueberzeugung, daß ihr Blut die Felder düngt von dem sich der Uebermuth, die Kaste der Menschenverächter, mästet, kann ihnen erst dann lebendig werden, wenn das gebildete Proletariat in den Städten die von dem Geiste der Gegenwart gewollten Erfolge errungen haben wird, wenn der Sieg der Freiheit über das Gottesgnadenthum vollendete Thatsache sein wird. Der Vernünftige kann nur wollen, was er durchzuführen vermag, und was wir wollen, ist sicher keine Phantasie."

„Seit dem Congresse sind wir in eine folgenschwere Aktualität getreten, aus der sich nothwendiger Weise Vielgehofftes für uns ergeben wird, wenn der unconvicted Felon (NB. Napoleon III. natürlich) die Ereignisse in Spanien zu seinen Zwecken auszubeuten verstehen wird, und daß er es versucht, dafür bürgt uns seine Connivence mit den Bourbonen und den Römlingen."

„Was die Pfaffen in Italien und Oesterreich heute nicht mehr vermögen, das vermögen sie mit der durch Napoleonische Berechnungen und zu Napoleonischen Zwecken erzogenen Generation von heute in Frankreich und in dem trotz der gegenwärtigen liberalen Bewegung von den Pfaffen dennoch beherrschten Spanien. Dieser Befürchtung können sich die liberalen Häupter laut Briefen aus Madrid selbst nicht entschlagen."

„Es ist uns positiv bekannt, daß der Graf Montemolin wärend den ersten Phasen der Revolution mit dem Prinzen Napoleon und dem Kaiser in Biarritz mehrfache Colloquien hatte. Auch daß der Graf mit dem Grafen von Girgenti zusammentraf, noch ehe sie nach Spanien abgingen. In Madrid glaubt man den Gedanken des Kaisers zu durchkreuzen, wenn man annimmt, daß er es auf eine carlistische Erhebung abgesehen habe und dabei auf die Masse des Landvolks rechnet. In Madrid giebt man sich daher keinen Täuschungen hin und ist man entschlossen jedem derartigen Versuche entgegen zu treten, verleugnet sich aber auch nicht dabei die Gefahren, denen die Sache der gebildeten Klassen ausgesetzt ist, wenn der rohe Haufe für die Pfaffen Partei nimmt."

„Eine carlistische Erhebung liegt so sehr im Interesse Napoleon's, daß an seinen Absichten garnicht zu zweifeln ist. Den Gegenstand zu bewältigen bedarf es seinerseits allerdings vieler maskirter Züge, die Diplomatie Europas zu täuschen. Da es aber im Interesse der Despoten ist das rothe Gespenst nieder zu halten, wo immer es auftreten mag, so wird es Napoleon versuchen unter dieser Rubrik seine Rechnung zu machen. Wir sind jedoch überzeugt, daß er sie nicht finden wird, und daß die letzte Stütze für Cäsarismus und Dunkelmänner zusammengebrochen ist. Je früher daher die Brüder in Madrid zur offenen und muthigen Willensäußerung gelangen, und je geordneter das Volk von Madrid die wahre einzig mögliche Regierungsform, die Republik, allen anderen Partei-Absichten gegen= überstellt, desto mehr wird den Massen imponirt werden, und desto unmöglicher werden die Pläne sein, die jetzt von Bourbonen, Pfaffen und Henkern geschmiedet werden."

„Mendez, Lopez und Bébeau mit vielen anderen sind über Marseille nach Barcelona angelangt und in Madrid angekommen, wo sie mit den Freunden aus Italien zusammengetroffen sind. Man schreibt uns nun, daß General Prim mit unserem Vorhaben zwar einverstanden aber die Mittel nicht billigen will, die einzig und allein zum Ziele führen können. Daraus erklärt sich, daß Prim seinen anderen Collegen denn doch nicht recht traut. Es wird nun darauf ankommen, wie sich die große Junta den Vorschlägen Prim's gegen= über verhalten wird, und wie man in Genua bis dahin vorbereitet sein wird. Nochmals: im rechten Augenblicke das Rechte treffen und alles ist gewonnen."

„Ihren Brief an M. (NB. Mazzini) hat J. Loriolle mitgenommen und ist J. in L. (NB. Lugano) angekommen, nachdem auch dort schon Nachrichten aus Madrid und Barcelona eingetroffen waren und den (sic!) Alten auf das freudigste überrascht hatten."

„Frau Giulia verläßt uns dieser Tage und geht nach Marseille ꝛc."

Sehr erbaulich! Daß die gesammte kosmopolitische Revolution in hellen Haufen nach Spanien eilen und versuchen werde dort ihr Hauptquartier einzurichten, ihre Operationsbasis, um dann von dort aus die Revolutionirung der anderen europäischen Länder zu betreiben: das ist mir nie einen Augenblick zweifelhaft gewesen. Gelingt es diesen Leuten sich in Spanien zu Herren der Situation zu machen, so wenden sie ihre Thätigkeit zunächst auf Frankreich und Italien, und wahrscheinlich wird zu allererst ein gewaltiger Angriff auf Italien gerichtet, das ist mir sogar gewiß.

Aber mit welcher Emsigkeit wird alles Bestehende unterwühlt und untergraben! Und was für Lumpengesindel arbeitet daran mit Hilfe des „gebildeten" Proletariats.

„Jacobi" ist natürlich der preußische Abgeordnete Dr. Jacobi aus Königsberg, der Mann der „vier Fragen". Wenn man die Wahrheit verkünden wollte, daß dieser Treffliche mit der permanenten kosmopolitischen Revolution verbunden ist und durchaus im Einverständniß mit ihr handelt: mit welcher Entrüstung würden unsere Fortschrittsmänner diese Kunde als nichtswürdige Verleumbung zurückweisen.

14. October. Martin aufgesucht, der mich zu Negri führt; dieser sagt mir, was die hiesige Lage anbetrifft: Menabrea habe erklärt, die Regierung werde vor der Hand nichts thun, um den Zwangscours des Papiergeldes aufzuheben. Natürlich genug! Sie kann nichts thun, so lange sie nicht die Kirchengüter verkaufen will. Eine solche ausdrückliche Erklärung ist aber im höchsten Grade bedenklich und wird die allgemein im Lande herrschende Unzufriedenheit, die ohnehin drohend genug ist, noch gewaltig steigern. Es fragt sich ob nach einer solchen Erklärung auch nur die Majorität der Deputirten dem Ministerium treu bleibt, ob der Druck der öffentlichen Meinung sie ihm nicht abwendig macht.

Die mazzinistische oder republikanische Partei beabsichtigt also nun in Bälde einen Aufstand, einen gewaltsamen revolutionären Versuch! Wie doch die Menschen in Unklarheit befangen von Impulsen abhängen, die so wenig definirt als gerechtfertigt werden können! Es liegt in diesem Augenblicke in der That gar keine be-

21*

sondere Veranlassung vor einen solchen Versuch zu wagen, und ebenso
wenig irgend ein Grund gerade jetzt einen Erfolg davon zu hoffen.
Nur der leichte Erfolg der Revolution in Spanien macht ihnen Lust
und giebt ihnen Muth. Daß die Regierung in diesem Augenblicke
jeden möglichen Aufstand mit großer Leichtigkeit besiegen würde, kann
dem Unbefangenen nicht zweifelhaft sein.

Und was werden nun die Folgen sein? Gualterio ist ohne
Zweifel unterrichtet, weiß alles, läßt aber gewähren, damit die Leute
sich tüchtig compromittiren, und er sie dann desto tüchtiger und fester
packen kann; denn er sieht wohl auch einen leichten Sieg der Regierung voraus und eine Kräftigung des Ministeriums, wie sie immer
aus einem solchen Siege hervorgeht. Ich glaube, daß er einem revolutionären Versuche nicht nur mit vollkommener Seelenruhe ent-
gegensieht sondern ihn sogar wünscht, eben weil er des Sieges gewiß
ist. Kommt es zur Sache, so ist eine gesteigerte Reaction, ein neu
befestigtes Regiment der Consorteria die sehr wahrscheinliche, die
beinahe nothwendige Folge.

15. October. Astafieff von der russischen Gesandtschaft getroffen. Ich freue mich sehr den liebenswürdigen Menschen wieder
zu sehen. Er bringt mir Grüße von seinem Vater, bei dem er im
Smolenskischen Gubernium auf dem Lande gewesen ist, und meint,
der Landadel habe denn doch, trotz der Emancipation der Bauern,
einen großen Einfluß auf die Leute behalten. Spricht von der
Wahrscheinlichkeit eines Krieges mit Frankreich im Frühjahre und
fügt halblaut und geheimnißvoll hinzu: „et alors nous vous
donnerons un coup d'épaule!“ Das also ist es, worauf
man sich in den höheren gesellschaftlichen Kreisen in Rußland gefaßt
macht, was man beabsichtigt und erwartet.

General Cucchiari gesehen, der macht mich darauf aufmerksam, daß in diesem Augenblicke, den die spanischen Ereignisse zu
einem kritischen machen, Plonplon in offenbar diplomatischer Sendung
nicht hierher kommt, an den officiellen Sitz der italienischen Regierung, sondern nach Turin, wo sich Victor Emanuel für seine Person
und ohne seine Minister gerade zufällig aufhält; darauf daß
Napoleon III., wie sich auch hier wieder zeigt, überhaupt die con-

ftitutionellen Formen, das Dasein einer conftitutionellen Regierung und ihrer Bedingungen, das Dasein verantwortlicher Minifter, immer geflissentlich zu ignoriren fucht, daß er fich in allen wichtigen Momenten mit einer gewissen Affectation immer unmittelbar an die Souveraine perfönlich wendet.

17. October. Graf A. Sparre bei mir. Erzählt: Barbolani habe in Paris nichts ausgerichtet zu Gunsten der Iberischen Union und der Candidatur des Königs von Portugal, Don Luis, d. h. der Königin Maria Pia, der Tochter Victor Emanuels, in Spanien. NB. Es ist in der That sehr wahrscheinlich, daß man hier diese Combination von Anfang an im Auge gehabt und deshalb die Vorbereitungen zu der spanischen Revolution begünstigt hat, wie unleugbar geschehen ist. Ich hatte an diese Möglichkeit nicht gedacht. Von einer Candidatur des Herzogs von Aosta wurde wohl nur gesprochen, um die allgemeine Aufmerkfamkeit von dem abzulenken, was wirklich beabsichtigt wurde.

20. October. Lobo von der portugiesischen Gesandtschaft getroffen; der perhorrescirt den Gedanken, daß der nicht regierende König Don Fernando von Portugal (der Coburgische Prinz) König von Spanien werden solle, so entschieden, daß ich wohl sehe, die portugiesischen Diplomaten haben die bestimmte Instruction sich in diesem Sinne zu äußern. Lobo führte alle Gründe an, warum Don Fernando nicht König von Spanien werden wolle, und äußerte sich ebenso entschieden gegen jeden Gedanken an Iberische Einheit.

Die halte ich auch für unmöglich. Portugal ist zwar klein, aber es hat eine großartige und ruhmreiche Vergangenheit und Geschichte, es hat einst eine weltgeschichtliche Rolle gespielt: ein solches Land absorbirt man nicht so ohne weiteres; es willigt nicht darein in ein größeres Land aufzugehen, seine Individualität aufzugeben. Eine Stadt wie Liffabon ergiebt sich nicht in das Schicksal zur Provinzstadt herabzusinken. Dergleichen wird nicht durch ein Votum herbeigeführt, und würde schwere Kämpfe kosten.

Der Herzog von Rivas, sehr klerikal gesinnt, hat sofort seine Entlassung eingereicht und ist nach Paris geeilt, sowie der Sturz der Königin Isabella hier bekannt wurde. Oberst Pombo hat das angemessenste gethan, was möglich war: er ist sofort zu seinem Regimente geeilt und wird nun ohne Zweifel thun, was sein Regiment thut. So entgeht er der Nothwendigkeit sich individuell auszusprechen, auf eigene Hand Partei zu ergreifen.

Später kam F. zu mir und berichtete: La Marmora hat sich mit seinem kleinen Anhange dem Ministerium wieder genähert, oder vielmehr er hat eingesehen, daß er nirgends durchbringt, nirgends das Haupt einer Partei werden kann, und hat in Folge dessen erklärt, daß er in der neuen Kammersitzung für das Ministerium stimmen werde. Wichtiger ist wohl, daß auch Morbini mit einem Theile des terzo partito sich dem Ministerium genähert und versprochen hat für die Regierung zu stimmen. So glaubt nun das Ministerium in der nächsten Kammersitzung einer Majorität von 40 Stimmen gewiß zu sein.

NB. Das Ministerium Menabrea hat diese neubefestigte Stellung durch sehr gewichtige Concessionen erkauft, die es dem terzo partito gemacht hat; durch Concessionen, die nicht mehr und nicht weniger als ein Aufgeben bestimmt ausgesprochener Principien involviren. Eine Reform der Landesverwaltung wird nämlich, und mit Recht, im Lande dringend gefordert, das Ministerium hatte dem entsprechend auch einen Entwurf zu einer Reorganisation der Verwaltungs-Behörden und -Normen vorgelegt, der wohl geeignet war den Geschäftsgang zu vereinfachen, im wesentlichen aber doch, so viel ich weiß, die piemontesischen bureaukratischen Traditionen festhielt. Die Commission der Deputirtenkammer hat im Laufe der letzten Sitzung diesen Entwurf verworfen und einen anderen, einen Gegenentwurf, an die Stelle gesetzt, der von einem ihrer Mitglieder, dem Deputirten Bargoni, einem Zugehörigen des terzo partito, herrührte. Dieser Gegen-entwurf geht, wie ich vernehme, darauf aus den Municipalbehörden einen größeren Einfluß auf die Verwaltung einzuräumen, ihnen die Bedeutung, die sie ehemals im mittleren Italien hatten, wenigstens zum Theil wieder zu geben. Die Regierung hat nun ihren eigenen Entwurf fallen lassen und den Gegenentwurf Bargoni's zu dem ihrigen gemacht; schwerlich aus Ueberzeugung, höchst wahrscheinlich, um nicht zu sagen ganz gewiß, nur in der Absicht die Mittelpartei und ihre Stimmen zu gewinnen und sich mit deren Hülfe in der eigenen Stellung zu behaupten.

Caborna, der als Minister des Innern den Regierungsentwurf zu vertreten hatte, mußte natürlich austreten. Das war er sich selbst schuldig, und dann war es auch wohl seinen Collegen ganz genehm. Die hätten gern die Mittelpartei dadurch noch fester und für alle Fragen und Fälle mit dem gegenwärtigen Ministerium verbunden, daß man die Häupter dieser Fraction, namentlich Morbini zum Eintritt in dasselbe, zur Uebernahme eines Portefeuilles bewog. Morbini scheint aber doch der Lebensfähigkeit des Ministeriums Menabrea nicht unbedingt zu trauen, nicht geneigt die eigene politische Zukunft im Verein mit diesem auf das Spiel zu setzen. Die Unterhandlungen haben sich zerschlagen, und das Ministerium muß durch ein paar Lückenbüßer ohne sonderliche Bedeutung ergänzt werden.

F. meint, das Ministerium werde zu Anfang der kommenden Sitzung einen sehr heftigen Sturm zu bestehen haben; es werde sehr heftig angegriffen werden, sowohl wegen des Entwurfs zu einem Strafgesetzbuche, mit dem man vielfach unzufrieden ist, als auch wegen des Zwangscurses des Papiergeldes, den man beseitigt wünscht, und den die Regierung unmöglich beseitigen kann.

Bestehe es aber diese Stürme siegreich, so werde es sich auf lange Zeit consolidiren.

Nachdem F. mich verlassen, tritt zu meiner großen Ueberraschung Camphausen, der Director der Seehandlung, bei mir ein. Er kommt aus Madrid und Rom! Von früher Jugend an war es sein Wunsch gewesen Spanien zu sehen, dieses Jahr hatte er die geschäftlose Zeit benutzt, um mit seinem fidus Achates Delbrück hin zu reisen. Nicht zu guter Stunde, denn es fiel ihnen das Loos die Revolution in Madrid mit zu erleben. Camphausen wollte dem ungeachtet die Reise nach Sevilla und Granada fortsetzen, aber Delbrück fand die Sache bedenklich. ((NB. Mir scheint, sie hätten beide daran denken können, daß man ihrer Anwesenheit dort in diesem Augenblicke eine politische Bedeutung unterlegen konnte.) Sie kehrten um; Delbrück, der das Bedürfniß hatte eine Fußwanderung zu unternehmen, ging nach der

Schweiz; Camphausen, der umgekehrt nicht gern zu Fuße geht, nach
Rom und hierher.

Wie steht es nun in Frankreich? Antwort: die alten Parteien,
wie man sie nennt: die Legitimisten, Orleanisten und Republikaner
wünschen den Krieg, weil eine jede von ihnen ihre Parteizwecke durch
den Krieg gefördert zu sehen hofft, und ebenso wünscht ihn natürlich
die Armee. Vermag Napoleon, der ihn jetzt nicht wollen kann, die
Armee „abzuwiegeln", dann ist der Friede möglich. Da liegt die
Frage! Napoleon scheint übrigens gar sehr das Vertrauen zu sich
selbst verloren zu haben nach so vielfachem Mißlingen und räumt
dem Klerus immer größeren Einfluß ein, weil er glaubt dessen Hülfe
und Beistand bei den nächsten Wahlen nicht entbehren zu können.
Die alten Parteien und die Armee wollen den Krieg, das Land aber
will ihn nicht, darum eben dreht sich die Frage ob Krieg ob Frieden
darum, ob Napoleon seine Armee „abwiegeln" kann.

Und wie steht es in Spanien? Der Erfolg der Revolution kam
in Madrid vielen Leuten unerwartet; der preußische Consul behauptete
noch wenige Tage vor dem Sturze des Throns der unschuldigen
Isabella, die Empörer würden mit Leichtigkeit besiegt werden. Eine
Revue der Truppen, die den Aufständischen entgegen gesendet wurden,
sah wirklich danach aus; die Haltung der Truppen war wirklich eine
sehr gute, sie schienen zuverlässig. Der preußische Consul berief sich
darauf und meinte, nun werde doch Camphausen überzeugt sein.
Dann aber ging die Revolution in Madrid selbst ohne alle und jede
Friction vor sich. Camphausen und Delbrück machten einen Ausflug
nach Toledo; den Morgen, an dem sie ausfuhren, war Madrid noch
unter der Herrschaft der Königin, und es herrschte die gleichgiltigste
Ruhe, als sie am Abende zurückkehrten, war das erste, was sie auf dem
Bahnhofe sahen, die Inschrift: „a baxo los Burbonos"; die Plaza
Isabella II. hieß bereits Plaza Prim, die Revolution war fertig.

Jetzt, meint Camphausen, hat der Verlauf der Dinge die
Richtung auf die Republik genommen, deren Proclami=
rung er für mehr als wahrscheinlich hält.

Ich: Wird aber die Republik proclamirt, dann lancirt Napoleon
sofort den sogenannten Carl VII. mit Chassepots und Geld versehen,

und für Spanien sind wieder zwanzig Jahre Bürgerkrieg und Elend vorauszusehen! Camphausen meinte, es könnte wohl so kommen.

In Rom spricht man von einer Annäherung, die zwischen Italien und Frankreich stattgefunden habe, und beide Parteien, die nationale Actionspartei sowohl als die klerikale, zeigen sich dadurch beunruhigt. Die Actionspartei fürchtet Italien werde Bedingungen eingehen, welche die „Befreiung" Roms und dessen Vereinigung mit dem übrigen Italien unmöglich machen, die Klerikalen besorgen, Napoleon könnte darein willigen die französischen Truppen aus dem päpstlichen Gebiete zurück zu ziehen, was sie natürlich nicht wollen. Uebrigens ist Camphausen überzeugt, daß Napoleon gewiß keine Concessionen machen wird, die der päpstlichen Regierung unangenehm sein könnten, und das glaube ich auch.

23. October: „Cenni sulla campagna del 1866, di un ufficiale del terzo corpo d'armata dell' esercito Italiano" gelesen. Eine etwas ungeschickte Apologie Della Rocca's. Der Verfasser will unter anderem rechtfertigen, daß sein Held während der Schlacht bei Custozza in dem Städtchen Villafranca blieb ohne je bei den Truppen zu erscheinen. Er blieb, heißt es, auf dem Platze wo die Straßen von Verona und von den Hügeln der Gegend von Custozza her sich kreuzen: dort konnte er die Meldungen von allen Seiten her am schnellsten erhalten. Daß sich an der Ecke dieses Platzes auch ein Café befand, in welchem Della Rocca während der Schlacht mit einem Officier seines Stabes Billard spielte, wird natürlich nicht erwähnt.

· Zur Gesandtschaft. Wesdehlen erzählt mir von einem wunderlichen Besuche. Ein römischer Monsignore, den er vor Jahren in Rom ein wenig gekannt hat, ist auf der Durchreise bei ihm gewesen. Der Prälat kam aus Berlin; was er da eigentlich zu thun und zu suchen hatte, darüber erklärte er sich nicht, wie er sich denn überhaupt sehr einsilbig erwies, doch war es sehr sichtbar, daß er mit einer confidentiellen Mission seiner Regierung, der päpstlichen natürlich, betraut war, und auffallend war, daß er sowohl auf dem Hinwege als auf dem Rückwege das österreichische Gebiet gemieden hatte. Er war sogar so ungeschickt anzudeuten, oder vielmehr durchblicken zu

laffen, daß bestimmte Gründe ihn dazu bewogen hatten. Vor allem
aber unterließ er nicht zum Abschiede vor der hiesigen, der italienischen,
Regierung zu warnen; der dürfe man nicht trauen.

Prinz Plonplon hat in Turin nicht nur den König Victor
Emanuel, sondern auch La Marmora, wie natürlich, und Rattazzi!!
gesehen. Trotz des officiellen Bruchs zwischen Frankreich und Rattazzi,
und obgleich dieser von der französischen Regierung perhorrescirt ist,
läßt dieser Staatsmann seine Nebenverbindungen, die Verbindung
mit Plonplon so wenig fallen, als Plonplon die Verbindung mit ihm.

NB. Danach läßt sich die Zuverlässigkeit Rattazzi's ermessen.
Merkwürdig aber ist, daß Plonplon diese Leute aufgesucht hat, die
wenigstens für jetzt ganz außerhalb der Regierung stehen, nicht aber
einen der Minister; die hat er gemieden, obgleich seine Mission eine
diplomatische war, wie wohl Niemand bezweifeln wird!

Und was wollte er in Turin? Hat er etwa die Absicht als
Candidat für den spanischen Thron aufzutreten und wollte er den
König von Italien daran erinnern, daß auch Er sein Schwiegersohn
sei? Oder sollte er Victor Emanuel bloß die Candidaturen der
Maria Pia und des Herzogs von Aosta ausreden? Vielleicht zu
Gunsten des Prinzen von Asturien und einer Regentschaft?

Was Spanien anbetrifft, muß ich aus Carl B.'s Brief folgern,
daß Prim nicht bloß mit den wenigen Republikanern im Lande, sondern
auch, was mehr bedeutet, mit der kosmopolitischen Revolution in der
allerengsten Verbindung steht und auf diese gestützt bemüht sein
wird seine monarchisch gesinnten Collegen zu hinter=
gehen. König von Spanien kann er nicht werden, da ist sein Ehrgeiz
natürlich darauf gerichtet als Präsident einer Iberischen Republik zu
glänzen und zu herrschen.

18. Herbstwochen in Florenz.

24. October. Zur Gesandtschaft, wo ich verabredeter Weise mit Camphausen zusammentreffe. Um 2 Uhr fahren wir von dort nach Fiesole; Hinweg über die Villa Palmieri, in welche Boccaccio die Scene seines Decamerone verlegt, und über Kloster San Domenico, das wir uns nicht Zeit geben zu besuchen; von hier Blick und Weg hinab zum Kloster Badia und in das Thal des Mugnone.

Wie ist das alte etruskische Faesulae absorbirt durch das neue mittelalterliche Florenz!

Neben den kirchlichen Gebäuden besteht es heutzutage nur noch aus wenigen ziemlich ärmlichen von Bauern und dergleichen bewohnten Häusern. Und dennoch hat Fiesole auch heute noch aus besseren Tagen ein eigenthümliches Privilegium! Der Stadtrath kann den Adel verleihen; wen er in das Verzeichniß der Patrizier der Stadt einträgt, der wird dadurch Edelmann!

Vom Dom abgesehen hat das heutige Fiesole nur drei anständige Gebäude aufzuweisen, und diese drei gehören sämmtlich der Kirche! Diese drei, der weitläufige massive im schwerfälligsten Palladiostyl oder Unstyl ausgeführte bischöfliche Palast, das umfangreiche Priesterseminar von verwandter Architektur und ein großes Capuzinerkloster auf der westlichen Bergspitze sind aber auch ganz ausnehmend stattlich und geben allein dem Orte von weitem das Ansehen einer Stadt.

Wahrlich, ich muß es wiederholen: wenn man die zahlreichen Klöster im Innern des alten mittelalterlichen Florenz erwägt, von denen dasjenige an der Piazza Antinori wohl das bedeutendste gewesen sein mag, dann die fünf colossalen Klöster unmittelbar vor den Thoren der Stadt, wie sie zu Dante's Zeit war (Ogni Santi, Santa Maria Novella, San Marco, Annunziata und Santa Croce), dann auf dem kurzen Wege von Florenz hierher wieder zwei Klöster, S. Domenico und Badia, jenseits des Mugnone in geringer Entfernung ein drittes Sta. Marta, und hier oben das vierte; in Florenz ein

Erzbischof, und hier in Fiesole, so nahe es ist, schon wieder ein Bischof: man begreift garnicht, wie für die anderen Leute, die weder Kirchenfürsten noch Klosterherren waren, die Mittel übrig bleiben konnten ihr Dasein zu fristen!

Der Dom ist gleich San Miniato, doch ohne so schön zu sein, eine Säulenbasilika mit erhöhtem Chore und einer Krypta darunter. Die Säulen im Langschiff sind den Ruinen antiker Gebäude entlehnt, die schlechten corinthischen Capitäle aus später Kaiserzeit desgleichen; sie gehören aber keineswegs zu diesen Säulenschäften, sind meist zu klein, und das eine steht auch nicht auf der Längenachse des Schafts. Das Ganze macht bei weitem nicht einen so großartigen Eindruck, eher einen etwas ärmlichen. In der Krypta zwei etruskische Säulen, d. h. aus etruskischen Ruinen entnommen, sehr merkwürdig; sehr verschieden von der sogenannten „Etruskischen Ordnung“, welche die Roccoccozeit sich aus einer verunstalteten dorischen zu bilden beliebte. Von schlanken Verhältnissen.

Um das noch erhaltene Stück etruskischer Stadtmauer zu sehen, mußten wir eine gute Strecke an der Nordseite des Berges von Fiesole gegen die Apenninen zu hinabwandeln. Der Mauerrest ist jetzt in eine Gartenmauer aufgenommen und imponirt nicht sehr.

Ein Knabe, der sich uns als Führer aufgedrängt hatte, führte uns nun auf weiten Umwegen zurück auf den Markt und da in einen ärmlichen Bauernhof hinein, in dessen Baumgarten wir die Reste eines etruskischen Palastes und eines Amphitheaters bewundern sollten. Der Knabe war offenbar darauf abgerichtet die Fremden dahin zu führen; auf seinen Pfiff erschien sofort die Bauersfrau mit einer Lampe, um dunkle Löcher, die Carceres des Amphitheaters, zu erleuchten. Als aber Camphausen die ersten geringen Reste von Fundamenten sah, zu denen man uns führte, brach er in Falstaff's Worte aus: „wenn ein Spaß so weit getrieben wird und obendrein zu Fuß“, und wir kehrten um.

Mit mehr Befriedigung stiegen wir den Berg zu dem Franziskanerkloster hinan. Unmittelbar unter diesem liegt die kleine Kirche S. Alessandro mit fünfzehn antiken Cipollin-Marmorsäulen im Innern. Das Kloster liegt an der Stelle der etruskischen Akropolis. Schöne

Aussicht auf Florenz und das Arnothal. Das weitläuftige Kloster, in dem sich ein sehr alter Mönch zu uns fand, ist noch von vier= undbreißig Kapuzinern bewohnt. Aus dem Klostergarten Aussicht rück= wärts das Thal des Mugnone hinauf.

Spazieren mit Camphausen in den Straßen. Noch mancherlei besprochen. Camphausen meint, daß man den neuen Provinzen gegen= über in der Gefälligkeit etwas zu weit gegangen ist, und daß man sich ebenso gegen das Zollparlament etwas zu nachsichtig erwiesen hat. Man hat auf diese Weise sichere Einnahmen leichthin aus der Hand gegeben, ehe man einen Ersatz dafür hatte, daher das angebliche Deficit in dem Jahresbudget des Norddeutschen Bundes, und wer kann nun mit Bestimmtheit vorher wissen, ob der Reichstag auch den Ersatz dafür gewähren wird!

25. October. F. kommt und schlägt vor heute nach der Carthause bei Galuzzo zu fahren, er habe eine Erlaubniß das Kloster zu besuchen vom Ministerium des Innern, wie man sie jetzt haben muß, seitdem die Klöster gesetzlich aufgehoben sind.

Anmuthige Fahrt durch ein anmuthiges Gelände, wenn auch unter bedecktem Himmel. Aber meine gestrigen Betrachtungen konnte ich hier wiederholen: auf dem linken Ufer des Arno liegen auch drei sehr große Klöster unmittelbar vor den Thoren von Florenz: S. Miniato, das Franziskanerkloster daneben und Monte Oliveto, und auf dem kurzen Wege nach Galuzzo kommt man dann auch noch an zwei stattlichen Klöstern vorbei; die Carthause selbst ist das dritte. Das ehemalige Lustschloß Poggio Imperiale ist in geringer Entfernung von der Heerstraße sichtbar.

Im Dorfe Galuzzo, in einer Trattoria dicht an der Brücke über den Ema=Bach bestellten wir zuförderst, unter F.'s Leitung ein echt italienisches Diner, minestra, polenta und Krammetsvögel, dann fuhren wir weiter zu der Carthause, die von ihrem Hügel herab wie eine mittelalterliche Burg in das Land hinabschaut.

Der Garten des Klosters reicht den Abhang des Hügels hinab bis an die Heerstraße, durch die Gartenpforte aber wird man nicht ein= gelassen. Man muß um Hügel und Kloster herumfahren und gelangt auf der entgegengesetzten Seite einen steilen Weg hinan durch eine große

Pforte in einen Vorhof, der etwas tiefer liegt als das eigentliche
Kloster. Zu diesem führt von hier aus eine große, bequeme, über-
wölbte Treppe hinan in einen ersten Hof, den man der Façade der
Kirche gegenüber betritt, und der, obgleich durchaus im Styl der
Palladioarchitektur gehalten, doch durch ein gewisses Ebenmaß einen
wohlthuenden Eindruck macht.

Die Kirche, in der eben Gottesdienst, ist von Capellen umgeben,
deren eine ein Gemälde von Giotto aufzuweisen hat.

Der große Klosterhof, um den herum die Zellen der Mönche
ebenso viele einzelne Häuschen bilden, gehört anderen Zeiten an als
jener erste von Palladioarchitektur und steht im Gegensatze zu dessen
schweren Formen, die auf Classicität und Pracht Anspruch machen.
Er ist von leichten zierlichen Arkaden umgeben, wie sie Andrea
Orcagna zu bauen wußte, dessen Werk sie sind. In der Mitte dieses
Hofes ein alter Ziehbrunnen mit zwei kupfernen Eimern, von denen
der eine aus dem zehnten oder elften Jahrhundert her ist.

Wir besuchten eine der Zellen und verweilten auf dem kleinen
Altane der dazu gehört, und von dem aus sich das Gärtchen des
Mönchs übersehen läßt, das Vorzimmer des Priors mit einem
merkwürdigen Deckengemälde, die Säle und Kammern, die Papst
Pius VI. als Gefangener Napoleon's I. bewohnt hat, und die wahrlich
nicht so schlimm sind wie die Jammerhöhlen in denen Pius selbst
nicht bloß einen Cagliostro sondern auch manchen besseren aber der
Kirche verhaßten Mann gefangen hielt!

Dann stiegen wir zu dem Zinnenkranze der Klosterburg hinauf,
gingen um den ganzen Bau und erfreuten uns der Aussicht, die von
der sinkenden Sonne, deren Strahlen durch die zerrissenen Wolken
ihren Weg fanden, röthlich und wunderbar beleuchtet war. Der
Blick schweift über bebaute und öde Hügel dahin, die Thäler der
beiden Bäche, die sich am Fuße des Klosters vereinigen, des Ema
und Greve, hinauf und längs der Straße nach Rom in die Ferne.

Trotz aller Eisenbahnen, der Verkehrsmittel, die jeden Punkt in
Europa leicht erreichbar machen, behält es für den Nordländer doch
stets etwas imponirendes, ja ergreifendes, wenn er sich sagen muß:
„das ist die Heerstraße nach dem nahen Rom!" und für mich, dessen

früheste Erinnerungen am Monte Cavallo, an dem Sitze der Kaiser und Päpste einheimisch sind, knüpft sich eine Welt von Gedanken daran.

Nach Norden hin ragt der Campanile und die Kuppel des florentiner Doms über den Thalrand des Arno empor. Darüber hinweg Fiesole und das Gebirge.

Eine innere Treppe führt zu der Apotheke hinab, die in den Substructionen des mächtigen Baues Platz gefunden hat. Wir mußten dahin, denn es ist Sitte in jenen Räumen wenigstens ein Gläschen von dem Liqueur zu genießen, dessen Bereitung ein Geheimniß der Carthäuser ist, und womöglich auch sonst noch etwas zu kaufen.

Ein Eisengitterthor am Fuße dieser Treppe bezeichnet den Ort wo die Clausur aufhört. Die Apotheke und deren halbdunkle Vorhalle sind natürlich allgemein zugänglich.

Rückweg durch den Garten. Heiteres und sehr angenehmes Mahl im Garten der Osteria, am Bache, unter vielerlei wenigstens nicht banalen Gesprächen. Rückfahrt im Dunkeln.

29. October. Zu Haus; es fängt an zu dunkeln, ich will mich eben anziehen zum Diner bei Crosbie, da tritt Prinz Wilhelm von Baden bei mir ein. Ich wußte, daß er hier ist mit seiner Gemahlin, aber nur auf einen Tag. Langes Gespräch mit ihm; er frägt viel nach allen hiesigen Verhältnissen, erzählt von Baden, namentlich wie sich der Geist in der badenschen Armee in dem näheren Anschlusse an die preußische gehoben habe, und wie die badenschen Fähnriche gut preußisch gesinnt von den preußischen Militärschulen zurückgekehrt seien.

30. October. F. kommt und verkündet, die Herren Minister würden bald andre Dinge zu thun haben als ihre Intriguen fortzuspinnen, der Sturz des Ministeriums sei sogar sehr wahrscheinlich und nahe. Nämlich, das Ministerium werde heftig angegriffen werden wegen der Tabaksregie, die viel zu wohlfeil verpachtet sei, und wegen der neuen Anleihe, die durch die Tabakspacht verbürgt zu ganz unerlaubt ungünstigen Bedingungen abgeschlossen worden sei. Wie die Opposition behauptet, liegen Beweise vor, daß beides zum Schaden des Landes, durch Corruption, durch

Bestechungen bewirkt worden sei, und namentlich wird der
Finanzminister Cambray-Digny selbst, persönlich, beschuldigt, daß er sich habe bestechen lassen. Das Ministerium
werde sich schwerlich halten können, denn der terzo partito sei
schwankend geworden und erkläre, er habe sich nur in Beziehung
auf eine einzige Frage, nämlich in Beziehung auf die Reform der
inneren Verwaltung, mit dem Ministerium geeinigt und verbündet, sei
im übrigen aber durchaus unabhängig. Am bedenklichsten aber ist für
die Regierung, daß ein Theil der Rechten, der gemäßigten Partei,
mit einem Worte der Consorteria ihr abtrünnig zu werden droht,
um mit der Actionspartei und der Permanenten zusammen gegen sie
zu stimmen. Ein Deputirter, der zu dem ergebensten Theile der gemäßigten Partei gehört, ist es, der in diesem Sinne von der gesammten Lage gesprochen hat. Der meint, unter solchen Bedingungen,
und da offenbare Corruption vorliege, könne man unmöglich für das
Ministerium stimmen.

Die Corruption müßte natürlich erst erwiesen werden, aber daß
die Finanzverwaltung nicht sehr glücklich operirt hat, ist in der That
klar. Ob die Tabaksregie wirklich für einen zu geringen Preis
verpachtet ist, vermag ich nicht zu beurtheilen, mir fehlen alle Elemente zum Nachrechnen, doch können diejenigen, die es behaupten,
sich dabei auf die eigenen glänzenden Prospekte des Pächter-Consor-
tiums berufen, in denen diese Herren dem Londoner und Pariser
Börsenpublikum darzuthun suchen, daß ihr Geschäft Dividenden ab-
werfen muß, wie sie die Finanzwelt noch garnicht erlebt hat.

Daß die Anleihe, die mit dieser Verpachtung in Verbindung
steht, zu viel ungünstigeren Bedingungen negocirt ist, als man billig
erwarten durfte, kann allerdings Niemand im Ernste bestreiten. Die
Obligationen werden nämlich mit 6 Procent für den Nennwerth
verzinst, aber nur zu 75 Procent ausgegeben, wovon die Regierung
wahrscheinlich nur 73 Procent erhält, da ohne Zweifel noch Wechsler-
Provisionen und andere Spesen abgehn. Schon danach also wird
die Anleihe mit etwas mehr als 8 Procent verzinst.

Außerdem aber zahlt die Regierung in der Tilgung auch noch
eine sehr hohe Prämie. Die Obligationen, die getilgt werden sollen,

werden nämlich nicht zu dem laufenden Preise an der Börse ein-
gekauft, sondern jährlich ausgeloft, und das Zwanzigstel der Gesammt-
summe, das jedes Jahr gezogen ist, wird zu dem vollen Nennwerthe
eingelöst.

Die Anleihe soll einen Betrag von effectiv 180 Millionen in die
Staatscasse bringen oder genauer nach Abzug der Provisionen und
Spesen 175 400 000 Lire; da müßten Obligationen zu dem Nennwerthe von 240 Millionen ausgegeben werden. Diese verzinst die
Regierung im ersten Jahre mit 14 400 000 Lire. Außerdem werden
aber Obligationen zu dem Betrage von nominal 12 Millionen, für
welche aber die Regierung nur 8 770 000 Lire wirklich erhalten hat,
mit 12 Millionen in Gold getilgt; die Regierung zahlt also außer
den Zinsen auch noch eine Prämie von 3 230 000 Lire; im Ganzen
17 630 000 Lire; d. h. etwas mehr als 10 Procent für das wirklich
erhaltene Darlehn.   .

Für die folgenden Jahre stellt sich die Rechnung noch ungünstiger,
da der Betrag der Zinsen zwar in dem Maße abnimmt, wie die
Schuld getilgt wird, die Prämie aber immer dieselbe bleibt und sich
auf ein immer kleineres Capital vertheilt. Schon im zweiten Jahre
z. B. zahlt die Regierung für ein Capital von 166 630 000 Lire
wirklich erhaltener Valuta, das sie noch in Händen hat, 13 680 000 Lire
Zinsen und 3 230 000 Lire Prämie, zusammen 16 910 000 Lire, also
10 1/6 Procent bis auf eine Kleinigkeit (etwas genauer 10,148 Procent).
Im 11. Jahre, wo von der Schuld noch 120 Millionen Nennwerth
oder 87 700 000 Lire wirklicher Betrag übrig sein werden, zahlt
sie 7 200 000 Lire Zinsen und 3 230 000 Lire Prämie, zusammen
10 430 000 Lire, d. h. 11 9/10 Procent (eine Kleinigkeit, nur 6 300 Lire
fehlen daran).

Die Durchschnitts-Verzinsung beträgt, wenn ich richtig gerechnet
habe, 11,28 Procent.

Da nun nicht unmittelbar die Regierung diese Anleihe contrahirt
sondern das Consortium der Tabakspächter — das freilich der Regierung die darauf eingehenden Gelder borgt — den Gläubigern gegenüber
der eigentliche Schuldner ist, an den sie sich zu halten haben, der
ihnen für Capital und Zinsen haftet, da diesem Gläubiger gegenüber

alle Rechtsmittel zu Gebote stehen, besonders aber da nicht die
Regierung, sondern das Consortium der Pächter unmittelbar selbst
die Verzinsung und Tilgung dieser Anleihe übernommen hat und nur
die überschießenden Pachtgelder der Regierung auszahlt, hätte man
wohl auf günstigere Bedingungen rechnen dürfen.

Und wirklich scheint es, daß ein Theil der bisherigen ministeriellen
Majorität Anstalten macht in Beziehung auf diese Fragen gegen die
Regierung zu stimmen. Dahin deuten eine Reihe von Artikeln in
der „Opinione", einem Organe der Consorteria, in dem sich unter
anderen auch La Marmora vorzugsweise vernehmen läßt. Die Bedingungen der Anleihe und deren Nachtheile werden in diesen Artikeln
mit großem Eifer dargethan. So ist denn die Stellung des Ministeriums
Menabrea, die vor kurzem dadurch gesichert schien, daß die Regierung
den eigenen Reorganisationsplan der inneren Verwaltung aufgab und
den Bargoni's vom terzo partito annahm, abermals ernstlich gefährdet.
Aber wer kann wissen, wie sich das Alles noch vor der Wieder-
eröffnung der Kammern vielleicht wieder anders gestaltet? Beständige
oft gar seltsame Wandlungen sind das Gesetz in diesem Lande all-
gemeiner Charakterlosigkeit.

Nun kam Schweizer und erzählte mir unter vier Augen, welche
Angriffe in Baden, während unser König dort war, von Seiten der
Italiener auf Usedom gemacht worden sind und nebenher auch auf
mich. Nigra, Artom, der ehemalige Privatsecretär und Vertraute
Cavour's, Barbolani: alle haben daran gearbeitet. In der Umgebung
unseres Königs und in Berlin schien man einen Augenblick geneigt
Usedom fallen zu lassen, ja zu verabschieden. (Deshalb also wurde
er besavouirt! das ließ sich denken.) Man wollte ihn nach Constantinopel versetzen (eine Idee Bismarck's, die ich kenne!). Daß er
nicht hingegangen wäre, sondern seinen Abschied genommen hätte, das
wußte man! Mais plus tard on s'est ravisé, und es erfolgte der
bekannte zweite Artikel im Staats-Anzeiger.

Abends in die Pergola, wo sich für den Winter die herkömm-
liche Oper niedergelassen hat, und die natürlich immer das fashionable
Theater bleibt. Die Saison ist mit Meyerbeer's „Propheten" eröffnet worden, der auch heute wiederholt wurde.

Die Musik neigt einigermaßen zur „Zukunfts-Musik", sie ist wie diese vorzugsweise auf den Effect berechnet, den spitzfindig ausgeklügelte mitunter seltsame Accorde machen sollen. Daß diese Art von Musik unter den Componisten oder componiren wollenden Genies zahlreiche Anhänger hat, das läßt sich leicht begreifen, denn solche Musik zu schreiben, dazu bedarf man am Ende gar keines Talents. Von eigentlicher Melodie wird ganz abstrahirt, wirkliche musikalische Ideen braucht man also gar nicht zu haben, eine musikalische Phrase, eine Melodie nicht zu erfinden; zu den harmonischen Effekten, die beabsichtigt werden, kann man auf den Wegen des Calculs ohne alle Inspiration gelangen. Die Weltleute sind aber auch eigentlich von dieser Art von Musik ebenso wenig erbaut als unser Einer, besonders die Damen. Laby Orford sagte mir, daß die drei Anabaptisten in Paris „les trois ânes baptistes" genannt werden, und wollte sie unerträglich finden.

Die Aufführung war mittelmäßig, wie man sie hier erwarten muß, wo man ein für allemal nur auf Sänger zweiten und dritten Ranges rechnen darf. Die scenische Ausstattung, Costüme und Dekorationen waren dagegen so reich, daß es mich durchaus über= raschte.

Um eines habe ich mich im Laufe des Octobers gar nicht be= kümmert, nämlich um die Demonstrationen, die Roms und Mentana's wegen zum Voraus so geräuschvoll wie möglich für den 22. ange= kündigt wurden. Ich wußte, ebenfalls zum Voraus, daß sie sehr harmlos und unbedeutend ablaufen würden, und so ist es auch ge= schehen.

2. November. Eisendecher lange bei mir; der meint General Prim habe in Spanien bereits seine Popularität verloren, weil er an französische Journalisten schreibt und mit ihnen in Verbindung steht. Journalisten seien in den Augen des spanischen Volkes Ge= sellen, auf die man nur mit Verachtung herabsehen kann.

Das „Diritto" gelesen. Ich sehe, daß dieses Blatt und folglich der terzo partito für das Ministerium gewonnen ist.

10. November. Um ½ 10 zu Haus. Da finde ich Schweitzer vor, der mir viel von der hiesigen Lage spricht. Das Ministerium

22*

Menabrea wird sehr heftig angegriffen werden auf die bekannte Grundlage hin und wird große Mühe haben sich zu behaupten. Auf den terzo partito kann es keineswegs unbedingt rechnen; von den Herren, die dieser Fraction angehören, hat keiner ein Portefeuille übernehmen wollen; das Ministerium hat durch ein paar ganz unbedeutende Lückenbüßer vervollständigt werden müssen.

Menabrea aber will unter allen Bedingungen und um jeden Preis im Amte bleiben; er wird jedes Princip aufopfern, alle Concessionen machen, die der terzo partito verlangt, um sich eine gleichviel wie zusammengesetzte Majorität zu sichern. Im Nothfalle aber, wenn er in der Minorität bleibt, wird er eher die Kammer auflösen als weichen.

Mit Rom wird von Neuem über einen modus vivendi unterhandelt — mittelbar! Frankreich ist es, das im Namen Italiens mit der päpstlichen Curie unterhandelt. Menabrea und Barbolani zeigen sich sehr besorgt; sie fürchten, die Unterhandlungen könnten diesmal zum Ziele führen, die Sache könnte diesmal zu Stande kommen.

NB. Ganz in demselben Geiste, wie sie vor wenigen Monaten darüber hoch erfreut waren, daß die Unterhandlungen an dem starren Widerspruche Roms scheiterten. Ihre gegenwärtigen Sorgen sind mir ein Beweis, daß die Uebereinkunft mit Frankreich abermals die bewußten geheimen Artikel enthält: das eventuelle Bündniß gegen Preußen. Uebrigens scheinen mir die Sorgen, die sich die Herren machen, vergeblich; Rom sagt ganz gewiß wieder nein. Dafür bürgen die leidenschaftliche Stimmung, die dort herrscht, und vor Allem die politischen Pläne, mit denen man sich dort beschäftigt.

11. November. Da ich nun meinen Urlaub erhalten habe, hält mich hier nichts mehr. Um ½11 Uhr Abends Abreise nach Berlin.

Winter 1868/69 in Deutschland.

1. Reise nach Berlin.

11. November. Abends Abreise von Florenz um $1/2$ 11 Uhr. Früh um 4 Uhr 20 Min. in Bologna; der Tag bricht trübe an; die Luft unfreundlich und rauh. An Ferrara vorbei; bei Ponte bi Lagoscuro noch in trüber Dämmerung über den mächtigen Po. Die Eisenbahn führte uns nur bis Polesella; weiterhin war sie auf eine lange Strecke durch Regengüsse unfahrbar gemacht und noch nicht wieder hergestellt.

Hier standen eine Menge alter schlechter unbequemer Wagen der verschiedensten Form für die Passagiere bereit, nicht am Bahnhofe, zu dem wir nicht gelangten, sondern auf dem Damme am Po. Etwas tumultuarisch wurde Platz genommen, und wie wir nun fünf Viertel-stunden lang durch das Land fuhren, wurde mir von Neuem ver-gegenwärtigt, was man auf der Eisenbahn — gleichsam aus dem Leben hinaus in eine abstracte Region versetzt — an lebendiger Anschauung der Länder und ihrer Zustände verliert.

So ging es bis jenseits Arquà gegen Rovigo hin; da kamen wir wieder zu der Eisenbahn, auf der ein Zug bereit stand uns auf-zunehmen.

An Rovigo vorbei, wo die baumlosen Felder umher nur den Unterrichteten noch an die Verwüstungen des Krieges von 1866 erinnern, nähern wir uns den euganeischen Hügeln, die in so viel-facher Beziehung das Interesse in Anspruch nehmen. Das Städtchen Monselice liegt ostwärts der Bahn, gleichsam am Eingange dieser Hügelregion und eigenthümlich genug am Fuße eines kegelförmigen Berges; die alte Stadtmauer aber klettert von beiden Seiten den Berg bis zur dominirenden Spitze hinan und schließt so ein Dreieck

ein, dessen höherer Theil nur die nackten unbebauten Abhänge des
Hügels zeigt.

Die euganeischen Hügel sind von Thälern vielfach zerrissen und
zeigen in Folge dessen so eigenthümliche, ja eigensinnige, Formen,
wie man sie in einem Höhengebiete, das sich im Ganzen nur mäßig
über die Ebene erhebt, gar nicht erwartet. Und dabei ist der ganze
Gebirgsstock längst überall von Vegetation bedeckt, die kühnsten Spitzen
längst abgewittert und abgerundet. Mit den weißschimmernden Ortschaften, theils an den Höhen, theils in den Gründen, ist das Ganze
malerisch und befremdend.

Padua nimmt sich schon aus der Entfernung mit seinen Kuppeln
und Thürmen gar stattlich aus. Durch ein schönes Land an Vicenza,
an den Monti Berici vorüber; die Alpen treten mit ihren schneebedeckten Gipfeln erst als Saum, dann als hohe Grenzwand der
Landschaft immer mächtiger hervor.

Um 1 Uhr in Verona, das schon bei der Fahrt vom Bahnhofe
hinein den erfreulichsten Eindruck macht. Albergo alle due torri,
wo man in echt italienischer Weise in ein Zimmer einquartiert wird,
dessen einziges Fenster auf eine der Galerien hinausgeht, die in allen
Stockwerken um den inneren Hof herumlaufen. Eiliges kaltes Frühstück, dann zur Piazza Brà, zu der weltberühmten Arena, an die
sich für mich eine der glänzendsten Erinnerungen der Kindheit knüpft;
ich hatte sie von Menschen theilweise gefüllt gesehen, während auf
einer Bretterbühne an dem einen Ende des Eirunds ein Trauerspiel,
die Schicksale des letzten Scala, aufgeführt wurde.

Aber — die beiden Amphitheater zu Nimes und zu Arles sind
schöner! das läßt sich nicht leugnen! Was hier dem Eindrucke schadet,
ist, daß die äußere Umfassung, die korinthische Bogenstellung, die sie
bildete, und die obere das Ganze krönende Gallerie, die auf ihr ruhte,
zerstört sind; nur der innere Kern des Gebäudes mit den Stufen-
sitzen bis zu jener Gallerie ist erhalten. Von jener Umfassung steht
nur noch ein ganz kleiner Theil, und selbst der nicht an dem ge-
räumigen Platze, sondern einer schmalen Straße zugewendet.

Die Gewölbe des Erdgeschosses sind noch heute, wie schon zu
Goethe's Zeit, an allerhand Handwerker vermiethet, an Schmiede,

Sattler und Zimmerleute, und heute wie damals wird da gehämmert und geschmiedet.

Im Innern sind die Sitze nicht sowohl gut erhalten, als sorg-fältig stets erneuert; der große eirunde Krater, dessen Stufen regel-mäßig und nirgends gestört zum Grunde hinabsteigen, ist von schönem großartigem Ebenmaße, aber es fehlt mit dem oberen Bogenkranze der architektonische Abschluß. Doch verweilte ich bei sinkender Sonne lange und gern in diesem Raume, der uns nicht recht von seinem Alter überzeugt.

Ich ging zurück auf die Piazza b'Erba und zu der Piazza della Signoria. Hier tritt der eigenthümliche Charakter Verona's am entschiedensten hervor, der sich nur durch einen anscheinenden Wider-spruch definiren läßt. Man muß sagen, Verona ist eine Stadt, die in hohem Grade und entschiedener als gar manche andere den be-sonderen italienischen Charakter an sich trägt, und zugleich sehr wesentlich und eigenthümlich von jeder anderen Stadt Italiens verschieden.

Auf Piazza b'Erba, deren kurze Seite ein öffentliches Gebäude im zierlichen Renaissancestyle bildet, zeigt sich das regste Volksleben. Lauter hohe schmale Häuser rings umher, deren Erdgeschosse ebenso viele ganz offene Läden bilden, und die man sämmtlich für wohnlich eingerichtete und um einige Stockwerke gekürzte Abelsthürme halten könnte; leichte schwebende Balcons daran, und an vielen auch die Spuren verbleichter Fresken. Auf dem Platze zwei plätschernde laufende Brunnen, die aus vielen Röhren Wasser weit über jeden möglichen Bedarf spenden und im Sommer anmuthige Kühlung verbreiten, mit Bildsäulen geziert natürlich; dazwischen ein Labyrinth von unzähligen Tischen und Bänken, auf denen Früchte und mancherlei Gemüse feil geboten werden, und ein kaum übersehbares Gewimmel von handelnden, plaudernden, die Zeit in angenehmem Müßiggange verbringenden Menschen.

Auf der Piazza della Signoria fühlt man sich dann plötzlich in die Region der Herrschaft übenden mittelalterlichen Macht versetzt. Dieser Platz ist ein Parallelogramm von mäßigem Umfange, einge-schlossen von wenigen großen Palästen, die sämmtlich den Charakter der Renaissance oder des Mittelalters an sich tragen; nur Dante's

Statue in der Mitte ist eine moderne Zuthat. Der Platz scheint rings geschlossen; sechs hohe Thore führen in die übrige Stadt; ein nothwendiger Verbindungsweg führt nicht darüber, und so herrscht denn hier verhältnißmäßige Ruhe und Stille.

Der Palazzo del Consiglio hat im Erdgeschosse, um mehrere Stufen über den Platz erhöht, eine Loggia, eine Arkadenhalle, erst im Anfange des sechzehnten Jahrhunderts gebaut, aber ganz so leicht und zierlich, wie Orcagna dergleichen zu bauen wußte.

Diner im Gasthofe bei Licht. An der tavola rotonda war außer mir nur ein Deutscher, der sich als Dr. Hehsing zu erkennen gab; um mich zu orientiren, fügte er hinzu, er sei derjenige, der gesucht habe den Tilly des dreißigjährigen Krieges in einem günstigeren Lichte zu zeigen, als hergebracht sei. Also einer der ultramontanen Wühler gegen Preußen, aber durch die Ereignisse der neuesten Zeit bekehrt. Er sprach mit einer Art von Begeisterung von der Stellung, die Preußen gewonnen habe, und wie es sich in den neuen Provinzen mehr und mehr befestige.

13. November. Früh auf und aus. Auf Piazza d'Erba, wo ich mich sehr gefalle. Dann ging ich weiter die Bla S. Sebastiano hinab Giulietta's Haus aufzusuchen, das eine Marmortafel mit Inschrift als solches bezeichnet, und da nöthigte es mir ein Lächeln ab zu sehen, wie der Genius, der einer solchen Sage oder historischen Begebenheit eine culturgeschichtliche und das heißt eine weltgeschichtliche Bedeutung verliehen hat, sie dann auch in ihren Einzelheiten beherrscht. Das edle Veroneser Geschlecht, das mit den Montecchi in Fehde verwickelt war, hieß Capeletti; Shakespeare nennt es Capulets, und nun schreibt selbst der Magistrat von Verona „Capuletti" über die Thür des Hauses.

Ein Arbeitsmann, den ich im Hofe fand, versicherte mir, daß es noch Capeletti gebe, nicht in Verona, wohl aber in den beiden deutschen, oder, wie er sagte, cimbrischen Dörfern der sette Communi. Er erzählte überhaupt gern von benen, von ihrer eigenthümlichen Sprache, die er „cimbro" nannte, und die sich von Geschlecht zu Geschlecht erhalte; die Alten sorgten dafür; sie sähen eifersüchtig darauf, daß die Jungen die Sprache der Vorfahren nicht vernach-

läffigten. So fah ich wohl, daß die Bewohner jener Dörfer fest an
die Sage von ihrer Abstammung von den Cimbern glauben, und daß
sie stolz auf ihre Abstammung sind.

Ich wanderte von hier zur Porta Stuppa, dem Stadtthore,
das schon seit seiner Erbauung geschlossen ist, und zwar ging ich hin,
um zu sehen, was Goethe bewundert hat. Wenn man Palladio's
Machwerke überhaupt gelten läßt, so kann man zugeben, daß dieses
Thor lange nicht der schlechteste in seiner Weise ausgeführte Bau ist.
Dabei mußte ich mit Verwunderung daran denken, in welcher ab-
sichtlichen Befangenheit und Beschränktheit Goethe in Italien gereist
ist. Hier in Verona hat er sich weder um so merkwürdige Bauten
wie S. Zenone gekümmert noch um die Gräber der Scala. Das
alles war für ihn gar nicht da! Er hängt sich an den Palladio und
hofft nicht allein von dem in das Verständniß der allein selig
machenden Antike eingeführt zu werden, er geht ganz auf in be-
seligende Bewunderung für diesen Mann selbst und seine decorative
Architectur, aus der aller Unfug der schnörkelreichen Zuckerbäcker-
baukunst hervorgegangen ist.

Im Gasthofe fand ich Dr. Heysing im Speisezimmer. Er machte
wieder viel Rühmens von preußischen Zuständen und berichtete, daß
in Frankreich, in Spanien selbst, überall! die Jesuiten für
Preußen Propaganda machen. Ein spanischer Priester hat ihm
gesagt, als er erfuhr, daß er, Heysing, aus Preußen sei: aus Preußen!
das sei ein herrliches Land! nirgends sei die katholische Kirche so
frei, nirgends könne sie so ganz ungehindert schalten und walten wie
eben in Preußen! Leider wahr! man läßt dem arglistigen Geschlechte,
den katholischen Pfaffen, nur zu sehr den Willen.

Ich ging nun zu den Gräbern der Scala, die in einem von
einem eisernen Gitter umschlossenen Platze, neben der Kirche Sta. Maria
antica, im Style und zum Theil auch in der Anlage übereinstimmend,
eine höchst merkwürdige Gesammtheit bilden.

Ueber dem Seiteneingange der Kirche, außer unmittelbarem Zusammenhange mit den übrigen, steht der Sarkophag des Can Grande
della Scala, und darauf eine Reiterstatue des Helden, im Harnisch
natürlich, den geschlossenen Stechhelm auf den Rücken zurückgeschoben,

wo ihn ein Riemen, der sich auf der Brust des Reiters kreuzt,
schwebend erhält, und der erste Blick auf diesen Helm und Helmschmuck
klärte mich darüber auf, warum die Fürsten dieses Hauses stets und
folgerichtig Namen wie Cane, Mastino annahmen. Der Helmschmuck
des Hauses ist nämlich ein geflügelter Brackenkopf.

Und merkwürdig tritt auch hier, wie an den Reiterstandbildern
der Farnese zu Piacenza, wieder das Streben hervor der Gewalt=
herrschaft den Schein des Rechts zu geben. Auch die Scala wollten
für Reichsvicare gelten, und der Reichsadler im Schildeshaupte über
der Leiter, ihrem redenden Hauswappen, zeigt, daß sie den Titel
wirklich erwarben, als sie schon die Herrschaft thatsächlich besaßen;
daß ein Kaiser wie Karl IV. die Gewaltherrschaft sanctionirte, die
ihnen ein solcher Kaiser wahrhaftig nicht nehmen konnte. Als aber
die Visconti sich mächtig genug fühlten die Scala aus Verona zu ver=
treiben, kümmerten sie sich nicht im mindesten um das Reichsvicariat
dieser Herren und deren formelles Scheinrecht.

Auch das Gitter, das in dem umfriedeten Bezirke jedes dieser
beiden Denkmäler noch besonders umgiebt, ist ein beachtenswerthes
Handwerkskunstwerk, wenn ich mich so ausdrücken darf; nicht eigentlich
ein Gitter, sondern, von aufrecht stehenden Stäben getragen, ein
kunstreich aus einigen Zoll großen verzierten eisernen Ringen ge=
flochtenes Netz. In den Zierrathen kehrt auch die Leiter der Herren
von Verona beständig wieder.

Indem ich die gegenwärtige Anschauung mit der dunklen Erinne=
rung aus den Tagen früher Kindheit her in Verbindung zu bringen
und auszugleichen suchte, brachte ich die Zeit hier in einer wohl=
thuenden Erregung zu. Da kam Frau Heysing mit ihrem Gemahle
angefahren, warf einen flüchtigen Lorgnettenblick auf die Denkmäler,
erklärte: „Oh! this is lovely!" und fuhr wieder von bannen nach
S. Zenone, wo sie vielleicht die entgegengesetzte Erklärung zu Pro=
tokoll giebt.

Ich machte hier noch eine technisch cavalleristische Bemerkung.
Ich betrachtete mir nämlich die Art wie die steinernen Ritter auf
ihren steinernen Pferden sitzen, ohne Zweifel treu der Wirklichkeit
nachgebildet, dachte an den heiligen Georg auf dem Hradschin zu

Prag und kam zu dem Schlusse, daß der geharnischte Ritter, nament=
lich seitdem die Beinschienen aufgekommen waren, unmöglich Trab
reiten konnte, denn er saß oder stand vielmehr, vermöge des Ge=
wichts seiner Rüstung, fest in den Bügeln, besonders auf dem Sara=
cenensattel, den die europäische Ritterschaft zur Zeit der Kreuzzüge
angenommen hatte; aber einen eigentlichen Sitz konnte er nicht haben,
schließen konnte er nicht. Und in dieser Verfassung war wohl die
wiegende Bewegung des Galopps ganz gut und mit Zuversicht durch=
zumachen, zu traben aber wohl unmöglich.

14. November. Luncheon in meinem Gasthofe, dann zur Bahn.
Dort hatte sich eine Familie eingefunden, der ich es ansah und anhörte, daß
sie aus Lievland her war. Der Zufall führte mich in ein und dasselbe
Coupé mit diesen Leuten. Sie machten mir ein haarsträubendes Bild von
den gegenwärtigen Zuständen in Rußland, das leider nicht übertrieben
scheint, nur zu wohl begründet! Der Kaiser Nicolaus, dessen Regiment
wahrlich kein mildes war, in dessen letzter Zeit ganz Rußland unzufrieden
war, von dem man nach seinem Tode mit der äußersten Erbitterung
sprach, wird jetzt sehr sehnlich zurück gewünscht, sagten sie mir Alle!

Sie sagen, es herrscht vollständige Anarchie im Lande; und so
viel scheint gewiß, die altgewohnten Zustände sind aufgehoben, die
neuen sind vor der Hand noch gar sehr formlos, und Niemand weiß
damit Bescheid; so mag es denn überall im Lande wohl chaotisch
genug aussehen. Sie erzählen, im Innern Rußlands wolle seit der
Aufhebung der Leibeigenschaft Niemand mehr arbeiten, und die Aecker
der Dominien, der adeligen Besitzungen, blieben großentheils unbestellt,
weil die Besitzer nicht Arbeiter in genügender Menge finden können,
um sie zu bestellen. Weil bei einem so großen Bedürfnisse sich nur
ein so geringes „Angebot" von Arbeit zeigt, ist der Preis der Arbeit
bis an die Grenze des Unbezahlbaren in die Höhe gegangen; ein
Tagelöhner wird im Innern des Landes mit einem Silberubel
täglich bezahlt! Da nun zu gleicher Zeit der Branntwein plötzlich
wohlfeil geworden ist in Folge der Aufhebung des Branntweinmono=
pols der Krone, hat der Trunk in einer Weise zugenommen, die jede
Vorstellung übersteigt. Die ganze Bevölkerung ist fast beständig be=
trunken und verthut auf diese Weise den leicht erworbenen Arbeits=

lohn. Nur wenn Alles verthan ist, führt eben die Trunksucht, das
Verlangen nach den Mitteln von Neuem Branntwein zu kaufen, den
großen Grundbesitzern wenige theuer bezahlte Arbeiter zu. Das
Land geht natürlich auf diese Weise zu Grunde, und überall droht
Hungersnoth in großer Nähe!

(NB. Die Emancipation der Bauern ist eben auf die allerun-
heilvollste Weise ausgeführt worden, im Sinne durchaus verkehrter
Anschauungen!)

Auch in der Armee sei alle Disciplin und Haltung verschwunden.
(Das ließe sich begreifen, wenn die Armee aus einer so verwilderten
Bevölkerung hervorgeht.)

Die Verarmung ist natürlich allgemein und bereits sehr fühlbar,
und im Vereine mit der ebenso allgemeinen Verwilderung hat sie zur
Folge, daß die Steuern nur sehr unvollständig eingehen; diejenigen
directen Steuern namentlich, welche die Bauern selbst bezahlen sollen,
z. B. die Kopfsteuer, werden gar nicht bezahlt.

Die Ostsee-Provinzen sind natürlich mehr als jemals der Gegenstand des allgemeinen Hasses der Russen geworden, unter Anderem
auch, weil es ihnen mit der Freilassung der Bauern besser geglückt
ist, und die Grundherren da ohne Opfer und Schaden abgekommen
sind. So werden denn diese „deutschen Provinzen" auf jede Weise
angefeindet, und sehr ernste Angriffe auf ihre Verfassung werden
vorbereitet.

NB. Alexander II. hat bei vielen schönen Eigenschaften einen
schwachen Charakter und weiß dem Klerus, dessen Werkzeug die
Kaiserin ist, und den Slawänophilen, der altrussischen Partei, deren
Werkzeug der Thronfolger ist, nicht zu widerstehen.

Ich erfuhr, in welcher Weise der jetzige Thronfolger von
Rußland und die dänische Prinzessin Dagmar einen fanatischen
Deutschenhaß zur Schau tragen. Als dieser zukünftige Alexander III.
vor Kurzem die Ostsee-Provinzen bereiste und namentlich Riga be-
suchte, zog die jeunesse dorée dieser Stadt, die Schwarze-Häupter-
Gilde, nach altem Brauche militärisch geordnet mit Pauken und
Standarte als Reiterschwadron auf, um vor dem Schlosse die Ehren-
wache zu bilden. Als der Großfürst ihrer ansichtig wurde, sagte er

laut und in deutscher Sprache zu dem Gouverneur: „Schaffen Sie mir das Pack vom Halse!"

Der Großfürstin Dagmar überreichten in herkömmlicher Weise zwölf junge Mädchen aus den ersten Familien der Stadt einen Blumenstrauß. Die Großfürstin gab ihn sofort jemandem aus dem Gefolge und befahl ihn einem Hökerweibe zu geben, das in einiger Entfernung sichtbar war.

Die Ostsee-Provinzen des russischen Reiches gehen einer höchst unglücklichen Zukunft entgegen, das ist nur zu gewiß!

Die Damen meinten ganz naiv, Preußen müßte diese Länder erretten und an sich nehmen; das lehnte ich natürlich ab als ein Unmögliches. Preußen könne sich unmöglich mit der Sorge um diese Provinzen und deren Vertheidigung belasten, die ihrer excentrischen Lage und ihrer Armuth wegen immerdar nur eine Last und Verlegenheit für Preußen sein könnten, niemals ein Zuwachs an Macht.

Es ist aber ein eigenthümliches Schauspiel diese Menschen in den Ostsee-Provinzen mit offenen Augen, mit vollem Bewußtsein, rathlos und hülflos auf den Abgrund zugehen zu sehen, den Alle kennen und sich dabei doch in der gewohnten täglichen Bewegung des Lebens herum drehen, als ob gar nichts wäre.

Es war schon dunkel, als wir Ala erreichten; ich war nun wieder nach etwas mehr als sechzehn Jahren in Oesterreich. Das letzte Mal nach Olmütz und jetzt nach Sadowa!

Es fuhren eine Anzahl österreichischer Infanterie- und Jäger-Offiziere mit; Herr von Hüene, einer der Liefländer, war mit einigen von ihnen zusammen gekommen; sie hatten sich sämmtlich sehr unzufrieden mit den gegenwärtigen Zuständen in Oesterreich gezeigt, in dem Grade, daß sie selbst den Fremden gegenüber nicht darüber zu schweigen vermochten. Die Unterordnung unter Ungarn scheint den Herren gar nicht zu behagen, denen, die Czechen sein wollen, natürlich nicht, am allerwenigsten aber denen, die sich als Deutsche fühlen. Der Eine der letzteren, der das Wort führte, ging so weit auszusprechen, es werde am Ende nichts übrig bleiben als preußisch zu werden. So schwer es ihm falle sich einer solchen bitteren Nothwendigkeit zu fügen, sei sie doch besser als die gegenwärtigen Verhältnisse.

15. November. Ankunft in München um 2¼ Uhr.

Hofgarten. Am Eingange vergegenwärtige ich mir, wie es hier 1809 aussah; wie sich der Ausmarsch der Truppen durch das Theatiner Thor zu dem Feldzuge, wie sich der Einzug der bayerischen Armee nach der Schlacht bei Landshut ausnahm. Im Hofgarten selbst erinnerte ich mich, wie er im Herbste 1809 eines Tages fast nur von Damen in tiefer Trauer besucht war.

Feldherrnhalle; eine etwas verfehlte Nachbildung der Loggia bei Lanzi. Nur zwei Feldherrn darin: sollte wohl noch ein dritter dazu kommen, im Laufe der Zeiten?

Trostlose vollkommen prinzipien- und gedankenlose Architektur hier in München. Die Architektur ist es, die das allgemeine Gesetz giebt auf dem Gebiete der bildenden Künste überhaupt, und darum eben läßt der schwankende Jammer der gegenwärtigen Architektur auch die anderen Künste wenigstens nicht zu dem Aufschwunge kommen, der die gegenwärtige Kunstperiode zu einer wahrhaft großen stempeln würde. So lange unsere Zeit nicht einen eigenen Styl der Architektur zu schaffen weiß, wird sie auch in den anderen Künsten das Höchste und Letzte nicht erreichen.

Der Versuch München zu einer europäischen Hauptstadt der Kunst zu machen ist nicht durchaus geglückt; ein wirklicher und eigenthümlicher Styl der Architektur hat hier nicht entstehen wollen, und selbst in den Nachahmungen zeigt sich gelegentlich, wie namentlich in der etwas schwerfälligen bayerischen Ruhmeshalle, was das poco più o poco meno der Italiener in der Kunst zu bedeuten hat. Auch die Statuen sind nicht alle gelungen; Kurfürst Max Emanuel mit seinem Degen als Blitzableiter nimmt sich auf dem Promenadenplatze sehr wunderlich aus. Und selbst das örtliche Klima widersetzt sich. Die Fresken unter den Arkaden des Hofgartens, die ich habe machen sehen, sind bereits so gut wie zerstört durch Wind und Wetter. Es ist wenig mehr als einige seltsame Farbenkleise davon übrig geblieben.

Das Bestreben, das diesen künstlerischen Bemühungen zu Grunde liegt, nämlich das Bestreben sich selbst über die weltgeschichtliche Bedeutung Bayerns und des Bayernvolkes etwas weiß zu machen, führt auch zu einigen seltsamen Hülfsmitteln. Man ist um große Männer Bayerns einigermaßen in Verlegenheit; daß Tilly in der Feldherrnhalle steht, kann als Aushülfe hingehen, obgleich er von Geburt weder ein Bayer noch selbst ein Deutscher war, auch nicht in bayerischen Diensten geblieben sondern in kaiserliche übergegangen ist: sehr seltsam aber ist es gewiß zu nennen, daß Westenrieder in Ermangelung eines besseren großen Mannes zu einem Standbilde auf dem Promenadenplatze gekommen ist.

Angenehm dagegen ist zu sehen, daß die bayerische Armee jetzt einen besseren Pli angenommen hat, als sie früher hatte.

17. November. Etwas spät aus zur Gesandtschaft; da finde ich Rabowitz. Er sagt, es sei ein großer Fehler gewesen, daß man es nicht im vergangenen Jahre Luxemburgs wegen habe zum Kriege kommen lassen; das sähe jetzt auch wohl Bismarck selbst ein, doch schweige er darüber. Ueberhaupt aber sei das Verlangen nach Frieden in Berlin ein ganz übermäßiges, und doch hänge Krieg und Frieden gar nicht von uns ab, ja wir seien durchaus ohnmächtig in dieser Beziehung; Krieg oder Friede werde schließlich von der größeren oder geringeren Schwierigkeit der inneren Lage Frankreichs abhängen. (NB. sehr wahr.) In Frankreich stünden die Sachen allerdings nicht zum besten für Napoleon III., der auch in Folge so vielfachen Mißlingens seiner Pläne das Vertrauen zu sich selbst gar sehr verloren habe. Auch ganz neuerdings sei ihm wieder etwas mißlungen: Er habe nämlich Lord Stanley bewegen wollen Nord-Schleswig zur Sprache zu bringen und dessen Rückgabe an Dänemark zu verlangen; der englische Minister sei aber nicht darauf eingegangen.

Der Prinz Wilhelm von Baden habe sich mit dem General Beyer überworfen und das Commando der badenschen Truppen niedergelegt, weil er mit der Einverleibung der badenschen Armee in die preußische schneller vorgehen wollte, als wir wünschen können, und General Beyer seine Wünsche und Forderungen in dieser Beziehung ablehnen mußte.

Das Gespräch wendete sich darauf, daß auch der Papst Napoleon's Bemühungen ein Bündniß mit Italien zu Stande zu bringen durch seine verneinende Haltung durchkreuzt habe.

Ich bemerkte: „Es ist doch sehr schön, daß der Papst und die Kaiserin Eugenie unsere Geschäfte so vortrefflich besorgen."

Rabowitz: „Und der Fürst Metternich auch!"

Später suchte ich das ehemalige Rechbergische Haus auf der Hundskuchel, jetzt fälschlich Hundskugel genannt, auf. Ich erfuhr von dem jetzigen Eigenthümer, den ich im Hofe des Hauses traf, daß die Familie Rechberg es schon vor einer Reihe von Jahren wieder verkauft hat.

Da der Hausherr vernahm, daß ich als Kind in diesem Hause gewohnt habe, führte er mich in die Beletage, die damals meiner Mutter Wohnung war, und ich betrat wieder das Eckzimmer, das mir besonders angewiesen war, und sah in einem anderen Zimmer, wo mein Bett eine Zeit lang stand, zu dem Fenster hinaus, durch das mein zahmer Zeisig entfloh in den Garten hinab, in dem ich oft gespielt habe. Das Innere des Hauses war aber sehr verändert; eine moderne bürgerliche charakterlose Eleganz war an die Stelle der veralteten baufälligen abligen Pracht, der Fresken, die den Raub der Proserpina darstellten, der Arrastapeten, der schnörkel- und vergoldungsreichen Oefen von Meißner Porzellan getreten.

Zurück in meinen Gasthof. A. Kotzebue, der bekannte Maler, eine Weile bei mir. Ich bemerkte: Die bayerische Armee kennt man gar nicht wieder; sie ist zu dem Bewußtsein dessen gekommen, was ihr fehlte; es ist „Zug" hinein gekommen; die Haltung ist eine ganz andere geworden; man gewahrt Thätigkeit und Energie anstatt der ehemaligen haltungslosen Lässigkeit. Und daß man bemüht ist die preußischen Institutionen nachzubilden, sehe ich an den „einjährigen Freiwilligen", die ich Schildwache stehen sehe.

A. Kotzebue: Einjährige Freiwillige, allgemeine Wehrpflicht ohne Stellvertretung ist eingeführt, und mit der ganzen Organisation nach preußischem Vorbilde, Landwehr und Allem, ist man bereits fertig. Die Schläge 1866 sind sehr schmerzlich empfunden worden; vorher war der Dünkel sehr groß; wer damals auch nur als eine Möglichkeit, die man doch auch erwägen muß, hätte hinstellen wollen, daß Preußen, wenigstens theilweise, in einzelnen Gefechten siegen könne, der hätte sich körperlichen Mißhandlungen ausgesetzt.

19. November. Ich ließ mich zur Glyptothek fahren, wo ich die Medusa Rondanini wieder sehen wollte, die ich sehr liebe. Die Glyptothek ist aber heute geschlossen. Fahre durch die Maximiliansstraße zu dem „Maximilianeum", an dem gebaut wird, und um das ich herumfuhr. Als ich neulich gegen A. Kotzebue über die Prinzipien= und Gedanken= losigkeit der hiesigen Architektur klagte, sagte er mir, in der Maxi= miliansstraße und am Maximilianeum würde ich erst recht meine Freude erleben. Und so ist es! „Nichts schlimmeres kann der Menschheit geschehen, als das Absurde verkörpert zu sehen!" Dieser Stadttheil ist in der ausdrücklichen Absicht gebaut einen neuen Styl der Architektur zu schaffen; als ob man dergleichen mit bewußter Absicht schaffen könnte! Als ob es nicht aus einzelnen glücklichen Inspirationen und Anschauungen gleichsam von selbst hervorgehen müßte. Hier hat nun vollends der Schöpfer bei vollkommenem Ideenmangel geglaubt, er schaffe etwas Neues, wenn er einzelne Ele= mente und Glieder der allerverschiedensten Bauweisen ohne Sinn und Verstand ganz willkürlich aneinander reihe. Sogar der sonst auf dem europäischen Festlande unerhörte Tudorbogen findet hier eine sehr häufige Anwendung und ist mit einer Rustica und dorischen oder jonischen Halbsäulen in Palladio's Weise in Verbindung gebracht: es ist der widerlichste Unsinn, der sich denken läßt.

Abreise nach Nürnberg um 5 Uhr 20 Min.

21. November. Ankunft in Berlin.

---

2. Erste Eindrücke in Berlin und Orientirung über die politische Lage.

23. November. C. bei mir. Er ist wieder an der türkischen Grenze gewesen in Grabiska, bei dem Bischof Stroßmayer, der an der Spitze der südslavischen Unzufriedenen und der durch sie veranlaßten Be= wegung steht. Die Südslaven sind mit dem gegenwärtigen Zustande, mit der Aussöhnung zwischen Ungarn und Haus Oesterreich, die auf ihre

Kosten erfolgt ist, sehr schlecht zufrieden. Daß kroatisch-slavonische Magnaten und Landboten auf dem ungarischen Reichstage erschienen sind und eine Versöhnung mit den Magyaren zur Schau getragen haben, das, meint C., sei bloßer Schein und bedeute gar nichts.

Die Südslaven conspiriren mit den Serben und Allem, was sich in der europäischen Türkei regt; sie sind bereit, sowie dort die Krisis eintritt, und Oesterreich einschreiten will, gegen Ungarn, gegen Oesterreich aufzustehen, um sich zu emancipiren. Sie möchten gern in Preußen eine Stütze finden und Stroßmayer klagt, daß Preußen sich gar nicht um sie kümmert; Preußen könne die sämmtlichen slavischen Völkerschaften an der unteren Donau zu Verbündeten haben, wenn es nur wolle und ihnen nur einige moralische Unterstützung angedeihen lasse. (NB. Stroßmayer hat wohl C. hierher zu reisen veranlaßt, um womöglich die Aufmerksamkeit unserer Staatsmänner auf diese Verhältnisse zu lenken.)

C. versichert, in Ungarn, in den Pester Kreisen, herrsche dagegen eine feindlich gegen Preußen gerichtete Stimmung. Die Deákisten namentlich seien Feinde Preußens und bereit auf die Pläne des Herrn von Beust einzugehen; auch sei die Coalition gegen Preußen im Werden.

Eber und Türr halten sich gegenwärtig in Pest auf und sind Agenten Frankreichs.

Auch Minghetti ist vor Kurzem in Pest gewesen. Er war aus Wien dorthin gekommen.

NB. Minghetti spekulirt auf den Fall des Ministeriums Menabrea und hofft als Premier dessen Erbschaft anzutreten. Da hat er die parlamentarischen Vacanzen in Florenz benützt, um nach Paris zu gehen, sich dort angenehm zu machen und das mot d'ordre zu hören; das wußte ich und nun höre ich, daß er zu demselben Zwecke auch bei dem Herrn v. Beust in Wien und bei Andrassy in Budapest war. Er hat also begriffen, daß Oesterreichs Politik überwiegend von Ungarn abhängt, wie die Dinge jetzt stehen. In welchem Sinne und Geiste er aber die Regierung Italiens leiten würde, ginge wohl zur Genüge aus diesen Reisen hervor, selbst wenn es sonst etwa zweifelhaft sein könnte!

24. November. Besuch bei Moltke. Er spricht sich sehr freimüthig aus. Die Revolution in Spanien ist ihm willkommen; sie kann viel dazu beitragen den Frieden zu erhalten; sie lähmt Napoleon, wirkt als Zugpflaster; „diese spanische Fliege zieht vortrefflich!" Er hat auch gar nichts dagegen, wenn dort die Republik proclamirt wird, denn das wäre, nächst der Erhebung eines Orleanistischen Prinzen auf den Thron von Spanien, das, was Napoleon am meisten ängstigen und hindern würde.

Ich: Wahrscheinlich aber geht Spanien neuen inneren Kriegen und jahrelangen Leiden entgegen, denn wird die Republik proclamirt, so lancirt Napoleon den sogenannten Carl VII. mit Geld und Chassepots ausgerüstet nach Spanien, um dieses Reich oder diese Republik durch innere Kriege zu lähmen; nichts ist gewisser!

Und Carl VII. wird Anhang finden, besonders in Aragonien, daran ist nicht zu zweifeln. Was den wiederholten Bürgerkriegen in Spanien eigentlich zum Grunde liegt, darf man im Kreise der gewöhnlichen Diplomaten kaum aussprechen, wenn man nicht für einen Idealisten gehalten sein will, der zu weit 'ausholt und sich in leeren Vorstellungen ergeht. Es ist der alte Gegensatz von Castilien und Aragonien, der durch eine einhundertjährige Vereinigung noch keineswegs verwischt ist. Aragonien glaubt sich zurückgesetzt, untergeordnet, wenn nicht unterdrückt, und sucht sich aus diesem drückenden Verhältnisse zu emancipiren. Man werfe nur einen Blick auf die Geschichte Spaniens; in allen bürgerlichen Kriegen wiederholt sich dasselbe Schauspiel; sobald Castilien die eine Partei ergreift, erklärt sich Aragonien für die andere. So war es im Erbfolgekriege; sowie sich Castilien für Philipp von Bourbon erklärt hatte, war Aragonien für Karl von Habsburg. Und in der neuesten Zeit war es auch nicht anders. Sowie Castilien Isabella II. anerkannte, fand der Infant Don Carlos als Carl V. in Aragonien zahlreichen Anhang. Und so zeigt sich auch in diesem Augenblick wieder der alte Gegensatz; in Madrid spricht man nur von Republik im Allgemeinen und denkt sich dabei wohl die République une et indivisible nach französischem Vorbilde: in Aragonien wie in

Sevilla wird dagegen ſchon jetzt unter den Republikanern ausdrücklich die föderative Republik betont.

Moltke: Ja! es herrſcht in Spanien noch viel Provinzial-
und Municipalgeiſt. Die beiden wirklichen Hauptſtädte des Landes,
Sevilla und Barcelona, werden der künſtlichen, modernen, weder ge-
ſchichtlich noch ſonſt irgendwie berechtigten Hauptſtadt Madrid gewiß
eine ſehr gefährliche Concurrenz machen.

Ich: Der alte Provinzialgeiſt gipfelt eben in dem Gegenſatze
von Caſtilien und Aragonien. Uebrigens wird die Begründung
einer Republik in Spanien in dieſem Augenblicke keineswegs von der
republikaniſchen Partei in Spanien allein betrieben. Vielmehr ſtrömen
alle kosmopolitiſchen Revolutionärs, namentlich Polen, Italiener und
Franzoſen, von allen Seiten her nach Spanien; offenbar in der
Abſicht ſich zu Herren des Landes zu machen und dort ihre Baſis
für weitere Operationen einzurichten. Gelingt der Plan, ſo werden
die nächſten Angriffe wohl von dort aus auf Italien gerichtet, um
auch hier eine Republik zu gründen.

Moltke: Es wäre kein großes Unglück, wenn das gelänge; von
der königlichen Regierung in Italien haben wir nicht viel Erſprießliches
zu erwarten, und eine Republik dort im Lande wäre jedenfalls ein
neues lähmendes Hinderniß für Napoleon. Ob die franzöſiſch ge-
ſinnte Partei zahlreich iſt in Italien?

Ich: Frankreich iſt im Allgemeinen leidenſchaftlich verhaßt in
Italien, ſelbſt bei einem großen Theile der Geiſtlichkeit. Die fran-
zöſiſche Partei iſt eine verſchwindende Minorität, aber — „Aber ſie
regiert eben!" ergänzte Moltke ſelbſt.

Zwiſt mit La Marmora. Daß Uſedom im Staats-Anzeiger
desavouirt worden iſt, tadelt Moltke mit einer Strenge, die mich in
Verwunderung ſetzt.

Major v. Verdy und die anderen Herren in der hiſtoriſchen Abtheilung des Generalſtabs beſucht. Ich finde ſie ſämmtlich empört
über La Marmora. Verdy möchte gern eine Geſchichte des Feldzugs 1866 in Italien ſchreiben, dabei meine Berichte benützen und
mich überhaupt zu Rathe ziehen; ob ich etwas dagegen habe?

Nein! Aber dazu müſſen wir erſt die Erlaubniß des Grafen

Bismarck haben. Versteht sich! Werdy wird sehen, was sich thun läßt, aber nichts schreiben ohne meinen Rath und Zustimmung.

NB. Ich bin überzeugt, daß Bismarck nichts der Art gestattet. Wir wollen nun einmal unter allen Bedingungen gut stehen mit Italien.

Abends bei Max Duncker. Langes Gespräch ex parte mit ihm. Ueber die Politik von 1866 sagte er mir: Napoleon wünschte den Krieg zwischen Oesterreich und Preußen in der Hoffnung, Oesterreich werde siegen, und er selbst als Vermittler und Retter Preußens bei der Gelegenheit das linke Rheinufer gewinnen; er gestattete daher den Italienern das Bündniß mit Preußen zu schließen, weil er fürchtete, ohne dieses Bündniß werde Preußen nicht in den gewünschten Krieg gehen. Aber er sorgte zugleich dafür, daß die Kriegführung von Seiten der Italiener, wenn nicht eine ganz harmlose, doch eine beschränkte, localisirte blieb, die den Preußen keine wesentliche Hülfe gewährte.

Schon vor dem Ausbruche des Krieges war zwischen den Cabinetten von Paris und Wien verabredet, daß den Italienern das Venetianische abgetreten, Oesterreich aber durch Schlesien entschädigt werden sollte. Der Minister Mensdorff, Alexander, wie der Herzog von Coburg diesen seinen Verwandten nennt, hatte das dem Herzoge geschrieben. Der Coburger war außer sich, kam hierher, las diesen Brief am 24. Mai hier in Berlin vor, brachte die beiden Königinnen und die Kronprinzessin in fieberhafte Aufregung und erklärte: Preußen renne in sein Verderben.

Was von Seiten Oesterreichs so oft vorgewendet worden ist, daß nämlich Bismarck in Biarritz Abtretungen auf dem linken Rheinufer versprochen habe, um Frankreich zu gewinnen, das ist nicht wahr. Bismarck hat dort vielmehr drohende Andeutungen fallen lassen und eine Erneuerung der heiligen Allianz in Aussicht gestellt für den Fall, daß Napoleon sich der nothwendigen Entwicklung Preußens und Deutschlands widersetzen wolle. Oesterreich dagegen hat sich allerdings Frankreich gegenüber sicher zu stellen gesucht. (NB. Und ohne Zweifel zu verstehen gegeben, was Graf Mensdorff dem Coburger nicht schreibt; nämlich daß man nichts dagegen haben werde,

wenn Frankreich es angemessen finde das linke Rheinufer an sich zu
nehmen.)

26. November. Zeitungen. Cambray-Digny's Finanzvorlagen
für das Jahr 1869 im italienischen Parlamente. Der Minister berechnet ein Deficit von 80 Millionen, fügt aber hinzu, es könne vermöge der aus dem Verkaufe der Kirchengüter gelösten Gelder bis auf
10 Millionen vermindert werden.

Das heißt: der erste Theil der Prophezeiungen Rattazzi's
geht bereits in Erfüllung. Rattazzi ließ mir nämlich durch
Espagna sagen: man werde schon im Frühjahre 1869 genöthigt sein,
die für verkaufte Kirchengüter eingegangenen Gelder, die letzte Ressource
des Landes, den einzigen Fonds, auf dem die Hoffnung beruht den
Zwangscurs des Papiergeldes jemals aufheben zu können, verwenden
müssen, um die laufenden Ausgaben zu decken, denn der ganze Betrag
der Tabaks-Anleihe sei bereits durch das Deficit von 1868 absorbirt.
Damit schwinde jede Aussicht den Zwangscurs beseitigt zu sehen, im
Herbste 1869 werde man nichts mehr haben den fälligen Coupon der
Staatsschuld zu bezahlen, der Staatsbanquerot werde fertig sein.

Der Banquerot scheint mit Riesenschritten heranzunahen!

Um 11 Uhr zu Abeken; sehr langes Gespräch mit ihm.

Ich: Schildere die innere Lage Italiens und die Schwankungen
der letzten Zeit; wie das Ministerium Menabrea, da seine Stellung
wankend zu werden drohte, sie neu zu befestigten suchte; wie nun aber
die Stellung des Ministeriums dennoch sehr ernstlich von Neuem bedroht ist, da die Opposition einen sehr ernstlichen Angriff beabsichtigt,
gestützt auf den doppelten Umstand, daß die Tabaks-Regie, wie sich
ergiebt, viel zu wohlfeil verpachtet ist, und die Anleihe, die mit dieser
Verpachtung in Verbindung steht, zu ganz unerlaubt ungünstigen Bedingungen begeben wurde. Die Opposition glaubt nun beweisen zu
können, daß beides, billige Verpachtung und ungünstige Bedingungen
der Anleihe, durch Corruption bewirkt worden ist, durch Bestechungen,
die bis zu Cambray-Digny selbst hinaufreichen. Das Ministerium
wird jedenfalls große Mühe haben sich zu behaupten.

Abeken: Und wenn es fällt, was kommt dann? Könnte dann
wohl La Marmora an die Regierung kommen?

Ich: Nein! La Marmora ist für jetzt und wenigstens auf lange Zeit unmöglich geworden. Was werden kann und soll, wenn das gegenwärtige Ministerium fällt, ist schwer zu sagen, in der That unberechenbar, denn es wird großentheils von Zwischenfällen abhängen, die gar nicht vorher zu sehen sind. Um so mehr da Rattazzi, der allenfalls Minister werden könnte, in diesem Augenblicke nicht an die Spitze treten will, und zwar weil er den Staatsbanquerot für unvermeidlich hält und nahe. Den will er nicht machen; es soll ihn jemand anders machen, namentlich die Consorteria, damit sie ihm nachher nicht mehr gefährlich werden kann. Er will erst nach der Katastrophe eintreten. Nun hofft Minghetti die Erbschaft des Ministeriums anzutreten.

Abelen: Sollte man wirklich Minghetti in Aussicht genommen haben?

Ich: Er hat sich jedenfalls selbst in Aussicht genommen. Uebrigens dürfte es bei der allgemeinen Unzufriedenheit, die im Lande herrscht und täglich wächst, gar nicht überraschen, wenn die parlamentarischen Kämpfe, die bevorstehen, durch einen gewaltsamen revolutionären Versuch überflügelt würden, und sehr bedenklich ist dann vor allem, daß der Staatsbanquerot in der That unvermeidlich zu werden scheint. Erzähle, was Rattazzi prophezeit, und verweise auf das heutige Telegramm, demzufolge der erste Theil dieser Prophezeiung bereits in Erfüllung geht.

So ist denn die innere Lage Italiens in jeder Weise precair. Die äußere Politik Italiens wird natürlich im Wesentlichen durch Frankreich bestimmt. Namentlich wurde mir gemeldet, daß der im Sommer geschlossene Vertrag über den modus vivendi mit der päpstlichen Regierung in geheimen Artikeln ein eventuelles Bündniß gegen Preußen enthielt.

Abelen: Das ist uns aus keiner anderen Quelle bestätigt worden; Graf Goltz stellt geradezu und bestimmt in Abrede, daß ein solcher Traktat geschlossen worden sei.

Ich: Ich kann auch nicht weiter dafür bürgen, als daß ich sage, woher die Nachricht stammt; nämlich von Nigra's Secretär, der ein Schweizer von Geburt ist. Was sie mir dennoch wahrscheinlich machte, so problematisch sie auch klang, war die ungemeine Freude die Menabrea und Barbolani nicht verbergen konnten, als der ganze Vertrag an dem Widerspruche der päpstlichen Regierung scheiterte. Sie schien zu beweisen, daß der Vertrag wirklich Klauseln enthielt, die ihnen sehr unbequem waren.

In diesem Augenblicke wird wieder über einen modus vivendi mit Rom unterhandelt; Frankreich ist es, das für Italien unter- handelt, nach vorangegangener Verständigung mit der italienischen Regierung, und Menabrea und Barbolani fürchten, die Sache könnte diesmal zu Stande kommen: ein Beweis, daß wieder solche geheime Artikel dabei sind.

Das darf nicht befremden. Die Italiener sind gewohnt von Frankreich abhängig zu sein; es mangelt ihnen an Vertrauen zu sich selbst, und die Vorstellung, daß Frankreich besiegt werden könnte, ist ihnen vollkommen fremd. Sie rechnen so: in einem Conflicte zwischen Frankreich und Preußen bleibt Frankreich Sieger; sind wir inzwischen neutral geblieben, dann züchtigt uns Frankreich, sobald es mit Preußen fertig ist.

Der Muth sich als wirkliche Großmacht selbständig hinzustellen wird ihnen erst kommen, wenn Frankreich von irgend jemand anders einmal besiegt worden ist.

Abeken: Das Resultat also ist, daß wir in einem Conflicte mit Frankreich keine Unterstützung von Italien zu erwarten haben.

Ich: Selbst auf eine redliche Neutralität dürften wir nur dann zählen, wenn Pallavicini=Trivulzio oder General Cialdini an der Spitze der Regierung ständen, die beiden einzigen Menschen, auf die wir vertrauen dürfen. Pallavicini=Trivulzio könnte natürlich nur nominal Minister=Präsident sein, schon seines hohen Alters wegen, und dann ist er zu sehr Sanguiniker und Idealist, um den wirklichen Geschäften gewachsen zu sein. Sie können ihn nach diesem einen Zuge beurtheilen. Er war 1821 in die Verschwörung verwickelt. General Bubna ließ ihm wie einigen andern jungen Edelleuten, für die er Theilnahme und Wohlwollen hatte, absichtlich Zeit und Raum zu entfliehen. Pallavicini=Trivulzio benützte aber die Gelegenheit nicht; da sein Freund Gonfalonieri verhaftet war, stellte er sich freiwillig und erklärte, wenn Gonfalonieri schuldig sei, dann sei er es auch; er wolle dessen Schicksal theilen. In Folge dessen hat er die fünf= zehn besten Jahre seines Lebens mit Gonfalonieri und Silvio Pellico zusammen in den Casematten des Spielbergs verlebt.

Abeken (lächelnd): Das ist der Idealist!

Ich: Cialdini steht nicht auf derselben sittlichen Höhe, er hat viel vom parvenu an sich; aber er ist brauchbar und anti=französisch gesinnt. Usedom ist geneigt ein gewisses Vertrauen in Rattazzi zu setzen, weil der es zur Zeit mit Frankreich verdorben hat und sich während Garibaldi's letzter Expedition nach Rom, in der Hoffnung, daß wir die französische Intervention auf eigene Gefahr abhalten würden, sehr gefällig erwies.

Nach meiner Meinung aber wäre ein solches Vertrauen nicht gerechtfertigt, denn Rattazzi ist ein durch und durch charakterloser, unzuverlässiger Mensch. Auf den König Victor Emanuel aber ist gar nicht zu rechnen! Trotz seines leidenschaftlichen Hasses gegen Napoleon und Frankreich kann er sich doch von der französischen Partei nicht freimachen.

Wir kommen nun auf die Chancen eines möglichen Krieges zu sprechen. Abeken sagt fast genau wie Radowitz: wir wollen den Frieden, aber leider sind wir in Beziehung auf Krieg und Frieden gewissermaßen ohnmächtig; Krieg und Frieden wird schließ= lich von der größeren oder geringeren Schwierigkeit der inneren Lage Frankreichs abhängen.

Einige weitere Bemerkungen, die Abeken fallen läßt, klären mich dann vollends auf über Sinn und Richtung unserer gegenwärtigen Politik, ohne daß er das eigentlich beabsichtigt hätte.

Müssen wir zum Kriege schreiten, so wollen wir, daß er um eine deutsche, nicht um eine orientalische Frage geführt werde. Und vor allem ist uns daran gelegen, daß die beabsichtigte Coalition gegen uns, Frankreich, Italien, Oesterreich, nicht zu Stande kommt. Wir wissen aber sehr gut, daß Oesterreichs Politik gegenwärtig durch die Ungarn bestimmt wird, und deshalb wollen wir die Ungarn zu Freunden haben! Wir sind diesen gegenüber um so vor=

sichtiger, weil die Deákisten ohnehin nicht eben sehr günstig für uns gestimmt sind.

Eine Krisis im Orient käme uns ungelegen, weil Südslaven und Rumänen sich sofort der Bewegung anschließen würden zu Ungarns Schaden und Verdruß. Ungarn würde dadurch gereizt und in die Bahnen der Politik des Herrn von Beust getrieben. Eben deswegen dürfen Stroßmayer und seine Südslaven, deren Akten so wenig als der Rumänen gedenkt, auf keinerlei Sympathien oder Unterstützung von Seiten Preußens rechnen, das ist klar.

27. November. C. bei mir. In Spanien kommt es zum Kampfe (zwischen Republikanern und Royalisten natürlich). Menotti Garibaldi geht nach Spanien, sowie auch sonst eine Menge Garibaldiner aus den verschiedensten Weltgegenden hingehen, von denen einige, die aus Petersburg kamen, in diesen Tagen hier durchgereist sind.

C. bringt mir einen Auszug aus einem Brief des revolutionären Herzogs von San Donato, Crispi's Verbündetem, an den General Carini, einen Vertrauten Cialdini's. Der Brief ist einem hier in Berlin lebenden Italiener mitgetheilt, und bei dem sind die wichtigsten Stellen copirt worden. Der Brief ist ganz neu, vom 14. November dieses Jahres, und lautet in der Ueberseßung:

„Das Deficit von 1869 wird eben so groß sein, wie das des Jahres 1868. Seien Sie überzeugt, daß das Deficit nur durch eine starke und energische Hand ausgeglichen werden kann."

„Es ist unerläßlich nothwendig einen Minister zu haben, der mit der Kammer regiert und nebenher den Muth hat die übermäßigen Anforderungen eines jeden Deputirten der Majorität zu bekämpfen. Dieses Ministerium kann nur durch uns gebildet werden. Jede andere Partei der Kammer würde unterliegen."

„Daß Signor Menabrea sich in der Unmöglichkeit befindet diesem Programme zu entsprechen braucht nicht erst bewiesen zu werden. Sind wir mit Rattazzi vereint, so wird Niemand im Stande sein dem Könige oder Europa glauben zu machen, daß wir die Monarchie stürzen wollen. Mit unserer Hülfe kann er dann die nöthigen Reformen zu Wege bringen, was mit den Männern der Rechten immer unmöglich sein würde."

„Glauben Sie mir darum, daß es sich für uns Alle um die Frage handelt zur Macht zu kommen. Mit Barrikaden können und dürfen wir es nicht. Der einzige Weg, der uns offensteht, ist der des Parlaments."

„Der einzige Mann, dem wir uns nähern dürfen, ist Rattazzi. Mit ihm ist Mißtrauen unmöglich; mit uns wird er Wunder thun. Wir werden es verstehen das Land wieder herzustellen und die Freiheit fruchtbar zu machen."

Das Programm der Partei Crispi-San Donato ist danach hinreichend klar: sie will sich mit Rattazzi verbünden, ihn vorschieben, um jeden bösen Verdacht republikanischer Bestrebungen zu beseitigen, ihm zu dem Ministerium verhelfen, ihn dafür aber auch ganz zum Werkzeuge ihrer Partei machen.

30. November. Besuch bei Max Duncker. Er fragt mich, ob ich die officielle österreichische Geschichte des Feldzugs gelesen habe? Die Oesterreicher stellen alle unsere Erfolge während des Feldzugs und namentlich den Sieg bei Sadowa als ein Werk des Zufalls dar, einen unverdienten Erfolg, da der ganze Feldzug von unserer Seite nur eine Reihe von Fehlern gewesen sei.

1. December. Um 10 Uhr zum Ministerium, langes Gespräch mit Keudell. Schildere ihm die Zustände in Italien; die parlamentarischen Angriffe, die dem Ministerium Menabrea drohen, und die Möglichkeit gewaltsamer revolutionärer Versuche.

Keudell erwiedert: daß ein Versuch einen revolutionären Umsturz zu bewirken in Italien zu besorgen ist, besagen auch andere Nachrichten. Er eröffnet mir einen weiteren Einblick in Wesen und Zusammenhang unserer gesammten Politik.

Wir wollen die Ungarn zu Freunden haben, damit Beust nicht eine Coalition gegen Preußen zu Stande bringen kann; daß seine Pläne an dem Widerspruche der Ungarn scheitern, das versteht sich, obgleich Keudell das nicht sagt. Wir wollen deshalb von den Südslaven und Rumänen nichts wissen. Die Ungarn, sagt Keudell, sind Leute, die Energie haben, mit denen etwas anzufangen ist, auf die man rechnen kann; die Südslaven und Rumänen dagegen sind ein weiches corrumpirtes unzuverläſſiges Volk, das nichts vermag, und auf das man nicht zählen darf. Es iſt rathſamer es mit den Ungarn zu halten. Um die Ungarn nicht zu Feinden zu haben, **haben wir auch das Miniſterium Bratiano in der Moldau-Walachei geſtürzt.**

Was Frankreichs Thun und Laſſen betrifft, wiſſe man hier ſehr wohl, daß Rom und Civta Vecchia immer ſtärker befeſtigt werden; man wiſſe, daß Frankreich im Falle eines Conflicts mit Preußen eine ſtarke Macht dort haben würde, um Italiens Herr zu bleiben. Eine Republik in Spanien iſt uns ganz genehm, weil ſie eine Drohung für Frankreich wäre und lähmend auf Napoleon's Politik wirken müßte.

Diner bei General Moltke. Richthofen-Brechelshof war da und eine Anzahl höherer Generalſtabs-Offiziere.

General Moltke findet die Brochüre: „General La Marmora und die preußiſch-italieniſche Allianz" vortrefflich geſchrieben und fragt, ob ſie von mir ſei? Nein! Gleich darauf ſagt er ſich ſelbſt, ſie könne nicht von mir ſein nach der Art, wie von mir darin die Rede iſt. Ich hätte wohl ungefähr daſſelbe ſagen können, aber in anderer Form. Er fragt, ob dieſe Flugſchrift auch in Italien bekannt ſei, woran ihm ſehr gelegen ſcheint, und es freut ihn ſehr zu erfahren, daß ſie zu Venedig in italieniſcher Ueberſetzung erſchienen iſt.

Ich glaube ſie iſt von Dr. Levyſon, 1866 Correſpondent der Kölniſchen Zeitung, kann es aber nicht beſtimmt behaupten.*)

5. December. In das Kriegsminiſterium zu General v. Stoſch. Von ſeiner Vorliebe für die piemonteſiſche Coterie iſt er vollkommen geheilt. La Marmora iſt nicht mehr in ſeiner Vorſtellung ein ritterlicher Charakter; deſſen Gegner in Italien ſind nicht mehr „ſchlechte Kerls". Er ſpricht vielmehr mit großer Verachtung von dem General. Meldebrief bei Bismarck abgegeben. Ich ſehe ihn gleich darauf in der Wilhelmſtraße und rede ihn an. Er war ſehr freundlich, ſagte er ſei ſehr beſchäftigt, hoffe mich aber in den nächſten Tagen ſprechen zu können.

6. December. Ich überlege mir die Sache und komme zu dem Schluſſe, daß C. für jetzt nach Genf gehen muß.

---

*) Der verſtorbene Profeſſor Schöll iſt der wirkliche Verfaſſer.

Die kosmopolitische Revolution will sich in Spanien der Leitung der Dinge bemächtigen, dort ihr Hauptquartier aufschlagen und sich die Basis für weitere Operationen einrichten; das ist klar. Genf aber wird auf freiem Schweizerboden der Vermittelungspunkt sein, wo die Kosmopoliten von Spanien her und die deutschen, polnischen, österreichischen und italienischen Revolutionärs, die daheim geblieben sind und daheim zu wirken suchen, zusammenkommen, sich besprechen und sich einigen oder entzweien werden. So ist Genf der geeignetste Punkt für die Beobachtung dieses Treibens.

C. kommt und ist nicht wenig erstaunt, wie ich ihm das ankündige; er bricht in die Worte aus: „aber Sie haben einen merkwürdigen Fühler!" Denn eben hat er einen Brief erhalten von einem ungarischen Revolutionär Namens Szabó (Béla), der ihm einen Congreß in Genf ankündigt und ihn auffordert auch hinzukommen.

Ich schreibe Szabó's vom 4. d. M. aus Dresden datirten Brief mit allen Sprach= und Schreibfehlern ab.

„D'après Claudio (NB. nom de guerre eines anderen Revolutionärs) qui t'a rencontré à Vienne il y a peu de temps, tu t'a rendu à Berlin. Il m'est donc agréable pouvoir te faire parvenir ces quelques lignes, dictées par le devoir le plus précieux d'une amitié inalterable et te prévenir que je viens de Cracovie en route pour Genève. Il y aurait rendevous des invités et partant des résolutions et des dispositions à prendre en face des événements qui se préparent au centre de nos amis en Italie et en Espagne. C'est par des plus mures considérations qu'on vient d'appeler les amis de partoutc, et selon des notices que j'eus eu à Cracovie de Gênes et de Florence, toi aussi as dû avoir guide et instructions. Il est du reste à espéré que nos amis n'ayent pas manqué nos antécédance patriotique, et d'invitée tous sans exception quelquonque, tous ceux qui ont appartenu et qui appartien à toute jamais au grand oeuvre de 1860. Car maintenant ou jamais notre génération accomplirait sa haute mission qui lui a été prédestiné par l'histoire et par la civilisation. Et tu mon brave C.? est ce que tes voeux sont toujours les mêmes? — Si, si, ils le sont quoique quelqu'un a

voulu prétendre le contraire; mais ne me demande jamais!
jamais qui est celui dont la mauvaise foi voulait ébranlé la foi
de nous autres."

„A l'heure qu'il est tu t'auras convaincu de ce que rien a
été négliger de maîtriser la situation et de la faire imposante.
Et déja devient-elle de jour en jour plus net, tellement net,
qu'on peut très clairement voir où l'initiative est posé, et d'où
la volonté maîtresse viendra porter la débacle aux rangs des
marmitons princière parmi les créatures des systèmes corrompus.
Aussi t'a tu pu convaincre qu'avec des idées décrépites, comme
nous les avons pu observer en Autriche et dans ces cercle qui
se dissent le plus avancée, il y aura toujours fiasco. Pour les
faibles il faut des grands exemples de les faire nous suivre.
Et il nous suivront tous, car heureusement une volonté suprème
nous soutiendra cette fois. Où ne croit tu que l'homme qui
dans ce moment-ci tient les dès aux mains — (NB. wer?
Prim?) — ne soit de cette volonté-là? Où as tu eu raison en
dissant, il y a quatre mois, que les hommes politique de notre
époque ne sont pas de ce noble orgueil de pouvoir attirer les
multitudes. Vrai, nos grands hommes sont modestes, ils se
survivent dans sept jours — mais il y avait en toute temps des
capacités qui savait se retirer en moment propice pour enfin
revenir sur la scene avec plus d'éclat et conduire hardiment et
logiquement à fin net et absolue leurs oeuvres apparament in-
terrompu: pourquoi ne serait il de même dans notre époque,
quoi que nous voyons, où croyons de voir, que des médiocrités.
L'homme y est! et il ne tromperai pas son tems. Est ce que
les choses ne sont ils allez à merveille tant par sa sagesse, et
par sa circonspection quand par accord et de par discrétion de
tous? Sans pouvoir l'impossible il faut au moins espéré que
nous atteindrons le but principal, la chute de Napoléon — —
Assurement serait-il folie de croire d'avance à une réussite
absolue et de vouloir voir d'après un tel espoir. — Car l'Europe
est plein des matières de contrecoups. Mais de que le moment
du véritable danger sera venu ces mêmes matières se fuserons

peutêtre en notre faveur. Du reste dans ce moment là nous verrons qui de toute coeur aurai marché avec nous. — A ce qu'il paraît le Général — (NB. wer? Prim?) — marche d'une grande confiance vers son but, mais aurait-il, lui aussi, assé d'orgueil de maintenir la sublime position qui, par un destin céleste lui a été posé? — Enfin marchons toujours, achevons ce qu'est notre mission — les traitres eux aussi aurons la leur mais la notre s'accomplira cette fois. "

„Sur ce que passe en Hongrie et en Pologne tu sais autant que moi. Il marche hardiment, lui aussi Beust, vers son but, vale a dire, de faire du décrépite chose vivant. Et Monsieur de Bismarck? vraie il n'est point notre ami, assurément il nous déteste, mais il apprendra bientot nous respecter car á très forte raison il nous aurai besoin. Tout honnête homme voit en Bismarck son semblable par excellence, cela n'empêche pas cependant celui-ci de devenir traine-potence pour toute honnête homme qui ne voudrai s'accommoder de ses vues. Mais on s'y accommoderai car Bismarck ne veut ne peut vouloir au dessous de soi-même, il marcherait de son droiture habituelle avec son Epoque, et voila pourquoi l'avenir lui appartient. "

„Mais que ce qu'il fait donc Monsieur de Bismarck? — est-ce qu'il ne voit pas les énormités d'une politique harcelante qui mire et tient à toute autre que de rendre grand et prospère cette Autriche décrépite. C'est l'ambition qui le pousse, ce Beust, il veut s'assouvir de vengeance, puisqu'il s'est assouvi d'orgueil il veut être l'homme du siècle par la vengeance. Qu'il dise ce qu'il veut, il mire à tout autre qu'à la paix. Ce sont des lignes bien rangées qu'il prépare et il se pourra que Bismarck se trouve toute imprevu devant ces lignes là. Qu'on se persuade du reste, et qu'on n'oublie pas que la noeud du problème européen reste avec et dans la question allemande. Point autre question en Europe peut dorénavant être isolée, la question allemande est devenue collégiale à tous les question en Europe, la noeud est là, et la marche des événemens qui ne tarderons de se déclarer, dépendra presque entièrement de là conduite de cette question en face de la conduite intentée conjointement de l'Autriche et de la France contre l'Allemagne de la Prusse."

„Enfin les évenemens y changerons beaucoup et certes ils viendront à l'aide de la Prusse quoiqu'il arrive, l'empire des mensonges s'écroulera sous ses événements. Qu'il se repose donc, l'honnète homme à Varzim, il reviendra à son temps."

„Il est à prevoir qu'il y aurois quelques jours d'arrêt à Génève partant le temps d'avoir de tes nouvelles. De que cela t'est parvenu tu ne manquerai pas de m'écrire quelques mots sur ce que tu va faire. Il scrait intéressant si nous pourrions faire la tour ensemble, mais j'y renonce car tu aurai reçue des instructions plus directes que les nôtres. Nous ne saurons du reste qu'à Génève le vraie de notre direction. Je regrette ne pouvoir dire davantage, mais s'il est vraie qu'il y a de la croisières françaises devant les côtes ibériques, et Marseille infesté de la moucharderie Parisienne nous laisserons la cabotage à Napoléon et prendrons le Montcénis et Gênes. A ce que je sais sur les moyens de transport il y avait des engagés depuis Gênes — Cagliari — Malte et de là sous couleurs Brésilienne, ils sont tous arrivés à destination."

„Je n'en sais rien du Général — (NB. Langiewicz) — mais il est à croire qu'il est en route avec d'autres de Constantinople. Dernièrement il y avait Ranieri avec lui, qui est aller via Vienne à Florence."

„Je voule quelques lignes et je viens d'écrire une brochure. Est-ce-que j'aurai été indiscrète? — non, car tu as mérité de ma confiance et sous titre de notre amitié tant éprouvé j'oserai dire tout ce que je sait, et puis ne vas tu pas la même route avec nous?"

„Je part ce soir pour Francfort et j'arriverai à Génève le Dix Decembre. Tu comprends mon inquiètude pour que cela t'arrive promptément en tes propres mains, et partant tu sais ce que tu as à faire de ce que tu aura lu cette lettre."

„La réponse m'arriverait sous l'adresse d'autrefois à Génève, n'y manque pas, et soit prompt car je m'abandonne à toi de toute coeur et tu le sais."

Wenn die Leute wüßten, welche Rolle C. schon seit Jahren spielt, würde es wohl schnell genug mit ihm aus sein!

Die Südküste Frankreichs und Spaniens ist übrigens wirklich von der französischen Flotte streng bewacht, verdächtige Schiffe werden angehalten. C. meint, diese Anstalten seien getroffen, um revolutionäre Expeditionen von Spanien aus nach Italien zu verhindern: aus dem Briefe geht aber hervor, daß die imperialistische Regierung bemüht ist den Zuzug solcher Leute wie Szabó nach Spanien zu verhindern, und daran thut sie im Interesse ihrer Regierung gar nicht unrecht.

Als ihre Hauptaufgabe sieht es die kosmopolitische Revolution jetzt an Napoleon III. zu stürzen. Ueber ihre Macht leben diese Republikaner, wie sich ergiebt, in den großartigsten Täuschungen, daß sie aber doch eigentlich schwach sind, so gefährlich ihre Umtriebe auch aussehen mögen, das liegt in dem Wesen der Partei selbst. Vor einem Menschenalter waren die Herren Ideal-Republikaner, wie ich sie nennen möchte, und mußten die Erfahrung machen, daß die Massen nicht für die idealen oder luftigen Güter in Bewegung zu bringen waren; jetzt sind sie „praktisch" geworden und verweisen auf das handgreifliche; sie sind mehr oder weniger Socialisten und Communisten und damit können sie allerdings die untersten Schichten der Gesellschaft aufregen und momentan großen Unfug treiben, großes Unheil anrichten, aber sehr gewiß haben sie alle Besitzenden zu Feinden und eben deshalb werden ihre Siege ihnen immer sehr bald wieder durch einen rettenden Militärdespotismus entrissen werden, den alle Besitzenden in ihrer Angst auf das eifrigste unterstützen.

7. December. C. bei mir, bringt mir wieder Auszüge aus einem Briefe, den ihm einer seiner hiesigen italienischen Freunde mitgetheilt hat.

„Unter dem 1. December hat Crispi an den bekannten Republikaner Bertani einen politischen Brief über die gegenwärtige Situation geschrieben. In diesem Briefe entwickelt Crispi alle jene Ideen, welche seit 1860 bei der Actionspartei maßgebend und die Ursache

24*

von allen radicalen Zwischenfällen seit jener Epoche gewesen sind.
Der leitende Gedanke Crispi's scheint mir aber in folgendem Satze,
den ich hier wortgetreu wiedergebe, zu gipfeln:

„Außerhalb des Reichs und bis nicht alle Italiener in die
nationale Einheit eingetreten sind, haben wir kein anderes Gesetz als
das Plebiscit. Um es auszuführen brauchen wir uns weder in
Rom noch in Paris zu bemüthigen."

„Von den Franzosen zu verlangen, daß sie Civita Vecchia verlassen und vom Papst, daß er einen modus vivendi gewährt,
ist eine Taktik, welche die Zukunft gefährdet. Die Convention des
15. September 1864 war ein großes Unglück, und man darf sie
nicht noch verschlimmern durch neue internationale Abmachungen.
Man muß abwarten, nicht das Geschick zwingen. Die Ungeduld
der Diplomaten ist gefährlicher als die Ungeduld des Volkes."*)

„Aus dem Ganzen erhellt übrigens; daß Crispi den Worten
Bixio's die Spitze abbrechen wollte. Ob dies nun im Einverständnisse
mit Bixio oder aus anderen Motiven geschah, muß sich bald zeigen.
Wenn man nun (NB. wer? wahrscheinlich die Actionspartei) Bixio
traut, so ist das Ganze ein Manöver, um die Absichten einiger Generale
zu maskiren; wenn man Bixio aber mißtraut, so liegt in Crispi's
Briefe ein Sinn, der von Bixio und einer etwa hinter ihm stehenden
Soldateskapartei nicht mißverstanden wird."

Dieser Commentar C.'s ist etwas unklar.

Um ½ 2 Uhr Audienz beim Könige. Steinäcker im Vorzimmer.
Von allen, die ich hier in Berlin wiedersehe, ist der König der Einzige,
der in der Zwischenzeit nicht gealtert hat.

Er ist ungemein gütig, sagt, daß er meine Berichte mit vielem
Interesse gelesen hat. Mit Bezug auf die Desavouirung Usedom's

---

*) Fuori del Regno e finchè gli Italiani non siano tutti entrati nel
consorzio nazionale, non abbiamo altra legge che il plebiscito. Per eseguirlo,
non bisogna umiliarsi nè a Roma, nè a Parigi. Chiedere ai Francesi che
se ne vadino da Città Vecchia, ed al Papa che ci accordi un modus
vivendi, è una tattica quale compromette l'avenire. Fu una grande sventura
la convenzione del 15. Settembre 1864, e non bisogna aggravarla con nuovi
atti internazionali. Bisogna attendere non forzare il destino. Le impazienze
diplomatiche sono più pericolose delle impazienze popolari.

sagt er, es habe nur der Ton, die Fassung der Note, desavouirt werden sollen — nicht der Inhalt. Es sei allerdings ein Fehler gewesen, daß diese Einschränkung nicht ausdrücklich ausgesprochen worden sei. Er selbst, der König, habe sich da eines Versehens zu beschuldigen, denn er habe den Artikel gelesen, ehe er im Staats= Anzeiger eingerückt wurde, und habe ihn gebilligt; es sei ihm nicht gleich eingefallen, daß noch etwas hinzugefügt werden müsse, um einem möglichen Mißverständnisse vorzubeugen. Er ließ sich dann auch von Italien erzählen. Ich berichtete von den parlamentarischen Angriffen auf das Ministerium, das Mühe haben werde sich zu be= haupten, und von dem gewaltsamen revolutionären Versuche die könig= liche Regierung umzustürzen, der auch bevorstehen könnte, daß ich aber überwiegend glaube, die Regierung werde in diesem offenen Kampfe mit der Revolution Sieger bleiben. Dann berichtete ich weiter, die französische Gesinnung der Piemontesen und der Consorteria sei so innig verwachsen mit den persönlichen Parteiinteressen der Leute, daß da auf eine Gesinnungsänderung durchaus nicht zu rechnen sei. Davon zeigte sich der König sehr überzeugt. Er entließ mich am Ende sehr gütig mit den Worten: „Nun! wir sehen uns öfter!"

Abends bei Max Duncker.

Professor Beseler, den ich da treffe, sagt mir, aus den neuen Provinzen hätten wir einen „tüchtigen conservativen Zuwachs" zu er= warten. In Holstein gehe alles etwas langsam, und da werde es dort denn auch etwas länger dauern als anderswo, ehe die Leute „vernünftig würden", etwa fünf Jahre könnten dazu nöthig sein. Dann aber würden sie sehr gut preußisch werden.

9. December. Abschiedsbesuch bei Moltke. Ich sage ihm, daß ich bei meiner Durchreise die bayerische Armee sehr zu ihrem Vortheile verändert gefunden habe.

Moltke giebt darauf nicht viel; bespricht die Chancen eines Krieges überhaupt. Frankreich, wenn es sich nicht auf eine Coalition stützt, wenn es uns allein gegenübersteht, sind wir über= legen, auf die süddeutschen Staaten aber ist wenig zu rechnen. Nicht daß sie etwa im Falle eines Conflicts offenen Verrath üben werden; sie werden im Gegentheil den allerbesten Willen zeigen, aber zögern und sich so einrichten, daß sie zu spät kommen. Unter allerhand Vorwänden, sie seien mit ihren Rüstungen noch nicht ganz fertig und dergleichen, können sie leicht ihr wirkliches Eingreifen in die Operationen um vierzehn Tage hinhalten, in den ersten vierzehn Tagen aber muß die Entscheidung gefallen sein. Fällt sie gegen uns, so werden die Süddeutschen sich wohl dem Sieger anschließen.

Später ein paar Stunden bei Droysen. Der meint, wenn der Herzog von Braunschweig stürbe, werde der Kronprinz — dann wahrscheinlich König — Braunschweig dem Ex-Könige von Hannover überlassen. Das kann ich denn doch nicht glauben.

15. December. Um 10 Uhr zu Keudell. Erfahre von ihm, daß ich nach Spanien geschickt werden soll, um die militärischen Ereignisse zu beobachten, deren Schauplatz Spanien werden könnte, ohne jedoch der Gesandtschaft unterstellt zu sein.

Ich habe nun hier weiter nichts mehr zu thun und reise endlich zu Haus.

---

3. Aufenthalt in Cunnersdorf im Winter 1868/69.

16. December. Abreise um 8 Uhr 40 Min. Trüber Wintertag. Wie lieb und heimisch sind mir diese märkischen Sand- und Moor- und Fichtenwälder-Gegenden!

18. December. Herrliches Wetter; balsamische Luft; mir ist am Ende unser etwas rauhes Gebirgsklima doch lieber als das italienische.

20. December. Zeitungen. Der Ministerwechsel in Frankreich deutet auf Frieden. Der Bruch zwischen der Türkei und Griechenland könnte ernster werden, als die Diplomaten glauben.

In Italien beginnen die parlamentarischen Angriffe auf das Ministerium Menabrea, die vorher zu sehen waren; mir scheint aber, daß die Opposition die Sache sehr ungeschickt anfängt, leiden-schaftlich!

Eine Commission, Cairoli, der seines Sohnes Tod zu rächen hat, an der Spitze, will die Zahlungen zur Verzinsung der römischen Schuld eingestellt wissen, weil die päpstliche Regierung das Geld nimmt, ohne die italienische Regierung anzuerkennen, ja es nicht einmal un-mittelbar aus ihren Händen anzunehmen geruht. Die Gründe ein so unwürdiges Verhältniß abzuschütteln liegen freilich sehr nahe, und dennoch ist Cairoli's Proposition eine Thorheit. Sie gehört zu den Dingen, die man gar nicht unternehmen muß, wenn man nicht unbedingt gewiß ist durchzubringen. Denn was ist die Folge, wenn man mit einem solchen Vorschlage in der Minorität bleibt? Daß die Verhältnisse, gegen die man sich empört, von Neuem durch ein Botum des Parlaments bestätigt, mehr als je befestigt und für alle Zukunft um so schwerer zu beseitigen sind. Und daß in diesem Falle Cairoli's Proposition abgelehnt wird, dafür bürgt die Furcht vor Frankreich.

22. December. Unsere Zeitungen geben nur sehr unvollständig und unzureichend Auskunft über das, was in Italien vorgeht. Ich sehe heute, ein Deputirter Morelli hat darauf angetragen eine ge-mischte Commission zu ernennen, die halb aus Deputirten, halb aus Mitgliedern des Rechnungshofs bestehen und beauftragt sein sollte die Verpachtung der Tabaks-Regie und alles, was damit zusammen-hängt, zu untersuchen.

Dieser Antrag ist abgelehnt worden; offenbar ein großer Sieg des Ministeriums, denn das war der große-wirklich gefährliche Angriff, der diesem Ministerium drohte, neben dem alles andere als übel an-gelegt oder an sich geringfügig sehr wenig bedeutet. Aber in welcher Weise ist dieser Sieg erfochten, durch welche Mittel? und welches ist die Tragweite dieses Sieges? Ist das Ministerium Menabrea dadurch befestigt? Oder ist es moralisch erschüttert durch die Dis-cussion? Darüber muß ich F. und Schweitzer befragen.

25. December. Thassilo Heydebrand, unser Gesandter in Kopenhagen, der 'auf einige Zeit in Warmbrunn zum Besuche ist. Ich erwähne, daß Bismarck es liebt die ganze politische Action in

Berlin zu concentriren und von den preußischen Gesandten an fremden Höfen eigentlich nichts verlangt als Berichte.

Und selbst die, ergänzt Thassilo, sollen auf das nothwendigste beschränkt werden, hat Bismarck noch neuerdings officiell verlangt, weil er sie sonst bei dem ungeheuren Andrange von Geschäften und Berichten nicht lesen könne.

1869.

1. **Januar.** Den Abend wurde mir ein Brief von C. gebracht; er ist vom 27. December aus Genf. C. ist in Marseille und Toulon gewesen, um da zu sehen, was französischerseits für Maßregeln gegen den Verkehr zwischen Spanien und Italien getroffen werden.

Er hat sich da überzeugt: „1. die Franzosen überwachen den Verkehr an den spanischen Küsten und sind aufs äußerste rigoureux mit allen Reisenden, die von Marseille nach einem spanischen Hafen Passage nehmen;" „2. überzeugte ich mich wie Frankreichs maritime Kräfte vollständig mobil gemacht werden, wie man am Platze von Toulon Tag und Nacht arbeitet, ausrüstet, completirt und ein un= geheures Material zur eventuellen Verwendung in Bereitschaft hält."

Gegen wen diese Anstalten gerichtet sind, lasse sich denken, wenn man „alle Fragen der Actualität erwägt".

Französische Offiziere haben ihm versichert, daß die Ausrüstung der französischen Flotte eine allgemeine ist; daß in Cherbourg 2c. ebenso emsig gearbeitet wird als in Toulon.

„Welches sind aber die maskirten Zwecke Napoleon's?"

„L'empire se meurt, l'empire est mort! C'est avec ce cri qu'on le fait vivre, jusqu'en 1869, bien entendu; il s'agit de l'achever et non de l'écouter râler; il ne faut pas lui tâter le pouls mais lui serrer la gorge; il faut sonner la dernière charge et non la future victoire" schallt es von allen Seiten in die Ohren der Bauern. „C'est comme le Mexique, la France est un pays envahi, violé, conquis, arraché à lui-même, annexée à une famille scélérate; l'empire est une occupation militaire et po= licière" predigt die unermüdliche Propaganda, und die Wahlen von

1869 werden das Werk dieser Propaganda sein (NB. steht sehr dahin!); „et il .ne faut pas être grand sorcier pour deviner ce qui adviendra demain du dernier des Napoléons sagen alle verständigen Leute in Marseille, Toulon und Lyon." (NB. Kann sein, daß es im Süden so ist!)

Napoleon sucht natürlich diesen Umtrieben zu begegnen: „die Mouchards gehen bis in die Bauernhäuser, um nach Flugschriften zu suchen. „Nous prions respectueusement votre Majesté de prendre les mesures nécessaires pour parer aux éventualités menaçantes de 1869" bittet der Senat zu Paris; der Cäsar schweigt, er verläßt sich auf seine Legionen und die Polizei."

„Herr Tichontin präsidirte einer geheimen Versammlung zu Marseille, bei der nur Agenten der Propaganda zugegen waren; der Sinn der langen Rede war einfach: Napoleon soll fallen, er wird fallen; das ist in der Actualität der Zustände in Frankreich zusammen mit dem, was sich in Italien und Spanien vorbereitet, begründet. Napoleon ist ein Stein des Anstoßes für alle Mächte, die den Frieden wollen, für alle Völker die im eigenen Hause glücklich werden wollen. Herr Tichontin kleidet die Ideen der Demokratie in ein schönes Gewand; er behauptet die Bourgeoisie sei mit der Demokratie ausgesöhnt, weil beide den Frieden durch die Beseitigung Napoleon's wollen. Napoleon kämpft mit einem Riesen, der nach fünfzehnjährigem Träumen zum Selbstbewußtsein erwacht, er bekämpft ihn aber nicht, er kann ihn nicht mit dem Princip des wahrhaft monarchischen Staats bekämpfen; er bekämpft ihn mit dem Princip des um seine Existenz besorgten Emporkömmlings. In allen den zahlreichen Flugschriften der Propaganda präsidirt der Gedanke, daß der göttliche Beruf, der moralische Werth des wahren Monarchen dem Corsen ganz abgeht, sind die Mittel beleuchtet, durch welche er zur Macht gelangte und sich bis jetzt in derselben zu erhalten vermochte."

„Die Militär=Gefängnisse in Frankreich sind voll der Delinquenten, bei denen Flugschriften gefunden wurden." (NB. Das ist wichtig!!!) „Nach den Verhören versetzt man die Leute nach Afrika, oder man schickt sie auf die Schiffe, wo sie noch besser

überwacht werden können. Ich bin von Soldaten gefragt worden,
ob es wahr sei, daß eine preußische Compagnie ein ganzes Re=
giment zusammenschießen könne, ehe dieses mit seinen Chassepots
zum Schießen gelange. Auch das ist Frucht der Propaganda gegen
Napoleon."

„Napoleon sucht die „Actualität" auszubeuten, gerade wie im ent=
gegengesetzten Sinne die Actionspartei in Spanien und Italien. Auf
beiden Seiten ist es die enorme Aufregung der Massen in Italien,
auf die und mit der man rechnet. Diese Aufregung nimmt in dem
Maße zu als man römischerseits, offenbar aus Paris dazu ermuthigt,
(NB. von Napoleon wohl nicht in jeder Beziehung!) aller hu=
manitarischen Theilnahme ungeachtet mit grenzenloser Rücksichts=
losigkeit zu verfahren nicht absteht."

„Auf die Gereiztheit der Massen gründet sich das planmäßige
Handeln der Revolution in Italien und Spanien; für beide ist der
Kampf gegen Rom solidarisch, wie er es bei Napoleon für Rom ist
Was von Spanien und Italien in letzter Zeit gethan worden ist, um
zu Rom den Widerruf in politischen Prozessen gefällter Todesurtheile
zu bewirken, das ist bekannt, wie die Motive, die dazu bestimmten.
Die provisorische Regierung zu Madrid hat dasselbe Interesse wie
die Regierung des Königs Victor Emanuel einen Sturm vor der
Hand zu beschwören. Daß damit Napoleonschen und Beust'schen
Plänen gedient ist, brauchen die Spanier und Menabrea nicht zu be=
rücksichtigen."

„Wird nun das Todesurtheil in dem Proceß Ajani=Luzzi zurück=
genommen, so haben das weder die Spanier noch Della Rocca be=
wirkt (der deshalb von Florenz nach Rom gesendet war) sondern
Napoleon und Beust (NB. der Letztere hat wohl keinen Einfluß in
Rom!). Das überzeugt die Opposition von neuem, daß nur durch
ihre Initiative die Fäden zerrissen werden können, die zwischen Rom,
Paris und Wien spinnen."

„Uebrigens treten über die Mission Della Rocca's Dinge zu
Tage, die die Sache noch verschlimmert haben. In Rom hat man
die Gelegenheit benutzt dem Könige durch Della Rocca wissen zu lassen,
wie man gesonnen ist sich in seinen Souveränitätsrechten keine Ge=

walt, am allerwenigsten aus Florenz, anthun zu lassen. Man hat dem General vorgehalten, wie das päpstliche Militär mit Schonung und gesetzlicher Methode den Verbrechern Ajani und Luzzi gegenüber ver= fahren sei, wie aber dasselbe das Recht gehabt hätte schonungslos zu verfahren. Diesem gegenüber rügte man die massacres von Turin 64, von S. Donino, Bologna, Faenza, Parma u. s. w., wo wehrlose Menschen niedergeschossen worden seien."

„Della Rocca ist in der größten Entrüstung nach Florenz zurück= gekehrt, um auf immer zu verzichten mit den Priestern zu verhandeln. So lauten Mazzinistische Correspondenzen."

„Den spanischen Vorstellungen gegenüber hat man sich in Rom glimpflicher geäußert. Was übrigens in Beziehung auf Ajani=Luzzi auch weiter geschehen mag, es ändert nichts an dem Programme der Bewegung. Rom wird immer gerechte Veranlassung zum Angriffe geben."

„Die jetzige Situation ist ernster als je zuvor; das beweisen die Vorkehrungen der Opposition im Volke und in der Armee. Die Propaganda hat bei beiden ihren Höhepunkt erreicht und so zwar, daß von sehr hohen Militärs die verläßlichsten Zusicherungen für die Haltung der Armee gegen Rom gegeben worden sind. Ich kann Ihnen verbürgen, was ich Ihnen hierüber bereits mündlich zu sagen die Ehre hatte, und dabei noch versichern, daß die Ihnen genannten Herren sogar mit Mazzini correspondiren und von Mazzini gewisse Weisungen erhalten. Cialdini's Reise nach Spanien ist ein Manöver, das zu dieser Combination gehört; ich muß jedoch beifügen, daß bei Cialdini republikanische Ansichten für Italien nicht obwalten. Dieser General ist gut monarchisch gesinnt; aber er dürfte dennoch im Stande sein als Mittel zu seinen Zwecken eine republikanische Bewegung in Italien zu begünstigen, und wenn es auch nur wäre, um durch dieselbe gewisse Elemente aus der officiellen Sphäre in Italien für immer zu beseitigen."

In welcher Weise die parlamentarische Opposition Menabrea und Cambray=Digny angreifen wird, wisse ich.

„Alles bei der hier am 16. und 17. December stattgehabten Zu= sammenkunft von Patrioten Besprochene und Beschlossene fußt auf von den Republikanern schon 1859 aufgestellten Programmen, nach welchen seitdem bei verschiedenen Gelegenheiten und unter verschiedenen Masken gehandelt und die revolutionäre Propaganda systematisirt wurde. Die Ideen dieser Programme haben sich in allen großen Plätzen metropolisirt, sie beherrschen das Proletariat, sie gipfeln im abstractesten Begriffe der Demokratie, sie sind die Glaubenssätze einer neuen Zeit, die über Europa hereinbrechen muß, wenn man fortfährt solche Zeichen gering zu schätzen. Für den Continent ist Genf der Ausgangspunkt der revolutionären Propaganda unter dem Proletariat. In Hamburg, Cöln, Berlin, Wien, München, Stuttgart, Pest, über die ganze Schweiz und Italien, Spanien und Frankreich, Belgien und auch in Stockholm sind Sectionen der sogenannten Internationale, deren Centralsitz London ist. Die Apostel dieser großen Verbindung sind Legion, ihre Proselyten sind die Massen; sie beherrschen zum großen Theile die Wahlen in Spanien und werden dasselbe in Frankreich thun (?), so wie sie dieselben in England fürs jetzige Parlament bereits beherrscht haben." C. wird darauf zurückkommen in dem Maße, wie sich Weiteres ergiebt.

(?? NB. Was C. nicht sieht, ist die indirecte Gefahr dieser Arbeiterbewegung, die, nach der andern Seite hin, eventuell dem Cäsarismus in die Hände arbeitet, indem sie den höheren Ständen und dem Mittelstande Furcht einflößt.)

„Seitens der Liga démocratique sind von hier und Genua Delegirte nach Athen abgegangen, um das comité central d'action zu ermuthigen sich auf keine intercession diplomatique einzulassen, vielmehr die Regierung zu drängen den türkischen Forderungen gegenüber in nichts nachzugeben. Es werden den Athenern Unterstützungen aller Art zugesichert und namentlich wird versprochen, daß es bei bereits früheren Abmachungen bleiben soll, nach welchen Waffen und Munition von Ancona spedirt werden sollen."

„Nächst diesen gehen viele Amerikaner nach Griechenland, sowohl von hier über Genua als aus Paris über Marseille, um à la Byron für Griechenland zu kämpfen."

(NB. Natürlich! Sie wissen, daß nichts den Engländern verdrießlicher sein könnte. Es frägt sich allerdings ob das wirkliche

Vollblut-Yankees sind oder nicht vielmehr in den Vereinigten Staaten naturalisirte Parteigänger der kosmopolitischen Revolution. Jedenfalls aber ist es wichtig und kann weit führen. NB. à la Byron? „Nicht alle Offiziere sind Tellheims!")

„Welches Ziel durch einen Congreß auch immer beabsichtigt sein mag: wenn man Griechenland nicht mehr als eine consultative Stimme einräumen will, so ist alle Arbeit vergebens einen Kampf mit den Türken zu verhindern. Mögen die Ziele der Diplomatie sein, welche sie wollen, das hellenische Volk verfolgt seine eigenen und ist sich derselben klar bewußt."

Der Pascha von Aegypten war schon im Juni einverstanden mit der französischen Regierung, daß die Cession Kreta's an Aegypten das Mittel sei den Frieden auf dieser Insel herzustellen, und daß der Kampf dort schleunig beendigt werden müsse: „Herr Bourrée sondirte damals in Constantinopel welche Chancen der Vice-König habe Kreta für Aegypten zu gewinnen." Vielleicht ist dieser Gedanke nicht aufgegeben. „Das Cabinet zu Athen ist von Paris berathen gewesen seine adhésion zum Congreß unter „al Bari" (pari) mit der Türkei auf demselben erscheinen zu dürfen, zu geben." König Christian hat in diesem Sinne Schritte gethan in Paris und in Wien.

C. hält eine Combination: Frankreich, Aegypten, Griechenland für möglich, besonders wenn man Rußland durch eine Modification des Pariser Tractats von 1856 gewinne. Mehemet-Ali's Politik lebe noch in Aegypten und auch die Ideen Louis Philipp's ließen sich für Napoleon verwerthen.

(NB. Das alles ist nicht möglich, denn Napoleon III. wird es nie darauf wagen sich mit England entschieden zu entzweien, wie er auf solchen Bahnen müßte. Politische Combinationen sind nicht C.'s Stärke.)

„Hier die verkappten Pläne Napoleon's, dort die nicht minder gut maskirten Manöver der Demokratie, und die hellenische Demokratie von heute steht der alten in nichts nach; ich spreche aus Erfahrung. König Georg muß mit sehr viel bravura auftreten, wenn er die Gunst des Volkes voll und ganz haben will."

„Daß der Kampf der Hellenen um ihre ganze Freiheit durch

Nichts zu beschwören sein wird, muß doch wohl zugegeben werden, mag man ihn auch bis zum Frühjahr zu verzögern vermögen. Wenn Rußland auch zu schwach und in diesem Augenblicke zu ernstem Handeln nicht vorbereitet sein mag, so hat das nichts zu sagen. Man soll die Hellenen alle aufstehen und sie „allein mit den Türken lassen", das Resultat kann nicht zweifelhaft sein für den, der die Griechen unparteiisch beurtheilt, den Werth, der in diesem Volke lebt, anerkennt und nachzuschwatzen verschmäht, was einige von einzelnen Griechen betrogene Krämer schlechtes von dem Griechenvolke der dummen Fama zum Futter gegeben haben. Man muß die Leute kennen, sie kämpfen, sie ihr Vaterland lieben gesehen haben, man muß den Haß, die Erbitterung der Rajahs in Thessalien, Epirus und Macedonien gegen mohamedanischen Uebermuth, von dem freilich das übrige Europa nichts weiß, kennen, man muß die Ziele der Serben, Bosnier und Montenegriner nicht von den Zielen der Hellenen trennen und dann wieder auf der andern Seite das Türkenthum nehmen, wie es ist, und nicht eine Macht annehmen, die im Wesen der Moslem gar nicht vorhanden, und man wird·zu dem Schlusse gelangen, daß die Hellenen allein mit dem Türkenvolke in Europa fertig werden können."

„Nochmals sei es erwähnt, der Vice=König in Cairo und Napoleon spielen eine Karte! sie spielen sie schlau! richtig stechen oder — verspielen."

„Von den in Spanien versammelten Garibaldinern sind viele nach Palermo und Genua zurück gekommen." (NB. Also doch! aber wie es scheint, nicht alle.)

„Aus Spanien wird behauptet, daß, wenn die Monarchie ferner noch möglich, das Haus Savoyen=Carignan die meisten Chancen habe, aber auch nur, wenn dasselbe mit Rom vollständig aufzuräumen sich entschließen sollte. Die Anwesenheit des Prinzen Carignan in Madrid erklärt sich in diesem Sinne."

„Indessen die Republikaner drohen diese Combinationen zu Nichte zu machen. Nach Briefen aus Madrid ist man sich über Napoleon und seinen Fall vollständig im klaren. Man fürchtet ihn nicht, man verachtet ihn; man durchschaut seine Pläne und behauptet Mittel zu haben sie zu pariren."

„Daß die Republik in Spanien immer näher rückt, wissen Sie wohl, was sich nun alles an diesen Gedanken knüpft, werde ich Ihnen von Genua aus klarer mittheilen können."

Was er da schreibt, bestätigt meine Ansicht der Lage der Dinge in Griechenland, abgesehen von dem militärischen Werth der Griechen.

Was wir in Spanien zu erwarten haben, wissen wir so ziemlich; nicht was in Athen bevorsteht. Ich glaube nicht, gleich den meisten Diplomaten, daß Griechenland sich leicht und willig in die Conferenz und ihren Spruch fügen wird, namentlich in die Arme-Sünder-Stellung, die Griechenland da einnehmen soll. Ich weiß, daß man da eine sehr erhabene Vorstellung von sich selbst hat und an den sämmtlichen Rajahs der Balkanhalbinsel einen mächtigen Rückhalt zu haben wähnt. Da wäre es von Interesse zu wissen, was das Comité central d'action in Verbindung mit der italienischen Actions-partei verbunden beabsichtigt.

S. Januar. Zeitungen. In Italien Unruhen wegen des macinato, wie das vorher zu sehen war. Im „Süden", das heißt in Neapel und Sicilien, sagt man, seien keine Ruhestörungen vor-gekommen; wahrscheinlich weil man da gar nicht versucht hat die Steuer zu erheben. Das Ministerium aber muß sich wohl sehr schwach fühlen, da es sofort eine Modification des macinato-Gesetzes an-nehmen will.

14. Januar. Zeitungen. Die Dinge gehen genau so, wie ich es in meinem letzten Briefe an Keudell vorher gesagt habe: Griechenland fügt sich nicht so ohne weiteres, wie die Diplomaten anzunehmen beliebten, der Pariser Conferenz. Der geistreiche Fürst Metternich scheint sehr verwundert darüber gewesen zu sein.

16. Januar. Endlich schickt mir C. aus Verona — Poststempel von 12. — das Probeblatt einer neuen radicalen Zeitung, welche die Schwefelbande in Genf herausgeben will.

1S. Januar. Brief von C. aus Genua. „Für den ganz sicheren Fall, daß trotz Conferenz und diplomatischer Arrangements die hellenische Actionspartei, unter der man nämlich im gegenwärtigen Augenblicke das ganze hellenische Volk vom Cap Matapan bis zum Olymp zu verstehen hat, zum Kampfe schreiten wird, sobald alles

vorbereitet ist, und die Jahreszeit irreguläre Bewegungen in den
Gebirgen von Arta-Agrapha und Zeitun zulassen wird, hat Garibaldi
die Verpflichtung übernommen einige bewährte Gefährten als Guerilla-
Führer dem Comité zu Athen zuzuweisen."

„Von diesen Auserwählten sind bereits drei nach Griechenland
abgegangen und zwar mit der besonderen Weisung des Generals:
die Gegenden von Volo nach der Agrapha zu besichtigen und dem
General behufs Feststellung eines bestimmten Operationsplanes genauen
Bericht zu erstatten. Mehrere andere ehemalige Waffengefährten
Garibaldi's erwarten hier und in Messina weitere Weisungen, die
ihnen jedoch schwerlich vor Ende Februar zugehen dürften, weil man
erst abwarten will, wie sich die Dinge bis dahin gestaltet haben, und
was die eigentlichen Ziele der Diplomatie, und in deren Folge die
Maßregeln der Türken den Hellenen gegenüber sein werden."

„Die italienischen Actionsmänner haben dem Comité zu Athen
den Rath gegeben das Volk zum Kampfe vorzubereiten und von
der Diplomatie nicht zu erwarten, daß sie sich für das Volk inter-
essiren werde. Doch ehe man zu einem Verständnisse kam, hatte man
von Italien aus in Athen angefragt, ob man sich seitens der Patrioten
auf Rußland verlasse, und angedeutet, daß in diesem Falle von
Garibaldi und den Seinen nichts zu erwarten sein würde. Die
Antwort aus Athen ist gewesen (dieselbe wurde mir von Menotti
Garibaldi gestern Abend noch erläutert), daß die Regierung des
Königs Georgios in der weiteren Entwicklung der Dinge Rußlands
Hilfe nicht von der Hand weisen würde, daß aber das Volk auf
seine eigenen Kräfte und auf die Unterstützung uneigennützigen
Patriotismusses baue und von Rußland keinerlei Unterützung begehre.
Was die Regierung von vornherein mit Rußland vereinbare, könne
die Action des Comités in Nichts hemmen; man werde Mittel haben
die Regierung mit fortzureißen, noch ehe Rußland Zeit gehabt haben
wird dies in irgend einem russischen Interesse zu thun. Dabei leugnet
das Comité zu Athen jedoch nicht, daß Combinationen eintreten
könnten, bei denen ein Dazwischenkommen Rußlands sogar erwünscht
sein dürfte; die Möglichkeit könne aber die Patrioten und dürfe auch
Garibaldi und seine Freunde nicht abhalten ihr äußerstes zu thun,

die Initiative zur Resurrektion der europäischen Ostländer im Interesse der Civilisation und allgemeinen Wohlseins zu ergreifen. Welches dann auch die Absichten Rußlands auf der Balkanhalbinsel sein würden, wenn sie sich gegen den regeneratorischen und civilisatorischen Geist des Volkes wenden sollten, so würde Rußland sich zunächst selbst am meisten schaden. Auf alle Fälle müsse und werde die Initiative vom Volke ausgehen, und mit der Macht des Volkswillens, auf der sich dann alles weitere begründen lassen wird, muß die Regierung, und wenn sie mit Rußland einverstanden sein sollte, auch Rußland rechnen."

„Obwohl diese Antwort nicht hingereicht hat Garibaldi und die Seinen zu überzeugen, daß die Hellenen von Rußland wirklich absehen, so hat er doch eingewilligt das zu thun, was für ihn möglich."

„Garibaldi hat sich übrigens einer Delegation aus Athen gegenüber, die am 22. Dezember ult. auf Caprera war und während drei Tagen von Garibaldi bewirthet wurde, in sehr klaren Sätzen über die Bedeutung der Bewegung im Osten ausgesprochen und den Herren aus Athen einige Briefe mitgegeben, in denen die Ziele vorgezeichnet sind, nach welchen Italiener und Hellenen dem Norden und dem Westen Europa's gegenüber zu streben berufen sind. Jede Regierung in Italien müsse und werde einer freien und selbständigen Entwicklung auf der Balkanhalbinsel zugethan sein, weil Italiens Interessen dahin gravitiren u. s. w."

„Das Comité zu Athen hatte dem hiesigen Vorschläge behufs Ausrüstung einiger Schooner gemacht, die eventuell mit Kaperbriefen versehen an der albanesischen Küste verwendet werden sollten."

„Diese Idee hat jedoch hier keinen Anklang gefunden, ist aber gegenwärtig noch unter Consideration und wird von einigen griechischen Handelsgrößen hier und in London unterstützt. Nach Menotti, Canzio und Bodeschini, mit denen ich hier verkehre, soll Baron Sina zu Wien eine sehr bedeutende Summe zur Ausrüstung solcher Fahrzeuge zur Verfügung gestellt haben. Wenn dem so ist, und ich habe Grund zu glauben, daß mit Sina alle griechischen Kaufleute im Auslande die Hand zu ganz ungewöhnlichen Unternehmungen

bieten werden, so dürfte der Korsarengeist der Küstenbevölkerung der
Morea kräftige Unterstützung finden. Daß dem Comité zu Athen
sehr namhafte Fonds aus ebendenselben Quellen zuflossen, ist unbe-
streitbar, ebenso unzweifelhaft ist auch, daß die Regierung des
Königs Georg von der griechischen reichen Kaufmannschaft mit
Mißtrauen betrachtet wird, und daß man Millionen einer Volksbewegung zuwendet, ehe man geneigt wäre die Politik der Regierung
zu unterstützen. Aus Genua allein und von nur drei griechischen Firmen
sind seit dem 25. Dezember zwei Geldsendungen, die erste im Betrage
von 250 000 und die zweite, durch dieselben Personen, die in
Caprera waren, 300 000, zusammen 550 000 Francs dem Comité
übermittelt, und zwar in Form eines Anlehens anheim gegeben worden. Aus Triest ist eine Million zur selben Zeit abgegangen."

„Durch Herrn Doterás hier erfahre ich heute noch, daß die
Bank zu Athen einen unbeschränkten Credit für das Centralcomité
zu eröffnen habe, sobald dasselbe die Bank in Anspruch nehmen
sollte. Es wird dabei versichert, daß all diese Fonds der Regierung
zur Verfügung stehen werden, sobald sie sich entschließen wird das
Programm der Aktionspartei vor der ganzen Welt anzunehmen und mit den Satzungen der sie tyrannisirenden
Diplomatie zu brechen."

„Die Situation, obwohl seit dem planmäßigen Uebereinkommen
der Actionsmänner hier und dort verschiedenartig geändert, —
namentlich so weit das Benehmen der hellenischen Regierung gehet,
das sich immer mehr zur entschiedenen Action und zum Gehen mit
dem Volke hinneigt — die Situation ist, trotz der Niederlage Candia's,
die übrigens noch lange nicht ganz vollständig ist, im
Grunde nach wie vor noch dieselbe. Es wird nun davon abhängen,
welche Maßregeln die sehr übermüthig gewordenen Türken zu
ergreifen sich nach den Beschlüssen der Konferenz für berechtigt
halten werden, und ob die Conferenz nur die übertriebenen Ansprüche
der Letzteren beachtet und die nach humaner Auffassung berechtigten
Ansprüche der Hellenen mißachtet haben wird. Was auch die Conferenz schaffe, das, was die Hellenen wollen, und was alle Christen

des Orients wollen, kann sie nicht schaffen, mithin bleibt das Ende
dasselbe. Die Regierung des Königs kann von den Beschlüssen der
Conferenz gebunden werden, die Comités aber, das Volk, werden
nach wie vor ungebunden auftreten und, sobald die Jahreszeit es
erlaubt, den organisirten Kampf in die Agrapha, nach Thessalien, an
die Donau tragen."

„Die Vorbereitungen zu diesem Kampfe, der von allen Actions=
männern als unausbleiblich angesehen wird, sind derart umfassend
und liegen so tief im Wesen der Sache selbst und in dem Charakter
des Volkes, daß es selbst der Diplomatie einleuchten dürfte, auf
welchem Vulkane das östliche Europa im gegenwärtigen Augen=
blicke steht. Was schon im Frühjahr 1867 vorbereitet und erwartet
wurde, tritt seitdem nur noch ausgebildeter und im Verein mit da=
mals noch tobten Factoren in die Gegenwart. Die Armee Kerim=
Pascha's, des Muschirs, steht seitdem in den Bergen Thessaliens,
ohne daß sie die Organisation der Rajahs verhindern konnte; ihre
Gegenwart hat den Haß und die Erbitterung im Volke nur noch
erhöht. Diese Armee bildet den einzigen Widerstand am nördlichen
Abhange des Furka und des Karachaëons; und die Position Domoko,
in welcher ich mich als Gast des Muschirs eine ganze Woche auf=
hielt, bietet für die Türken höchstens einen Schlupfwinkel, um Weiber
und Kinder zu bergen. Der Muschir gestand mir damals selbst, daß
eine Erhebung der Massen im Gebirge und in der Ebene ihn
zwingen würde auf Volo zurückzugehen. Die Ansicht des Muschirs
war damals die Ansicht aller seiner Officiere, und ich zweifle, daß
man anderer Ansicht geworden sein könnte. Die Hellenen wissen
das; sie haben seit zwei Jahren jeden Fels, jede Schlucht, jeden
Baum in jenem Gebirge in ihre Rechnung gezogen und das Terrain
studirt, während die Türken strategisch nur den einen Vortheil haben,
daß sie mit einigen Fregatten das Littoral von Volo zu halten ver=
möchten."

„Garibaldi erwartete, wie gesagt, einige Notizen von seinen
Emissären, die sich gegenwärtig in jenen Gegenden befinden und,
diese eingegangen, wird ein Plan nach Athen abgehen, nach welchem
sich die Bewegungen einiger Freiwilligencorps richten werden. Ob
25*

diese Corps Italiener sein werden, bezweifle ich, denn nach Menotti glaubt man alle Kräfte in Italien nöthig zu haben, so wie sich ein bestimmtes Ereigniß aus jetziger Situation, die man hier für außerordentlich ereignißschwanger deutet, herausgebildet haben wird. Selbstverständlich trachtet die Actionspartei mit dem in Italien vorhandenen Stoffe zu einem erwünschten Ereignisse dasselbe selbst herbei zu führen, man rechnet jedoch auf das Zusammentreffen von Zufälligkeiten, die wieder in der allgemeinen Situation Europa's, aber ganz besonders in jener auf der Balkanhalbinsel wurzeln. Aus Correspondenzen an Menotti und Bertani von Bucharest und Wien deduzirt man dieselben Ziele und hofft auf baldige Gelegenheit die italienischen Verlegenheiten durch die Verlegenheiten anderer Staaten zu begleichen. In allem Uebrigen finde ich bestätigt, was in meinem ergebenen Letzten aus Genf gesagt ist."

„Die aus Spanien hierher und nach Palermo zurückgekehrten Garibaldiner sind untergeordnete Leute, aus denen sich ein bestimmter Begriff über den Zusammenhang der Garibaldiner zu den spanischen Freiwilligen nicht recht erzielen läßt. Sie erzählen von den spanischen Republikanern, daß sie die Träger einer neuen und glücklichen Zeit seien, die über die vom Capitale und von der Bourgeoisie und vom Cäsarismus geknechtete und ausgebeutete Menschheit kommen werde, wenn die Prinzipien überall zur Geltung gebracht sein würden, die man jetzt dem spanischen und dem französischen Volke predige."

„Das hat seine Richtigkeit, daß solche Prinzipien gepredigt werden, denn aus Genf sind seit dem Sturze Isabella's Massen von socialistischen Brochüren, in welchen für die Erde verheißen wird, was die Religion erst nach dem Tode verheißt, nach Spanien spedirt worden. Die Propaganda arbeitet eben überall und dort am günstigsten, wo jeder Tag ein neues die Massen erschütterndes Ereigniß bringen kann."

„Menotti behauptet, daß ein früher bestandenes Einverständniß Garibaldi's mit Prim zu keinem Resultate geführt, weil Prim keine Gegenleistung eingegangen, und seitdem sein Verhalten so geworden sei, daß die Republikaner wahrscheinlich gezwungen sein werden gegen

Prim Front zu machen. Der gute Wille der Garibaldiner sei durch Prim's zweideutige Haltung paralysirt; mit einem Worte, ein ferneres Zusammengehen mit Prim sei unmöglich geworden. Dafür sei aber ein perfektes Handeln mit den Republikanern hergestellt, welches hierseits die Veranlassung sein dürfte, daß einige Hundert Garibaldiner noch nach Spanien abgehen werden. In diesem Falle, äußert Menotti, würde er selbst nach Spanien gehen, um für die Republik einzustehen."

„Ganz wie in Genf, begegne ich hier den Hoffnungen auf eine Bewegung in Frankreich. Man ist hier zwar positiver und behauptet zu wissen, daß Napoleon die eigentliche Krise „nicht überleben werde"! Sei dem nun, wie ihm wolle, wenn in Spanien die Republik möglich ist, wenn die Hellenen den Kampf suchen, und derselbe ausbricht, wenn an der Donau die Dinge gehen, wie es von denen gewünscht wird, die in solchen Ereignissen ihren Vortheil suchen, so ist auch in Frankreich ein Ereigniß möglich, welches leicht alle Wünsche der Republikaner befriedigen dürfte."

„Ueber Cialbini ist man hier wüthend. Man zeihet ihn Sachen, die, wenn sie wahr sind, den General um seine Popularität in Italien bringen werden. Der General soll gegen die Garibaldiner in Spanien gewirkt und ihre Entfernung aus Spanien bezweckt haben. Bei einigen Gelegenheiten soll er das Feldherrntalent Garibaldi's in Frage gestellt haben. Sicher scheint zu sein, daß Cialbini in nicht sehr volksthümlicher Weise aufgetreten sein muß, denn die Studenten zu Madrid sollen im Begriff gewesen sein ihm eine gewisse Serenade zu bringen, welcher der General durch seine plötzliche Abreise in die Provinz ausgewichen sein soll."

„Ueber die Mission des Prinzen Carignano zirkulieren hier die widersprechendsten Gerüchte. Nach einer Aeußerung des Obersten Dragoni, aide de camp des Prinzen Amadeo, der hier residirt, handelt es sich in der That um eine Besetzung des spanischen Thrones durch einen Savoyarden. Man sucht der Idee Freunde in Spanien zu werben, um dann officiell mit einer Candidatur vor die Cortes zu treten."

„Schließlich will ich Ihre Aufmerksamkeit wiederholt auf die

Arbeiterbewegung, die von Genf aus überall hin und vorzüglich auch nach Deutschland geleitet wird, lenken und Sie bitten diese Sache nicht unterschätzen zu wollen; sie kann unter Umständen jetzt schon gefährlich sein, sie wird aber ganz sicher zur Gefahr gegen alle sociale Ordnung, jemehr sich die Doctrinen der Socialdemokratie unter dem Proletariate heimisch machen."

Der Gegendienst, zu dem sich General Prim nicht hat verpflichten wollen, ist natürlich seinerseits bei der Revolutionirung Italiens mit zu wirken, wie man von Italien aus die Revolution in Spanien begünstigt hat. Nach dem Briefe Becker's hat man mit Bestimmtheit auf Prim's Beistand gerechnet. Der Mitwirkung der sonstigen spanischen Republikaner scheint man so ziemlich gewiß zu sein. Die Worte, daß Napoleon die Krisis nicht überleben werde, sind wohl nicht anders zu verstehen, als daß man ihm nach dem Leben trachtet.

Die italienische Legion in Spanien bleibt fürs erste beisammen, soll sogar unter Umständen noch verstärkt werden und bleibt in Spanien, zu welchem Ende ist sehr einleuchtend: sie soll zunächst in Spanien für die Republik kämpfen, im Falle das nöthig wird, und dann in Italien verwendet werden.

19. Januar. Zeitungen. Zwei wichtige Notizen. 1. Die Bank zu Athen, die sich anfangs weigerte der griechischen Regierung Geld vorzuschießen, hat ihr jetzt 21 Millionen Drachmen ausgezahlt. „Der Widerstand der Bank ist also überwunden," so lautet die weise Bemerkung, welche die Spenersche Zeitung dazu macht. Wenn ich aber C.'s Brief vergleiche, läßt sich eher folgern, daß die Regierung Griechenlands nun das Programm der Actionspartei und des Centralcomités angenommen hat. 2. Der „Gaulois" zu Paris, der für General Prim's Organ gilt, bringt einen Artikel, der besagt, es müsse nun ausgesprochen werden, was man wolle in Spanien. „Man", d. h. Prim wolle den Herzog von Aosta zum Könige. Dieser werde seine eventuellen Rechte auf die Krone Italiens nicht etwa einfach aufgeben, sondern seiner Schwester Clotilde, d. h. dem illustren Prinzen Plonplon cediren!

20. Januar. Brief von Max Duncker; hält die allgemeine

Lage für sehr unsicher, da Beust sich unermüdlich zeigt, und die Opposition gegen Napoleon III. in Paris immer stärker wird. Er meint, das sollte mich veranlassen einige Zeit in Berlin zu verweilen, ehe ich aufbreche.

24. Januar. Zeitungen; der Kronprinz von Belgien gestorben. Eine Nachricht von Bedeutung, wiewohl seit lange vorher gesehen. Vortrefflich zieht die „Spanische Fliege". Wie friedfertig und leutselig ist Napoleon geworden, wie facile à vivre! Um so weniger werden sich die Griechen an die Conferenz kehren!

4. Februar. Herr von Raumer, unser Nachbar, ist vor kurzem in Wien und Ungarn gewesen und erzählt, daß die Ungarn sehr gut für Preußen gestimmt sind, und daß die österreichische Armee, namentlich das Officierscorps, gar sehr gegen die eigene Regierung aufgebracht ist.

14. Februar. Zeitungen. Die Entwürfe zu dem neuen Dombau in Berlin werden darin besprochen. Mir wird dabei Eins klar. Die Schwäche unserer an so vielen schönen Elementen reichen Kunstperiode liegt — wie ich schon wiederholt gesagt habe — darin, daß sie keinen eigenen Styl der Architektur endgültig zu schaffen gewußt hat. Die Aufgabe wäre den Typus für eine protestantische Kirche zu schaffen; daran würde sich alles übrige schließen.

Brief von Dr. Schöll aus Florenz. Er schreibt: Tripelallianz spukt wieder stark; Sie werden es schon aus den Zeitungen wissen. Die Sache ist nicht ohne Grund aber noch in den Anfängen, und ob König W. E. zu entscheidenden Schritten den Muth finden wird, bleibt zu bezweifeln. Das Ministerium ist der Sache so fremd als der Succession Aosta's, deren Fiasco Cialdini dieser Tage seinem königlichen Herrn nach Neapel mitgebracht hat; auf dem Palazzo Vecchio herrscht darüber schlecht verhehlte Freude! Die Angelegenheiten in Spanien nehmen aber eine Wendung, die für Napoleon III. nicht sehr erfreulich sein kann. Nachdem alle anderen Candidaten beseitigt sind, bleibt in Spanien nur zweierlei möglich: Montpensier als König, oder die Republik, beides dem Kaiserreiche nichts weniger als erwünscht!

21. Januar. La Marmora's „Schiarimenti e rettifiche" gelesen, in denen sich sein Haß gegen Usedom und gegen mich in merkwürdiger Weise zeigt, La Marmora selbst sich aber sehr arge Blößen giebt. Namentlich verräth sich sein wirklicher, etwas arm= seliger Operationsplan, der auf die Belagerung von Peschiera hinaus lief, darin, daß er betheuert, er sei weder auf Cialbini's Vorschläge eingegangen, noch habe er die Absicht gehabt über die Etsch vor= zugehen.

Cialbini's „Riposto all' opuscolo schiarimenti e rettifiche" gelesen. Merkwürdig zu sehen, wie La Marmora alle Depeschen und Telegramme, die nicht in seine Thesis passen, mit Stillschweigen übergeht.

1. März. Merkwürdige Notizen aus Italien. Cambray=Digny gesteht jetzt bereits dem Parlamente, daß die Mahlsteuer sehr wenig einträgt, kaum, vielleicht nicht einmal die Erhebungskosten. Das kann ich mir sehr wohl erklären: sie wird eben ganz einfach nicht bezahlt, wie ich das vorher gesehen und vorher gesagt habe. Ich bin überzeugt, man wagt sie weder in Neapel noch in Sicilien noch in der Romagna einzutreiben; sie wird wohl nur in Piemont und in der Lombardei erhoben. Dann heißt es, die Regierung habe ein Abkommen, den Verkauf der Kirchengüter betreffend, mit dem Hause Rothschild getroffen. Sollte das wahr sein, dann wäre es eben wieder der alte Plan, der Kirche ihre Güter für eine mäßige Summe zurück zu geben, der durch Langrand=Dumonceau ausgeführt werden sollte, dessen Ausführung jetzt das Haus Rothschild übernommen hätte. Dafür bürgt die überaus katholische Stellung, welche das Haus Rothschild in dieser Angelegenheit von Anfang an einge= nommen hatte.

4. Rückkehr nach Berlin. Drohende Wetterzeichen der äußeren Politik.

11. März. Abreise nach Berlin.

12. März. Das Project die Kirchengüter in Italien angeblich zu verkaufen, d. h. von der Kirche selbst 500 Millionen Lire zu bekommen und ihr dafür ihre Güter zurückzugeben, hat sich abermals zerschlagen, der Papst und die Kaiserin Eugenie haben wahrscheinlich auch diesmal wieder nein! gesagt, da zieht sich das überaus katholische Haus Rothschild zurück.

Nun ersehe ich aus der gestrigen Zeitung, daß Cambray=Digny nichts besseres vorzuschlagen weiß, um den Zwangscurs des Papiergeldes zu beseitigen, als eine Zwangsanleihe zu einem Betrage an die Bank, 378 Millionen, daß die Bankschuld der Regierung getilgt, und eine entsprechende Masse Papiergeldes aus der Circulation zurückgezogen werden kann. Der Plan scheint mir unausführbar; ich bin überzeugt, daß in Italien in diesem Augenblicke nicht 378 Millionen verfügbares Capital aufzutreiben sind, wenigstens geht der Vorschlag ganz gewiß nicht durch, und er könnte wohl den Sturz des Ministeriums Menabrea herbeiführen.

Zu Max Duncker: Es scheint wirklich daß lebhaft mit Italien unterhandelt wird, wegen der bewußten Tripel=Allianz, Frankreich, Italien, Oesterreich. Man täuscht sich hier darüber nicht.

Ich: Es ist Victor Emanuel selbst, der diese Unterhandlungen hinter dem Rücken seiner Minister treibt.

Max Duncker: Ja! Das wird so persönlich gemacht und dann wird ein Minister gesucht, der es unterschreibt; thut es Menabrea nicht, so thut es La Marmora!

Ich: Von La Marmora kann jetzt nicht die Rede sein; aber Minghetti thut es vielleicht auch (NB. Rattazzi auch, wenn er dafür in Paris wieder zu Gnaden angenommen wird). Es kommt nur darauf an, ob der König schließlich den Muth dazu haben wird.

Max Duncker: Uebrigens sehr weh werden uns die Italiener nicht thun, aber sie gehen mit, und das ist am Ende natürlich; sie fühlen sich abhängig von Frankreich und Oesterreich und verloren, wenn die beiden sich gegen sie vereinigen; Preußen dagegen liegt fern, und sie haben es nicht zu fürchten.

In den inneren Angelegenheiten geht es gut bei uns zu, aber es ist ein chaotischer Zustand; niemand weiß, was der Competenz des Landtags, was der des Reichstags angehört, ein vollständiges verantwortliches Bundesministerium ist gar nicht da, und Bismarck wird sich auch wohl hüten ein solches zu bilden; denn damit wäre der gegenwärtige, provisorische Zustand als ein bleibender fixirt und er soll doch nur ein Uebergang zur Einheit sein. Bismarck werde ihn wohl unvollkommen lassen, damit die Nothwendigkeit zur Einheit überzugehen immer fühlbarer werde. Im gegenwärtigen Zustande bilden Landtag, Reichstag und Zollparlament zusammen eine parlamentarische Thätigkeit von neun Monaten im Jahre; wer könne das aushalten!

Auch Bismarck könne es nur ertragen, so lange er nur Unter-staats=Secretäre habe, die seinen Willen thun; wenn er wirkliche „Ressortminister" um sich hätte, die eigenen Willen hätten und darauf bestünden, würde er die Last wohl nicht bewältigen können. Was Max Duncker's persönliche Stellung betrifft, so hat sich der Kron-prinz in neuester Zeit mit ihm versöhnt, und zwar ist er ihm dabei gar sehr entgegengekommen. Nämlich der Kronprinz ist zu ihm in das Archiv gekommen unter dem Vorwande diese Samm-lung sowie deren Einrichtung und Verwaltung kennen zu lernen und hat da zwei Stunden im Gespräche mit ihm verweilt und ihn wenig später zu einer seiner Abendgesellschaften eingeladen. Max Duncker ist da erschienen, die Kronprinzessin aber hat „natürlich" den ganzen Abend nicht mit ihm gesprochen.

13. März. Zu Keudell. Sehr interessantes Gespräch mit ihm. Er öffnet mir sein Herz und klagt über vielerlei, namentlich ist Bis-marck's Gesundheitszustand immerhin bedenklich, wenn auch besser als voriges Jahr um diese Zeit. Er wird wieder lange auf dem Lande verweilen müssen. Er ist in einem hohen Grade nervös reizbar, so daß er sich über Kleinigkeiten unsäglich und bis zum Krankwerden ärgern kann, und leider würden ihm von der Hofpartei

immerfort kleinliche Schwierigkeiten in den Weg gelegt. Namentlich von den Damen. Die Leute, die ihm alles zu erschweren suchen, haben dabei gar keinen bestimmten politischen Plan, keine bestimmte Ansicht, die etwa von ihnen vertreten würde, sie haben gar keine Politik: es ist der reine Haß und Neid, der sie treibt! Und das geht sehr weit selbst in Dingen, die ganz unbedeutend scheinen. Wegen der Frankfurter Rezeßsache hat Bismarck's Abschiedsgesuch vor dem Könige gelegen! (NB. Mein Erstaunen über diese Kunde ist nicht fingirt!) Wie lange Bismarck das aushalten kann, ist die Frage. Er kann einmal „plötzlich ausbrechen"!

Ich: Das darf nicht sein! Er muß im Gegentheile noch lange vorhalten, denn es ist ja gar kein anderer da, der an seine Stelle treten könnte.

Keudell: „Ja freilich! er muß noch zehn Jahre vorhalten!" In Bezug auf Belgien scheint Napoleon III. etwas vorzuhaben; er stellt sich beleidigt durch das belgische Eisenbahngesetz.

Ich: Es ist wohl der alte Vertrag vom November 1863 die Theilung Belgiens bezweckend, den man nicht fallen läßt. Die Sache glimmt unter der Asche fort.

Später zu Sachse, permanente Kunstausstellung. Da macht das Bild eines Franzosen „die sieben Todsünden" seit einiger Zeit großes Aufsehen. Es sind drei Bilder, die zusammen gehören, und vom Bureau wird eine gedruckte Erklärung derselben vertheilt. Ein Kunstwerk, das einer bogenlangen Erklärung bedarf! Nach meiner Meinung eine nichtswürdige Kleckserei, bei der es in erster Linie auf Virtuosität in Farbeneffecten abgesehen ist und in zweiter auf Schaustellung einer frechen Lüsternheit — „Willst Du den Kindern der Welt und auch den Frommen gefallen u. s. w." — Glücklicherweise wird dieses saubere Kunstwerk wohl nicht auf die Nachwelt kommen; die Farben sind so dünn und flüchtig aufgetragen, daß sie wohl bald verschwinden werden. Aber es drängt sich ein gaffendes Publikum heran, wie ich es noch nie in diesen Räumen gesehen hatte.

14. März. Aus; beim Kronprinzen eingeschrieben; Jasmund im Vorzimmer, äußert sich sehr frei über La Marmora, der aber

leider „feine Rolle nicht ausgefpielt" habe, und über die Unter=
handlungen, die betrieben werden, um die bewußte Tripel=Allianz zu
Stande zu bringen. Daß diefe Unterhandlungen wirklich betrieben
werden, darüber täufcht fich niemand hier in Berlin.

Ich bemerke: Wie es fcheint, ift es von Seiten Italiens Victor
Emanuel felbft, der fie hinter dem Rücken feiner Minifter betreibt.
Er hat gewiß nicht den Muth mit uns vereint gegen
Frankreich zu Felde zu ziehen! feltfamer Weife aber
wohl mit Frankreich vereint gegen uns Krieg zu führen,
und doch wagt er in diefer letzteren Combination für feine Perfon
und feine Dynaftie ohne allen Vergleich mehr als in der erften.
Denn geht ein folcher Krieg im Bunde mit dem in Italien verhaßten
Frankreich fchlecht, dann ift feine Dynaftie verloren.

Jasmund: Ja! aber daß ihre Dynaftie in Gefahr fein könnte,
das glauben die Herren nie!

14. März. Befuch bei General von Etzel. Da die Schwierig=
keit der allgemeinen Lage auf die inneren Zuftände Frankreichs und
die dort herrfchende Corruption führt, äußert Etzel, daß Corruption
auch hier bei uns einzureißen beginne; wenigftens werde man den
alten preußifchen Grundfätzen in mancher Beziehung untreu. Daß
man z. B. Regierungsbeamten geftatte fich an die Spitze induftrieller
Unternehmungen zu ftellen, fei nicht wohlgethan, und ebenfo wenig
fei es zu loben, daß der hohe Adel feinen Namen für Geld hergebe,
um einer Actien=Gefellfchaft oder dergleichen Anfehen zu verfchaffen.

15. März. Um 11 Uhr zu Vincke. Er fpricht mir auch von
Bismarck's krankhafter Reizbarkeit, die um fo mehr zu beklagen fei,
da wir den Mann noch lange nicht entbehren können. In der letzten
Zeit habe er zweimal feinen Abfchied eingereicht, weil er nicht durch=
bringen konnte, einmal wegen des Frankfurter Rezeffes (NB. das ift
wahr!) und dann Ufedom's wegen, in deffen Abberufung der König
nicht willigen wollte, bis ihm Bismarck die Alternative ftellte: „Er
oder ich!" (NB. Davon hat mir Keudell nichts gefagt, es könnte
aber auch wohl wahr fein!)

Vincke erzählt mir auch, wie Moltke ihm fein Leid geklagt habe
um feine Frau, die vor kurzem ftarb, die ihm durch Heiterkeit und

nie wankenden Muth in allen Schwierigkeiten und Bedenken eine mächtige Stütze gewesen sei.

Zu Verdy; ich frage wie es mit der beabsichtigten Geschichte des Feldzugs 1866 in Italien steht.

Verdy: Wir wollen erst abwarten, was die Italiener darüber bekannt machen, und sie dann berichtigen, wenn es nöthig ist. Die politische Situation sei seltsamer Weise seit vierzehn Tagen, ganz plötzlich, sehr schwierig und drohend geworden. Man habe in einer gewissen Friedenszuversicht ruhig gelebt, da sei plötzlich die Unruhe herein gebrochen, kein Zweifel, daß es bedenklich stehe, „es sickert überall durch,“ der Generalstab weiß aber zur Zeit noch nicht, wohin und worauf er seine Aufmerksamkeit zu richten habe; daß über ein Bündniß zwischen Frankreich und Italien unterhandelt werde, sei freilich gewiß.

Wir hätten längst den europäischen Krieg wegen der orientalischen Frage, wenn nicht wäre, daß es Rußland für jetzt nicht paßt „und in Jahr und Tag nicht passen wird“.

(NB. Daß Rußland den Frieden im Orient erhält, nicht England und Frankreich oder vollends die Conferenz mit ihren Protocollen, und zwar Rußland, weil ihm der Krieg für jetzt nicht gelegen kommt, das hatte ich längst durchschaut, und vielfach im Gespräche zur Geltung zu bringen gesucht, wo es von Nutzen sein konnte!)

Zu dem Major v. Brandt, der, wie ich nun sehe, an der Spitze des Nachrichtenbureaus steht. Er fragt, ob ich ihm sagen könne, was denn nun eigentlich „dem Faß den Boden eingeschlagen“ habe in dem Verhältnisse zwischen Bismarck und Usedom? Daß sie nicht zum besten mit einander stehen, war seit lange sichtbar, Usedom hackte immer etwas auf Bismarck, wenn er von ihm sprach.

Die Situation sei plötzlich sehr drohend geworden; man sei bis vor Kurzem in Beziehung auf Frankreich durchaus ruhig gewesen, so daß man alle Agenten in anderer Richtung, in anderen Gegenden verwendet habe, nun habe er, Brandt, „seine Leute“ plötzlich zurückrufen und nach Frankreich senden müssen. Die berichteten dann freilich von gesteigerten Rüstungen.

Die Situation müsse sehr ernst sein, denn Keudell sähe seit einiger Zeit sehr angegriffen und „blutlos" aus. Uebrigens werden sich die Dinge wohl noch ein paar Monate in der Schwebe erhalten. Ueber ein Bündniß Italiens mit Frankreich werde allerdings unter= handelt, aber zum Ausbruche werde die Sache erst kommen, wenn Rattazzi wieder Premierminister sei; Rattazzi sei der Sturmvogel!

Brandt: Was Oesterreich anbetrifft so sind Beust's Absichten und Pläne natürlich nicht zweifelhaft, es fragt sich nur, ob Ungarn ihm auch wird folgen wollen auf diesen Bahnen. Die Ungarn müssen doch wissen, was sie Preußen verdanken, namentlich Andrassy muß sich sagen, daß er uns seine jetzige Stellung verdankt, und im all= gemeinen müssen sie sich sagen, daß es um ihre jetzigen Verhältnisse geschehen ist, wenn Oesterreich durch einen glücklichen Krieg mit Preußen seine alte Machtstellung wieder gewinnt. Sie müßten das um so mehr bedenken, da sie doch eigentlich nur an ihren eigenen Vortheil denken, oder vielmehr jeder von ihnen nur an seinen per= sönlichen Vortheil (mit Nachdruck und Bedeutung) „die Erfahrung haben wir gemacht!"

Brandt: Was mich anbetrifft, habe er vor Kurzem gehört, daß ich nach Paris bestimmt sei. Die Wiener „Neue Presse" hat neuerdings einen langen Artikel über mich gebracht, über die Wer= bungen in Italien. Das Blatt scheine überhaupt hier sehr gute Correspondenten zu haben, es erfahre überraschend viel und suche allen bedeutenden Persönlichkeiten hier „etwas anzuhängen". Brandt sagt mir auch noch, er wisse mit Bestimmtheit, daß Brassier nach Florenz gesendet wird.

In der Friedrichstraße dem Obersten v. Stiehle begegnet; in= teressantes Gespräch mit ihm in Schnee und Regen. Er commandirt jetzt das Garde=Regiment in Coblenz. Glaubt auch an einen nahen Ausbruch. Weiß um die Unterhandlungen Frankreichs mit Italien, glaubt man habe es Usedom zum Vorwurf gemacht, daß er das nicht früh genug entdeckt und hierher gemeldet habe.

17. März. Camphausen begegnet. Ueber die Situation ge= sprochen. Er meint sie sei vor etwa zehn Tagen allerdings sehr

brohend gewesen, die Spannung habe aber seitdem bereits wieder nachgelassen. Kriegerische „Velleitäten" kämen allerdings ab und an von Seiten Napoleon's zum Vorschein, er besinne sich aber denn doch auch wieder.

Abends bei Max Duncker. Ich traf da eine Menge Professoren, darunter mir näher bekannt: Beseler, Hansen, Dove, Curtius und dann auch der Minister Bethmann-Hollweg. Am interessantesten war das Protocoll, und zwar ein sehr ausführliches Protocoll, über die letzte Sitzung, das Max Duncker vorlas, der einen Vortrag gehalten hatte über die Unterhandlungen Friedrich Wilhelm's I. über die jülichsche Erbschaft. Es ergab sich daraus, daß Oesterreich dabei von Anfang bis zu Ende eine treulose Rolle gespielt hat, und zwar immer wieder von neuem schöne Versprechungen machte, wenn es den Beistand Preußens bedurfte, aber immer auch Preußen wieder von neuem betrog; daß ferner sowohl Frankreich als Holland den Ansprüchen Preußens feindlich gegenüber standen, weil beide, mit richtigem Takte von ihrem Standpunkte aus, Preußen nicht am Rhein mächtig wissen wollten. Frankreich wollte am Rhein nur ohnmächtige geistliche Staaten und den Katholizismus unbedingt herrschend haben. Auch England war den preußischen Ansprüchen entgegen, nicht aus staatsmännischen Rücksichten, sondern weil man von dort aus, dem Könige Georg zu Liebe, das hannöversche Uebergewicht in Norddeutschland zu fördern suchte. Max Duncker kam zu dem Schlusse, daß ein Zusammengehen Preußens mit Oesterreich stets und unter allen Bedingungen unmöglich gewesen sei, weil Oesterreich in jeder versuchten Verbindung dieser Art unredlich war und blieb.

Mir schien, daß Max Duncker dieses Protocoll mir zu lieb so ausführlich redigirt habe. Später sagte er mir privatim, er sei überzeugt Friedrichs des Großen eigentlicher Grund die jülichschen Ansprüche fallen zu lassen und sich auf Schlesien zu werfen, sei die Gewißheit gewesen, daß er dort am Rhein beide Westmächte gegen sich haben würde, für seine schlesischen Pläne dagegen die eine von beiden jedenfalls gewinnen könne.

Den Vortrag hielt der alte Theologe Twesten über einen vielversprechenden Gegenstand: Einfluß und Wirksamkeit der französischen

reformirten réfugiés in Holland und Preußen.   Er sprach aber
schließlich nur über den Antheil, den sie an theologischen Kontroversen
genommen haben, von der weltgeschichtlichen Bedeutung, der Rück=
wirkung, welche die réfugiés, Descartes und Bayle an der Spitze,
auf Frankreich geübt haben, wußte offenbar der beschränkte Theologe
auch sich selbst nicht Rechenschaft zu geben.

---

5. Internationale Wühlereien und politische Intriguen.

21. März. C. bei mir. Er kommt aus Florenz, das er gerade
vor acht Tagen, am Sonntage verlassen hat. Erzählt vielerlei. Vor
Allem von den socialistischen Wühlereien die von London und Genf
aus eifrig fortgesetzt werden, um ganz Europa zu revolutioniren
und zwar nicht bloß eine politische, sondern eine sociale Revolution
hervorzurufen. Sie werden von den beiden comités internationaux
(révolutionnaires) in London und Genf geleitet. Das comité international in London präsidiert Louis Blanc, das Comité in Genf
Philipp Becker, ein Deutscher (NB. ich glaube ein Badenser). Die
Revolution soll zuerst in Paris ausbrechen, und wenn sie dort sieg=
reich ist, sich zunächst auf Italien, dann auf das südliche Deutschland
ausdehnen, wo viel Zündstoff ist (NB. namentlich in Württemberg
und Baden). Sie soll dann aber auch das nördliche Deutschland
erfassen, wo man ebenfalls zahlreiche Verbindungen hat, und über=
haupt, weiter und weiter, ganz Europa umgestalten.

Zunächst ist man überall bemüht das städtische Proletariat,
vermöge des Associationsrechtes militairisch zu organisiren. C. selbst
ist eventuell zu einem der „Sectionschefs" ernannt worden (NB. vor=
läufig, wie es scheint, in partibus), das heißt, er ist bestimmt, wenn
es zur Sache kommt, eine Division der Revolutionsarmee zu
befehligen.

Dem Landvolke predigt man überall, daß es gegen seine eigenen

Interessen handelt, indem es sich zum Werkzeuge der Regierungen und der regierenden Stände hergiebt; man fordert sie auf nicht sich selbst oder ihre Söhne zu Soldaten herzugeben, den Dienst zu verweigern. In Frankreich wird die Armee unmittelbar bearbeitet, man verbreitet revolutionäre Brandschriften in ihren Reihen, und sehr viele Soldaten sind in Arrest, weil man dergleichen bei ihnen gefunden hat.

Welche Stellung Bismarck diesen revolutionären Bestrebungen gegenüber einnehmen wird, wenn sie mehr zu Tage treten: über diese Frage sind die Mitglieder des comité international getheilter Meinung. Einige glauben, Bismarck werde sich mit Napoleon verständigen, um vereint mit ihm die Revolution zu unterdrücken; andere sind der Meinung, er werde vielmehr die Revolution als Mittel und Werkzeug für seine und Preußens Zwecke benutzen.

Von unseren Reichstagsmitgliedern stehen mehrere mit dem comité international in Verbindung und Korrespondenz, mit anderen Worten, sie gehören dem Bunde an, den das Comité dirigirt. Namentlich Schweizer und Bebel.

Ich frage nach der Lage der Dinge in Italien: über die Triple-Allianz wird wirklich unterhandelt. Napoleon hatte die Unterhandlungen persönlich auf Um- und Nebenwegen mit Victor Emanuel begonnen, der Anfangs nicht darauf eingehen wollte. Französische Agenten, Offiziere und der Cabinetssekretair des Kaisers, Montférier, reisten hin und her. Drei persönliche Briefe Napoleon's an Victor Emanuel waren unbeantwortet geblieben; am Ende brachte Gualterio seinen König dahin, daß er auf alle drei ein Antwortschreiben an Napoleon erließ, das aber auch nur aus wenigen Worten bestand. Doch wurde der König, ebenfalls durch Gualterio, zu der Aeußerung bestimmt, man müsse auf die Unterhandlungen eingehen und sie so führen, daß dem Kaiser Napoleon nicht die Hoffnung auf das gewünschte Bündniß benommen würde. Darauf hin hat nun Menabrea die Sache in die Hand genommen.

Die Schwierigkeiten der Finanzlage werden das Ministerium Menabrea nicht zum Sturze bringen. Es wird die neuen Angriffe auf diesem Gebiete beßlegen wie die früheren. Die gewünschte Anleihe wird zu Stande kommen, obgleich Rothschild die Unterhandlungen

abgebrochen hat. Die Compagnie, welche die Pacht der Tabaksregie
übernommen hat, wird sich zu einer Anleihe von 500 Millionen Lire
auf die Kirchengüter herbei lassen, damit hat dann das Ministerium
die Mittel den Zwangscurs des Papiergeldes zu beseitigen und sich
durch dieses Jahr und das nächste zu helfen.

Rattazzi, mit dem C. vor Kurzem gesprochen hat, entwirft daher
auch einen anderen Plan das Ministerium zu stürzen. Er will
demnächst Menabrea über die Unterhandlungen in Beziehung auf die
Tripleallianz interpelliren und Menabrea auf diese Weise vermöge der
so herbeigeführten Discussion in die Nothwendigkeit versetzen die gegenwärtige Kammer aufzulösen. Dem Ergebnisse der neuen Wahlen
gegenüber werde sich das Ministerium Menabrea nicht behaupten
können. (NB. Das scheint mir eine etwas unsichere Berechnung.)

Die Consorteria existire nicht mehr, namentlich sei die Permanente
ganz auseinander gefallen. (NB. Daß die Verhältnisse immer
haltungsloser werden, immer mehr in sich zerfallen, will ich wohl
glauben. Die consequente Gliederung von persönlicher Umgebung
des Königs, piemontesischer Adelscoterie und Stellenjägerconsortium,
als drei Stufen eines Ganzen besteht allerdings schon seit längerer
Zeit nicht mehr. Die zweite Stufe, der piemontesische Adel, ist längst
ausgeschieden und als Permanente eine Opposition eigenthümlicher
Art geworden; auch die Stellenjägerconsorteria ist vielfach in sich
gespalten und gelegentlich entzweit, aber deshalb kann man noch lange
nicht sagen, daß die Consorteria überhaupt garnicht mehr existirt.
Der Actions- und Nationalen Partei gegenüber schließt sie sich doch
immer noch als ein Ganzes zusammen und an das Ministerium,
das denn doch aus ihrer Mitte hervorgegangen ist.)

Garibaldi ist nach wie vor unerschütterlich gut preußisch gesinnt
und will sogar, im Falle die Tripleallianz zu Stande kommt und zu
einem Kriege führt, an dem Italien gegen Preußen Antheil nimmt,
eine Schilderhebung zu Gunsten Preußens wagen.

C. erwähnt dann, der Fürst Karl von Rumänien sei
innerhalb weniger Monate verloren, wenn man ihm nicht
schleunigst zu Hülfe komme.

Seine Herrschaft wird von Frankreich und Oesterreich systematisch untergraben; Frankreich und Oesterreich wollen ihn aus dem Lande vertreiben. Die Bojaren oder eine Anzahl Bojaren, immer zu Umwälzungen bereit, wollen einen Aufstand zu Wege bringen, und, wenn der auch nicht sehr bedeutend ausfallen sollte, werden die Oesterreicher und Türken, die unterrichtet sind und ihn erwarten, den Aufstand als Vorwand benützen, um in Rumänien, in Bukarest zumal, einzurücken und in altbekannter Weise „Ruhe und Ordnung" herzustellen. Mit der Herrschaft des Fürsten Karl ist es dann natürlich zu Ende. Die Ungarn, namentlich auch die Deákisten, sind diesmals vollständig einverstanden mit der Politik Oesterreichs weil ihnen die nationalen Bestrebungen der Rumänen, die nach Ungarn hinübergreifen könnten, sehr zuwider sind, weil ihnen daran liegt diese Bestrebungen nieder zu halten. Die österreichischen wie die türkischen Truppen stehen an der Grenze bereit, um sofort einzurücken.

Fürst Karl ist verloren; er hat in ganz Rumänien nicht zwölf Menschen, auf die er sich verlassen kann.

Ich: Das glaube ich wohl; zwölf Menschen, auf die er sich verlassen könnte, hat dort niemand; es giebt in ganz Rumänien nicht zwölf Menschen, auf die sich irgend jemand verlassen könnte!

C.: Mag sein. Es ist aber von Seiten der Actionspartei in Italien ein Plan entworfen den Fürsten zu halten. Es kommt nur darauf an den beabsichtigten Aufstand in Bukarest augenblicklich niederzuschlagen und mit solcher Gewalt, daß er sich nicht wieder zu erheben wagt. Das ist nicht schwer; die Rumänen sind kein sehr energisches Volk; es kommt nur darauf an ein paar tausend Mann zuverlässige Leute zur Hand zu haben; die muß man beschaffen. Sie müßten als Arbeiter eingeschmuggelt werden. Strousberg, der hiesige Schwindeljude und Millionär, der die Eisenbahnen in der Moldau-Walachei baut, beschäftigt alle Arbeiter weit von Bukarest; auf die ist also schon deshalb nicht zu rechnen. Da hat man denn einen anderen Plan entworfen.

Fürst Karl selbst hat keinen Antheil daran. Bibeschini, Menotti Garibaldi's Schwager, will ein Landhaus und ein Wäldchen in der unmittelbaren Nähe von Bukarest einem Bojaren ablaufen, angeblich

26*

um einen öffentlichen Vergnügungsort daraus zu machen. Da man Arbeiter in der Nähe nicht haben kann, will man, angeblich um die nothwendigen Veränderungen in's Werk zu setzen, 2000 Italiener, Garibaldiner, vollkommen militärisch organisirt, mit ihren Offizieren 2c. als Arbeiter nach Bukarest befördern, um dort die geheime Leibwache des Prinzen zu bilden.

Man hat aber kein Geld; das soll Preußen hergeben oder wenigstens vorschießen auf so lange, bis man (NB. das heißt, wohl die Actionspartei) das Nöthige zusammen bringen kann. Ob man hier von Seiten der Regierung wohl darauf eingehen werde?

Ich: Das kann ich nicht wissen, ich glaube eher nein als ja. NB. Im Stillen sage ich mir: unsere Regierung geht ganz gewiß nicht darauf ein. Wir haben ohnehin ganz im Allgemeinen keine große Neigung zu abenteuerlichen Unternehmungen. Außerdem legen wir gar keinen Werth darauf, daß der Fürst Karl von Hohenzollern Herr von Rumänien bleibt, wollen nicht dadurch in die orientalischen Händel verwickelt werden. Schon aus Rücksicht für die Ungarn werden wir uns auf diese Umtriebe nicht einlassen. Was das Wiederbezahlen anbetrifft, so ist die italienische Actionspartei im Geldaufbringen nicht sehr stark; Mentana hat es bewiesen. Und dieser Plan scheint nicht einmal von der gesammten Actionspartei betrieben zu werden; nur von der Gruppe, die sich um Garibaldi schart.

22. März. Zu Keudell; ich zeigte ihm an, daß C. wieder da ist, und welche rumänische Angelegenheit, für die er Geld haben möchte, ihn herführt.

· Keudell: Darauf werde man wohl nicht eingehen; der Fürst Karl werde sein Land vielleicht bald verlassen; das werde von den Wahlen abhängen; fallen die ungünstig aus, so werde er wohl den Rumänen erklären, sie sollten in Gottes Namen machen, was sie wollten, und für seine Person davon gehen. Wenigstens werde man schwerlich Geld hergeben.

Ich: Jedenfalls hat es sein großes Bedenken sich mit den

Leuten in solcher Weise einzulassen. Die Italiener sind unzuverlässig; die Actionspartei so gut wie jede andere.

Keudell: Wir haben in dieser Beziehung schon traurige Erfahrungen gemacht.

Philipsborn im Ministerium aufgesucht. Er läßt sich die Dinge in Italien schildern, spricht von der Tripleallianz; Bismarck wolle nicht daran glauben; nach allen Nachrichten, die man von verschiedenen Seiten erhält, müsse doch etwas daran sein. NB. Bismarck sucht sich vielleicht den Glauben daran nur deßhalb fern zu halten, weil er den Frieden leidenschaftlich zu erhalten wünscht.

Später besucht mich C.

Da ich äußere, nur wenn Cialdini Ministerpräsident wäre, könnten wir mit einiger Sicherheit auf Italien rechnen, auch dem Rattazzi sei nicht zu trauen, betheuert C., Rattazzi sei jetzt unbedingt mit der Nationalpartei verbündet und so zuverlässig wie entschieden für das Bündniß. Er wünscht den Sturz des Kaiserthums in Frankreich, betheiligt sich wenigstens mittelbar an den Manövern gegen dasselbe, hat zu C. gesagt: „Napoléon n'a plus de raison d'être!" (NB. Ich traue ihm doch nicht!) Uebrigens hat sich Napoleon auch, wenn auch vergebens, bemüht Cialdini zu gewinnen. Der Cabinetssecretär Montférier hat bei Gelegenheit seiner Hin- und Herreisen auch Briefe für ihn aus dem kaiserlichen Cabinet mitgebracht. C. weiß den Inhalt durch General Carini. Sie enthielten die Anfrage, ob Cialdini geneigt sei ein Ministerportefeuille anzunehmen? In diesem Falle wolle Frankreich ihn in seinem Streben nach einem Portefeuille unterstützen. C. sagt mir auch, Bright und Stansfield seien neben Louis Blanc Präsidenten der Londoner Internationale. Zwei Präsidenten eines solchen kosmopolitischen radical-revolutionären Comités Staatsminister Englands; etwas ähnliches ist noch nicht da gewesen. Es ist unerhört!

C. hat Keudell die rumänische Angelegenheit vorgetragen. Dieser ist doch mehr darauf eingegangen, als ich gedacht hätte. Die Regierung kann sich natürlich mit dergleichen nicht befassen, aber er hat C. an den Schwindeljuden Strousberg gewiesen und ihm eine Karte gegeben, um ihn bei diesem Juden einzuführen. Strousberg, der ohnehin die Eisenbahn in Rumänien baut, werde wohl aus Eitelkeit auf die Sache eingehen, wenn man ihn auf deren politische Seite aufmerksam mache. Also der Gedanke bedeutend und mit mächtiger Hand in die großen Weltgeschicke einzugreifen soll den Mann reizen! Möglich! Strousberg ist allerdings eitel wie ein Jude und der Mann gewagter Unternehmungen.

C. fragt mich, ob nicht vielleicht auch ein Anderer der hiesigen Banquiers auf das Bukarester Project einginge?

Gewiß nicht! keiner von den soliden, deren Vermögen dazu ausreichen könnte; weder Mendelssohn, noch Warschauer, noch Magnus.

C. theilt mir noch mit, die Internationale in London habe einen Baarfonds von 5 000 000 L. Sterling angesammelt, über den sie verfügen könne.

Die Mazzinisten aber haben gar kein Geld, das habe ich gesehen; sie haben zu den wichtigsten Dingen keines; wie kommt das?

C. antwortet: Mazzini und sein Anhang haben nichts, weil die Internationale sich von ihnen losgesagt hat und nichts weiter von ihnen wissen will. Diese Antwort genügt mir nicht ganz, denn Garibaldi, den die Internationale gewiß nicht verleugnet, hatte zu der Unternehmung auf Rom auch kein Geld, und ich irre gewiß nicht in der Ueberzeugung, daß die ganze Actionspartei, daß namentlich Cairoli und Crispi immerhin gewisse Beziehungen mit Mazzini unterhalten, wenn auch natürlich mit dem Vorbehalte ihn lediglich für ihre Zwecke zu benützen, die seinigen zu vereiteln und ihn selbst schließlich zu beseitigen.

24. März. Camphausen besucht. Der liest mir die zürnenden Artikel vor, die Bismarck hat in die Zeitungen einrücken lassen, gegen Beust in die „Norddeutsche Allgemeine" und gegen den Marschall Niel in die „Kölnische". Sie sind beide sehr stark und nachdrücklich, besonders der gegen Beust, und auf Einschüchterung angelegt in der Absicht den Hetzereien gegen Preußen in der officiösen österreichischen und französischen Presse ein Ende zu machen.

Camphausen fragt, was wohl bei einer plötzlichen Invasion Belgiens durch die Franzosen zu erwarten stünde? Ob die Belgier wohl die Mittel haben sich zu behaupten, bis wir ihnen zu Hülfe kommen können?

Ich: Die Belgier haben ihr Vertheidigungssystem für diesen Fall ganz gut berechnet; sie haben die Festungen, die sie nicht besetzen und vertheidigen könnten, zum Theil eingehen lassen und werden, was davon übrig ist, nur mit den nothdürftigsten Besatzungen versehen. Dagegen haben sie Antwerpen sehr verstärkt, und in der Brabanterhaide ein verschanztes Lager angelegt, dessen Werke, wie die dänischen bei Düppel, so stark angelegt sind, daß sie nicht ohne Belagerungsarbeiten genommen werden können. Die Bewältigung dieses Lagers ist aber um so schwieriger, weil eine feindliche Armee, die sich davor aufstellen müßte, in der öden Haide unter Anderem auch empfindlichen Wassermangel erleiden würde.

 Antwerpen soll ihnen die Verbindung mit England offen erhalten, in dem Lager wollen sie ihre Armee concentriren, und da können sie sich wohl halten, bis wir zur Stelle sind.

Indem ich aber das Alles auseinandersetze, wird mir die Bedeutung von Mastricht klar, und ich muß hinzufügen:

Freilich, wenn die Franzosen Holland zum Verbündeten haben, dann haben sie in Mastricht einen Brückenkopf, der sie in unsere Rheinprovinz führt, und zwar in einer Richtung, die es uns unmöglich machen würde den Belgiern zu Hülfe zu kommen.

Camphausen meint, ein Bündniß Frankreichs mit Holland müsse man aber unbedingt annehmen.

Leider ist es so. Und wenn sich die Franzosen zugleich durch Ueberfall mit holländischer Convenienz Luxemburgs bemächtigen, dann könnten wir wohl in dem Dreiecke zwischen Mosel, Rhein und Maas zunächst auf die Vertheidigung angewiesen sein!

Dann kommt C. Der hat es doch mit Warschauer versucht wegen des Bukarester Projekts, Warschauer hat aber erklärt, um sich darauf einlassen zu können, müsse er die Garantie unserer Regierung haben, wegen der vorzuschießenden Summe. Es bleibt also nichts übrig, als sich an den Erzschwindler Strousberg zu wenden.

Sprechen von den Griechen, von denen er immer große Dinge erwartet. Ich weiß, daß die Griechen mit Garibaldi und der gesammten Actionspartei in Italien in Verbindung stehen. Diese und die Griechen montiren sich gegenseitig und seit Jahren werden Wunder angekündigt, die angeblich immer auf dem Punkte stehen zur Erscheinung zu kommen, und die wir doch nie erleben. Mir scheint, Griechen und Italiener, das ist ein Phantast, der sich auf einen Andern verläßt. Das will C. nicht Wort haben.

Abends bei Max Duncker, mit ihm und seiner Frau allein. Die Zeitungsartikel besprochen. Belgische Händel.

Max Duncker sagt, Lord Clarendon übt Druck auf Belgien, um dort zum Nachgeben zu bestimmen. So armselig und verkehrt ist nun einmal die heutige englische Politik.

25. März. C. kommt. Strousberg ist durch den Telegraphen nach Wien beschieden worden und eilig dorthin gereist. Von Seiten Frankreichs macht man Anstalten die Einrichtung der indischen Post von England aus über Ostende, den Brenner, Brindisi und den Suezkanal auf den Conferenzen, die deßhalb gehalten werden sollen, zu hintertreiben, Italien zu diesem Ende gegen seine evidenten Interessen zu gewinnen oder einzuschüchtern. Ich möge Delbrück darauf aufmerksam machen.

26. März. C. erzählt mir, die Internationale habe ihn zum Sectionschef ernannt für den bevorstehenden Kampf für die socialistische Revolution und unter dem Zeichen der rothen Republik. Wie ist das zu verstehen? Ist ihm eine bestimmte geographisch gegebene „Section" überwiesen, oder ist es vorläufig eine Section in partibus, die erst noch fixirt werden soll?

C. erklärt: obgleich die Socialisten darüber einverstanden sind, daß in Europa überall das oberste zu unterst gekehrt werden muß, trauen doch die deutschen Socialisten den französischen nicht recht. Sie glauben, es sei von Seiten der Franzosen zugleich auf eine Unterjochung Deutschlands abgesehen. (NB. Das darf man der grande nation allerdings zutrauen.) Sie wollen daher die französischen Revolutionärs nicht nach Deutschland herein lassen, sie wollen sie auf Frankreich beschränken, da mögen sie ihren Kampf mit der französischen Armee ausfechten. Damit sie aber nicht in Deutschland festen Fuß fassen können, hat man nöthig gefunden die sämmtlichen Schweizersectionen, auch die der französischen Schweiz, die bestimmt sind in Deutschland zu operiren, — im südlichen versteht sich — unter das Commando von Deutschen zu stellen.

Die Internationale zu Genf hat Garibaldi ersucht die Männer seiner ehemaligen Truppen namhaft zu machen, die zu Sectionschefs geeignet wären. Auf der Liste, die Garibaldi übersendete, stand auch C.'s Name, und darauf hin ist C. zum Chef einer der vier Sectionen ernannt worden, in die Genf oder die dortigen Anhänger der socialistischen Revolution eingetheilt worden sind.

NB. Es zeigt sich eben in diesen Dingen, daß das Genfer Comité von einem Deutschen präsidirt wird. Uebrigens versprechen die mißtrauischen Veranstaltungen nicht gerade viel Einigkeit unter den Rothen. Der Erfolg dieses unseligen Treibens könnte gar wohl sein das wankende Napoleoniden-Empire wieder neu zu befestigen.

C.: Die Herzogin von Genua, Gualterio, La Marmora und die gesammte französische Partei hatten den König Victor Emanuel dahin gebracht, daß er den General Cugia, der ganz eine Kreatur La Marmora's ist und an der Spitze der casa militare des Prinzen Humbert steht, nach Triest senden wollte, um dort den Kaiser von Oesterreich zu begrüßen. Dazu hätte Cugia zum Adjutanten des Königs ernannt werden müssen, was er bis jetzt nicht ist.

Cialdini hat das alles hintertrieben. Victor Emanuel wollte, als er Cugia aufgegeben und Della Rocca für diese Sendung bestimmt hatte, wenigstens den General Casanuova mitschicken, der auch zu der Partei La Marmora's und Frankreichs gehört. Cialdini hat aber zu bewirken gewußt, daß nicht der, sondern Colobriano dem Della Rocca beigegeben worden ist.

Aber ungeachtet von Seiten Victor Emanuel's das entschiedene

Verlangen hervorgetreten ist Anhänger Frankreichs mit dieser Sendung zu betrauen, behauptet C., daß Victor Emanuel diese Annäherung an Oesterreich ohne alle Nebengedanken an eine Tripleallianz lediglich aus alter verwandtschaftlicher Sympathie für Haus Oesterreich gesucht hat. Er überzeugt mich aber nicht.

Wie klug, daß die französische Partei auch einen der Ihrigen, den General Cugia, an die Spitze der casa militare des italienischen Kronprinzen gestellt und zu dessen Mentor gemacht hat.

27. März. Rattazzi hat C. vor vierzehn Tagen gesagt, wenn erst die Wahlen in Frankreich glücklich vorüber sind, werde Napoleon seine Politik bemaskiren. Rattazzi erwartet offenbar, daß diese Politik eine kriegerische sein werde, denn er gab zu bedenken, daß die Lage Preußens eine sehr schwierige werden könne, hat von Diversionen gesprochen, die Napoleon von Dänemark her und an den Küsten der Nordsee unternehmen könne, wie sehr die Streitkräfte Preußens am Rhein durch die Nothwendigkeit Truppen zum Schutze der Nordseeküste zu verwenden geschwächt werden müßten ꝛc.

Das Alles bestärkt mich noch mehr in meiner alten Ueberzeugung, daß Napoleon das italienische Bündniß haben kann, auch wenn Rattazzi zur Zeit Premierminister sein sollte.

---

6. Gespräch mit Moltke.

29. März. Besuch bei Moltke; langes interessantes Gespräch mit ihm. Er weiß, daß ich in militärischen Angelegenheiten nach Spanien gehe.

Moltke: „Im Fall eines Krieges werden Sie uns dort sehr nöthig sein." Denn Frankreich werde nicht umhin können eine starke Observationsarmee an den Pyrenäen aufzustellen.

Ich: Um so gewisser, ba nach ber Wendung, welche die Dinge in Spanien genommen haben, nur Ergebnisse möglich bleiben, die für Napoleon in gleichem Grade unangenehm sind.

Moltke: Montpensier ober Republik. Glaubt übrigens für dieses Jahr nicht an Krieg; Oesterreich ist noch nicht fertig!

Ich: Oesterreich wird im künftigen Jahre vielleicht noch weniger zum Kriege bereit sein als jetzt. Wenigstens haben die Wahlen in Ungarn sich so gestaltet, baß sie wohl ernstes Bedenken erregen müssen. Die Deákisten, die das Mögliche durch Gefälligkeit für Oesterreich zu erlangen hoffen und baburch, baß sie die österreichische auswärtige Politik unterstützen, haben zwar noch die Majorität, die Linke aber hat boch eine solch imposante Minorität in ben Reichs= tag gebracht, baß man nothwendiger Weise mit ihr rechnen muß; eine Majorität von nur etwa 30 Stimmen, wie die Deákisten sie zur Zeit noch haben, wie leicht schlägt sie um, wo es sich um so wichtige Fragen handelt wie Krieg und Frieden. Und die ungarische Linke will keinen Krieg mit Preußen.

Moltke: Die Deákisten müßten vernünftiger Weise ben Krieg auch nicht wollen, benn baß ein siegreicher Krieg Oesterreichs zur Vernichtung der Stellung führen würde, die Ungarn jetzt gewonnen hat, bas müsse wohl ein jeber sehen. Die Linke in Ungarn will die vollständige Losreißung von Oesterreich und Selbstständigkeit ihres Landes. Das ist auch eine Thorheit; benn wie wollen bie wenigen Ungarn sich inmitten aller slavischen Völkerschaften erhalten ohne die Stütze, die sie an Oesterreich haben.

Indessen, so sehr man auch in Ungarn bem Kriege abgeneigt sein mag, ein Mittel hat Beust boch, womit er bie Ungarn fassen kann — auch bie Linke! Das ist bie Furcht vor Rußland und vor ber slavischen Herrschaft (NB. bem Panslavismus). Wenn er ihnen weiß macht, bie Herstellung Polens sei bas Mittel bagegen, barauf gehen sie ein, auch bie Linke. Als ob man Polen herstellen könnte! Als ob es bestehen könnte, wenn es hergestellt wäre!

Ich: Ja, Polen hergestellt mit einem Erzherzoge als König, so benkt man sich bie Sache wohl in Wien; als ob bie Polen einen solchen König lange bulben würden! Die Herstellung scheint mir

um so weniger möglich, da die Forderung der Polen, ihr altes Reich
solle hergestellt werden, sofort die Forderung der Herrschaft über
andere Stämme einschließt, über die Litthauer nämlich und über die
Russen in Galizien, Wolhynien und Podolien. Mir ist es unbegreiflich,
wie Beust glauben kann, er könne mit seinen Plänen durchdringen,
da er die Aristokratie und die Prälatur gegen sich hat.

Moltke: Uebrigens spielt Oesterreich ein hohes Spiel.
(NB. Im Falle eines solchen Krieges.) Haben wir es mit den Franzosen
allein zu thun, denen sind wir überlegen; nimmt Oesterreich an
dem Kriege Theil, so stehen wir auch nicht allein, und Rußland,
„obgleich ich das Bündniß nicht einmal wünsche", würde
wenigstens einen Theil der österreichischen Streitkräfte in Anspruch
nehmen und lähmen.

Den Franzosen sind wir um so mehr überlegen, da sie
sich in Algerien nicht schwächen dürfen, „im Gegentheil", und da
sie außerdem eine Observationsarmee an den Pyrenäen aufstellen
müssen.

Ich: Und auch Rom würde stark besetzt bleiben müssen, um
immer die Hand über Italien zu halten.

Moltke: Rom würde wenig Truppen in Anspruch nehmen,
denn im Februar soll ein Vertrag zwischen Frankreich
und Italien geschlossen worden sein. Italien erhält die
Erlaubniß, im Falle eines Krieges Rom zu besetzen, aber
nicht die Hauptstadt dorthin zu verlegen; Rom muß Sitz
des Papstes bleiben, und die Franzosen behalten Civita
Vecchia besetzt. Ob noch weitere Bedingungen dabei sind, etwa
ein Bündniß gegen Preußen, daß müsse dahin gestellt bleiben!

(NB. Rom von Italienern besetzt, eine italienische Stadt, aber
ohne daß die Hauptstadt dahin verlegt würde, Sitz des Papstes, das
ist genau der Plan, den auch Rattazzi im Oktober 1867 verfolgte. Um den Preis eines solchen Vertrages, wenn dann
höchstens noch Civita Vecchia zugelegt würde, kann Napoleon III.
auch Rattazzi zu dem Bündnisse gegen Preußen bewegen. Es frägt
sich nur, ob der Papst nicht wieder nein! sagt und davon zu
gehen droht.)

Ich: Mögen solche Bedingungen dabei sein oder nicht, des Bündnisses mit Italien kann Napoleon jeden Augenblick gewiß sein, wenn er es nur peremptorisch fordert. Freilich würden nur La Marmora und Gualterio mit Freudigkeit und gutem Willen darauf eingehen, alle Andern ungern und mit Widerstreben. Das Beste dabei ist, daß auch nur La Marmora energisch vorgehen und handeln würde in einem Kriege gegen Preußen. Alle Anderen würden als leitende Minister bemüht sein so wenig als möglich zu thun, gerade wie wir es von den süddeutschen Staaten erwarten müßten.

Moltke äußert sich wiederholt sehr ungehalten über die Deutschen. „Die Deutschen sind eine erbärmliche Nation." Zum erstenmal seit Karl V. ist ihnen die Gelegenheit geboten sich zu einigen, aber, anstatt zuzugreifen, sagen sie nein! so wollen wir es nicht haben! Wo wäre es möglich, daß ein Franzose oder ein Italiener geradezu die Einmischung der Fremde fordern könnte, wie Arcolay und solche Leute! Die Leute sollten doch bedenken, wenn Preußen fällt, dann ist es vorbei mit der deutschen Nation. Deutsche kann es dann noch geben, aber keine deutsche Nation; nur deutsche Vasallen-Staaten, die von Frankreich abhängen würden.

Ich: Im Allgemeinen sehe ich mit Vertrauen in die Zukunft; wenn wir auch ein Unglück erleben sollten, so ist das nicht die letzte Entscheidung. Ich bin überzeugt, wenn wir auch ein neues 1806 erleben sollten, wird ganz gewiß wieder ein 1813 darauf folgen. Den deutschen Regierungen ist freilich nicht zu trauen. Auch Sachsen nicht oder vielleicht am wenigsten.

Moltke: Wenn man die sächsische Armee aus dem Lande herauszieht, im Falle eines Krieges —

Ich: Die sächsische Armee, die ein vorzügliches Officierscorps hat und sich in Folge dessen trotz aller Unvollkommenheiten, die Klein- staaterei und eine etwas lockere Organisation mit sich bringen, immer eine sehr gute Haltung bewahrt hat, die wird der militärischen Ehre nichts vergeben und ihre Schuldigkeit thun, so lange das von ihr abhängt. Aber dem sächsischen Hofe ist nicht zu trauen, der wird suchen sich dem Bunde zu entziehen.

Moltke: Bezeugt, daß die sächsische Armee sich auch in Böhmen sehr gut gemacht hat. Der sächsische Hof wird freilich suchen sich dem Bunde zu entziehen, wenn nämlich Oesterreich Antheil nimmt an dem Kriege. Das muß man erwarten. „Er spielt dann aber ein hohes Spiel, denn ein drittes Mal würden wir Sachsen wohl nicht wieder herausgeben."

Ich: Erwähne, daß La Marmora wieder eine Brochüre in französischer Sprache in Paris herausgegeben hat, in der er mich sehr übel behandelt.

Moltke: Fragt nach Lecomte's Werk.

Ich: Ich habe es nicht gelesen, aber durchblättert, und das genügt. Man sieht, daß der Verfasser niemals inmitten großer Ereignisse gestanden und an deren Leitung Antheil genommen hat. Er glaubt den Krieg zu verstehen, weil er Jomini's Banalitäten auswendig weiß.

Moltke: Im französischen Generalstabe sind Vorträge über den Feldzug 1866 gehalten worden, bei denen Lecomte's Werk zu Grunde gelegt worden ist.

Ich: Lecomte tadelt die Operationen der preußischen Armee und auch der Italiener; die Anhänger La Marmora's gefallen sich zu ihrem Troste in der Vorstellung, daß der Erfolg der preußischen Waffen lediglich einem unverdienten Glücke zu verdanken sei. Namentlich der Einmarsch in Böhmen wird sehr gewagt gefunden. Ich habe die Herren schon gelegentlich gefragt, ob sie etwa das Geheimniß wüßten eine entscheidende Operation im Kriege so zu combiniren, daß nichts dabei gewagt wird. Der Krieg ist seiner Natur nach das Element der Wagnisse.

Moltke: Man kann nicht alles widerlegen! Da wird in der Geschichte des Feldzugs 1866, die der österreichische Generalstab herausgegeben, gesagt: es heiße — man sage, in der Schlacht bei Königgrätz sei, da die Ankunft des Kronprinzen sich verspätete, bei der ersten preußischen Armee bereits der Befehl zum Rückzuge gegeben gewesen. Mit solchen Andeutungen, die so eingeführt werden mit „man sagt" und die man nicht zu beweisen braucht, damit kann man weit kommen. Es ist mir nie eingefallen den Befehl zum Rückzuge zu geben, und es war auch gar keine Veranlassung dazu; wir konnten

nicht weiter vorwärts „wegen der Artillerie" (NB. b. h. ber an
Zahl und Stellung überlegenen österreichischen), „aber wir hatten
noch ein ganzes Armeecorps, das noch gar nicht im Gefecht gewesen war."

Ich: Was einen möglichen Krieg mit Frankreich betrifft, so ist
mir neuerdings die Wichtigkeit von Mastricht sehr aufgefallen. Das
Vertheidigungssystem der Belgier ist sehr gut combinirt, aber wenn
die Franzosen Belgien überschwemmen — mit Holland verbündet müssen
wir sie voraussetzen (Moltke stimmte bei) — dann haben sie in Mastricht einen Brückenkopf, der sie in unsere Rheinprovinz führt und
zwar in einer Richtung, die es uns unmöglich macht, den Belgiern
in ihrem verschanzten Lager zu Hülfe zu kommen.

Moltke: Es kommt uns gar nicht darauf an den Belgiern
zu Hülfe zu kommen; um Antwerpen und die Belgier im Schach zu
halten, würden die Franzosen doch immer Truppen verwenden müssen:
wir suchen die feindliche Armee auf und bekämpfen die.

Ich: Gewiß. Aber die Franzosen können auch über Nacht
Luxemburg überfallen und besetzen. (Moltke: „Das können sie!")
Sind sie aber im Besitze von Luxemburg und Mastricht, dann kommen
wir in dem Dreieck zwischen der Maas, der Mosel und dem Rheine
zunächst in eine ungünstige Lage; der Kampf wird dorthin versetzt
und unser Offensivstoß gegen Paris wird gelähmt.

Moltke: Dem Stoße auf Paris müßte eine gewonnene Schlacht
vorhergehen.

Ich: Das versteht sich!

Moltke: Wir suchen in diesem Kriege die feindliche Armee auf;
das ist das strategische Object für uns; geht die feindliche Armee
nach Belgien, so suchen wir sie dort auf; steht sie auf der Linie
Thionville-Metz, dann muß es in den ersten Tagen des Feldzugs zu
einer entscheidenden Schlacht kommen. Verlieren wir die, dann
haben wir immer noch die starke Barrière des Rheins, an der
wir uns behaupten können; gewinnen wir sie, dann erfolgt in
Frankreich ein Dynastiewechsel, wir sind dann in der Lage den
Franzosen sagen zu können: „Habt ihr nun genug?" und den Frieden
anzubieten.

Ich: Nach den Formen welche die Kriegführung der Gegenwart angenommen hat und nothwendiger Weise annehmen mußte, ist die feindliche Armee selbst überhaupt und unter allen Bedingungen das erste und nächste strategische Object, das ist gewiß.

„Unter allen Bedingungen!" bestätigte Moltke. Das aber, worauf ich aufmerksam machen wollte, daß nämlich die Franzosen, wenn sie zunächst Belgien überrennen und Luxemburg und Mastricht in Besitz haben, uns zwingen dieses strategische Object in einer für uns minder günstigen Richtung aufzusuchen: das war ihm entgangen.

Worin das Demaskiren der Napoleonischen Politik, das Rattazzi ankündigt, nach den Wahlen allenfalls bestehen könnte, läßt sich aus dem, was Moltke mir gesagt hat, einigermaßen entnehmen.

---

7. Die letzten Tage des Berliner Aufenthalts und Sendung nach Spanien.

31. März. C. bei mir. In Paris geht es sehr geräuschvoll zu, in den häufigen Volksversammlungen werden so wahnwitzig revolutionäre Reden gehalten, daß es sehr nahe liegt dieses ganze socialdemokratische Treiben für ein von der napoleonischen Polizei geleitetes Wahlmanöver zu halten. Dem épicier soll bange gemacht werden; das rothe Gespenst soll ihn schrecken, damit er für die Regierungskandidaten stimmt. Das Treiben der Socialdemokraten ist nebenher nur zu reell, sie suchen wirklich mit eifrigem Bemühen alles Bestehende zu unterwühlen, aber diese allzu geräuschvollen Manifestationen gehen wohl nicht von ihnen aus. Sie sind schwerlich so einfältig sich in solcher Weise bloß zu stellen.

Ich frage C., ob die in Paris verhafteten Volksredner der International-Verbrüderung angehören? Im Anfange antwortet er unbedingt nein! dann aber sagt er, einige, namentlich Horn und

Govin, gehörten diesem kosmopolitischen Vereine an. Dagegen andere wie z. B. Flourens nicht.

E. hat ein stundenlanges Gespräch mit Strousberg gehabt und meint, der gehe auf die Rumänische Sache, auf die Rettung des Fürsten Karl, ein „aber auf seine Weise!"

Er will keineswegs das Geld zum Ankaufe des bewußten Gehölzes hergeben; er muß erst sehen! erst wissen! u. s. w. Will man ein paar tausend italienische Arbeiter hinschicken, so hat er nichts dagegen; er will sie auch in seinen Tagelohn nehmen, aber nicht die Reisekosten, die Kosten ihrer Uebersiedelung nach Bukarest tragen. Nebenher kommt zum Vorscheine, daß er 5000 Gewehre besitzt, die dort irgendwo in der Nähe liegen. Und die Hauptsache ist oder soll sein, er hat unter seinen Eisenbahnarbeitern in der Walachei 4000, die aus Preußen sind. Die kann er in der unmittelbaren Nähe von Bukarest beschäftigen; da würden sie dann zur Verfügung stehen und zur Hand sein, um den Fürsten Karl zu retten! Ostensibel bewaffnen dürfe man sie freilich nicht.

Das ist eitel Windbeutelei, wie ich E. begreiflich machte. Eine militärisch organisirte Freischaar wäre etwas, eine Haufe von 4000 Arbeitern ohne alle militärische Organisation, vorläufig unbewaffnet, und den man erst im allerletzten Augenblicke bewaffnen könnte, vorausgesetzt, daß er Lust hat sich bewaffnen zu lassen: das ist gar nichts! damit richtet man gar nichts aus; man kommt damit im kritischen Augenblicke schwerlich auch nur zu dem Versuche etwas zu versuchen!

Abends auf der Sternwarte in der Professoren-Gesellschaft, die sich diesmal dort bei dem Astronomen Förster versammelte. Ich hielt einen Vortrag über Volksmärchen, ihr Wesen und ihre Bedeutung, und analysirte darin namentlich das schöne Märchen von Falaba ꝛc. Zum Schlusse hob ich hervor, daß wir Deutschen das älteste der jetzt lebenden europäischen Culturvölker sind, das einzige, das als unvermischtes Urvolk dasteht, nicht zur Zeit und in Folge der großen Völkerwanderung als neues Gebilde entstanden ist, das einzige, dem in seinem Mannesalter, in seiner vollen Entwicklung, nicht der unmittelbare Zusammenhang mit seiner Kindheit, seiner Urzeit verloren gegangen ist.

Bernhardi VIII. 27

Es knüpfte sich daran ein Gespräch über das Nibelungenlied und über alten Volksglauben, die noch jetzt nicht ganz verklungenen Zauberformeln, Besprechungen von Wunden und dergleichen, die meist uralt sind, da sie unverkennbar mit den im ältesten Theile der Vedas überlieferten die größte Analogie haben. Max Duncker sagte darüber und über die Kämpfe Thors mit den Riesen, die ihr Analogon bei den Persern finden, sehr bemerkenswerthe Dinge.

2. April. Dr. Wehrenpfennig bei mir. Mit dem Gange der Dinge ist er nicht eigentlich zufrieden; namentlich klagt er über Bismarck, der die Dinge in Stagnation gerathen lasse, sie nicht mit Energie vorwärts führe. Er habe zu der Forderung der Redefreiheit auf dem Landtage, die gar keine wirkliche praktische Bedeutung mehr habe, eine verneinende Stellung eingenommen; die nöthigen Reformen in der Verwaltung ließen auch viel zu lange auf sich warten; besonders aber sei es zu beklagen, daß Bismarck nicht auf die Ernennung eines verantwortlichen Bundesministeriums eingeht, einer Behörde, die doch unentbehrlich sei. Bismarck könne doch auf die Länge die Sache unmöglich ganz allein machen; oder, wenn er das könne, werde er doch nicht immer an der Spitze stehen; man müsse sich doch auf die Zeit vorsehen, wo man das Steuer anderen Händen werde anvertrauen müssen, und ein Anderer könne das gewiß nicht. Auch sei die Ernennung eines Bundesministeriums für Preußen ganz ungefährlich. Der preußische Finanzminister könne ja zugleich Bundesfinanzminister sein; der Kriegsminister ebenso; sie seien es ja ohnehin thatsächlich, warum nicht auch der Form nach? Und dann! Mit dem Herrenhause sei doch nun einmal nicht vorwärts zu kommen; das müsse doch Bismarck auch einsehen. Wenn das so fortgehe, wenn nichts geschehe, um den Forderungen der öffentlichen Meinung gerecht zu werden, dann werde es 1871 eine sehr böse und schwierige Sitzung des Reichstages geben. Der gegenwärtige Bestand der Armee sei nur für die Zeit bis dahin festgestellt; dann werde die Forderung der zweijährigen Dienstzeit und der alte Hader wiederkehren.

Leider müssen wir darauf nur zu gewiß gefaßt sein. Nur die Popularität Bismarcks unmittelbar nach 1866 hätte die Erneuerung der Militärgesetze ohne Schwierigkeiten möglich gemacht, wenn die Frage gleich damals vorgekommen wäre. Aber ich sehe nur zu deutlich, daß Bismarck's prestige im Abnehmen ist.

Wehrenpfennig fragt dann auch nach Usedom's Entlassung, ob Bismarck sie nicht etwa veranlaßt habe, um sich Frankreich gefällig zu erweisen? „Gewiß nicht!" Ob Bismarck nicht überhaupt der Mann sei einen Menschen aus Utilitätsgründen fallen zu lassen.

Ich: Nein! (NB. Gewiß wenigstens nicht aus Utilitätsgründen solcher Art.) Bismarck ist ein ungewöhnlich offener Charakter, wie ich kaum einen andern gekannt habe.

Wehrenpfennig klagt dann auch ganz besonders über Bismarck's Haltung confessionelle und confessionslose Schule betreffend. Erklärt mir, daß confessionelle Schulen bei uns in Preußen eine Neuerung sind; unser Landrecht kenne nur confessionslose Schulen. Auf die Neuerung sei man nur eingegangen aus Verlangen sich den Katholiken und ihren Forderungen gegenüber gefällig zu erweisen. Die Schönthuerei mit den Katholiken, der Kleinmuth ihren Forderungen gegenüber, gingen viel zu weit und seien vom Uebel. (Leider nur zu wahr.)

3. April. Brief von Schweitzer aus Florenz. Manches sehr beachtenswerthe. Man erwartet dort Brassier: „qui aura une tâche bien délicate et bien épineuse, car depuis l'automne dernier, que les temps ont changés. L'influence anti-allemande n'a pas cessé de travailler, et avec assez de succès pour isoler le plus possible les représentants allemands. Le rapprochement de l'Autriche et de l'Italie appartient aux faits accomplis, et quant à la fameuse triple alliance, dont on parle tant, que dans les cercles de l'opposition ici on prétend même entièrement conclue, il est certain qu'il y a des tâtonnements et des négociations incessantes en l'air, et que la venue de Nigra ici se rattachait à la question; il est sûr aussi qu'en cas de guerre l'Italie, si le Roi n'est pas déjà lié à l'avance, céderait facilement, gouvernementalement parlant, à la pression de la France et de l'Autriche réunies. Il faut s'attendre donc au pire, en espérant encore le mieux."

„La grande préoccupation de ces jours derniers était la découverte du complot mazzinien. L'on prétendait que les républicains, qui avaient embauché quelques soldats, voulaient éclater à la fois à Naples, dans la haute Italie et surtout en Romagne, le comité central mazzinien se trouvant à Bologne. La gauche et même Garibaldi désapprouvaient au moins en apparence un tel mouvement exalté sans chance de réussite. Rien n'a finalement éclaté et l'on prétend Mazzini malade, mais comme tout a un bon côté, l'incident aura servi d'un côté à mettre le gouvernement sur ses gardes, mais aussi à lui faire comprendre les dangers, que l'on courrait à l'intérieur, si l'on voulait initier une politique anti-nationale au service de la France à l'extérieur. L'on y réfléchira davantage, d'autant plus que dans les masses le voeu de la neutralité est aussi unanime que possible. Cependant il faut aussi ajouter, que l'on a aussi un peu de conscience de la faiblesse actuelle du pays."

„Menabrea et son ministère continuent à se tenir au pouvoir, malgré les attaques réitérées de droite et de gauche. Cialdini, dont on parlait, se tient pour le moment à l'écart; La Marmora et les siens tempêtent contre le général Menabrea, qu'ils accusent de manquer d'énergie, de ne pas savoir rompre avec la révolution etc. etc." (NB. Die Angriffe von dieser Seite sind für Menabrea die schlimmsten, obwohl sie von einer so wenig zahlreichen Minorität ausgehen, denn hinter ihnen steht die französische Gesandtschaft und Regierung; und sie haben zum Zweck Menabrea jedenfalls in die Tripel-Allianz hinein zu treiben, vielleicht auch La Marmora, den zuverlässigsten aller Knechte Frankreichs, an seine Stelle zu bringen.)

„D'autre part la gauche a montré dans toutes ses manoeuvres aussi peu d'habileté que de prévoyance. Et Rattazzi, qui le sait fort bien, ne risque plus d'attaquer à fond, après les diverses attaques manquées de cet hiver. C'est à ces manoeuvres inhabiles, comme vous le pensez vous-même, que l'on peut compter aussi la motion Cairoli, et l'affaire relative à l'emprunt sur les tabacs. Le parlement après tous ces débats, toutes ces luttes stériles, après qu'il ne s'y est pu former aucune majorité véritable d'aucune part, est assez peu populaire et sent sa faiblesse." (NB. Das ist der schlimmste Zug in diesen leidigen

Zuständen, daß das Parlament der Mißachtung verfallen ist so gut
wie die Regierung. Das ist es, was diese Zustände hoffnungslos
macht.) „Et c'est là l'unique vraie force du Ministère au milieu
de toutes les ambitions personnelles de droite, de gauche et
du centre, qui voudraient occuper à l'envie sa place. — Sans
majorité réelle, mais fort de la lassitude des masses, et par
la minorité de toutes les autres coteries et partis, le ministère
peut encore tenir quelque temps, certes, sans se modifier;
en particulier le comte Menabrea, l'homme du juste milieu; à
moins de ces cas de surprise si fréquents dans les chambres
italiennes. — C'est lors de l'exposé financier de Cambray-Digny,
dans une quinzaine que l'on pourra voir éclater une bataille,
mais dont il est plutôt à croire que le ministre des finances
se tirera que non, tant on a peur de tout changement quel-
conque, pour ne pas ruiner davantage finances et crédit. Déjà
on avoue de nouveaux et forts déficits, les biens ecclésiastiques
n'ont pas livré ce que l'on comptait; non plus le macinato,
où le gouvernement avoue 15 millions de déficit sur la recette
prévue. Par contre le comte Cambray concluera, évidemment
pour sortir de l'embarras, l'emprunt nouveau sur les biens ecclésiastiques avec les Juifs allemands — venus ici de tous les
coins de l'univers afin de faire passer les finances italiennes
sous leurs fourches candides. C'est aussi à l'égard de ces tratta-
tives, que l'on peut s'attendre à une lutte. Le tiers parti demande la modification du ministère, la démission de Cantelli,
Cicconi, Broglio, Pasini." (NB. excusez du peu!) „La droite con-
sorteriste s'agite beaucoup, et si elle parvient un jour à ses fins,
quant à la politique extérieure, elle ne ménagera pas non plus,
selon moi, le Comte Menabrea, malgré sa tenue très-juste milieu
et son passé. Peut-être est-elle déjà plus loin à cet égard, que
nous ne le savons. Naturellement nous autres Allemands ne
pouvons que présumer, car les confidences en ce moment ne
pleuvent certes pas sur nos têtes. Le Roi retourne samedi, dit-
on, à Naples. L'on dit, vous le savez, que c'est lui qui tiendrait
les fils de la politique extérieure." NB. Ganz gewiß, nach seiner

alten Art immerdar hinter dem Rücken seiner Minister thätig
zu sein.

Flaniren; da sehe ich zufällig unter den Linden eine Kirchen-
parade vor dem Könige: die Infanterie der hiesigen Garnison, 2. Garde,
Garde = Füseliere, Kaiser Alexander, Kaiser Franz und Garde-
Schützen; wohl die glänzendste Truppe, die es zur Zeit in Europa giebt.

Um 4 Uhr Diner bei Major v. Brandt. Nach Tisch wird über
den Feldzug 1866 gesprochen, und das Gespräch berührt hin und
wieder das Gebiet der Politik; da überrascht es mich, daß Leute, die
ich zur Zeit des Ministeriums Auerswald als fanatisch reactionär
gekannt habe, wie Voigts=Rhetz, sich jetzt verhältnißmäßig liberal vernehmen lassen. Voigts=Rhetz namentlich tadelt die Kreuzzeitungspartei
sehr entschieden und spricht mit großer Heftigkeit tadelnd über den
Cultus des Kaisers Nicolaus, der einst in der preußischen Armee
getrieben wurde. Die Siege von 1866 sind zu mancherlei gut gewesen. Auch diese Sinnesänderung wäre ohne diese Siege schwerlich
erfolgt.

Brandt sagt mir, daß er in etwa vier Wochen eine Abschrift der Vertrages in Händen zu haben hoffe, der im
Februar zwischen Frankreich und Italien geschlossen
worden ist.

Abends in meinem Zimmer. Da kommt C. wieder aus mancherlei
social=demokratischen Conventikeln und etwas bewildered durch alles,
was er da gehört hat. Eine revolutionäre Erhebung im südlichen
Deutschland hält er innerhalb der nächsten Monate für gewiß und
sehr gefährlich.

Was aber diese Erhebung des Proletariats im socialdemokratischen
Sinne eigentlich bezwecken will, will nicht recht klar werden. Entweder
die Vorstellungen der Leute selbst bewegen sich im Unbestimmten, oder
C. hat das nicht recht begriffen.

Man geht, scheint es, zunächst nicht auf die Gründung republikanischer Verfassungen aus. Man will die süddeutschen Regierungen
zwingen „ihr Verhältniß zu dem Norddeutschen Bunde klar zu legen".
(NB. Eine sehr unklare Vorstellung.)

Und wenn dieses Verhältniß klar gelegt ist, was dann weiter?

Ja! das wird von der Stellung abhängen, welche die Regierungen der Bewegung gegenüber einnehmen. Sollte die preußische Regierung einschreiten, dann ist der Krieg mit Frankreich da!

Ich: „Das wäre eben weiter kein Unglück!" Setze dem C. auseinander, daß die Macht einer solchen Bewegung meist überschätzt wird. Die Regierungen haben schon dadurch eine große Macht in Händen, daß sie eben die Regierungen sind, daß der ganze Staatsorganismus ihnen dient. Von den Mitteln, über welche die Revolution zu verfügen glaubt, versagt immer sehr vieles im Augenblicke der Entscheidung, dann waltet darüber bei den Führern auch stets viel Selbsttäuschung, und endlich täuschen die Führer auch absichtlich einer den andern, jeder um dem Andern Muth zu machen.

Aber feindlich gegen Preußen gerichtet wird die Bewegung bei alle dem jedenfalls sein. C. hat in einer radikalen Versammlung viel gehört von der Bewegung, die in Südbeutschland vorbereitet wird, und ist allarmirt. Die süddeutsche Demokratie steht mit der österreichischen und namentlich mit der ungarischen in Verbindung, so daß die unmittelbare Leitung zum großen Theile in die Hände Kossuth's gekommen ist. Das Ganze wird natürlich von London aus geleitet; Garibaldi, den man von London bearbeitet seine Sympathien für Preußen aufzugeben, und Mazzini sind betheiligt. Dem letzteren aber mißtraut die süddeutsche Demokratie, so daß sie eigentlich nichts mit ihm zu thun haben will.

Daß Kossuth in Ungarn immer noch seine Bedeutung hat und zwar unter allen Führern von 1848 er allein, darüber hat mir die Gräfin Szapáry-Bathyányi freilich keinen Zweifel gelassen.

4. April. Die Zeitungen brachten schon gestern die Finanzpläne Cambray-Digny's. Eine Anleihe von 300 Millionen auf die Kirchengüter soll gemacht werden, nicht etwa um die Bankschuld zu bezahlen und die Valuta-Verhältnisse herzustellen, sondern um das laufende Deficit zu decken! Darauf also muß nun die allerletzte Ressource des Landes verwendet werden; ist auch die erschöpft, dann steht man eben am Ende!

Abends im théâtre français im Saaltheater des Schauspielhauses. „Le demi-monde" von A. Dumas fils; das habe ich schon

besser spielen sehen, was die weiblichen Rollen betrifft. Dagegen ist
Luguet sehr gut in der Hauptrolle. Das Publikum ist ein sehr ge-
wähltes. Das mehr als billig verschrieene Stück kann ich nicht un-
sittlich finden. Die von augenblicklichen Eindrücken abhängige Haltungslosigkeit, der Mangel jedes Grundsatzes, wird hier nicht als berechtigt
ausdrücklich in Schutz genommen wie in so manchem Werke eines
Wieland oder Kotzebue.

5. April. Früh zu Keudell. Ich soll nun abreisen nach
Spanien und mich unterwegs in Paris etwas verweilen, um mir
die dortigen Zustände anzusehen. Keudell legt Werth darauf, daß ich
mich dort aufhalte, ja es geht ihm dabei der Gedanke durch den
Sinn, ob es nicht vielleicht überhaupt besser wäre, wenn ich in
Paris wäre.

7. April. Zeitungen; Arbeiterunruhen in Genf. Sie
sind sehr merkwürdig, weil sich sehr deutlich erkennen läßt, daß sie,
gegen rein örtliche Verhältnisse gerichtet, ganz und garnicht in den
Absichten der Führer, der Herren vom internationalen Vereine, liegen.
Sie sind ein Beweis, daß die Sache anfängt den Führern über den
Kopf zu wachsen, daß sie nicht mehr unbedingt Herren der Menge,
der Bewegung sind. Das ist natürlich genug. Es ist immer ein
sehr bedenkliches Unternehmen die Menge auf fernliegende mehr oder
weniger ideale Ziele hinzuführen, ihre Kräfte dafür aufsparen und verwenden zu wollen. Die Leute ihrerseits wollen ihre unmittelbaren
handgreiflichen Vortheile und werden böse und unlenkbar, wenn es
dazu nach ihrer Meinung immer und immer wieder nicht kommen will.

Besonders merkwürdig ist dann aber auch und vor allem die
Eingabe der Genfer Bürger an die Kantonalbehörde, in der Herstellung der Ruhe mit einer gewissen Energie verlangt wird. Es ist
da viel zwischen den Zeilen zu lesen; man sieht sehr deutlich, dem
Verfasser der Eingabe wenigstens, wenn auch wohl nicht Allen, die
unterzeichnet haben, ist die Organisation der Internationalen sehr
wohl bekannt.

Besuch bei Moltke; langes Gespräch; er, wie immer gegen mich,
sehr offen und gesprächig.

Moltke: Wenn Oesterreich rüstet, dann müssen wir den Krieg

sofort erklären, dann ist es Zeit. Wenn die französische Mittelmeer=
Flotte von Toulon nach Cherbourg geht, das wäre ein sicheres Zeichen,
daß der nahe Bruch von jener Seite beabsichtigt wird und unmittel=
bar bevorsteht. Denn es wird eine Expedition in unsere Vendée
beabsichtigt, wofür man Hannover hält. Der Graf von Palikao
(General Montauban) soll sie commandiren; eine Thorheit, wenn man
unsere deutsche Bevölkerung kennt! Zu dieser Expedition bedürfen
sie aber der Touloner Flotte in Cherbourg. Man hat dabei natürlich
die Absicht die Dänen heranzuziehen an Düppel und Alsen.

Ich: Wenn sie aber auf dem nördlichen Ufer der Elbe landen,
um sich mit den Dänen zu vereinigen, werden sie große Mühe haben
in unsere Vendée zu gelangen, denn der Uebergang über die Elbe
unterhalb Hamburg möchte wohl mit einer Armee kaum auszuführen
sein, wenn das jenseitige Ufer vertheidigt wird.

Moltke: Sie werden wohl an die Weser gehen (NB. d. h. die
Expedition; dann wird aber das Heranziehen der Dänen illusorisch).
Das französische Corps setzt sich der Gefahr aus „ecrasirt" zu
werden. Denn Locomotiven und Eisenbahnwagen, das kann man doch
nicht alles mit bringen; die Eisenbahnen sind also für die Expedition
garnicht da. Dagegen ist es für uns sehr leicht vermöge der Eisen=
bahnen eine erdrückende Uebermacht zusammen zu bringen.

Ich erwähne der Internationalen und dessen, was ich aus den
Genfer Ereignissen entnehme.

Moltke wünscht sich Glück dazu bejahrt zu sein, so daß er die
nächsten Jahrzehnte nicht mehr erleben wird. Er fürchtet einen Sieg
des Socialismus und in Folge dessen eine allgemeine Verarmung
und Verwilderung. Einig können die Socialisten natürlich nur in
Beziehung auf die erste Theilung der Beute sein; über die zweite
entsteht der Kampf unter ihnen. Denn fragt Einer: „Wie aber nun,
wenn allgemeine Gleichheit (an Glücksgütern versteht sich) hergestellt
ist, und ich vermehre meinen Antheil durch Fleiß und Sparsamkeit,
Du aber vergeudest den Deinigen?", so ist dann die Antwort: „Dann
theilen wir noch einmal!"

Ich hege bessere Aussichten für die Zukunft; der vollkommene
Aberwitz kommt nie zu bleibender Herrschaft, und die menschlichen

Leidenschaften, der Eigennutz sorgen dafür, daß er selbst seinen idealen Zielen untreu wird. Was uns insbesondere anbetrifft, so haben wir in unserem zahlreichen und wohlhabenden Bauernstande eine sehr gute Stütze gegen alle socialistischen Bestrebungen.

Moltke: Das ist wahr; und eben deshalb sollte der Adel die wenigen Rechte fallen lassen, die noch übrig sind, und an denen mit solcher Hartnäckigkeit festgehalten wird; die Herren sollten sagen: wir sind große Bauern, unsere Interessen sind identisch. In Sachsen ist es zum Theil schon so.

8. April. Besuch bei Abeken; langes Gespräch über die italienischen Verhältnisse. Auch Abeken ist überzeugt, daß das Bündniß mit Frankreich oder vielmehr die Tripelallianz bereits geschlossen ist; Bismarck will „officiell" noch nicht daran glauben.

Ich: Die Opposition in Italien selbst glaubt auch, daß das Bündniß bereits abgeschlossen ist. Uebrigens schreibt man mir neuerdings aus Florenz, was meiner wiederholt ausgesprochenen Ueberzeugung entspricht: daß es nämlich in gewissem Sinne so ziemlich gleichgültig ist, ob das Bündniß bereits formell zum Abschlusse gekommen ist oder nicht, denn es wird jedenfalls geschlossen in dem Augenblicke, wo Frankreich das entschieden und gebieterisch verlangt; nur wenige Staatsmänner dort würden sich dieser Nothwendigkeit entziehen können.

Abeken: Ricasoli z. B. schließt das Bündniß nicht; er tritt zurück, wenn es an ihn kommt. (NB. Das ist wahrscheinlich, und auch, daß Ricasoli in einem solchen Falle eben nur das vermöchte und nicht mehr.) . . . .

Abeken: Moltke rechnet in all seinen strategischen Kalculs garnicht auf die Truppen der süddeutschen Staaten; er läßt sie ganz aus der Rechnung.

Ich: Das weiß ich; wir haben wiederholt darüber gesprochen.

Abeken: „Moltke hat ein sehr großes Vertrauen auf Sie." Geht auf unsere inneren Zustände über, klagt über Eulenburg, mit dem nicht vorwärts zu kommen ist, unter dem alles stockt; die nothwendigsten Reformen werden verschleppt, nicht durchgeführt; in den neuen Provinzen werden arge Mißgriffe begangen ꝛc. NB. Es ist

nur zu wahr, Eulenburg untergräbt geradezu die Popularität des Ministeriums. Bismarck's persönliche Popularität
genügt jetzt, wo sie den Zauber der Neuheit verloren hat, nicht
mehr die wachsende Verstimmung aufzuhalten, das sehe ich nur zu
deutlich. Abeken sieht die Dinge ebenso.

Abends kommt C. mit einem Briefe von der Gräfin Chiocci, einer
ausgewanderten Italienerin, die gelegentlich Proclamationen unter=
schreibt und dergl. Es ist ein ziemlich confuser Schreibebrief, beach=
tenswerth aber darin die Notiz, daß Rattazzi das Ministerium
wegen der franco-italienischen Allianz interpelliren will.
Es hat sein Gutes, daß dies überhaupt geschieht und ganz besonders,
daß es Rattazzi thut, denn hat der sich einmal tadelnd und ab=
lehnend über ein solches Bündniß ausgesprochen, dann ist er com=
promittirt und kann selbst, wenn er früher oder später einmal wieder
Premierminister sein sollte, wenigstens nicht so leicht darauf eingehen.
In jedem anderen Lande wäre dadurch ein solches Bündniß unter
seinen Auspicien geradezu unmöglich gemacht; bei der Wandelbarkeit
der italienischen Staatsmänner, der Haltungslosigkeit aller dortigen
Verhältnisse, ist das nicht gesagt. Die Sache wird nur schwieriger,
und es würde etwas mehr gewandte Sophistik erfordern.

9. April. C. kommt direkt von Keudell her. Keudell ist sehr beun=
ruhigt; in Folge neuerer Nachrichten vollkommen überzeugt, daß
die Allianz zwischen Italien und Frankreich (NB. und mithin
die Tripel-Allianz) wirklich geschlossen ist. Erwartet den Bruch
fast mit Sicherheit. Im Mai muß sich entscheiden, ob Friede bleibt
vor der Hand, oder ob es unmittelbar zum Kriege kommt.

Einladung zu Hof. Diner heute ausnahmsweise um 1/2 5 Uhr.
Gesellschaft: Dienst; Graf Pückler, Perponcher, Arnim=Blumenberg
und Anton Radziwill. Dann Bismarck, die Minister v. b. Heydt
und Eulenburg, Fürst Solms, ein paar Mitglieder des Reichstags,
die ich nicht kenne, General Treskow, Generalstabsarzt Dr. Lauer;
der badensche Gesandte v. Türckheim und ein badenscher Officier, die
beide der Großherzogin wegen geladen sind, sowie Frau v. Türckheim.
Der König erscheint mit seiner reizenden Tochter der Großherzogin
von Baden und seinem Bruder dem Prinzen Albrecht.

Nach Tisch beschäftigte sich die Großherzogin von Baden sehr viel und lange mit Bismarck, und das ist sehr wohlgethan.

Der König winkt mich zu sich heran in eine Ecke des Saales und hat da ein längeres Gespräch mit mir.

Er spricht über Spanien; ich sage, ich glaube, daß wir dort einem längeren Bürgerkriege entgegen sehen müssen, da so manche einander widerstrebende Elemente hervortreten.

Der König stimmt dem bei und kommt auf Usedom zu sprechen, über den er sich tadelnd ausspricht, wie man es nach den Gerüchten, die im Umlaufe sind, nicht erwarten sollte: „Der Mann hat sehr leichtsinnig gehandelt, das stellt sich immer mehr heraus!" Was seine Note vom 17. Juni anbetrifft, so sei der Ton mißbilligt worden, in dem sie gehalten ist, der Inhalt nicht. Namentlich sei der Operationsplan hier in Berlin ganz in demselben Sinne mit dem General Govone besprochen worden.

Ich: Nach meiner Meinung durfte mit einem Manne, wie La Marmora ist, niemals schriftlich von Ungarn die Rede sein.

Der König: So ist es. „Mündlich so viel Sie wollen, aber niemals schriftlich." Erst nachdem der Krieg förmlich ausgesprochen war, da war es etwas Anderes!

Ich: Usedom forderte mich auf seiner Note ein technisch=militärisches Memoire hinzuzufügen. Das habe ich auch gethan; Cialbini hat dieses Memoire in einer der gewechselten Streitschriften drucken lassen (NB. das frappirt den König sichtlich), ich wünsche mir jetzt doppelt Glück dazu, daß ich Ungarns darin mit keinem Worte gedacht habe.

Der König approuvirt sehr.

Nun trat auch der Prinz Albrecht zu mir heran und sprach längere Zeit sehr liebenswürdig mit mir, erkundigte sich nach meinem Vetter, der sein Regiment — die Lithauischen Dragoner — kommandirt hat, sprach dann lange von meinem Sohne, erinnerte sich sehr lebhaft, daß dem bei Sadova das Pferd erschossen worden sei, und daß er für Wohlverhalten auf dem Schlachtfelde befördert worden sei, kurz er war sehr liebenswürdig und ließ sich auch dadurch nicht stören, daß ich den Fehler beging ihn zu corrigiren.

Ich sagte ihm nämlich, daß meines Vetters Großvater, ein jüngerer Bruder des meinigen, Oberster bei dem Regiment Rüts gewesen sei, dem jetzigen 2. Grenadier-Regimente. Der Prinz meinte, das Regiment habe damals zur Warschauer „Division" gehört. „Zur Warschauer Inspektion Kgl. Hoheit" corrigirte ich. „Die größeren Abtheilungen der Armee hießen damals Inspektionen." „Ganz recht! Sie wissen das besser wie ich."

10. April: Abreise nach Paris um 7³/₄ Uhr.

Druckfehler-Verzeichniß.

S. 3. Fehlt die Nummer „1" bei der Kapitel-Ueberschrift.

S. 19. Desgl. Nummer „2."

S. 79. Das Datum: „20. September" gehört v o r die Worte: „Zurück in Florenz."

S. 122. Zeile 15 von unten: „Demission" statt „Dimission."

S. 156. Zeile 8 von oben: Statt „O." ist „C." zu setzen.

S. 166. Fehlt die Nummer „11" bei der Kapitel-Ueberschrift.

S. 181. Zeile 23 von oben: Statt „C. C." muß es heißen „C. H."

S. 203. Fehlt die Seitenzahl und die Seiten-Ueberschrift: „Reise nach Turin."

S. 313. Ueberschrift: Statt „Artillerie-Befestigung" muß es heißen „Artillerie-Besichtigung."

———————

Druck von J. B. Hirschfeld in Leipzig.

www.ingramcontent.com/pod-product-compliance
Lightning Source LLC
Chambersburg PA
CBHW030954110726
47900CB00004B/1270